창백한 손의 온기

김빠 장편소설

동아

창백한 손의 온기

초판 1쇄 인쇄일 | 2021년 7월 21일
초판 1쇄 발행일 | 2021년 7월 29일

지은이 | 김빠
펴낸이 | 박성면
펴낸곳 | (주)동아

출판등록 | 제406-396010025100200700071호
주소 | 경기도 파주시 문발로 115, 세종대학교출판부 206호
전화 | (031)8071-5201
팩스 | (031)8071-5204
E-mail | bear6370@hanmail.net

정가 | 13,000원

ISBN 979-11-6302-509-2 (03810)

창백한 손의 온기

김빠 장편소설

동아

CONTENTS

프롤로그

오래된 선풍기 네 대가 탈탈거리며 뜨거운 바람을 일으켰다. 올해는 얼마나 더워지려는 건지, 7월의 초입일 뿐인데도 태양은 이미 뜨거웠다.

6교시 쉬는 시간.

'하면 된다'는 급훈이 붙은 고 3 교실 안은 나른함과 부산스러움이 딱 반반씩 섞여 있었다. 졸음을 이기지 못해 책상에 옆얼굴을 기대고 10분간의 단잠에 빠진 이들도 있었고, 주황색 실리콘 귀마개를 귀에 꽂은 채 문제 풀이에 집중하는 이들도 보였다.

특별할 것 없는 풍경이었다. 교실 문이 열리고, 담임의 뒤를 따라 낯선 얼굴의 여자애가 들어오기 전까지는.

"모두 주목. 여긴 서울에서 전학 온 강예강이다."

책상에 엎어져 있던 몇몇이 고개를 들었다. 책을 파고 있던 아이들도, 조용히 수다를 떨고 있던 이들의 시선도 모두 한곳을 향했다. 교실 안에 내려앉았던 오후의 나른함이 단숨에 사라졌다.

"예강이, 친구들한테 인사해라."

"……강예강입니다."

"아이구, 자기소개 한번 길다."

담임이 웃음을 섞어 반농담으로 덧붙이자 말수 적은 여자애가 조금 망설이더니 "잘 부탁합니다." 하며 꾸벅, 인사를 더했다. 어깨 바로 아래까지 내려오는 머리카락이 그녀의 옆얼굴을 간질이듯 앞으로 쏟아졌다가 어깨에 찰랑이며 다시 내려앉았다.

열이 올라 조금 붉어진 말간 피부, 부드러워 보이는 밤색 머리카락은 그녀가 입고 온 낯선 세일러 스타일의 교복과 잘 어울렸다. 팔다리가 유달리 가늘고 길었지만 블라우스 단추는 위험하게 느껴질 정도로 팽팽했다. 열아홉. 성인의 경계에 한발을 걸친 아이들의 눈빛에 소리 없이 긴장이 들어찼다.

"모르는 게 많을 테니까 다들 친절하게 대해 주고. 모의고사 다음 주인 거 알지? 쓸데없는 데 신경 쓰지 말고 정신 똑바로 차려라."

강예강은 만삭으로 배가 부른 담임의 설명이 이어지는 동안 그 누구에게도 눈을 맞추지 않은 채 서 있었다. 움직임이 없었기 때문에 오히려 작은 동작 하나하나에 시선이 갔다. 책가방을 쥔 하얀 손이 긴장에 움찔거리는 것까지도.

"예강이는 저기 창민이 옆에 앉으면 되겠다."

예강이 마침내 고개를 들었다. 3분단의 뒤쪽, 비어 있는 한 자리가 보였다. 집중된 시선 탓에 발걸음을 떼는 것조차 조심스러웠다. 새로운 교실에 들어온 첫날의 어색함과 긴장감은 반복해 겪어도 익숙해지지가 않았다.

졸업하기까지는 이제 반 학기 남짓이었다. 동물원의 원숭이가 된 것 같은 기분도 이게 마지막일 것이다. 물론, 다시 이사를 가는 일이 없다는 가정하에서.

툭.

그녀가 걸음을 멈추고 몸을 돌렸다. 소리의 출처는 누군가의 책상에서 떨어진 책이었다.

예강은 마른침을 삼키며 바닥에 떨어져 뒹구는 교과서를 보았다. 발을 걸지 않은 게 다행이라고 생각하기엔 여유가 없었다. 일단 사과부터 하고 봐야 했다.

"미안해."

"뭐가?"

서둘러 교과서를 주워 들고 건네려던 예강의 몸이 멈칫했다. 그리고, 그와 눈을 마주쳤다.

짙고 가지런한 눈썹 아래 반듯한 버들잎 모양의 눈, 그 안에 시선을 잡아끄는 눈동자가 있었다. 똑같은 교복, 천편일률적이라 느껴질 만큼 비슷한 머리 모양을 하고 있는 이들 중 그가 가장 눈에 띄는 것은 당연했다.

"책 떨어뜨린 건 난데 네가 뭐가 미안하냐고."

아이들이 꽝꽝 얼린 생수병을 얼굴에 가져다 대며 연신 손부채질을 하는 가운데, 흐트러짐 없는 자세로 볼펜을 쥔 그의 얼굴에는 땀 한 방울 느껴지지 않았다. 더위라고는 타지도 않는 것 같은 산뜻한 얼굴은 마치 그의 주위만 공기가 다른 것처럼 느껴지게 만들었다. 아름다운 것을 좋아하는 화가가 심혈을 기울여 그린 것 같은 얼굴형 안에 들어찬 이목구비는 완벽했다.

"이상한 애네."

아무런 대꾸도 하지 않는 예강에게서 시선을 거두며 그가 중얼거렸다. 혼잣말하듯 작은 목소리였지만 옆에 선 그녀, 그리고 주변에 있는 아이들에게는 분명히 들릴 만한 크기였다.

전학 온 첫날. 순식간에 이상한 애가 되어 버린 예강의 목덜미에 시뻘건 열이 올랐다.

"예강이 뭐 하니. 제하 또 장난치니?"

"전학생 긴장 풀어 주려고 그런 건데요."

"넌 썰렁하니까 그런 거 좀 하지 마라. 너같이 덩치 큰 애가 그러면 깡팬 줄 알아."

담임이 한숨을 쉬자 제하가 네, 하며 웃었고 아이들이 함께 키득거렸다.

사실, 그는 얼굴의 이목구비만 놓고 본다면 거칠다기보다 섬세하다는 표현이 어울렸다. 아직 스물이 되지 않은 곱상한 남자애의 분위기를 압도적으로 만드는 건 이미 성인의 세계에 한발을 걸친 이들 사이에서도 월등한 신체적 조건이었다.

직각으로 떨어지는 넓은 어깨는 그가 입고 있는 옷이 교복임이 무색하게 위압적이었고, 앉아 있지만 서 있는 그녀와 눈높이도 별 차이가 나지 않았다. 그녀가 키가 큰 편이 아님을 감안해도 그의 신장을 쉽게 짐작할 수 있었다. 어깨를 들썩이며 웃는 그에게서 소년의 싱그러운 느낌과 힘을 가진 수컷의 힘이 뒤섞이며 빛을 발했다.

"거기 이상한 애가 우리 반 반장 이제하다. 예강아."

예강은 직감했다.

"소개 감사합니다, 선생님."

"하하하하."

아마도 그가 이 학급에서 가장 영향력 있는 사람일 것이라는 걸 말이다. 그의 말 한마디에 따라 교실의 분위기가 이리저리 방향을 바꾸고 있었다.

"예강이 모르는 거 있으면 반장한테 많이 물어보고. 반장도 전학생 많이 도와주고. 알았어?"

"그럴 거면 송창민 옆자리가 아니라 제 옆자리에 앉히셔야죠."

"하이고. 왜, 전학생 보니까 가슴이 떨려 죽겠니?"

"언제는 저한테 남자 좋아하냐고 물으셨잖아요. 여자애들한테 너무 재수 없게 대한다고."

다시 교실 안에 웃음이 일렁인다. 이제하의 하얀 손 위에서 여유 있게 빙글, 빙글, 볼펜이 돌았다.

“너희 부모님 들으면 큰일 날 소리 한다, 진짜.”

“그래서, 제 옆에 앉으라고 할까요, 말까요?”

예강은 마치 벌받는 사람처럼 어쩔 줄을 모르고 서 있는 채였다. 그에게 교과서를 돌려주고 얼른 자리에 앉아야 했지만 교과서의 주인은 담임과 의미 없는 농담을 이어 갈 뿐, 그녀에게 눈길조차 주지 않았다.

예강의 심장이 불안한 속도로 점차 빨라지기 시작했다.

반장이라고 해서 딱히 그녀에게 호의적일 거라는 기대는 원래부터 없었다. 하지만, 그녀를 찍어서 괴롭히는 상대가 권력까지 가졌다면 이야기는 달라진다.

“예강이한테 물어보자. 예강아, 너 저 이상한 애 옆에 앉고 싶니?”

“김상미. 내가 그렇게 이상하냐?”

이제하가 자신의 짝을 보며 킬킬거렸다. 봉긋하게 부풀린 앞머리에 양 갈래로 땋은 머리가 인상적인 예쁘장한 애였다. 약간 위로 올라간 눈이 앙칼진 고양이를 연상시키기도 했다.

“어. 너 완전 이상하지.”

상미가 목소리를 높이며 기다렸다는 듯 맞장구를 쳤다.

“그럼 넌 내 옆에 왜 굳이 붙어 있어?”

그가 싱글싱글 웃으며 말하자 상미의 귀가 빨갛게 달아올랐다.

“뭐, 뭐래, 얘가 지금? 재수 없어.”

학기 초에 성적순으로 앉게 된 후, 한 번도 바뀐 적이 없는 자리였다.

“그래. 넌 맨날 나 재수 없다며. 이번 기회에 탈출해. 전학생이랑 자리 바꾸면 되겠네.”

아이들은 이제 잠이 완전히 달아난 얼굴로 그들에게 시선을 집중하고 있었다. 누군가는 이제하가 관심을 보인 전학생에 대한 흥미를 품은 눈빛으로. 누군가는 갑자기 출현한 이방인 때문에 쉬는 시간을 방해받은 것에 대한 짜증 섞인 눈빛으로.

"예강아, 빨리 선택해. 이제 수업 시작해야지."

상미가 인상을 찌푸리며 예강을 힐끗 올려다보았다. 아무리 장난이라도 자존심이 확 상한 그녀의 눈빛에서 예강은 공격성을 바로 읽었다. 반복적인 따돌림과 괴롭힘이 아니더라도, 자신을 싫어하는 사람의 눈빛은 숨길 수가 없었다.

"아뇨. 전 그냥 원래 자리에 앉을게요."

상미의 시선에 이제하의 시선이 더해졌다. 그가 그녀를 똑바로 바라보고 있었다. 날카롭게 빠진 눈썹이 미간에 슬쩍, 모이는 걸 보며 예강은 또다시 불안감에 목이 타는 것을 느꼈다. 그의 하얀 손 위에서 볼펜이 한 바퀴를 돌아 검지와 중지 사이에 안착했다.

"……여기. 교과서."

그가 펜을 탁, 소리 나게 책상 위에 놓았다. 한 손으로는 턱을 괸 채, 다른 한 손을 슬쩍 내미는 손동작이 오만하게 보이는 이유는 눈을 가늘게 뜬 그의 표정 때문일 것이다. 예강은 얼른 시선을 아래로 깔았다.

"고맙다."

건성으로 내뱉으며 교과서를 받아 드는 그의 커다란 손은 피부색만큼이나 희어서 차갑게 보였다. 길쭉길쭉하게 뻗은 손가락 끝에 보기 좋게 잘린 손톱이 그의 청결 상태가 완벽하다는 것을 보여 주고 있었다.

예강은 묵직한 티타늄 시계가 걸린 그의 손목을 보며 본능적으로 마른침을 삼켰다. 시곗줄로 감춰진 무언가가 그녀의 눈에 선명하게 박혔다. 날카로운 실금. 피부가 확실하게 벌어진 적이 있었음을 보여 주는 흔적이었다.

고등학교의 학급 임원은 대부분 성적순으로 정해진다. 하지만 높은 성적과 정서적 안정감은 별개의 문제였다. 방금 전 그녀가 잘못 본 게 아니라면 그의 손목 흉터가 의미하는 것은 단 하나였다.

예강은 저도 모르게 고개를 돌리다 그와 다시 눈이 마주치고 말았다. 보는 사람을 이유 없이 긴장시키는 눈동자가 일그러지며 그 안에 뚜렷한 불쾌감이 스쳤다.

낭패다. 예강은 자신이 확실히 실수했다는 사실을 깨달았다. 긴장에 입안이 말라붙었지만 그녀는 얼른 시선을 거두고 빈자리에 앉았다. 칠판에 무거운 몸을 기댄 담임이 손뼉을 두어 번 치며 대화를 정리했다.

"자자. 신고식은 이쯤 하고. 저번 시간에 우리 어디까지 했지?"

예강은 그를 의식하지 않으려 노력하며 자연스럽게 가방을 열었다. 지퍼를 여는 손에 땀이 잡혔다.

"182페이지? 다들 책 펴고."

무슨 수업을 할지 몰라서 주요 과목 교과서는 몽땅 챙겨 왔지만 아쉽게도 출판사가 달랐다. 공책을 꺼내는 예강의 곁에서 작은 목소리가 들렸다.

"저기. 교과서 다르면 이거 봐."

그녀는 유일하게 옆자리가 비어 있었던 그녀의 짝, 송창민을 처음 제대로 보았다.

"괜찮아. 노트에 필기하고 나중에 옮기면 돼."

"어차피 난 들어도 잘 몰라. 물리는 특히나 공식만 봐도 두드러기 올라온다."

그가 창피하다는 듯 웃었다. 창민은 또래보다 체구가 작았고 얼굴은 귀여운 인상이었다. 동그랗게 쌍꺼풀이 진 눈에는 새로운 전학생에 대한 호기심과 약간의 쑥스러움이 비칠 뿐, 악한 의도는 보이지 않았다.

"네가 조심해야 해, 예강아. 부정 타면 너만 더 힘들어지는 거야."

예강은 망설임을 끝내고 작게 내뱉었다.

"정말 괜찮아. 고마워."

교실 안의 포식자 무리들은 그녀가 확실히 기피하는 대상이었지만, 친절하고 착한 이들에게도 경계심이 들기는 마찬가지였다. 가깝게 지냈다가 나중에 그녀 때문에 괜히 엮여서 피해를 입은 그들에게 원망 섞인 눈길을 받고 싶지는 않았다.

딸깍. 예강은 공책을 펼친 후 볼펜을 누르며 칠판을 바라보았다. 짝인 창민 역시 더 이상 그녀를 설득하지 않았다. 대신 깨끗한 교과서 페이지에 그림 낙서를 시작했다.

수업은 시작되었지만 여기저기서 힐끗힐끗 날아오는 호기심 어린 시선은 여전했다. 예강에게는 그 관심이 전혀 달갑지 않았다.

"언니 탓이 아니야. 그런데 언니 팔자가 그런 걸 어떡해? 온갖 쓰레기 같은 것들 눈에 유독 잘 띄는데. 아마 비구니로 살아도 중이 연애하자고 달려들 거야."

"어…… 엄마. 무섭게 왜 그래. 응?"

낯선 목소리로 혀를 차던 엄마의 얼굴이 떠오르자 식은땀이 흐르는 목덜미가 서늘해졌다. 예강은 유쾌하지 않은 기억을 애써 떨치며 앞을 보았다. 팔자 같은 건 세상에 없다. 그저, 그녀가 조심하지 않았을 뿐. 운이 나빴을 뿐이다.

담임이 녹색 칠판에 백묵으로 글을 쓰기 시작한 순간 그녀의 책상 위로 무언가가 툭 떨어졌다.

예강의 옆머리가 바람에 조금 날렸다. 책상 위에 정확히 착지한 교과서를 보며 예강이 본능적으로 고개를 돌렸다.

"선생님. 전학생한테 제 교과서 빌려줘도 될까요? 책이 없는 것 같은데."

이제하였다.

흩어졌던 아이들의 시선이 다시금 그녀와 반장에게로 쏠렸다.

"저기, 난 괜찮아."

예강이 당황해 입을 열었다. 솔직히 그녀는 그의 친절이 전혀 달갑지 않았다. 더욱 솔직히 말하자면 기분이 나쁘고 싫었다. 진짜 친절한 사람은 이렇게 막무가내로 굴지 않기 때문이다. 짝인 창민의 친절이 순수한 호의라면, 그녀의 의사를 물어보지도 않고 책을 던진 그의 의도는 그저 권력을 행사하는 것과 다를 바가 없다.

"그냥 봐."

제하가 그녀를 물끄러미 바라보다 낮게 내뱉었다. 그의 말이 제안이 아니라 명령이라는 사실을 깨닫는 순간, 심장이 쿵, 쿵, 다시금 불안한 속도로 뛰기 시작했다. 짝인 창민의 친절을 거부하는 건 쉬웠지만 이번에는 아니었다. 이대로 책을 돌려준다면 싸움을 거는 것밖에는 되지 않는다.

"그래. 안 그래도 진도 맞추기 어려울 텐데. 잘했다. 창민이 교과서는 어차피 낙서밖에 없을 테니까 제하 거 보는 게 낫지."

"아, 선생님……!"

창민이 얼굴을 벌겋게 붉히며 소리를 높였고 아이들이 작게 키득거렸다. 맘 놓고 웃을 수 없는 건 그녀 하나뿐인 것 같았다.

"근데 반장, 전학생한테 너무 친절한 거 아니니? 안 어울리게."

"아까는 잘해 주라고 하셨잖아요."

제하가 다시금 이를 드러내며 웃었다. 반항적일 수도 있는 말투지만 그걸 상쇄하는 건 그의 웃는 얼굴이었다. 무표정일 때의 그는 상당히 차갑고 뾰족한 느낌이었지만 웃을 때는 달랐다. 보는 사람을 완벽하게 몰입하게 만드는 외모의 정석을 보는 듯했다.

"야, 강예강. 웃지 마라. 재수 없으니까."

반장은 아마 여태껏 그녀가 들었던 부정적인 반응과 마주한 적이 단 한 번도 없을 것이다. 그리고, 예강은 그의 준수한 얼굴이 인상 쓰며 일그러지는 모습까지 어렵지 않게 상상할 수가 있었다.

"전학생 하나로 모의고사 반 평균 떨어지면 선생님 태교에도 안 좋고요."

"아이고, 참 고맙다, 야."

제하가 다시금 낮게 소리 내어 웃더니 상미에게 "같이 보자." 한마디를 던졌다. 아까 일의 여파로 아직도 자존심이 상해 있는 상미는 재수 없다고 작게 중얼거리면서도 교과서를 책상 가운데에 놓았다. 수업이 다시 진행되었다.

[나쁜 놈은 아니니까 걱정 마.]

예강은 짝이 슬쩍 내민 쪽지를 보며 조용히 눈을 깜빡였다. 창민은 눈에 띄는 악필이었지만 당사자는 그다지 신경을 쓰지 않는 듯했다. 예강 역시 마찬가지였다. 그녀의 관심사는 반대편 옆자리에 앉은 이가 그녀를 괴롭히기 위한 전초전을 이미 시작했는지 아닌지가 다였다.

창민이 볼펜으로 제하 쪽을 가리켰다. 알아보기 힘든 구불구불한 필체가 다시 이어졌다.

[성적순으로 반장 됐거든. 전교 1등.]

공부를 잘한다고 해서 인성마저 완벽할까. 절대 아니었다. 예강의 경험에 따르면 머리가 좋은 이들은 오히려 괴롭힘마저 은근하고 악랄했다. 그를 향한 담임의 전폭적인 지지에 이유가 따라붙는 순간이었다.

[집도 엄청 부자. 외갓집이 어마어마해.]

좋지 않다. 창민은 그녀의 얼굴에 한 겹 더 짙게 드리운 불안의 징조를 눈치챈 듯 고개를 기울이며 작게 속삭였다.

"그리고 XXX교회. 이제하 아버지 거야."

예강은 이마에 주름을 잡은 채 무의식적으로 고개를 돌렸다. 쪽지 안의 주인공은 뚫어져라 칠판을 응시하고 있었지만 그가 창민의 목소리를 들었다는 사실은 확실했다. 창민만이 그 사실을 모르고 있었다.

"목사 아들인데, 나쁜 짓을 어떻게 하겠어."

수묵화를 연상케 하는 서늘한 눈이 가늘어지고 입술이 묘한 각도로 비틀렸다.

눈을 마주치지 않아도 알 수 있었다. 때로 악의는 선의보다 더 확실히 다가온다.

성큼 다가온 여름. 아이와 성인의 경계선에 있는 고 3 학생들로 바글거리는 교실 안에 위험한 열기가 일렁이고 있었다.

탈. 탈. 탈. 탈.

회전할 때마다 소리가 나는 오래된 선풍기가 돌아가는 뜨거운 교실 안에서 제하가 길쭉한 입술을 혀로 가볍게 축였다.

……씨발.

소리가 들리지 않아도 그 입 모양을 모를 수는 없었다. 상미가 그를 힐끗 보며 커다란 눈을 깜빡였다. 상미의 의문 섞인 눈동자와 마주치기 전에 예강은 그들에게서 얼른 시선을 거두었다.

이제하의 교과서를 꽉 채운 복잡한 물리 수식보다 그녀의 머릿속이 더욱 복잡했다. 펜을 쥔 손에 땀이 잡혔다.

반장. 전교 1등. 부자. 목사 아들.

그를 수식하고 있는 모든 것들이 그녀에게 경고음을 울리는 것 같았다. 처음부터 본능적인 거리감이 느껴졌던 상대와 멀리해야 할 이유가 더욱 확실해졌다.

그녀는 3년 전 내림굿을 받은 무당의 딸이었다.

1 부

01

"학교 다녀오겠습니다."

예강은 신당에서 기도를 올리고 있는 엄마의 뒤에서 작게 내뱉은 후, 서둘러 뒤를 돌았다. 새로 전학 온 학교는 등교 시간이 빨랐다. 본격적인 수업 전에 한 시간 동안 자율 학습이 의무였기 때문에 서둘러야 했다.

"예강아."

칠이 벗겨진 철제 대문을 넘으려던 예강이 자리에 멈춰 섰다. 한복에 쪽머리를 한 엄마의 모습은 새벽임이 무색할 정도로 정돈되어 있었다.

엄마는 새로 이사 와서 짐을 풀기도 전에 신당을 차리는 일부터 먼저 했다. 그다음은 지역 신문사에 전화해서 두 줄짜리 단신 광고를 실었다. '진심으로 기도해 드립니다'라는 문구와 전화번호 옆에는 쪽머리를 한 엄마의 흑백 사진이 작게 붙었다. 광고를 낸 지 사흘 만인 어제, 엄마는 드디어 첫 손님을 받았다.

"……이게 뭐야?"

엄마가 내미는 게 돈인 줄 알면서도 물었다.

"오늘 시내 가서 당장 교복 맞춰."

엄마의 얼굴이 달덩이처럼 훤했다. 시름시름 아팠던 예전 모습은 찾을 수가 없었다. 이채가 도는 그녀의 눈빛을 볼 때면 예강은 늘, 한마디로 설명할 수 없는 복잡한 감정에 사로잡혔다. 엄마가 더 이상 아프지 않아도 된다는 사실에 안도하면서도 가슴속이 답답해져 마른침을 삼켜야 했다.

"동복 나오려면 아직 멀었어. 방학 때 맞추면 되지."

그녀가 내림굿을 받는 모습이 또 떠올라 버렸다. 귓전을 때리던 요란한 꽹과리와 징 소리. 이불에 드러누워 일어나는 것조차 힘들어했던 엄마가 초점이 나간 눈으로 흙바닥을 펄펄 날듯이 뛰던 모습.

"날씨가 새벽부터 푹푹 찌는데 무슨 동복이야. 하복 사라고."

"하복 입을 날 얼마 남지도 않았잖아. 돈 아까워."

이제 학교를 졸업하면 교복과는 작별이다. 예강은 한 달 앞으로 다가온 여름 방학까지 예전 교복으로 어떻게든 견뎌 보려는 중이었다.

"우리 공주. 학교에선 별일 없지?"

"없어. 이제 시작인데 뭘."

예강이 즉각 부정했다.

"우리 딸. 엄마가 기도 많이 할 거야. 신령님도 알아주시겠지. 우리 딸이 얼마나 꽃처럼 예쁘고 착한데. 그러니까 엄마 말 듣고 당장 교복 맞춰. 남들 눈에 다르게 살지 마. 예강아. 넌 안 그래도 돼."

엄마의 손이 그녀의 머리와 어깨, 팔과 옆구리를 차례로 짚었다. 살을 떨어뜨리는 행위. 엄마의 말에 따르면 예강은 귀신이 좋아해서 어쩔 줄을 모른다는 사주였다.

"알았어. 다녀오겠습니다."

말이 길어지기 전에 알았다고 고개를 끄덕였다. 남의 눈에 띄지 않게, 평범하게 살아야 한다는 말은 엄마가 무당이 된 이후 귀에 못이 박히도록 들었다.

"차 조심하고. 요 며칠 네 뒤에서 자꾸 시커먼 자동차가 보인다."

"네에."

예강은 마르는 입 안을 느끼며 애써 웃은 후, 돈뭉치를 받아 들었다. 세상이 두렵고 막막한 이들. 귀신의 입을 빌려서라도 앞날을 알고 싶어 하는 이들의 염원이 뭉쳐진 지폐에서는 지독히 불안한 냄새가 났다.

예강은 대문을 닫은 후, 주먹을 꽉 쥐었다. 페인트칠이 벗겨지고 비에 부식된 푸른 대문 옆에는 절을 상징하는 만(卍) 자와 함께 엄마가 새로 사 온 연꽃등이 걸려 있었다. 아무리 봐도 익숙해지지가 않는 광경을 뒤로하고 그녀는 빠르게 걸음을 옮겼다.

"무당이 되고 싶어 되는 이는 없어요. 인간이 신을 선택한 게 아니라 신이 인간을 선택한 거니까요. 신을 모시고 살 수밖에 없기 때문에 그리 사는 겁니다. 싫다고 아무리 발버둥 쳐도, 고통 속에서 괴로워하다 결국 알게 될 겁니다. 내가 살길은 신을 받는 것뿐이라는 걸."

정확한 이유도 없이 몸에 열이 펄펄 끓고, 자리에서 일어나질 못했던 엄마를 데리고 결국 무당을 찾아간 외할머니가 들은 말이었다.

엄마는 무당이 되기 싫어 딱 1년을 앓았다. 대형 병원에서 검사도 해 봤고 용하다는 한의원을 전전도 해 봤다. 산속 깊은 기도원에까지 들어가 보았지만 소용없었다.

살이 빠져 몸이 반쪽이 되었어도 신을 받기를 거부하던 엄마는 결국 무당이 되었다. 불행이 가족을 덮치는 걸 그녀의 탓이라 생각했기 때문이다.

외할머니는 지병이 도졌다. 공사장에서 현장 감독으로 잔뼈가 굵었던 아빠는 추락하는 목재에 깔려 다리가 부러졌다. 예강이 타고 있던 버스 운전수가 뇌전증으로 전봇대를 들이받는 사고를 냈을 때, 엄마는 결국 가족의 반대를 무릅쓰고 신어머니를 직접 찾아가 내림굿을 받았다. 예강은 그날, 방구석에서 오열하는 아빠를 처음 보았다. 고통받는 아내를 위해 아무것도 할 수 없었던 아빠는 어린 그녀가 보기에도 무력하고 작아 보였다.

"아내분 데리고 병원에 한번 가 보세요."
"……뭐라고요?"

엄마가 길거리에서 생판 모르는 사람에게 앞뒤도 모를 말을 불쑥, 내뱉기 시작한 것은 신을 받은 이후였다. 내림굿을 받았다고 한들 모두 다 무당이 되어 점사를 읽을 줄 아는 것은 아니었다. 엄마의 신어머니는 그녀의 영혼에 실린 영험한 신령님들께 감사하며 기도로 수행을 거듭해야 한다고 강조했다. 그래야 신이 더 많이 찾아올 수 있다고.

엄마는 여러 산과 계곡으로 기도를 하러 자주 자리를 비웠다. 한번 나가면 언제 들어올지는 아무도 몰랐다. 엄마가 신병으로 앓아누웠을 때부터 방황하던 아빠는 이 상황을 견딜 수 없어 했다.

대폿집에서 정신을 잃고 쓰러져 있다는 연락을 받기가 일쑤였고 한번은 술에 취해 새벽에 들어온 후 골방에 차려 놓은 신당 집기들을 때려 부쉈다. 그리고 얼마 있지 않아 근무 태만으로 10년 넘게 일한 직장을 잃었다. 작업 시간에 술을 마셨다는 이유였다.

"신이 노하셔서 그래요. 그 정도가 다행이에요, 여보."
"한 마디만 더 해라. 너 죽고 나 죽는다."

부부 싸움은 점점 격해졌다. 소개받은 자리에서 엄마를 보자마자 한눈에 반해 매달렸다는 아빠는 점점 더 바깥으로 돌았다. 깨어 있는 시간보다 취해 있는 시간이 많았고 일을 구할 생각도 하지 않았다.

"혹시 보살님 이야기 좀 들을 수 있을까요?"

엄마는 어느 날부터인가 집으로 찾아온 손님을 받게 되었다. 구멍가게 평상에 앉아 있던 아주머니에게 또다시 불쑥, 말을 내뱉은 게 결정적인 이유였다. 황무지 같은 선산을 내놓으려 고민하고 있던 여자는 '조상이 도울 것'이라는 엄마의 말에 선택을 미루었다고 했다. 그리고 반년 뒤 신도시 개발 허가가 나면서 주변 땅값이 천정부지로 치솟았다고.

죽을상을 하고 앉아 있던 여자는 번쩍거리는 옷차림을 한 채 그날부터 뻔질나게 예강의 집 문턱을 드나들었다. 하루에 찾아오는 이가 열 명이 넘었을 때부터, 엄마는 야트막한 산 중턱에 안채와 별채가 분리된 집을 얻었다. '해강원'이라는 간판이 집 밖에 걸리던 날, 엄마는 자동으로 집안의 가장이 되었다.

신병을 앓으며 돈이 여기저기 나가는 바람에 이미 가진 게 아무것도 없는 그들이었다. 그래도 세 식구 입에 풀칠은 하며 살 정도는 될 거라 생각한 것은 착각이었다.

한 달 동안 집에 돌아오지 않던 아빠가 도박에까지 손을 대었다는 사실은 그가 얼굴이 멍투성이가 되어 빚쟁이들에게 질질 끌려 나타났을 때 알게 되었다.

엄마는 예강에게 무슨 일이 있어도 절대 바깥으로 나오면 안 된다고, 난생처음 보는 무서운 표정으로 말했다. 예강은 그날, 좁은 다락에 웅크리고 숨어 나오지도 못한 채, 빚쟁이들이 집 안을 때려 부수는 소리와 아빠가 제발 살려 달라고 비참하게 울부짖는 소리를 고스란히 들어야 했다.

빚쟁이를 피해 쫓기듯 도망치는 남편을 위해, 엄마는 전세금과 외할머니의 노후 자금을 빼서 빚을 갚았다. 면목 없는 얼굴로 깡소주를 마시던 아빠는 일주일간 소식이 없더니 고향 선배와 함께 배를 타겠다고 했다. 원양 어선의 고등어잡이. 출어를 나가면 한 달은 걸리는 직업이었다. 그리고 엄마는 아빠가 배에서 내렸을 때 돌아올 곳은 있어야 한다며 그를 따라 짐을 쌌다.

집값이 제일 싼 동네에서도 그들에게 알맞은 집을 찾는 것은 하늘의 별 따기였다. 신당과 가정집이 분리되어 있는 양옥은 엄두도 내지 못했다. 결국 엄마가 찾은 곳은 슬레이트 지붕이 다닥다닥 붙어 있는 판자촌이었다.
나무판자가 바닥에 못질된 푸세식 화장실이 바깥에 있고, 살찐 지렁이가 출몰하는 부엌은 시멘트 바닥이었다. 장판은 연탄불에 새까맣게 탄 자국이 그대로 남아 있었다. 신당과 골방 두 개가 마당 하나를 두고 기역 자로 붙은 단층집이 예강의 새로운 보금자리였다. 그나마도 난방이 되는 곳은 방 한 칸뿐이었다.

"이 집에서 사고 나서 집주인이 그나마 싸게 내놓은 거야. 방 세 칸짜리를 어디 이 가격에 구해. 거기다가 찝찝하게 무당집을. 운 좋은 줄 알아요."

연탄가스 중독으로 일가족이 죽어 나갔다는 방을 소개해 주며 복덕방 아주머니는 당당하게 소리를 높였다. 주먹을 꽉 쥐고 있는 예강의 손을 잡아채며 엄마는 연신 죄송하다고, 그리고 감사하다고 그녀에게 고개를 숙였다.

"미안하다, 예강아."

예강은 이 모든 것이 엄마의 탓이 아니라는 걸 머리로는 알았다.
하지만…… 머리로 이해한다고 해서 가슴으로까지 이해할 수 있는 건 아니었다. 엄마가 무당이 되어 불행이 멈춘 게 아니라, 모든 불행이 엄마가 신을 받은 이후부터 시작된 것만 같았다.
엄마밖에 모르던 애처가 아빠가 변해 버린 것도, 잘사는 건 아니었어도 화목했던 집 분위기가 완전히 깨져 버린 것도, 친했던 친구들이 예강을 멀리하게 된 것도 모두 다.
철길 건널목에서 딸랑거리며 차단기가 내려왔다.
땡. 땡. 땡.
멀리서 빠앙- 하는 경적이 울렸다. 덜컹거리며 땅을 울리는 기차가 요란한 굉음과 함께 그녀를 스쳐 지나갔다. 바람에 머리가 날릴 정도로 가까이 선 채, 예강은 어디론가 떠나고 싶다는 생각을 했다.

아무도 그녀를 모르는 곳에서 새로운 인생을 시작하는 것도 좋았고, 영화에서 나오는 것처럼 사고가 나서 모든 기억을 잃은 채 눈을 뜨는 것도 좋을 것 같았다.

뭐든 지금보다는 나을 것 같았다.

* * *

2교시 쉬는 시간에 누군가 창민이 자리를 비운 의자에 앉았다.

"이거 먹을래?"

예상치 못하게 다가온 상대는 상미였다.

"아…… 고마워."

거절할까 하다 조개 모양의 초콜릿 하나를 집어 들고 깨물었다. 부드럽고 달콤한 맛이 입 안에 퍼졌다. 초콜릿이 이렇게 맛있는 음식이라는 걸 새삼 깨닫고 있는데 상미가 재차 물었다.

"너 집이 어디야?"

"그건 왜?"

예강이 조심스레 되묻자 상미가 어깨를 으쓱했다. 트레이드마크같이 양옆으로 땋은 머리가 흔들릴 때마다 머리카락에서 좋은 냄새가 났다.

"동네 가까우면 우리 봉고 차 타라고 하려고."

"아, 난 버스 타고 다니면 되는데."

"응? 고 3이 버스를 어떻게 타. 서울은 그래?"

예강은 말도 안 된다는 표정의 상미를 보며 애매하게 웃음으로 답을 흐렸다. 상미의 말뜻을 확실히 이해할 수 있었기 때문이다.

학교까지 가는 시내버스는 공립 중학교를 두 개나 거치는 코스였는데 배

차 시간이 들쑥날쑥이었다. 게다가 버스 크기에 비해 학생이 너무 많았다. 오늘 그녀는 출입문 계단까지 학생들이 꽉 찬 버스에서 콩나물시루에 빽빽하게 찬 콩나물이 된 것 같은 기분을 느낀 참이었다.

"학원도 소개해 줄 수 있어. 담임이 너 공부 잘한다고 어제 야자 시간에 제하랑 나 불러서 은근 겁줬거든. 근데 진짜 어디 살아?"

새로운 전학생에 대한 상미의 첫인상이 그리 좋지 않을 거라는 사실은 당사자인 예강 역시 짐작할 수 있었다. 어제 제하가 그녀를 놀리듯 꺼낸 자리 바꾸기 화제 때문이었다.

그런데 상미가 그녀에게 먼저 손을 내밀었다. 관대함을 베풀어 자신이 노는 무리에 끼워 주겠다는 은근한 초대와도 같았지만 문제는 따로 있었다.

"어디라고? 산1동? 거기 굴다리 옆에?"

예강의 답을 들은 상미가 이제는 거의 화를 내는 표정으로 인상을 찌푸렸다. 그녀의 날카로운 목소리에 몇몇의 시선이 집중될 정도였다.

"응. 맞아."

예강은 작게 긍정하며 고개를 끄덕였다.

"어쩐지……."

그녀의 위아래를 훑으며 혼잣말처럼 중얼대는 상미의 얼굴이 찰나의 순간 기묘하게 변하는 것이 보였다. 자그마한 얼굴에 명백한 승리감, 그리고 희미한 경멸이 스치고 지나갔다.

예강의 엄마가 자리를 잡은 동네는 그 도시에서도 학군이 좋기로 소문이 난 곳이었다. 돈 많은 손님들 점사를 봐 주는 게 마음이 편하다고 했다. 학군이 좋은 곳에는 필연적으로 돈이 모이게 된다는 사실을 엄마라고 모르는 것은 아니었다.

그곳에 아직 개발이 들어가지 않은 산동네가 있고, 판자촌이 존재한다는 사실을 알게 된 순간 엄마에게 선택지는 단 하나뿐이었을 것이다. 뭐든, 예강의 선택은 아니었다. 그녀가 선택할 수 있는 건 처음부터 아무것도 없었으니까.

예강은 애써 태연하려 노력했지만 점점 더 얼굴이 뜨거워졌다. 가난은 불편하기만 한 것이 아니라 부끄러운 것이기도 했다. 그 나이 또래 여자애들에게는 더더욱이나.

"그럼 내 차 타면 되겠네."

빨리 끝내고 싶은 대화에 불청객이 끼어들었다. 이어폰을 귀에서 빼내며 자연스레 말을 잇는 상대는 그녀의 반대편 옆자리에 앉아 있는 이제하였다.

상미와 같은 중학교 출신이자 작년 전교 회장. 외가댁은 지역구 국회 의원을 배출한 지방 유지에 아버지는 이 도시에서 가장 큰 교회의 목사. 성적은 최상위권도 모자라 전국 등수에 이름을 올리는 수준에다 정도에서 벗어나지 않는 바른 행실 덕에 선생들과 학부모들 모두가 인정하는 그야말로 자타 공인 모범생.

"네가 얠 왜 태워 줘?"

예강이 해야 할 질문을 상미가 대신 했다.

"같은 동네잖아."

"야. 1동이랑 2동이랑 같니?"

"거기서 거기지. 걸어서 10분 거린데."

산 아래 위치한 또 다른 세상. 담벼락이 키를 넘는 단독 주택이 몰려 있는 고급 주택 단지를, 이제하는 같은 동네라 치부하고 있었다. 예강은 어이없어 하는 상미보다 태연하게 받아치는 제하의 태도에 더욱 수치심이 일었다.

"대체 네가 언제부터 그렇게 친절했는데?"

상미가 기가 찬다는 듯 허리에 손을 올렸다.

"오늘부터."

더 이상 이 대화를 듣고 있을 수가 없었다. 예강이 목소리를 높인 것은 그 때문이었다.

"둘 다 신경 써 줘서 고마워. 그런데 난 버스 타고 다니는 게 편해서."

"그게 말이 돼?"

제하가 그녀에게 똑바로 눈을 마주치며 물었다. 전학 온 첫날인 어제 이후, 그와 시선이 마주치는 것은 처음이었다. 여전히 사람을 긴장시키는 눈빛에 마른침이 절로 넘어갔다.

"말이 안 될 건 뭔데?"

생각하기도 전에 입이 먼저 움직였다. 가슴속에서 무언가가 울컥, 치밀어 오르는 것을 참을 수가 없었기 때문이다. 이제하는 보란 듯이 그녀를 자극하고 있었다. 괴롭히는 방식이라면 몹시도 새로웠다.

"오지도 않는 버스 기다리다 다른 버스 갈아타고, 결국 교문까지 뛰어와서 아슬아슬하게 지각을 면하는 게 편하다니. 누가 들어도 이상하잖아."

가지런한 예강의 눈썹이 꿈틀거리며 미간에 모였다. 대체 오늘 아침에 일어난 일을 그가 어떻게 알고 있을까.

"되지도 않는 오기 부려서 네가 얻는 게 뭐야? 자존심?"

미친 새끼.

예강의 얼굴이 하얗게 질렸다. 그녀는 주먹을 꽉 쥐었다. 때마침 수업 종이 울린 것은 다행이었다. 그러지 않았다면, 예강은 그에게 말해 버렸을지도 몰랐다. 가만있는 사람을 일부러 쿡 찔러 자극하는 너야말로 정말이지 이상하고 재수 없는 자식이라고.

"김상미. 종 쳤어."

"하여튼 이제하, 싸가지 하곤."

흥미로운 표정으로 그들을 지켜보던 상미가 피식 웃으며 자리로 돌아가 앉았다. 예강은 교과서를 펼치며 뜨겁게 차오르는 숨을 간신히 진정시키려 했지만 그럴 수가 없었다.

"내일부터 7시에 철길 건널목 앞에서 기다려. 가는 길에 태워 가면 편하니까."

제하가 그녀의 옆얼굴을 보며 통보하듯 내뱉었다. 예강은 더 이상 참지 못했다. 고개를 치켜들고 그를 노려보며 입술을 깨물었다.

"……싫어."

"왜 싫은데?"

제하가 이해할 수 없다는 얼굴로 되물었다.

"내 맘이야."

오기라고 해도 상관없었다. 이걸로 이제하가 그녀를 작정하고 괴롭힌다 해도 상관없다. 교과서를 강제로 떠넘기듯 빌려주었던 것처럼 이번에도 남의 기분 따윈 상관없이 멋대로 결정하게 놔둘 순 없었다.

"그러니까 앞으로 나한테 신경 꺼 줬으면 좋겠다."

문이 열리고 교사가 들어왔으므로 그녀는 더 이상 그와 대화하지 않아도 되었다. 수업 시간 내내 그가 신경 쓰인 것은 별개의 문제였다.

* * *

점심시간. 예강은 답답한 교실 안을 나와 벤치에 멍하니 앉아 있었다. 이제 전학 온 지 겨우 이틀째인데 모든 게 벌써부터 엉망이었다.

아까는 화장실에서 어떤 여자애가 그녀를 불러 세웠다. 자신을 상미의 베스트 프렌드라 칭한 그녀는 예강이 별로 관심을 두고 싶지 않은 화제를 길게 늘어놓았다.

"상미랑 제하, 1학년 때부터 둘이 사귀니까 네가 알아서 행동을 좀 조심해 줬으면 좋겠어. 제하, 재수 없게 굴면서도 은근히 잘해 주는 거, 너한테만 그러는 거 아니거든? 제하 태도에 오해하는 애들이 가끔 있어서 상미가 힘든 적이 좀 많았어. 근데 제하는 원래 그래. 형편 어려운 애들한텐 더하고."

기다랗게 한숨만 나왔다. 예강은 벤치에 등을 기댄 채 눈을 천천히 감았다가 떴다. 자신이 왜 그런 이야기를 듣고 있어야 했는지 이해가 가지 않았다.

"여기서 뭐 해?"

누군가 그녀의 옆에 털썩 앉았다. 미술부인 창민이었다. 그림으로 대학을 가려 한다는 그는 교실에 있는 시간보다 없는 시간이 더 많았다. 혼자만 짝이 없는 이유도 그 때문이라고 했다. 예강이 떨떠름한 얼굴로 그를 바라보자 창민이 스스럼없이 말을 건넸다.

"아까 나 없을 때 교실에서 한 건 했다면서."

"……뭘?"

"이제하랑 김상미한테 꺼지라고 했다던데."

말이 어떻게 하면 그렇게 전달될 수 있는지 도무지 이해를 할 수가 없었다.

"지금 전교생들이 너 때문에 난리거든. 아, 정확히 말하면 이제하랑 김상미 때문이기도 하다."

"무슨 말이야?"

"콜라 하나 뽑아 주면 이야기해 줄게."

"생각해 봤는데 굳이 안 해 줘도 될 것 같아."

"아유, 서릿발이네. 하하."

예강이 말릴 틈도 없이 창민이 이야기를 시작했다. 학교를 떠들썩하게 만들었다는 소문의 요는 부반장인 김상미와 반장인 이제하 사이에 새로운 전학생이 끼어들었다는 내용이었다. 화장실에서 들었던 내용과 별반 차이가 없다.

"전혀 사실이 아닌 것 같은데?"

"사실이냐 아니냐는 안 중요하지. 재미가 있냐 없냐만 중요한 거야. 상미가 제하 좋아하는 거야 너무 뻔하게 보이니까 당연한 거고. 문제는…… 이제하거든."

창민이 그녀에게 조금 더 바싹 붙는 바람에 예강은 슬쩍 옆으로 떨어져 앉아야 했다. 창민이 손가락으로 누군가를 가리키며 말소리를 조금 낮추었다. 같은 반 남자애들이 농구공 하나를 들고 우르르 몰려나오는 것이 보였다.

"오랜만에 몸 좀 풀어 보자!"

단연 선두에 있는 것은 이제하였다. 그는 여자애들뿐만이 아니라 남자애들에게도 인기가 많은 인물이었다. 덥지도 않은지 운동장을 달리는 그를 따라 햇살이 비치는 것만 같았다. 부족한 거라곤 하나도 없는 애다.

"제하는 확실히 튀지. 전교에서 제일 유명하고. 남녀불문 친해지고 싶어 하는 애도 많고."

창민의 목소리에 은근한 부러움이 깔리는 것을 모르는 척할 수가 없었다. 예강은 물끄러미 그를 바라보았다.

"그런데 갑자기 전학 온 너한테 제하가 관심을 보이니까, 상미가 불안해 미치는 거야. 상미가 너한테 먼저 말 걸었지? 아마 너랑 친해지고 난 다음에 확실히 하고 싶었겠지. 걔 그런 거 잘하거든. 자기 편 만드는 거. 상미가 없었다면 이제하한테 고백하는 여자애들 수가 지금 보다 두 배는 더 많았을 거야."

"……."

"근데 제하가 상미를 더 긁었다며."

"나한테 그런 이야기 왜 하는 거야?"

창민이 그녀를 바라보며 잠시 말을 망설이다 입을 열었다. 그의 얼굴이 조금 붉었다.

"상미는 어렸을 때부터 정말 공주처럼 자라서 샘이 되게 많아. 상미랑 나, 유치원 때부터 같은 미술 학원 다닌 친구거든. 그래서 그냥 말해 주고 싶었어. 왜, 장난감 못 가져서 땡깡 부리는 애들이 옆에 있는 애 때리고 막 그러잖아."

"너 혹시 상미 좋아해?"

예강의 물음에 창민이 눈을 둥그렇게 뜨고 말을 더듬었다.

"어…… 어떻게 알았어?"

마치 그녀를 독심술사 바라보듯 신기하게 보는 창민의 곁에서 예강이 길게 숨을 내쉬었다. 이 동네는 확실히 더웠다. 아직 한여름은 오지도 않았는데 벌써 지치는 느낌이었다.

운동장에서 모래바람을 일으키며 제하가 슛을 날렸다. 포물선을 그리며 날아간 공은 완벽하게 골인했다. 그가 환하게 웃었다. 남자애들과 하이 파이브를 하는 모습에서는 에너지가 넘쳤다. 마치 햇살이 그를 따라다니는 것 같은데 덥지도 않아 보인다.

"그래서 제하랑 잘해 보라는 뜻이야? 네가 상미 좋아하니까."

"아. 아니. 나는 그냥……."

창민이 당황해서 말을 더듬었다. 예강은 그를 똑바로 바라보며 말을 이었다.

"미안한데, 나는 너희들 삼각관계에 끼어들고 싶은 마음이 전혀 없어. 그냥 조용히 살고 싶거든. 상미가 말 안 해? 나 어디 사는지? 네 친구라며."

정곡을 찔린 듯 당황한 표정을 지으며 창민이 입을 뗐다.

"아, 아니, 나는 그런 거 정말 상관 안 해. 그냥 네가 좀 특별하게 보여서 그런 거고."

"내가 뭐가 특별한데? 어제부터 오늘까지 내가 튀는 행동 한 적 있어?"

화를 낼 상대가 잘못되었다는 사실 정도는 예강도 알았다. 그저, 창민이 나쁜 타이밍에 나타난 것뿐이고, 그녀가 예민하게 굴고 있다는 사실도 분명했다.

예강은 충분히 조심했다. 가난한 주제에 꼴 보기 싫게 발랄한 척을 하지도 않았고, 남자애들에게 잘 보이려고 실실 웃지도 않았다. 남들을 무시하며 잘난 척을 하지도 않았고, 그렇다고 눈치를 보며 음침하게 굴지도 않았다. 그녀를 괴롭히는 아이들에게 들었던 그 모든 이유를 들먹일 기회조차 주지 않기 위해 공기처럼 지내려 했는데 하루 만에 돌아오는 결과가 이거다.

도르르르.

날아온 농구공이 그들이 앉아 있는 벤치를 향해 정확하게 굴러 예강의 발치에 멈추었다. 곧이어 전혀 반갑지 않은 얼굴이 나타났다. 막힌 에너지를 발산하듯 운동장을 가로지르던 이제하가 숨을 몰아쉬며 그녀와 창민을 차례로 보았다. 땀에 흠뻑 젖은 얼굴이었지만 얄미울 정도로 청량한 모습이었다.

"둘이 연애 중?"

창민은 당황해 아니라고 답했고 예강은 그를 노려보다 한마디를 내뱉었다.

"네가 무슨 상관이야?"

"뭐?"

제하가 그녀를 보며 웃는 채로 미간을 슬쩍 찌푸렸다. 그녀는 그런 눈빛을 확실히 알고 있었다. 괴롭히기 직전의 눈빛이다. 이제는 이골이 난 눈동자.

"넌 김상미랑 사귄다며. 근데 누가 누구랑 연애하든 무슨 상관이냐고."

충동적으로 뱉어 버렸다. 참으려고 했는데 어쩔 수가 없었다. 말을 해 버리고 나니 뒤늦은 후회가 밀려들었지만 이미 늦었다. 예강은 고개를 휙, 돌려 교실을 향해 빠르게 걸었다.

"송창민. 쟤가 지금 뭐라고 하는 거냐?"

"아니, 나는……."

뒤에서 창민의 당황한 목소리가 들려오는 듯했지만 듣지 않으려 노력하면서. 하늘 꼭대기에 걸린 태양에 정수리가 잔뜩 뜨거웠다.

이제하는 수업 종이 울리기 직전에 돌아왔다. 교실 문이 확 열린 후, 그가 상미의 이름을 크게 불렀다.

"야, 김상미!"

문제집을 풀고 있던 상미가 고개를 들어 그를 보았다.

"뭐?"

"너 나랑 사귀냐? 대체 언제부터?"

제하가 싱글거리며 목소리를 높이자 상미의 얼굴이 순식간에 시뻘겋게 달아올랐다.

"뭐래, 이 씨발놈아!"

"그러게. 어떤 새끼가 미친 소리 지껄이고 다니나 해서."

제하가 자리에 앉으며 산뜻하게 웃었다. 예강은 뒤따라 자리에 앉는 창민을 보며 입술을 질끈 깨물었다. 다행히 그의 얼굴에 맞은 흔적은 없었다.

머뭇거리던 그녀는 노트를 꺼내 쪽지를 썼다. 흥분을 이기지 못하고 괜한 일에 창민을 끌어들였다는 죄책감이 들었다.

[미안해]
[뭐가?]
[나 때문에 곤란해진 거 아냐?]
[아니야. 이제하가 헛소문 낸다고 날 패기라도 했을까 봐?]

구불거리는 필체로 덧붙이며 창민이 덧니를 드러냈다.

[나쁜 놈 아니라니까.]

예강은 창민이 무엇 때문에 그런 결론을 내리게 된 건지 도무지 이해할 수가 없었다. 자기를 좋아한다는 여자애를 대놓고 남들 앞에서 자존심 상하게 만드는 그는 충분히, 못된 인간으로 보였기 때문이다.
그녀는 다시 한번, 그와는 절대 엮이지 말아야겠다고 다짐했다. 그리고 이제하는, 그런 그녀의 다짐을 비웃듯이 다가왔다.

* * *

"……뭔데?"
자율 학습 쉬는 시간이었다. 예강은 자신의 책상 앞에 버티고 선 제하를 보며 마침내 입을 열었다.
"진학 상담 신청 빨리 하라더라. 담임이."
제하가 그녀의 책상 위에 들고 있던 진학 상담 시간표를 내려놓았다. 책상 한편을 짚고 버티고 선 자세는 마치 지금 당장 비어 있는 칸에 이름을 기입하라는 압박으로 느껴졌다.

"난 대학 안 갈 건데."

엄마가 들으면 화를 낼 이야기였지만 예강의 결심은 확고했다. 대학에 갈 여유 따윈 없다. 고등학교를 졸업하면 그녀는 바로 서울에 가서 작은 회사에라도 취직을 할 생각이었다. 열심히 돈을 모아 방 한 칸이라도 마련하고, 엄마를 다시 부르는 게 꿈이었다.

예강이 대화의 종료를 뜻하듯 문제집을 펼쳤을 때였다. 말없이 그녀를 바라보던 제하가 그녀의 앞자리, 비어 있는 걸상에 반대로 걸터앉았다. 종이가 휙 돌아가고 그가 예강의 볼펜을 손에 쥐었다.

고개를 숙이는 그의 얼굴이 너무 가까웠다. 예강은 흠칫 놀라 얼굴을 뒤로 물릴 수밖에 없었다.

"뭐 하는 거야?"

교실 안의 나직한 소음이 순식간에 사라지는 착각마저 들었다.

툭.

그의 하얀 손에서 육각형 볼펜이 툭 떨어져 조금 굴렀다.

강. 예. 강.

진학 상담 시간표에 정확히 기입되어 있는 자신의 이름을 보며, 예강은 인상을 찌푸렸다. 이 와중에 필체가 훌륭해서 기분이 더 나빴다.

맘대로 그녀의 이름을 써넣은 상대는 예강이 뭐라 입을 열기도 전에 종이를 사뿐히 낚아채며 낮은 목소리로 내뱉었다.

"대학 안 갈 건데 문제집은 왜 풀어?"

네가 무슨 상관이냐고 받아치기도 전에 그가 다시 물었다.

"너 되게 이상한 거 알아?"

"뭐?"

"말하는 게 앞뒤가 안 맞아."

예강의 호흡이 가늘게 떨리며 맥이 빠르게 뛰었다. 아이들이 호기심과 흥분을 담고 그들을 바라보고 있는 게 느껴졌다. 거기에는 더 이상 기분 나쁜 표정을 숨기지도 않는 상미도 포함되어 있었다. 예강이 마른침을 삼키고 입을 열었다.

"네가 무슨 상관인데?"

드디어 말을 내뱉은 용기가 무색하게도 제하는 태연했다.

"상관은 없지. 그냥 좀 귀찮을 뿐이야."

나직하게 내뱉는 목소리에는 정말로 귀찮음이 뚝뚝 떨어지는 것 같았다.

"네가 대학을 가든 말든 내 알 바 아니야. 그런데 그런 이야기는 상담 시간에 네가 담임한테 직접 말해라. 사람 귀찮게 만들지 말고."

그러고는 그녀가 뭐라 답할 기회도 주지 않고 교실 문을 통과해 사라졌다. 그들에게 주목하던 아이들 중 누군가가 작게 속삭였다.

"관심 있는 게 전혀 아닌 것 같은데? 방금 제하 표정 봤지? 분위기 살벌하다."

"상미야, 신경 쓸 필요 없어. 제하가 그냥 불우 이웃 돕기 하는 거랬잖아."

가만히 있다가 또다시 얻어맞은 기분이었다. 예강은 교실 창밖으로 움직이는 그의 머리통을 보며 입술을 지그시 깨물었다. 그녀의 예상은 확실하게 들어맞았다. 이제하는 지금 악랄한 방법으로 그녀를 괴롭히고 있는 게 틀림없는 것이다.

제하가 멋대로 그녀의 이름을 상담 시간표에 올린 탓에 예강은 담임과 긴 이야기를 해야 했다. 담임은 예강의 상황을 이미 알고 있었고, 그녀의 답도 짐작하고 있었던 것 같았다. 요즘은 장학금과 기숙사 제도가 잘되어 있는 학교가 많다고. 지금 성적으로는 조금만 낮춰서 쓰더라도 선택지가 훨씬 많아질 거라는 현실적인 추천이었다.

"힘든 건 없고? 반장한테 특별히 신경 쓰라고 말하긴 했는데."

담임이 그녀의 속도 모르는 소리를 했다. 예강은 차라리 제하가 그녀에게 완벽하게 신경을 꺼 주기만을 바라고 있었다. 그 이유가 상미의 질투심을 자극하기 위해서건, 아니면 아이들의 말마따나 불우 이웃 돕기이건 둘 다 싫었다.

"그럼 이만 가 볼게요."

전학을 오기 직전, 예강이 1년을 다닌 학교는 여고였다. 서클에 가입하라는 한 아이의 제안을 거절했다가 학기 내도록 불량한 여자아이들에게 찍혀서 고생을 했다. 그나마 그녀의 엄마가 무당이라는 소문이 퍼진 후에는 기분 나쁘다며 그녀를 공기 취급해 준 게 다행이었다.

남녀 공학이라고 해서 딱히 생활이 편해지는 것은 아니었다.

그녀를 챙겨 주며 친절하게 대해 줬던 남자애가 학교에서 인기가 많은 사람이었을 때는 오히려 상황이 더 나빴다. 누군지도 모르는 대상에게 괴롭힘을 당하는 것은 더욱 두려운 일이었다. 그녀를 대놓고 노려보던 상미의 눈빛을 떠올리자 예강의 발걸음이 무거워졌다. 학교에 나올 필요가 없는 휴일이 간절했지만 아직도 수요일이었다.

* * *

예강은 빠르게 대문을 넘고 발길을 서둘렀다. 직접 싼 도시락이 두 개나 들어 있는 가방이 묵직하게 어깨를 짓눌러 가방끈 사이에 엄지손가락을 비집어 넣었다. 졸린 눈을 비비며 새벽밥을 챙기는 것은 이미 익숙해져 있었다. 엄마가 손님을 받기 시작하고, 외할머니가 돌아가시고 난 후부터 집안일은 그녀의 몫이 되었기 때문이다.

예강은 더 이상 등굣길에 기찻길 앞에서 감상에 빠지지 않았다. 그럴 여유가 없었다.

길에서 일어나는 변수는 예측이 불가능했다. 어떨 때는 20분을 기다려도 버스가 오지 않았고, 어떨 때는 버스 두 대가 연달아 오기도 했다. 하필이면 버스 정류장은 그녀의 집에서 15분은 걸어야 하는 거리였다.

정류장을 100미터가량 남겨 놓았을 때, 그녀가 타야 하는 번호의 버스가 부릉, 소리를 내며 곁을 지나쳤다.

예강은 인상을 찌푸리며 힘껏 뛰기 시작했다. 체력장을 할 때처럼 열심히 달렸던 이유는 지금 저 버스를 놓치면 다음 버스가 또 언제 올지 아무도 모르기 때문이었다. 툭 튀어나온 깨진 보도블록에 발이 걸려 장렬히 길거리에 넘어지기 위해서는 절대 아니었는데.

"아아!"

급하게 달리던 가속 때문에 무릎이 아프게 찍혔다. 연한 피부에 핏방울이 새어 나오는 것은 빨랐다. 혈관이 터진 피부는 벌써부터 불그스름하게 변하며 시퍼런 멍을 예고하고 있었다.

넘어져서 창피한 것은 생각도 안 날 만큼 아픔이 더했다. 겨우 자리에서 일어났더니 손바닥도 까져 있었다. 물 건너간 버스는 포기하고 손수건을 찾으려 가방을 뒤적였을 때였다.

끼익.

그녀의 곁에 반듯하게 각진 세단이 비상 깜빡이를 켜며 멈춰 섰다.

빵!

경적이 울리는 바람에 예강은 흠칫 놀라 고개를 돌렸다. 내려간 차창 너머로 이제하의 얼굴이 보였다. 누군가 공들여 조각해 놓은 것 같은 미간에 주름이 잡혔다.

"타."

최악의 타이밍이다. 대체 어디서부터 보고 있었을까. 설마 넘어지는 것까지 다 본 걸까. 예강의 귓불이 홧홧하게 달아올랐다. 이제는 까진 무릎보다 얼굴이 더 뜨거워지는 것 같다.

"괜찮아. 많이 다친 거 아니라서."

예강은 얼른 손을 내저은 후, 가방을 도로 어깨에 멨다. 쓰라린 무릎에서 흘러나오는 피를 닦을 새도 없이 서둘러 떠나려는데 제하가 그녀를 불러 세웠다.

"강예강."

예강은 잠시 숨을 몰아쉬었다. 그에게서 불리는 자신의 이름이 다른 사람의 것처럼 낯설었다.

"내가 하나 물어볼 게 있는데."

그녀가 뒤를 돌아 그를 바라보았다. 제하는 차창에 팔꿈치를 기댄 채 턱을 괴고서 그런 그녀를 가만히 응시하고 있었다. 찰나의 침묵을 깨고 그가 입을 열었다.

"너. 혹시 나한테 관심 있어?"

"뭐?"

귀를 의심하며 되묻는 말에도 그의 표정은 태연하기 짝이 없었다.

"나 좋아하냐고."

"그게 대체 무슨 말이야?"

예강의 가지런한 눈썹이 미간에 모였다. 당혹스러운 그의 물음에 머리가 복잡해졌다. 혹시 그가 오해할 만한 일을 하기라도 했는지를 떠올려 보았지만 그럴 리가 없었다. 오히려 그녀는 그와 엮이고 싶지 않아 전전긍긍했다고 하는 편이 옳았다.

"나한테 관심 있는 거 아니면 네 행동이 난 이해가 안 돼서."

"내가 뭘…… 했는데?"

"사람 호의를 일부러 거절하는 것도 한두 번이지. 이 정도면 꼭 나 좀 봐달라고 시위하는 것 같다고 생각 안 해?"

궤변이다.

"네가 뭘 좀 오해하는 것 같은데……."

"응. 그럼 내가 더 오해하기 전에 좀 타 줬으면 좋겠어. 다친 사람 두고 그냥 가는 건 우리 집 교육 방침이랑도 안 맞거든."

예강은 그를 노려보며 마른침을 삼켰다. 그의 생각을 종잡을 수가 없었다. 이건 괴롭힘일까, 아니면 단순한 친절일까.

"다리가 아파서 못 오는 거면 부축해 줄게."

예강이 짧은 망설임을 끝냈던 것은 제하가 정말로 차 문을 열고 밖으로 나왔을 때였다.

"아니. 그럴 필요 없어."

예강은 그가 마치 기사처럼 문을 잡고 서 있는 차 안으로 몸을 집어넣었고, 제하는 그녀의 옆자리에 착석하고 나서 차 문을 닫았다.

"출발해 주세요."

기사에게 요구하며 그가 숨을 조금 길게 내쉬었다. 밀폐된 차 안에 그의 옷에서 나던 향긋하고 기분 좋은 냄새가 강하게 감돌고 있었다. 예강은 긴장하며 입술을 꽉 물었다.

제하와 한 분단을 떨어진 거리에서도 맡았던 향을 확실히 느끼며, 그녀는 자신이 그를 냄새로 기억하게 될지도 모른다는 상상을 막연하게 했다. 동시에, 땀이 나게 달린 자신의 몸에서 이상한 냄새가 나지는 않는지가 신경 쓰였다.

"안 아파? 많이 다친 것 같은데."

옆자리에 앉은 그가 어색한 침묵을 깨고 나서야 예강은 무릎이 아까부터 계속 욱신거리고 있다는 사실을 인지했다. 살갗이 까진 자리에서 흘러내리고 있는 피가 보기 좋지 않았다. 불그스름한 부위는 내일쯤 확실히 시퍼런 피멍이 들 것 같았다.

"조금 까진 거야. 학교 가서 양호실 가면 돼."

예강이 상처를 감싸려 가방에서 손수건을 꺼냈다. 일단 지혈은 해야 할 것 같았다.

"줘 봐."

가만히 그녀를 보고 있던 제하가 손을 내밀자 예강은 당황했다.

"왜?"

"피 계속 나잖아. 지혈해야지."

"내가 하면 돼."

"딱 봐도 손놀림이 엉성해. 너 교련 못하지?"

예강은 입 안의 살을 깨물며 손수건을 꽉 쥐었다. 제하의 새까만 눈동자에 알 수 없는 빛이 어른거리는 것 같았다.

"난 만점이거든."

나직하게 속삭이는 그의 목소리를 듣자 기분이 이상했다. 그와는 여태껏 말을 열 마디 이상 섞어 본 적도 없었고 그마저도 끝이 늘 안 좋았다. 입을 꾹 다물고 있는 그녀를 보며 제하가 얼굴을 쑥, 들이밀었다.

"지금 나랑 눈싸움하는 거야?"

예강은 당황하며 고개를 얼른 뒤로 물렸다. 갑자기 가까워진 거리에 순간이지만 정말 기분이 이상했다. 그사이 제하는 그녀의 시선을 꽉 붙든 채 손에 있던 손수건을 스르륵, 잡아 뺀 후였다.

"치맛단 좀 올려 봐."

"뭐?"

목소리가 조금 크게 튀어나온 것은 본능적인 반응이었다. 예강이 제 풀에 놀라 흠, 하고 목을 가다듬자 제하가 말을 이었다.

"상처가 보여야 묶을 거 아냐. 내가 해?"

예강은 고개를 빠르게 저었다. 괜히 오해한 자신을 들키고 싶지 않아 재빨리 무릎 아래까지 내려오는 치맛단 한쪽을 들어 올렸다.

"장난 아니게 까졌네. 어떻게 넘어지면 이렇게 되냐?"

제하가 쯧, 하고 혀를 차더니 인상을 찌푸렸다. 손수건을 사선으로 길게 접은 후, 상처를 감싸는 모습을 내려다보며 입술을 꽉 깨물었다.

"살살 할게. 근데 안 아플진 모르겠다."

옅은 미색의 손수건이 그녀의 무릎에 감겼다. 예강을 놀라게 만든 것은 매듭을 감추는 손놀림이 놀랍도록 부드러웠다는 것이다. 그는 마치 이런 일을 자주 한 사람처럼 능숙하기까지 했다. 어이없게도 가슴이 조금 두근거렸다. 이 정도면 김상미의 친구가 말했던 제하의 태도가 뭐였는지 조금 이해를 할 수 있을 것 같은 기분이기까지 했다.

잠자리 모양의 선글라스를 끼고 하와이 스타일의 반팔 셔츠를 입은 운전기사는 마치 존재하지 않는 사람처럼 운전만 하고 있었다.

“끝.”

처치를 끝낸 제하가 산뜻하게 손을 뗐다. 그리고 옆에 떨어져 있던 단어장을 손에 쥐었다. 예강은 치맛자락을 꽉 쥐고 앉아, 그녀의 존재는 상관도 없다는 듯 태연하게 단어장을 보는 옆자리 남자애에 대하여 생각을 했다.

대체 얘는 뭘까.

“학교 가면 양호실 데려다줄게. 약 바로 안 바르면 흉 지겠다.”

제하가 그녀를 보지도 않고 내뱉었다. 귀찮게 하지 말라고 내뱉었던 차가운 말투는 사라지고 없었다.

“혼자 갈 수 있어.”

“그래. 그러든지.”

애들이 말했듯이 이건 그저 이제하의 ‘불우 이웃 돕기’일 뿐일까? 형편이 어려운 애한테는 원래 잘해 주는 인간이니까? 창민이 말했듯이 그는 조금 까칠할 뿐 나쁜 놈이 아니니까?

“강예강. 근데 있잖아.”

단어장을 팔랑, 넘기며 입을 여는 그의 목소리는 평이했다.

“응?”

예강이 방심하고 그를 바라본 순간, 이제하가 펀치를 날렸다.

“사람 전염병 환자처럼 대하지 마. 기분 더러워지니까.”

전학 온 첫날, 작게 욕설을 지껄이던 얼굴과 완전히 같은 표정이었다. 예강의 피부에 소름이 확 돋아났다. 사람 기분 더럽게 만드는 건 바로 네 쪽이라고 반격할 수 없었던 건, 여기서 선 하나만 넘으면 괴롭힘의 단계로 넘어갈 수 있다는 직감 때문이었다. 그의 싸늘한 눈빛이 모든 걸 말해 주고 있었다. 차라리 불우 이웃 돕기가 나았다. 예강은 한발 뒤로 물러서는 편을 택했다.

"네가 기분 나쁠 수 있다는 거 이해해."

말라붙은 입술을 간신히 떼자 제하의 입꼬리가 비틀렸다.

"뭘 이해하는데?"

눈을 가늘게 뜨며 되묻는 제하의 표정은 확실히 그녀를 비웃고 있었다. 예강은 크게 심호흡을 한 후, 최대한 겁먹지 않은 목소리로 입을 열었다. 지금 이 자리엔 그와 그녀 둘뿐만이 아니라 운전기사도 있었다. 어른들에 대한 기대는 없어진 지 오래였지만 그래도 제삼자가 있는 상황에서 이제하가 그녀를 때릴 가능성은 희박할 것 같았다.

"넌 학급 임원이기도 하고…… 선생님 임신하셔서 힘드신 거 아니까 전학생인 나한테 더 신경 쓰는 거 이해한다고. 잘해 주는 것도 그 때문일 테고."

"내가 너한테 잘해 줬다고?"

제하가 어이없다는 듯 되묻다가 말을 이었다.

"계속해 봐."

"그런데 난 솔직히 사람들 친절이 그다지 달갑지 않거든."

예강은 꿋꿋이 설명을 이어 나가기로 했다. 지금 바로잡지 않으면 앞으로의 학교생활이 더 힘들어질 것 같다는 예감 때문이었다. 그녀는 이제하의 상식에 마지막 기대를 걸었다. 그의 공감 능력이 지능과 비례하기를 간절히 빌었다.

"어째서?"

"널 무시해서가 절대 아니라 이건 내 문제야."

"알아듣게 설명해 봐."

그의 목소리가 까칠한 것은 당연했다. 예강은 이제 어렴풋이 짐작할 수 있었다. 눈앞의 까칠한 남자애는 아마도 자존심이 엄청날 것이다. 그를 기분 나쁘게 만드는 것은 예강이 그의 친절을 이유 없이 내친다고 생각하기 때문이다. 단지 불우 이웃을 도울 뿐인 그에게 그녀가 과민 반응을 한다고 느끼고, 그 사실에 기분이 나쁜 것이다. 하지만 문제는 그리 단순하지 않았다.

"갑자기 나타난 전학생이 이 학교에서 가장 주목받는 사람이랑 같이 다니는 거, 확실히 아니꼽고 재수 없다고 느껴질 수 있어. 나라고 이해 못 하는 것도 아니고."

"그거 혹시 날 두고 하는 소리야?"

제하가 인상을 찌푸리며 되물었고 예강은 고개를 끄덕였다.

"본인이 가장 잘 알고 있지 않니? 난 전학 온 첫날 알았는데. 네가 이 학교에서 제일 유명한 사람이란 거."

그에게 잘 보이기 위해 없는 말을 지어서 하는 게 아니었다. 수도 없이 확인받았을 말을 그녀의 입을 통해 들었다고 해서 새삼 그가 기분이 좋을 거라는 기대도 없었다. 하지만 그녀의 예상과는 달리 제하는 묘한 표정으로 희한한 질문을 던졌다.

"날 처음 봤을 때 그렇게 생각했다고? 어째서?"

맨 처음 눈이 마주치지 않았더라도, 교실 안에서 단연 눈에 띄는 사람이 그였던 건 기정사실이다. 하지만 그 누구보다 네가 날 괴롭힐 확률이 가장 높아 보였다고 솔직하게 이야기하는 것은 불가능했다. 교과서를 건네는 그녀와 눈이 마주쳤을 때, 검푸르게 보이는 서늘한 눈동자에서 숨겨지지 않는 얼룩이 일렁이는 게 보였다고는 더더욱.

"생각하고 말고 할 것도 없었어. 애들마다 하나같이 떠드는 이야기가 너에 대한 이야기였으니까. 창민이도 그랬고, 상미 친구도 그랬고. 아무튼."

제하가 눈썹을 찌푸렸다. 그의 얼굴에서 웃음기가 싹 사라지는 게 불안했지만 이유를 정확히 알 수가 없다.

"나는 졸업할 때까지 학교에서 문제 일으키고 싶지도 않아. 그러니까 앞으로 그냥 나한테 알은척을 하지 말아 주면 좋겠어. 반장 호의는 마음만 받을게. 고마워."

가만히 그녀의 이야기를 듣고 있던 제하가 마침내 입을 열었다.

"나는 이제껏 너한테 내 호의를 제대로 보인 적도 없는데 뭐가 고맙다는 소리지?"

"……."

"진짜 잘해 주는 게 어떤 건지 몰라서 그러는 거야, 아니면 반어법으로 날 비웃고 있는 거야? 이해를 못 하겠으니까 네가 직접 대답해 주면 좋겠어."

제하가 그녀를 뚫어져라 바라보았다. 불씨만 던져 주면 폭발해 버릴 것 같은 서늘한 푸른 열기가 일렁이는 제하의 눈동자가 그녀를 불안하게 만들었다. 사실 예강이 처음부터 그를 경계했던 이유는 바로 그것 때문이었다.

"미안."

"미안할 일을 하지도 않았는데 일단 사과부터 하는 건 습관인가? 아님 피해망상?"

마음속에서 뜨거운 것이 울컥, 치밀었다. 그녀는 이제 왜 제하의 앞에서 자신의 인내심이 한계에 다다르는지 알 수 있었다. 이제하는 말을 빙빙 돌리지 않는다. 그렇다면, 그녀 역시 돌려 말할 필요가 없지 않을까.

"네가 괴롭힐까 봐서."

"내가 널 왜 괴롭힐 거라고 생각하지?"

예강은 제하의 눈빛을 피할 수가 없었다. 그녀의 시선이 천천히 그의 손목으로 떨어졌다. 손목시계로 가려진 그의 상처에 시선이 닿았다가 떨어졌다. 예강은 아무런 말도 할 수가 없어 입술을 깨물었다.

제하는 그녀의 눈이 닿는 곳을 정확하게 바라보고는 숨을 크게 들이쉬었다. 예강은 입을 열지 않았지만 침묵으로 말하고자 하는 바는 분명했다.

"내가 충고 하나 할게."

예강이 긴장으로 가득 찬 눈동자로 제하를 바라보았다.

"앞으로 그런 눈으로 나 보지 마."

그런 눈이 어떤 눈이냐고 물을 필요는 없었다. 그의 얼굴 표정에서 알 수 있었다. 그것은 비밀을 들킨 자의 표정이다. 남들이 도저히 몰랐으면 하고 바라는 자신의 어떤 부분이 완전히 까발려진 사람의 얼굴이었다. 고작 사춘기 방황에 손목 그은 거 가지고 그런 표정을 하는 거냐고, 묻지 않은 이유는 이제하의 요동치는 눈빛이 너무나 진심이었기 때문이다. 두려울 정도로.

"이건 경고야. 내가 널 정말로 괴롭히기 전에 그만 자극하라는 경고."

그의 목소리가 완전히 낮게 깔렸다.

"네 말대로 신경 끌 테니까 너도 앞으로 날 신경 쓰이게 만들지 마."

차는 교문 앞에 정차했다. 봉고 차에서 우르르 내리는 한 무더기의 아이들이 보였다. 예강은 어서 이 자리에서 도망치고 싶었다. 하지만 그 전에 확인할 게 있었다.

"어떻게 하면 되는 건데?"

"뭘."

"대체 어떻게 하면 네 신경을 안 건드릴 수 있는 거냐고."

방법을 몰라 묻는 그녀를 뚫어져라 바라보며 제하가 또렷하게 말을 이었다.

"내 앞에서 꼴사납게 자빠져서 무릎 깨지지도 말고 지각 직전에 헉헉대며 나타나지도 마. 창민아, 창민아 이름 부르면서 네 짝이랑 시시덕거리지도 마. 시끄럽고 짜증 나니까. 그리고, 너 교복 바꿔. 그거 맘에 안 들어."

구체적인 답이었다. 갈라진 목소리로 내뱉는 제하를 보는 예강의 가슴이 분노로 울렁거리고 손에 식은땀이 잡혔다. 그녀가 숨을 쉴 때마다 팽팽해진 블라우스가 부피를 줄였다 늘이기를 반복했다.

"네가 전학 오기 전에 어떤 일이 있었는지 내가 알 바 아니야. 다만 확실한 건 내가 널 괴롭혔던 그 새끼들보다 더하면 더했지 덜하지 않을 거라는 거야."

예강의 귓가에 쿵쾅거리는 자신의 심장 소리가 들려왔다.

“기억해. 난 너한테 기회를 줬고, 넌 그걸 걷어찼다는 걸.”

가면을 완전히 벗어던진 제하의 얼굴을 볼 용기도 나지 않았다.

“할 말 다 끝났으면 내릴게. 이제 곧 수업 시작이야.”

탁.

예강은 도망치듯 차 밖으로 빠져나와 문을 탁 소리가 나게 닫았다. 목덜미에 식은땀이 흐르고 입 안이 말라붙었다.

그녀는 잘못 본 게 아니었다. 처음 눈을 마주쳤을 때의 직감을 믿었어야 했다. 부드러운 손길로 그녀의 상처를 묶어 주며 싱글거리던 제하의 얼굴은 완벽한 거짓말이었다. 친절이 거부당했다고 바로 적의를 표하는 그는 결국 그녀를 괴롭혔던 이들과 전혀 다르지 않았다.

전교 1등이니 걱정 말라고? 목사 아들이니 나쁜 짓을 할 수 없다고?

예강은 할 수만 있다면 순진한 창민을 비웃고만 싶었다.

나무랄 것 없는 환경을 가진 주제에, 햇살같이 환하고 준수하게 웃고 있는 주제에 뒤에서 음습하게 손목이나 긋고 있는 인간이 이제하라고.

반장의 비밀을 아무에게도 말할 수 없다는 사실은 그녀 스스로가 가장 잘 알았다. 아까 그의 표정은 단순한 협박 같은 게 아니었다. 앞으로의 학교생활이 지옥으로 변할 수 있다는 걸 직감하는 순간 그가 묶어 준 무릎의 상처가 욱신거리며 아파 오기 시작했다. 다리 전체가 답답해지는 느낌에 예강은 손을 뻗어 그가 매 준 손수건을 거칠게 풀어 버렸다. 그 와중에 어찌나 단단하게 묶었는지 매듭이 잘 풀리지도 않아 울음이 났다.

이제하는 그녀에게 확실히 경고했다. 앞으로 그를 신경 쓰이게 만들지 말라고. 그가 열거했던 헛소리를 떠올리자 다시금 속에서 울분이 치밀었다. 그가 한 말을 요약하자면 아예 자기 눈앞에 띄지 말라는 것과 다름이 없었다. 한 반인 상황에 그게 가능하기나 할까.

예강은 뜨거워지는 눈가를 손등으로 훔치며 앞으로 걸었다. 앞으로의 평화로운 학교생활이 완전히 날아갔다는 사실을 느끼자 교문 반대 방향으로 달아나고만 싶었다.

* * *

그와 그녀의 공간이 분리되자마자 제하의 손에서 영단어장이 시트에 아무렇지도 않게 떨어져 굴렀다. 제하가 차창에 이마를 기댔다. 뜨끈해진 이마에 닿는 유리가 서늘하게 느껴졌다.

제하는 그녀의 무릎에 걸린 손수건의 부드러움이 아직도 남아 있는 것 같은 제 손을 천천히 쥐었다 폈다. 손가락 끝에 붉은 자국이 조그맣게 보였다. 제하는 하얀 손끝에 묻은 핏방울을 혀로 살짝, 핥아 보았다. 비릿한 쇠 맛 대신 달콤한 맛이 나더니 순식간에 갈증이 났다.

그의 심장이 뜨거운 피를 크게 토해 냈다. 손목시계에 감춰진 오래된 상처가 근질거리며 온몸에 열기가 돌았다. 마치 강예강이 등장했던 어젯밤 꿈에서처럼.

제하가 입술을 씹으며 욕설을 내뱉었다. 올해 여름이 유달리 더운 것은 그의 착각이 아니다. 그래. 더워서 몸도, 머리도 제어 장치를 잃어버린 게 틀림없다. 빌어먹을.

"아저씨."

고치기가 불가능하다면 완전히 망가지는 것도 나쁘지는 않을 것 같았다.

"예, 도련님."

"뭐 하나만 알아봐 주세요. 가능하면 자세히."

손목의 상처를 알아본 사람은 처음이었다. 누군가의 눈동자에 집어삼켜지고 싶다는 충동을 느낀 것도 처음이었다. 그러니까 이건 전적으로 강예강의 잘못이다. 촉촉하고 뜨겁고 부드러운 그녀의 눈동자에 자신을 파묻고 싶어서 미칠 것 같았다.

제하가 차에서 내려 강예강이 길거리에 내던지다시피 한 손수건을 집어

들었다. 교복 주머니에 쑥, 집어넣은 후 천천히 교문을 가로질렀다. 그는 그날, 처음으로 1교시 지각을 했다.

* * *

신병을 앓던 엄마가 결국 신을 받은 직후, 그러니까 예강이 중학교 3학년 때의 일이다. 그녀가 소속된 독서부의 지도를 담당했던 도덕 교사는 임용고시를 치르고 이제 막 공립 학교에 부임을 받은 젊은 남자였다.

샌님같이 소심한 말투에다 비쩍 마른 체격, 사이즈도 맞지 않는 헐렁한 양복을 입고 다니는 교사는 이미 머리가 굵어진 여자아이들의 비웃음을 사기에 딱 맞는 조건이었다.

하지만 그는 친절하고 세심한 면이 있었다. 엄마의 일로 점점 어두워지는 예강의 얼굴빛을 알아채고는 그가 먼저 조심스레 상담실로 그녀를 불러냈다. 무슨 일이니. 선생님한테 말해 보렴. 아무에게도 말하지 않을게.

망설이고 망설이다가, 마침내 가장 친한 친구에게조차 말할 수 없었던 엄마의 이야기를 털어놓으며 예강은 많이 울었다. 그동안 많이 힘들었겠구나. 힘들 때면 언제든지 나를 찾아오렴. 나는 너를 이해하니까.

예강은 정말로 그렇게 했다. 점심시간마다 플라타너스 나무 그늘 아래에서 그와 함께 이야기를 나누었다. 상대는 선생님이었기 때문에 더욱 믿고 의지했다.

그 광경이 한창 사춘기가 시작된 다른 학생들에게 이상한 광경으로 비쳐질 수 있다는 사실은 나중에야 알았다. 애들이 대체 널 뭐라고 부르는지 아느냐며, 친했던 친구가 화를 냈을 때 충격을 받은 예강을 달랬던 사람 역시 도덕 교사였다.

"우리의 관계는 남들이 그렇게 지저분하게 표현할 수 있는 게 아니야. 난 우리가 서로를 가장 잘 이해하는 친구라고 생각하는데."

그를 친구가 아니라 믿을 수 있는 어른으로 대했던 예강에게는 조금 어색한 말이었지만 친근감의 표시라고 생각하고 이해했다. 예강은 미성년자와 친구 하고 싶은 성인의 대부분이 뭘 원하는지 알지 못했다. 상대는 선생님이었으니까 더욱 그랬다.

그가 하고 다니는 행색만큼 더럽고 너저분한 차 안으로 자신을 불렀을 때. 그리고 그녀를 위로한다는 명목하에 그녀의 손을 잡았을 때.

땀에 젖어 축축하고 온도가 낮아 미끈거리는 뱀 같은 체온을 느끼며 온몸에 소름이 돋았을 때에야 예강은 본능적으로 직감했다. 이건 아니라는 걸.

배가 아프다는 핑계를 대며 최대한 자연스럽게 차 안을 빠져나간 후, 그 길로 도망치듯 달려간 공중화장실에서 차가운 물로 손이 빨갛게 얼어붙을 때까지 씻으며 흐느껴 울었다. 일그러진 얼굴을 적셨던 서러운 눈물에는 믿었던 어른에 대한 배신감, 그리고 그를 믿어 버린 바보 같은 스스로에 대한 자괴감이 딱 반씩 뒤섞여 있었다.

도덕 교사는 그날 이후 그녀를 모른 체했다. 하지만 그녀를 기다리고 있었던 것은 진실보다 더 무서운 소문이었다.

"재잖아. 도덕이랑 그렇고 그렇다는……."

"진짜? 으으. 진짜 더러워. 소름 끼쳐."

중학교 졸업식 날, 그녀는 밀가루와 함께 날달걀 폭탄을 수없이 맞으며 뼈저리게 생각했다. 남녀노소를 불구하고 사람의 친절에는 의심부터 해야 한다고. 신을 받은 엄마가 불쑥, 내뱉었던 저주 같은 점사를 피하는 방법은 그것뿐이었다.

* * *

매미가 요란하게 울기 시작하며 한여름의 등판을 알렸다. 도대체 그녀가 다녔던 모든 학교는 왜 전부 언덕 꼭대기에 있는 걸까. 힘들게 언덕을 오르며 예강이 마른 입술을 잘근거렸다.

평지였으면 지각을 면했을까, 하면 딱히 그것도 아니었다. 중간에 우산을 가지러 집에 되돌아간 것이 문제였다. 버스는 오늘도 감감무소식이었고 그녀가 차에 탔을 땐 이미 등교 시간 5분 전이었다. 예강이 뛸 생각도 하지 않는 것은 그 때문이었다.

"지각은 둘째 치고 복장 불량이네."

남자애 두엇이 엎드려뻗쳐를 하고 있는 교문에서 제하가 그녀를 잡았다. 3학년 학급 임원이 학생 주임 대신 가끔 선도부로 나선다는 이야기가 뒤늦게 생각이 났다. 그의 곁에는 부반장인 상미도 있었다. 왜 늘, 이런 거지 같은 상황에서 그를 마주해야 하는 걸까. 차 안에서 그와 그다지 유쾌하지 않은 대화를 나누었던 게 겨우 이틀 전이었다.

"교복이 왜 아직도 그대로야?"

그녀를 날카롭게 바라보는 제하와 정면으로 대치하자 입 안이 말랐다. 같은 동네에 사는 세탁소 아주머니에게 체육복은 공짜로 얻었지만 교복까지는 얻지 못했다. 요즘엔 중고 교복 구하기도 힘들다고 했다.

"이제 좀 있으면 방학이라서. 고 3인데 한 달도 못 입을 몇십만 원짜리 교복 새로 사는 거 조금…… 낭비라고 생각했어."

예강이 울렁거리는 속을 내리누르며 작게 내뱉었지만 제하는 예상대로 호락호락하게 넘어가지 않았다.

"그럼 학생부에 사유서를 정식으로 제출했어야지."

"알았어. 그렇게 할게."

그녀가 순순히 대답하자 그가 이번엔 다른 트집을 잡았다.

"교복은 그렇다 치고 명찰은?"

예강은 마른 입술을 살짝 빨았다. 어제부터 명찰이 보이지 않은 까닭이었다.

"잃어버렸어. 학생부에 말은 해 놨는데 주문이 한꺼번에 들어간다고 해서."

"쓸데없는 짓 했네."

"무슨 뜻이야?"

제하가 작게 혀를 차며 주머니에서 무언가를 꺼내 들었다. 서서히 펴진 그의 하얀 손안에는 그녀의 이름 세 글자가 또렷하게 박힌 남색 아크릴 명찰이 사뿐히 놓여 있었다.

"차 안에 떨어져 있더라. 이틀 전에, 네가 흘리고 간 거야."

그의 주위에 선 다른 선도부 학생들의 표정에 단박에 호기심이 서렸다. 쟤가 '달동네'라며 수군거리는 소리도 들렸다. 달동네. 그녀의 새로운 별명이었다.

"달동네 말이야. 교복 블라우스 터지기 직전인 거 봤지? 흘리고 다니는 거 천박해 죽겠어."

화장실에서 남들 다 들리게 말하던 상미의 목소리가 떠오르자 속에서 뜨거운 열기가 치밀어 올랐다. 얻어 입은 옷에 몸을 억지로 욱여넣은 그녀는 이제하의 눈에도…… 천박하게 보이겠지.

"명찰, 내가 직접 달아 줘야 해?"

제하가 망설이는 예강을 향해 태연하게 내뱉었다. 예강은 목덜미까지 화끈, 달아오르는 것을 느끼며 그의 손에서 명찰을 빠르게 낚아채듯 받아 든 후, 교복 블라우스에 서둘러 달았다.

명찰이 차 안에 떨어져 있었다면 이렇게 모든 사람들이 보는 앞에서 광고하듯 주는 게 아니라 나중에 개인적으로 몰래 줘어도 될 일이었다. 그가 이러는 이유는 단 한 가지다.

"이제 가도 될까?"

그녀를 망신 주기 위해서.

빨리 이 상황을 모면하고 싶은 그녀의 바람과는 달리 제하는 아무 말도 없었다. 그뿐만이 아니었다. 서늘한 시선이 그녀의 왼쪽 가슴에 정확히 꽂혀 떨어질 줄을 몰랐다. 도대체 지금 어딜 보고 있는 걸까. 예강은 입 안의 살을 꽉 깨물었다.

"명찰 달았으니까 이제 갈게. 벌점 깎든지 말든지 마음대로 해."

기분 나쁜 말투를 숨기지도 않고 황급하게 자리를 뜨려는데 제하가 그녀의 앞을 가로막았다.

"잠깐."

"지금 뭐 하는 거야?"

그는 키가 컸다. 그가 그녀의 앞에 서자 다른 선도부 학생들이 보이지가 않았다. 덩치로 위압감을 조성하려는 거라면 성공이었다. 예강은 입술을 한 번 꽉 깨문 후, 긴장을 애써 감추었다.

"왜, 또 뭐가 기준에 안 맞아? 이 학교엔 두발 제한도 있니?"

그를 노려보며 작게 내뱉자 제하가 고개를 저었다.

"아니. 머리카락은 딱 좋아."

"근데 아까부터 너 어디 보는 거니?"

그녀가 눈썹을 미간에 모으며 인상을 쓴 채 작게 되물었다. 제하가 길게 한숨을 쉬며 고개를 약간 숙였다. 순간 당황해 뒤로 한 발짝 물러날 뻔했다.

"강예강."

제하의 옷에서 나는 게 분명한 섬유 유연제 냄새가 확 풍기는 순간, 귀가 뜨거워졌다.

"너, 명찰 거꾸로 달았어."

남들에게 들리지 않는 목소리로 속삭이는 제하의 목소리에 예강은 목까지 새빨개졌다. 운동장이 쩍 갈라져 그녀를 집어삼켜 주었으면 싶었다. 예강은 화끈거리는 얼굴로 무슨 정신인지도 모르게 명찰을 교복 블라우스에서 떼어 냈다. 말할 때 주변을 전혀 신경 쓰지 않는 그가 그나마 목소리를 낮추어 줬다는 사실에 감사하기에는, 그의 시선을 불순하다 착각해 버린 지금 이 상황이 너무 창피했다.

"천천히 해. 시간 많으니까."

제하가 그녀를 내려다보며 태연하게 말을 이었다. 낮게 내뱉는 그의 목소리가 귓가에 휘감기는 것 같은 착각이 들었다.

"바늘로 손가락 찔리면 파상풍 걸린다."

허둥지둥하던 예강이 멈칫했다. 정말 그런 일이 일어나기라도 할까 봐 그녀의 손놀림이 조심스럽게 느려졌다. 마침내 명찰을 제대로 단 후, 예강이 울 것 같은 얼굴로 그를 바라보자 제하가 고개를 옆으로 슬쩍 기울이며 희미하게 웃었다.

비 소식이 예상된다는 일기 예보는 새빨간 거짓말이었다. 찬란한 태양이 커다란 플라타너스 나뭇잎을 통과하며 반짝반짝 빛났다. 그의 시선이 그녀의 얼굴선을 타고 내려와 가는 목, 그리고 최종적으로 명찰이 달린 심장 부근에 도달했다. 넓적한 나무 이파리가 만들어 낸 그늘이 흔들리는 잘생긴 얼굴. 그의 혀가 마른 입술을 의미심장하게 축이는 걸 보는 순간 예강이 입 안의 살을 깨물었다.

개자식.

예강은 착각한 게 아니었다. 그의 어깨를 사납게 밀치려고 했지만 제하가 한발 빨랐다. 그가 산뜻하게 물러나며 고개를 돌렸다. 2차 성징을 뚜렷하게 내보이는 목울대가 선명히 일렁였다.

"이제 그만 들어가자."

예강은 시뻘게진 얼굴로 빠르게 걸었다. 그날따라 운동장을 돌아 교실로 가는 길이 너무나도 멀게 느껴졌다. 그가 손안에 지니고 있던 명찰, 정확히는 그녀의 왼쪽 가슴에 매달린 명찰에서 그의 향기가 나는 것 같은 기분 나쁜 착각마저 들었다.

사물함 대신 쓰는 네모난 플라스틱 상자 안에는 깨끗한 미색의 종이봉투가 하나 놓여 있었다. 그 안에 곱게 개켜 놓은 여학생용 교복에서 그녀가 익히 아는 향이 아주 희미하게 풍겼다. 그 냄새가 아니더라도 그걸 누가 가져다 놓았는지는 모를 수가 없었다.

[호의는 이런 것.]

예강은 힘 있고 반듯한 필체가 적힌 자그마한 카드를 손안에서 와자작, 구겨 버렸다. 명찰이 달린 왼쪽 가슴에서 아까부터 심장이 계속 기분 나쁜 속도로 쿵쿵 뛰었다.

* * *

하루하루가 어떻게 지나가는지 알 수가 없었다. 새로운 학교에 전학을 온 첫 주는 예강에게 그만큼 느리게 흘러갔다. 주말을 이토록 기다린 건 처음이었다.

마침내 토요일 오전. 자율 학습이 없는 4교시에 체육을 집어넣은 건 도대체 누구의 아이디어였을까.

"자유투 못 넣으면 시험 점수 빵점이다!"

호루라기를 휙휙 불어 대는 초로의 체육 교사는 확실히 괴짜였다. 고 3이라고 체육 시간에 늘 자습만 하면 머리가 돌아서 사고를 칠 가능성이 있다며 실기를 쉬지 않는다고 했다. 앉아만 있어서 발산하지 못한 스트레스는 몸을 움직여 풀어 줘야 한다 말하는 그의 표정에는 사명감까지 엿보였다.

기말고사까지도 실기로 대체하겠다는 말에 환호를 한 아이들도 있었고 죽상을 한 이들도 있었다. 예강은 굳이 말하자면 후자였다.

"잘했어! 다음! 전학생!"

예강이 숨까지 멈추며 슛을 날렸지만 공은 골대 근처에 가지도 못하고 떨어져 텅, 텅, 소리를 내며 굴러갔다. 키득거리는 비웃음 소리가 들리는 것 같은 착각마저 들었다.

"힘으로 하지 말고 기술로! 한 번 더!"

이건 국공립이 아닌 사립 고등학교의 폐해라고 생각하며, 예강은 시뻘게진 얼굴로 농구공을 있는 힘껏 던졌다. 공이 날아간 거리는 배로 늘었다. 이번에는 백보드 위로 날아가 골대를 완전히 넘겼다.

NBA의 인기와 대학 농구 출범, 연초에 인기몰이를 했던 드라마까지 합세해서 아무리 온 국민이 농구 열풍이라지만 그녀는 구기 종목이라면 완전히 젬병이었다. 차라리 육상이나 줄넘기, 뜀틀이라면 잘할 자신이 있었다. 하지만 공은 좀처럼 그녀의 몸같이 움직여 주지 않았다. 옆에서 지켜보는 눈들이 많다는 걸 의식할수록 몸은 더욱 뻣뻣해졌다.

"저기 보드의 네모 칸을 툭, 맞힌다는 생각으로 하란 말이다."

남자애들은 어렵지 않게 높은 성공률을 보였고 여자애들도 요령을 터득해 잘 넣는 이들이 많았다. 하지만 예강은 던지는 족족 실패였다.

"자네 공부 잘한다매! 운동 머리는 영 꽝이야? 장난하는 건가? 체육 과목은 휘뚜루마뚜루 해도 된다고 생각해?"

백발이 성성한 체육 교사가 호랑이같이 언성을 높였다. 그녀라고 해서 못하고 싶어서 못하는 게 아니었다. 솔직히 말하면 잘하고 싶은 마음이 누구보다 컸다. 예강은 억울하고 서러워서 눈물이 핑 도는 것을 간신히 참았다.

"안 되겠다. 자네는 개인 수업. 반장!"

안 될 일이었다. 눈이 번뜩 뜨인 예강은 다급하게 교사를 불렀다.

"선생님!"

"뭐?"

"저 10분만 더 연습하면 진짜 잘할 수 있을 것 같은데요."

예강의 간절한 얼굴에도 체육 교사는 고개를 절레절레 흔들었다. 답답하다는 표정으로 덧붙이는 설교는 덤이었다.

"연습을 많이 하는 것도 중요하지만 효율적으로 해야지. 공부 못하는 것들이 깜지를 수백 장 쓴다고 성적이 올라? 모든 건 기초가 꽉 잡혀 있어야 된단 말이다. 제하 뭐 하나! 열등생 데리고 구석에 가서 연습해!"

열등생. 충격에 머리가 멍해진 그녀의 곁으로 제하가 다가왔다. 그가 농구공을 하나 집어 들고 그녀에게 턱, 안기며 눈짓을 했다.

"가자."

예강은 어쩔 수 없이 농구공을 끌어안은 채 그를 따라 반대편 골대로 향했다. 그녀를 제외한 아이들은 모두 척, 척, 공을 잘도 집어넣고 있었다. 적어도 골대를 맞고 튕겨 나오기는 했다. 그들의 눈에 자신이 얼마나 한심하게 보일지를 생각하니 입 안이 썼다.

반 아이들 앞에서 망신을 당하는 것보다도, 반장의 감시를 받으며 연습을 해야 하는 이 상황이 더욱 자존심이 상했다. 차라리 체육관 지붕이라도 무너져서 난리라도 나면 좋겠다고 생각하고 있는데 날카로운 목소리가 그녀의 상념을 방해했다.

"연습 안 할 거야? 혹시 공이랑 같이 사라지고 싶다고 생각하고 있는 건 아니지?"

예강이 멀찍이 떨어져 피식거리는 그에게서 시선을 거두며 작게 내뱉었다.

"재촉 안 해도 할 거야."

"아니. 일단 공을 나한테 던져 봐."

"무슨 소리야?"

제하가 그녀를 향해 여유롭게 손짓을 했다.

"넌 지금 목표물 주시 자체가 안 되고 있잖아. 패스가 안 되는데 슛이 가능할 리가 없지. 그러니까 공을 나한테 던져 보라고."

마치 유치원생에게 미적분을 가르치는 것처럼 무시하는 말투였다. 재수없다. 정말 너무 너무 재수가 없다. 예강은 입술을 질끈 깨문 후, 그를 향해 농구공을 세게 날렸다.

"빵점인데, 이건."

그가 팔을 뻗어 옆으로 날아가는 공을 팔로 가볍게 낚아채곤 그녀에게 도로 던졌다. 한 손으로 아무렇게나 던진 것 같았는데 공은 믿을 수 없게도 정확하게 그녀의 가슴에 안착했다.

"드리블 세 번 하고 다시 해 봐. 대신 던질 때 눈 질끈 감는 거, 그거 하지 말고."

예강은 새빨개진 얼굴로 숨을 몰아쉬며 공을 바닥에 튀겼다. 오렌지색 농구공이 반질반질한 바닥을 탕, 탕, 때릴 때마다 달린 것처럼 심장이 빠르게 뛰었다.

"내 얼굴을 맞혀 봐."

휙!

공이 공격적으로 공중을 날았다. 이번에는 그에게 한결 가까웠다. 머리 위로 날아가는 공을 가볍게 붙잡은 그가 그녀에게 다시 되돌려 주며 웃었다.

"잘했어. 힘 조금만 빼면 되겠다. 다시 해 봐."

잘했다는 칭찬이 이렇게 얄밉게 들릴 수가 있을까. 놀리는 것같이 느껴지는 건 단지 그녀의 속이 좁기 때문일까.

"내 코를 툭, 친다는 생각으로 하는 거야."

예강은 높다란 그의 콧등을 바라보며 어금니에 힘을 꽉 주었다. 탕. 탕. 드리블을 하며 속에서 솟구치는 열을 억눌렀다.

"부숴도 돼. 할 수만 있다면."

제하의 말이 마치 너는 절대로 못할 거라는 확신처럼 들렸다. 누군가 피해망상이라고 말한대도 상관없었다. 예강은 그의 얼굴을 뚫어져라 바라보며 양팔을 힘껏 앞으로 뻗었다.

탁.

그의 얼굴을 향해 정확히 날아간 공을 보며 제하는 한 발자국도 움직이지 않았다. 그저 손을 들어 그의 얼굴 바로 앞에서 공을 붙들었을 뿐이다.

"어어……!"

예강은 순간 정말로 그를 쳤다고 생각해 눈을 크게 뜨고 호흡을 멈추었다. 제하가 공을 아래로 튕기며 그녀에게로 걸어왔을 때에야 가느다란 한숨이 흘러나왔다.

"그래. 그거야. 아주 잘했어."

이제하의 완벽한 코는 여전히 제자리에 붙어 있다. 다행인지 불행인지 쉽게 결론을 내릴 수가 없었다.

"백보드 네모 칸에 내 얼굴 있다고 생각하고 던지면 되겠네. 쉽지?"

예강은 그가 안겨 준 농구공을 붙든 채 백보드를 노려보았다. 그의 얼굴을 대입하자 방금 전, 자신을 보고 싱긋 웃었던 얼굴이 떠올랐다. 그러자 오히려 더욱 집중하기가 어려워졌다. 교문 앞에서 명찰을 내밀었을 때도 그렇고 지금도 그렇고, 그의 행동을 종잡을 수가 없었다. 차 안에선 앞으로 눈에 띄면 가만두지 않을 것처럼 싸늘하게 협박을 지껄여 놓고 그 표정은 뭐람.

꼭 장난이라도 치는 것처럼 친근하게 자신을 대하는 제하가 오히려 얄미웠다. 그녀가 힘껏 던진 공은 골대를 맞고 튕겨 나왔다.

텅. 텅.

튀기는 농구공을 붙잡고서 제하가 다시 그녀에게 다가왔다. 마주 서서 바라보는 그의 얼굴이 싱글댔다.

"왜. 내 얼굴은 잘 보이는데 백보드는 도저히 안 보여? 아깐 잘했잖아. 내가 아예 저기 올라가야 되나."

"할 수 있어."

"그럼 증명해 봐."

속삭이는 그를 보니 오기가 일었다. 속에서 부글부글 뭔가가 들끓었다.

예강은 그에게서 공을 빼앗듯이 낚아채곤 골대 앞에 섰다. 귓가에서 소음이 싹 사라졌다. 반대편 골대에 있는 모든 학생들과 체육 교사까지 그녀를 주시하고 있다는 사실도 완전히 잊을 수 있었다.

백보드. 네모 칸. 이제하의 오만한 콧등. 꺾어 주고 싶다.

농구공이 그녀의 손을 떠났다. 코뼈가 완벽하게 부러지진 않더라도 보기 좋은 얼굴이 시뻘게지는 건 볼 수 있을 만큼의 속도로 사뿐히 공이 날아갔다.

공이 백보드에 텅, 하고 맞는 순간 모두가 알았다. 이건 들어갈 거라는 걸.

깨끗한 골인이었다.

휘리리릭!

"전학생, 통과! 잘했다!"

멀리서 체육 교사가 호루라기를 삐익 불며 손을 번쩍 들었다.

예강은 스스로도 믿을 수 없어 숨을 크게 몰아쉬었다. 제하가 그런 그녀의 정수리를 툭툭 가볍게 두드렸다. 흠칫하며 얼굴을 돌리는 순간 눈이 마주쳤다. 그가 그녀에게 눈을 맞추며 씩 웃었다.

"손."

예강은 새삼 그의 외모가 대단한 몰입력을 가지고 있다는 사실을 깨달았다. 환하게 웃는 그의 얼굴에서 쉽게 눈을 뗄 수가 없었다.

"하이 파이브."

얼떨결에 손을 들어 올릴 때까지 그녀는 그 뒤에 일어날 일을 상상도 하지 못했다. 제하는 그녀의 손바닥에 자신의 손을 부딪치더니 떨어지는 대신 깍지를 껴서 붙들었다.

"잘했어. 강예강."

심장이 쿵, 하고 떨어지는 느낌이 들었다. 그가 잡은 손에 힘을 주자 마주 닿은 손바닥에 열기가 번졌다. 그는 당황한 예강이 그를 뿌리치기 전에 손을 놓아주었다. 가늘어진 눈꼬리가 의미심장하게 접혔다.

"지금 이 느낌, 절대 잊지 마."

손이 잡힌 건 겨우 수 초였다. 남들이 보면 그저 손뼉을 부딪친 거라고밖에는 생각되지 않을 만한 시간이었다.

하지만 예강은 이제 자신이 농구공을 볼 때마다 제하를 떠올리게 될 거라는 걸 확신했다. 그리고, 이제하가 내뱉은 말의 의미 역시 그녀와 같을 거란 사실도.

이제하는 확실히 개자식이었다.

멀리서 수업이 끝났음을 알리는 종이 쳤다. 최대한 빨리 이 자리를 뜨려는 그녀의 뒤통수에 체육 교사의 명령이 떨어졌다.

"자, 반장은 뒷정리하고 돌아간다. 열등생, 아니, 전학생은 반장을 열심히 도와준다. 실시."

아이들이 우르르 빠져나간 체육관에 남아, 예강은 사방에 흩어진 농구공을 빈 수레에 열심히 채워 넣었다. 제하는 그런 그녀를 돕기는커녕 옆에서 놀면서 구경만 하고 있었다.

"이거 다 채워야 될 거 아냐. 쉬는 시간 내내 여기서 이러고 싶니?"

"난 상관없는데."

참다못한 그녀가 한 소리를 하자 제하가 발치에 있던 공을 집어 마치 슛하듯 던졌다. 수레로 강력하게 골인한 공 덕분에 가득 실려 있던 농구공 몇 개가 반동으로 도로 튀어나와 바닥에 굴렀다.

"아. 실수."

예강은 전혀 협조적이지 않은 누구 때문에 쉬는 시간 내내 체육관에서 농구공을 정리해야 했다. 그 바람에 손에 전해지던 뜨끈한 체온을 잊을 수 있었던 건 그나마 잘된 일이었다.

* * *

주말이 어떻게 지나갔는지도 모르게 끝났다. 어느새 월요일이었다. 예강이 전학을 온 지 딱 일주일 되는 날이기도 했다.

“어, 수업 듣는 거야?”

짝인 창민을 오래간만에 보니 반가운 느낌마저 들었다. 그가 연필 자국이 잔뜩 묻은 앞치마를 벗으며 싱긋 웃었다.

“다음 수업이 미친개 시간이거든. 잘못 걸리면 피곤해.”

“그게 누군데?”

“애들이 말 안 해 줬어? 문학.”

예강이 작게 고개를 흔들었다. 교실 안에서 그녀에게 먼저 다가오는 아이들은 없었다. 남학생들은 물론, 여학생들도 마찬가지였다. 예강은 그것이 아마도 제하와 상미의 영향일 거라고 생각했다.

학급이라는 작은 사회 안에서 가장 큰 영향력을 행사하고 있는 두 명이 그녀에게 가지고 있는 감정이 그리 좋지 않은 상황에서 스스럼없이 다가올 만한 사람은 성격이 좋은 창민 정도였다.

“미친개는 진짜 또라이야. 너도 조심해.”

창민은 곧 예강에게 설명을 시작했다. 미친개라는 별명의 문학 교사는 키가 160을 조금 넘는 단신으로 일찍이 머리가 벗어진 이혼남이었는데, 자신의 열등감을 학교에서 푸는 게 아니냐는 소문이 있을 만큼 유독 학생들에게 엄하게 굴기로 유명하다고 했다.

“그거 들었냐? 미친개 돌아오자마자 1학년 여자애 패서 엄마 오고 난리 났대.”

때마침 다른 학생들의 화제도 같은 듯했다.

“어? 왜?”

“쌍꺼풀 수술 했다고 그랬대. 공부할 생각은 안 하고 벌써부터 까져 가지고 뭐 될 거냐고.”

“지가 시켜 준 것도 아니면서 무슨 상관이야, 미친놈이.”

상미가 그녀의 친구를 향해 인상을 찌푸리며 기분 나쁜 표정을 지었다.

상미 역시 그에게 호출기를 두 번이나 빼앗긴 적이 있었다.

미친개는 노란 테이프로 칭칭 감은 각목을 들고 다니며 학생들에게 체벌도 서슴지 않았다. 학부모들의 반발도 거셌지만 아직까지 학교에 붙어 있는 걸 보면 학교 이사장의 조카라는 소문이 아마 사실일 거라며 모두들 입을 모았다.

탁.

교실 문이 열리고 한 손에는 각목을, 한 손에는 교과서를 든 문학 교사가 나타났다. 그는 그동안 병가를 냈었기 때문에 예강이 그의 수업을 듣는 것은 처음이었다. 아이들의 간접적인 소개를 들은 차라 조금 긴장감이 들었다. 어느 학교에나 이상한 선생님들은 꼭 있었다.

어제 서점에 가서 교과서를 모조리 다 준비한 게 다행이란 생각을 하며, 필통에서 샤프를 꺼내 들었을 때였다.

"처음 보는 얼굴이 있네?"

문학 교사는 부정 교합인 턱 때문에 마치 불독같이 보이는 인상이었다. 그가 눈썹을 들어 올리며 입을 떼자 반 아이들의 시선이 전부 예강에게로 쏠렸다. 관심 반, 연민 반, 거기에 염려까지 섞인 것 같은 시선을 받으며 예강이 고개를 조금 숙였다.

"네. 전학 왔습니다."

"고 3 때 전학 오기가 쉽지가 않은데. 100프로 다 사고 쳐서 오는 것뿐이라서 공립 못 가고 사립 온 거지? 어디 우리……."

그가 교탁 위에 놓인 출석부를 뒤적이며 그녀의 이름을 찾았다.

"강예강?"

"네."

전학생은 자동적으로 맨 끝번이 된다. 안경을 코끝에 걸친 그가 노랗게 변한 흰자위를 굴리며 그녀에게 느릿하게 물었다.

"우리 강예강이는 무슨 사고를 치셨을까?"

"집이 이사를 왔습니다."

애써 차분하게 대답했지만 교사는 그녀의 대답 따위는 안중에도 없다는 듯 미간을 좁혔다.

"근데 너 옷이 왜 그래."

"아. 제가 아직 교복을 준비 못 해서요. 죄송합니다."

이제 몇 주만 버티면 되는 상황이었다. 누군가 사물함에 놓아둔 교복은 그대로 처박아 두었다. 도저히 그걸 입을 수는 없었기 때문이다. 차라리 선도부가 없는 시간에 등교하면 된다고 생각했는데 문제는 따로 있었다.

"뒤로 나가."

순식간에 둘도 없는 문제아가 된 기분이었지만 교칙을 위반한 걸 부정할 수는 없었다. 그녀는 마른침을 삼킨 후, 조심스레 의자를 밀고 일어나서 교실 맨 뒤편에 섰다. 오늘따라 그녀에게로 떨어지는 시선이 바늘처럼 더 따가운 것 같았다.

"하여간 사고 쳐서 온 것들은 하나같이 어떻게 숨겨지지가 않아. 성적이 좋으면 뭘 해? 뒤에 가서 무슨 호박씨를 깔지는 아무도 모르지."

교사가 쯧쯧 혀를 차며 책을 폈다. 예강은 아프게 뛰는 심장을 애써 차분히 가라앉히려 애를 썼다. 잘못은 잘못이니까.

교사가 침을 묻히며 책장을 넘겼다.

"자, 이건 작년 수능 기출이다. '폭포는 곧은 절벽을 무서운 기색도 없이 떨어진다.' 여기서 폭포가 뜻하는 게 뭐지? 그래……."

예강은 가래 끓는 교사의 목소리를 무시하고 시인이 말하고자 했던 세계에만 집중하려 안간힘을 썼다.

"너 뭐야?"

그가 그녀를 보며 인상을 찌푸린 것은 시 낭독을 채 끝내지도 않았을 때였다. 그가 2분단과 3분단 중앙을 뚜벅뚜벅 걸어오다 누군가 아무렇게나 바닥에 놓은 가방에 발이 걸려 휘청거렸다.

"에이 씨발."

바닥에 넘어질 상황을 간신히 모면한 미친개의 얼굴이 시뻘겋게 달아올랐다. 교실 안 아이들 중 누군가가 쿡, 하고 웃음을 참자 미친개의 분노는 극에 달했다.

"누구야! 지금 어떤 새끼가 웃었어!"

물론 그의 질문에 답을 할 이는 아무도 없었다. 그가 씩씩거리며 예강에게 다가왔다. 그는 예강과 거의 눈높이가 차이 나지 않을 정도로 키가 작았다. 격하게 내뿜는 호흡에서는 위가 좋지 않은 사람에게서 나는 악취가 풍겼다.

"너 아까부터 눈깔을 왜 그렇게 뜨고 있어?"

예강의 눈이 당황해 더욱 커졌다.

"……예?"

"뭘 잘했다고 눈깔을 똑바로 뜨고 째려보냐고 물었다."

남자의 눈에 모멸감이 번지는 원인을 예강은 도무지 알 수가 없었다.

"아뇨, 저, 저는……."

퍽! 하는 소리와 함께 예강의 머리에 손바닥이 떨어졌다. 머리를 후려치는 아픔보다도 도대체 그녀가 무슨 잘못 때문에 맞아야 하는지 이해할 수 없어서 충격이 더욱 컸다.

"딱 봐도 술집에서 술 따르게 생긴 년이 어디서 눈깔을 똑바로 뜨고 선생한테 개겨! 네가 지금 날 무시해!"

헝클어진 머리칼 사이로 예강의 눈동자가 얼어붙었다. 지금 내가 뭘 들은 걸까. 맥박이 빨라지고 손이 차가워지며 속이 울렁거렸다.

"선생님. 저는……."

억울했다. 눈물이 들어찬 눈으로 항변하듯 그를 바라보는 순간, 미친개라 불리는 남자의 손이 다시 위를 향했다.

"눈 안 깔아! 뭐야!"

의자가 거북하게 밀려나는 소리가 나더니 누군가 그에게 다가와 팔을 낚아챘다. 또 맞을까 봐 본능적으로 몸을 웅크렸던 예강은 서서히 눈을 떴다.

"그만하시죠."

목소리를 듣는 순간, 심장이 다시 쿵 소리를 내며 내려앉았다. 교사를 제압하고 있는 제하를 바라보는 예강의 눈동자가 소리 없이 마구 떨렸다.

"너 뭐야, 이 새끼야. 이거 안 놔!"

교사가 제하의 팔을 뿌리치려 했지만 소용이 없었다. 몸을 뒤틀수록 제하는 점점 더 그의 팔을 부러뜨릴 기세로 힘을 주었다. 미친개가 제하를 향해 눈을 부라렸다.

"야 이 새끼야, 너 지금 뭐 하는 거야아악……!"

"제가 확실히 주의를 주지 못했습니다. 반장인 제 잘못입니다."

미친개가 핏발 선 눈으로 그를 향해 씩씩거렸다.

"그래서, 네가 대표로 맞기라도 하겠다는 거야 뭐야, 이 새끼야!"

제하가 그를 마주 보며 입술을 조금 비틀었다.

"솔직히 선생님은 지금 누굴 패셔도 상관없지 않습니까?"

미친개는 이제 벗어진 이마까지 시뻘겋게 달아올랐다. 아이들의 소리 없는 웅성거림이 교실에 가득 찼다.

"이제하 이 자식이. 주변에서 오냐오냐해 주니까 어디라고 기어올라!"

"기어오르는 게 아니라 잘못한 것에 대한 벌을 받겠다는 것뿐입니다."

반 아이들은 제하와 미친개의 정면충돌을 긴장된 표정으로 바라보았다. 50쌍의 눈동자가 숨죽여 그들을 주시했다. 결국 터질 게 터졌다는 눈빛이었다.

제하는 원래 바른말을 잘했지만 그 역시 흠 잡힐 틈을 주지 않는 완벽한 성격으로 유명했다. 게다가 그의 외가 쪽은 이 지역을 들었다 놨다 한다는 유지였다.

그의 반에서 수업을 할 때 교사들조차 긴장한다는 말 역시 전혀 농담만은 아니었다. 오죽했으면 미친개라 불리는 문학 교사도 그의 반에서는 한 번도 심한 체벌을 가한 적이 없었으니까.

그런 그가 미친개와 정면으로 맞붙었다. 미친개의 눈이 당황과 분노로 벌벌 떨리는 것도 무리는 아니었다. 제하의 체격은 그를 내려다볼 정도로 컸다. 선생과 학생이라는 꼬리표를 떼고 붙는다면 엉망진창으로 망가질 것은 아마도 미친개 쪽이었다.

"너 지금 내가 널 못 팰 것 같아서 이러지?"

제하가 그를 내려다보며 입술을 기묘하게 비틀었다.

"아뇨, 잘 때리실 것 같습니다. 선생님께서 특별히 여학생만 패고 싶어하는 게 아니라면요."

그리고 아이들은, 지금 이 상황에 불씨를 댕긴 게 새로 온 전학생이라는 사실에 더욱 흥분하고 있었다.

"이 새끼. 당장 나가서 엎드려뻗쳐!"

바들바들 떨고 있던 예강이 머리가 헝클어진 채 고개를 번쩍 치켜들었다. 아까 맞은 머리통이 웅웅거리며 아팠다. 잘못한 사람은 그녀인데 왜 제하가 맞아야 할까. 아니, 처음부터 내가 그렇게 잘못한 걸까. 혼란스러운 가운데에서도 한 가지 명확한 사실은 그녀 때문에 이제하가 이런 일을 당할 이유가 없다는 사실이다.

"선생님. 제가 잘못했습……."

예강이 울음을 간신히 참으며 입을 떼는 순간이었다. 제하가 교사의 팔을 떨치듯 놓은 후 그녀의 앞을 가로막았다. 이제 예강이 볼 수 있는 건 새하얀 하복 셔츠를 걸친 제하의 너른 등뿐이었다.

"맞기 전에 이거 하나만 질문하고 싶은데요."

"뭐, 이 자식아?"

"아까 전학생보고 술집, 어쩌고 한 거 말입니다. 선생님께서는 관상쟁이도 아닌데 그런 건 어떻게 잘 아시는지 궁금해서요."

교사의 몸이 부들부들 떨렸다. 교실 안에 소리 없는 흥분이 커져 가고 있었다.

"혹시 그런 여자들을 많이 만나고 다녀서 잘 아시는 건가요?"

"이, 이 새끼……."

제하는 그의 분노를 눈으로 확인하고도 멈추지 않았다. 기다란 입술을 비튼 채, 마지막 일격을 날렸다.

"당신 같은 역겨운 인간도, 손님으로 받아 주나?"

누군가 세게 휘파람을 불었다. 문학 교사는 마침내 폭발했다. 커다란 눈을 동그랗게 뜨고 마치 무시하듯 자신을 바라보는 것 같았던 전학생의 존재는 더 이상 머릿속에 남아 있지 않았다.

"너 이 새끼, 당장 교탁 앞에 엎드려뻗쳐!"

미친개가 마치 울부짖듯 소리를 질렀다. 그는 예강이나 다른 학생들에게 했던 것처럼 무턱대고 손을 휘두르지 못했다. 아이들은 그 이유를 직감할 수 있었다. 휘어지느니 차라리 부러질 성격의 제하가 어디까지 갈 수 있을지 그조차 두렵기 때문이었다. 이것은 남자와 남자의 싸움이 되어서는 안 됐다. 미친개는 자신이 교사와 제자의 권력 싸움 안에서만 승리할 수 있다는 것을 아는 남자였다.

제하는 그를 뒤로하고 교실 앞으로 뚜벅뚜벅 걸어 나갔다. 미친개가 휘청거리며 그를 따랐다. 제하가 바닥에 손을 짚고 엎드린 순간, 미친개의 각목이 공중에서 날았다.

"이 시건방진 놈의 새끼가, 이 개새끼가!"

교사는 자신의 키 반만 한 각목을 제하에게 딱 열 대 휘둘렀다. 이것이 훈육이 아니라 폭행이라는 걸 모르는 사람은 이 교실 안에 아무도 없었다. 그를 때리는 당사자까지도.

매질을 고스란히 감당하는 제하는 신음조차 내지 않았다. 다만 창백하게 보일 만큼 하얀 그의 목덜미에 불그스름하게 열이 올랐을 뿐이었다. 교실 안 학생들은 숨을 죽였다.

예강은 다리를 후들거리며 입술을 꽉 깨물었다. 머리가 어지럽고 눈앞이 깜깜해졌다 밝아지기를 반복했다. 이건 아니었다. 상관도 없는 애를 왜 때리느냐고, 그러지 말라고 소리를 내야 함이 옳았다. 그것은 엄청난 용기를 필요로 했다. 덜덜 떨리는 주먹을 꽉 쥐고 교탁 앞으로 나가려는 순간이었다.

예강은 고개를 든 제하와 눈이 마주쳤다. 퍽! 소리가 나며 몸이 아래로 꺾일 정도임에도 그는 그녀에게서 시선을 떼지 않았다. 그리고, 그녀는 제하가 눈으로 말하는 소리를 들었다.

오지 마.

퍽!

그는 무시무시한 시선으로 말하고 있었다. 오지 말라고. 그럴 필요 없는 인간이라고. 이걸로 다 끝났다고.

예강의 눈에서 눈물이 주르륵 흘러내렸다. 마침내 열 대를 다 맞은 제하가 자리에서 일어났다.

"하아…… 제기랄."

맞은 건 그인데 정작 각목을 휘두른 사람이 오히려 더 진이 빠져 보이는 것은 아이러니였다. 교사가 숨을 헐떡이며 소리를 쳤다.

"뒤에 가서 저 새끼 옆에 나란히 서!"

눈물로 흐려진 예강의 시야에 제하가 점점 가까이 다가왔다. 그가 그녀의 곁에 서는 순간 온몸이 덜덜 떨려 왔다.

"흐으윽……."

서러운 흐느낌이 입술을 비집었다. 댐을 막고 있는 수문이 열린 것처럼 뜨거운 눈물이 쏟아졌다. 그녀가 교칙을 위반한 건 사실이었다. 하지만 그게 한 사람의 존엄성을 이렇게 짓밟을 정도로 잘못한 일인지는 여전히 이해할 수가 없었다. 그녀는 교사를 무시한 적도 없었고 사고를 쳐서 전학을 온 것도 아니었다. 술을 따르게 생긴 얼굴이 어떤 얼굴인지는 알 수도 없었지만 적어도 그녀가 그런 말을 들을 일은 하지 않았다는 것은 확실했다.

"흐으…… 흐으윽……."

그녀와는 상관도 없는, 아무것도 잘못하지 않은 이제하가 맞을 필요는 더더욱 없었다.

"시끄러워!"

교사가 버럭, 소리를 질렀다. 그 역시 흥분이 가시지 않는 듯 태연을 가장할 수 없는 말투였다. 예강은 이를 꽉 물고 그를 노려보았다. 울음을 멈추지 않고 오히려 반항하듯 더욱 큰 소리로 흐느꼈다.

제하가 그녀의 손을 잡은 것이 먼저였는지 교사가 둘 다 나가라고 소리를 지른 것이 먼저였는지는 확실치 않았다. 제하의 손에 이끌려 복도 끝 계단까지 걸어 나온 그녀는 계속 울음을 참지 못했다. 예강이 그의 손을 있는 힘껏 뿌리치자 그가 순순히 물러났다. 예강은 벽에 등을 기댄 채 주르륵 쭈그려 앉아 무릎을 붙잡고 울었다. 차가운 복도 바닥에 눈물이 뚝, 뚝, 흘러내렸다.

"무시해."

제하가 흐느끼는 그녀를 내려다보며 낮게 내뱉었다.

"사람 말 아니고 개가 짖은 거야. 저 새끼가 한 말, 하나도 신경 쓸 필요 없어."

예강이 무릎에 파묻은 얼굴을 들고 그를 바라보았다. 핏줄이 터져 충혈된 눈동자에서 기다란 눈물이 주르륵, 흘러내렸다.

"도와 달라고 한 적…… 흐윽…… 없잖아."

그녀는 제하가 미웠다.

"왜. 네가 왜 나서……? 나 대신 왜 흑…… 왜 맞냐고……! 대체 왜……."

제하가 그녀에게 시선을 고정한 채 낮게 되물었다.

"너 지금, 내가 미친개한테 맞아서 그렇게 서럽게 우는 거야?"

"흐으…… 윽……."

"그럼 계속해라. 기분 별로 안 나쁘네."

그가 비식 웃는 모습을 노려보던 예강은 양 손바닥에 뜨거운 얼굴을 확 파묻어 버렸다.

제하는 벽에 등을 기댄 채 소리 없이 떨리는 그녀의 동그란 어깨를 한참 동안이나 바라보았다. 가슴속에서 무언가가 툭, 하고 터져 나가 그의 몸을 칭칭 휘감았다.

제하는 손을 뻗어 그녀의 몸이 닿은 벽을 짚었다. 회색 벽에 대비되어 시퍼렇게 보이는 손끝에서 줄기가 기다랗게 뻗어 나가는 상상을 했다. 그 줄기가 웅크린 그녀의 몸까지 닿는 걸 떠올리며 제하는 길게 숨을 내쉬었다.

여자애는 아직도 울고 있었다.

그리고, 그는 누군가 자신 때문에 그리 서럽게 우는 모습이 싫지 않았다. 그의 가슴속에서 터져 나간 시커먼 넝쿨로 그녀를 칭칭 휘감으면 거기서 여자애를 닮은 노란 꽃이 흐드러지게 피어날 것 같은 착각이 들었다.

기다란 손끝이 자꾸만 움찔거려 결국 주먹을 쥐어야 했다. 제하는 눈을 감고 기다란 입술을 지그시 깨물었다. 확신컨대 그는 오늘 아마 다시 강예강의 꿈을 꿀 것이다.

욱신거리는 몸의 통증마저 달콤했다.

02

날씨가 점점 더 뜨거워지고 있었다. 예강의 옆자리에서 창민이 연신 강하게 부채질을 하다 오히려 제풀에 지쳐 책상에 축 늘어졌다. 창민은 깨끗하게 비닐로 싸인 교과서를 정리하는 예강을 신기하게 바라보았다.

"일일이 손으로 싼 거야? 직접?"

"응. 깨끗한 거 보면 기분 좋아서. 이렇게 하면 귀퉁이도 안 해지거든."

"확실히 그렇게 하니까 보기는 좋다. 역시 공부 잘하는 애는 다르네."

엄지를 들어 올리는 창민을 보며 예강도 조금 웃었다.

"그건 아무 상관 없는데."

"내 눈엔 그렇게 보여."

창민이 갑자기 책상에서 고개를 번쩍 들더니 그녀를 향해 막 생각났다는 얼굴로 낮게 속삭였다.

"아 참. 미친개, 결국 잘릴 건가 봐."

예강의 표정이 조금 굳었다가 이내 무표정하게 바뀌었다.

"그래?"

미친개를 더 이상 보지 않아도 된다는 사실은 솔직히 별 상관이 없었다. 예강은 오히려 그 교사의 앞에서 더욱더 당당하게 행동하는 걸로 복수하고 싶었기 때문이다.

"응. 선생님들 말하는 거 몰래 들었어. 맞은 이제하는 정작 가만있었는데 상미네 엄마가 이사장한테 전화해서 아주 난리를 쳤다고 하더라고. 상미 엄마, 진짜 치맛바람 대단하거든. 국민학교 회장 선거 때 상미가 떨어지니까 결과에 납득할 수 없다고 학교로 찾아온 분이셔."

치맛바람이란 게 고등학교에까지 영향을 미칠 수 있다는 게 신기했지만 창민의 말이 거짓으로 들리지는 않았다. 한 다리 건너 모두가 아는 사람인 것같이, 모든 게 극단적으로 돌아가는 이 소도시에서는 무슨 일이 일어나도 이상하지 않을 것 같았기 때문이다.

"원래 또라이 같은 사람이었어. 반장은 너무 신경 쓰지 마. 성격 자체가 그걸 담아 둘 애도 아니고. 미친개가 학교 잘리면 제하는 아마 더 영웅 될 거니까. 선생 잘리게 만든 최초의 학생으로 말이야."

담임의 호출을 받고 자리를 비운 제하 쪽을 힐끗 쳐다보며 창민이 그녀를 위로했다.

"별로. 신경 안 써."

거짓말이었다.

그날, 문학 시간이 끝나자마자 예강은 사물함에 처박아 두었던 새 교복을 꺼낸 후 화장실에서 갈아입었다. 한 치수 작았던 옛 교복은 쓰레기통에 처박혔다.

교복은 더 이상 그녀를 숨쉬기 불편하게 만들지 않았지만 또 다른 의미로 그녀를 옥죄었다. 옷을 입을 때마다 어쩔 수 없이 제하를 떠올리게 되었다. 괴롭히는 방법이라면 완벽했고, 순수한 호의라면…… 더욱 두려웠다.

화장실에서 눈이 퉁퉁 부을 때까지 울고 난 후, 그녀가 내린 결론은 그를 더욱 멀리해야 한다는 것뿐이었다.

3학년 7반 교실에서 문학 시간에 벌어진 사건은 전교에 퍼져 나갔다. 미친개에게 잘못 걸린 전학생을 위해 이제하가 나서서 난생처음 피가 터질 정도로 맞았다는 소문이었다. 맞는 말이었지만 틀린 소문도 함께 따랐다.

예강이 서울에서 소문난 날라리라 아이를 떼고 강제 전학을 당했다는 헛소문은 기정사실화 되는 듯했으나, 기말고사와 모의고사 성적이 연달아 발표된 이후 한풀 꺾였다. 상미는 밀려난 등수를 보며 입술을 꽉 깨물었다.

예강의 부모님이 제하의 교회에 헌금을 수천만 원 헌납한 재력가라는 소문은 그녀가 달동네에 위치한 슬레이트 판잣집에 산다는 사실이 전교에 알려진 후, 또다시 수그러들었다.

그동안 다가오는 모든 여학생들에게 철벽을 치며 살았던 이제하가 여우 같은 전학생에게 단단히 빠졌다는 소문도 생겼다. 야간 자율 학습이 끝난 후, 둘이 차 뒷좌석에 나란히 앉아 진하게 입을 맞추는 모습을 봤다는 사람도 등장했다.

예강은 제하와 거리를 두려 노력했고, 제하 역시 그 이후 별다른 '호의'를 보이지 않았지만 소문은 끊일 줄 몰랐다. 그녀가 지나가면 수군거리는 소리를 확실히 들을 수 있을 정도였다. 아이들은 제하에게는 싫은 티를 내지 못했지만(설사 그랬다 한들 제하는 아마 신경을 쓰지도 않았을 것이다) 예강은 대놓고 따가운 눈으로 보았다.

"서점 알려 줘서 고마워. 교과서도 다 있고, 참고서도 엄청 싸더라."

예강은 애써 화제를 다른 쪽으로 돌렸다. 소문과 상관없이 그녀를 편하게 대해 주는 것은 그녀의 짝인 창민뿐이었다.

"내가 화구 사는 동네라서 매주 지나치는데 코딱지만 한 책방이 항상 바글바글하더라고. 다음에 필요한 거 있으면 나한테 말해. 가는 길에 사다 줄게."

"이제 나도 어딘지 알아. 직접 가면 되지."

"고 3이면 잠자는 시간도 아까운 거 아냐?"

“그러는 넌 고 3 아닌 것처럼 이야기하네.”

“나는 좀 나이롱이잖아.”

예강은 쿡쿡 웃는 창민을 보며 저도 모르게 마주 웃었다.

창민은 좋은 애였다. 그녀가 큰 친절을 부담스러워한다는 사실을 깨닫고 넌지시 그녀를 도와주는 그의 눈동자에는 악의가 보이지 않았다. 자발적인 아웃사이더인 탓에 남들을 신경 쓰는 것 같지도 않아 보였으므로 더욱 대하기가 편했다.

그가 상미를 좋아하고 있다는 사실은 예강이 그를 더 신뢰하게 만드는 계기가 되었다. 상미가 예강에 대한 반감을 확실히 표현하는 상황임에도 창민은 그녀와 대화하는 걸 주저하지 않았기 때문이다. 확실히 남의 눈을 그다지 신경 쓰지 않는 성격임은 분명했다.

“상미는 상미고 너는 너지.”

외동인 창민의 부모님은 시장에서 꽤 규모가 큰 경양식집을 운영하고 있다고 했다. 예강은 어렸을 때부터 쭉 미술을 해 왔다는 그의 말을 듣고, 창민의 가정 형편이 어려운 편은 아님을 짐작하고 있던 참이었다. 아마도 그가 부모의 사랑을 많이 받고 자랐을 거라는 예상도 함께였다.

“난 네가 재밌어.”

“내가? 왜?”

“얘기해 보면 얼굴이랑 성격이 확 다르잖아. 넌 외유내강이야. 상미는 그 반대고.”

누군가 그녀를 그렇게 생각해 준다는 것 자체가 좋았다. 창민은 사람을 편하게 만드는 재주가 있었다. 예강은 만일 형제가 있다면, 그와 같은 성격이라면 좋겠다고 생각했다. 물론 입 밖으로는 내지 못한 진심이었다.

“아 참. 우리 가게 있잖아. 주말에 이틀만 나오시는 이모가 있는데 이번 주에 큰딸 결혼식이 있어서 못 온다고 하시더라고. 주방 보조인데 사람을 급하게 구하기가 쉽지 않네. 맨날 파리 날리다가 주말에 간만에 단체 손님

잡혔다고 엄마가 좋아하던데."

국민 체조를 하며 몸을 풀던 창민이 옆에 선 예강에게 작게 말을 꺼냈다. 체육 교사는 오늘도 그들을 바깥에 집합시킨 참이었다. 체육관을 이용했던 저번 주는 땡볕에 운동장에 나온 오늘에 비하면 오히려 양반이었다.

"부모님 힘드시겠다."

지나가듯 위로하자 창민이 옳다 싶은 말투로 말을 이었다.

"그래서 말인데, 너 혹시 아르바이트할 생각 있어? 나 좀 도와준다, 생각하고."

"……아르바이트?"

예강의 눈이 조금 크게 뜨였다. 이사를 온 후, 엄마의 신당은 아직 손님이 뜸했다. 엄마가 교복을 사라고 준 돈은 쌀집에서 몽땅 써 버렸다. 아빠는 아직 첫 출어에서 돌아오지 않았다. 그리고 그녀는 지금 돈이 필요했다.

"주방에서 설거지하고 그런 잡일이라서 너한테 부탁하기 진짜 미안한데, 엄마가 나는 가게에 얼씬도 못 하게 하거든."

"응. 할게."

"정말?"

창민이 반색했다.

"진짜 괜찮겠어?"

"당연하지. 우리 집 예전에 식당 했었어."

고민하던 그녀에게는 거절할 이유가 없었다. 대학가에 위치한 커피숍들은 이미 대학생들로 경쟁이 너무 치열했다. 생활 정보 신문에서 보고 찾아간 24시간 마트에서는 나이가 너무 어리다고 거절을 당했다. 여름이라 파라솔을 쳐 놓고 술을 먹는 어른들이 많은데 그녀가 상대하기에 힘들다는 것이 거절의 이유였다. 예강은 여름 방학이 오기 전, 무슨 수를 써서건 제하의 호의를 돌려줘야 했다.

"자, 준비 운동 끝냈으면 오늘은 피구다!"

체육 교사가 후줄근한 트레이닝복을 위아래로 입은 채, 호루라기를 휘릭 불었다.

"네에? 아, 선생님! 우리가 애들도 아니고 무슨 피구예요?"

"니들이 아직 애들이지 그럼! 이 새끼들이 아주 그냥 정신 못 차려? 운동장 열 바퀴 뛸까?"

볼멘소리를 하던 학생들이 입을 모아 '아니요'를 외쳤다. 체육 교사가 흠, 하고 목을 가다듬었다.

"오늘 며칠이야. 어디 보자."

"이럴 줄 알았다."

창민이 작게 앓는 소리를 냈다. 하필이면 오늘 날짜와 그의 번호가 겹친 까닭이었다.

"17번! 가서 주전자 두 동이에 물 좀 가득 따라온다. 실시!"

"이런 건 꼭 나만 걸려요."

창민이 작게 속삭이며 뒤를 돌았을 때였다.

"같이 가자, 도와줄게. 선생님, 저도 짝이니까 같이 갈게요!"

예강이 저도 모르게 소리를 높이자 체육 교사가 흐뭇한 눈으로 그들을 바라보며 우렁차게 소리를 쳤다.

"그래. 저렇게 협동심을 보이란 말이다, 이것들아! 자진해서 친구를 돕는 이 광경이 얼마나 아름답냐!"

예강은 창민의 곁에서 얼른 주전자를 하나 받아 들었다.

"체육 선생님 좀 이상한 것 같아."

"교사 생활 30년 했다는데 아직도 힘이 넘치지. 대단해, 진짜."

"응, 그래서 너희 가게가 어디에 있는데? 몇 시까지 가면 돼?"

창민과 이야기를 나누며 나란히 걸어가는 그녀의 뒷모습에 따가운 시선이 머물렀다. 예강은 자신을 바라보는 제하의 시선을 알아채지 못했다. 오로지 그녀의 머릿속에는 얼른 제하에게 교복값을 돌려주고 싶다는 마음뿐이었다.

* * *

사립 학교의 체육 교사는 확실히 괴짜였다.

"짝피구 규칙 잘 알지?"

창민의 말대로 같은 학교에 30년을 근속하면 일상이 지루해지는 게 분명한 듯했다.

"보통 짝피구는 남학생들이 여자를 보호하지만 오늘은 반대로 우리 여학생들이 남학생들을 보호해 주도록 한다. 공격권도 모두 여자가 가진다. 남자가 공에 맞으면 아웃이니까 여자 뒤꽁무니를 졸졸 잘 따라다니도록."

"시시하게 그게 뭐예요? 아이씨…… 그냥 남자 여자 따로 해요, 선생님!"

남학생들에게서 불평이 터져 나왔지만 소용이 없었다.

"제비뽑기는 귀찮으니까 생략. 짝꿍끼리 편 먹고 1분단, 2분단이 같은 팀, 3분단, 4분단이 같은 팀이다! 알겠나!"

"괜찮겠어?"

창민이 그녀를 보며 걱정스러운 표정을 지었다.

"당연하지."

공으로 하는 운동은 모조리 젬병인 그녀가 애써 밝은 얼굴로 고개를 끄덕였다. 그녀를 세심하게 배려해 주는 짝에게 약한 모습을 보이기가 싫었다. 솔직히 공에 몸을 좀 맞는다고 해서 죽는 것도 아니다.

"자, 경기 시작!"

얼마나 시간이 흘렀을까.

예강이 땡볕에서 숨을 헉헉 몰아쉬었다. 수돗물로 네모난 코트를 그려 놓았던 운동장 모랫바닥은 점점 말라 그 자국이 흐릿해지고 있었다. 뜨끈뜨끈한 지열이 수증기처럼 피어오르는 게 눈에 보이는 착각마저 들었다. 그녀의 하얀 얼굴은 벌겋게 달아올랐고 땀으로 체육복 상의와 속옷까지 축축했다.

팡!

벌써 몇 번째인지 알 수가 없었다. 반대편 진영에서 남학생들을 보호하는 여학생들. 그리고 공을 맞고 아웃된 이들은 마치 짠 것처럼 예강을 공격하고 있었다.

"아, 정말 너무들 하네. 뭐 하는 거야, 진짜."

그녀의 뒤에서 움직이는 창민이 당황할 정도였다. 보드라운 배구공이 힘차게 때리고 간 예강의 허벅지에 시뻘건 자국이 남았다.

"거기 전학생! 공격해야지!"

체육 교사가 호루라기를 세게 불며 소리를 높였다. 바닥에 떨어진 공을 간신히 주운 예강이 상대 진영으로 공격을 시도해 보았지만 오히려 역공을 당했다.

"나한테 패스해 줘!"

그녀가 간신히 공을 피하자 이번에는 상미가 공을 잡았다. 상미는 짝인 제하가 설렁설렁 경기를 하는 통에 일찌감치 탈락했는데 짝을 보호할 필요가 없으니 오히려 더욱 활발히 공격을 펼치고 있는 중이었다. 라인 앞에 아슬아슬하게 선 상미의 손에서 배구공이 다시금 세게 날았다. 예강은 그녀의 공을 피하지도 못하고 잡지도 못한 채 모랫바닥에 넘어지고 말았다.

"내가 그냥 맞고 탈락할게. 안 되겠다."

바닥에 엎어진 그녀를 일으켜 세우며 창민이 당황한 얼굴을 했다. 올림픽을 하는 것도 아니고, 그래 봤자 수업 시간에 하는 짝피구다. 처음부터 이렇게 목숨을 걸 필요가 없는 경기였다.

"아니. 절대 그러지 마."

하지만 예강의 생각은 다른 듯했다. 이마며 콧등에 땀방울을 매단 그녀가 숨이 턱까지 차서 헉, 헉, 내뱉었다.

"나 끝까지 할 거야."

"……으응?"

창민으로서는 처음 보는 그녀의 낯선 얼굴이었다. 예강이 빨갛게 달아오른 얼굴로 다시 덧붙였다.

"안 질 거야. 나…… 지기 싫어, 창민아. 그러니까 너도 포기하지 말아 줘."

예강이 그의 팔뚝을 꽉 쥐었다. 그녀의 눈동자가 유난히 더 반짝거리는 것 같은 착각이 일었다. 창민의 귓가가 저도 모르게 붉게 달아올랐다.

"그, 그래. 알았어."

예강은 창민의 손을 붙잡고 자리에서 일어났다. 체육복과 땀에 젖은 팔다리가 온통 모래 먼지로 엉망이었지만 상관없었다. 체육 교사가 저런 게 바로 헝그리 정신이라며 지껄여 대는 소리는 잘 들리지도 않았다.

"자. 경기 재개!"

호루라기 소리와 함께 그녀를 향해 공이 다시 날아들었다. 때로 악의가 너무나 투명하게 느껴지는 순간이 있다. 그리고, 예강은 이 순간만큼은 절대 꺾이고 싶지 않았다.

따돌림과 괴롭힘이 늘어 갈수록, 근성도 함께 늘었다. 이러한 예강의 성격은 곧잘 괴롭히는 이들의 성질을 자극하곤 했다. 은근히 악바리라 더욱 재수가 없다며 비참하게 짓밟힌 적도 있었지만 예강은 한계까지 치달릴 때면 오히려 강해지는 타입이었다.

다른 상황이라면 고개 숙일 수 있었다. 무시하는 걸 알면서도 모른 척하고, 욕하는 걸 뻔히 다 들었어도 못 들은 척하고 넘길 수 있었다. 싸우기 싫어서 눈을 가리고, 귀를 막고, 입을 틀어막은 게 다반사였다.

하지만 지금은 경기니까 그러지 않아도 되잖아. 그녀가 아무리 악다구니를 쓰며 버틴다 해도, 그녀를 뭐라고 할 수 있는 사람은 아무도 없다.

"창민아! 잘 잡아!"

예강이 잘 나오지 않는 목소리를 높이며 악을 썼다. 그러자 상대 팀의 전의가 이제는 피부에 닿을 정도로 생생하게 느껴졌다.

피어오르는 모래바람에 숨이 막히고, 이마에서 흐른 땀방울이 눈에 들어가 흐릿했지만 참을 수 있었다. 경기에서 한 발짝 떨어져 팔짱까지 낀 채, 마치 이 상황을 관망하듯 뚫어져라 바라보고 있는 제하의 시선이 느껴지자 더더욱 지고 싶지 않았다. 괴롭힘을 당했을 때 누군가의 시선을 신경 쓴 적은 단 한 번도 없었는데 지금은 달랐다. 예강은 그가 보는 앞에서 더 이상 힘없이 꺾이고 싶지 않았다. 스스로도 설명이 불가능한 기묘한 승부욕이 몸 안에서 솟구쳤다.

"알았어. 대신 무조건 피해. 나도 따라 피할 테니까, 맞지 말고 피하라고."

창민이 예강의 뒤에서 긴장된 목소리로 작게 중얼거렸다. 그는 어쩔 수 없이 상미를 의식할 수밖에 없었는데, 아까부터 그녀의 표정이 심상치 않았다. 어릴 때부터 알고 지낸 탓에 창민은 상미의 성격을 잘 알았다. 예강이 버티면 버틸수록 그녀의 승부욕 역시 과열되고 있었다.

"송창민! 여자 뒤에 작작 숨지?"

제하가 그를 향해 목소리를 높인 것은 그때였다. 농담조로 던진 말로 들릴 법도 했지만 그의 얼굴에는 웃음기가 없었다.

"패스해 줘!"

일그러진 얼굴로 소리를 높이는 상미를 보며 그녀가 중학교 때 잠시 배구부에 있었다는 사실을 창민이 상기했을 땐, 이미 그녀가 예고도 없이 빠르게 공을 날린 후였다. 상미의 목표물은 처음부터 창민이 아닌 예강이었다.

"어, 어……!"

창민은 예강의 머리 쪽을 향해 엄청난 속도로 날아오는 공을 보며 본능적으로 위험을 직감했다. 예강을 밀치려 했지만 허사였다. 예강이 가느다란 몸으로 안간힘을 쓰며 창민의 앞을 막아 버티고 선 탓이었다. 예강은 작열하는 태양에 눈이 부셔 이를 꽉 깨물었다.

지고 싶지 않다. 절대. 절대 안 지고 싶어!

"예, 예강아!"

창민이 그녀를 잡아끄는 탓에 파란색 체육복 상의가 죽 늘어나며 속옷 어깨끈이 드러났다.

"어, 미…… 미안……!"

불에 덴 듯 화들짝 놀라며 창민이 손을 떼는 순간이었다.

팡!

날아온 공이 예강의 이마를 정통으로 강타했다. 머리를 녹여 버릴 듯 태우던 태양이 시야에서 확 사라지고 그 자리에 캄캄한 어둠이 밀려왔다.

눈을 감기 직전, 그녀의 눈에 보인 것은 놀라서 그녀를 부르는 창민을 거칠게 밀어 내며 험한 욕설을 지껄이는 제하의 일그러진 표정이었다.

"씨발, 등신 같은 새끼가!"

의식이 흐릿해지는 상황 속에서도, 그녀는 이 경기의 승패가 어떻게 되는 건지에 대해 생각을 했다. 역시 구기 종목은 그녀와 맞지 않는다는 생각과 함께.

* * *

예강이 깨어나며 제일 처음 느낀 감각은 다리와 팔에 감기는 부드러운 이불의 촉감이었다. 얼굴에 닿는 포근한 베개에서는 기분 좋은 향이 났고 면수가 빽빽한 베개보의 감촉은 조금 더 눈을 감고 있고 싶은 충동까지 느끼게 했다.

베개에 얼굴을 비비고 있던 예강이 인상을 쓰며 눈을 번쩍 뜬 것은 그 기분 좋은 향이 누구의 것인지를 기억해 낸 까닭이었다. 몸을 일으키니 손목에 반투명한 줄이 걸리적거렸다. 손등을 찌르고 있는 바늘도 보였다.

"일어났어?"

고개를 휙 돌리자 침대 머리맡에서 팔짱을 끼고 선 제하가 보였다. 예강은 말없이 눈을 깜빡이며 빠르게 생각을 더듬었다. 짝피구. 상미가 던진 공을 머리에 맞고 쓰러졌던 게 마지막 기억이었다.

그와 그녀 모두 체육복 차림 그대로였지만 이곳이 학교의 양호실 같지는 않았다. 그렇다고 병원 같지도 않다.

예강이 눈을 뜬 곳은 붉고 푸른 석양이 천천히 녹아드는 커다란 방이었다. 기묘한 형태의 길쭉한 책상 위엔 컴퓨터, 그리고 위태롭게 쌓여 올라가 있는 성냥개비 탑이 여러 개 늘어져 있었다. 책장에는 문제집과 함께 낯선 제목의 원서가 빼곡했다.

벽면에 걸린 액자는 명화를 퍼즐로 맞춘 것이었는데 벽의 반을 가릴 정도로 컸다. 살짝 열린 창문에 흰 커튼이 나풀거리며 늦은 오후의 태양 빛을 투과했다. 침대보와 이불은 주인의 성격을 대변하듯 흑과 백의 체크무늬로 단정했다. 설마.

"여기 어디야?"

"내 방."

왜 불안한 예감은 한 번도 틀린 적이 없는 걸까.

"내가 여기 왜 있어."

예강이 중얼거리듯 속삭이며 성급히 몸을 일으키려 할 때였다. 기다란 손가락이 그녀의 이마를 지그시 눌러 왔다. 고개를 슥 돌려 그의 손길을 피한 후, 그녀가 붉어진 뺨을 감추며 물었다.

"뭐 하는 거야?"

제하가 수액의 양을 조절하며 태연하게 내뱉었다.

"수액 다 맞을 때까지만 누워 있어."

"난 괜찮아. 갈래."

"괜찮은지 안 괜찮은지는 환자가 아니라 의사가 결정해. 그리고 전문가가 아닌 내 눈에도 지금 넌 불합격이고."

예강의 속에서 무언가가 꿈틀거렸다. 남들 다 보는 앞에서 공으로 머리를 맞고 보기 좋게 쓰러진 것도 민망하고 화가 나는데 눈을 뜨니 절대 마주하고 싶지 않았던 사람이 코앞에 있었다. 그것도 모자라서 그의 방이라니. 도대체 그녀가 쓰러진 동안 무슨 일이 있었던 걸까.

"가벼운 탈수랑 뇌진탕이라더라. 저혈압에 의한 빈혈도 의심된대. 몸이 원래 그렇게 약해?"

"그렇든 말든 넌 상관없잖아."

"네 눈엔 지금 이 상황이 상관없게 보이나 보네. 내가 너 때문에 얼마나 고생했는지 알면 그런 말 못 할 텐데."

예강이 입술을 지그시 깨물었다. 너한테 도와 달란 적 없다고 오기를 부려 볼까 싶기도 했지만 입장만 우스워질 것 같다는 생각이 들었다.

"근데 내가 왜 양호실이 아니라 너희 집에 있어?"

"양호 선생이 자리를 비워서 어쩔 수가 없었어. 원래 자주 그러니 놀랄 것도 아니지."

"……상식대로라면 우리 집에 있어야 되는 거 아냐?"

"담임이 너희 집에 계속 전화했는데 통화 중이라 연결이 안 됐대."

엄마는 기도 시간이면 늘 수화기를 내려놓았다. 만약 전화가 연결되었다면 엄마는 물론 소복 차림으로 학교에 달려왔을 것이다. 무당이라고 얼굴에 써 있는 게 아니라 해도 그녀의 엄마가 범상치 않은 사람이라는 건 전교생이 모두 알게 되었겠지. 예강은 그녀의 엄마가 전화를 받지 않아 다행인 건지 불행인 건지 스스로도 판단을 내리기가 힘들었다.

"만삭인 담임이 너 데리고 병원에서 보호자 역할 하는 거 힘들어할 거 뻔하니까 집으로 데려왔어. 우리 집은 환자가 있어서 주치의가 24시간 대기 조거든."

"누가 아픈데?"

"동생."

제하가 짤막하게 답했다. 그의 설명에 따르자면 기절한 그녀가 그의 방에서 눈을 뜬 것은 다분히 논리적인 결과라는 소리였다. 그의 집에 아픈 동생이 있다는 사실은 처음 듣는 이야기였지만 그 사실에 안타까워하기에는 여유가 없었다.

“제발 나한테 신경 좀 꺼 줘라. 네가 이럴수록 내가 더 힘들어.”

진심으로 부탁하는 예강을 보며 제하는 못마땅하다는 듯 고개를 기울였다.

“따지려면 네 이마를 정통으로 맞혀서 기절시킨 김상미한테 따져야지. 아니면 끝까지 여자 뒤에 숨어서 빌빌거린 모자란 새끼한테 따지거나.”

그가 단정한 얼굴로 칼 같은 말을 내뱉었다. 직설적이기 짝이 없는 말투였지만 예강은 이제 처음처럼 당황하지는 않았다.

“미안한데, 넌 내가 누구 때문에 이렇게 된 건지 정말 모르겠어?”

예강은 말을 고르고 골랐다. 반에서 여자아이들을 이끌고 있는 보이지 않는 손이 그의 짝인 상미라는 사실은 확실했다. 제대로 설명을 하려면 그를 향한 누군가의 예민한 마음까지 털어놔야 하는데, 같은 여자로서 도무지 내키지가 않았다.

짧은 시간 동안 예강이 판단을 내린 결과, 제하는 다른 사람이 보는 앞에서 웃으며 상미의 자존심을 사뿐히 밟을 수 있는 성격이었다. 물론 그가 그럴 수 있는 대상은 상미뿐만이 아닐 거다.

“응. 모르겠는데.”

건조하게 내뱉는 그를 보는 예강의 속에서 무언가가 부글부글 끓었다.

“학교에서 무슨 소문이 떠돌고 있는지는 알아?”

“너랑 나랑 키스했다는 거?”

태연하게 되묻는 제하 탓에 오히려 당황한 것은 그녀였다. 얼굴이 확 뜨거워진 예강이 도끼눈을 뜨자 제하가 어깨를 으쓱했다.

“당연히 알지. 그 소문 내가 냈는데.”

“뭐라고? 너 진짜 미쳤니?”

예강이 새되게 목소리를 높이자 제하가 피식 웃었다.

“농담이야. 소리 지르는 거 보니까 멀쩡하네.”

예강은 기가 차서 말도 나오지 않았다.

"목마르지 않아?"

제하가 슬리퍼를 신은 채 방을 가로질렀다. 예강은 파티션으로 구분된 코너에 커다란 냉장고가 있는 걸 그제야 깨달았다.

분명 방이라고 하지 않았나. 커다란 텔레비전까지 있는 걸 보며, 예강은 혹시 그가 2층 전체를 다 혼자 쓰고 있는 건 아닐까 하는 착각에까지 사로잡혔다.

창가에서 그녀 쪽으로 걸어오는 그의 슬리퍼가 깨끗했다. 사실, 그의 방 안에 있는 모든 물건들이 다 청결했다. 소파 위의 쿠션이나 텔레비전의 리모컨 등은 적재적소에 정확하게 위치해 있었으며, 책장에 꽂힌 책들은 키 높이 순으로 깔끔하게 정리되어 있어 강박적으로까지 보였다.

방은 그 사람의 성격을 보여 준다. 예강은 세간살이가 너저분하게 널려 있는 자신의 방을 떠올리지 않으려 노력하며 인상을 찌푸렸다.

"맥주 마실래?"

파티션 사이로 얼굴을 내밀며 묻는 제하의 말투는 마치 오늘 날씨가 참 좋다, 라고 말하는 것처럼 태연했다. 예강이 눈을 가늘게 뜨며 바라보자 그가 다시 웃었다. 아까부터 뭐가 그렇게 기분이 좋은지 싱글거리는 이유를 알 수가 없었다.

"농담이야. 모범생한테 일탈은 안 어울리지."

아까부터 하나도 안 웃긴 농담을 계속하는 이유도 알 수 없기는 마찬가지였다. 제하가 맥주 대신 자그마한 병을 손에 들고 다가와 내밀었다.

"넌 주스 마셔라."

"……."

"주스 싫으면 우유 줄까? 아래층에 딸기 우유도 있는데."

"그냥 그거면 돼."

딸깍. 주스를 따서 건네는 그의 손에서 깔끔한 비누 냄새가 풍겼다. 예강은 사양하지 않고 유리병을 받아 들고서 몇 모금을 들이켰다. 그가 건넨 것은 이제 보니 오렌지 주스가 아니라 감귤 주스 같았다. 목이 말라서 그랬는지 시원하고 달콤해 맛이 좋았다. 어느새 바닥을 보인 빈 병을 도로 가져가며 제하가 입을 열었다.

"너 체중 미달인 거 알고는 있어? 무슨 70년대도 아니고 영양실조가 웬 말이야."

"의사 선생님이 그새 내 체중까지 잰 거니?"

"아니. 업어 보니까 바로 알겠던데."

듣는 사람에 따라 부끄러울 수도 있는 이야기를 제하는 망설임도 없이 입에 올렸다. 예강은 귓불이 달아오르는 것을 느끼며 간신히 입을 열었다.

"있잖아. 내가 저번에도 차 안에서도 분명히 말한 것 같은데 나는 네가……."

"알아."

제하가 그녀의 말을 잘랐다.

"네가 내 관심 받는 거 싫어하는 거 아는데, 그럼 내 눈앞에서 기절하질 말았어야지. 여자 기절시킨 놈 만든 것도 모자라서, 뒤처리도 안 해 주는 놈이 될 순 없잖아."

김상미와 송창민에게 책임 전가를 할 때는 언제고, 제하가 또다시 말도 안 되는 논리를 꺼내 들었다. 예강은 그와 입씨름하기를 포기하고 순순히 고개를 끄덕였다.

"그래. 고맙다. 의사 불러 주고 주사도 맞혀 줘서 정말 고마워."

"원래 그렇게 빈말을 잘해?"

"……때에 따라서는."

상황을 피하거나 도망치고 싶을 때는.

"약았다. 너. 근데 나한텐 안 통해."

제하가 창문에 비스듬히 기대선 채 그녀를 물끄러미 바라보며 희미하게 웃었다.

고급스러운 육각창 너머로 석양이 물들고 있었다. 같은 하늘인데 이렇게 다를 수가 있을까. 그녀의 집에서 바라보는 하늘과 이곳에서 바라보는 하늘의 느낌은 너무나 달랐다. 그녀의 집을 모두 합친 것 같은 크기의 정돈된 방. 지금 이 순간이 비현실적이라는 느낌마저 들었다.

"도시락은 왜 혼자 먹어?"

그중 가장 비현실적인 것은 차분한 시선으로 그녀를 바라보고 있는 상대였다. 노을이 미끄러져 내리는 그의 얼굴은 마치 배경에 녹아 들어간 듯 아름다웠다. 오렌지색 석양이 물들어 가는 그의 옆모습에서 고상하게 느껴질 만큼 기다란 속눈썹이 시선을 사로잡았다.

"내가 밥을 혼자 먹건 말건 너랑은 상관없는 일이잖아."

"신경 쓰여. 나보고 알아 달라고 시위하는 것 같아서."

"이제하."

"내 이름 알고는 있었네? 불린 적이 없어서 몰랐는데. 넌 항상 나 반장이라고 부르잖아."

"……."

"제대로 쓸 줄은 알아?"

그의 목소리가 낮게 내리깔렸다.

"내 이름, 비 갤 제(霽)에 여름 하(夏) 자 써. 웃기지?"

뭐가 웃기는 부분이냐고 속으로 묻는 그녀의 질문에 대답하듯 제하가 말을 이었다.

"정작 내가 태어난 건 비 오는 겨울이거든. 아이가 태생이 차갑게 태어났으니 이름이라도 따뜻하게 지으라고 했대. 외할아버지가 찾아간 작명소에서."

방 안의 공기가 조금 더 묵직해지는 것 같은 착각이 들었다. 낙조는 화려하게 타오르고 있었고 사방이 온통 귤색인 방 안에는 그와 그녀를 제외하고는 아무도 없었다. 마치 둘만의 세상인 것 같은 착각을 불러일으킬 정도다.

"네 이름은 무슨 한자야?"

"한자 없어. 그냥 한글 조합이야."

"뜻이 뭔데."

예강은 왠지 스스로 입을 열기가 민망해 대답하지 않았다. 어색한 느낌. 그와 그녀는 한가롭게 이름 뜻을 이야기하고 있을 만한 사이가 아니었다.

"예쁜 강아지?"

"아니거든?"

작게 바락, 하는 예강을 보는 그의 입술에 희미한 미소가 스치는 것 같았다. 예강은 이상한 기분에 사로잡혀 그에게서 애써 시선을 뗐다.

"어두워지기 전에 집에 가야 할 것 같아. 엄마가 걱정하실 거야."

예강은 손등의 반창고를 떼어 내고 떨리는 손으로 주삿바늘을 쑥 뽑았다. 아까 마신 감귤 주스 탓인지 입천장에 달착지근한 맛이 온통 달라붙어 있는 것 같았다.

"데려다줄게. 기다려."

"혼자 갈 수 있어."

"안 돼. 내가 신경 쓰여."

자연스레 그녀의 말을 거절하는 그를 보며 예강은 당황했다. 신당의 깃발이 걸린 그녀의 집을 누군가에게 보이고 싶은 마음은 추호도 없었다. 상대가 이제하라면 더더욱.

"하나만 물어볼게."

"해."

"너 혹시 내가 불쌍하니?"

머리를 거치지 않고 툭 튀어나온 말이었다. 제하는 잠시 그녀를 물끄러미 바라보다 마침내 입을 열었다.

"왜 그렇게 생각하는데?"

"누가 그러더라. 넌 형편 어려운 애 보면 가만 못 둔다고. 그래서 나한테 그러는 거야? 내가 봉고 차 탈 돈도 없고 교복 살 돈도 없는 불쌍한 애라서 도와준 거니? 영양실조 걸릴 것같이 비실비실한 게 불쌍해서 미친개한테 대신 맞아 주고, 땡볕에서 기절했는데 병원비도 없을 것 같아서 날 여기까지 데려온 거야? 그래?"

말을 하면 할수록 예강의 동그란 이마가 점점 더 뜨거워졌다. 잘 빚어 놓은 것 같은 제하의 얼굴은 무표정해서 생각을 읽을 수가 없었다.

심장이 아까보다 더욱 빨리 뛰었다. 부족함이라고는 찾아볼 수 없는 이 남자애는 지금, 그녀를 동정하고 있는 걸까. 불우 이웃에게 자선금을 건네듯, 길거리에서 버려져 굶고 있는 강아지에게 먹이를 주듯 하고 싶은 걸까.

"그러니까 네 말은 내가 널 동정하고 있냐고 묻는 거지."

"아냐?"

"아니야."

예강은 제하가 재미없는 농담을 할 성격일지언정 거짓말을 할 성격은 아니라는 생각이 어렴풋이 들었다. 그의 친절이 만약 동정이 아니라면 답은 하나뿐이다.

"그럼 나랑……."

목이 까끌까끌해서 목소리가 잘 나오지 않았다. 예강은 주먹을 한 번 꽉 쥐었다 편 후, 토해 내듯 말을 뱉었다.

"나랑 자고 싶어서 그런 거야?"

"뭐?"

물끄러미 그녀를 바라보던 제하의 날카로운 눈썹이 미간에 모였다.

"나랑, 하고 싶어서 그런 거냐고."

예강의 목소리가 잦아들었다. 이제껏 그녀에게 다가온 남자들의 목적은 동일했다. 엄마의 일로 그녀를 위로하던 도덕 교사. 아빠가 술에 취해 난동을 부릴 때 달려와서 말려 주던 옆집 아저씨. 따돌림을 당하던 그녀의 편을 들어주던 같은 반 친구. 그녀의 눈빛이 재수 없다며 철저하게 그녀를 괴롭히던 동네 양아치 모두, 결국엔 그녀의 말라비틀어진 몸뚱이를 가지길 원했다.

결국 제하가 원하는 것도 그들과 똑같을까.
"그렇다면 어쩔 건데? 나랑 자 주기라도 하려고?"
제하가 숨을 길게 내뱉으며 그녀에게로 한 발짝 가까이 다가왔다. 예강의 손끝이 가늘게 떨렸다.
"못 할 거 없어. 대신……."
"대신 뭐."
"이게 끝이라고 약속만 해 준다면."
제하의 눈썹이 다시금 소리 없이 꿈틀거렸다.
"내가 너한테 신경 쓰는 게 그렇게 싫어?"
그의 얼굴에 희미하게 감돌던 미소는 완전히 사라져 있었다. 그냥 무표정한 게 아니었다. 그녀를 노려보는 눈동자에 또다시 검은 얼룩이 일렁였다. 또렷한 그의 목소리 톤이 평소보다 낮아 음울하게까지 들렸다.
"나는 졸업할 때까지 최대한 조용히 살고 싶어."
예강이 말라서 각질이 일어나는 입술을 잘근잘근 깨물었다.
"너는 당해 보지 않아서 모르겠지만 일당백으로 싸우는 거, 그거 되게 사람 미치게 만드는 거거든."
오늘은 배구공으로 머리를 맞았지만 내일은 실내화 안의 압정이 그녀를 찌를 수도 있었다. 등교할 때마다 욕설이 날아오고 전교의 웃음거리로 전락할 수도 있었다. 하지만…… 지금 예강이 확인하고 싶은 건 그게 아니었다. 아니, 아이들의 따돌림 따위는 사실 뭐든 상관없었다.
"그러니까 한 번 줄 테니 먹고 떨어지라는 뜻이네, 지금?"
제하가 잔인하게 속삭이며 그녀에게 더욱 가까이 다가왔다. 입술이 닿을 듯 말 듯 한 거리에서 그가 속삭였다.
"너, 나 감당할 자신은 있어?"
검은 눈동자가 가늘어져 빛났다.
"내가 한 번으로 안 끝내면 어쩔래. 네가 내 애새끼라도 배면 어떡할래.

그리고 내가 나 몰라라 하면 어쩔 건데. 응?"

반듯한 미간에 움푹 팬 홈. 가늘어진 눈으로 노려보는 눈동자. 경직된 턱.

예강은 자신이 그를 정말로 화나게 만들었다는 사실을 깨달았다. 마른침을 삼키며 한 발짝 물러섰지만 피할 곳이 없었다. 주춤거리는 예강의 무릎 뒤에 침대가 걸렸다.

"내가 네 인생 통째로 망치기라도 하면 어떡하려고 그딴 개 같은 소리를 함부로 지껄여."

파들파들 떨리는 붉은 입술을 바라보며 제하가 싸늘한 눈동자로 명령했다.

"못 할 거 없다고 했지. 그럼 벗어. 지금 당장."

예강은 흡, 하고 숨을 들이쉬었다. 그의 눈을 피할 수도 없어 뚫어져라 바라보는 예강의 눈동자에 뜨끈한 물기가 들어찼다.

"네 소원대로 해 줄 테니까. 대신 그 결과로 무슨 일이 일어나도 감당해. 알겠어?"

차갑게 속삭이는 그의 이마가 닿을 듯 가까웠다. 덜덜 떠는 예강의 눈시울이 뜨끈하게 달아올랐다.

"안 벗어?"

핏기가 완전히 가신 예강의 팔목이 그에게 움켜쥐어지자 그녀의 몸이 소스라치게 놀라 떨렸다. 제하를 바라보는 예강의 커다란 눈에서 소리 없이 눈물방울이 툭, 굴러떨어졌다.

"사람 미치게 한다, 진짜."

제하가 그녀를 보며 탄식 같은 숨을 길게 내쉬었다.

"주먹 쥐어, 강예강."

"뭐?"

"주먹 쥐라고."

예강은 영문도 모르고 그의 말에 따랐다. 제하가 예강의 주먹 쥔 손으로 제 뺨을 툭, 쳤다.

"다음엔 이렇게 해."

힘이 빠진 손이 다시 제하의 얼굴을 가볍게 때렸다. 이번엔 높다란 콧등이었다.

"괴롭히는 사람이 있으면 이렇게 펀치를 날리고 도망가라고. 한 번 물려주겠다고 목을 내주는 게 아니라 네가 물어 버리라고, 이 바보야."

조금 누그러진 목소리를 듣자 안도감이 솟구치며 온몸에 힘이 쭉 빠져나간다. 그녀의 팔목을 쥔 채 제하가 이번에는 그녀의 머리를 지그시 누르듯 밀었다. 마치 스스로 제 머리를 때리는 듯한 바보 같은 모양새가 되었다. 예강은 입 안의 살을 꽉 깨물었다.

"한 번 봐준다."

예뻐서. 그가 팔목을 놔주며 나직하게 덧붙였다.

"이름값을 왜 반만 하냐, 넌."

가슴이 푹, 찔리며 눈물이 차올랐다. 괴롭히는 애들에게 아무리 맞아도 고개를 빳빳이 들 수 있었는데 지금은 얼굴을 들 수가 없었다. 심장이 쿵쿵 울려 귓가에까지 그 소리가 들렸다.

"갈래."

"그래라. 데려다주진 못하겠는데. 괜찮지?"

예강이 손등으로 뜨거운 눈가를 훔쳤다. 자신은 과연 이제하에게 뭘 시험하고 싶었던 걸까. 부끄러웠다. 어디든 빨리 도망치고 싶었다.

벽을 돌아 계단을 내려가기 전, 예강은 문득 뒤를 돌았다. 가방끈을 꽉 붙잡은 채, 속삭이듯 말을 내뱉었다.

"고마워."

"뭐가?"

제하가 창가에 기대선 채 되물었다. 대답할 수 없었다. 교복을 선물해 준 것. 다친 그녀를 차에 태워 주고 상처를 감싸 준 것. 문학 시간에 그녀를 위해 대들어 준 것. 그녀에게 공격 의지를 불태우는 모든 사람들 앞에서 유일하게 화를 내 준 것. 그리고…….

"계속 그렇게 미적거리고 있으면 너 진짜 집에 못 가."

예강의 귓불에 열이 확 올랐다. 그녀의 생각을 읽은 것처럼, 마치 놀리듯 내뱉은 제하의 말 때문이었다.

"내가 지금 움직이면, 이번엔 안 봐줄 거거든."

제하는 웃고 있었지만 그녀를 바라보는 묵직한 시선은 그의 말을 더 이상 농담처럼 들리지 않게 만들었다. 예강은 숨을 들이쉬며 재빨리 뒤를 돌아 정신없이 계단을 내려왔다.

"학생. 안 데려다줘도 돼?"

높은 담장의 철문을 나서자 담뱃갑을 두드리던 기사 아저씨가 그녀를 불러 세웠다.

"아뇨. 집이 바로 코앞인걸요."

예강은 고개를 꾸벅 숙여 보인 후 뒤를 돌아 숨이 턱에 찰 때까지 달렸다.

덜컹. 덜컹. 커다란 소리를 내며 기차 하나가 지나갔다.

철길을 건너고, 문방구와 구멍가게를 겸하는 자그마한 가게를 지나치면 산1동이 나온다. 누군가 휘갈긴 오줌 자국이 말라붙은 담벼락, 깨진 슬레이트 지붕이 감싸는 집으로 들어서니 해는 이미 산마루 너머로 자취를 감춘 후였다. 산동네에 사는 사람들에게 어둠이 유난히 빨리 찾아오는 건 어쩌면 다행인지도 몰랐다. 초라한 민낯을 환한 빛 아래 드러내는 시간이 짧아진다는 점에서.

예강은 어슴푸레한 어둠이 내려 깔린 마당에 쭈그려 앉은 후, 수도꼭지에서 물을 틀어 얼굴을 씻어 냈다. 차가운 기운이 얼굴에 닿자 그제야 정신이 조금 들었다.

"아니, 보살님한테 다 큰 딸이 있었나 보네?"

신당의 미닫이문이 드르륵 열렸다. 호기심 섞인 눈으로 그녀를 훑어보는 중년의 남자 손님 뒤를 따르며 엄마가 딱딱한 목소리로 입을 열었다.
"부적은 다음 주에 찾으러 오세요."
"좀 빨리 안 될까? 나도 내가 사고 치는 게 두렵다고. 우리 마누라 볼 면목도 없고. 효험 있으면 부적값은 내가 잘 쳐 줄 테니까."
"귀신이 붙어 그러니 차라리 굿을 하시는 게 낫습니다."
"빤스에 부적 넣어 가지고 다니는 것도 모자라서? 농담이라도 그런 말 하지 마. 나 진짜 마누라한테 이혼당해!"
예강은 방문을 닫은 후, 불도 켜지 않은 채 차가운 벽에 기대섰다. 그리고 그녀를 바라보던 제하를 떠올렸다.
신당에서 방울 소리가 작게 들려오자 예강은 눈을 질끈 감았다.
쪽팔린다.
예강은 어두컴컴한 방 안에서 작게 되뇌었다.
그는 그녀를 어떤 애라고 생각할까. 학교에 떠도는 소문처럼 닳고 닳은 애라는 걸 확인시키는 계기가 되지는 않았을까.
나는 왜 그에게 그런 바보 같은 시험지를 던진 걸까. 대체 그 애에게 뭘 기대하고 있는 걸까. 그녀를 괴롭혔던 남자애들과 이제하가 다르다는 사실을 확인해서 뭐가 달라진다고.
예강은 달아오른 얼굴을 손안에 파묻어 버렸다. 더 이상 아무것도 생각하고 싶지 않았는데 그럴 수가 없었다. 그 애의 이불에서 나던 냄새가 체육복에 스며들어 있었다.

* * *

"3번에 돈가스 하나, 정식 하나요. 둘 다 밥으로!"
주문이 들어오자마자 예강이 소리 없이 움직였다. 빵가루가 묻은 고기를 튀김기 앞에 나란히 준비해 두고는 얼른 설거지거리가 담긴 개수대로 향했다. 주방의 박씨 아주머니가 국자로 들통 안을 휘저으며 웃었다.

"조용해 보여도 사부작사부작 한시도 가만있지를 않네. 주방에선 그래야 돼, 원래. 일은 찾아서 해야 되는 거거든."

"설거지 금방 끝내고 양배추 썰어 놓을게요."

"그건 됐으니까 여기 와서 맛 좀 봐 봐."

예강은 뜨끈뜨끈해진 수프 그릇을 두 개 들고 그녀에게 얼른 다가갔다. 고소한 냄새가 나는 크림수프를 눌어붙지 않게 휘젓고 있던 아주머니가 내용물을 조금 덜어 그녀에게 내밀었다.

"뜨거우니까 조심히."

예강이 후후 불어 맛을 보자 아주머니가 태연하게 물었다.

"어때?"

"맛있어요. 여태까지 먹어 본 것 중에 제일이요."

예강이 양손의 엄지를 들어 올리자 빨간 립스틱을 곱게 바른 아주머니의 입술이 옆으로 기다랗게 길어지며 함박웃음이 걸렸다.

"사제 수프라고 해도 소고기도 갈아서 넣고, 마늘도 볶아서 넣었는데 확실히 다르지 그럼."

"네. 집에 가서도 계속 생각날 것 같아요."

"앞으로 생각나면 내 이름 대고 언제든지 와서 먹어. 장사 안된다고 아무리 죽는소리해도 내가 수프 한 그릇 공짜로 먹일 짬밥은 되거든."

창민의 부모가 운영하는 경양식집 '밀키웨이'는 한때 이 근방에서 가장 장사가 잘되는 레스토랑이었는데 지금은 시내에 비슷한 레스토랑이 우후죽순 생겨나는 바람에 예전만큼 인기는 없었다. 정육점과 어물전이 있는 재래시장 안에 위치하고 있어 젊은이들에게는 접근성이 떨어졌고, 그저 어린 시절 향수를 불러일으키는 곳으로서의 아성을 그나마 유지하고 있는 셈이었다.

"근데 아직 학생이라면서, 일을 한두 번 해 본 솜씨가 아닌 것 같은데?"

"예전에 집이 식당을 해서요."

예강의 엄마가 아직 신내림을 받기 전이었다. 엄마는 건설 노동자를 위한 점심 장사, 소위 함바집이라 불리는 간판 없는 식당을 외할머니와 꽤 오랫동안 운영했다. 아빠와도 그렇게 만난 인연이었다.

예강이 어릴 적에는 아저씨들이 있는 곳엔 나오지 말라고 해서 방 안에서 숙제만 했다. 하지만 중학교에 들어가고 난 후, 점심때 몰아치듯 바쁠 때는 그녀 또한 비좁은 주방에서 엄마와 외할머니를 도와 양파를 까거나 감자 껍질을 벗기며 일손을 돕곤 했다.

"손이 아주 야무져. 얼굴만 봐서는 손에 물 한번 안 묻히게 생겼는데."

자리를 비운 주방 보조 대신 대타라고 나타난 예강을 보며 아주머니가 눈살을 찌푸렸던 게 바로 어제였다. 그녀는 예강이 자신의 머리통만 한 양배추 두 박스를 가늘게 채 써는 걸 보고서야 눈을 휘둥그렇게 떴다.

"참하니 이쁘고 말이야. 이러다가 우리 작은 사장님 되는 거 아냐?"

창민의 친구라는 말을 듣고 은근슬쩍 놀리듯 꺼내는 말이었다.

"아뇨, 절대 그런 거 아니에요."

예강이 얼굴을 붉히며 손을 내젓자 박씨 아주머니가 노릇노릇하게 튀겨진 돈가스를 집게로 꺼내며 클클 웃었다.

"하긴. 예강이 네가 아깝다. 창민이 그 자식 비실비실해 가지고는 어디 지 밥벌이나 하겠니?"

그녀의 말에 뭐라고 대꾸할 말을 찾지 못해 그저 어색하게 웃었다.

"자, 5번에 일곱 명 들어왔습니다!"

때마침 단체 손님이 들어오자 일하는 사람이 단둘인 주방이 정신없이 바빠졌다. 예강은 박씨 아주머니의 보조를 맞춰 열심히 깍두기를 접시에 담고, 마카로니를 삶았다.

더운 여름, 튀김기에서 연신 기름이 부글부글 끓는 주방의 온도는 한여름 아스팔트를 방불케 했다. 피크인 저녁 타임이 지나가고 마침내 가게가 한가해졌을 때는 기름 냄새에 머릿속까지 푹 절여진 것 같았다.

한숨 돌린 예강이 이마에 땀을 닦아 내고 있을 때였다. 나비넥타이를 한 지배인이 난감한 표정으로 주방에 들어섰다.

"이모님, 주방 이제 안 바쁘죠?"

"아니, 왜!"

주방 아주머니가 따지듯 묻자 지배인이 예강을 보며 부탁을 시작했다.

"학생. 미안한데 나와서 홀 서빙 좀 잠깐 도와줄 수 있을까? 나 혼자로는 감당이 안 되어서."

"미선이는 어디 가고?"

"옷 벗어 던지고 나갔어요. 방금."

지배인이 목소리를 죽이며 난감한 표정을 지었다. 박씨 아주머니가 혀를 끌끌 찼다.

"그 가시나가 엉덩이 살랑거리고 다닐 때부터 사장이랑 언젠가 일 칠 줄 알았지."

"여사장님도 계속 사장님한테 전화하다가 지금 당장 잡으러 나갈 판이야. 그럼 내가 카운터도 보고 음료도 만들고 서빙도 봐야 되는데. 아휴……."

"이모님만 괜찮으시면 제가 도울까요?"

가만히 듣고만 있던 예강이 조심스레 입을 열었다. 무슨 일인지 확실히 알 수 없지만 지배인은 난처해 보였다. '밀키웨이'는 면적이 넓지는 않아도 각각 칸막이가 분리되어 있는 구조라 혼자서 홀을 전부 감당하기에는 무리였다.

"일당은 내가 확실히 더 얹어 줄게. 정말 고마워, 학생."

예강은 반색하는 지배인에게서 유니폼을 받아 들며 꾸벅 고개를 숙였다.

"아니에요. 감사합니다."

어제오늘 일한 일당에 용돈을 합한다면 교복값은 나오겠다는 확신이 섰다. 오히려 조금 더 늦게까지 일할 수 있으면 좋겠다는 생각이 들 정도였다.

처음 해 보는 서빙은 주방일보다 훨씬 긴장이 되었지만 다행히 큰 실수는 벌어지지 않았다. 수프가 담긴 그릇이 조금 뜨거운 것만 제외하면 어려운 일은 없었다. 지배인은 쟁반도 없이 접시 세 개를 한 번에 나르는 묘기에 가까운 기술을 보여 주었고, 예강은 그를 보조해 빈 접시를 치우거나 음료와 깍두기 접시를 부지런히 날랐다.

"저기 안쪽 테이블만 나가면 오늘 장사는 끝이야."

화장실에 다녀왔다가 나오니 지배인은 마지막 손님의 주문을 받은 후였다. 10번 테이블은 어둑한 레스토랑에서도 가장 안쪽에 위치해 밖이 보이지 않는 조용한 좌석이었다.

"주문하신 음식 나왔습니다."

지배인이 익숙하게 내뱉은 후, 접시를 내려놓았다. 그를 따라선 예강이 나머지 그릇을 옮기려 할 때 바닥에 포크가 툭, 떨어졌다. 예강은 얼른 허리를 굽혀 떨어진 포크를 주웠다.

"새 걸로 가져다드릴게요."

포크를 떨어뜨린 주인공은 예닐곱 살로 보이는 남자아이였다. 우유같이 하얀 피부에 가지런한 눈썹이 보이는 바가지 머리를 하고 있었는데 마치 텔레비전에 나오는 아역 배우처럼 귀여웠다. 누구를 닮은 건지 저절로 눈이 가는 아이를 보며 예강이 미소를 지었다.

"작은 포크로 가져다줄까요?"

"자은 포흐…… 가져다주아요?"

그녀의 말에 대답하는 대신 아이가 그녀의 말을 따라 했다. 그마저도 또렷하지 않은 불분명한 발음이었다. 말이 늦는다고 하기엔 조금…… 이상했다. 아이가 손에 쥔 냅킨을 팔랑거렸다.

"그래 줄래요?"

입을 뗀 것은 아이의 곁에 앉은 엄마였다. 머리를 우아하게 틀어 올리고 크림색 원피스를 입은 여인은 상당한 미인이었지만 표정이 어두웠다. 예강은 당황함을 감추고 그녀를 향해 서둘러 고개를 끄덕였다.

"네. 그럼요."

아이의 엄마가 아이를 보며 말을 걸었다.

"자아. 우리 요한이 좋아하는 돈가스 나왔네."

"제…… 제아……."

아이가 테이블을 손으로 치며 무어라 말을 중얼거렸다. 엄마가 말뜻을 금세 알아듣고 아이를 달랬다.

"형도 똑같은 거야. 우리 다 똑같은 돈가스 시켰는데."

지배인이 그녀의 앞치마를 잡아당기는 순간, 멍하니 서 있던 예강은 퍼뜩 정신을 차리고 작게 묵례를 했다. 자리를 물리려 했을 때 어디서 많이 들어본 목소리가 그녀의 귓가를 잡아끌었다.

"그냥 제 걸 요한이한테 주세요."

심장이 쿵, 소리를 내며 세게 뛰었다. 예강은 천천히 고개를 돌려 어두운 벽 쪽에 앉아 있는 인물을 바라보았다.

"포크 안 가져다줄 거야?"

예강은 그제야 곱상한 아이의 얼굴이 누구를 연상시켰는지 깨달았다.

"제하 아는 사람이니?"

"같은 반 전학생이에요."

텔레비전이 아니라 같은 교실에서 보았던 얼굴. 지난 며칠간 계속 그녀의 머릿속을 복잡하게 만들었던 이제하였다.

* * *

제하 가족의 방문은 예약된 게 아니었다. 마지막으로 온 성가신 손님이 이주민 목사 가족인 걸 뒤늦게 확인한 지배인은 그들이 시키지도 않은 음료와 디저트를 서비스로 내보냈다.

"아까 보니까 작은애가 널 좋아하는 것 같더라고. 난 애들한테는 통 인기가 없어서."

예강은 지배인에게서 아이스크림 두 덩이가 든 유리그릇을 받아 들었다. 제하의 어린 동생은 한시도 가만히 있지 않는 성격이었다. 테이블을 두드리거나 계속 무언가를 바닥에 떨어뜨렸다. 아이는 테이블 모퉁이의 작은 꽃병에 담긴 꽃송이를 꺼내려다 엄마에게 주위를 듣자 높은 목소리로 소리를 질렀고 종래에는 커다랗게 울음을 터뜨렸다. 마감을 앞둔 시간이라 손님이 없어서 다행이었다.

"아이스크림 먹을래?"

아이가 눈물이 어룽진 눈으로 그녀를 보았다. 예강은 아이의 앞에 조심스레 아이스크림 그릇을 놓아 주었다. 아이의 시선이 딸기 시럽이 뿌려진 아이스크림을 향했다.

"다기."

"응. 딸기 맛이야. 좋아해?"

예강이 아이의 말을 알아듣고 고개를 끄덕이자 아이가 훌쩍, 하고 코를 들이마시더니 유리그릇을 꽉 쥐었다. 그리고 작은 스푼을 쓰지도 않고 아이스크림을 혀로 핥기 시작했다.

"소란 부려서 정말 미안해요. 오늘 우리 아이 생일이라서."

조용한 목소리로 사과하는 아이 엄마의 말투에서는 교양이 흘러넘쳤다. 제하의 어머니이기도 한 그녀를 보며 예강이 재빨리 고개를 저어 부정했다.

"아닙니다."

그리고 아이를 향해 부드럽게 말을 건넸다.

"생일 축하해."

아이가 서툰 발음으로 그녀를 다시 따라 했다. 코에 아이스크림을 묻히고 먹는 아이를 보며 예강이 생긋 웃자 아이가 강아지 같은 눈을 깜빡이며 그녀를 빤히 바라보았다. 아이는 웃지 않았다. 마치 웃을 줄 모르는 사람처럼.

이렇게 귀여운 아이인데 어디가 아픈 걸까. 예강은 고개를 돌리다 제하와 눈이 마주쳤다. 그는 식사 시간 내내 그녀에게 별다른 아는 척을 하지 않았다. 동생이 물컵을 엎질렀을 때, 무표정한 얼굴로 물을 가져다 달라고 한 게 다였다.

같은 반 전학생. 그리고 지금은 우연히 마주친 알바생.

친구라고 부를 만큼 가까운 관계는 절대 아니라는 사실을 알고 있는데도 왠지 기분이 이상했다.

"이제 그만 일어나지."

줄곧 말이 없던 제하의 아버지가 입을 떼며 그녀의 단상을 잘랐다. 회색빛 머리카락이 군데군데 보이는 그는 체격이 좋고 근엄해 보였는데 목사가 아니라 군인을 했어도 어울릴 것 같다는 느낌이 들게 하는 인물이었다.

"준 건 다 먹고 가죠. 요한이가 좋아하잖아요."

제하가 조용히 입을 열자 그의 아버지의 입매가 한층 더 굳어졌다.

"시간도 늦었고 이만하면 됐다."

"가져다준 사람 성의도 있고요. 문 닫기 직전에 온 손님인데 이렇게 잘 대해 주는 곳이 어디 있습니까."

제하의 아버지가 작게 헛기침을 하더니 인상을 찌푸린 채 눈을 가늘게 내리깔았다.

"필요한 거 있으면 불러 주세요."

쟁반을 끌어안고 고개를 숙인 후, 예강은 어둑한 좌석에서 빠져나왔다.

"수고했어. 이제 테이블 정리만 하고 이모님이랑 같이 퇴근해."

"네."

예강은 어둑한 구석에서 대화 없이 조용히 앉아 있는 가족을 힐끗 바라보았다. 그리고 제하의 책상 위에 놓여 있던 높다란 성냥개비 탑을 떠올렸다. 작은 바람만 불어와도 와르르 무너질 것 같은 불안한 탑.

"아이스크림은 숟가락으로 먹어야지. 형이 시범 보여 줄까?"

제하의 말에 요한이 유리그릇을 뺏길세라 꽉 쥐더니 다른 한 손으로 스푼을 움켜쥐고 아이스크림을 떴다. 동생을 바라보는 제하의 옆얼굴에 희미하게 웃음이 스쳤다. 그 표정이 그녀의 시선을 붙들었다. 예강은 그가 고개를 돌리기 직전, 서둘러 눈을 내리깔았다. 뭘 훔쳐 먹다 걸린 사람처럼 자꾸만 심장이 부끄럽고 빠르게 뛰었다.

* * *

뒷정리를 마치고 주방을 나왔을 때는 밤 11시가 가까운 시각이었다. 제하의 가족은 이미 떠나고 없었다. 지배인이 그녀에게 일당을 건네며 고마움을 표시했다.

"택시비도 좀 넣었으니까 택시 타고 가. 이건 내 사비다."

"감사합니다."

예강은 일당을 받아 들고 서둘러 발걸음을 옮겼다. 박씨 아주머니는 어제 지배인 몰래 그녀에게 반찬도 챙겨 주었다. 어차피 며칠 지나면 다 쉬어서 먹지도 못하고 버리게 될 거라는 게 이유였다.

그녀는 불 꺼진 시장을 빠른 걸음으로 가로질렀다. 버스 막차는 아직 끊기기 전이었다. 지난 이틀간, 몸을 쓰는 고된 노동 탓인지 무거워진 다리가 그제야 느껴졌다. 창민의 제안을 받아들일 때까지만 해도, 거기서 제하를 만나리라고는 생각도 하지 못했다.

"같은 반 전학생이에요."

무표정한 얼굴로 중얼거리던 제하의 모습이 떠올랐다. 지난주에 그의 집에서 있었던 일이 뒤따라 생각나는 건 어쩔 수가 없었다.

지난 일주일간 그들은 학교에서 서로 모르는 사람처럼 지냈다. 원래부터 친한 사이가 아니었으니 당연한 일이었다. 예강은 그와 마주치지 않으려 노력을 했고 제하는 더 이상 그녀에게 쓸데없는 호의를 보이지 않았다.

예강에게 특별히 다가오는 새로운 친구들은 없었지만 대놓고 괴롭히는 이들도 없었다. 이제 모든 게 그녀가 원하는 대로 되어 가던 참이었다.

제하에게 교복값만 돌려주면 모든 게 정리될 수 있을 거라 생각했는데, 엉뚱한 곳에서 그를 마주치자 정리하려 애를 쓰던 머릿속이 다시 와르르 헝클어졌다.

그녀는 어두운 골목을 걸으며 그의 가족에 대해 생각했다. 동생이 아프다던 제하의 말이 그제야 뒤늦게 떠올랐다. 반 아이들의 가십을 꿰고 있는 창민에게서도 들은 적이 없는 소리였다.

발달이 더딘 제하 동생의 상태보다 그녀를 더 놀라게 만들었던 것은, 그들 가족에게 짙게 드리운 서먹하고 어두운 그림자였다.

집안에 아픈 사람이 있기 때문일까. 그녀의 엄마가 아팠을 때를 생각하면 이해하지 못할 일은 아니었다. 부족할 게 없다고, 아무것도 고민할 게 없다고 그녀가 멋대로 판단했지만, 제하에게도 여러 가지 사정이 있었다. 그에게서 가끔 스치듯 보이는 균열을 생각하자 기분이 착잡했다. 손목시계로 감추고 있는 상처를 떠올리자 죄책감마저 들었다.

"그만 돌아가지."

예강은 문득 발걸음을 멈추었다. 인적이 드문 골목, 희미한 불빛을 내는 가로등 아래 세워진 차 앞에서 누군가 작게 대화를 나누고 있었다.

"오늘 요한이 생일이에요."

제하의 부모였다.

"여보."

"나가는 거 좋아하는 애잖아요. 바다 보고 싶다고 그림까지 그렸어요. 어릴 때 같이 간 레스토랑 이름까지 기억해요."

제하 어머니의 목소리는 크지 않았지만 가늘게 떨리고 있었다. 심각한 상황이라는 건 분위기로 알았다. 예강은 차마 골목 앞을 지나치지 못하고 그대로 선 채 숨을 죽였다.

"우리 요한이, 평생 집 안에만 갇혀 살게 할 작정이에요?"

부부간의 대화로는 느껴지지 않는 딱딱한 대화는 내용이 점점 심각해졌다. 두근. 가슴이 빠르게 뛰었다. 아름답지만 얼굴에 그늘을 감출 수 없었던 그녀의 입에서 격양된 목소리가 흐르자 그녀의 남편이 한숨을 쉬며 되받았다.

"여보. 그게 대체 무슨 말이야."

"솔직하게 말해요! 요한이 세상에 내보이는 게 부끄러운 거라고. 근데 그거 알아요? 요한이는 진짜 당신 자식인 거?"

"집에 가서 이야기해. 바깥에서 이러는 거 남들 눈에 띄어서 좋을 거 하나 없어."

"강예강."

예강의 뒤에서 낮게 들려오는 목소리에 그녀는 화들짝 놀라서 하마터면 소리를 지를 뻔했다.

"뭐 해?"

그녀는 어둠에 몸을 숨긴 채, 갑자기 나타난 제하를 보며 말을 더듬었다.

"너…… 너야말로 여기서 뭐…… 해?"

제하가 대답 대신 비닐이 뜯긴 담뱃갑을 주머니에 찔러 넣었다. 바람결에 그의 체향과 희미한 담배 냄새가 섞여 났다. 오늘 하루, 놀랄 일이 한두 가지가 아니었지만 이건 조금 충격이다. 예강은 (그 속은 어떨지 모르나) 단정하고 반듯한 이미지의 제하가 담배를 피우는 모습이 쉽게 상상이 가지 않았다.

"내가 잘못한 거 알아요. 결국 다 내가 짊어지고 가야 할 십자가란 거 알아요. 근데 애들은 죄 없잖아."

그 와중에도 제하 모친의 목소리는 이어지고 있었다.

"당신한테 뭐라고 한 적 없어. 원망한 적은 더더욱."

예강은 차마 제하를 바라볼 수 없어 눈을 내리깔았다. 제하가 작게 숨을 내뱉는 소리가 들렸다.

"차라리 말로 했다면 내가 평생 이런 지옥에 살지는 않았을걸. 당신 나랑 돈 때문에 결혼했잖아요."

"요한이 들어, 조용히 해."

"언제 당신이 요한이 신경이나 썼어요?"

예강은 그들의 대화에 신경을 쓰지 않으려 노력했다. 그의 부모는 사이가 그리 좋지 않아 보였지만 세상에 사이 나쁜 부부가 그들 하나인 것만은 아니다. 적어도 제하의 아버지는 아내를 때리고 물건을 때려 부수지는 않을 것이다. 그러니까 어쭙잖은 동정은 가당치도 않다. 그런데…….

"차라리 첫애 가진 거 알았을 때 같이 죽어 버렸어야 했어."

찰칵.

제하가 라이터를 켰다.

"그럼 모두에게 이런 불행은 없었을 텐데."

예강은 불이 켜짐과 동시에 그의 마음이 쩍, 소리를 내며 갈라지는 소리를 들은 것 같다고 느꼈다. 불빛에 비치는 그의 서늘한 눈동자에 자조와 절망의 빛이 동시에 스쳐 지나갔다.

그가 피식 웃는 걸 보며 예강은 입술을 꽉 깨물었다.

"제하를 낳은 내가 죽일 년이라고요."

찰칵.

다시금 그의 마음이 갈라졌을 때였다.

"어, 요한…… 요한아……!"

제하 모친의 날카로운 비명이 울려 퍼졌다. 차에 시동이 걸리는 소리는 그다음이었다. 뭐가 어떻게 된 일인지 상황 판단이 서지 않는 가운데 가장 빨리 움직인 건 제하였다. 그는 튀어 나가듯 달려가 움직이는 차의 조수석을 열고 핸드 브레이크를 거칠게 잡아당겼다. 차는 벽을 들이박기 일보 직전에 멈춰 섰다.

"아아…… 아아아……!"

제하가 시동을 끈 후, 괴상한 소리를 지르는 아이를 끌어안고 차에서 내렸다. 아이는 버둥거리며 그에게 빠져나오더니 제 엄마에게 달려가 치맛자락 뒤로 숨었다.

"이런데도 당신은 아이를 데리고 나오자는 말이 나와?"

목사가 자신의 아내를 타박했다. 놀람과 경악을 감출 수 없는 표정으로 그가 목소리를 높였다.

"온 사방이 위험한데 무슨 사고가 날 줄 알고!"

"소리 지르지 마세요. 요한이 놀라요."

제하가 그에게 다가간 것은 그때였다. 예강은 어두운 점포 그늘에 몸을 숨긴 채 어쩔 줄을 몰라 입술을 씹었다. 누가 봐도 유쾌하지 않은 상황에 의지와는 상관없이 끼어들게 된 제삼자는 도대체 어떻게 해야 할지 알 수가 없었다.

"어머니도 차 안에 요한이 혼자 두지 마시고요. 요한이 호기심 많은 거 아시지 않습니까."

제하의 모친이 아이를 끌어안은 채 눈물을 애써 참았다.

"넌 대체 어딜 갔다 온 거냐?"

그의 아버지가 제하를 향해 날카로운 말투를 냈다. 제하는 아무런 말도 하지 않았다.

"설마 담배 피운 거냐."

"네."

순순히 인정하는 제하의 목소리에는 아무런 감정이 실려 있지 않았다. 그 곁에서 제하의 모친은 아름다운 미간을 구긴 채 죄인처럼 눈을 내리깔았다. 예강은 저도 모르게 긴장할 수밖에 없었다.

"사람들 보는 눈 신경 써. 여기 너 혼자 사는 곳 아니다."

아들의 탈선을 꾸짖는 이주민 목사의 목소리는 의외로 차분했다. 예강은 어둠 속에 몸을 숨긴 채 문 닫은 건어물집 간판만 쳐다보며 입술을 잘근거렸다. 점점 더 이 자리가 불편해졌지만 그럴수록 자리를 뜰 수가 없었다.

"도대체 예배는 왜 참석을 안 하는 거냐?"

"제가 왜 나가야 합니까?"

"제하야."

그의 어머니가 가지런한 눈썹을 아래로 늘어뜨리며 그를 만류했다.

"요한이는 어린이 예배도 못 드리게 하면서, 저는 왜 일요일 10시면 저와는 아무런 상관이 없는 인간들을 웃는 낯짝으로 맞이해야 합니까? 그렇게 쓰려고 절 이제껏 키워 주신 겁니까?"

"이제하!"

제하의 모친이 큰 소리를 낸 후, 손으로 자신의 입을 막았다. 요한이 그녀의 치맛자락을 잡아당기며 칭얼대기 시작했다. 예강의 가슴이 쿵쾅쿵쾅 거칠게 뛰었다.

"아버지가 믿는 신은 원수까지 사랑하라 하셨는데 정작 친아들인 요한이를 이따위로 괴물 대하듯 취급하는 걸 아십니까? 아, 아시겠네요. 매일 눈물로 회개하며 기도하시니까."

"여보!"

이어지는 거친 파열음이 뭘 의미하는지는 모를 수가 없었다. 예강은 더 이상 망설이지 않았다. 그를 위해 나서지 못했던 문학 시간을 그 뒤로 얼마나 후회했는지 모른다. 그녀는 땀에 축축하게 젖어 드는 주먹을 꽉 쥐고 입술을 꾹 깨물었다.

"안녕하세요!"

골목 안으로 성큼 들어서며 목소리를 높이는 그녀에게 모두의 시선이 집중되었다. 예강은 희미한 가로등에서도 붉어진 표시가 나는 제하의 왼쪽 얼굴을 보며 마른침을 삼켰다.

"아까는 제대로 인사도 못 드렸습니다. 제하랑 같은 반 친구예요. 집에 가려는데 큰 소리가 나서…… 혹시 무슨 일 있으세요?"

그녀는 최대한 어색함을 감춘 채 길에 아무렇게나 멈춰 선 자동차를 보았다.

"시장 초입에 파출소가 있더라고요, 혹시 사고 나셨으면 제가 얼른 가서 경찰을 불러올게요."

그냥 던져 본 말이었지만 돌아오는 반응은 빨랐다. 남의 눈을 의식할 수밖에 없는 제하의 아버지가 당황함을 감추고 부드럽게 물었다.

"아까 식당에서 우리 많이 도와줬던 친구네. 이름이?"

"강예강입니다."

"그래요. 일은 힘들지 않나?"

"아뇨. 아는 친구 부탁받고 이틀만 잠깐 도와준 거예요."

"공부하느라 힘들 텐데 아주 대견하네."

제하의 아버지는 마치 입력된 수식을 읊는 것처럼 자연스레 대화를 이어나갔지만, 정작 그녀가 하는 말에는 별로 관심이 없는 것처럼 보였다.

"시간도 늦었고, 타요."

"네?"

"집에 데려다줄 테니까. 사는 곳이 어디지?"

"불편할 거예요. 제가 택시로 데려다주겠습니다."

제하가 나서 준 게 이토록 반가운 건 처음이었다. 그의 가족과 함께 차를 타고 간다는 것을 떠올리기만 해도 숨이 막히던 차였다.

"그, 그래. 고마워."

"……예강 양은 우리 제하랑 많이 친한가 봐요?"

말없이 그녀를 찬찬히 살피고 있던 모친이 조심스레 입을 열었다. 치맛자락으로 장난을 치는 아들의 어깨를 여전히 꼭 안은 채였지만 시선은 그녀만을 바라보고 있었다.

"우리 은영이한테 이제 연락 안 해 줬으면 좋겠다. 원래 그렇게 친한 사이도 아니었잖아."

불안과 염려를 드러내던 친구 엄마의 목소리에 그녀의 목소리가 겹쳐졌다. 유쾌하지 않은 기억을 떠올리는 순간, 허름한 반팔 티셔츠 소매 아래 드러난 팔뚝에 소름이 돋았다. 예강의 입 안이 저절로 말랐다.

"아, 아뇨. 그런 거 아니에요."

예강은 최대한 그녀를 안심시키려 손을 내저었다.

"제가 최근에 전학을 와서 잘 모르는 게 많으니까 제하, 아니, 반장이 많이 도와줬어요. 학교 선생님들도 웬만한 일은 반장을 믿고 맡기시는 것 같더라고요. 잘 아시겠지만 워낙 모범생이라 그런지 전학생 관리도 시키셔서 귀찮았을 텐데도……."

"집에 가자. 어머니 걱정하시겠다."

제하가 공중에 들린 그녀의 손을 잡으며 말을 끊었다. 갑작스레 손이 붙들린 예강은 눈이 동그랗게 커진 채 그를 바라보았다. 이게 지금 뭐 하는 거냐고, 당장 놓으라고 속으로 외쳐 보았지만 제하는 특유의 눈빛으로 말없는 시선을 돌려줄 뿐이었다.

얘는 정말 왜 이렇게 사람을 여러 가지로 난감하게 하는 걸까.

자신이 제하와 아무런 관련이 없음을 열심히 설명했던 그녀의 노력이 완전히 무색해졌다. 제하는 그녀가 빠져나가지 못하게 손깍지까지 끼고 있었다.

쿵. 쿵.

귓가에 심장 소리가 들려올 정도로 크게 뛰었다. 식은땀이 나서 축축한 그녀의 손에서도 맥박이 요동치는 것은 마찬가지였다. 그의 부모의 시선, 요한이의 강아지 같은 시선마저도 제하가 꽉 잡고 있는 그녀의 손으로 향해 있는 걸 깨닫자 예강은 귀까지 빨갛게 달아올랐다. 이 와중에 태연한 것은 제하뿐이었다.

"먼저 들어가세요."

그가 말이 끝나기도 전에 걸음을 내딛기 시작했다. 예강은 저도 모르게 그에게 끌려가듯 발을 옮기며 얼떨떨한 표정으로 고개를 꾸벅 숙였다.

"그럼 전 가 볼게요. 안녕히 가세요. 요한아. 생일 축하해."

마지막으로 제하의 동생에게 작게 덧붙인 건 민망함을 줄이려는 마지막 노력이었다. 아이는 예강을 빤히 바라보다 손가락으로 그녀를 가리키며 중얼거렸다.

"하, 다."

불분명한 발음이지만 확실히 알 수 있었다. 고래와 문어, 꽃게와 해마 등 바다 생물이 캐릭터로 그려진 촌스러운 티셔츠가 오늘만큼은 그리 나쁘지 않은 것 같았다. 예강은 작게 웃으며 아이에게 속삭였다.

"응. 맞아. 바다 친구들."

까만 밤바다에 별을 콕, 찍어 놓은 것 같은 아이의 눈이 깜빡였다.

* * *

철썩.

검푸른 물결이 모래를 적시며 밀려들었다가 물거품을 남기며 물러났다. 아직 해수욕장이 개장하기 전이라 사람은 적었지만 간간이 삼삼오오 모여 앉아 밤바다를 구경하는 이들이 눈에 띄었다.

제하는 백사장을 밟고 나서야 그녀의 손을 놓아주었다. 모래사장에 털썩 주저앉는 그를 보며 예강은 잠시 망설이다가 마침내 그와 두 뼘 정도 간격을 두고 옆에 앉았다. 오늘 일어난 일에 대해서 그가 뭔가 이야기하고 싶을지도 모른다는 생각이 든 까닭이었다.

정확히 말하면 오늘 그녀가 의도치 않게 목격해 버린 일에 대해서.

철썩. 달의 이끌림에 파도가 다시 한번 반응했다. 바다 냄새가 가득한 바람이 불어 그녀의 머리카락이 마구 날렸다. 예강은 헝클어지는 머리카락을 그러모아 다시 묶었다. 그녀의 어깨에 제하가 걸치고 있던 얇은 남색 카디건이 툭, 떨어지듯 덮였다.

"어…… 나 안 추운데."

"너 목덜미랑 팔뚝에 소름 돋았어."

제하가 특유의 직설적인 말투로 낮게 내뱉었다. 그녀만 빤히 바라보고 있었던 것도 아닐 텐데 그건 어떻게 알았을까. 예강은 그와 눈이 마주치자 더욱 민망해졌다. 어깨에 걸린 그의 옷에서 좋은 냄새가 났다.

철썩.

바람 소리와 파도 소리, 멀리서 소주병을 앞에 둔 채 깔깔대는 이들의 말소리가 침묵을 상쇄해 주는 것은 다행이었다. 예강은 그의 친절을 거부하거나 기분 나쁜 기색을 내지 않았다. 대신 기다란 옷소매를 끌어 가슴께에서 느슨하게 두 번 돌려 묶었다.

"넌 여자애가 겁도 없냐."

"무슨 소리야?"

예강이 그를 보며 눈을 깜빡였다.

"불 다 꺼진 시장길 걸어가면서 무섭지도 않았냐고."

"버스 타려면 그 길로 가야 되니까."

"지금은 막차 끊겼을 텐데."

"네가 데려다준다고 했잖아."

"안 보내 주면 어쩌려고?"

툭, 되묻는 제하의 말투는 건조했다. 예강은 잠시 망설이다 작게 입을 뗐다.

"네가 안 그럴 거 아니까."

시장을 빠져나와 화려한 간판이 즐비한 모텔촌을 지났을 때 조금 긴장한 건 사실이지만 그것은 민망함 때문이었지 두려움 때문은 아니었다. 예강은 아직도 제하에 대해 아무것도 모르지만 한 가지만은 확실하다고 느꼈다. 그가 그녀에게 나쁜 짓을 할 인간이 아니라는 거였다. 만약 정말 그러고 싶었다면 기회는 여러 번 있었다. 밤바다에 남자와 단둘이 있는데도 불안한 마음이 들지 않는 것은 그 때문이다.

"긴장감이 없어도 너무 없네. 그땐 봐준 건데."

예강의 기다란 속눈썹이 소리 없이 깜빡였다. 그녀가 자그마한 입술을 열었다.

"네가 이상하게 굴면 저기 있는 사람들한테 도와 달라고 하지 뭐."

"저 양아치들한테?"

"아마 저 사람들 눈에는 우리도 똑같이 보일걸?"

제하의 기다란 입술에 그제야 비식 웃음이 걸렸다. 예강은 그를 보며 한 술 더 떠서 물었다.

"소주라도 하나 사 올 걸 그랬나?"

"마실 줄은 알고?"

"내 소문을 잘 모르는 모양이네."

"아. 서울에서 온 발랑 까진 여자애였지. 강예강."

예강은 당황하지 않고 어깨를 으쓱했다. 생각해 보니 불안한 마음 없이 그와 이렇게 편안하게 대화를 나눈 건 오늘이 처음인 것 같았다. 기분이 조금, 이상했다.

"아, 또 뭐더라. 목석같은 이제하가 완전히 푹 빠져서 정신 못 차리게 만들었다는 여우?"

누군가가 소리를 지르며 파도와 달리기를 했다. 예강의 뺨이 소리 없이 붉어졌다.

"어째 소문 중에 들어맞는 게 하나도 없네. 상상력이 다들 너무 빈곤하다."

"왜. 아까 우리 부모님 앞에서 경찰 어쩌고 할 땐 진짜 여우 같던데."

예강이 작게 목을 가다듬더니 무릎을 모으고 앉은 채 까만 밤바다를 바라보았다. 항구 도시로 이사를 온 게 벌써 보름 전인데, 바다를 본 건 처음이었다.

“왜 아무것도 안 물어봐?”

한참 동안 파도를 가만히 지켜보고 있는 그녀를 보며 제하가 문득 물었다. 예강은 잠시 눈을 깜빡이다 입을 열었다.

“말하기 싫을 수도 있으니까.”

바람에 자잘한 잔머리가 날려 그녀의 동그란 이마를 스쳤다. 예강은 제하의 옷이 날아갈까 두려워 손으로 가슴께의 매듭 부분을 꽉 쥐었다. 제하는 그런 그녀를 물끄러미 바라보다가 툭 내뱉었다.

“여우 맞네.”

“그치. 이렇게 말하면 왠지 더 말하고 싶어지지? 나도 그렇더라.”

제하가 그녀를 보며 피식 웃었다. 예강은 코를 한 번 들이마신 후, 다시 파도를 응시했다. 제하는 아무것도 없는 바다를 하염없이 바라보는 예강의 예쁜 옆모습을 관찰하듯 바라보았다.

“나 입 되게 가벼워. 그러니까 말하지 마. 안 해도 돼.”

정신을 못 차리게 만드는 상대가 여우라면 강예강은 여우가 맞았다.

“……처음엔 그냥 말이 늦을 뿐이라고 생각했어.”

멀리서 등대가 희미하게 바닷길을 비추었다. 예강은 모래사장에 굴러다니는 나뭇가지를 집어 흙을 후벼 팠다. 그의 말을 주의 깊게 듣지 않는 것 같았지만 사실, 누구보다 경청하고 있다는 사실을 제하는 모를 수가 없었다. 그것이 강예강의 배려라는 사실도.

“옛날에 요한인 처음 보는 사람한테도 그렇게 잘 웃었어. 사람들은 요한이에게 눈을 떼질 못할 정도였고.”

“예쁘더라. 지금도.”

예강이 작게 중얼거렸고 제하가 말을 이었다.

“아이가 이상하다는 걸 맨 처음 발견한 사람은 교회의 전도사였어. 교회에서 운영하는 복지원에서 동물원으로 소풍을 갔는데, 요한이가 커다란 나무 주위를 기어서 뱅뱅 돌고 있었다고 하는 거야. 밥을 먹으라고 불러도 아랑곳하지 않고 계속. 결국 전도사가 안아서 차로 데려올 때까지."

"……."

"그때까지만 해도 요한이가 아프다는 사실은 그 누구도 상상하지 못했어. 아이가 말을 제대로 하지 못하고, 의미 없는 행동을 반복하는 것에 대해 교인들이 수군거리기 시작했을 때야 어머니는 그 애를 병원에 데려갔어."

예강이 마른침을 삼켰다.

"동네 병원에서 심각한 소리를 듣고, 서울에 있는 유명한 소아정신과에 달려가서 마침내 그 애가 자폐라는 진단을 받았을 때…… 어머니는 죄인이 된 걸로 모자라 산송장처럼 변했어."

예강은 어울리지 않게 그의 책장 한 칸을 차지하고 있던 한 무더기의 책들을 떠올렸다. 그제야 퍼즐 조각이 맞추어지는 느낌이었다.

"아버지는 모든 것을 신의 뜻이라 말했어. 하늘이 우리 가족에게 천사를 보내온 거라고 말했지만 정작 요한일 천사로 대하진 않았지."

건조해지는 목소리를 들으며 예강은 고개를 돌려 제하를 바라보았다. 이야기를 꺼내는 제하의 표정은 담담했다. 달빛이 일렁이는 그의 눈동자는 그렇지 않았지만.

"원래라면 요한인 작년에 학교에 가야 했어. 특수 학교든 일반 학교든 가야 했는데 결국 못 갔어."

"왜?"

"아버지는 그 애의 존재가 바깥에 드러나는 걸 꺼려 해. 목사 아들이 귀신 들렸다는 말을 어디서 듣고 나서는 더더욱 그래. 아버지의 직업을 생각하면 아이러니지."

예강은 입 안의 살을 지그시 물었다. 그의 아버지는 설마 자식을 부끄러워하는 걸까. 마음 한구석에 죄의식이 솟구치는 이유는 그녀 역시 엄마를 부끄러워한 적이 있기 때문이다.

"요한이가 진단을 받은 다섯 살 이후 바깥에 나간 적은 지금껏 열 번도 채 안 돼. 집에 붙은 별채에서 어머니와 함께 지내는 게 그 애의 세상 전부고."

제하의 목소리에 희미하게 경멸이 드리웠다. 예강은 그의 눈을 똑바로 바라볼 수가 없었다.

"오늘은 요한이가 1년 만에 가족과 함께 외출한 날이었어."

예강의 가슴이 빠근하게 죄여 들었다. 눈시울이 갑자기 붉어지며 미간이 시큰거렸다. 급하게 시선을 돌리고 눈을 깜빡이지 않으려 노력했다. 바닷바람이 뜨끈해진 눈자위를 식혀 주기를 바라고 있는데 제하가 작게 한숨을 내뱉었다.

"네가 왜 울어."

"안 울었는데."

무게를 이기지 못하는 눈물방울이 눈치도 없이 또르르, 뺨을 타고 흘러내렸다. 예강은 손바닥으로 얼른 얼굴을 훔쳤다.

"강예강. 넌 왜 내 앞에서 그렇게 자주 우냐?"

그가 낮은 목소리로 물었다.

"그러는 넌 왜 자꾸 내 앞에서 누구한테 맞고 다니냐?"

예강은 먹먹해지는 가슴을 붙들고 그를 향해 애써 장난처럼 되물었다. 가족의 정이 하나도 느껴지지 않았던 그들의 모습이 떠오르자 다시 속에서 뜨거운 것이 울컥거렸다.

재수 없는 모습을 보여 줄 거면 차라리 끝까지 완벽하게 재수 없기나 하면 좋았을 것이다. 벽에 걸려 있던 커다란 퍼즐. 책상 위에 위태롭게 쌓여 올라가 있던 성냥개비 탑. 찰칵거리는 불빛에 비치던 외로운 옆모습에 커다란 빈집 창가에 우두커니 서 있던 모습이 겹쳐지자 심장이 누구에게 꽉 붙들린 것처럼 아팠다.

"저번에도 그렇고, 이번에도 그렇고. 맞은 건 난데 네가 울면 이걸 내가 어떻게 생각해야 돼?"

집안에 아픈 사람이 하나 있으면 다른 사람의 고통은 저절로 숨기게 된다. 썩어서 병들고 곪아 터져도 혼자 참아 내야 한다. 고고한 학처럼 잘난 척하던 그의 단면을 보았는데, 통쾌하기는커녕 속이 상하는 이유는 뭘까.

"그러게. 미운 정도 정이라고 그래도 널 친구로 생각했나 보지……."

두서없이 내뱉는 말은 끝맺음을 맺지 못하고 흩어졌다. 차마 감지도 못하고 커다랗게 뜨인 예강의 눈동자에 고개를 기울이며 천천히 떨어지는 제하의 잔상이 서렸다. 까만 그의 눈동자 안에도 그녀가 있었다. 제하가 꽉 낮아진 목소리로 중얼거리듯 내뱉었다.

"한 가지 확실히 이야기할게. 난 너랑 친구 같은 거 할 마음 없어. 강예강."

심장이 둥둥 북소리를 내며 귓가에서 박동했다. 이전까지와는 다른 속도였다. 철썩거리는 파도 소리는 희미하게 부서지고 그녀의 입술을 제멋대로 도둑질한 남자애의 말소리만이 그녀의 귓가를 똑똑하게 휘감았다.

"난 너랑 친구 절대 못 해. 처음 본 순간부터 불가능했거든."

바람에 흐트러진 예강의 머리카락이 마구 날렸다. 제하의 손이 떨리는 그녀의 뺨을 진득하게 감쌌다. 하얀 셔츠 위로 쭉 뻗은 목에서 남성의 흔적이 선명하게 일렁였다. 그의 손이 닿은 뺨에서 맥동하는 그의 심장 박동이 느껴지는 것 같은 착각이 들었다.

"내 말, 무슨 뜻인지 알아?"

바닷속에 숨은 암초같이, 무슨 생각을 하고 있는지 도무지 알 수 없었던 그의 마음이 푸른 열기가 일렁이는 눈동자 안에 모두 담겨 있었다.

멀리서 비치는 등대의 불빛이 깜빡, 깜빡, 경고의 표시를 울리는 가운데 예강은 잠시 동안 그를 가만히 쳐다보았다.

알고 싶었는데, 스스로가 바보 같아질 정도로 확인하고 싶었는데 부딪치고 나서야 확실히 알았다. 그녀를 바라보던 시선 속에 담긴 묵직한 감정을 직시하며 그녀가 떨리는 입술을 열었다.

"……몰라."

"그럼 알 때까지 해야겠네."

암초가 다시 그녀를 쿵, 두드렸다.

시간이 정지했다.

희끄무레한 달빛. 여름 바다에서 불어오는 바람. 부서지는 파도 소리를 들으며 예강은 마치, 자신이 한여름 밤의 꿈을 꾸고 있는 것 같다고 생각했다. 아래로 내리깔린 예강의 속눈썹이 가늘게 떨렸다.

이런 식으로 사람을 괴롭히는 건, 정말 반칙이었다. 가슴이 터질 것 같아서 숨을 제대로 쉴 수 없었다.

* * *

택시는 철길 건널목 앞에 멈추었다. 좁은 산길에는 차가 들어갈 수 없었다. 예강은 제하가 요금을 지불하는 틈을 타 그가 내릴 기회도 주지 않고, 마치 100미터 달리기를 하는 육상 선수처럼 달렸다. 어깨에 걸치고 있던 제하의 옷을 돌려주지도 못한 것은, 전력 질주를 하며 집에 돌아와 대문을 넘었을 때야 깨달았다.

"예강이니?"

촛불이 켜진 신당의 문을 열고 엄마가 나왔다. 밤 기도를 드리고 있다가 그녀의 귀가를 확인한 모양이었다.

"왜 밤늦게 돌아다녀. 위험하게."

머리카락을 매만지는 엄마의 손길을 느끼자 마치 나쁜 짓을 한 사람처럼 죄책감이 들었다. 예강은 떨리는 눈동자를 내리깔며 애써 태연하게 말했다.

"독서실이 공부가 더 잘돼."

"밥은."

"먹었지. 지금 시간이 몇 시인데."

"우리 딸 얼굴이 아주 반짝반짝하네. 이사 오길 잘한 것 같아. 이 집 터가 좋아. 살던 사람들이 착해서 원한도 없고."

흰 한복을 입은 엄마가 그녀를 보며 보름달처럼 환하게 웃었다.

"엄마가 기도 많이 해서 신령님이 복 주실 거야. 우리 예강이는 꼭 잘 살게 해 주실 거야."

예강은 대충 고개를 끄덕여 보인 후, 방으로 향했다. 뒤에서 신당 문이 드르륵, 다시 닫히는 소리가 났다.

부엌에 붙은 화장실에서 세수를 연거푸 하고 돌아와 잠자리에 들었지만 당연하게도 잠이 올 리가 없었다. 눈을 감으면 그날 하루의 일이 처음부터 끝까지 자꾸만 되풀이되었다.

레스토랑에서 우연히 마주친 제하. 뭔가 어긋난 톱니바퀴 같았던 그의 가족. 밤바다를 보며 동생에 관한 이야기를 할 때 침잠하던 그의 눈동자.

해변에서의 입맞춤은 유독 느리게 재생되었다. 마치 그 시간으로 되돌아가기라도 한 것 같았다. 심장이 두근두근 못 견딜 속도로 빠르게 뛰고 몸이 새우처럼 저절로 동그랗게 말렸다.

예강은 얇은 솜이불을 끌어안은 채 방구석으로 시선을 돌렸다. 방석이 깔린 앉은뱅이책상 위에 네모반듯하게 개 놓은 제하의 남색 카디건이 보였다. 그가 입었던 옷에 팔을 꿰는 게 왠지 부끄럽고 민망해서 어깨에 걸쳐 두기만 했던 그녀의 마음을 그는 아마 눈치채지 못했을 것이다. 눈치채지 못해야 했다.

예강은 누운 채 눈을 깜빡였다. 기분이 이상했다. 코딱지만 한 방 안에 그의 물건 하나가 있을 뿐인데 마치 이 작은 방이 제하로 가득 찬 것 같은 착각이 들었다.

"집에 도착하면 30분 뒤에 여기로 전화해. 안 그러면 내가 한다."

그녀는 문갑 위에 놓인 전화기를 바라보며 입술을 잘근거렸다. 수화기는 평소처럼 내려진 채였다. 손님들은 때로 오밤중이나 새벽에도 전화를 걸어왔기 때문이었다.

예강은 눈에 익은 어둠 속에서 손바닥을 쫙 펼쳐 보았다. 제하가 택시 기사에게 펜을 빌려 손바닥에 써 주었던 그의 전화번호는 물론, 박박 문질러 닦은 비누 거품과 함께 사라졌다. 하지만 머릿속에서까지 사라진 것은 아니었다.

망설임을 끝내고 그녀가 이부자리 아랫목으로 내려왔을 때, 어둠 속에 불빛을 내는 네모난 야광 시계는 새벽 2시 35분을 지나고 있었다.

제하는 신호가 채 두 번이 울리기 전에 전화를 받았다.

—강예강.

수화기 너머로 평소보다 조금 더, 흐트러진 것 같은 제하의 목소리가 들렸다. 예강은 붉은색 끈이 돌돌 말린 수화기를 꽉 움켜쥔 후 애써 태연하게 내뱉었다.

"나 아니면 어쩌려고 전화를 그렇게 받아?"

—전화기에 네 얼굴이 떴어.

"말이 돼?"

기가 찬 목소리로 불쑥, 내뱉자 제하가 피식 웃으며 말을 정정했다.

—집 전화번호 알려 준 건 네가 처음이니까. 설사 안대도 새벽 2시 반에 나한테 전화할 수 있을 만큼 간 큰 앤 없고.

바로 앞에서 위잉, 하며 돌아가는 선풍기가 무색하게 얼굴이 달아올랐다. 그는 사람 말문을 막히게 하는 데는 일가견이 있었다. 예강이 헛기침을 하며 목소리를 높였다.

"왜 전화하라고 했어?"

—아까 제대로 못 한 말이 있어서.

"뭔데?"

선풍기가 가까이 있어선지 목소리가 마치 음성 변조라도 한 것처럼 이상하게 떨려 나오는 것 같은 착각이 들었다. 예강은 발로 선풍기를 멀찍이 밀었다.

—앞으로 송창민 가게에서 아르바이트하지 마.

뜻밖의 화제에 예강이 눈을 깜빡였다.

"갑자기 무슨 소리야?"

—술 파는 곳에서 미성년자 일 시켰다고 점주 고발당하는 거 보고 싶지 않으면 앞으로 거기서 일하지 말라고. 나 분명히 경고했다.

따스하다 못해 뜨거웠던 바닷가의 기억이 비눗방울 터지듯 톡, 터졌다. 아. 잊고 있었다. 제하는 원래 까칠한 원칙주의자였다는 사실을. 예강은 당황한 기색을 감추지도 못하고 수화기를 손으로 가린 채 빠르게 변명을 했다.

"일을 시키다니. 아니야. 너 잘못 알고 있어."

—내가 뭘 잘못 알고 있는데?

"창민이는 그냥 나 도와주려고 한 거야. 친구니까."

—친구 좋아하네. 차라리 미친개가 내 친구라고 해.

제하가 중얼거리는 소리가 수화기를 통해서 들려왔다. 어둠 속에서 예강의 동그란 이마에 주름이 팼다. 예강은 제하가 이렇게 나오는 게 더 마음에 들지 않았다. 창민은 모두가 싸늘한 와중 그녀에게 따뜻하게 대해 준 유일한 사람이었다.

—걘 아냐. 하등 도움 될 것 없으니까 가까이하지 마.

"야. 내가 누굴 가까이하든 말든 네가 무슨 상관이야?"

—너 한 시간 전에 나랑 키스했어. 이거보다 더 충분한 이유 있으면 말해 봐.

톡 쏘는 말투로 반격하던 예강은 숨을 멈출 수밖에 없었다. 키스라니. 머릿속을 계속 떠나지 않았던 화제가 드디어 그의 입에서 튀어나왔는데 예상했던 것보다 훨씬 더 민망했다.

"아니 그, 그걸 꼭 그렇게 말해야 해?"

—뽀뽀라기엔 솔직히 양심 없잖아.

침묵 속에서 회전하는 선풍기가 끼이잉, 하고 이상한 소음을 냈다.

—듣고 있어?

그녀는 손등으로 열 오른 뺨을 지그시 누르며 작게 목을 가다듬었다. 얘는 사람을 난처하게 만들려고 전화를 하라고 했던 걸까. 이마에서 지끈지끈 열이 오르는 것 같다. 대화를 이어 갈 의욕이 완전히 상실됐다.

"하…… 할 말 다 끝났으면 끊을게."

—아직 안 끝났는데.

수화기를 쥔 손에 땀이 들어찼다. 예강은 두근거리는 심장을 억누르며 입술을 꽉 깨물고 반항하듯 물었다.

"뭔데. 또."

—나 말이야. 샤워하다 전화벨 소리 듣고 뛰어나오느라 하마터면 미끄러져서 뇌진탕 걸릴 뻔했어.

어둠 속에서 예강의 눈이 소리 없이 빠르게 깜빡였다.

"다쳤다고?"

—아니. 다칠 뻔했다고. 네가 늦게 전화해서.

아까 목소리가 이상했던 게 바로 그 때문인 모양이었다.

"아, 알았어. 미안해. 정말 미안하다. 이제 됐지?"

예강이 전화를 빨리 끊기 위해 얼른 사과하자 제하가 기다렸다는 듯 말을 이었다.

—미안하면 내일 7시 정각에 아까 그 철길 건널목에서 보자.

"뭐라고?"

—내일부터 등하교 같이 해. 끊는다.

"야, 이제하……!"

—계속 통화할까? 그럼 조금만 기다려. 샤워하다 뛰어나와서 나 지금 좀 되게 웃긴 상태라.

보는 사람도 없는데 예강의 얼굴이 완전히 새빨갛게 달아올랐다.

"끊어. 끊을게. 안녕."

—잘 자라. 강예강.

부드러운 목소리에 작은 웃음기가 스며들어 있는 것 같은 착각이 들었다. 예강은 입술을 꽉 깨물며 전화를 얼른 끊었다.

"이게 뭐야……."

이불 위로 쓰러지듯 누운 채 예강이 손등으로 눈가를 가렸다.

"결국 하고 싶은 말은 하나도 못 했어."

늦게라도 그에게 전화를 한 이유는 따로 있었다. 아까 바닷가에서 일어난 일을 완전히 삭제하는 게 불가능하다는 것쯤은 그녀 역시 알았다. 하지만 제발 학교에서는 최대한 모른 척해 달라는 말을 전할 생각이었다.

그녀가 이제껏 경험한 제하는, 남들 앞에서 아무렇지도 않게 그 일을 입에 올릴 수 있는 사람으로 보였기 때문이다.

이래서는 전화를 안 한 것만 못함이 되어 버렸다. 예강은 잘 자라고 속삭였던 제하의 나지막한 목소리를 떠올리며 말라붙는 입술을 혀로 축였다.

"놀리는 거야, 뭐야."

도저히 잘 수 있을 것 같지가 않았다.

예강은 뜬눈으로 뒤척이다 새벽녘에야 까무룩 잠이 들었고, 제하와 함께 요한의 손을 잡고 해변에 놀러 가는 희한한 꿈까지 꾸다 벌떡 일어났다.

긴장 반, 두려움 반으로 집을 나섰을 때 철길 앞 건널목에는 어울리지도 않는 큰 차가 우뚝 서 있었다. 제하는 그녀가 쭈뼛거리며 뒷좌석에 타자마자 씩 웃었다.

"좋은 아침이다."

인사를 되돌려 줄 틈도 없었다. 기분 좋은 향이 훅, 하고 끼쳤다. 제하가 그녀의 귓가에 대고 속삭였다.

"프랑스에선 이렇게 인사한대."

"여기가 프랑스야?"

어이가 없어서 얼어붙어 있다가 간신히 정신을 차리고 그의 팔뚝을 퍽 소리 나게 때렸다. 맞아 놓고도 뭐가 좋은지 제하가 낮게 소리 내어 웃었다. 이제하는 무서운 애가 아니었다. 정말이지 실없는 애였다.

* * *

그와 함께 교문을 통과하는 순간부터 따가운 시선이 내리꽂히는 건 이미 예상했던 일이었다. 예강은 교실에 들어간 이후, 그와 눈도 마주치지 않았다. 제하 역시 그녀에게 별다른 말을 걸어오지 않았지만 예강의 온 신경은 그에게 집중되어 있었다. 가게 일을 도와줘서 고맙다고 말을 건네는 창민에게 제대로 인사를 전했는지 어쨌는지 기억도 나지 않았다.

점심시간이 다가왔을 때, 누군가가 교실 앞까지 제하를 찾아왔다. 종이 가방을 건네고 복도 창문으로 멀어지는 얼굴은 예강에게도 이제 익숙했다. 오전에 그들을 학교까지 태워 줬던 기사 아저씨였다.

"나랑 자리 좀 바꾸자."

종이 가방을 받아 든 제하가 그녀의 자리로 와서 창민에게 툭, 내뱉었다. 왁자지껄하던 교실 내의 이목이 전부 집중되었다.

"내가 왜?"

창민이 어색한 얼굴로 그에게 대꾸하자 제하가 그를 보지도 않고 말을 이었다.

"내가 강예강이랑 밥 먹을 거라서."

제하가 가방 안에서 무언가를 꺼내 놓았다. 책상 위에 놓인 삼단 찬합을 보고 예강은 치맛자락을 꽉 쥔 채 그를 바라보았다. 지금 뭐 하는 짓이냐고, 당장 저리 가라고 당황한 눈빛을 쏘았지만 제하는 그녀의 텔레파시를 외면하고 물었다.

"김밥 좋아해?"

예강은 대체 그가 어디까지 자신을 당황시킬 생각인지 궁금했다. 이제하가 전학생한테 푹 빠져서 정신을 못 차린다는 헛소문에 기름이라도 붓고 싶은 걸까.

"너 주려고 우리 어머니가 직접 만들었거든. 어젠 고마웠다고."

"나가자. 일단."

아이들이 모두 지켜보는 가운데 그와 대화를 나누고 싶은 생각은 없었다. 어떻게 해서든 이 자리를 빨리 벗어나고 싶은 예강과는 달리 제하는 언제나처럼 태연했다.

"더운데 그냥 안에서 먹지?"

예강이 인상을 쓰며 그를 노려보자 제하가 비식 웃으며 일어섰다. 예강은 결국 그와 나란히 음악실 뒤편 벤치에 앉아 그가 싸 들고 온 김밥을 같이 먹었다. 오래간만에 먹는 김밥은 어이없게도 맛있었다.

"앞으로 이러지 마. 너희 어머니는 무슨 고생이야."

"어머니가 만든 거 아니야. 인사는 나중에 아줌마한테 해."

"무슨 아줌마?"

"우리 집에서 일 도와주는 분."

"아까는 너희 어머니가 직접 만드셨다며."

제하가 매점에서 사 온 사이다를 들이켜며 곁눈으로 그녀를 보았다.

"그래야 네가 거절을 못 할 것 같아서 그랬지."

"그렇다고 거짓말을 하니?"

"지금 양심 고백 하잖아."

비식 웃는 제하의 얼굴이 햇살에 반짝였다. 원칙주의자라는 말은 취소였다. 사람들은 진짜 이제하의 반의 반도 알지 못하고 있다는 생각이 들었다.

"넌 진짜……."

예강이 말을 잇다 말고 고개를 저었다. 이제는 어떻게 되든 상관도 없다는 생각이 들었다.

"나중에 나랑 엮이게 된 거 후회나 하지 마."

"내가 후회를 왜 하는데?"

제하가 깔끔하게 김밥 하나를 집어삼킨 후, 그녀에게 물었다. 반듯하고 단정한 얼굴이 얄밉게도 완벽했다.

"나중에 나 때문에 너까지 싸잡혀서 욕먹어도 후회하지 말라고."

"과대망상이란 말 알아?"

"저번엔 피해망상이라며. 무슨 뜻인지 알고 하는 말이야?"

"아무튼 넌 망상이 좀 심해. 쓸데없이."

"무슨 뜻이야?"

제하가 피식 웃으며 그녀의 입에 김밥을 하나 물렸다. 예강은 우물우물 씹으며 그를 노려보았다.

"지금은 그냥 아무 생각 없이 김밥이나 먹으면 된다는 뜻."

제하가 툭 튀어나온 그녀의 볼을 손가락을 꾹 누르자 그녀가 인상을 찌푸리며 그의 손을 쳐 내려다 도로 손이 잡혔다.

"왜 이래?"

"아주 질색을 하네. 뽀뽀라도 하면 기절하겠다, 너."

눈을 동그랗게 뜨는 그녀를 보며 제하가 소리 내어 웃었다. 그가 크게 웃는 모습은 처음 보았는데 그 모습에 갑자기 가슴 한구석이 찌릿, 울렸다.

"쿨럭."

"자. 음료수 좀 마셔."

"네가 마시던 거잖아!"

"상관있나? 너랑 난 이미……."

예강은 그가 뒷말을 잇기 전에 녹색 캔을 빼앗듯 낚아채 꿀꺽꿀꺽 삼켰다. 제하가 팔을 벤치 등받이로 뻗었다. 팔만 안 닿았을 뿐, 앞에서 보면 마치 어깨동무하듯 그녀의 어깨를 감싸 안은 자세였다. 반듯한 눈썹이 슬쩍 위로 올라가는 모습이 그림 같았다.

"강예강."

"아무 말도 하지 마. 지금부터 입도 뻥끗하지 마."

불안한 마음에 그의 말을 막았다.

"내가 무슨 말 하려 그랬는데? 난 그냥 이게 꼭 간접 키스……."

"그만, 좀!"

예강이 그의 입술을 손으로 막자 제하가 다시 크게 폭소했다. 가슴에 돌이 얹힌 것처럼 무겁다고 느껴진 것은 착각이 아니었다. 그날 밤, 예강은 급체에 여름 감기가 덮쳐 말 그대로 끙끙 앓았다.

* * *

결국 예강은 학교를 이틀이나 결석했다. 백발이 성성한 할아버지 의사 선생님에게 눈물이 찔끔 나도록 아픈 엉덩이 주사를 두 방이나 맞고 병든 병아리처럼 꾸벅꾸벅 잠이 오게 하는 독한 약도 처방받았다.

"몸은 왜 이렇게 약해 가지고……."

얼굴이 파리해진 그녀의 손을 잡고 동네 병원으로 끌고 간 엄마는 쯧쯧 혀를 차면서도 그녀의 머리칼을 쓸어 주었다. 장을 보는 엄마의 옆에서 졸린 눈을 끔뻑거리고 있다가 집에 와서 또 이불을 펴고 누웠다.

하루만 앓으면 될 줄 알았지만 몸은 좀처럼 낫질 않았다. 다음 날 아침, 허옇게 뜬 얼굴로 일어난 예강을 보며 엄마는 결석계를 쓸 테니 당장 누워 있으라며 호통을 쳤다. 그 와중에도 아프다고 챙겨 주는 엄마에게 어리광을 피우고 싶어졌다.

"뭐 먹고 싶어?"

"칼국수. 예전에 할머니랑 살았을 때처럼. 맵게."

"소화 안 되게 밀가루 찾아."

"그래두."

물수건을 갈아 주는 엄마의 손길을 느끼며 잠이 들었다가 뜨끈한 장칼국수를 먹고 약을 먹은 후, 다시 또 잠이 들었다. 이사를 온 후 이것저것 피로감이 겹쳤는지 예강은 내리 잠만 잤다.

그녀가 눈을 떴을 때는 오후 6시를 지나고 있었다. 여름이라 해가 길어져 사방은 아직 낮처럼 환했다. 땀을 쭉 흘리며 잤더니 몸이 개운했고 욱신욱신 쑤시던 뼈마디의 통증도 사라져 있었다.

예강은 방문을 열고 마당으로 나왔다.

"딸, 좀 괜찮아?"

엄마가 좁은 마루에서 상을 펴 놓고 칼국수를 먹고 있었다. 더운지 연신 손부채질을 하는 엄마에게 다가가 후후 웃으며 어깨를 끌어안았다.

"아프니까 좋다. 엄마가 맛있는 것도 해 주고."

"꾀죄죄해 가지고는 어리광은. 가서 세수 좀 해. 거지가 형님 하겠다."

예강은 흐흐 웃으며 안방으로 간 뒤 수건을 꺼내 들었다. 온몸에서 땀 냄새가 진동을 하는 것 같았다. 아예 목욕을 할 생각이었다.

"물 좀 데워 줘? 찬물로 씻다 또 감기 들라."

"내가 할게요. 엄마 이제 기도 시간이잖아."

"철들었네, 우리 딸."

"아프니까 철드나 봐."

예강은 수건을 목에 걸치고 부엌 옆에 붙은 욕실로 향했다. 욕실이라고 해 봤자 페인트칠도 되지 않은 시커먼 시멘트벽에 수도꼭지가 하나 붙어 있고 커다란 고무 대야와 세숫대야가 있는 게 다였다.

쭈글쭈글한 양은 대야에 물을 한가득 붓고 가스 불 위에 얹은 후, 끓기를 기다렸다가 조심조심 아래로 내려놓았다. 산이라 여름에도 물이 얼음장같이 찼다. 냉수 목욕은 정말 한여름에도 큰맘을 먹어야 할 것 같았다.

예강은 뜨거운 물을 부은 고무 대야에 적당히 찬물을 섞었다. 옷을 벗은 후, 쪼그려 앉아 플라스틱 바가지로 물을 퍼서 머리를 감고 비누칠을 해서

몸의 땀을 씻어 냈다. 아팠던 게 언제였냐는 듯 기분이 좋았다. 콧노래가 조금 흘러나올 정도였다.

어쩌면 모든 것이 마음속에 달려 있을지도 몰랐다. 낯선 도시에 오게 된 것은 너무 싫었지만, 더 이상 아빠는 빚쟁이에게 시달리지 않아도 되었다. 엄마가 무당이 되었다고 해서 기가 막히는 요리 솜씨가 없어지는 건 아니었다.

대학에 가면 지금보다는 상황이 더 나아질 게 확실했다. 담임이 추천해 준 국립 대학에서 그녀의 마음이 가장 가는 곳은 이곳에서 기차로 두 시간 정도 떨어진 곳이었다.

"학생부에는 고 1 때 희망 진로 약사라고 되어 있던데."

그녀의 이름을 내건 약국을 여는 건 예강의 오랜 꿈이었다. 동네 어르신, 아이 엄마, 청소년 할 것 없이 모두가 찾을 수 있는 곳. 의사보다는 거리감이 덜하지만 그래도 아픈 사람들이 도움을 청할 수 있는 약국을 운영하고 싶었다.

무당집에 들어가는 사람들이 쭈뼛쭈뼛 눈치를 보는 것과는 다르게, 그녀의 약국에는 성큼, 도와 달라고 발을 들여놓을 수 있었으면 했다.

"그냥…… 취직하려고요."

"네 성적이면 장학생 노려 볼 수도 있고, 방법은 많다, 예강아. 선생님은 지지리도 없는 집에 태어나서 미친년 소리 들어 가면서 대학 갔어. 근데 지금은 부모님이 나보다 더 어깨 펴고 다녀. 우리 딸 선생님이라고. 공무원이라서 시집도 잘 갔다고."

정작 결혼은 교사 임용이 되기도 전에 했다고 말하며 웃는 담임을 보며,

예강은 진심을 느꼈다. 그러니까, 이 세상에 제대로 된 어른들도 있긴 하다는 뜻이었다.

"후우……."

차가운 물로 얼굴을 적시자 기분이 더 상쾌해졌다. 내일이면 학교에 갈 수 있다.

이틀이나 결석했는데. 제하는 아침마다 철길 건널목에서 그녀를 기다리고 있었을까. 학교에 가기 싫어서 주말을 손꼽아 기다렸을 때는 언제고 내일 제하를 만날 생각부터 하는 스스로가 부끄러웠다.

예강은 다시 한번 찬물을 거칠게 얼굴에 끼얹었다. 연락을 미리 해 줬어야 하나, 아니, 지금이라도 전화를 해서 말도 없이 기다리게 한 걸 미안하다 사과하는 건 너무 앞서 나간 걸까 생각하던 참이었다.

"김해정. 오늘 너 죽고 나 죽자! 어!"

철문이 쾅, 닫히는 소리와 함께 커다란 목소리가 들렸다. 아빠였다.

"어머, 여보! 아악! 이게 무슨 짓이야!"

엄마의 비명 소리, 무언가 거칠게 바닥에 나뒹구는 소리가 이어졌다. 예강은 속옷과 커다란 티셔츠만 걸친 채, 바지를 몸에 꿸 생각도 못 하고 바깥으로 뛰쳐나왔다.

"……아빠!"

밥상이 바닥에 나동그라져 있었다. 한 달 새 얼굴은 새까맣게 타고 살이 너무 빠져서 마치 다른 사람처럼 보이는 아빠가 마루에서 엄마의 멱살을 잡고 고래고래 소리를 질렀다.

"너 술집 작부 짓 하려고 나 따라 여기까지 왔어!"

"예강 아빠. 지금 대체 무슨 말을 하는 거야?"

예강은 달려가 아빠를 붙잡고 늘어졌다.

"아빠. 왜 이래요!"

술 냄새가 지독하게 났다. 아빠가 분을 참지 못해 숨을 몰아쉬었다.

"내가 무슨 소릴 들었는지 알아? 오입질하는 레스토랑 송 사장이 이제는 하다 하다 무당이랑 놀아난다고, 뻰질나게 신당에서 그 짓거리를 한다고!"

"뭐…… 뭐라고?"

엄마의 눈동자가 경악해서 흔들렸다. 그녀가 악을 쓰며 그를 뿌리쳤다.

"이거 놔!"

엄청난 힘이었다. 마당 흙바닥에 나동그라진 아빠는 분을 참지 못하고 그녀의 쪽 찐 머리채를 거친 손길로 잡았다.

"이러려고 따라왔어? 기어코 날 죽이려고!"

예강은 아빠에게 달려가 그를 뒤에서 붙잡았다. 새카만 나무 장작 같은 그의 팔뚝을 때리며 울부짖었다.

"아빠. 하지 마……! 하지 말라고!"

"너도 네 엄마랑 한패지? 너도 똑같은 거지!"

아빠가 팔을 휘두르자 엄마의 눈이 완전히 뒤집혔다.

"예강이한테 손대지 마! 네 딸이야!"

예강의 눈에서 저절로 뜨거운 눈물이 뚝, 뚝, 흘러내렸다.

술에 취한 날이면 꼭 엄마가 좋아하는 찹쌀순대를 사다 들고 퇴근하던 아빠. 예강이 상장을 타 오면 벽에 주르륵 붙이며 자랑스럽게 웃었던 아빠. 하모니카를 기가 막히게 잘 불던 아빠. 아내밖에 모르는 애처가에 딸 바보라고 동네에서 소문이 났던 아빠는 이 세상에서 완전히 사라졌다.

"그 새끼랑 너 뭐 했어. 송 사장 그 씨팔 새끼랑 뭐 했어!"

"아빠. 제발!"

울부짖는 아빠를 잡아당기다 팔꿈치에 다시 얼굴을 가격당했다. 마당에서 뭔가 퍽, 떨어지는 소리가 들린 것은 그때였다.

예강은 일그러진 얼굴로 고개를 돌렸다. 굳은 표정으로 선 제하의 발치에 깨진 유리병이 보였다. 운전기사가 놓쳐 버린 봉투에서 노란 주스가 흘러나와 시멘트 바닥을 적셨다.

"이노옴……! 이 천벌을 받을 노옴!"

엄마가 아빠에게 눈을 부릅뜨고 소리를 높이며 악을 썼다.

"이렇게 살아서 뭐 하니, 해정아. 우리 같이 죽자. 그냥 같이 죽어!"

아빠가 울부짖는 표정으로 엄마의 목을 조르자 제하가 들고 있던 과일 바구니를 집어 던지고 마당을 가로질렀다. 기다란 리본이 붙은 과일 바구니에서 샛노란 참외가 떨어져 바닥에 굴렀다. 예강은 인상을 쓴 제하가 성큼성큼 다가오는 모습을 보며 눈을 질끈 감았다 떴다.

"왜 이러십니까?"

비좁은 마당을 단숨에 가로지른 제하가 난동을 부리는 아빠를 꽉 붙들었다.

"이거 놔. 흐으……. 이거 놔!"

그의 곁에 있던 기사도 덩달아 다가와 그를 말렸다. 늘 표정이 없던 운전기사 역시 당황한 듯 보였다.

"어르신. 왜 이러세요. 정말!"

예강의 몸이 부들부들 떨렸다. 제하의 얼굴을 차마 바라볼 수가 없었다.

잠시나마 핑크빛이던 세상은 비눗방울이 펑, 하고 터진 것처럼 사라졌다.

아빠가 내팽개친 보라색 연꽃등과 난장판이 된 집구석. 엎어진 밥상에 깔린 국수 가닥들. 귀신 같은 얼굴로 호통을 치는 엄마와 거지꼴을 하고 나타나 그녀의 목을 조른 아빠.

그리고, 그만큼이나 초라한 행색의 자신. 제대로 닦지도 못한 머리카락에서 물이 뚝, 뚝, 떨어져 허름한 티셔츠를 적시며 흘렀다. 이게 그녀의 현실이었다.

죽고 싶다.

예강은 그대로 밖으로 달려 나갔다. 문틀을 넘자 경첩이 떨어진 녹슨 철문이 삐걱, 하고 울었다. 더러운 은색 슬리퍼가 벗겨졌다. 예강은 뒤도 돌아보지 않고 언덕 위를 냅다 뛰었다.

얼마나 초라하게 보일까. 얼마나 거지 같을까. 아빠는 왜 하필 오늘 돌아온 걸까. 제하는 도대체 왜 집까지 찾아온 걸까.

이제 그는 전부 다 알아 버렸다. 그녀가 처한 상황을 이보다 더 확실하게 확인하는 방법은 없을 것이다. 완벽한 이제하의 숨겨진 흠결을 알아 버린 죄라기엔, 그녀의 처지가 차마 비교할 수 없을 정도로 암담했다.

나무 그늘 아래 서서 예강은 울음을 터뜨렸다. 젖은 머리에서는 아직도 물이 뚝뚝 떨어지고 있었다. 엉덩이를 겨우 가리는 목 늘어난 티셔츠가 가슴까지 젖어서 흥건했다. 머리에 꽃만 꽂으면 완벽할 것 같다는 생각마저 들었다.

나뭇가지가 밟히는 소리가 났다. 그녀를 따라온 게 누구인지는 보지 않아도 알 수 있었다. 나무에 등을 기댄 채 입을 틀어막고 울음을 참아 보았지만, 그는 그녀가 숨을 기회도 주지 않았다.

"가."

제하가 그녀에게 말없이 수건을 내밀었다. 사우나 로고가 흐릿하게 찍혀 있는 낡은 수건은 오늘따라 걸레같이 칙칙하고 더러워 보였다. 예강은 그의 손에서 수건을 낚아채 집어 던지며 소리를 질렀다.

"가! 제발 좀 가 달란 말이야!"

뜨거운 눈물이 턱을 타고 아래로 떨어졌다. 예강은 고개를 들지 않았다. 그럴 수가 없었다. 이제하의 얼굴을 마주할 만한 용기가 나지 않았다.

"강예강."

이를 꽉 물고 흐느끼는 예강의 어깨가 가늘게 떨렸다.

"예강아."

제하의 목소리가 한층 낮아졌다. 그 어떤 동정이나 연민의 눈빛도 그에게는 받고 싶지 않았지만 한편으로는 오히려 잘된 일일지도 모른다는 생각이 들었다. 예강은 눈물에 얼룩진 얼굴을 무표정하게 감추며 천천히 고개를 들었다.

"왜 온 거야?"

이게 나라고, 이렇게 초라하게 살고 있는 게 강예강이라는 사실을 알면 그도 정신 차리지 않을까. 그가 그녀에 대한 관심을 끊는다면 그녀 역시 학교생활을 조용히 할 수 있는 계기가 될 수도 있지 않을까.

"왜 왔냐고."

"여자 친구 병문안 오는 게 이상해?"

제하가 그녀를 물끄러미 바라보며 내뱉었다. 달아오른 뺨을 타고 눈물이 주르륵 흘렀다. 예강은 입술을 꽉 깨물며 반발하듯 내뱉었다.

"누가 네 여자 친구래."

제하는 그녀의 말을 무시한 채 양팔을 교차해 상의를 벗었다. 인상을 찌푸리고 있는 예강의 머리 위로 옷이 쑥, 들어왔다. 엉망으로 젖은 속이 비치는 티셔츠가 제하의 폴로셔츠 안으로 자취를 감추었다.

"무슨 짓이야?"

"뛰는 거 보니 감기는 다 나은 것 같은데 다시 아프면 안 되잖아."

파리하게 질린 그녀의 입술이 엉망으로 떨렸다. 웃통을 벗어 반 나신인 제하가 아래를 내려다보며 작게 혀를 찼다.

"아, 신발을 까먹었네. 업고 갈까?"

제하가 그녀를 보며 조금 웃었다. 그녀의 가슴을 몇 번이나 떨리게 했던 미소를 보자 예강의 얼굴이 일그러졌다. 제하가 자신을 아무렇지도 않게 대하는 게 더 싫었다.

"제발 가."

이제껏 수많은 괴롭힘을 겪으며 무뎌졌을 거라고 생각한 자존심은 죽지도 않은 채 아직까지 빳빳이 고개를 쳐들고 있었다.

"싫으면 좀 기다려. 집에 가서 신발 가져다줄 테니까……."

"너더러 누가 우리 집에 가도 된다고 했어?"

예강이 그의 말을 자르자 제하가 입을 다물었다. 화를 낼 상대가 잘못되었다는 건 그녀 역시 알았다. 하지만 견딜 수가 없었다. 그렇게라도 하지 않으면 수치심에 죽을 것만 같았다.

"너 진짜…… 왜 이렇게 사람 피곤하게 만들어? 맨날 왜 그렇게 막무가내야? 처음부터 그랬잖아. 난 싫다고 했는데…… 모른 척해 달라고 부탁했는데 사람 말 다 무시했잖아. 네가 그렇게 잘났니?"

묵묵히 듣고 있던 제하가 고개를 끄덕였다.

"갑자기 와서 미안하다."

"미안하면 지금 당장 좀 사라져 줄래?"

"다음엔 연락하고 올게."

그가 집엘 또 온다고 했다. 이 꼴을 다시 보여 주라고.

"오지 마!"

예강이 마침내 울부짖으며 소리를 높였지만 제하는 끄떡도 하지 않았다. 대신 신고 있던 운동화를 차례로 벗은 후, 무릎을 구부렸다.

"내일 아침 7시에 보자."

벗겨진 흰색 농구화 한 켤레가 그녀의 발치에 툭, 놓였다. 흙으로 더러워진 예강의 발이 움찔거렸다.

"뭐 하는 거야?"

그녀의 목소리가 가늘게 떨렸다. 제하는 대답 대신 망설임도 없이 뒤를 돌았다.

"이거 신고 가. 필요 없으니까 가져가라고, 이 재수 없는 자식아!"

예강이 소리를 질렀지만 그는 들은 체도 하지 않고 멀어져 갔다. 청바지만 입은 반나체에 신발도 없이 걷는 그는 초라해 보이지도, 부끄러워 보이지도 않았다.

새까만 흙이 발톱까지 파고 들어간 발 옆에 놓인 운동화는 유독 하얗고 깨끗하게 보였다. 예강은 입술을 깨물며 그가 남기고 간 신발을 바라보다 발등을 마구 밟아 버렸다. 새하얀 운동화에 더러운 발자국이 남았지만 마음은 전혀 후련하지 않았다. 초라해지는 건 결국 그녀뿐이었다.

* * *

제하의 운동화를 끌어안고 산에서 내려온 날, 예강은 창민에게 봉고 차 기사의 전화번호를 받았다. 집 안을 쑥대밭으로 만든 아빠가 집을 나가기 전, 돈 봉투를 던져 주었기 때문에 결정은 쉬웠다. 아빠도 힘들어서 그런 거니 이해하라고 말하던 엄마를 이해하는 건 포기했다.

수업 직전에 나타난 제하에게는 준비했던 종이봉투를 건넸다. 그 안에는 남색 카디건과 밤새 빨아 다린 흰색 폴로셔츠, 그리고 손마디가 까지도록 박박 닦은 운동화가 들어 있었다. 곱게 접힌 옷 안에는 돈이 들어 있는 봉투도 끼워 넣었다.

"공부에만 집중하고 싶으니까 앞으로 귀찮게 하지 말아 줬으면 좋겠다."

그가 늘 그랬던 것처럼 직선적이고 명료한 말투로, 모든 사람들이 보는 앞에서 진심을 전했다. 제하는 물끄러미 그녀를 바라보다 말없이 자리를 뜬 후, 수업에 돌아오지 않고 조퇴했다.

전교에는 이제하가 전학생에게 공개적으로 차였다는 소문이 삽시간에 돌았다. 제하는 그날 이후 그녀에게 말을 걸지 않았다.

방학이 시작되었지만 의무적인 자율 학습은 계속되었다. 아이들은 더 이상 예강에게 관심을 두지 않았다. 모든 게 그녀의 바람대로였다. 다만, 녹음이 우거진 교정의 아까시나무 아래 벤치를 볼 때면 속이 얹힌 것처럼 기분이 이상해지는 것만은 어쩔 수가 없었다.

무더운 여름방학이 끝나 갈 때쯤, 예강이 무당의 딸이라는 사실이 전교에 퍼졌다. 같은 반 학생 중 하나가 엄마의 손을 잡고 대학 합격 부적을 쓰기 위해 그녀의 집을 방문한 이후였다. 엄마의 부적이 용하다는 소문이 알음알음 퍼지고, 집을 찾아오는 손님이 늘어나고부터 예상했던 일이지만 충격이 아주 없는 것은 아니었다.

이제껏 그녀를 둘러싼 그 어떤 질 나쁜 소문에도 그녀의 편이었던 창민은 그녀를 완전히 무시했다. 더 이상 그녀에게 말을 걸지 않았고 수업 시간에는 거의 모든 시간을 책상에 엎드려 잠만 잤다.

예강은 오히려 다행이라고 스스로를 위로했다. 무당 딸과 어울려 다닌다는 소리가 창민 모친의 귀에 들어가 쓸데없는 전화를 받고 싶지는 않았기 때문이다.

9월.

가을의 초입에 장마가 시작되었다. 바뀐 입시 요강에 철저히 대비해야 한다며 교사들은 더욱 열을 올려 학생들을 잡았다. 명문대생을 배출해야 한다는 학교의 의지는 당사자인 학생들만큼이나 커 보였다.

4당 5락. 하루에 네 시간 자면 대학에 붙고 다섯 시간 자면 떨어진다는 말을 실천하며 예강 또한 공부에 열을 올렸다. 담임은 잘 생각했다며 그녀를 격려했지만, 딱히 대학에 가고 싶어서는 아니었다. 흔들리지 않는 태도로 수업에 집중하는 제하를 볼 때면 알 수 없는 열의가 그녀의 마음에서 솟아올랐을 뿐이다.

모의고사에서 제하의 성적은 여전히 톱이었고, 그는 그녀가 그를 처음 만났던 때처럼 단정하고 흠집 없는 완벽한 이제하로 돌아가 있었다.

불우한 전학생과 있었던 해프닝은 말 그대로 해프닝이었고, 그저 입시를 앞에 두고 쓸데없는 유혹에 흔들렸던 한순간의 일탈이었던 것처럼. 그녀가 목격했던, 그녀에게 고스란히 보여 주었던 얼룩은 아예 없는 사람처럼 말이다.

03

수압이 일정하지 않은 수도꼭지에서 물이 쉿, 쉿, 소리를 내며 떨어졌다. 예강은 시커먼 대걸레를 힘겹게 치댔다. 그녀와 함께 주번인 다른 여자애는 머리가 아프다는 핑계로 양호실에 드러누웠다. 딱히 불만을 표해 갈등을 만드는 것보다는 혼자 일을 하는 쪽이 더 편했다.

무거운 쓰레기를 양손에 들고 움직인 탓인지 팔이 조금 아팠다. 손을 멈추고 잠시 팔을 두드리고 있는데 한 무리의 여학생들이 우르르 들어와 일제히 화장실을 한 칸씩 차지했다.

"엄마 때문에 미치겠다니까. 아빠 사업 안 되는 게 왜 조상 탓이냐고. 쪽팔리게 무슨 굿을 한다는 거야. 요즘 세상에."

문이 닫힌 칸 안에서 목소리를 높이는 건 상미였다. 버스 터미널 안에 백화점을 가지고 있는 상미 집안의 사업 이야기는 예강의 관심과 동떨어져 있었지만 뒤이어지는 이야기가 귀를 사로잡는 것은 어쩔 수가 없었다. 예강은 그들이 떠드는 말에 집중하지 않으려 대걸레를 다시 잡고 힘 있게 치대며 빨았다.

"재수 없어. 진짜."

볼일을 보고 나온 상미가 거울 앞에 선 채 예강 쪽을 힐끗 보며 낮게 중얼거렸다. 예강은 동요하지 않고 걸레를 노란 탈수기 통에 넣은 후, 발판을 꾹 눌렀다. 누군가 상미의 곁에서 말을 이었다.

"왜…… 걔네 엄마, 꽤 유명하다고 하던데? 송창민 아빠 바람기도 한 방에 잡았대."

창민의 부친은 예강도 한 번 본 적이 있는 사람이었다. 그녀의 집에 부적을 쓰러 왔던 손님이자 아빠가 엄마를 오해하게 만든 장본인이었다. 걸레를 짜는 예강의 발에 조금 더 힘이 들어갔다.

"자기 가게에서 일하던 웨이트리스 임신시켜서 송창민 엄마가 혈압으로 쓰러졌는데 그럼, 정신 안 차리면 그게 인간이야? 송창민 엄마도 인생 참 불쌍하지."

상미가 머리에 실핀을 고쳐 꽂으며 코웃음을 쳤다.

"까놓고 말해서 그 무당이랑도 뭔 일 있었을지 누가 아냐고. 더러워 죽겠어, 진짜."

좁은 화장실에서 상미의 목소리가 높게 울렸다. 처음부터 목소리를 낮출 생각도 하지 않은 애였다. 예강은 걸레를 짜다 말고 고개를 돌려 상미를 바라보았다. 상미가 아무렇지도 않은 얼굴로 되물었다.

"뭘 봐?"

"너 말조심 해."

가느다란 목소리가 예강의 입술을 비집었다. 이제껏 그 어떤 지저분한 소문이 떠돌았을 때도 침묵을 지키던 전학생의 첫 반응에 상미가 헛웃음을 지었다.

"쟤 지금 뭐라니? 등신 같은 게."

"가자, 그냥. 무시해."

상미의 곁에 선 다른 친구들이 그녀를 팔짱을 잡아끌었다.

"아니, 잠시만. 웃기잖아, 지금."

친구를 뿌리친 상미가 예강에게 한 발짝 더 가까이 다가갔다.

"야. 너 지금 나한테 뭐라고 그랬어? 다시 한번 말해 봐."

"말조심하라고 했어. 내가 우리 엄마한테 너희 집 망해서 거리에 내앉게 만드는 부적 쓰라고 하기 전에……!"

상미가 그녀에게 손을 날렸다. 짝! 하는 소리와 함께 예강의 얼굴이 돌아갔다. 그녀의 하얀 뺨에 빨간 손자국이 나며 핏줄이 터졌다. 하나로 묶었던 머리카락이 헝클어져 얼굴을 가렸다.

"거지 같은 게 어디서 재수 없는 소리를 지껄여? 죽여 버릴까 보다."

분을 참지 못해 씩씩거리던 상미가 화장실이 쩌렁쩌렁 울리도록 비명을 질렀다.

"아아악!"

예강이 노란 양동이 안을 시커멓게 채우고 있는 걸레 빤 물을 그녀를 향해 뿌린 탓이었다.

"너…… 너……!"

"어머. 쟤 진짜 미쳤나 봐! 상미야. 괜찮아?"

부들부들 떠는 상미의 얼굴이 하얗게 질렸다. 힘을 잃은 앞머리가 무겁게 늘어진 채 얼굴에 물줄기를 남겼다. 냄새나는 구정물을 뒤집어쓴 상미는 모욕을 참아 낼 수 없었다.

"이 미친년!"

예강의 머리카락이 아프게 잡아당겨지며 한 움큼 뽑혀 나갔다.

"겨우 이거야? 지방은 텃세도 별거 아니네. 누가 촌년들 아니랄까 봐."

예강이 흐트러진 머리카락 새로 그들을 노려보며 중얼거렸다. 작정하고 내뱉은 도발에 여자아이들은 불길에 기름을 부은 듯 뜨겁게 흥분했다.

"뭐라고? 이 달동네 썅년이 불쌍하다고 보자 보자 하니까……!"

상미를 말리던 이들까지 합세해 그녀를 바닥에 쓰러뜨렸다. 예강은 상미를 향해 똑똑히 내뱉었다.

"너희 집 굿은 너희 엄마가 얼마를 가져온대도 절대 하지 말라고 할 테니까 걱정 마."

"죽여 버릴 거야!"

분노해서 더욱 날뛰는 상미를 보며 예강은 입에서 나오는 대로 마구 뱉었다.

"너 어깨 안 무겁니? 네 뒤에 목매달아 죽은 귀신 보이는 거 알아? 흣……!"

누군가 교사를 불러올 때까지 그들에게 짓밟히며 처절하게 저주를 퍼부었다. 그들이 무당 딸인 그녀에게 기대한 것처럼. 음산하고 어두운 표정으로.

일주일 후, 결국 부도를 막지 못한 상미의 아버지가 뇌출혈로 쓰러졌다. 결석이 이어지던 상미는 학교로 돌아오지 않았다. 소문으로는 급하게 전학 수속을 밟은 후, 미국 친척 집으로 떠났다는 소리가 들렸다.

아이들은 상미에게 얻어맞은 예강이 앙심을 품고, 무당인 엄마와 함께 그 집 망하라고 고사를 지냈다며 수군거리다 그녀가 가까이 오면 입을 딱 다물었다. 예강의 주위에는 이제 개미 새끼 한 마리도 얼씬하지 않았다. 그녀는 완벽히 혼자였다.

* * *

하늘이 심상치 않았다. 초저녁 먹구름 낀 하늘이 을씨년스러웠다. 휘잉, 하는 바람 소리도 썰렁하긴 마찬가지였다.

예강은 집을 향해 빠르게 걸었다. 바람이 세차게 불어 우산을 썼는데도 비가 옆으로 들이쳤다.

엄마는 이틀 전, 신어머니와 함께 기도를 드리러 떠났다. 괜찮겠냐고 묻는 그녀에게 걱정 말라며 고개를 끄덕였지만, 이런 날씨에 빈집에 혼자 있는 게 반가울 리는 없었다. 아빠는 집에서 난리를 친 이후 그 길로 뛰쳐나가서, 배에도 타지 않았다고 했다. 소개해 준 사람 성의가 있지 이런 경우가 어디 있느냐고, 아빠의 선배가 전화로 따져 대는 소리가 엄마가 붙든 수화기를 통해 다 들렸다.

이 험한 날씨에 아빠를 위해서 기도 여행을 떠난 엄마의 마음이 이해가 가는 동시에 가지 않았다. 미워 죽겠는데, 대체 부부 사이의 정이 뭐라고.

쩍쩍 갈라진 담벼락. 빛바랜 연꽃등 앞에 서 있는 이를 보는 순간 예강의 발걸음이 느려지다 완전히 멈추었다.

"……무슨 일이야?"

"할 말이 있어서 왔어."

우산도 없이 비를 모조리 맞고 선 채로 제하가 낮게 내뱉었다. 그와 단둘이 마주하는 건, 그녀가 산속을 맨발로 달렸던 날 이후로 처음이었다. 예강은 빗소리가 떨리는 목소리를 감춰 주는 걸 다행이라 생각하며 짤막하게 되물었다.

"뭔데?"

"상미네 집 그렇게 된 거, 네 잘못 아니라고."

반칙이었다. 그가 무슨 말을 하든 동요하지 않으려고 마음을 단단히 먹었는데 결심이 무색하게 속에서 뜨거운 것이 울컥 치밀어 올라 눈물이 날 것 같았다. 절대 그럴 리가 없다고 생각하면서도, 상미의 불행이 꼭 자신이 퍼부은 저주의 결과인 것 같은 두려움을 떨쳐 낼 수가 없었던 탓이었다. 덮어놓고 잊어버리려 노력했던 죄의식을 정확히 짚는 제하가 미운 동시에, 그건 네 탓이 아니라고 말해 주는 누군가가 있다는 사실에 심장이 파도처럼 일렁였다.

"알아. 겨우 그 말 하러 여기까지 왔니?"

예강은 우산으로 얼굴을 가린 채 애써 아무렇지도 않은 목소리를 냈다.

"뭘 그런 데까지 신경을 써? 시골 학교 반장들은 원래 다 그런가?"

멋대로 동요하는 얼굴을 그에게 보여 주고 싶지 않았다. 그래서 예강은 일부러 더 아무렇지도 않게 굴었다.

"누가 목사님 아들 아니랄까 봐 오지랖 진짜 넓다."

"강예강."

"우산은 이거 쓰고 가. 오늘 비 많이 온대."

쓰고 있던 우산을 그에게 떠넘기듯 맡기고 열쇠로 철문을 열었다. 삐걱거리는 대문을 열고 문턱을 넘은 순간이었다. 제하가 그녀를 뒤에서 끌어안았다. 바닥에 떨어진 우산과 함께 심장이 쿵, 소리를 내며 다시 암초에 부딪쳤다.

"반장이라서 너 기다린 거 아냐. 목사 아들인 것도 나랑은 전혀 상관없어. 알잖아."

귓가에서 속삭이는 제하의 목소리를 듣자 예강의 심장이 아프게 뛰었다. 눈시울이 순식간에 다시 뜨끈해졌다.

"아니. 모르겠어."

예강은 제하의 팔을 힘겹게 뿌리치며 몸을 돌려 그를 바라보았다. 빗줄기는 좀처럼 잦아들 기색이 없었다.

"정말 몰라? 내가 무슨 심정으로 여기까지 왔는지."

비에 흠뻑 젖은 그의 모습이 흐릿한 시야에 비쳤다. 그의 눈에 비친 그녀의 모습도 매한가지일 거라는 생각이 들었다.

"몰라. 아니, 알고 싶지도 않아. 너 아니라도 내 인생 충분히 힘들어 죽겠거든. 근데 내가 왜 네 감정까지 신경 쓰면서 살아야 돼? 왜 나한테 강요해? 왜 넌 그렇게 매번 네 멋대로야?"

"너한테 내 감정 강요한 적 없어."

제하의 가지런한 눈썹이 일그러졌다.

"그럼 지금 이건 뭔데? 왜 집 앞까지 찾아와서 사람 지겹게 만들어?"

예강이 그를 향해 떨리는 목소리로 물었다. 제하의 속눈썹에서 빗물이 툭 떨어졌다.

"네가 학교에서 아는 척하지 말라며."

슬레이트 지붕 위로 요란한 빗소리가 울려 퍼졌다.

"더 이상은 못 참겠어."

"여태까지는 잘 참았잖아."

"안간힘을 쓰면서 참았지. 김상미가 널 때린 걸 알았을 때도. 걔한테 동조해서 널 짓밟은 애들을 한 반에서 매일 보는 순간도."

제하가 입술을 비틀며 조소했다. 차갑게 식은 그의 입술에서 흐릿한 입김이 번졌다.

"내 인내심도 이젠 한계야. 네가 오지 않으니 내가 가는 수밖에 없어."

빗물에 온통 젖은 그의 눈동자에 일렁이는 어두운 빛을 보기만 하고 있을 뿐인데 숨이 가빠 왔다. 제하가 그녀의 빈틈을 파고들었다.

"내가 잘못한 게 있다면 말을 해. 그럼 고치려고 노력이라도 해 볼 테니까."

말문이 막혔다. 사실, 제하가 잘못한 건 아무것도 없었기 때문이다. 모든 것이 그녀의 문제였다. 괴롭게 일그러진 표정의 제하를 보며 예강이 숨을 크게 들이쉬었다. 그리고, 마침내 떨리는 목소리로 간신히 입을 열었다.

"넌…… 내가 기분 나쁘지도 않니?"

그의 손이 빗물에 식은 그녀의 뺨에 닿았다. 몸이 저절로 떨리며 눈가가 발갛게 달아올랐다. 제하의 손가락이 그녀의 속눈썹에 매달린 눈물방울을 부드럽게 훔치고 떨어졌다.

"네가 왜."

"우리 엄마 무당인 거 알고도 안 무섭냐고."

목소리에 울음기가 번지는 걸 참아 보려 했지만 어쩔 수가 없었다.

"처음부터 알고 있었어."

제하가 낮게 내뱉었다. 예강은 입술을 꽉 깨물며 그를 보았다. 속삭이듯 작은 목소리로 그에게 물었다.

"언제부터?"

"네가 전학 온 첫날부터."

심장이 이러다 고장 날 것처럼 폭주하며 뛰었다. 빗속에 굳은 그녀의 주먹이 바르르 떨렸다.

"담임이 날 따로 불러 말했어. 예민한 시기니까 특별히 신경 쓰라고."

담임이 그에게 보여 줬던 전폭적인 지지와 신뢰를 생각하면 이상한 일도 아니다. 그는 처음 만난 날부터 그녀에 대해 모조리 알고 있었다고 말하고 있었다.

"그런데 왜 알고 있다는 티 안 냈어?"

"……."

"말할 기회는 얼마든지 있었잖아."

그는 그녀를 작정하고 속인 것이나 다름없었다. 눈을 부릅뜨고 속삭이는 그녀를 뚫어지게 바라보며 제하가 또다시 고백했다.

"안 중요했으니까."

"뭐?"

"네 부모가 무당이든 귀신이든, 나한텐 상관없었다고."

"그게 어떻게 상관이 없어?"

높아지는 예강의 목소리에 울음이 번졌다. 빗줄기가 그녀의 얼굴을 엉망으로 적셨다.

"사람들 다 재수 없다고 하는데, 기분 나쁘고 께름칙하다고 슬금슬금 피하는데 왜 너만 상관없다고 하냐고."

일그러진 표정의 그녀를 보는 제하의 목울대가 거칠게 일렁였다. 그리고 낮은 목소리가 그의 입술에서 흘러나왔다.

"사람 좋아하는데 이유 없잖아."

제하의 눈빛이 그녀를 통째로 쥐고 흔들었다. 나직하게 내뱉는 그의 눈동자는 진심이었다.

"넌 그래?"

아무 말도 할 수 없었다. 얘는 도대체 왜 이렇게 그녀를 못살게 하는 걸까.

"네가 먼저 날 알아챘잖아. 사람들이 떠들어 대는 거, 나에 대해서 아무것도 모르고 지껄이는 말이라는 걸 처음부터 알았잖아. 그래서 경계했잖아. 내가 너한테 이렇게…… 미칠까 봐."

그의 목소리는 꽉 잠겨 있었다. 인상을 찌푸리며 마른침을 삼킨 그가 천천히 내뱉었다.

"너도 내가 좋잖아."

쿵. 다시 암초에 부딪혔다.

"내가 싫어도…… 내가 좋잖아."

이제하는 교활하다. 예강은 그의 궤변을 부정할 수가 없었다. 더 이상 진실을 외면하고 싶은 마음도 들지 않았다. 그러기에 예강은 너무 지쳐 있었고, 제하의 눈빛은 지독하게 강렬했다. 도망치려 해도 도망갈 수가 없다.

그의 눈에 일렁이는 검은빛을 바라보며 예강이 마침내 입을 뗐다.

"놀러 올 때 미리 말하고 온다고 한 건 너였어. 기억나지?"

제하가 우뚝 선 채로 그녀를 뚫어지게 바라보았다. 예강은 녹슨 철문을 열고 선 채 심호흡을 한 후, 작게 속삭였다.

"다음에 또 이러면 절대 안 들여보내 줄 거야."

누군가를 그녀의 초라한 세상에 초대하는 건 처음이었다. 머리 좋은 이제하는 아마 알았을 것이다. 그것이 초대를 가장한 고백의 대답이었다는 걸.

* * *

바람이 덜컹거리며 테이프가 붙은 미닫이문을 흔들었다. 빗장까지 걸어 잠가 놓은 철문은 전체가 흔들리며 연신 삐걱거리는 소리가 났다. 제하가 벽돌까지 얹어 준 슬레이트 지붕이 다 날아가는 것은 아닌지 걱정이 들 정도였다.

제하는 예강의 집 전화로 누군가에게 음성 메시지를 남겼다. 오랜 시간이 지나지 않아 나타난 운전기사는 갈아입을 옷까지 몽땅 챙겨서 가져다주었다.

"집에는 저 오늘 친구 집에서 밤새 공부한다고 전해 주세요."

그의 말을 못 들은 체하며 예강은 열 오른 뺨을 괜히 손등으로 눌렀다. 아무 일도 없을 거라는 건 확실하지만 왠지 모르게 부끄러워 기사의 얼굴을 제대로 쳐다볼 수가 없었다.

"혹시 배고파?"

"조금."

손님 대접을 해야겠다는 생각까지는 없었지만 그렇다고 굶을 수는 없는 노릇이었다. 예강은 사 가지고 온 오징어를 다지고 냉장고에 남은 실파와 밀가루를 섞어 전을 부쳤다. 제하는 빠른 속도로 그녀가 만든 파전을 다섯 장이나 먹어 치웠다.

"그렇게 많이 먹어도 돼?"

"내 몸을 봐."

사복을 입으면 더욱 강조되는 너른 어깨를 보니 할 말이 없었다. 칼라가 있는 단정한 셔츠가 참 잘 어울린다고 생각했는데, 몸에 적당히 붙는 검은색 무지 티셔츠를 입은 그는 마치 다른 사람 같았다. 이상하다는 뜻은 아니었다. 그저 분위기가 조금 달라 보였다.

"무슨 며칠 굶은 사람처럼 위험해 보이니까 하는 말이잖아."

"공식적으로 너한테 차이고 실제로도 그거랑 비슷했어."

"내가 언제 널 찼는데?"

"가슴에 손을 얹고 생각해 봐. 모르겠으면 양심 없는 거고."

예강은 입을 딱 다물고 고소한 냄새를 풍기며 지글지글 익어 가는 전을 뒤집었다. 축축한 비 냄새가 땅에서부터 올라오는 재래식 부엌에서 제하는 그녀의 곁을 떠나지도 않고 지켰다.

"근데 너 요리 진짜 잘한다. 배에 계속 들어가."

"……그럼 그냥 입 다물고 먹어 줄래."

사심 없이 내뱉은 칭찬에도 괜스레 볼이 달아올랐다. 전으로 끼니를 때운 후에는 아직도 뭔가 허기진 표정으로 그녀를 바라보는 제하를 위해 참외를 깎아 주었다. 제하는 그것도 아삭아삭 잘도 먹었다.

형광등이 깜빡거리더니 불이 나갔다. 밤에는 안 그래도 캄캄한 산동네 일대가 칠흑처럼 어두워졌다. 정전이었다.

예강은 건전지 라디오를 틀어 놓고, 안방에서 촛불을 찾아 켰다. 무당집이라 초가 차고 넘쳐서 다행이었다. 라이터는 제하가 주었다.

"너, 담배 내놔 봐."

"왜. 너도 피우게?"

예강은 그의 담배를 빼앗아 휴지통에 넣어 속 비닐을 아예 묶어 버렸고, 제하는 그런 그녀를 보며 작게 웃었다.

"내가 잔소리 많은 여자 친구랑 사귀게 될 거라고는 생각도 못 했어."

자신과 사귀는 걸 공식화해 버리는 제하의 말에 뭐라고 대꾸할 수도 없었다.

"싫으면 집에 가든지."

"같이 갈래?"

"진짜 왜 그래."

실없는 소리를 하는 그에게 눈을 흘겨도 그뿐이었다. 라디오에서는 태풍은 영남 지방을 통과해 새벽에 일본으로 빠져나간다는 뉴스가 들렸다.

휘잉, 빗소리와 바람 소리만 크게 들리는 방 안에는 촛불이 어른거렸다. 벽에 등을 기대고 나란히 앉은 채, 예강이 문득 입을 열었다.

"엄마가 신내림을 받은 게 중 3 때였거든. 그때 제일 친한 친구한테만 그걸 말했었어. 그리고 한번은 전화를 했는데 그 친구 엄마가 전화를 받더라.

친구 바꿔 달라고 했는데…….”

예강이 입술을 살짝 깨물며 흐리게 웃었다.

“안 바꿔 줬어.”

기다란 무릎을 세운 채, 그녀의 말에 가만히 귀를 기울이던 제하가 고개를 돌려 그녀를 보았다.

“왜. 네가 신내림받은 무당 딸이라서?”

“응. 그 전까진 친절하게 대해 주셨으니까. 아마도?”

“이상한 아줌마네.”

제하가 중얼거렸다.

“교회 다니시는 분이었어. 당연하지 뭐.”

“그럼 더 이상하지.”

말을 잇는 그에게는 망설임이 없었다.

“교리를 잘못 배운 거야. 그럴 땐 더더욱 열심히 전도를 해야 되거든.”

“……너 기독교야?”

“나 모태 신앙.”

촛불 하나만 켜진 좁은 방 안에 짤막한 침묵이 어색하게 감돌았다.

“농담이야.”

예강은 그를 물끄러미 바라보고 있다가 그만 풋, 하고 웃어 버렸다. 어쩌면 자신은 그의 실없는 농담에 익숙해져 가고 있는지도 모르겠다는 생각을 했다.

“전학 온 첫날에 선생님이 너보고 썰렁하다고 한 이유를 이제 알겠다.”

“내 유머가 너무 고차원적이라 그래.”

“어련하겠어.”

“근데 넌 웃었잖아.”

“내가 언제. 나 안 웃었는데?”

일부러 표정을 감추자 제하가 그녀에게 조금 가까이 얼굴을 들이댔다.

"눈이 웃고 있어."

심장이 두근, 크게 뛰었다.

"지금은 안 웃는다. 근데 이제하가 좋대…… 아."

손을 들어 그의 잘생긴 콧잔등을 가볍게 내려치자 제하가 피식 웃으며 조금 낮아진 목소리로 되물었다.

"내가 잘못 본 거야?"

예강은 희미한 촛불이 그녀의 달아오른 뺨을 감춰 주는 걸 다행이라고 생각했다. 누군가와 함께 있을 때 이렇게 두근거리는 기분을 느낀 적은 여태껏 없었다. 그러니까, 제하는 잘못 본 게 아니다. 하지만 그녀는 텔레비전에서 나오는 똑똑하고 멋진 여자들처럼 당당하게 진심을 고백할 수가 없었다.

예강은 흠, 하고 목을 작게 가다듬은 후 입을 뗐다.

"고등학교 1학년 때 나한테 고백했던 남자애가 있었거든."

제하가 그녀를 바라보았다.

"입학한 지 얼마 안 돼서, 다들 우리 집에 대해서는 아무도 모를 때였어."

방바닥에 놓인 오목한 접시 위에서 너울거리는 촛불을 바라보며 예강은 마치 진실 고백을 하듯 옛날이야기를 시작했다.

"그러고 보니 걔도 너처럼 반장이었다. 여기처럼 성적순은 아니었고, 거의 인기 투표로 된 거였어."

그 애도 누구처럼 농구를 잘했던 게 어렴풋이 기억이 났다.

"되게 쾌활한 성격이었는데 버스 정류장에서 나한테 고백했을 때는 손까지 떨면서 긴장을 했었던 게 아직도 기억이 나. 사귀자고 해서, 알겠다고 했을 때 좋아하던 표정도 되게 웃겼는데. 멀리서 숨어 있던 걔 친구들은 무슨 축제 분위기였고."

예전 일을 더듬는 예강의 얼굴에 희미한 웃음이 걸렸다가 천천히 사라졌다.

"결국 우리 집에 대한 소문이 퍼졌을 때, 전교생이 내가 무당집 딸이라는 걸 다 알게 되었을 때도 그 애는 다정했어. 소문 같은 건 시간 지나면 없어질 거라고 날 위로했는데…… 어느 날 걔가 친구들이랑 말하는 걸 우연히 들었어."

"뭐라 그랬는데."

"헤어지고 싶은데 무당 딸한테 잘못 대했다가 어떻게 될까 봐 찜찜해서 말도 못 꺼내겠다고."

제하가 코웃음을 치며 낮은 목소리로 툭 내뱉었다.

"그딴 게 남자 새끼야?"

"나는 이해하는데."

예강이 무릎을 끌어안고서 어깨를 으쓱했다.

"그땔 생각하면 나도 기분이 안 좋지만…… 걔도 싫었겠지. 나 같은 애랑 계속 사귀는 거."

제하가 길게 숨을 내쉬자 정수리에서 약한 바람이 불었다.

"그래서 너도 그럴 거라 생각했어."

예강은 벽에 뒤통수를 기댄 채 그녀를 말없이 내려다보는 제하와 눈을 마주쳤다.

"내가 무당집 딸이고 우리 엄마가 신 받았다는 거 알면 날 멀리하고 싶을 거라고. 오히려 이런 앨 좋아한 스스로를 부정하듯, 날 더 괴롭힐 수도 있다고. 그래서 너한테 못되게 굴었던 거야. 네가 날 싫어하기 전에, 내가 먼저 선수 친 거지."

예강은 흐릿한 빛에 의지하여 그를 보며 어색하게 웃었다. 어깨가 닿을 정도로 가까이 앉은 제하의 목울대가 소리 없이 일렁였다.

"제하야."

제하는 대답하지 않았다. 어둠 속에서 그가 그녀를 뚫어져라 바라보는 모습만이 보일 뿐이었다. 늘 탈출하고 싶었던 작고 초라한 방에 제하가 있는 게 부끄럽고 이상했다. 하지만 그녀는 확인받고 싶었다.

“나 안 싫어?”

사람들이 손가락질하는 부모를 가지고 있는 내가, 남들에게 절대로 보여주고 싶지 않을 만큼 가난한 집에 살고 있는 내가 싫지 않느냐고.

“솔직하게 말해도 돼?”

제하가 마침내 가라앉은 목소리로 입을 뗐다. 예강은 응, 하고 짤막하게 고개를 끄덕였다. 숨죽여 그의 대답을 기다리는 찰나의 순간, 공간의 소음이 모조리 멈춘 것 같은 착각이 들었다.

“지금 너랑 자고 싶어.”

어디선가 휘잉, 바람이 불어와 촛불이 꺼졌다. 거센 빗소리가 두드리는 창문이 세차게 덜컹거렸다.

완전한 어둠 속에서 예강의 얼굴에 뜨거운 피가 서서히 몰렸다. 제하의 갈라진 목소리가 나직하게 이어졌다.

“열일곱 살 강예강과 사귀는 행운을 거머쥐었다는 모자란 놈은 앞으로 네 머릿속에서 생각도 안 나게. 내가 그렇게 만들고 싶어.”

제하는 바보였다. 예강이 그를 만나고 난 이후, 그녀의 머릿속은 온통 제하였으니까. 잊으려고 노력했던 옛이야기를 꺼낸 것도 그의 마음을 확인하기 위해서였을 뿐이다.

바닥을 짚은 그녀의 손에 땀이 번졌다. 제하가 조금 움직이자 예강이 앉은 자리에서 뒤로 주춤했다. 제하가 싫은 것은 아니었다. 그저…….

“바보야.”

제하가 약하게 웃는 소리가 들렸다. 습기 찬 공기에 묵직하게 내리깔려 있던 긴장감이 그제야 조금 걷혔다.

“내가 너랑 지금 이 거리에 오기까지 얼마나 참았는데.”

어둠에 서서히 익숙해지는 예강의 시야에 제하의 얼굴이 모습을 드러냈다. 그림처럼 부드럽게 올라간 그의 입술은 평온해 보였지만 그의 눈동자는 그렇지 않았다. 예강은 제하를 보며 바다를 떠올렸다. 그의 눈빛은 마치 둘이 보았던 밤바다에서 밀려오는 검은 파도 같았다.

"나 그거 박살 낼 만큼 등신 아니야."

"……응."

"무슨 말인지 알고서 응, 하는 거야?"

"알아."

예강은 마른침을 꿀꺽 삼킨 후, 용기를 내어 그에게 손을 내밀었다. 접힌 무릎에 놓인 그의 손등에 살며시 손을 얹자 숨소리가 더욱 길어졌다.

그녀는 그래서 제하가 좋았는지도 몰랐다. 그는 남들과 달랐다. 그녀가 세상에서 제일 어려운 사람인 것처럼 대해 주었다.

"고마워."

"너 사람 인내심 시험하는 데 뭐 있다."

작게 중얼거린 제하가 그녀의 허벅지를 베고 길게 누웠다. 골방의 가로 길이가 짧아서 제하는 두 다리를 다 뻗지도 못했다.

"사람 홀리는 데 뭐 있어."

제하가 손등으로 눈을 가린 채 중얼거렸다. 허벅지에서도 심장이 뛰는 것 같은 느낌이 들었다. 얼마만큼 시간이 지났을까.

그가 손등을 스르륵 내리고 그녀를 바라보았다. 어둠에 완전히 익숙해진 눈. 기다란 속눈썹이 만들어 내는 그늘이 얼굴 위로 너울거렸다. 눈 주위의 피부색이 짙어진 것 같은 이상한 착각도 들었다.

제하가 숨을 크게 들이쉬었다가 천천히 내쉬었다. 한숨이 작게 섞인 숨결의 움직임까지도 보이는 것 같았다.

"강예강."

"어?"

긴장한 바람에 목소리가 이상하게 튀어나왔다.

"내일 오후에 도서관 가서 같이 공부하자."

"응? 알았어."

건전한 화제에 이상한 걱정을 했던 스스로가 부끄러워졌다. 예강이 재빨리 대답하자 그가 말을 이었다.

"수능 끝나면 같이 영화 보자. 시내에서."

"그래."

극장에서 영화를 본 지가 언제인지는 기억도 나지 않았다. 그녀는 잠시 불 꺼진 극장에서 그와 나란히 앉아 있는 자신의 모습을 상상했다.

"크리스마스 때는 둘이 데이트하고 연말에는 새벽 기차 타고 바다로 해돋이 보러 가고."

"어."

"그리고 대학 가면 나랑 같이 살자."

……지금 무슨 소리를 들은 거지.

"이제껏 대답 잘하다가 왜 멈춰?"

제하가 얼빠진 표정으로 그를 바라보는 그녀에게 말을 이었다.

"난 졸업하는 동시에 이 도시를 떠나서 다시는 돌아오지 않을 거야. 그 누구의 아들도 아닌, 그 어떤 완장이나 수식어도 없이 그냥 이제하로 살 거야."

예강은 그가 지금, 아무 의미 없는 말을 실없이 내뱉고 있는 게 아니란 사실을 알았다. 이건 그의 진심이라는 사실도.

"그냥 이제하는, 지금 이제하보다 훨씬 더 괜찮은 인간일 거야."

확신이 넘치는 제하의 목소리만 듣고 있어도 가슴이 뛰었다.

"그럼 네 곁에 있어도 되잖아. 지금보다 꽤 많이 괜찮은 인간이 되면 너도 내가 더 좋아질 테니까."

그녀의 양 뺨이 새빨갛게 물들였다. 마침내 예강이 마른 입술을 간신히 뗐다.

"아무리 그래도 같이 사는 건 좀 너무 갔다고 생각 안 해?"

사귀자는 말보다 같이 살자는 말을 먼저 듣게 될 거라고는 상상하지도 못했다. 그런 그녀의 마음을 아는지 모르는지 제하는 그저 고저의 변화가 없는 목소리로 대답할 뿐이었다.

"너한테 다른 얼간이들이 들러붙는 게 불안해. 질투 같은 건 좀 모자란 인간들이나 하는 거라고 생각했는데…… 아까 네가 나 아닌 다른 사람 이야기를 할 때 확실히 깨달았어. 난 그 주제에 있어서는 점점 더 태연할 수 없을 거고, 네가 다른 남자에게 관심을 보인다면 그 상대를 죽이고 싶어질 것 같아."

차분한 말투였지만 내용은 꽤나 잔인했다. 예강은 놀라서 눈이 동그래진 채 대꾸도 하지 못하고 입술만 꽉 깨물었다.

"너는 날 잘 모르지만 난 나 자신을 알아."

제하가 스스로 그어 놓은 선을 쉽사리 넘지 않는 것은 그 때문이었다. 그는 자기 자신을 객관적으로 평가할 수 있는 인간이었다. 한번 무너지면 그 다음엔 돌이킬 수 없을 거라는 걸 잘 알았다. 뭔가를 이토록 집중해서 원해 본 적은 단 한 번도 없었다.

나른한 교실의 문을 열고 강예강이 그의 세상에 나타나기 전까지는.

"제하, 교무실에는 무슨 일이니?"

"풀이를 봐도 이해가 안 되는 문제가 있어서요."

"별일이구나. 잠깐만."

그는 자리를 비운 담임의 책상 위에 있던 생활 기록부를 아무런 죄책감 없이 들춰 볼 수 있는 음습한 인간이었다.

"혹시 같은 학교 친구면 태워 갈까요?"

"아뇨. 그냥 가요."

예강이 몇 시에 집에서 나와 어디서 버스를 타는지 며칠에 걸쳐 파악한 집요한 인간이었다.

"반장. 교실에서 혼자 뭐 해? 실험실 안 가?"
"문 잠그고 가려고."

예강의 필통 안에 있는 명찰을 태연하게 바지 주머니에 집어넣을 수 있는 그릇된 인간이었고.

"우산 가지고 가거라."
"필요 없어요."

예강의 어머니가 자리를 비운 걸 알고 일부러 그 시간에 나타난 야비한 인간이었다. 요한의 일이라면 죄책감에 견딜 수 없어 하는 어머니를 자극해, 송창민의 가게에 일부러 찾아갔던 것까지 안다면 너는 어떤 표정을 지을까.
"비밀 하나 말해 줄까?"
"아니. 그냥 하지 마."
예강이 무슨 말이 나올지 두렵다는 듯 그의 머리를 옆으로 밀어 버렸다.
"아아."
쿵, 하고 떨어지며 그녀를 향해 일부러 엄살을 떨자 예강이 긴장이 풀린 듯 살포시 웃었다. 제하는 머리카락을 가볍게 쓸어 넘기는 예강의 여린 손가락이 자신의 등을 아프게 움켜쥐는 상상을 했다. 불순한 긴장이 차오르는 것을 천천히 내리눌렀다. 아직은 아니다.
그는 그녀의 작은 세상으로 조심스레 들어갈 생각이었다. 예강이 정신을 차렸을 때는 이미 그녀의 눈에는 그 말고 아무것도 보이지 않도록 만들 것이다.

"나는 너한테 잘할 거야."

치. 예강이 입에서 바람 빠지는 소리를 내며 조금 웃었다. 오늘 그는 일부러 시계를 풀고 왔다. 그녀의 시선이 자꾸만 그의 손목에 향하는 것은 계속해서 느낄 수 있었다. 그렇지만 예강은 아무것도 묻지 않았다. 아마, 그가 직접 이야기하기 전까지 그녀가 묻는 일은 없을 것이다.

강예강은 그런 애였다. 남의 상처를 헤집기보다 덮어 주는 여자애.

제하가 그녀를 보며 주문을 외듯 속삭였다.

"진짜, 잘할 거야."

예강의 가정 환경은 처음부터 문제가 되지 않았다. 아니, 예강에게 미안한 말이지만 오히려 좋았다. 너의 힘든 시간을 끝내고 불행에서 건져 올리는 이는 내가 될 테니까. 그리고 너는, 그런 내게 미안해서라도 나를 절대로 떠날 수 없을 테지.

콰광.

번개가 번쩍하며 천둥이 울렸다. 예강이 지직거리는 라디오를 보며 작게 중얼거렸다.

"태풍 피해 나간다더니…… 일기 예보가 대체 왜 이래."

흐름을 바꾼 태풍이 정확히 그들을 관통하고 있었다.

* * *

"창민이 오늘도 결석이니?"

산달이 다가온 담임이 예강의 빈 옆자리를 보며 인상을 찌푸렸다. 계절이 본격적인 가을로 접어든 후, 창민은 학교에 오는 날보다 결석을 하는 날이 더 많아졌다. 그가 시내 오락실에서 딱 봐도 불량한 이들과 어울리는 것을 보았다는 목격담도 간간이 들려왔다. 원인은 그의 부모님의 이혼이라고, 그저 추측만 할 뿐이었다.

“앉아도 되지?”

상미가 전학을 간 바람에 짝이 없는 또 다른 한 사람. 제하가 그녀의 옆에서 의자를 뺐다.

“아니. 네 자리로 가.”

“모르는 문제 있어서 그래.”

그가 들이대는 노트를 보자 예강의 귓불이 빨갛게 달아올랐다.

[쉬는 시간에 과학실에서 키스할래?]

두 줄로 박박 지우고 크게 X 자를 그리자 제하가 그럴 줄 알았다는 듯 어깨를 들썩이며 유쾌하게 웃었다.

태풍이 아래 지방을 할퀴고 지나갔던 가을밤 이후, 그들은 공식적인 연인처럼 행동했다. 같은 차를 나란히 타고 등교했고, 야간 자율 학습이 끝나면 같은 차를 타고 집으로 돌아갔다.

점심시간에는 노트에 바둑판을 그려 넣고 O, X를 쳐 가며 오목을 두었고, 휴일에는 시립 도서관에서 함께 공부를 했다. 그러다 별이 너무 좋으면 단풍이 물들기 시작한 벤치에 앉아 이어폰을 나눠 끼고 같은 음악을 들었다. 가끔 새벽에 공부를 하다, 라디오에서 태풍 왔던 날 밤 들려오던 음악이 나올 때면 예강은 저도 모르게 얼굴을 붉히기도 했다.

엄마의 기도가 효험이 있었는지 집에도 좋은 일이 생겼다. 일용직을 전전하던 예강의 아버지가 직업을 구한 것이다. 군수 업체에서 물건을 운송하는 일이라고 했다. 누군가 소개를 해 주어 기대도 없이 갔는데 운 좋게 채용이 되었다고, 사장님이 이 지역에서 평판이 좋기로 알아주는 유지라는 말을 하며 아빠는 활짝 웃었다.

앞으로 우리 세 식구 먹고사는 데는 걱정 없을 거라고 말하는 아빠를 보며 엄마는 조금 염려스러운 표정을 지었지만, 아빠가 품 안에서 내미는 검은 비닐봉지를 받아 들고는 입을 다물었다. 찹쌀순대는 아직 김이 식지 않아 따뜻했다.

예강의 주위를 둘러싼 변화는 학교에서도 일어났다. 그녀를 투명 인간처럼 대하던 아이들이 말을 걸기 시작한 것이다.

"있잖아. 궁금한 게 하나 있는데……."

의아할 일은 아니었다. 이제하의 여자 친구라는 공식적인 타이틀이 주는 힘이 그만큼 강력하다는 것이 신기할 따름이었다.

"제하도 사귀면 이런 거, 주고 막 그래?"

"응? 뭘?"

예강은 실험 보고서를 쓰다 말고 작게 물어 오는 같은 반 여자아이를 향해 의문 섞인 눈을 깜빡였다. 그녀가 반짝거리는 남색 포장지의 비스킷을 들어 보였다.

"오늘 무슨 날인지 몰라?"

10월의 마지막 날은 연인이나 친구끼리 무조건 이 과자를 주고받아야 한다며 그녀가 빠른 목소리로 설명을 이었다. 처음 듣는 이벤트라 그저 애매하게 웃어넘겼지만 제하에게는 별다른 기미가 없었다.

딱히 기대를 하는 것 같지도 않고, 그녀 역시 그에게 받은 것은 없었다. 하지만 누군가에게 말을 듣고 나니 사방에서 오가는 과자가 유달리 눈길을 끌었다.

고작 과자 하나가 뭐라고. 수업 시간 내내 신경이 쓰여서 예강이 슬그머니 매점에 가 보았지만 거짓말이 아니었는지 이미 그 과자는 동이 난 후였다.

예강은 야간 자율 학습이 끝날 때까지 괜히 제하의 눈치를 보았다. 평소와는 다를 것 없이 행동하는 제하를 보며 그는 그런 이벤트를 신경 쓰지 않는 성격이라고 애써 자위해 보았지만 과학실에서 들은 말이 계속 맘에 걸렸다.

"이 동네 애들 중에 모르는 사람 아무도 없을걸? 서울은 진짜 안 챙겨? 여긴 발렌타인데이보다 이게 더 중요한데. 넌 서울에서 와서 모른다 쳐도 제하는……. 하긴. 반장이 그런 거 챙길 스타일은 아니라고 생각했었어."

"무슨 생각 해?"

돌아가는 차 안에서 제하가 그녀에게 문득 물었다. 과학실에서 있었던 일을 곰곰이 곱씹던 예강이 흠칫 놀라 그를 바라보았다.

"다 왔어."

제하가 그녀를 보며 빙긋 웃었다. 정신을 차려 보니 동네 어귀, 철길 건널목이었다.

"갈게. 내일 보자."

예강이 서둘러 책가방을 챙겨 내렸을 때였다.

탁.

제하가 그녀를 따라 내렸다. 철길 건널목에 신호가 걸리며 땡, 땡, 신호음이 들렸다.

"강예강. 잠깐만."

서둘러 떠나려는 그녀를 제하가 불러 세운 후, 그가 트렁크를 열었다. 그리고, 그 안에 있는 꽃다발을 꺼내 들었다. 붉은 장미와 안개꽃이 흐드러진 꽃다발이었다.

"아침에 주려고 했는데, 그럼 네가 싫어할 것 같았어."

제하가 꽃을 살피며 작게 웃었다. 붉은 꽃봉오리는 다행히도 아직 싱싱해 보였다. 새벽같이 서두른 보람이 있었다.

"창피해 죽을 것 같으니까 빨리 좀 받아 주지?"

예강이 그에게서 꽃다발을 받아 들었다. 붉은 장미 다발 안에 어울리지 않게 숨어 있는 푸른색 비스킷 과자를 보는 순간 얼굴이 장미처럼 새빨갛게 달아올랐다. 누가 그랬을까. 제하가 이런 걸 챙길 스타일이 아니라고.

땅이 울리기 시작했다. 기차가 경적 소리를 내며 가까워지고 있었다. 제하가 흰 이를 드러내며 그림처럼 웃는 모습을 보는데, 예강은 자신의 심장이 마치 풍선처럼 두둥실 떠오르는 것 같다고 느꼈다.

"나는…… 아무것도 준비 못 했어."

"뭐라고?"

기차가 훅, 지나가며 몸이 흔들렸다.

"나는 아무것도 준비 못 했다고!"

덜컹. 덜컹. 기차가 굉음을 울리며 지나가고 있었기에 소리를 높일 수밖에 없었다. 길어진 예강의 머리카락이 바람에 휘날렸다. 제하가 그녀의 정수리를 감싸며 고개를 숙여 귓가에 속삭였다.

"그럼 대학 합격 발표 날, 나랑 섹스하자."

땅을 울리며 지나가는 커다란 기차 소리보다 폭탄 같은 말을 내뱉은 제하의 상쾌한 목소리가 그녀를 더욱 흔들었다.

미쳤다. 정말 이제하는 미쳤다.

예강은 펴뜩 물러나며 동그란 눈을 경악하듯 커다랗게 떴다. 제하는 뭐가 그렇게 즐거운지 입을 크게 벌려 웃고 있었다.

"대학 합격 날! 나랑 자자, 강예강!"

제하가 양손을 입가에 대고 세상에 소리치는 순간, 예강은 뒤를 돌아 냅다 뛰기 시작했다.

"그럼 우리 어른이니까! 너랑 내가 뭘 하든 아무도 뭐라고 못 하니까!"

체력장이었다면 100미터 최고 기록을 경신했을 법한 속도였다. 어딘가에서 컹컹 단잠을 방해받은 개가 짖었다.

어떻게 집에 들어왔는지는 기억도 나지 않았다. 예강은 손발을 씻고 앉은뱅이책상 앞에 앉았다. 스탠드를 환하게 켜 놓고 문제 풀이에 집중하려 노력했지만, 책상머리맡에 세워 놓은 꽃다발 때문에 자꾸만 생각이 날아갔다.

망설이던 예강은 마침내 자리에서 벌떡 일어났다.

자정까지 문을 연 가게를 간신히 찾아 들어갔지만 구멍가게에는 담배와 라면 몇 개만이 늘어져 있을 뿐이었다. 길 건너 아파트 단지 앞의 슈퍼들은 이미 셔터가 내려졌다.

예강은 국민학교 입구에 있는 구멍가게 앞 빨간 공중전화기로 걸어가 수화기를 들었다. 동전을 넣은 후, 이미 외우고 있는 전화번호를 누르는 손가락이 떨렸다.

—여보세요.

예강의 눈이 빠르게 깜빡였다. 수화기에서 들려오는 차분하고 고상한 목소리는 제하 어머니임이 분명했다. 그녀는 뭐라 말도 하지 못하고 황급히 수화기를 내려 버렸다.

두근. 두근.

심장이 빠르게 뛰었다. 그 커다란 집에 제하 혼자 살 리가 없으니, 다른 사람이 전화를 받을 수도 있는 일인데 도대체 그 생각을 왜 못 했을까.

전화를 끊어 버린 건 더 문제였다. 차라리, 아무렇지도 않은 목소리로, 뭐 물어볼 게 있다는 핑계를 대며 제하를 찾는 게 더 나았을 것이다. 별별 생각이 머리를 스쳐 가며 후회가 들었다. 이러지도, 저러지도 못하고 있다가 제하가 호출기 번호를 알려 준 것이 갑자기 생각이 났다. 최근에 그녀 때문에 샀다고 했다.

그녀는 천으로 된 지갑을 열고 그 안에 적어 놓았던 쪽지를 꺼냈다. 동전을 집어넣고 번호를 누르는데 긴장감에 손끝이 떨렸다.

"제하야…… 어…… 난데…… 하아, 씨."

—메시지가 삭제되었습니다. 다시 녹음하시려면 1번…….

예강은 몇 번이나 음성을 남겼다가 삭제하기를 반복했다. 가까스로 녹음하고 확인차 들어 보면 자신의 목소리가 너무 바보 같았다. 동전도 이제 다 떨어져 가고 없었다. 예강은 후, 하고 길게 숨을 내쉰 후 마지막 동전을 집어넣었다. 이번에 실패하면 그냥 가야겠다고 다짐했다.

멀리서 커다란 발걸음 소리가 들렸다. 수화기를 내려놓으려던 예강이 뒤를 돌았다. 멀리서 누군가 달려오고 있었다. 철길 건널목에서 예강의 집 쪽으로 방향을 꺾으려던 제하가 그녀를 발견하고 다시 뛰었다.

"뭐야. 여기 있었어?"

그가 양 허벅지를 붙잡은 채 고개를 치켜들고 거칠게 숨을 몰아쉬었다. 반팔 티셔츠만 입은 그는 이제 막 샤워를 마치고 나온 듯 머리카락이 젖어 있었다.

"밤에 왜 나와 있어. 위험하게."

아마 그는 예강의 집에 몇 번이나 전화를 했을 것이다. 그리고, 밤이면 수화기를 내려놓는 엄마 탓에 전화는 연결되지 않았을 게 분명했다.

"안 추워?"

"뛰어서 더워. 어머니가 전화받아서 놀랐지 너. 그래서 끊었지."

아직도 숨이 격한지 제하가 인상을 찌푸리며 말을 드문드문 끊었다.

"난 줄 어떻게 알았어?"

"말했잖아. 밤에 우리 집에 전화할 사람 너 말고 없다고."

"……."

"담엔 그러지 마. 너 안 바꿔 줄 사람 아무도 없으니까 그냥 이제하 바꾸라고 해. 알았지."

헤어진 지 얼마나 되었다고 새삼 그의 모습이 더욱 잘생기게 보였다. 눈썹을 찌푸리며 웃는 모습도 그림처럼 근사하다.

"대답해. 알았지?"

심장이 부끄럽게 팔딱거렸다. 예강이 고개를 끄덕이자 제하가 만족스러운 얼굴로 그녀의 손을 잡았다.

"그런데 전화 왜 했어?"

예강은 입술에 힘을 꽉 주며 그를 보았다. 이 말을 하고 싶어서 이 밤에 나왔던 거였다.

"내년에는 나도 꼭 줄게."

여기 사람들이라면 다 받는다는 선물을 챙겨 주지 못한 게 미안했다. 명색이 여자 친구인데. 사귀고 나서 처음 있는 이벤트인데.

"응? 뭘."

그녀의 굳은 결심을 아는지 모르는지 제하는 청량한 표정으로 되물을 뿐이었다.

"그거. 과자 말이야. 사서 주고 싶었는데 지금 이 시간에 파는 데가 없더라."

"뭐야. 그거였어? 난 또 내가 보고 싶어서 전화한 줄 알고 속옷도 안 걸치고 뛰어나왔네."

"……농담이지?"

"뭐가."

"속옷."

"확인해 볼래?"

끝까지 장난을 치는 그의 어깨를 퍽, 하고 때리자 제하가 웃으며 그녀를 잡아끌었다. 자정을 넘긴 시각. 그들은 동네를 정처 없이 걷다가 아파트 단지까지 도착했다. 문이 열린 아파트 옥상을 찾아 들어가니 오래된 나무 의자가 버려져 있었다. 둘이 손을 잡고 누가 먼저라고 할 것도 없이 의자에 나란히 앉았다. 통조림 깡통에는 담배꽁초가 보였고, 찌그러진 맥주 캔도 구석에 처박혀 있었다.

"여기 비행 청소년들 아지트 같아, 꼭."

"그러게. 일탈하기 딱 좋은데."

예강의 눈에 미소 짓는 제하의 얼굴이 다시금 가까이 다가왔다. 사람을 이렇게 갑자기 두근거리게 만드는 건 반칙 아닐까. 얼굴을 뒤로 물리는 그녀를 따라잡으며 제하가 속삭였다.

"너 왜 이렇게 예쁘냐."

"갑자기 뭐라는 거야."

"갑자기 아니고 처음부터."

어이가 없어 예강이 치, 하고 웃었다. 제하가 그녀에게서 눈을 떼지 않은 채 고백했다.

"네가 좋아."

"……."

"진짜 죽겠다, 예강아."

떨리는 속눈썹이 아래로 깔렸다. 제하에게서는 청량한 샴푸 향과 상쾌한 민트 향, 그리고 달콤한 섬유 유연제 냄새가 뒤섞여 났다. 청명한 가을 밤하늘에 별들이 반짝였다.

예강은 이 밤이 길었으면 좋겠다고 생각했다. 그와 손을 잡고 있는 이 순간이 너무 좋아서, 아침이 오는 것이 아쉬웠다.

"제하야. 안녕? 삐삐 음성 남기는 건 처음인 것 같아서 되게 어색하다. 꽃이랑 과자, 생각도 못 했는데 진짜 고마워. 나도 너한테 과자 주고 싶어서 나왔는데 시간이 너무 늦어 버렸더라. 미안해. 대신 내년에는 내가 꼭 챙겨 줄게. 열 개 사 줄게. 약속해. 그리고 네가 아까 말했던 거…… 나도…… 좋아. 어른이 된다면 너와 같이 되고 싶어. 나는 이제하를 믿으니까. 너라면 나를 절대 상처 주지 않을 것 같아……. 응? 제하야……."

* * *

시험 보는 날은 무섭게 추웠다. 매년 바뀌는 입시 요강이었지만 매해 비슷한 풍경이 연출되었다. 뉴스에서는 시험 날 지각하는 여고생을 태워서 달린 경찰이나 배달원의 이야기가 짤막하게 뉴스를 탔다. 교문 앞에 합격 엿을 붙여 놓고 비는 엄마들의 풍경은 텔레비전 안에서만이 아니라 시험장에서도 실제로 볼 수가 있었다.

"무조건 같은 대학이야. 난 네가 지원하는 대학에 가."

제하의 말이 부담으로 다가오지 않았다면 거짓말이었다. 예강은 실수를 줄이려 최선을 다해 노력했다. 그녀는 진심으로, 그와 함께 어른이 되고 싶었다.

졸업과 입학.

무언가를 새로 시작하는 기분으로 그와 연인이 되고 싶었다는 뜻이다. 그와 같은 캠퍼스를 거닐며 떳떳하게 사랑하고 싶었다. 제하의 마음도 아마 같았을 것이다.

가채점 결과는 둘 다 만족할 만한 수준이었다. 담임은 둘을 따로 불러 특차를 권유했지만 그들은 국립대 소신 지원으로 마음을 굳혔다고 답했다. 담임은 어려운 결정 내려 줘서 고맙다는 말과 함께 학교 측에 말해서 미리 현수막을 주문해야겠다고 너스레를 떨었다.

지망하는 학교의 본고사는 해를 넘긴 1월에 치러질 예정이었다. 예강은 제하와 함께 크리스마스와 연말도 반납하고 시험을 준비했다. 그와 함께하기로 했던 데이트는 자연스레 그다음 해로 미뤄졌지만 상관없었다. 더 나은 미래를 위해서라면, 그쯤은 희생할 수 있다고 생각했다.

"이거 먹으면서 해요."

제하의 어머니가 서울에서 특별히 모셔 온 과외 선생님과 함께 공부를 한 덕분에 그의 집도 자연스레 드나들게 되었다. 제하는 단독 주택의 2층을 통째로 혼자 쓰고 있고, 전화선까지 따로 연결되어 있다는 사실도 그때쯤 알았다. 그가 부모와 거의 마주칠 일이 없는 생활을 하고 있다는 것도.

"제하가 누굴 집에 데려온 건 처음이에요. 예강 학생도, 제하도 둘 다 좋은 결과 있었으면 하네요."

제하의 아버지는 크리스마스와 한 해를 보내는 송구영신 예배에 예강을 초대했다. 마음이 썩 내키는 건 아니었지만, 그럴 필요 없다고 딱 잘라 거절하는 제하의 옆에서 가만히 있기가 민망해 초대해 주셔서 감사하다고 고개를 숙였다. 물론, 엄마에게 말을 하지는 못했다.

주뼛거리며 교회에 발을 들이고, 낯선 타인에게도 따스하게 노래를 불러 주는 교인들의 틈에 둘러싸여 환영을 받았다. 당신은 사랑받기 위해 태어난 사람이라는 노랫말을 듣는데 왜인지 좀 더 외로워졌다.

"내 신은 너야."

거짓말처럼 외로움이 사라진 건, 제하가 그녀의 손을 잡았을 때였다. 빛나는 십자가를 바라보며, 예강은 존재를 알 수 없는 누군가에게 간절히 빌었다.

파이프 오르간이 울려 퍼지는 공간. 사람들이 모두 눈을 감고 통성 기도하는 순간, 자신의 손등에 지그시 입 맞추며 미소 짓는 이제하가 행복하기를. 그리고 그의 곁에 그녀의 자리도 조금만 허락해 주기를.

신이 그들에게 벌을 내린 건, 아마도 불경했던 그날의 기도 때문이었을까.

04

아침부터 엄마와 아빠가 언성을 높였다. 아침에 다 함께 밥을 먹는 자리에서였다. 아빠가 새로 얻은 직장에서 신정 보너스를 두둑하게 받은 것이 발단이었다.

"예강이 너, 그 남자 친구 이름이 뭐라고 했지?"

아빠에게 제하의 말을 따로 꺼낸 적은 없었다. 밥을 뜨던 예강이 조금 당황해 누구, 하고 말하자 아빠가 싱글거리며 입을 열었다.

"우리 사장님 외손주가 너하고 같은 학교 다닌다며. 아주 친하다고. 같은 대학 갈 거라고 말이야. 이야. 우리 딸 다 컸네. 사장님이 날 따로 불러서 말까지 할 정도면 그…… 둘이 벌써……."

"예강 아빠. 지금 도대체 무슨 소릴 하는 거야?"

엄마가 인상을 찌푸리며 그를 보았다. 당황하기는 예강 역시 마찬가지였다. 아빠가 일하는 직장이 제하의 외할아버지 소유라는 말은 들어 본 적도 없었다.

"그런 눈 할 것 없어. 아주 상식이 있는 양반이던데? 신정 보너스 주면서,

우리 딸이 자기 외손주 자알 이끌어 주면 좋겠다고 당부하더라고. 이제 사돈 될 사이라고 생각하니까 아주 나도 친근감이 들어."

"예강 아빠!"

엄마가 목소리를 높이자 아빠가 인상을 확 찌푸리며 밥숟가락을 개다리소반에 내던졌다.

"아침부터 밥상머리에서 소리를 지르고 난리야?"

"왜 진작 말 안 했어? 내가 몇 번이나 물어봤었지. 갑자기 직장을 떡하니 잡아 온 게 이상해서 몇 번이나 물었어. 그땐 왜 숨겼냐고!"

"이 사람이, 숨기긴 뭘 숨겨? 그땐 나도 몰랐으니까 그랬지. 그놈이 우리 집까지 챙겨 줄 정도로 단단히 내 딸한테 빠진 걸 미리 알았다면 내가 벌써 낚싯배 한 척은 받았을 건데!"

예강은 맥이 탁 풀려 숨을 내쉬었다. 언제부터였을까. 아빠가 배를 사겠다고 노래를 부르고 다닌 게. 술이 거나하게 취해서 누군가에게 업혀 들어온 적도 많았다. 제대로 걷지도 못하면서 이제 선장이라 부르라며 큰소리를 치던 아빠의 모습이 떠올랐다. 수능 시험 날 자신을 격려하던 아빠의 눈에 빛나던 열망의 원천이 다른 데 있었다는 생각을 하자, 갑자기 온몸에 소름이 돋았다.

"예강아, 네 방에 가."

엄마가 그리 말하지 않아도 예강은 그 자리에 더 이상 있을 수가 없었다. 안방 미닫이문을 거칠게 열고 나가 제 방에 틀어박혔다. 무릎을 끌어안은 채 누런 벽지만 뚫어져라 바라보았다.

언제부터였을까.

아빠가 직업을 얻은 것은 지난여름부터였으니 장장 반년이었다. 제하가 그녀의 집에 찾아와 난장판이 된 집을 목격한 이후였을 것이다.

예강은 입술을 아프게 깨물었다. 제하가 그녀 몰래 일을 진행한 건 어쩌면 당연했다. 그녀가 이런 기분일 거라는 걸, 그 머리 좋은 애가 모를 리 없으니까.

그가 고작 집에 찾아왔다는 이유로 정신 나간 사람처럼 산으로 도망치고, 반 아이들이 보는 앞에서 그에게 접근 금지 명령을 내릴 만큼 옹졸한 사람이 바로 그녀였으니까.

하지만…… 그래도 제하는 말을 했어야 했다. 다른 사람도 아니고 그녀의 가족이기 때문에 더욱 그래야 하는 게 맞았다. 아빠가 이 이상 수치스러운 상황을 일으키기 전에 제동을 걸 수 있는 건 그나마 가족뿐이었다.

예강은 고마운 만큼 창피했고, 창피한 만큼 제하가 미워졌다. 그가 나쁜 의도로 한 일이 전혀 아니라는 사실을 머리로는 이해했다. 그러나 아무짝에도 쓸모없는 자존심이 아직도 그녀의 속에서 사라지지 않고 고개를 치켜들었다.

"우리가 지금 이렇게 사는 게 누구 탓인데!"

아빠가 한바탕 다시 언성을 높이더니 우당탕, 깨지는 소리가 났다. 철문이 쾅, 하고 닫히고 얼마 있지 않아 엄마가 그녀의 방에 문을 열고 들어왔다.

"예강아."

예강은 빨개진 눈으로 말없이 엄마를 보았다. 지금은 제발 그냥 아무 말도 하지 말아 주었으면, 하고 바랐지만 엄마의 마음은 다른 듯했다.

"앞으로 될 수 있으면 그 친구랑 가까이하지 마."

예강의 앞에 앉아 손을 꽉 쥐고 엄마가 나직하게 내뱉었다.

"도대체 엄마까지 왜 그래?"

떨리는 목소리가 저절로 입술을 비집었다.

"진작 말하고 싶었는데 너 때문에 말을 못 했어."

"뭘요."

예강이 엄마를 향해 눈썹을 모았다. 가슴속에서 심장이 쿵, 쿵, 아프게 뛰었다.

"걘 캄캄한 숲에 떨어진 시퍼런 불이야. 외롭고 길 잃은 사람들을 성큼 다가서게 만드는 불. 그런데 아무리 다가서도 따스함이 부족해. 사람들이 제 몸에 불이 붙은 줄도 모르고 결국 더 가까이 가게 만들었다가, 취하게 만드는 불이야. 결국 깨달았을 때는 전부 태워 버리는 차가운 불."

엄마의 눈빛이 기이했다. 점사를 읊는 엄마의 얼굴은 마치 저주를 내리는 사람처럼 느껴졌다.

"그 불이 옮겨붙으면 보통 사람들은 감당 못 해, 예강아. 미쳐 버리거나 정신이 나간다. 네 아빠 이상하게 구는 것도 지금 그 불에 붙은 줄 몰라서 저러는 거야."

"엄마, 제발!"

예강은 참지 못하고 결국 소리를 버럭 지르고 말았다. 미친 사람은 엄마 같았다.

"제하에 대해서 뭘 안다고 그런 소릴 해? 누가 엄마보고 점괘 봐 달라고 했어? 난 그런 적 단 한 번도 없어!"

이제껏 반항 같은 건 해 본 적도 없었지만 더 이상 참을 수가 없었다.

"엄마, 나보고 뭐라 그랬어? 나보고 남자 때문에 팔자 꼬이는 운명이라고 했지. 그러니까 알아서 조심하라고. 그래서 엄마 말대로 조심하고, 또 조심했어. 그러니까 무슨 소리 들었는지 알아? 나보고 남자들 눈치나 보고 다녀서 재수 없대. 음침하대."

속에서 울컥, 뜨거운 것이 치밀어 올랐다. 예강은 눈가를 뜨끈하게 붉히며 말을 이었다.

"그래서 누군가 나를 진심으로 좋아하는 것도 몰랐어. 엄마 말을 들을 때마다 나는 계속 작아지고 또 작아져서…… 이런 날 진심으로 대하는 사람은 아무도 없을 거라고, 나한테 붙는 사람들은 온갖 쓰레기 같은 것들뿐이라고 섣불리 속단하고 의심했어. 호의를 호의로 받아들이지도 못할 만큼 뒤틀려 있었어. 그런데도 제하는……."

아무 상관 없다고 말했다. 처음부터 그녀에 대해서 전부 다 알고 있었지만 그런 티를 내지도 않았다.

"엄마 아빠가 날 대하는 거, 그거보다 딱 백배는 제하가 날 더 생각해."

그는 그녀를 유일하게 강예강, 그 자체로 봐 준 상대였다.

"불길에 집어삼켜지고 난 후에는 늦는다, 예강아. 들어가지 마."

안타까운 말투로 내뱉는 엄마의 얼굴은 진심이었다. 예강의 입술이 움찔하며 비틀렸다.

"걔가 나한테 나쁜 짓 한 게 뭐가 있는데? 나 몰래 아빠 취직시켜 준 거? 엄마도 못 시켜 준 비싼 과외 선생님이랑 공부하게 해 준 거?"

난방도 들어오지 않는 예강의 골방에 전기장판과 히터를 사 준 것은 그였다. 연락이 되지 않는 건 싫다고 호출기를 쥐여 주었고, 공부에만 집중하라며 도시락도 그녀의 몫까지 준비했다. 그녀를 둘러싼 모든 것이 제하의 따스한 호의로 뒤덮여 있었다.

"뭐 하나 주면서도 내 자존심 상할까 봐 최대한 신경 쓰는 애한테 어떻게 그런 소릴 해?"

예강은 격한 숨을 집어삼킨 후, 엄마를 똑바로 보며 중얼거리듯 내뱉었다.

"솔직히…… 나는 우리 집이 너무 쪽팔려."

내뱉는 순간, 주워 담을 수 없는 말이란 걸 알면서도 말했다. 기다란 눈물이 그녀의 뺨을 타고 입술에 흘렀다. 눈물에 뒤섞인 진심이 속삭이며 토해 내졌다.

"제하한테 너무 창피해 죽겠다고."

"……예강아."

"가까이하지 말라 소리는, 솔직히 제하 집에서 나한테 해야 되겠지. 나 같은 애가 아들 곁에 있는 거 그 누구라도 싫을 테니까. 교회 다니는 사람들 눈엔 엄마, 그리고 나…… 솔직히 짐승보다도 못한 존재일 테니까……!"

철썩.

엄마가 예강의 머리를 손바닥으로 강하게 때렸다. 그녀의 손이 가늘게 떨렸다.

"어디 엄마 앞에서 그런 소릴 해."

얼굴이 하얗게 질린 엄마가 눈을 한 번 길게 감았다가 떴다. 쑥 들어간 엄마의 눈이 몹시도 피곤해 보여 더욱 화가 났다. 결국 이렇게 살기로 선택한 건 엄마다.

"내 기도가 부족해서 이러나 보다. 그래서 지금 너한테 뭐가 단단히 씌었나 보다."

예강은 눈물 어린 눈으로 엄마를 노려보며 중얼거렸다.

"진짜 지긋지긋해."

제하가 불이든 얼음이든 상관없었다. 그를 끌어안아 타 죽든지 얼어 죽든지 둘 중 하나를 선택하라고 해도, 이 집구석보다는 나을 것 같았다. 예강은 자리에서 벌떡 일어나 바깥으로 뛰어나갔다.

* * *

무작정 뛰쳐나왔지만 마땅히 갈 곳은 없었다. 오후 11시가 다 되어 가는 시각이었다.

하얀 입김이 마른 그녀의 입술을 타고 흘렀다. 희미한 가로등이 비추는 구멍가게 앞에 있는 빨간색 전화기 앞에서 짧은 망설임을 끝내고 동전을 넣었다.

"제하야. 난데……."

예강은 역시 그가 보고 싶었다. 지금에 와서 지나간 아빠의 일을 들먹이며 왜 쓸데없는 짓을 했느냐고 따지기 위해서는 아니었다. 그녀에게는 지금 위로가 필요했고, 그걸 줄 수 있는 사람은 단 한 명뿐이었다. 자존심보다도, 그를 좋아하는 마음이 더 커져 있다는 사실을 깨닫자 새삼 가슴이 울컥거렸다.

"우리 예전에 올라갔었던 아파트 옥상, 기억나? 거기서 만나자. 기다리고 있을게."

전화를 할 수도 있었지만 목소리를 들으면 바보처럼 엉엉 울 것 같아서 대신 음성 메시지를 남겼다.

예강은 시린 손을 잠바 안에 묻은 후, 아파트 단지 쪽으로 걸음을 옮겼다. 크리스마스 선물로 그가 건네준 하얀 목도리에 얼굴을 묻었다. 따뜻하고 부드러운 촉감은 그의 손길과도 닮아 있었다. 그녀를 절대 해치지 않는 손이었다.

[출입 금지]

손 글씨로 누군가 써 붙인 문을 보며 예강은 잠시 망설이다 문을 열었다.

삐걱.

잠겼을까 걱정했는데 다행히도 아니었다. 차가운 문고리를 돌리고 한 발을 들이자마자 예강이 걸음을 멈추었다. 열린 옥상은 이미 선점한 이들이 있었다. 인기척을 듣고 고개를 돌린 이들은 10대 후반에서 20대 초반으로 보이는 대여섯의 남자들이었다. 한 명은 일전에 예강이 제하와 앉았던 벤치에 늘어져 있었고, 다른 이들은 무언가를 둘러싸듯 일제히 벽 쪽을 향해 반원을 그리고 서 있는 채였다.

"뭐야? 누가 여자 불렀어? 좆밥, 너냐?"

차가운 밤공기에 뒤섞인 건 담배 냄새만이 아니었다. 바닥에 뒹구는 본드를 보며 예강은 반사적으로 뒷걸음질을 쳤다. 한눈에 봐도 불량하고 위험한 공기가 가득했다. 문을 얼른 닫으려던 그녀의 손이 멈칫했다. 벽에 붙어선 이들이 몸을 돌린 바람에 그 안에 무릎 꿇고 있는 한 사람이 보인 탓이었다.

"……송……창민?"

눈에 익은 인영에 혹시나 하고 그를 부르면서도 아닐 거라고 생각했다. 예강이 창민을 마지막으로 본 것은 두 달 전이었다. 머리를 주황색으로 탈색하고 더러워진 오리털 파카를 입은 남자애가 천천히 고개를 들었다. 얼굴을 보았음에도 그가 창민이라고 확신할 수 없었던 이유는 피투성이가 된 그의 상태 때문이었다. 시합에서 엉망진창으로 패배한 복싱 선수의 얼굴을 보는 것 같았다. 한쪽 눈은 퉁퉁 부어 거의 감은 것처럼 보였다.

"……모르는 애야."

작게 내뱉는 목소리를 듣고 나서야 예강은 그가 창민임을 깨달았다. 대체 얼마나 맞은 걸까.

"모르는 애가 네 이름은 어떻게 알고."

"씨발, 그걸 내가 어떻게 알아!"

창민이 버럭 소리를 지르자 앞에 선 남자 하나가 그의 머리를 손으로 툭, 툭, 때리며 말을 이었다.

"아유, 깜짝이야. 갑자기 성질부려서 놀랐잖아, 친구야."

남자가 카악, 하더니 곧이어 더러운 가래침이 창민의 얼룩덜룩한 머리카락에 떨어졌다. 고개를 푹 숙인 창민의 손이 무릎 위에서 가늘게 떨렸다. 예강의 두 다리 역시 후들후들 떨리기는 마찬가지였다.

그들은 대체 왜 창민에게 굴욕을 주며 괴롭히는 걸까. 예강은 그 이유를 잘 알았다. 괴롭힘에 뚜렷한 원인은 없다. 튀어서. 혹은 존재감이 없어서. 반응하는 게 재미있어서. 역으로 반응을 하지 않는 게 재수 없어서. 이유는 그들이 마음대로 대기 나름이었다.

"거기, 창민이 친구. 우리랑 같이 놀자."

벤치에 앉아 있던 남자가 몸을 돌려 그녀를 향해 히죽 웃었다. 술에 취한 것처럼 풀려 있는 눈동자와 마주한 순간, 예강의 온몸에 소름이 쭉 끼쳤다.

"가."

창민이 그녀를 보며 부어오른 눈으로 짤막하게 중얼거렸다. 예강은 쉽게 자리를 뜰 수가 없었다. 창민의 지친 눈빛에서 무언가가 읽힌 탓이었다. 그것은 모든 것을 포기한 자의 눈빛과 닮아 있었다. 불안감이 예강의 머릿속을 단번에 장악했다.

"가긴 어딜 가. 온 김에 우리랑 같이 놀아. 오빠들이 재밌게 해 줄게."

괴롭힘의 끝은 피해자가 아니라 가해자가 정할 수 있다. 당하는 이가 아무리 노력해도 상황을 벗어날 수는 없다는 뜻이다. 하지만 탈출하는 방법이 딱 하나 있었다. 모든 이를 등지고 지옥 같은 세상을 떠나 버리는 것.

결심한 듯 입술을 꽉 깨무는 창민의 눈에서 눈물이 주르륵 흘렀다. 예강은 그에게서 자신의 예전 모습을 봤다. 아이들에게 계란과 밀가루 폭탄 세례를 맞으며 쫓겨야 했던 졸업식 날. 이렇게 살 바에야 차라리 죽고 싶었을 때 거울에 비치던 자신의 얼굴과 닮아 있었다.

"토끼 본 적 있어? 토끼. 여기 토끼들 엄청 많거든. 토끼 구경 잔뜩 시켜 줄까?"

벤치에 앉아 있던 남자가 킬킬거리며 일어섰다. 그가 어느새 그녀에게 가까이 다가오고 있다는 건 뒤늦게 깨달았다.

"뭘 멍청하게 서 있어, 빨리 도망가라고!"

악을 쓰며 목소리를 높이는 창민의 목소리에 뒤늦게 뒤를 돌았을 때는 이미 늦은 후였다. 남자의 눈동자에 번들거리는 욕망. 익숙하고 더러운 육욕이 읽히는 순간 등줄기를 타고 소름이 돋았다. 온몸이 굳은 것처럼 딱딱하게 얼어붙었다.

쾅!

워커를 신은 발에 문이 도로 닫히고 그녀의 입이 담배 전 내가 가득한 가죽 장갑에 틀어 막혔다. 남자 두 명이 그녀를 질질 끌고 옥상 옆 구석으로 향했다. 누렇게 변색된 오래된 매트리스가 벽에 세워져 있는 걸 발로 차서 바닥에 눕히자 차가운 공기에 먼지가 일었다. 극심한 공포에 몸이 딱딱해지고 정수리가 쭈뼛 섰다.

"걘 보내 줘……! 흐으윽!"

창민이 소리를 지르다 한 놈에게 배를 강하게 걷어차였다.

"넌 이미 따먹었을 거 아냐. 형님들한테 양보도 좀 하고, 그래야지, 응? 맛있는 건 나눠 먹어야지 혼자 처먹어?"

한쪽 눈이 퉁퉁 부어 완전히 감긴 얼굴로 바라보는 창민의 눈빛은 절망적이었다. 예강은 숨 막히는 상황에서 날아가는 이성을 꽉 붙들려 안간힘을 썼다. 그녀는 제하에게 이곳에서 기다리겠다는 삐삐 음성 메시지를 남겼다.

음성을 확인한다면 제하는 분명 온다.

하지만…… 그 뒤에는? 엉망진창으로 짓밟히고 있는 창민의 모습에 제하가 겹쳐지자 머리가 아득해지며 정신이 나갈 것 같았다. 예강의 온몸이 사시나무처럼 떨리기 시작했다.

"와아. 이 정도면 수준급이네. 이런 게 어디 숨어 있었지?"

본드에 취한 남자의 목소리를 듣는 순간, 과거에 그녀를 보며 내뱉었던 사람들의 더러운 말들이 떠오르며 속에서 뜨거운 무언가가 울컥 치밀었다. 싫어. 싫다고! 예강은 자신의 얼굴을 만지는 그의 손을 사나운 짐승처럼 물어뜯었다.

"아이씨, 이게 미쳤나!"

상대가 놀라며 그녀의 뺨을 강하게 후려쳤다. 턱이 완전히 돌아갈 정도로 얼얼했다. 입 안에 피가 터지는 것이 느껴졌다. 예강은 입술을 꽉 깨물며 독기 어린 눈으로 그를 노려보았다.

"그래. 나 미쳤어. 우리 엄마가 무당이거든. 나도 귀신 붙은 년이야."

"그래?"

반삭에 검은 털모자를 눌러쓰고 시커먼 가죽 잠바를 입은 남자가 입술을 끌어 올리며 그녀에게 다가왔다. 창민을 가장 잔인하게 때리고 있던 이가 그녀의 머리칼을 꽉 쥐었다.

"귀신 붙은 년한테 빨리면 무슨 기분인지 궁금하네."

숨결에서 느껴지는 담배 냄새와 구취에 토기가 일었다.

당하고만 있을 생각은 없었다. 제하가 말했었다. 괴롭히는 사람이 있으면 물라고 목을 내주는 대신 펀치를 날리라고. 이제 그 말이 무슨 뜻인지 확실히 안다. 한 번 당하면 두 번째부터는 체념하게 된다는 뜻이다. 그러고 싶지 않았다.

예강이 눈을 부릅뜨고 미친 사람처럼 중얼거렸다.

"남자구실 못 하는 병신 되고 싶으면 뭐든 해 봐. 물어뜯어 버릴 테니까."

"이 쌍년이 입이 아주 험하네."

빰이 또 한 번 거칠게 날아갔다. 아까보다 더 센 힘에 고막이 터져 귀가 멍멍했다. 동시에 가슴이 움켜쥐이며 강하게 떠밀렸다. 징그러운 독사에게 가슴을 물린 것 같은 느낌이 들었다.

"빨통 죽이는데."

잠바가 찢어발기듯 벗겨지며 앞섶이 벌어졌다. 굵직한 꽈배기 니트와 챙겨 입은 내의가 한꺼번에 위로 올라갔다. 찬 바람이 피부에 닿자마자 온몸에 소름이 내달렸다.

"속옷은 좀 깬다. 이런 건 우리 할매도 안 입겠는데? 내가 얼른 벗겨 줄게."

"놔……! 놔……!"

발버둥을 치자 그녀의 양손과 양다리가 매트리스에 짓눌렸다. 입 안에 냄새나는 장갑이 틀어박혔다. 소리를 지를 수도 없었다. 가죽 잠바가 그녀의 하의를 벗기고 버둥거리는 그녀의 허벅지를 짓눌렀을 때였다. 녹슨 철문이 삐걱, 울며 열리는 소리가 났다.

"씨발, 저건 또 뭐야?"

예강의 눈에 문고리를 잡고 선 제하가 거꾸로 비쳤다. 참았던 눈물이 관자놀이를 타고 흘러내려 더러운 매트리스 바닥에 툭, 떨어졌다. 제하가 그 자리에 우뚝 멈춰 있었던 것은 찰나였으나 예강에게는 영원처럼 길게 느껴졌다. 눈을 한 번 감았다가 떴을 때, 제하는 그녀에게 달려오고 있었다.

"너 뭐야, 이 새끼야!"

예강의 위를 짓누르던 가죽 잠바가 몸에서 떨어져 나갔다. 바지가 허벅지에 걸린 채 한겨울에 맨다리를 드러낸 예강을 보고 제하는 눈이 완전히 돌았다. 턱이 강하게 돌아가 바닥에 쓰러진 그의 머리채를 붙잡고 제하가 그의 이마를 바닥에 찍었다. 예강이 쓰러져 있는 바로 옆에서 퍽, 소리와 함께 남자의 비명 소리가 짤막하게 이어졌다.

한 번. 두 번. 핏방울이 시멘트 바닥에 선명하게 묻어나며 짓뭉개졌다. 그 모든 게 순식간에 일어난 일이었다. 깡패들이 뒤늦게 그에게 달려들었다.

퍽, 하는 소리와 함께 각목이 제하의 뒤통수를 후려쳤다. 제하의 몸이 한 번 움찔했다. 그는 바닥에 피떡이 되어 쓰러진 놈의 얼굴에 다시 한번 주먹을 갈겼다. 피투성이가 되어 얼굴을 알아볼 수 없는 가죽 잠바가 콧등을 부여잡고 바닥을 뒹굴었다.

"제하야……!"

각목이 다시 날아왔다. 어깨를 강하게 맞은 제하는 물러서지도 않고 그에게 다가가 다시 날아오는 각목을 팔로 막아 낸 후, 그의 목을 턱 붙잡고 그대로 성큼성큼 앞으로 걸어 나갔다. 예강의 팔을 결박하고 있던 이였다.

목이 졸린 상대의 얼굴이 순식간에 시뻘겋게 변했다. 압도적인 체격 차이 때문에 그는 제하를 밀어 내지 못했다.

그가 옥상의 낮은 벽으로 상대를 순식간에 밀어붙였다. 제하의 손이 부들부들 떨리는 것이 예강의 눈에도 보였다. 버둥거리는 상대는 제하가 자신을 아래로 떨어뜨리려 한다는 사실을 직감하고 발버둥을 쳤다. 제하의 뒤에서 다른 한 놈이 녹슨 의자를 휘두르며 달려들었다.

"제하야!"

예강이 입을 틀어막고 있던 장갑을 빼서 던진 후 악을 썼다. 제하가 몸을 피하자 녹슨 철제 의자가 목이 졸렸던 놈을 대신 후려쳤다. 비명 소리가 이어지고 제하가 땅에 떨어진 의자를 집어 들었다. 퍽. 퍽. 접힌 의자가 구부러지도록 상대를 패는 그의 얼굴에는 표정이 없었다. 그는 창백하리만큼 하얀 얼굴이었다. 그저 시커먼 눈동자가 기이한 빛을 띠고 있을 뿐이었다.

"이…… 좆같은 새끼가!"

누군가가 바닥에 굴러다니는 소주병을 깨서 들었다. 남자가 제하의 등에 달려드는 순간, 예강이 그의 다리를 붙들고 늘어졌다.

"안 돼!"

제하가 바닥에 엎어진 그녀를 보고 성큼성큼 다가왔다. 소주병을 휘두르는 그를 맨손으로 제압하고 얼굴을 갈기는 순간, 누군가 그의 뒤에 달려들었다. 제하의 얼굴이 일그러졌다. 잭나이프를 들고 있는 놈의 눈동자가 어지럽게 흔들렸다.

"주…… 죽여 버린다."

더러운 매트리스에 예강을 깔고 누웠던 이였다. 제하가 그를 보며 중얼거렸다.

"그건 내가 할 말이지."

상대가 주춤했다. 분명 나이프로 깊숙이 찔렀다 뺐는데도 제하는 낮은 신음조차 없었다.

"사과는 죽어서 해."

가죽 잠바는 제하의 눈빛에서 살기를 바로 읽었다. 공중에 칼을 휙휙 휘둘러 보았지만 허사였다. 단숨에 멱살이 잡히고 칼이 바닥에 떨어졌다. 제하는 그를 무자비하게 패기 시작했다. 옥상 문이 벌컥 열렸다.

"뭐, 뭐야…… 대체!"

나타난 것은 내복 위에 잠바를 걸친 아파트 주민 몇몇이었다.

"너희들 대체 뭐 하는 거야, 여기서!"

잠기운이 화들짝 달아난 이들의 뒤에서 숨을 몰아쉬고 있는 창민의 얼굴이 스쳤다.

"경찰 불렀어!"

목에 핏대를 세우며 울먹이듯 목소리를 높인 것도 그였다.

"저 좆밥 새끼가. 일단 튀어!"

깡패들이 몸을 움직이기 시작했다. 가죽 잠바 역시 마찬가지였다. 제하가 땅바닥에 떨어진 칼을 주웠다. 웅성웅성 모여든 주민들이 나이프를 들고 다가오는 제하를 보고 놀라 저마다 뒤로 확 물러서며 길을 텄다. 예강은 옷을 채 추스르지도 못하고 자리에서 일어났다.

"아, 아니. 학생, 괜찮아?"

"좀 비켜 주세요."

비틀거리며 사람들 사이를 지났다. 후들거리는 다리로 싸늘한 비상계단을 내려가자 난간 아래에서 누군가를 붙잡고 선 제하가 보였다.

"제하야!"

그녀의 울부짖는 목소리가 울려 퍼졌다. 그가 상대의 어깨를 움켜쥐고 복부를 나이프로 쑤신 직후였다. 한 번 더 찌르려던 제하가 우뚝 멈춰 섰다.

상대가 배를 움켜쥐며 바닥을 뒹굴었다. 그 자리에 우뚝 선 제하의 손에서 나이프가 힘없이 툭 떨어졌다. 비상계단에 핏자국이 떨어졌다. 피를 흘리는 건 상대뿐만이 아니었다. 그의 남색 코트에서 찢긴 자국으로부터 얼룩이 커져 가고 있었다.

"제하야. 괜찮아?"

예강은 난간을 붙잡고 간신히 내려와 그에게 다가갔다. 주민들이 웅성거리며 내려오는 소리가 들렸다.

"저리 가."

제하가 그녀를 보지도 않고 낮게 중얼거렸다. 조각 같은 옆얼굴에 피가 흘러내렸다. 창백할 정도로 희게 질린 얼굴은 무표정했다.

"피 묻잖아."

"나 좀 봐, 제하야."

그는 자리에 석상처럼 굳어 움직이지 않았다. 예강이 계단을 두 칸 더 내려가 그를 마주하고 섰다. 그녀를 본 제하가 말없이 코트를 벗었다. 스웨터가 늘어져 목이 휑하고, 바지 지퍼를 채우지도 못한 그녀의 몸을 그의 커다란 코트가 감싸듯 덮었다. 흰색 니트에 완전히 번진 핏자국을 보며 예강이 입술을 떨었다.

"어…… 어떡해……. 제하야, 많이 아프지."

예강이 울음 섞인 목소리로 속삭이며 제하의 몸을 더듬었다. 얼굴이 발갛게 부어 눈물을 뚝뚝 흘리는 그녀의 시선에는 제하가 염려했던 그 어떤 것도 느껴지지 않았다.

"병원 가자, 제하야. 저기요! 좀 도와주세요!"

복도에서 기고 있는 남자 하나와 그 옆에 떨어진 피 묻은 나이프. 웅성거리며 다가오지 못하는 이들의 시선에서 보이는 것은 두려움과 경악이었다. 과도를 떨어뜨린 그를 보며 어머니가 지었던 표정과 너무도 흡사하다.

"제하야, 조금만 참아……. 흐윽…… 미안해, 나 때문에……."

예강이 그의 등을 손으로 꽉 짚으며 흐느꼈다. 피 흘리는 그를 향해 소리를 지르며 차마 다가오지도 못했던 누군가와는 달리, 커다란 눈에는 오직 그에 대한 염려와 걱정뿐이었다.

나를 이렇게 만드는 건 너다.

너는 이제 날 책임져야 해.

제하가 그녀의 몸을 당겨 끌어안았다. 놀라서 흐느끼는 그녀의 머리칼을 부드럽게 쓰다듬으며, 다정하게 그녀를 위로한다. 나는 괜찮다고. 놀랐느냐고. 늦게 와서 오히려 내가 미안하다고. 그의 몸속에 뭉쳐 있던 시커먼 응어리가 검붉은 피가 되어 그녀의 손을 타고 뜨겁게 흘러내리고 있었다.

멀리서 경찰차의 사이렌 소리가 희미하게 들려왔다.

* * *

경찰 조사는 병원에서 이루어졌다. 사람을 칼로 찌른 제하의 행동은 정당방위로 결론이 났다. 창민의 진술, 아파트 주민들이 목격한 예강의 상태, 그리고 제하 역시 칼에 찔렸다는 사실이 복합적으로 적용되었어도 보통보다는 훨씬 빠른 일 처리였다.

그가 우등생이며 곧 서울에서 본고사를 치르는 입시생이란 것도 정상 참작에 도움이 되었지만, 무엇보다 그의 배경이 가장 큰 역할을 했다는 사실을 모르는 사람은 아무도 없었다. 제하가 입원해 있는 병원에는 경찰서장까지 다녀갔다. 사건의 조사를 위해 온 것처럼 보일 수 있었지만 실은 병원에 오가는 제하의 외가댁 식구들과 인사를 하기 위해서였다.

수술실에 들어간 깡패의 부친은 술에 취해 병원에 나타나자마자 아들의 안위 따윈 관심도 없다는 듯 대뜸 합의금부터 불러 댔다. 제하의 부모로서는 오히려 다행인 일이었다.

창민의 엄마는 병원에서 아들을 보자마자 다리에 힘이 풀려 눈물을 뚝뚝 흘렸다. 창민은 깡패들과 어울리다가 돈을 가져오지 않는다는 이유로 집단 구타를 당했다고 조사에서 고백했다. 예강을 차마 보지도 못하는 그의 눈에는 죄책감과 자괴감이 가득했다.

"학생은 집에 어떻게 연락이 안 돼. 집에 찾아가 봐도 아무도 없고. 보호자 없나?"

특별 병실에 찾아온 형사는 난감한 눈으로 예강을 바라보았다. 예강 역시 할 말이 없어 고개를 푹 숙일 수밖에 없었다. 이런 상황에서조차 도움을 청할 수 없는 가족이라는 게 과연 가족일까.

"하, 이거 참……."

대신 나서 준 건 제하의 모친이었다.

"저랑 이야기하시죠. 제 아들 때문에 자주 봐서 딸 같은 아입니다."

병실 문을 열고 들어온 그녀를 보며 예강은 더욱 긴장했다. 제하의 집에 오가면서 몇 번이나 마주친 적이 있음에도 아직까지 그녀를 편하게 대할 수가 없었다.

"다음 주에 대입 본고사 시험 있는 애들이고요. 안 그래도 놀랐을 텐데 쉬게 해 주세요."

"그래도 이게 사건과 관련이 있는 직접적인 피해자다 보니까 그렇게 쉽게 끝날 일이 아니고요."

"연락도 안 되는 부모 찾는 거보다 환자 회복이 우선이에요. 그리고 함부로 피해자 취급 하지 마세요. 아무 일도 없었다는 거 형사님들께서 누구보다 잘 아시지 않나요?"

"예? 아, 예. 그건 그렇지만……."

"여기 충분히 작은 동네입니다. 이제 갓 스물 된 여자애 두고 사람들 지저분하게 수군거리는 말 안 들리게 하는 거 형사님들 몫이구요. 여자 인생 하나 망치게 하고 싶으세요?"

강한 어조로 목소리를 높이는 그녀의 반응에 놀란 것은 예강뿐만이 아니었다. 형사 둘이 눈짓을 주고받더니 이내 표정을 바꾸었다.

"그럼, 잘 좀, 부탁드리겠습니다. 별일은 없겠지만 그래도 참고인 조사는 갈 겁니다. 아, 그…… 대학 시험 다 끝난 후에요."

"뭐든 상관없습니다. 저희도 도울 수 있는 건 최선을 다하죠."

형사들이 공손하게 인사를 하고 사라진 후, 예강은 그녀를 향해 작게 입을 뗐다.

"감사합니다."

"몸은 좀 어때요. 많이 놀랐을 텐데."

1인 입원실도 제하의 가족이 베풀어 준 특혜일 게 분명했다. 그래서 예강은 더 고개를 들 수가 없었다.

"전 괜찮은데 제하가 저 때문에 많이 다쳐서…… 정말 죄송합니다."

"예강 학생 잘못이 아니지만 상황이 위험하긴 했어요."

낮게 중얼대는 그녀의 목소리는 서늘하게까지 들렸다. 아들이 칼에 찔려 병원에 입원한 걸 들은 부모로서는 당연한 이야기였다. 두꺼운 겨울옷이 아니었다면 장기 손상을 피할 수 없었을 거라고 했다.

"제하가 찌른 상대가 죽기라도 했다면 일이 어떻게 됐을지 상상도 못 하겠네요."

"죄송합니다."

미처 생각하지 못했던 부분을 짚는 그녀를 보며 예강은 다시 고개를 숙였다. 그녀의 말에는 틀린 게 없었다. 제하가 다쳤다는 사실에만 급급해 다른 쪽은 생각하지 않았지만 만약 그랬다면 제하의 인생이 어떻게 되었을까.

"작은 도시라 소문이 빨라요. 소문 덮으려면 시간이 아주 많이 필요하고요."

예강이 작은 얼굴을 천천히 들어 그녀를 보았다. 피로감이 묻어나는 얼굴로 제하의 모친인 정혜가 나직하게 말을 이었다.

"이미 알고 있겠지만 제하는 한번 폭발하면 걷잡을 수 없이 무서운 애예요."

예강은 말없이 경청했지만 사실 정혜의 말에 동의할 수는 없었다. 그녀가 제하를 좋아하게 된 이후 단 한 번도 그를 무섭다고 생각한 적이 없었기 때문이다. 이틀 전, 옥상에서 깡패들을 마구 때릴 때도 단지 그가 맞아서 다치기라도 할까 봐 두려웠을 뿐이다.

"늘 폭발물 안고 사는 기분이었는데 오늘 뇌관이 터진 느낌이고요. 예강 학생은 제하가 왜 그렇게까지 했는지 알고 있죠? 그 애가 어떤 상처를 가지고 있는지도."

예강은 식은땀이 나는 손가락을 간신히 맞잡았다. 그녀를 샅샅이 살피듯 묻는 정혜의 태도에 죄책감이 드는 것은 당연한 일이었다.

"죄송합니다. 제가 제하를 불러내지만 않았더라도…… 아니, 그곳에 가지만 않았더라도 이런 일은 없었을 텐데…… 정말 죄송합니다."

"예강 학생."

"네."

예강이 마른침을 삼켰다. 드디어 올 게 왔다는 느낌이었다. 앞으로 전화하지 말아 달라고 부탁하던 친구 어머니의 목소리가 다시 그녀의 머릿속을 울렸다. 예강은 병실의 이불을 꼭 붙잡고 마음을 가다듬었다.

"고등학교 졸업하면 제하랑 같이 미국 가는 거 어떻게 생각해요?"

그녀는 제하와 헤어져 달라는 말 대신 뜻밖의 말을 꺼냈다. 예강이 당황해 작게 되물었다.

"무슨 말씀이신지……."

"유학 비용은 걱정하지 말고요. 약대 지원한다고 들었어요. 공부하고 싶으면 계속 공부하고 자리 잡고 싶으면 거기서 자리 잡게 해 줄게요. 제하와 같이."

분명 친절한 제안이 분명했지만 기분이 이상했다. 예강은 제하와 분위기까지 꼭 닮은 그녀를 물끄러미 바라보며 동그란 눈을 깜빡였다. 대체 왜…… 그녀와 처음 만났을 때도 그렇고 지금도 그렇고, 이렇게 이상한 기분이 드는 걸까.

"왜 갑자기 그런 제안을 하시는 건지 여쭤봐도 될까요?"

조심스레 묻는 예강의 목소리가 떨렸다. 그녀는 알고 싶었다.

"제하가 예강 학생 아버지 직업 구해 준 건 알고 있죠?"

가슴이 푹, 찔리는 것은 당연한 일이었다.

"이틀 전에 예강 학생 아버지가 제하 외할아버지를 찾아갔다고 해요. 배를 한 척 사 달라고 했다던데."

참을 수 없이 손이 떨렸다. 죄송합니다, 그저 내뱉을 수밖에 없었다. 예강은 숨을 빠르게 들이쉬며 고개를 저었다.

"절대 안 그러셔도 돼요."

"그럴 마음도 없었어요."

정혜의 말은 서늘했다.

"내가 신경 쓰는 건 예강 학생 하나니까요. 난 예강 학생이 제하를 단단히 붙들어 줄 수 있는 사람이 되었으면 해요. 이런 일이 일어날 줄은 몰랐지만…… 오히려 결정을 내리는 게 더 쉬워졌어요."

"무슨 결정이요?"

예강은 아까부터 정혜가 계속, 말의 핵심을 짚지 못하고 있다고 느꼈다. 무언가 숨기고 싶거나 말을 꺼내기가 어렵다는 뜻이었다. 그녀의 태도도 이상한 건 마찬가지였다.

"이러다가 제하가 더 큰 사고를 치기라도 할까 봐 솔직히 무섭기도 하고."

또다시 동문서답을 하는 그녀를 보며 예강은 일단 사과하기로 했다. 제하의 모친 역시도 혼란스러운 게 틀림없었다.

"오늘 일은 제가 잘못했습니다."

“예강 학생 잘잘못을 따지는 게 아니에요. 강제로 당하길 원하는 여자는 세상천지 아무 데도 없으니까.”

정혜가 거칠어진 목소리를 애써 가다듬었다. 예강은 점점 더 묘한 감정에 사로잡혔다.

“유학 가요. 걔 데리고.”

왜 꼭 제하의 엄마가 자신의 아들을 두려워하는 것 같은, 말도 안 되는 느낌이 드는 걸까. 처음부터 지금까지 줄곧 느껴지는 제하와의 거리감은 대체 무엇 때문일까.

달칵.

병실 문을 열고 제하가 등장한 것은 그때였다. 얼굴이 조금 까칠할 뿐, 안색은 평소대로 돌아와 있었다.

“무슨 이야기 하세요?”

제하가 여상한 말투로 묻자 정혜가 표정을 갈무리하며 고개를 조금 까딱했다.

“너하고 여자 친구, 같이 유학 가면 어떨까 이야기하고 있었어.”

“저한테 상의도 없이요?”

“어차피 졸업하면 떠나려고 했었잖니. 멀리 가면 갈수록 너한텐 더 좋을 테니까.”

정혜의 말에 제하가 입을 다물었다. 예강은 둘 사이의 긴장감을 느끼며 저도 모르게 숨을 죽였다.

“무슨 뜻입니까?”

되묻는 제하의 표정이 싸늘했다.

“너도 나만큼이나…… 아니, 어쩌면 나보다 더 이곳을 지긋지긋해하잖아.”

정혜의 서늘한 눈동자 안에는 검은 얼룩이 너울거리고 있었다. 그것은, 예강에게 손목의 상처를 들켰을 때 제하가 지었던 표정과 비슷한 얼굴이었다.

“일단 급한 일 다 끝나고 이야기하도록 하자.”

* * *

밖은 어둑해져 있었다. 환하게 불이 켜진 병동 건물을 등지고 벤치에 나란히 앉은 채로, 예강이 제하에게 말을 걸었다.

"많이 아프지."

"하나도 안 아파."

"칼에 찔렸는데 어떻게 안 아파. 종이에만 베어도 아픈데."

"걱정해 주니까 좋다."

제하가 부드럽게 내뱉었다. 호선을 그린 입술에서 하얀 입김이 뿜어져 나왔다. 순간, 하늘에서 무언가가 툭, 떨어졌다.

눈이었다. 겨울의 첫눈은 해가 바뀌고서야 내렸다.

"어머니하고 무슨 이야기 했어?"

"아까 잠깐 말씀하셨던 게 다야."

"유학 이야기?"

"응."

예강이 고개를 끄덕이자 제하가 되물었다.

"갈래? 미국."

비행기를 타 본 적도 없는 그녀에게는 너무나 아득하게 느껴지는 곳이었다. 싫다는 뜻이 아니었다. 그녀는 늘 기차만 봐도 올라타고 어딘가로 도망치고 싶은 충동에 휩싸였으니까.

아무도 자신을 모르는 곳으로 가는 것은 거절할 이유가 없는 제안이었지만 지금은 전혀 내키지가 않았다.

"아니."

"왜 싫어?"

"그냥. 영어 쓰는 거 무서워서."

"아무도 널 모르는 곳에서 새롭게 시작하고 싶다고 했었잖아."

제하에게도 이미 털어놓은 진심이었다. 집으로 돌아오던 어느 날, 불쑥 내뱉은 말에 제하는 자신이 그렇게 만들어 주겠다고 약속했었다. 그리고 예강은 그 뒷날, 지망 학교를 제하와 같은 곳으로 바꾸었다.

"나 말이야. 안 그렇게 보여도 은근히 반골이다?"

"대놓고 반골인 건 알아. 고집도 세고. 근데 그거랑 미국 안 가는 거랑 무슨 상관이야?"

제하가 그녀를 보며 희미하게 웃었다. 하얀 눈송이가 휘날리며 예강의 머리카락에 붙었다. 그녀가 코를 한 번 훌쩍이더니 어깨를 으쓱했다.

"아무리 어딜 가고 싶어도 누구한테 등 떠밀려서 가는 건 싫어. 내 힘으로 내가 가면 갔지."

제하의 얼굴에서 미소가 천천히 떠나갔다. 침묵 끝에 그가 나직한 목소리로 물었다.

"내 어머니가 내 등을 떠미는 것 같아?"

예강은 그의 시선을 슥, 피하며 정면을 바라본 채 양 손바닥을 위로 올렸다.

"그런 말이 어디 있어."

눈송이가 하늘, 하늘, 그녀의 손바닥에 떨어졌다가 온기에 녹아들며 사라졌다.

"어머니가 날 그리 좋아하지 않는다는 거. 너라면 벌써 눈치챘을 것 같은데."

"에이. 그건…… 나 때문에 네가 위험한 일에 휘말려서 속이 상해서 그러신 거지."

여전히 그를 보지 않는 예강을 향해 제하가 낮게 중얼거렸다.

"어머니는 날 증오해."

예강이 손을 접었다. 다갈색 눈동자가 소리 없이 깜빡였다.

"내가 태어날 때부터, 아니, 태어나기 전부터 시작된 거야. 이건."

예강은 직감으로 알았다. 제하가 누구에게도 하지 않은 이야기를 다시금 털어놓으려고 한다는 사실을. 그리고 이건, 여름에 그가 고백했던 동생의 이야기보다 훨씬 더 깊은 비밀일 거라는 확신이 들었다.

예강은 고개를 돌려 제하를 바라보았다. 그의 시선을 피하고 싶지 않았다. 지금 이 순간만큼은 그가 무슨 말을 해도 들어 주고 싶었다.

"열두 살이 되던 해. 요한이가 처음 태어났을 때야. 난 어머니가 아이를 낳은 병원에도 가지 못했어. 퇴원을 하고 나서도 신생아가 있는 방에는 더더욱 들어갈 수가 없었어. 아기가 너무 궁금하고 보고 싶어서 참을 수가 없는데, 난 못 들어가게 하는 거야."

제하의 목소리는 차분했지만 그의 눈동자가 흔들리고 있다는 사실을 모를 수는 없었다. 그가 긴장하는 모습을 보는 건 처음이었다.

"어머니가 잠깐 자리를 비운 사이 몰래 들어갔는데…… 뒤늦게 들어온 어머니에게 멱살을 붙잡히고 바닥에 내동댕이쳐졌어."

"……."

"어머니의 눈에는 내가 아이의 목을 조르려는 걸로 보였대. 난 그저 갓난아기가 너무 작은 게 신기해서 만져 보려던 것뿐이었는데."

찬 바람이 불어와 제하의 머리칼을 날렸다. 예강은 그가 추워 보인다는 생각을 했다. 정작 떨고 있는 것은 그녀였음에도.

"어머니가 왜 그렇게 발작을 하는지, 왜 내가 동생에게 나쁜 짓을 할 거라고 생각했는지 이해할 수 없었어. 어머니가 외할머니와 통화를 하는 걸 엿들은 건 그 무렵이었어. 응접실에서 몰래 수화기를 들었을 때, 난 이미 뭔갈 직감했는지도 모르겠어."

"……."

"외할머니한테 어머니가 울면서 그러더라."

"……뭐라고 그러셨는데?"

"가끔씩 내 목을 조르고 싶은 충동을 참을 수가 없다고."

예강이 숨을 멈추었다. 차가운 바람에 그녀의 두 볼이 빨갛게 얼어붙었다.

"자신을 강간하고 감금해서 인생을 망쳐 놓은 깡패 새끼의 눈을 빼다 박았는데…… 어떻게 그 괴물 같은 애를 사랑할 수 있겠냐고 하는 거야. 그게 말이 되냐고."

믿을 수 없는 이야기를 털어놓으며 제하는 희미하게 웃었다. 예강이 차갑게 얼어붙은 그의 손을 저도 모르게 덥석 잡은 것은 그녀가 할 수 있는 유일하고도 초라한 위로였다. 제하를 바라보던 정혜의 표정이 떠오르는 순간, 그 눈빛 속에 담겨 있던 얼룩진 감정을 떠올리는 순간, 심장이 목구멍에서 튀어나올 정도로 크게 뛰었다. 가슴속에서 뜨거운 것이 뭉쳐 울컥거렸다.

"점점 커 갈수록 내가 두렵다고 흐느끼는 어머니의 목소리를 들으면서, 그제야 모든 수수께끼가 풀리는 느낌이었어."

제하가 그녀의 눈을 물끄러미 바라보았다. 예강은 그의 검은 눈동자를 통해 충격에 휩싸인 열두 살 소년을 동시에 바라보았다.

"늘 남 같았던 아버지. 단 한 번도 날 칭찬해 주지 않았던 어머니. 날 보면 늘 어딘가 불편한 표정을 지었던 외가 어른들의 표정까지 전부 다 이해가 되는 거야."

제하가 말을 한 번 끊었다가 천천히 이었다.

"손목을 그은 건 그날이었어."

예강이 숨을 크게 들이쉬었다. 그녀의 눈에 피투성이가 되어 쓰러진 어린 아이가 보였다.

"내 존재가 사랑의 결실이 아니라 불행의 씨앗이었다는 사실을 깨달은 날. 나는 내가 죽는 게 어머니에 대한 속죄라고 생각했어. 그 일 이후 어머니가 날 완전히 내 친부와 동일한 괴물로 볼 거라는 건 미처 몰랐어. 어머니는 내가 소름 끼치고 징그럽다고 말했어."

자신의 존재를 부정당한 아이의 소리 없는 절규가 들리는 것 같았다. 예강의 마른 입술이 소리 없이 떨렸다. 무게를 이기지 못해 결국 툭, 떨어지는 예강의 눈물방울이 그의 손등에 번졌다.

충격을 받고 쓰러진 어머니 대신, 병원에 입원한 그를 찾아온 건 제하의 외조부였다. 어머니가 서울에서 대학을 다니던 신입생 시절, 여름 방학 때 돌아온 고향에서 친구들과 어울리다가 그녀는 한 깡패의 눈에 띄었다. 어머니가 술을 마시던 가게 일대를 관리하던 조폭은 그녀보다 열다섯 살이 많았다. 그리고, 그녀에게 첫눈에 반한 남자는 어머니에게 끈질기게 구애하다 결국 그녀를 강제로 임신시켰다.

일이 벌어진 직후, 집에 빨리 고했었다면 자신이 해결을 할 수 있었을 거라고 말하는 외조부의 표정은 마치 석상 같았다. 정신 세뇌를 당한 바보 천치 같은 막내딸은 그의 방에서 거의 감금당하며 살았다고 했다. 대학을 자퇴하고, 부모에게는 잘 지내고 있다는 전화까지 남긴 이유는 조폭이 그녀의 부모까지 죽일 수 있다고 협박했기 때문이었다.

"그러다가 그가 어이없이 죽었어. 조폭끼리 세를 불리던 싸움에 가세해서 온몸이 난도질당하고 집으로 돌아와서는 미안하다는 말 한마디를 남기고 죽었다고. 배가 남산만 해진 채 집으로 돌아온 막내딸을 봤을 때, 어떤 심정이었는지 알 수 있겠냐고 묻는 할아버지를 보면서…… 그저 머리가 멍했어."

예강은 입 안의 살을 아프게 꽉 물 뿐, 아무런 말도 할 수가 없었다. 어른들은 때로 잔인하다. 열두 살 어린아이에게 현실을 설명할 수 있는 방법이 과연 그것밖에 없었을까.

"외할아버지가 그러더라. 네 죄를 갚는 유일한 방법은 성실하게 사는 거라고. 누구보다 모범적으로 살면 내 미래 정도는 책임질 수 있으니까 걱정하지 말라고. 어머니를 끝까지 책임질 수 있는 사람도 구해 놨으니 걱정 없다고 하셨어. 그러니까 나만 잘 살면 되는 거라고."

"……."

"요한이가 아직 아픈 걸 몰랐을 때의 일이었지."

제하가 쓴웃음을 지었다.

"그러니까 어머니에게 오늘 일은 아마 터질 게 결국 터졌다는 느낌이었을 거야. 어차피 나는 여자를 강간하고 가두는 범죄자 깡패 새끼의 자식일 뿐이니까. 사람을 죽였어도 이상하지 않았겠지."

"아니."

예강이 마침내 침묵을 깨고 떨리는 목소리를 내뱉었다. 그녀는 물끄러미 자신을 응시하는 제하를 향해 고개를 세차게 저었다. 후두둑, 후두둑. 눈물이 턱 아래로 떨어졌다.

"너는 그런 사람이 아니야. 범죄자도…… 깡패도 아니야. 제하야."

자신의 진심이 오롯이 전해지기를, 섣부른 위로 따위로 들리지 않기를 간절히 소망하며 예강이 말을 이었다.

"깡패는 어제 옥상에서 있던 그 자식들이잖아. 너는 그 짐승 같은 놈들한테서 나 구해 주려고 했던 거뿐이잖아. 네가 아니었다면 내가, 어떻게 됐을지는 아무도 모르는데. 흑, 그런데 어떻게 그딴 놈들이랑 네가 같아? 절대 아니야. 그럴 수가 없어."

예강은 코를 들이마시며 온통 빨개진 눈을 부릅떴다. 잡은 손에 힘을 주며 그의 눈을 똑바로 바라보았다. 제하가 흐리게 웃으며 내뱉었다.

"……네가 왜 울어."

예강이 얼굴을 찡그리며 그의 손을 양손으로 꼭 붙들었다. 그리고 고개를 숙였다.

"많이 아팠지."

얼굴을 감싸고 내려온 머리카락. 그 안에서 예강이 제하의 손목 상처에 입술을 가져다 대며 중얼거렸다.

"얼마나 아팠을까. 겨우 열두 살이었는데. 얼마나……."

따스한 숨결이 아무에게도 보여 주지 않은 오래된 상처에 닿자 제하의 몸이 조금 흔들렸다. 예강은 본능적으로 흠칫하는 그의 손을 더욱 꽉 잡았다. 그가 감당해야 했을 충격이 오롯이 전달되는 것 같았다. 부끄럽고 창피하고 싶은 집이었지만 엄마 아빠가 그녀를 사랑한다는 사실을 의심해 본 적은 없었다.

하지만 제하는 달랐다. 다른 사람도 아닌 부모에게 자신을 증명하기 위해 스스로를 압박하고 끊임없이 시험했을 제하의 노력이 두 눈에 보이는 것 같아 예강은 가슴이 아렸다.

"나는 진짜 뼛속까지 나쁜 놈일 수도 있어. 내 곁에 있는 사람을 모두 불행하게 만드는 사람일 수도 있다고."

제하가 낮은 목소리로 속삭이듯 중얼거렸다. 어렵게 얻은 둘째 아들이 아프다는 사실을 깨달았을 때, 절망한 것은 제하의 어머니만이 아니었다. 제하는 그 아이에게 불행을 전해 준 이가 자신일지도 모른다는 죄책감에 시달려야 했다.

"나한테는 아니야. 절대."

예강이 붉은 눈으로 그를 바라보며 확신에 찬 목소리로 내뱉었다. 찬 바람이 눈물을 얼려 온통 빨개진 얼굴을 하고 그녀가 다시 한번 같은 말을 되풀이했다. 눈송이가 떨어져 그녀의 머리카락과 얼굴에 닿아 녹았다. 그 어떤 차가운 것도 그녀에게 닿으면 녹아 버릴 것 같았다.

"나한테 너는 나쁜 놈 같은 거 아니라고. 넌 그렇게 되지도 못해."

그녀가 말하면 모든 게 사실 같았다. 제하는 자신의 체구의 반도 되지 않는 그녀의 품에 안기고 싶은 충동을 느끼며 마른침을 삼켰다. 목구멍이 부어 아팠다. 그보다 더 아픈 건, 예강을 볼 때마다 비대해지는 것 같은 심장이었다. 걷잡을 수 없이 커지는 감정이었다.

"만일 세상 사람들이 다 너를 욕해도 내가 네 편 들어 줄게."

바보 같은 강예강.

"내가 사람 죽이면 어쩔래."

이것은 어쩌면 제하가 그녀에게 주는 기회였다. 예강이 그를 두려워하며 떠날 수 있는 마지막 기회.

"벌은 받아야겠지. 하지만……."

온통 젖은 얼굴로 그를 보는 예강의 눈빛에는 흔들림이 없었다.

"나는 네가 그럴 만한 이유가 있었다고 믿을 거야."

참았던 숨을 내쉬는 제하의 입술에서 하얀 입김이 탁, 하고 터졌다. 짙은 눈썹이 천천히 일그러져 미간에 모였다.

"그게 진짜일 테니까."

제하가 꽉 쥔 손에 서서히 힘을 주었다. 그는 눈앞의 바보 같은 여자애를 미치도록 사랑한다. 흰 눈이 쌓인 거리에 첫 발자국을 남긴 상대는 그를 책임질 의무가 있다. 그의 입술이 마침내 느리게 벌어졌다.

"날 그 정도로 믿어?"

"응."

고개를 끄덕이는 그녀에게 망설임은 없었다. 털끝만큼의 주저함도 보이지 않았다.

"강예강."

"응."

"오늘 나랑 같이 있자."

그러니 나도 너를 책임지게 만들어 줘. 네가 나에게서 벗어날 수 없도록, 그 이유를 허락해 줘.

바보 같은 강예강은 그의 마음을 모두 읽었음이 틀림없었다. 예강이 눈물 젖은 얼굴로 환하게 웃었다.

"그러자. 제하야."

"……."

"너라면 좋아. 아니……."

"……."

"너니까 좋아. 해 바뀌어서 이제 너랑 나, 완전히 성인이잖아. 우리 잘못하는 거 아니잖아. 나쁜 짓 하는 거 아니잖아."

스무 살. 봄이 찾아오기 전의 겨울은 아직 끝날 줄을 몰랐다. 하지만 상관없다. 그녀의 품은 충분히 따스할 테니까. 하얀 눈송이가 그녀의 젖은 뺨에 달라붙었다가 이내 사르르 녹았다.

"내가 같이 있고 싶은 사람은 너 하나뿐이야, 제하야."

속삭이는 예강의 말을 들으며 제하가 눈을 감았다. 움푹 들어간 눈꺼풀이 조용히 떨리다가 마침내 천천히 열렸다.

"나도."

그의 눈앞에 얼굴을 발갛게 물들이며 웃고 있는 그녀가 있었다. 그는 이제 그녀의 체온을 눈으로 보는 것만으로 만족할 수가 없었다. 직접 만지며 느끼고 제 것으로 하고 싶었다.

"나도 그래. 예강아."

그녀와 함께, 서로의 것이 되고 싶었다.

* * *

병원 앞의 호텔은 면회객이나 급한 환자의 가족들을 위한 용도에 맞게 인테리어가 간소했다. 꼭 필요한 것만 배치되어 있는 방 안은 로맨틱함과는 거리가 멀어 사무적으로 보였다.

제하는 불이 환하게 켜진 병원 간판이 보이는 창에 두꺼운 커튼을 치고 방 안의 불을 껐다. 세미더블 침대 옆에 놓인 전등의 줄을 잡아당겼을 때, 욕실 문이 달칵하고 조심스레 열렸다. 물소리가 끝난 것은 한참 전이었지만 제하는 그녀를 재촉하지 않았다. 그녀를 가지고 싶은 열망과 별개로 긴장한 것은 그 역시 마찬가지다. 아니, 오히려 자신이 폭주할까 두렵다는 말이 더 맞을까.

달칵.

좁은 방에서 침대와 욕실의 거리는 세 걸음도 채 되지 않았다. 수건으로 몸을 가린 그녀의 손이 가슴께를 부여잡고 가늘게 떨렸다. 미리 샤워를 마친 제하 역시 허리에 수건만 한 장 두른 채로 침대에 앉아 있었다. 등을 감은 붕대가 젖어 있는 걸 보며 예강이 가까스로 입을 뗐다.

"상처는 괜찮아?"

"네가 좀 봐 줘."

제하가 낮게 내뱉었다. 마치 오랫동안 말을 하지 않은 사람처럼 꽉 잠긴 목소리였다. 예강은 조심스레 그에게 다가갔다. 단단히 고정된 붕대 안에서 혹시나 상처가 터지지나 않았을까, 그의 커다란 등을 조심스레 살피고 있는데 제하가 천천히 몸을 돌렸다.

눈이 마주치는 순간 시선을 내리까는 예강의 속눈썹이 가늘게 떨렸다. 제하는 그녀의 시선을 따라 고개를 기울였다. 높은 콧날이 그녀의 것을 부드럽게 스쳤다.

"……나 봐."

어쩔 줄 모르는 예강의 눈동자가 그를 바라보며 흔들렸다.

"추워?"

"아, 아니."

간신히 대답한 그녀를 보며 제하가 거의 들리지 않는 목소리로 속삭였다.

"그럼 나 때문에 떠는 거구나."

"아니야. 그냥 좀 긴장해서……."

예강이 당황해서 변명하듯 고개를 저었다. 젖은 물방울이 머리카락에서 수건으로 툭 떨어지는 순간 입술이 닿았다. 맥동하는 심장 박동이 상대에게 전달되는 듯했다. 온몸에 불을 지핀 듯 열기가 피어올랐다. 온몸이 너무 뜨거워서 참을 수가 없었다.

"무서워?"

제하가 그녀의 귓가에서 낮은 목소리로 중얼거렸다. 그녀의 맨살이 뜨겁고 커다란 손에 쥐여 이리저리 형태를 바꾸었다. 입을 열면 이상한 신음이 나올 것 같아 예강은 그저 고개를 좌우로 흔들었다.

"난 무서워."

제하가 그녀를 어루만지며 숨을 몰아쉬었다.

"아니라고 생각했어. 난 절대 다르다고 생각했는데."

"……."

"그 사람이 어떤 맘이었는지 이해할 수 있을 것 같아서. 내 몸속에 흐르는 피가 두려워져."

제하의 목소리가 괴롭게 갈라졌다. 예강은 제하가 가지고 있는 불안을 어렴풋이 감지했다. 그의 두려움을 해소해 주는 방법은 하나밖에 없다는 생각이 들었다.

괜찮아, 제하야. 나도 널 원하잖아. 맘속으로 속삭인 그녀가 손을 뻗어 그를 꽉 끌어안았다.

늘 차분하던 그의 눈동자에 검은 열기가 폭발하듯 일렁였다. 그 열기를 억누르듯, 제하가 낮게 입을 뗐다.

"예뻐."

날 원하는 네가…… 정말 예뻐.

예강은 그의 얼굴을 두 손으로 부여잡고 헐떡였다. 그녀의 눈에서 기다란 눈물이 흘러내렸다.

"울어도 멈출 수 없을 거야."

제하가 갈라진 목소리로 낮게 내뱉었다. 싫어서 우는 게 아니라고 고백할 여유는 없었다. 사실, 그럴 필요도 없었다. 엉망으로 흐트러진 두 개의 시선이 달아오른 침묵 속에 뒤엉켰다. 예강의 속눈썹이 바르르 떨리자 그가 달아오른 숨을 거칠게 내뱉었다.

"날 봐. 널 이토록 원하는 날, 똑바로 봐."

젖은 머리카락 사이로 그의 눈이 뜨겁게 타올랐다. 목울대가 일렁이고 굵다란 목에 핏대가 섰다. 그의 턱으로 흘러내리는 게 젖은 머리카락에서 떨어지는 물방울인지 땀방울인지 구분이 안 될 정도로 그의 온몸이 뜨거웠다. 예강은 열락에 빠진 눈으로 그를 보았다.

“이런 내가 짐승 같아?”

제하가 숨을 거칠게 내뱉으며 갈라진 목소리로 중얼댔다.

“아니. 나는 그냥 네가…….”

예강이 그를 바라보며 붉게 달아오른 눈가로 속삭였다. 제하가 이토록 자신을 원한다는 사실에 심장이 뻐근하게 반응했다.

“날 너무 사랑하는 것 같아.”

때로 너무나 간절해서 입 밖으로 내뱉을 수 없는 말이 있다. 섣불리 고백하지 못했던 제하의 마음은 그녀가 제일 잘 알았다. 그의 몸이 부들부들 떨리는 것이 오래된 침대의 매트리스를 통해 생생히 느껴졌다. 제하의 벌어진 입술 새로 괴로운 탄식이 흘러나왔다. 예강이 숨을 몰아쉬며 덧붙였다.

“네가 짐승이라도 상관없어. 나도 너를 사랑하니까.”

제하는 더 이상 참지 못했다. 심장이 터질 듯 박동했다. 그가 그녀의 입술을 훔치며 예강의 세계로 자신을 들이밀었다.

본능적으로 등을 치켜들며 고통에 떠는 그녀를 진득한 손으로 결박하듯 끌어안고, 제하가 그녀에게 일그러진 표정으로 중얼거렸다.

“이 밤을 영원히 잊지 않을게.”

등 뒤의 상처에서 뜨끈한 피가 배어났지만 느끼지 못할 정도로 그는 달구어져 있었다. 받아들여진다는 게 이토록 사람을 무너지게 만드는 감각일 줄은 몰랐다.

“널 아프게 하는 건, 이게 처음이자 마지막이야.”

젖은 목소리로 속삭이는 제하의 말에 담긴 무게를 그녀는 잘 알았다. 제하가 지금 그녀에게 용서를 빌고 있다는 사실을 깨닫는 순간, 예강의 몸을 반쪽으로 가르는 고통이 거짓말처럼 흐릿해졌다. 그녀의 심장이 그와 같은 속도로 반응했다.

눈이 펄펄 내리는 겨울. 예강은 오늘이 그녀가 기억하는 가장 뜨거운 겨울이 될 거라는 사실을 짐작했다. 그의 다정함에 온몸이 녹아들었다.

"사랑해, 제하야."

사랑을 고백했던 건, 단지 그의 몸짓에서 간절함이 느껴졌기 때문만은 아니었다. 그녀를 아프게 한다는 죄책감에 얼굴을 일그러뜨리는 제하를 거부할 수 없었기 때문만도 아니었다.

"네가 좋아."

제하가 암초라면 세게 부딪혀 산산조각 나고 싶었다. 완전히 부서져 새로 태어나고 싶었다. 그와 함께라면 뭐든 좋았다. 삐걱대는 소리가 점점 더 빨라졌다.

"더 말해 줘. 계속 말해 줘."

제하가 그녀에게 애원하듯 속삭였다. 예강은 땀에 젖은 그를 끌어안고 수없이 같은 말을 반복해 주었다.

구급차의 사이렌 소리가 희미하게 들리는 병원 앞 낡은 호텔 방 406호에서, 제하의 커다란 몸을 꽉 부둥켜안고 밤새도록 흔들리며, 예강은 제하와 함께 서투르게 어른이 되었다.

부르르르. 부르르르.

아무렇게나 널려진 코트 안에서 제하의 호출기가 내내 진동했지만 둘 중 누구도 상관하는 사람은 없었다.

요한이 실종된 것은 그날 밤이었다.

* * *

아이가 마지막으로 있던 곳은 제하의 외가댁이었다. 첫눈이 오는 날, 그를 봐주는 아주머니가 잠깐 한눈을 판 사이 아이는 감쪽같이 사라졌다고 했다. 제하의 모친은 제하의 일을 해결하기 위해 병원에 있었고, 제하의 아버지는 교회에서 철야 예배를 집도하고 있던 때였다.

"아무래도 그냥 실종이 아니야."

"그게 무슨 말이야? 그나저나 그 집 둘째 아들은 몸이 아파서 병원에 입원해 있다고 하지 않았어요?"

"자폐증이었대요. 아마 그 집 사정 잘 아는 사람이 못된 마음 먹은 거라고……."

동네 사람들은 요한의 실종이 단순한 사고가 아님을 입을 모아 수군거렸다.

"유괴가 남 일이 아니라지만 어쩜……. 아니, 목회자 집안에서 어떻게 그런 일이 생겨?"

예강은 몇 번을 망설이다 전화기를 들었다. 사흘 전, 아침에 호출기 메시지를 확인하고 그녀와 함께 호텔을 나선 제하에게는 아직 별다른 연락이 없었다.

"제하야. 메시지 확인 안 해도 돼. 그냥 이 말은 꼭 해 주고 싶어서."

예강은 마른침을 꿀꺽 삼키며 그에게 속삭였다.

"괜찮을 거야. 요한이 괜찮을 거야, 제하야. 그러니까 약해지지 마."

녹음 버튼을 누를까 말까 망설이다 마침내 누르고 난 후, 수화기를 내려놓았다. 마음이 무거워서 견딜 수가 없었다. 괜찮겠지. 아무 일도 없는 게 맞겠지.

덜컹.

녹슨 철문이 열리는 소리가 들렸다. 집에서 싸우고 나간 후 처음 보는 엄마였다.

"어디 갔다 와?"

예강은 엄마를 보며 낮은 목소리로 물었다.

"서울에."

"서울엔 왜."

"볼일 좀 보러."

엄마의 목소리는 완전히 쉬어 있었고 얼굴은 며칠 새 나이를 정통으로 먹기라도 한 듯 핼쑥했다. 며칠 사이에 있었던 일에 관해서는 아무것도 모르는 엄마. 예강은 가정이 파탄 나는 것은 아마도 이런 상황을 뜻하는 것이라고 직감했다. 무너지는 가정을 바라보고 있기 힘든 것은 그녀뿐만이 아니라고 해도 원망스러운 건 어떻게 할 수가 없다.

"안방으로 좀 들어와라, 예강아."

차분한 그녀의 목소리가 조금 떨리는 것 같은 착각이 들었다. 예강은 엄마가 내미는 통장을 물끄러미 바라보다 눈을 깜빡였다.

"이게 뭐야?"

"대학 등록금이랑 생활비 조금. 이거 가지고 너 혼자 살거라."

예강이 엄마와 눈을 마주쳤다. 속에서 뜨거운 것이 울컥하며 눈자위가 뜨거워졌다.

"갑자기 왜 그래?"

"지긋지긋하다고 했잖아. 그러니까 이거 가지고 마음대로 살어."

결국 눈물이 툭, 흘러내렸다.

"꼭 지금 엄마까지 이래야 돼?"

"예강아. 강하게 살아. 타들어 가지 말고. 내가 너 가졌을 때 원한 것처럼, 예쁘고, 강하게, 그렇게. 응?"

기분이 이상했다. 엄마의 눈에 이채는 사라지고 마치 그녀는 예전, 신병을 앓으며 아팠던 때로 돌아온 것만 같았다.

"무슨 일이야, 대체. 엄마?"

"계십니까?"

바깥에서 낯선 목소리가 들려온 것은 그때였다. 밤 9시. 손님이 오기엔 늦은 시간이라 생각하며 예강이 자리에서 일어났을 때였다.

"너 나오지 말고 여기 있어."

빠르게 자리를 박차고 나간 사람은 그녀의 엄마였다. 탁. 소리를 내며 문이 코앞에서 닫혔다. 스웨터 위로 드러난 예강의 목덜미에 한기가 돌았다. 엄마의 얼굴이 마치 오래전 어느 날을 떠올리게 했던 것이다. 그게 언제였는지를 떠올리는 순간, 문을 열려던 손이 떨리며 멈칫했다.

설마 아빠가 또 빚을 지기라도 한 걸까.

"서에서 나왔습니다. 강력반 김성훈 형삽니다. 여기."

빚쟁이가 아니라고 해서 안심하는 건 불가능했다. 문 너머에서 자신을 경찰이라 소개하는 이의 차가운 목소리가 그녀를 더욱 불안하게 만들었다.

"무슨 일이시죠?"

"예, 혹시 강선웅 씨 집에 계십니까?"

"집에 없어요."

엄마가 대답하자 쿨럭, 하는 기침 소리와 함께 남자의 말소리가 다시 이어졌다.

"잠깐 실례 좀 하겠습니다."

드르륵.

그녀가 서 있는 안방 문이 예고도 없이 열렸다. 해진 파카에 검정 터틀넥 스웨터를 입고, 수염이 부숭부숭한 남자가 그녀를 힐끗 바라보더니 방을 눈으로 한 번 훑었다.

"아빠 집에 계시나?"

"안 계시는데요."

엄마가 그들의 뒤를 따라 들어오며 목소리를 높였다.

"없다고 했잖아요. 이게 무슨 짓이에요?"

"옆방에도 없습니다."

다른 남자 하나가 뒤에서 목소리를 높였다.

"죄송합니다. 이게 저희 직업이라서요."

"어디 있는지는 아십니까?"

수염 난 남자의 눈빛이 날카로웠다. 엄마는 그들을 보며 고개를 저었다.

"원래도 집을 여관처럼 썼던 사람이에요. 모릅니다."

"아니, 명색이 무당이 자기 남편이랑 관계가 그렇게 소원해서 어쩝니까? 가화만사성이라는 말도 있는데."

농담인지 진담인지 모를 말을 내뱉으며 그가 엄마의 눈치를 슬쩍 살폈다. 엄마가 흐리게 조소하며 중얼거렸다.

"무당이 자기 팔자 고칠 수 있으면 무당으로 살까."

"예, 알겠습니다. 강선웅 씨한테 혹시 연락이 오거나 소재 파악이 되시면 저희한테 좀 바로 연락을 주시죠."

남자가 수첩을 꺼내 전화번호를 적은 후, 종이를 북 찢어 내밀었다.

"아빠는 왜 찾으시는데요?"

"예강아."

엄마가 낮은 목소리로 그녀를 저지했지만 예강이 다시 물었다.

"말씀해 주세요. 문제가 있다면 가족인 저희도 알아야 하는 거 아닌가요?"

심장이 불안한 속도로 뛰었다. 그들이 힐끗 서로를 바라보더니 수염이 덥수룩한 남자가 그녀를 향해 입을 열었다.

"강선웅 씨 말입니다. 이요한 어린이 실종 사건 때 마지막으로 함께 있는 게 목격되었는데 지금 연락이 안 되고 있습니다."

지금 이 아저씨들이 무슨 말을 하고 있는 걸까.

"협조 좀 부탁드립니다."

"알겠습니다. 오늘은 이만 가 주세요."

예강은 낯선 아저씨들이 떠나자마자 엄마의 팔을 붙들고 물었다.

"아빠가 대체 뭐 한 거야, 엄마?"

엄마의 낯빛이 단박에 어두워지는 게 심상치 않았다. 실체를 알 수 없는 불안함이 온몸을 휘감았다.

"모르겠다. 예강이 너, 내일 첫차 타고 서울 가."

"엄마, 서울 갔다 온 거 아니지? 아빠한테 갔다 온 거 아냐? 아빠 지금 어디 있어? 대체 뭐가 어떻게 된 거냐고!"

"나도 모른다고 하잖아, 엄마 말 좀 들어!"

큰소리를 내는 엄마의 눈빛이 무섭게 번뜩였다. 엄마의 흔들리는 눈동자에 담긴 것은 불안과 두려움이었다. 예강이 그녀를 보며 고개를 흔들었다.

"아빠…… 아니지, 엄마? 아까 그 아저씨들이…… 뭔가 잘못 알고 있는 거지? 그런 거지?"

엄마가 입술을 질끈 깨물었다. 예강은 나갈 채비를 하는 엄마를 보며 멍한 얼굴로 물었다.

"어디 가, 엄마……?"

"네 아빠 찾으러."

엄마가 철문을 쾅, 닫고 떠난 후, 예강은 불이 꺼진 냉방에서 손톱을 잘근잘근 씹으며 그날 밤을 꼬박 새웠다. 제하가 보고 싶었지만 그에게 전화를 할 수도 없었다. 아닐 거라고, 절대 아니라고 주문처럼 되뇌면서도 숨 막히는 불안감에 몸이 떨렸다. 그녀의 인생에서 가장 길고 찬 밤이었다.

요한이는 그다음 날 인근 해변에서 싸늘한 시체로 떠올랐다. 부검 결과 사인은 익사. 여관에 숨어 있다가 붙들린 용의자는 피해 아동의 외조부의 집을 마지막으로 방문했던 예강의 아버지였다.

"엄마. 아니지? 아닌 거지……?"

믿을 수가 없었다. 콧잔등이 뜨거워지며 눈물이 치밀었다. 초췌한 모습으로 나타난 엄마의 가슴에 얼굴을 묻은 채, 뜨거워진 숨을 몰아쉬었다. 떨고 있는 예강을 끌어안으며 엄마가 중얼거렸다.

"아니야. 네 아버지는 감히 누굴 죽일 수 있는 종자 못 된다. 그럴 만한 사람이 아니라는 거, 조사받으면 다 나타날 거야……. 그럴 거야, 예강아."

마치 스스로에게 주문을 외듯 중얼거리던 엄마의 바람은 무참히 부서졌다. 취조 이튿날 밤. 예강의 아버지는 경찰서 화장실 창문에서 뛰어내려 스스로 목숨을 끊었다. 그 누구도 믿을 수가 없는 결말이었다.

"어떻게 이럴 수가 있어? 인간의 탈을 쓰고 어떻게 그럴 수가 있어!"
"어디서 고개를 빳빳이 들고 다녀!"
경찰은 납치 증거로 요한이와 예강의 아버지가 함께 찍힌 고속도로의 CCTV를 제시했다. 아이의 주머니에서 나온 박하사탕은 담배를 끊은 후, 예강의 아버지가 늘 가지고 다니던 것과 일치했다. 한밤중에 제하의 집으로 걸려왔다가 끊긴 전화의 발신지는 예강의 아버지가 숨어 지내던 여관과 겨우 50미터 거리에 있었다.
경찰은 제하의 외조부에게 돈을 빌리려 했던 예강의 아버지가 거절을 당하자 앙심을 품고 아이를 납치했고 우발적으로 살해한 후, 수사망이 좁혀지자 스스로 목숨을 끊은 것으로 수사를 종결했다. 그 나이 또래의 자식을 가진 대한민국의 모든 부모가 광분한 것은 당연한 일이었다. 동네 사람들은 예강의 집에 쓰레기와 똥물을 퍼부었다. 어린아이를 유괴 살해 한 인면수심의 범죄자의 가족을 향해 비난과 저주가 날아들었다.
모든 일이 한 해, 첫눈이 내리고 난 후 한 달 사이에 일어난 일이었다.

* * *

장례식 아침에는 싸늘한 겨울비가 내렸다. 정혜가 눈을 천천히 감았다가 떴다.
검은 우산을 쓴 성도들이 부르는 찬송가가 묘지에 울려 퍼졌다. 작은 관에 축축한 흙이 뿌려지는 순간, 그녀가 바닥에 주저앉았다.
흙을 움켜쥔 하얀 손이 엉망으로 떨렸다. 아이의 삶이 너무나 짧기 그지없었다. 소리도 내지 못하고 눈물을 흘리는 그녀의 입술에서 신음 같은 오열이 샜다.
"여보."
착잡한 표정으로 그녀의 남편이 어깨를 감쌌다. 아이를 잃은 것은 그 역시 마찬가지였지만 타인 앞에서 무너지는 것은 불가능했다. 신의 뜻을 감당해야 하는 이의 얼굴에 슬픔이 묵직하게 내리깔렸다. 찬송가를 부르던 성도들의 목소리가 갑자기 잦아들었다.

"어머, 저기 좀 봐요."

석상처럼 서서 요한의 작은 관을 내려다보고 있는 제하를 제외한 모든 이들의 시선이 한곳으로 향했다.

"여기가 어디라고 감히 와!"

아이를 잃은 어미의 입에서 가슴을 찢는 외침이 터져 나가는 순간에야 제하가 천천히 고개를 들었다. 얼굴이 하얗게 질린 채 상복 차림으로 예강이 걸어오고 있었다. 곧 쓰러질 것처럼 보이는 그녀를 보는 그의 눈썹이 미간에 모였다.

"여기가 어디라고 와. 네가 여기가 어디라고…… 으아아!"

"잘못했…… 잘못했습니다……."

우산도 없이 비를 흠뻑 맞은 예강의 몸이 가늘게 떨렸다. 하루아침에 자식을 잃은 부모의 절규가 예강의 마음을 찢었다. 지금 이 자리가 감히 자신이 올 자리가 아니라는 걸 알면서도 온 이유는 단 하나뿐이었다.

"죄송합니다. 정말…… 죄송합니다. 요한아, 미안해……. 흐윽……. 정말, 미안해……."

예강이 흙바닥 앞에 무릎을 꿇고 고개 숙인 채 요한의 관을 향해 양손을 모아 빌었다. 바닥에 머리를 찧으라면 그럴 수도 있었다. 그녀의 머리채가 거칠게 휘어 잡혔다.

"더러운 입으로 어디 감히 내 아들 이름을 입에 올려!"

"여보. 여보!"

제하의 아버지가 발작하는 아내를 말리려 했지만 소용없었다. 자식을 잃은 어미의 힘은 엄청났다.

"죄송합니다……."

예강의 헝클어진 머리채 사이로 울음 같은 말이 계속 흘러나왔다. 그녀는 젖은 눈으로 붉은 흙이 반쯤 뒤덮인 관을 바라보았다. 그 안에 있을 차가운 아이의 몸을 떠올렸다. 죄악감에 뼛속까지 한기가 들어차 얼어붙는 것 같았다.

"이 무당 딸년 때문에…… 이 귀신 들린 년 때문에 우리 요한이가 죽었어. 은혜도 모르는 더럽고 천한 네 아비가 내 자식을 죽였어!"

그녀의 포효가 날카로운 칼날이 되어 예강의 심장에 꽂혀 들었다. 아무 죄 없는 아이가 끔찍하게 죽었고, 아빠는 미안하다는 말 한마디 없이 도망쳐 버렸다.

아빠는 어떻게 그럴 수가 있었을까. 어떻게 그렇게 끔찍한 일을 벌일 수가 있었을까.

"흐으…… 잘못했습니다……. 잘못했습니다……. 흐윽……."

빌고 싶었다. 할 수만 있다면 대신 벌을 받고 싶었다. 어떤 벌을 받아도 가족을 잃은 슬픔에 비할 바는 아니었다. 정혜가 그녀의 머리통과 몸을 사정없이 때렸지만 차라리 그편이 견디기가 쉬웠다.

"그만하세요."

젖은 눈동자에 상복 차림의 제하가 보였다. 보름 만이었다. 그녀는 다가오는 제하를 보며 눈을 부릅떴다.

오지 마.

그 언젠가 제하가 그랬듯이 가슴속으로 피를 토하듯 외쳤지만 그는 그녀에게 다가와 손을 내밀었다.

"일어나."

짝!

"이 미친 자식이!"

정혜가 그의 뺨을 후려친 후, 눈을 부릅뜨고 악을 썼다. 예강의 눈에서 또다시 눈물이 주르륵 흘러내렸다. 제하가 또 나 때문에 맞는다. 찢어진 머리의 상처가 아직 채 아물지도 않았는데. 등에 아직도 붕대를 감고 있을 게 분명한데.

"이게 다 너 때문이야……!"

"여보. 진정해요. 이러지 말고 기도합시다."

"헛소리 집어치워! 당신도 그렇게 생각하잖아. 우리 요한이 그렇게 된 게 다 저 징그러운 자식 때문이라고 그렇게 생각하잖아! 위선 떨지 말란 말이야!"

흩뿌리던 빗줄기가 장대처럼 굵어졌다. 검은 우산으로 당황한 표정을 감춘 성도들은 눈앞에서 벌어지는 사건을 보며 어찌할 바를 몰랐다. 늘 조용했던 정혜의 발작은 이해할 만한 것이었다. 목사 사모가 아니라 그 누구라도, 자신의 아들이 납치되어 싸늘한 시체로 바다에 떠오른다면 저것보다 더 정신이 나갈 것이라고 생각했다.

"학생. 그만 돌아가."

예강의 입술이 시퍼렇게 변해 떨렸다. 그녀를 따스하게 환영해 주었던 교인들이 고개를 저으며 일제히 말하고 있었다. 그들의 시선에 깃든 경멸을 모른 체할 수가 없다.

"가족 잃은 사람한테 이러는 거 아냐. 이러면 안 돼. 학생은…… 여기 얼굴 보이면 안 돼. 사람 목숨을 어떻게 보상을 해."

"양심이 있으면 용서를 빌 수가 없지. 은혜를 원수로 갚아도 유분수라고. 학생은 영원히 이 가족 앞에 나타나지 말아야지. 그게 속죄야."

예강은 그제야 자신이 얼마나 생각이 짧았는지를 깨달았다. 머리를 세게 한 방 맞은 것 같았다. 흐렸던 눈이 밝아지는 느낌은 잔인했다. 보고 싶지 않았던 것까지 모조리 볼 수 있었기 때문이다.

"가족을 잃은 건 마찬가지 아닙니까?"

예강의 앞을 가리며 쓰게 내뱉은 건 제하였다. 아들을 향해 정혜가 눈을 부릅떴다.

"뭐어?"

"초상 치른 건 여기 있는 강예강도 마찬가지 아니냐고 했습니다."

이제는 교인들조차 말세라며 혀를 찼다. 이주민 목사는 눈을 반쯤 감은 채 침통한 얼굴로 끊임없이 기도를 속삭일 뿐이었다.

"네 동생이 죽었어……! 근데 어떻게 그런 소릴 해!"

"이성적으로 생각하세요, 어머니. 이런다고 요한이가 살아 돌아오는 게 아니지 않습니까. 솔직히 강예강이 잘못한 건 아무것도 없지 않습니까!"

정혜가 욕을 퍼부으며 제하의 멱살을 잡고 매달렸다.

"내가 악마를 낳았어. 내가…… 괴물을 낳았어, 내가!"

예강은 비틀거리며 일어났다. 정혜의 말이 맞았다. 엄마의 말이 맞았다. 자신은 귀신이 들린 게 틀림없었다. 그러지 않았더라면 어떻게 감히 이곳까지 올 생각을 했을까.

한 가정이 파탄 나는 것을 보는 건 처음이 아니다. 그녀에게 잘못이 없다는 제하의 말은 틀렸다. 처음부터 자신이 제하와 가까워지지 않았다면, 아빠가 감히 그런 미친 짓을 저지를 수 있었을까?

예강은 요한의 작은 무덤을 보며 뜨거운 눈물을 왈칵 쏟았다. 아이가 얼마나 무서웠을까. 얼마나 추웠을까. 지금 아이가 자신을 보고 싶을까? 마지막 가는 길까지 용서를 핑계로 아이에게 나쁜 기억을 상기시키는 나는 얼마나 이기적이고 악한 인간인가.

영원히 용서할 수 없는데. 용서를 빌러 온 나는 얼마나 파렴치한 인간인가.

미안하다는 말조차 미안해서 할 수 없어야, 그나마 인간이라고 할 수 있지 않을까.

예강은 뒤를 돌아 전력으로 달리기 시작했다. 흙바닥에 몇 번이나 넘어졌지만 다시 일어나 달렸다. 퍼붓는 빗줄기를 맞으며 온통 헝클어진 머리로 장지를 떠나 사람이 아무도 없는 버스 정류장을 지나쳐 휘적휘적 걸었다.

"강예강!"

잡아탄 택시 뒤로 소리치는 제하가 멀어져 갔다. 예강은 후시경에 비치는 제하를 보지 않으려 뜨거운 눈을 감았다. 빗물에 젖은 눈동자에서 소리 없는 눈물이 계속 흘러내렸다.

예강이 쓰레기장으로 변한 집으로 돌아온 것은 밤이 다 되어서였다. 엄마는 일주일 치를 끊어 놓은 시내 여관으로 대피했다. 사람들이 찾아와 그녀에게 욕을 하고 돌을 던진 까닭에 일상생활이 불가능했기 때문이다.

살인자의 가족은 살인자와 동일한 시선을 받는다. 금수 같은 인간과 살을 맞대고 살았다는 것 자체가 그들에게는 이해할 수 없고 소름 끼치는 이야기인 것이다. 얼마 전까지만 해도 예강 역시 그들과 같은 생각이었다.

"어딜 갔다 이제 와."

움직임도 없어서 집에 누가 있는 줄도 몰랐다. 예강은 조각상처럼 마루에 앉아 있는 제하에게서 시선을 거둔 후, 자신의 방으로 향했다. 잊어버린 게 있어서 온 건데, 이럴 줄 알았으면 그냥 내일 아침에 올 걸 그랬다.

"아까 불렀잖아. 못 들었어?"

"미안. 정신이 없었어."

제하가 희미한 목소리로 내뱉는 그녀의 팔을 꽉 잡고 눈을 마주했다.

"무슨 생각 하는 거야."

"아무 생각도 안 해."

시선을 피하며 고개를 돌리자 제하가 입술을 씹었다.

"너까지 나 힘들게 만들지 마."

그의 한마디에 가슴이 푹 찔렸다. 힘들었구나. 당연히 힘들었을 것이다. 까칠해진 그의 얼굴과 어두운 눈빛을 통해 그가 겪어야 했던 마음고생이 눈에 선하게 보였다. 불행의 시작은 대체 어디서부터였을까. 제하에게는 그녀가 불행일지도 몰랐다. 첫 만남부터, 만나서는 안 될 이들이 엮여 버린 것부터가 잘못이었는지도 몰랐다.

예강이 눈을 내리깔며 들릴 듯 말 듯 한 목소리로 속삭였다.

"미안해."

미안하다는 말을 입 밖으로 내뱉는 것조차 힘이 든다. 제하가 숨을 길게 내쉬며 갈라진 목소리를 애써 낮추었다.

"지금 너한테 그런 말을 듣고 싶어서 이러는 게 아니잖아. 나 봐."

"……."

"나 보라고, 강예강."

눈물이 또 길게 흘렀다. 그렇게 많이 울었는데 아직도 나올 눈물이 있다는 게 신기했다. 이대로 온몸의 수분이 완전히 말라붙어 죽어 버렸으면. 제하가 그녀의 뺨을 감싸며 눈을 마주했다.

"연락 못 해서 미안해."

제하가 이렇게 미안한 표정으로 사과할 이유가 없다. 예강은 초점이 흐려진 시선으로 그를 향해 중얼거렸다.

"제하야."

"응."

"네 동생한테 미안해서 어떡하지?"

얼마나 무서웠을까. 차가운 바닷물에서 얼마나 추웠을까. 속삭이는 예강을 보는 제하의 눈썹이 일그러져 꿈틀거렸다.

"네 잘못 아니잖아."

"……."

"사고야."

제하가 숨을 크게 들이쉰 후, 말을 이었다.

"서울에서 시험 보고 너랑 나 함께 지낼 수 있는 곳 알아봤어. 장례식 끝나면 바로 찾아올 계획이었어. 불안할 거라는 거, 네가 지금 가장 힘들 거라는 거, 거기까지 생각 못 했어. 내가 생각이 짧았어."

그가 반쪽짜리 동생을 미워하지 않았다는 건 그녀가 잘 알고 있었다. 제하의 책장을 가득 채우고 있던 자폐 치료에 관련한 책들이 아니더라도, 레스토랑에서 동생을 바라보며 웃었던 그의 얼굴은 진심이었으니까.

"이틀 뒤에 떠나자. 여기 떠나면 괜찮아질 거야. 아무도 모르는 곳으로 가서 새롭게 시작하면 돼. 원래부터 그러려고 했었잖아."

예강은 초조하게 내뱉는 제하를 바라보며 마지막 결심을 끝냈다. 그를 바라보며 지금 자신의 얼굴이 부디 태연하기를 간절히 빌었다.

"우리…… 서울 가면 다 괜찮아지는 거 맞아?"

"그래."

제하가 고개를 끄덕였다.

"우린 다 잊어버리고 행복하게 살 거야."

그가 지금 얼마나 힘들지, 얼마나 애쓰고 있을지는 그녀가 제일 잘 알았다. 그리고, 그가 내뱉은 말을 지키기 위해 평생 노력할 거라는 사실도.

"내가 너한테 말한 적 있었지. 어디의 누구, 누구 아들 수식어 다 뗀 이제하는 지금보다 훨씬 더 괜찮을 사람일 거라고."

잊을 수 있을 리가 없었다. 바로 이곳, 그녀의 방에서 제하가 한 말이었다. 지금보다 훨씬 더 그를 좋아하게 될 거라며 확신에 찬 목소리로 말하던 너를 기억한다.

"기억해."

나는 그때, 이미 너를 많이 좋아하고 있었어. 제하야.

"지금 이 시간은 다 지나갈 거야."

예강은 목이 메어 와 짤막하게 고개를 크게 끄덕이며 애써 희미한 웃음을 지었다.

"내일모레. 기다릴게."

예강의 대답을 듣고 나서야 제하가 길게 숨을 내쉬며 자리에서 일어났다. 어딘가 텅 비어 버린 것 같은 모습의 그녀를 놔두고 뒤돌아서기가 힘이 들었다. 하지만 집으로 돌아가서 최대한 빨리 손을 써야 그녀와 함께 있을 수 있는 시간이 더 빨라진다는 사실 정도는 알았다. 요한이 실종된 순간부터, 어쩌면 그는 동생의 죽음을 예견했는지도 몰랐다. 모두가 입 밖에 감히 꺼내 놓지 못하던 불안이 마침내 사실이 되었을 때는 오히려 머릿속이 명료해졌다.

그가 뭘 해야 하는지 판단이 선 까닭이었다.

제하는 페인트가 녹슬어 벗겨진 초록색 대문을 넘다가 멈칫했다. 정신없이 달려와 눈에 띄지 않았던 각종 쓰레기들이 그제야 보였다. 담벼락에는 붉은색 스프레이로 적힌 욕설이 가득했다. 빗물에 녹아 길게 줄줄 흘러내리는 글자들.

살인자. 귀신 붙은 년들. 죽어. 죽어. 마치 핏물처럼 길게 늘어지는 저주를 보며 숨을 몰아쉬던 제하가 마침내 뒤를 돌았다.

방에서 멍하니 주저앉아 있던 예강은 갑자기 방문이 벌컥 열리자 눈을 치켜떴다.

"……제하야."

비에 젖은 채, 그녀의 입술을 뜨겁게 머금는 그의 호흡이 정돈되지 않고 거칠었다. 뼈마디가 튀어나온 커다란 손이 그녀의 얼굴을 감싸 쥐었다. 뜨거운 흥분으로 점철되었던 보름 전과 다른 것이 있다면 그 안에서 비대해진 절망과 불안이었다.

"나는 네가 아무 생각도 하지 않았으면 좋겠어."

제하가 그녀에게 이마를 붙이며 고해 성사 하듯 고백을 토해 냈다.

"그저 내 생각만 했으면 좋겠어. 나라는 인간만으로 네 머릿속이 가득 차서, 다른 건 아무것도 신경 쓰지 못하고 아무 짓도 하지 못했으면 좋겠어."

싸늘한 방 안. 전기도 들어오지 않는 폐가 같은 방에서 제하가 그녀와 함께 바닥으로 무너졌다. 그 언젠가 폭풍우 치던 밤. 촛불을 켜 놓고 피식거렸던 그 방에서 제하는 자신 안에 광폭한 야수를 꺼내 놓았다. 자신이 한발을 내디뎠던 그녀의 세계를 다시금 파괴하며 그가 중얼거렸다.

"날 믿는다고 했잖아. 넌 분명히 그렇게 말했어."

그는 억센 손에 틀어쥔 작은 새처럼 할딱거리는 예강의 목에 이를 세우고 그녀의 안에 자신을 완전히 매몰시키듯 몸을 묻었다. 두려움의 크기만큼 목을 조여 오는 불안감을 없애고 싶었다.

"그러니까 아무 생각도 하지 마."

예강의 이에 물려 터진 제하의 입술에서 피가 흘러나와 그녀의 얼굴에 묻었다.

"날 사랑하지?"

예강이 울음 섞인 목소리로 간신히 대답하자 제하의 목에 핏줄이 툭, 툭, 불거졌다. 고개를 치켜든 위험한 욕망이 몸속에서 용암이 분출되듯 뜨겁게 터져 나갔다. 그녀의 눈동자에 내리깔린 슬픔과 죄악감이 그의 목을 조이며 두렵게 만들었다.

"무슨 생각을 하는 거야?"

불안을 떨치기 위해 물었지만 아무것도, 라고 말하며 시선을 피하는 그녀의 행동에 제하는 더욱 불안해졌다. 그의 눈이 시커먼 얼룩같이 변하는 순간 예강의 몸이 뒤집혔다.

제하가 피가 나는 제 입술을 더욱 강하게 씹었다. 자괴감에 온몸이 떨렸지만 그녀를 놓치는 것보다는 낫다고 자위하며 광폭한 몸짓을 이어 나갔다.

나는 네게 잘할 거다. 지금 괴로운 이 순간이 기억도 나지 않을 정도로, 너를 행복하게 만들어 줄 것이다. 그러니 제발, 아무 생각도 하지 마.

"네가 날 밀어낸다면, 난 내 아버지와 똑같은 인간이 될 거야."

제하의 거친 눈빛이 뜻하는 바를 예강은 고스란히 읽었다. 그는 지금 불안해하고 있다. 두려워하고 있었다. 그녀에게 누구보다 다정했던 제하가 이성을 잃을 정도로 흔들리는 모습에 가슴이 울컥거렸다.

"너를 괴롭게 할 거야. 가두고, 가질 거야. 넌 의지와는 상관없이 나의 아이를 낳을 거야. 나는 괴로워하는 널 보면서도 또다시 욕정하고, 지옥으로 떨어지겠지."

이것은 그녀의 속을 눈치챈 제하의 협박, 혹은 애원이다.

"넌 날 그렇게 만들 수 없어."

예강의 눈에서 기다란 눈물이 흘러내렸다. 제하가 그녀의 얼굴을 핥으며 어둑한 목소리로 속삭였다.

"절대로."

푹, 푹, 진득한 늪에 발이 빠지는 소리가 들렸다. 냉골인 방 안에서 맞붙은 젊은 두 육체만이 뜨거웠다. 미친 사람처럼 달려드는 제하에게 안겨서, 예강은 간절히 기도했다.

"사랑한다고 말해."

"사랑해."

제하가 그녀를 미치게 미워하기를.

"무슨 일이 있어도 도망치지 않겠다고 말해. 나랑 같이 살겠다고. 욕하는 세상 사람들 전부 비웃으면서 나랑 같이 보란 듯이 잘 살 거라고."

"도망가지 않아."

거짓을 말하는 자신의 모습을 기억하며 그녀를 영원히 저주하기를.

"나한테는 아무것도 필요 없어. 너 말고는 아무것도……."

일그러진 얼굴. 고통스러운 눈빛. 제하의 지옥은 이미 시작되었다는 걸 느낄 수 있었다. 그의 인생에 함부로 출현한 그녀가 퇴장할 때였다. 너무 늦어 버린 퇴장이었다.

* * *

"가자."

하늘은 동이 채 트지 않아 시퍼렜다. 예강은 짐 가방을 양손에 든 채, 엄마의 뒤를 따라 푸른 열차에 올랐다. 오래된 기차 안은 저마다의 사정을 안고 있는 이들로 채워지는 중이었다. 명절 앞이라 입석표도 간신히 구할 수 있었다.

엄마는 열차 맨 끝 칸에 자리를 펴고 앉아서 눈을 감은 채 힘겨운 숨소리를 길게 내뱉었다. 그녀의 안색이 눈에 띄게 나빴다. 생각해 보면 이 상황에서 얼굴이 좋은 게 더, 이상한 일이었다.

담배를 피우고 있던 남성이 그들을 힐끗 보더니 객실 문을 열고 안으로 사라졌다. 예강이 때가 탄 목도리에 얼굴을 더욱 깊이 파묻었다.

"안 춥니?"

엄마가 힘없는 목소리로 물었다. 예강은 응, 하고 짧게 대답한 후 바람이 들이치는 바깥으로 시선을 돌렸다. 그리고 서서히 움직이기 시작한 느린 열차가, 그녀가 살던 달동네 앞 철길 건널목을 지나칠지를 상상했다.

땡. 땡. 땡.

머릿속에 차단기가 내려올 때의 신호음이 들렸다. 그녀는 기차를 볼 때마다 떠나고 싶었다. 그러니 잘된 일이었다.

"강예강!"

예강의 고개가 저절로 번쩍 들렸다. 기둥을 잡고 떨리는 얼굴을 내밀자 저 멀리서 달려오는 제하가 보였다. 차가운 역사 안을 가로지른 그가 그녀의 이름을 목이 터지게 외치며 달리고 있었다. 바람이 그녀의 머리카락을 거칠게 날렸다.

"강예강! 강예가앙!"

보지 말아야 했다. 기차 안에 몸을 숨겼을 때는 이미 늦었다. 차가운 벽에 등을 기대고 숨을 몰아쉬는 그녀의 눈에 눈물이 차올랐다. 심장 박동이 머리를 지끈거리게 만들 정도로 빨리, 그리고 크게 뛰었다. 그녀는 양손으로 입을 틀어막았다.

"강예강!"

제하의 목소리가 바로 옆에서 들렸다. 예강의 눈썹이 일그러지며 끄트머리가 아래로 향했다. 제하가 철길을 마구 달리고 있었다. 뒤에서 역장이 소리를 질렀지만 그는 멈추지 않았다. 달리는 기차에 어떻게든 올라타려는 그의 손이 사라졌다가 보이기를 반복했다.

"안 돼……! 안 돼!"

다시는 제하의 얼굴을 볼 수 없는 걸까. 생각이 머릿속을 스치는 순간, 예강은 자리에서 벌떡 일어나 계단에 섰다. 그리고, 보고야 말았다.

"강예가앙!"

제하는 울고 있었다. 이제하가. 그 오만한 이제하가 누군가에게 붙들려, 그녀의 이름을 부르며 처절하게 우는 모습을 마지막으로 그들은 끝났다.

* * *

얼음이 얼 정도로 추웠던 어느 날.

새벽 기차에 몸을 실은 모녀를 본 게 마지막이라고 했다. 짐 가방 두엇만 들고 도망치듯 떠나는 그들을 보며 누군가는 욕을 했다고 했고, 누군가는 침을 뱉었다고 했다.

무당의 딸은 이제 살인자의 딸이 되었다.

살인자의 딸에게 홀려 버린 목사 아들이 기차역에서 미친 듯이 난동을 부리다 경찰까지 출동해 끌려간 것도 소도시를 떠들썩하게 만들었지만, 그의 가족이 이민을 떠난 후에는 아주 가끔 안줏거리로나 등장했다.

사람들은 남들의 일을 쉽게 이야기하고, 그만큼 쉽게 잊었다.

원래 그런 법이었다.

2 부

05

습기를 잔뜩 품어 후끈한 오후의 공기는 얼굴에 닿는 것만으로도 사람을 불편하게 만들었다. 비서가 문을 열자 남자가 차에 탔다. 안이 보이지 않을 정도로 짙게 선팅이 된 세단 뒷좌석에 몸을 묻은 후, 그가 짤막하게 내뱉었다.

"날씨가 좆같네."

반듯한 미간에 주름이 패는 것을 보며 수행 비서 장효원이 즉시 에어컨의 온도를 낮추었다.

"죄송합니다, 대표님. 이제 7월인데 벌써 이러네요."

"오후 스케줄이 어떻게 되지?"

15분 단위로 일정이 진행되는 남자가 조수석에 앉은 비서에게 물었다. 효원이 그를 수행한 지는 벌써 5년째였다. 1년 365일 휴일이 없는 상사 덕분에 그 역시 24시간 대기조나 마찬가지인 생활을 하고 있었다.

"모교 강연 끝나시면 장충동으로 이동 후, 선진텔레콤 민영찬 이사와 오찬 있으십니다."

"그 이후엔?"

"홍콩 현지 법인 설립 건으로 투자자와 화상 면담, 끝나면 제유금융 대표와 사무실 근처에서 석식 예정되어 있습니다."

"이번엔 또 뭘 지랄을 준비했는지 기대되는데."

남자가 냉소적인 얼굴로 중얼거리자 효원이 기다렸다는 듯 입을 열었다.

"문제를 일으킨 지점장은 권고사직 당했다고 들었습니다. 걱정하실 일 없을 것 같습니다."

보름 전, 펀드 상품 매출이 가장 높았던 은행 지점장이 그와 개인적인 만남을 추진한 것까지는 그나마 괜찮았다. 투자 상담을 가장한 로비가 끝난 이후, 성 접대를 하려 했던 게 화근이었다.

제유와의 계약을 더 이상 연장하지 않겠다고 했을 때, 그는 이유를 묻는 대표에게 사진 한 장을 전송했다. 술상이 늘어진 장소에서 팬티 차림으로 한복 입은 여자의 젖을 빨고 있는 지점장의 사진이었다. 역시 시각적 충격만큼 사람을 직접 움직이게 만드는 것은 없었다.

"하나를 보면 열을 알지. 차라리 돈다발을 가져다 바쳤으면 생산적이기나 했을 텐데."

"지금이라도 언질을 흘릴까요?"

"아니. 그냥 둬. 대표가 어떻게 나올지 궁금하니까."

내로라하는 대기업들이 나자빠지고, 하루아침에 직업을 잃은 가장들이 투신했던 금융 위기 이후 불어닥친 펀드 열풍. 그중에서도 남자가 운영했던 펀드는 소위 대박을 터뜨렸다. 그 바람에 은행들이 자기네 지점에서 남자의 펀드 상품을 판매하고 있다고 팻말까지 써 붙이는 촌극 같은 상황이 벌어졌던 것이다. 갑과 을이 완전히 뒤바뀐 상황이지만 본래 아쉬운 사람이 숙이고 들어갈 수밖에 없는 게 시장 원리다. 만나기도 전에 제하가 승리한 게임이란 뜻이었다.

"저녁 일정은 그게 끝인가?"

밥 먹는 시간과 술 마시는 시간도 일의 연장인 남자였다. 투자 컨설팅은 시간에 따라 가격이 매겨졌고, 결코 적다고는 할 수 없는 액수임에도 사람들은 그를 만나고 싶어 줄을 섰다. 식사를 하루에 네다섯 번 하는 일도 드물지 않았다.

"예, 그리고 밤에는 박훈정 이사님과 동기 모임 있으십니다."

"장소는 어디지?"

"대표님 댁과 5분 거리에 있는 레지던스입니다. 신원경 님 이름으로 일주일 전에 예약되었다고 합니다."

빠질 기회를 애초부터 차단한다는 소리였다. 그가 피곤한 얼굴로 생수를 딴 후, 약을 들이켰다. 그를 수행한 지 오래된 탓에 비서는 남자의 얼굴만 보고도 그가 간밤에 잠을 설쳤을 거란 사실을 짐작했다.

효원은 짤막한 브리핑을 마친 후, 남자의 다음 진료가 언제인지를 체크했다. 효원의 업무에는 상사 대신 정신과 처방전을 받는 것까지 포함되어 있었다. 의료계 종사자가 들으면 놀랄 만큼의 약을 매일 먹고 있다는 사실에 대해 함구해야 함은 당연할 것이다.

대한민국에서 가장 성공한 청년 투자자의 아이콘, 10년 앞을 내다보는 가치 투자의 바이블, 금융 경제에 새로운 패러다임을 제시한 자산가 등등이 지금 효원의 뒷자리에서 약을 삼키고 늘어진 남자의 앞에 따라붙는 수식어들이었다.

그와 한 번이라도 개인적으로 만나려 연락해 오는 큰손들이 남자가 정상이 아니라는 사실을 알게 된다면, 그를 더 이상 찾지 않을까? 효원은 잠시 생각을 해 보다가 아니라는 결론에 이르렀다. 사람들은 아마 고개를 끄덕일지도 몰랐다. 역시, 미치지 않고서야 그렇게 귀신같이 돈 냄새를 맡기는 힘들다는 결론과 함께.

제하가 강연을 끝냈을 때, 바깥의 기온은 더욱 높아져 있었다. 그를 실은 차가 대학교 정문을 부드럽게 빠져나갔다. 바깥 공기가 미지근해진다 싶었던 게 엊그제 같은데 어느새 이마에 땀이 솟는 계절이었다. 제하는 건조한 눈으로 차창 밖 가로수를 바라보다 약을 꺼내 입 안에 하나 더 털어 넣었다. 손에 땀이 흥건할 정도로 솟구쳐 기분이 좋지 않다. 점점 습해지는 날씨가 그 원인임이 분명했다.

"다음 일정까지 시간 얼마나 남았지?"

"지금으로부터 약…… 37분 후입니다."

"그럼 10분만."

제하가 낮게 내뱉은 후, 찌푸린 눈을 감자 효원이 라디오의 음량을 천천히 줄였다. 연이은 해외 출장, 미팅, 강연, 골프 일정을 모두 소화해 낸 상사의 짧은 잠을 방해할 수는 없었다.

평년보다 기온이 조금 높다는 코멘트를 마지막으로 제하의 귀에 들리는 소음이 끊겼다.

증권사 빌딩 숲. 울려 대는 전화벨 소리. 시시각각 바뀌는 숫자들. 독한 술. 자욱한 담배 연기. 불유쾌한 것들의 집합체가 연기처럼 사라지더니 어디선가 매미 한 마리가 쌔르르르 울기 시작했다.

"죄송합니다."

"쉿."

과속 방지 턱을 지나며 차가 부드럽게 흔들리자 운전기사와 효원의 연이은 목소리가 귓가에서 희미하게 흩어졌다. 제하가 인상을 찌푸린 것도 잠시였다. 많은 사람들과 접촉한 날이면 그는 특별히 피로했다. 불면에 시달린 몸이 약물과 즉각 반응해 의식을 다시금 흐릿하게 만들었다.

잠시 끊겼던 매미 소리가 다시 요란하게 울려 퍼졌다. 그는 어느새, 낡은 선풍기가 탈탈거리며 돌아가던 초여름 교실 안에 있었다.

"강예강입니다. 잘 부탁합니다."

작은 얼굴을 감싸며 쏟아지던 다갈색 머리카락은 초콜릿을 녹인 듯 부드러워 보였다. 강예강. 웃기는 이름을 한 여자애는 단 한 번도 누군가와 눈을 마주치지 않았다. 일부러 교과서를 툭, 쳐서 떨어뜨린 건 그저 치기 어린 심술이었다. 색소 옅은 갈색 눈동자가 당황하는 모습을 보고 싶었기 때문이다. 불안과 상처가 뒤섞인 눈동자와 정통으로 마주한 순간, 그의 인생을 통째로 저당 잡혀 진창에 처박히게 될 거라는 건 상상 못 했다.

"앞으로 그냥 나한테 알은척을 하지 말아 주면 좋겠어."

강예강이 말도 안 되는 소릴 했다. 이른 아침부터 햇살이 차창으로 비켜 들던 초여름, 차 안이었다. 그녀와 단둘이 이야기를 하기 위해 그가 얼마만큼이나 노력을 했는지는 전혀 상관없다는 말투였다. 제하는 그녀의 까진 무릎 상처를 손으로 덥석 쥐고 아프게 쭉 빨고 싶은 충동을 참아 내려 손톱이 손바닥에 박히도록 주먹을 꽉 쥐어야 했다.

"그러는 넌 왜 자꾸 내 앞에서 누구한테 맞고 다니냐?"

정말이지 바보 같은 계집애였다. 관심을 꺼 달라고 해 놓고선 정작 자신은 반대되는 일만 하고 있었다. 복도에 쭈그리고 앉아 눈물을 뚝뚝 흘리는 여자애의 모습을 보는데, 그녀가 처연히 우는 이유가 바로 그 때문이라는 사실에 기묘한 카타르시스가 느껴졌다. 속상해하는 그녀의 얼굴을 계속 볼 수만 있다면 더 끔찍한 꼴이 되어도 좋을 것 같았다.

그는 아마 그때 어렴풋이 직감했던 것 같다. 잡으려 하면 할수록 달아나려는 강예강이 스스로 그에게 손을 내밀게 만들 수 있는 방법을.

"너라면 좋아. 아니…… 너니까 좋아."

이제껏 그녀를 가지지 못했던 사람들이 간과하고 있는 게 있었다. 강예강은 자신보다 약한 사람에게 약하다는 것이었다. 그런 그녀를 완력으로, 혹은 괴롭혀서 가지려 했던 머저리들이 실패할 수밖에 없었던 건 당연했다. 그를 피하고 달아나려 했던 예강이 최초로 마음을 열었던 날은 완벽해 보이는 이제하의 가족이 사실은 엉망으로 비틀려 있다는 사실을 처음 목격한 날이었으니까.

그가 누구에게도 말할 수 없었던 초라한 스스로를 하나씩 내보일 때마다 예강은 뒷걸음질 치는 대신 한 발짝 더 가까이 다가왔다. 강예강은 주제도 모르고 그를 불쌍해하고 애처로이 여겼다. 그에게 기꺼이 손을 내밀어 주었다. 따스하고 말캉한 그 느낌에 빠져서, 중독된 줄도 모르고 그는 바보처럼 가진 패를 전부 보였다.

"사랑해, 제하야."

마침내 그녀의 입에서 그가 간절히 원하던 고백이 터지게 만들었을 때, 게임에서 승리한 사람은 더 이상 이제하가 아니었다. 평생 그를 속박할 사람인 강예강이었다. 그녀에게 진작 눈이 멀어 버린 그에게는 그 속박마저 달콤했다. 하지만 평생 그녀에게 중독된 채로 살고 싶었던 그의 소망은 산산조각이 났다.

그 누구도 예상치 못했던 요한의 죽음 때문에.

예강의 아비가 너무나 멍청한 선택지를 골랐다는 걸 뒤늦게 비난해 봤자 사건은 이미 벌어진 후였다.

제하는 그마저도 견뎠다. 동생의 차가운 시신을 확인하고 실신하는 어미의 옆에서, 이제 이 상황을 어떻게 수습해야 할지를 고민했다. 요한을 아끼지 않았던 것은 아니다. 텅 빈 것 같았던 아이의 눈을 보면 어딘가가 먹먹해져 그에게 잘해 주고 싶었다. 하지만, 그에게는 피를 나눈 혈육보다 더 중요한 것이 있었을 뿐이다.

그의 어미는 아들을 잘못 보지 않았다. 자신은 머릿속 어딘가가 뒤틀려 버린 괴물이었다.

얼음처럼 차가운 냉골. 그의 시선을 피하며 흔들리는 예강의 눈동자를 보았을 때는 스스로를 제어할 수가 없었다. 금방이라도 사라져 버릴 것 같은 그녀에게 광폭한 몸을 들이밀며 고삐 풀린 짐승처럼 낙인을 쾅쾅 찍어 댔다. 너는 절대 나를 떠날 수가 없다고. 그의 불행을 고스란히 알고 있는 그녀가, 그를 그의 아비와 똑같은 인간으로 만들 수 없을 거라고 그녀를 협박했다.

누군가가 말했던가? 그가 10년 뒤를 보는 눈이 있는 사람이라고. 말도 안 되는 소리였다. 10년 전 이제하는 당장 내일 일어날 일도 예상치 못했던 머저리 등신이었다.

"강예강…… 강예강……!"

악몽은 이제 막바지로 치달았다. 그는 철로에서 무릎을 꿇은 채, 흐리게 사라지는 기차를 바라보며 목에서 피가 터져라 그녀의 이름을 부르고 있다.

왜. 어째서? 사랑한다고 말했잖아. 날 영원히 떠나지 않겠다고 약속했잖아. 버림받았다는 사실을 깨닫는 그는 갑자기 부모 앞에서 손목을 그었던 열두 살 어린애로 변했다.

역사가 변하고, 지나가는 사람들의 옷차림이 휙휙 변하며 시간이 흐르는데 철로에 무릎 꿇고 있는 어린아이만이 그대로였다.

반대 방향에서 희미하게 달려오고 있는 기차가 보였다. 방향을 바꾼 기차는 이제 그를 향해 점점 더 가까워지고 있었다. 기차 끄트머리에 선 예강이 보였다. 10년이 지났는데도 여전히 어이없이 아름답다.

어린아이는 이제 점점 작아져서 요한의 모습을 띠었다가 더, 더 작아져 갓난아기로 바뀐다. 제하의 귓가에 누군가가 착잡한 목소리로 중얼거린다. 산부인과. 임신. 중절. 돈. 죄송합니다. 귀를 틀어막은 제하의 머릿속에 갓난아기 우는 소리가 끊이지 않고 들린다. 달려오는 기차 뒤 칸에 서 있는 예강은 철로에 떨어진 갓난아기를 보고도 눈을 감지 않는다.

미안해, 제하야.

미안해.

그가 손을 뻗는 순간 아기의 몸이 기차에 치받히고 세상이 완전히 끝났다.

제하가 숨을 거칠게 몰아쉬며 눈을 번쩍 떴다. 추울 정도로 기온이 내려간 차 안이 무색하게도 이마에서 식은 땀방울이 흘러내렸다.

"괜찮으십니까?"

고개를 돌려 그를 보는 효원의 얼굴에 염려의 기색이 스쳤다. 제하는 커다란 손으로 얼굴을 한 번 쓸어내린 후, 마른침을 삼켰다. 그 와중에 피가 몰려 불룩해진 아랫도리가 고통스러웠다. 매번 끔찍한 꿈을 꾸며 발기하는 스스로가 더욱 끔찍해 조소가 나왔다.

"여기가 어디지?"

제하가 티슈로 이마를 닦아 내며 묻자 효원이 눈치 빠르게 답을 했다.

"시위 때문에 꽉 막혀서 길을 좀 돌아가고 있는데, 늦을 일은 없으니 염려 마십시오."

제하는 차창 밖으로 시선을 두었다. 예고도 없이 머릿속을 비집은 과거의 기억을 지우려 애쓰며 의미 없는 차창 밖 풍경들을 집중해 응시했다.

"여기도 해가 갈수록 무섭게 변하네요. 세상 바뀌는 게 정말 빠릅니다. 물건을 보지도 않고 산다니…… 참. 저 어릴 땐 생각도 못 했었는데요."

효원이 중얼거렸다. 커다란 보따리를 이고 진 사람들이 열심히 움직이고 있었다. 인상을 찌푸리며 뭐라고 소리를 치는 남자, 자신의 몸만 한 검은 비닐봉지를 서너 개씩 들고 다니는 이들은 덥지도 않은지 연신 뛰어다녔다.

몸집이 커다란 사내가 작은 사내를 툭, 치자 모자를 푹 눌러쓴 작은 사내가 어어 하며 흔들거렸다. 커다란 사내가 중심을 잃은 그에게서 짐을 빼앗듯이 낚아채며 커다랗게 웃었다.

그리고 제하는, 그 모습이 왠지 보기 거북해 미간을 찡그렸다. 저런 이들을 볼 때마다 속에서 뜨거운 것이 치밀어 올랐다. 타인의 행복을 갈기갈기 찢어발기고 싶은 폭력적인 충동을 참을 수가 없어 고개를 돌려 버렸다.

"대표님."

엘리베이터 앞에서 효원이 조심스레 제하를 불렀다. 제하가 한쪽 눈썹을 들어 올리며 금빛 문에 비친 효원을 바라보았다.

"저 대표님 모신 지 햇수로 5년쨉니다."

그때 로비에 도착한 엘리베이터가 열렸다. 먼저 들어선 제하가 낮게 입을 뗐다.

"하고 싶은 말이 뭐야?"

"찾고 싶으신 분 찾으십시오. 제가 도와드리겠습니다."

"내가 누굴 찾고 싶은데."

제하가 무감한 얼굴로 효원에게 눈을 마주쳤다. 효원은 구멍이 뻥 뚫린 것 같은 제하의 검은 눈을 바라보며 깊게 한숨을 쉬었다. 충혈된 흰자는 악몽의 여파인 듯했다. 약을 먹지 않으면 잘 수가 없고 깜빡 잠이 들어도 악몽에 시달리는 삶을 살아가는 남자에게 돈이 대체 무슨 소용일까.

"이러다가 큰일 나십니다."

모든 문제의 원천은 환자처럼 잠에 빠진 제하가 악몽을 꿀 때마다 부르는 상대임이 틀림없었다. 강예강. 아마도 이제하가 돈으로 살 수 없는 유일한 상대일 것이다.

"강예강 씨, 제가 애들을 다 풀어서라도 찾을 테니까……."

제하가 그의 멱살을 틀어쥐는 바람에 효원의 말끝이 흐려졌다. 순식간에 엘리베이터 벽으로 밀쳐진 채로 효원이 놀란 눈을 하고 그를 바라보았다. 멱살을 잡힌 것에 놀란 것이 아니었다.

"앞으로 그 이름 내 앞에서 한 번만 더 꺼낸다면 넌 해고야."

중얼거리는 제하의 눈빛에 격렬한 동요가 보였기 때문이다. 방금 전까지의 무감했던 얼굴은 싹 사라지고 시체 같던 눈에 새까만 살기가 돈다.

"큰일? 그 여자가 내 눈에 띄는 순간 큰일이 나겠지. 왜인 줄 알아?"

제하가 미친 사람처럼 말을 이었다.

"다시 만났을 때, 내가 걜 죽이지 않을 자신이 없거든."

효원의 미간에 깊은 주름이 졌다. 띵, 하고 엘리베이터가 멈춰 서고 서서히 문이 열리고 나서야 제하가 탁, 하고 그를 밀치듯 놓았다. 뚜벅뚜벅 걸어나서는 그의 뒤로 효원이 따라붙었다.

"해고될 각오 하고 하나만 더 묻겠습니다."

"목소리 낮춰."

제하가 그를 보지도 않고 뚜벅뚜벅 빠르게 걸었다. 효원은 그에게 발을 맞추며 착잡한 표정으로 내뱉었다.

"만약 그분이 대표님 찾아오신다면 어떻게 하실 겁니까?"

"하하."

어이없는 말을 들었다는 듯 제하가 낮게 조소했다. 효원은 자신이 실언했다는 걸 뒤늦게 깨달았다. 만약 여자 쪽에서 제하를 찾으려고 마음만 먹었다면 못 할 것이 없는 상황이었기 때문이다. 검색창에 이제하, 이름 석 자만 쳐도 나오는 경제 기사가 산더미였다. 결론은 하나. 여자는 그와의 만남을 원치 않는다.

"퇴직금을 한 푼이라도 챙기고 싶다면 지금 당장 입 닥치는 게 좋을 거야, 장효원."

제하가 이를 갈며 내뱉었다. 당장이라도 폭발하기 일보 직전으로 보이는 그를 향해 효원은 마지막 질문을 던졌다.

"만일 우연으로라도 마주친다면 어쩌실 겁니까?"

효원은 우연을 가장해서라도 제하와 그녀를 만나게 해 주고 싶은 심정이었다. 먼지가 미끄러질 정도로 잘 닦인 제하의 구둣발이 딱 멈추었다. 그가 싸늘한 얼굴로 효원을 마주했다. 경직된 턱이 천천히 열렸다.

"궁금해?"

"예."

사람이 아무도 없는 복도에 그의 목소리가 낮게 울려 퍼졌다.

"감금할 거야."

효원이 말없이 눈을 깜빡였다. 원래 출신이 뒷골목이라 효원은 그런 종류의 일이라면 익숙했다. 다만 제하에게서 그런 말이 나올 수 있다는 게 의외일 뿐. 정확히 말하면 그에게 이렇게 시커멓고 끈적거리는 감정이 존재한다는 사실이 의외인 것이다. 그것도 한 인간에게.

"그리고요?"

"내 아이를 낳게 할 거야."

비틀린 사랑인가. 그렇다면 왜 당장 그 일을 직접 행하지 않는 거지? 효원은 제하가 마음먹은 일을 추진하는 스타일을 잘 알았다. 도덕과 예의 따위는 그에게 중요치 않았다. 필요하다면 범죄까지 저지를 수 있는 게 눈앞에 있는 젊고 미끈한 남자였다. 수단과 방법을 가리지 않는 그를 보며 원래 깡패였던 효원조차 놀란 적이 한두 번이 아니다. 차라리 그러라고 입을 떼려는 순간, 제하가 말을 덧붙였다.

"그리고, 세상에서 가장 잔인한 방법으로 그 아이를 죽일 거야. 그 여자가 보는 앞에서."

"……."

엉망으로 일그러진 얼굴에서 흥분과 분노가 같은 크기로 혼재했다. 효원은 그와 일한 지 5년 만에 제하의 진짜 얼굴을 본 듯한 느낌이 들었다. 제하가 그를 노려보며 쐐기를 박았다.

"그 자리에 네 여동생도 부르는 걸 원하는 게 아니라면, 쓸데없는 일에 신경 끄고 네 일이나 잘해."

효원이 마른침을 삼킨 후, 고개를 숙였다. 효원이 가진 유일한 약점이 여동생이라는 사실을 제하는 잘 알고 있었다. 그와 함께 일하게 된 계기가 여동생을 구하기 위해서였으니 어쩌면 너무도 당연한 일이었다. 효주가 제하를 사랑하게 된 것 역시 정해진 수순 같은 일이었고 말이다. 그 사실을 알고도 효주를 무생물 보듯 하는 제하였다. 하지만 수틀리면 효주를 완전히 짓밟아 버릴 수 있는 사람이란 것도, 효원은 잘 알았다.

"주제넘었습니다."

"문 열어."

달칵.

약속 장소의 문이 열리자 안에서 미리 기다리고 있던 사람이 일어나 반갑게 그를 맞았다.

"기다리게 해서 죄송합니다."

"제가 일찍 온 거죠. 바쁘신데 시간 내 주셔서 정말 감사합니다, 이 대표님."

넥타이를 완벽하게 조인 채 무감하게 악수를 청하는 제하의 옆얼굴을 보며 효원은 잠시 생각했다. 어쩌면, 이제하는 자신이 방금 말한 그 모든 잔인한 일이 벌어질 그날만을 기다리며 하루하루를 간신히 살아가고 있는 게 아닐까, 하고. 이제껏 성공에 성공을 거듭했어도 무감하게만 보였던 그의 얼굴에 일렁이던 시커먼 열기는 역설적으로 그가 살아 있음을 느끼게 만들었다.

아무래도 강예강이라는 여자를 찾아봐야 할 것 같은 느낌이 들었다. 그녀를 제하의 앞에 들이미느냐 마느냐는 그다음 문제였다. 효원은 그 여자가 궁금했다. 한 남자의 인생을 이렇게 송두리째 쥐고 흔들 수 있는 여자가, 얼마나 대단한 여자인지.

* * *

하늘하늘한 새틴 원피스가 가득 들어 있는 보따리를 양손에 한 개씩 들고 옮기며 용호가 길게 한숨을 쉬었다.

"와. 진짜 십년감수했다. 아휴…… 백 사장 그 떽떽거리는 목소리 상상만 해도 아주 기가 다 빨리네."

해를 거듭할수록 빠르게 늘어나고 있는 인터넷 쇼핑몰의 관건은 역시나 신속한 배송이었다. 게다가 유행 코드가 한번 터지면 소매상들이 너도나도 같은 상품을 원하기 때문에 공장에서의 물량 확보가 무엇보다 중요했다. 올여름, 전 국민을 들썩들썩하게 만들었던 드라마에서 여주인공이 첫 데이트 때 입고 나온 원피스는 말 그대로 대박을 쳤다. 여주인공의 이름을 따 XXX 원피스라 불린 스타일의 옷은 날개 돋친 듯 팔려 나갔다. 그런데 어제 새벽, 거래처에 들어갈 물건 수량을 체크하던 강 실장이 주문지에 숫자 '0' 하나가 빠진 것을 잡아낸 것이 시작이었다.

김밥을 씹다 말고 용호는 그 자리에서 펄쩍 뛰었다. 결국 강 실장이 공장이 있는 안산으로 달려갔고 웃돈까지 줘 가며 공장을 2박 3일 풀가동한 결과, 간신히 오늘 아침까지 물량을 맞출 수가 있었다.

"아무튼 수고했다. 쉬는 날인데 고생했고."

이제 마지막 짐을 실어 보내면 오늘 일정은 안전하게 마무리였다. 용호는 어서 빨리 일을 끝내고 강 실장과 함께 삼겹살에 소주 한잔을 들이켜고 싶은 생각이 가득했다.

"잘 끝나서 다행이에요."

강 실장이 모자를 고쳐 쓰며 땀에 젖은 얼굴로 그를 향해 생긋 웃었다. 눈이 마주치자 심장이 쿵, 내려앉는 느낌에 용호가 저도 모르게 마른침을 꿀꺽 삼키며 큰소리를 쳤다.

"그럼, 잘못 끝날 줄 알았냐? 새벽 시장의 살아 있는 성공 신화가 네 눈앞에 있는데? 내가 월드컵 때 붉은 악마 티셔츠 하나로 아파트를 장만한 사람이야. 동대문에서 내 이름 모르면 간첩이라고, 알아?"

"아, 그러니까요."

그녀가 더욱 환하게 웃으며 맞장구를 쳤다. 땡볕에서 물건을 이고 지고 나른 탓에 화장기 없는 얼굴은 달아올라 벌겠고, 짤막하게 잘린 머리카락 아래 드러난 목덜미는 땀이 송골송골 맺혀 티셔츠까지 축축했다. 꾸민 데라고는 없는 선머슴 같은 모습이지만 지금처럼 눈을 접으며 웃을 때는 도무지 시선을 쉽게 뗄 수가 없다.

"사장님, 나중에 건물 사셔도 저 잊으시면 안 돼요."

얘는 얼굴 팔아먹고 사는 직업도 아닌데 쓸데없이 왜 이렇게 예쁜 거야.

"알면 잘해라, 강 실장."

용호가 흠흠 헛기침을 하자 그녀가 "넵!" 하고 우렁차게 답을 했다. 지친 게 분명한데 지친 티도 안 내고, 사람 미안한 마음을 미리 알고는 민망하지 않게 먼저 숙이고 들어온다. 하나부터 열까지 마음에 들지 않는 구석이 없었다.

사실, 동대문에서 물건 사입을 하는 이들 중에선 서용호보다 강 실장이 더 유명할 게 틀림없었다. 비단 몸을 쓰는 험한 일에 종사하는 99.9퍼센트의 남자들 사이에서 유일하게 다른 성별을 가지고 있기 때문만은 아니었다.

머리를 귀가 다 보일 정도로 싹둑 짧게 자르고 시커먼 티셔츠와 무릎까지 오는 반바지만 입고 다니는데도, 강 실장은 속된 말로 존나게 예뻤다. 얼굴은 눌러쓴 모자에 실종될 정도로 작았고, 그 작은 얼굴 안에 또 이목구비는 얼마나 오밀조밀하게 들어차 있는지 몰랐다. 마흔 살 노총각 서용호는 얼굴 표정의 관리가 힘들어 안 그래도 험상궂은 얼굴을 더 험상궂게 만들었다.

"너는 내가 확실하게 키워 줄 테니까, 나만 믿고 따라만 오면 된다. 알겠나."

"넵! 알겠습니다!"

강 실장이 꽤나 각 잡힌 자세로 해진 모자챙에 손을 모로 세워 붙인 후, 배시시 웃었다. 용호는 이런 복덩이를 발로 차 버리려 했던 과거의 멍청한 자신을 떠올릴 때마다 지금도 뒷골이 당겼다.

강 실장을 처음 봤을 때, 그는 반반한 얼굴로 비비면 될 줄 아냐는 말로 일자리를 달라는 그녀를 면전에서 깔아뭉갰다. 웬만하면 포기하고 돌아갈 줄 알았지만 그녀는 비실거리는 몸집에서는 상상도 할 수 없을 정도로 악바리였다. 한 번만 일할 기회를 달라며 그를 붙들고 귀찮게 늘어졌다.

길어야 사흘 나오고 때려치우겠지, 했던 용호의 생각은 단 이틀 만에 바뀌었다.

그녀는 남들이 한 번 움직일 때 두 번 움직였다. 다른 도매상을 싹 돌며 미처 그들이 인지하지 못한 유행 코드를 뽑아내는 센스도 보통이 아니었다. 여자가 여기 와서 뭐 하냐고, 자존심이 상할 말에도 에둘러치며 생글거리는 능청스러운 면도 있었다.

나중에 알고 봤더니 24시간 운영하는 기사 식당 설거지부터 대리 운전, 콜 센터 불만 접수까지 안 해 본 아르바이트가 없는 녀석이었다. 용호보다 나이가 열 살은 어리지만 마치 인생을 두 번 산 것처럼 보이는 것도 당연했다.

저러고 동대문 바닥을 휩쓸고 다니다가 누군가 그녀를 빼 가기라도 할까 봐 겁이 날 지경이었고, 전전긍긍하는 건 지금도 마찬가지였다. 용호가 속을 숨기려고 일부러 큰소리를 쳤다.

"그냥 하는 말 아니거든? 내가 이 바닥에 살아 있는 성공 신화야. 어라? 또 허투루 듣지, 너. 그렇게 실실 웃으면서."

"아뇨, 절대 허투루 안 듣는데. 사장님이 제 롤 모델이잖아요…… 읏차."

옷이 바리바리 실린 짐 보따리를 트럭 위에 올린 후, 강 실장이 말갛게 웃었다.

"야, 호박."

"네, 사장님."

용호가 마른침을 꿀꺽 삼켰다. 저렇게 예쁘니까 이렇게 거지꼴을 하고 있는데도 남자들이 꼬이는 게 틀림없었다. 땀 흘려도 표시가 안 나는 우중충한 색깔의 티셔츠를 벗어 던지고, 그녀가 지금까지 수천 장을 팔아 치운 원피스 하나만 걸친다면 아마 다들 코피가 터질 것이다.

"흠. 오늘 고생했다."

용호는 그녀에게 감히 주제도 모르고 껄떡거리는 종자들을 두고 볼 수가 없었다. 씩씩하고 깡이 좋은 강 실장은 늘 요령 좋게 그들의 대시를 거절해 왔지만 용호가 뒤에서 얼마나 눈을 부라리며 그들을 견제했는지까지는 알지 못할 것이 분명했다.

"말만 하시기 없기. 저 초과 수당 확실하게 챙겨 주셔야 해요."

"아유, 이 자식 하여간 돈 밝히는 거 보면 정이 들려다가도 확 떨어져."

"네. 저 같은 거한테 정 주지 마세요, 사장님."

마음에도 없는 말을 내뱉었는데, 거기에 또 동의하며 웃는 녀석을 보다 용호는 심장 마비가 올 뻔했다. 강 실장이 저런 식으로 세상 다 산 사람처럼 희미하게 미소 지을 때면, 그는 마치 그녀가 금방이라도 사라져 버릴 것 같은 불안한 예감에 입이 말랐다. 하루도 일을 쉰 적이 없는 그녀인데도, 매일같이 동대문에 붙박이로 사는데도 마치 그녀가 속한 곳은 이곳이 아닌 것 같은 착각이 들었던 것이다.

"너, 나랑 일한 지가 얼마나 됐지?"

"음…… 올해로 5년째요. 와, 그러고 보니 진짜 오래됐다."

강 실장이 그에게 찾아왔던 게 스물다섯 살 때였다. 기를 쓰고 일하는 걸 보며 그가 속으로 짐작했듯이, 강 실장의 발목을 붙잡고 있는 것은 빚이었다. 술에 취해 지나가듯 하는 말로는 어머니가 병상에 꽤 오래 누워 있다 돌아가셨다고 들었다.

자신의 이야기를 통 하지 않는 탓에 자세한 내막은 모르지만 직접 듣지 않아도 빤했다. 있는 건 지지리도 없는 가난한 집. 유산은커녕 빚만 남겨 주고 떠난 부모. 태어난 잘못으로 아등바등 살아야 하는 인생이 얼마나 힘들었을지는, 힘들어도 눈물 한 방울 안 흘리는 저 근성만 봐도 안다.

"오래되긴 뭐가 오래돼. 사람 인연이 인마, 한 10년은 넘어야 이 사람이랑 이제 좀 일 한번 해 보겠구나, 하는 거…… 어엇!"

그녀를 어떻게든 붙잡아 두고 싶은 마음에 주저리주저리 말을 잇던 용호가 엇, 하며 그녀를 잡아끌었다.

"어, 조심. 차 온다 인마."

빠르게 옆을 지나가는 검은 세단을 보며 용호가 눈을 빠르게 끔뻑거렸다. 슬쩍 벌어진 입에서 놀람과 감탄을 담은 욕설이 절로 터졌다.

"씨발……."

지금 용호의 눈앞에 지나간 외제 차는 한국에 몇 대 들어오지 않은 엄청난 모델이었다. 그 차가 그의 인상에 더 남은 이유는 따로 있었다. 그가 비단 늘 자동차 잡지를 손에 들고 다녀서가 아니었다.

강 실장이 자장면을 먹다 말고 멈춘 채, 잡지 표지에서 눈을 떼지 못했던 것이다.

"와……! 우리 강 실장 눈이 대체 하늘 꼭대기 어디쯤 달린 거야? 오호. 역시 이 정도는 되는 새끼래야 눈길 한번 준다, 이건가?"

"근데 이 새끼, 같은 남자가 봐도 존나 잘생겼네요. 돈 많아, 키 커, 얼굴 이렇게 생겼어. 뭐 이렇게 몰빵이야, 재수 없게."

"거시기는 좆만 할 거야. 분명하다."

"야이, 식탁 앞에서 지저분한 아가리 안 닥쳐! 여기가 니들만 밥 처먹는 데야?"

눈치도 없는 자식들이 주접을 떨며 용호의 성질을 긁었던 게 문제가 아니었다. 평소라면 시커먼 놈들이 그 어떤 음담패설 헛소리를 지껄이건 무시하고 먹는 데만 집중했을 강 실장이 얼굴을 새빨갛게 붉혔던 것이 아직도 그의 뇌리에 생생했다.

그날, 강 실장은 처음으로 식사 자리에서 먼저 일어났다. 무려 그가 통 크게 양장피를 시켰음에도 불구하고.

부러움과 탄식이 섞인 한숨이 저절로 용호의 입술을 비집었다. 몇 년을 꼬박 일해야 저런 차를 굴리고 다닐 수 있을까. 그때 잡지 표지에서 메인인 자동차보다 더 대문짝만하게 얼굴이 찍혀 있던 기생오라비 이름이 뭐였더라. 뉴스에서 한창 떠들어 대던 인물이 돈을 몇백억을 굴리건 그에게는 아득한 다른 세계 이야기일 뿐이었다.

강 실장 눈에도 그 자식이 어마어마하게 보였을까. 그래서 가랑이 사이에 좆 달린 놈들한텐 관심도 없는 자식이 그렇게 뚫어져라 그놈의 얼굴을 쳐다보았던 걸까.

괜히 풀이 죽어 힐끗 그녀를 보자 강 실장이 눈을 동그랗게 떴다.

"사장님. 모른 척하시기 없기에요!"

"응? 뭘."

"저 분명히 휴무 날 불려 나와서 세 시간 더 일했습니다? 그러면 제 하루 일당에다가 식대 포함하면 못해도 초과 수당 5만 원은 더 챙겨 주셔야 하는 건데 오래 일한 의리로 3만 5천 원만 더 받을게요."

그녀는 바로 옆에 지나가는 고급 차 따위는 관심도 없다는 표정이었다. 머리로 계산기를 돌리고 있는 것 같은 또랑또랑한 목소리를 듣자 우울함에 풍덩 빠져 있던 용호가 단박에 현실로 돌아왔다.

"알았다, 알았어. 누가 지독한 놈 아니랄까 봐."

"그래서 저 뽑으신 거잖아요?"

강 실장이 히죽 웃었다. 용호는 씁쓸했던 마음이 갑자기 화악 풀어지는 것 같은 착각이 들었다. 그래. 저런 차를 타고 다니는 새끼들의 세계는 평생 알 여유도, 알고 싶은 마음도 없다. 지금 그들이 살아가는 치열한 현장이 그들의 삶인 것이다.

괜히 민망해 팔꿈치로 툭, 치자 그녀가 어어, 하며 비틀거리면서도 용케 중심을 잡았다. 제 몸집만 한 보따리를 두 개나 들고 움직이면서도 인상 한 번 찌푸리지 않는 그녀를 보니 용호는 갑자기 아랫배가 뜨끈했다.

씨팔. 이팔청춘도 아니고 아들놈은 요즘 들어 왜 자꾸 시도 때도 없이 불끈대는지 몰랐다.

"강 실장."

"넵!"

민망한 신체 반응을 가리려 큼, 하고 괜히 헛기침을 한 후 용호가 입을 열었다.

"기분이다, 오늘은 돼지 말고 소로 간다. 장군집 예약해! 한우 받고, 꽃등심 콜!"

"사장님……?"

"왜."

"혹시 복권 되셨어요? 왜 그러세요?"

"야. 너 죽을래?"

"아니 사장님이 갑자기 아무 날도 아닌데 소고기를 쏘신다고 하니까요. 전혀 아파 보이진 않으시니까, 어디서 돈 크게 들어온 거 있나 하고 여쭤보는 거예요."

진지하게 말을 잇는 그녀를 보는 용호의 얼굴이 울그락불그락 다채로운 색을 띠었다. 방금 지나간 슈퍼 카의 차주만큼은 아니더라도 자신 역시 장롱 맨 아래 서랍에 감춰 둔 통장이 스무 개가 넘는다는 사실을 어디서부터 어떻게 알려 주어야 할지 고민이 됐다.

"야, 이 자식아, 고기 사는데 뭔 복권까지 필요해!"

"상우 삼촌이랑 명선이, 준형이까지 부르면 아무리 적게 먹어도 15인분은 넘게 시킬 텐데요?"

"내가 대가리 총 맞았냐! 걔들을 왜 불러? 한 달 매상 싸그리 날릴 일 있어?"

용호가 저도 모르게 소리를 버럭 높이자 강 실장이 고개를 격하게 끄덕였다.

"그러니까요!"

"너 아니었으면 백 사장 그 홍콩 할매 귀신한테 단단히 좆 될 뻔했으니까 내가 밥 산다는 거 아냐. 물론 애들한테는 입도 뻥끗하지 마라. 알았지? 특히나 명선이 그 돼지 새끼한테는 절대 비밀로 해야 된다."

"사장님. 근데 오늘은 제가 좀 바쁠 것 같은데……."

곤란한 표정을 지으며 말끝을 흐리는 강 실장을 보며 용호가 인상을 확 찌푸렸다. 회식 자리에서도 끝까지 남아 남들보다 먼저 일어나는 법이 없는 그녀였다. 얘가 지금 설마 소고기 사 주는 대신 초과 수당을 안 챙겨 주기라도 할까 봐 겁이 나서 저러는 건가.

"식사는 그냥 혼자 하세요, 사장님."

천 원짜리 한 장에도 벌벌 떠는 그녀의 성격이라면 거기까지 생각하고도 남았다. 용호의 넓적한 얼굴이 벌겋게 달아올랐다. 본인이 평소에 조금 빡빡한 생활을 하고 산 것은 사실이었지만 오늘 같은 날 고생한 직원에게 밥 한 끼 쏘지 않고 넘어가는 악질은 아니었다. 대체 사람을 뭘로 보고 이러나 싶었다.

"아, 돈도 따로 챙겨 줄 거니까 그건 걱정하지 말고! 넌 내가 그렇게 악덕업주로 보이냐? 엉? 이 대가리 호박 같은 게, 진짜!"

마지막 짐 보따리를 턱, 하고 트럭에 실은 후 그녀가 땀에 젖은 얼굴로 손을 내저었다.

"오늘 밤에는 진짜 일이 있어서 그래요."

"무슨 일. 너 설마 나 몰래 딴 데서 다른 알바 뛰냐? 너 그렇게 몸 함부로 굴리다가 진짜 죽어. 훽 골로 간다고. 알아?"

"네? 사장님, 아무리 그래도 어떻게 아까부터 계속 직원을 죽인다는 험악한 말씀을 하세요. 사장님처럼 생긴 분이 그런 농담 하면 진담같이 들려요."

그녀가 생글생글 웃으며 능청을 떨었다. 용호는 속에서 천불이 날 지경이었다.

"아니, 내가 널 죽이겠다는 소리가 아니라 너 그렇게 일하다가 쓰러진다는 말이잖아! 이 콩만 한 게 그냥 확 패 버릴라."

"걱정해 주셔서 감사한데 진짜 급한 일이 있어서요."

밤에 눈을 떠서 새벽에 가장 활기차지는 동대문 도매 시장의 피크 타임은 새벽 1시부터 시작해 정오까지 이어진다. 낮밤을 바꿔서 생활하는 것도 모자라 강도 높은 체력이 뒷받침되는 일에는 체격 좋은 남자들도 나가떨어지기 일쑤였다. 이 악바리가 혹시 돈 욕심에 기어코 무리를 하는 건가 싶어 용호가 두툼한 목에 핏대를 세웠다.

"강 실장. 너 혹시 월급 올려 달라고 나한테 시위하냐? 지금, 그래?"

"아뇨, 사장님. 그런 게 아니라 동생이 아파서 그래요."

당황해서 손까지 내저으며 부정하는 그녀의 표정을 보니 금방 둘러댄 이야기 같지는 않았다.

"동생? 너랑 5년 일하면서 첨 듣는 소린데?"

"그냥 아는 동생이요."

강 실장이 습관처럼 애매하게 답하며 웃었다. 그녀를 앞에 두고 용호가 푹, 하고 길게 한숨을 쉬었다.

늘 이런 식이다. 강 실장은 자신에 관한 이야기는 뭐든 속 시원히 대답해 주는 법이 없었다. 함께 일한 지 5년이 지났는데 그녀의 집 주소도 정확히 몰랐다. 빚쟁이한테 오죽 시달렸으면 신상을 저렇게까지 숨기나 싶어 처음엔 그러려니 했지만, 남몰래 속 끓이는 요즘은 정말 환장할 노릇이었다.

"그럼 먼저 가 보겠습니다, 사장님."

"밥은 먹고 가지? 요 앞 백반집에서 김치찌개라도 먹고 가."

강 실장이 모자를 벗어 이마의 땀을 훔치고는 다시 푹 눌러쓴 후 환하게 웃었다.

"김치찌개 말고 다음에 소고기 얻어먹을래요."

"야, 야! 강 실장아. 그럼 내가 동네까지 데려다줄게, 기다려! 차 빼 온다니까?"

강 실장은 그저 손을 크게 흔들 뿐이었다.

"한우 꽃등심이요! 사장님, 진짜 약속하셨어요! 저 절대 안 까먹어요!"

용호는 어느새 탁탁 뛰며 멀어지는 그녀의 뒷모습을 허무하게 바라보며 닭 쫓던 개 같은 표정을 지을 수밖에 없었다.

06

출발하려는 버스에 간신히 올라탄 후, 예강이 가쁜 숨을 가다듬었다. 모자를 벗어 손등으로 땀에 젖은 이마를 훔쳐 냈다. 약한 에어컨 바람이 그녀의 동그란 이마를 느리게 식혔다. 끝까지 밥 먹고 가라고 그녀를 붙잡은 용호의 성의를 떠올리자 어이없게 가슴이 뜨끈해졌다. 그날이 가까워져서 그런가. 생리일이 다가오면 이렇게 울컥거릴 때가 있었다.

서툴고 투박하지만 그의 친절이 진심이라는 건 누구보다 그녀가 더 잘 알았다. 받았으면 받은 만큼 돌려주고 살아야 하는 것도 이 세상의 이치다. 그녀가 옆집 사는 지은에게 잘해 주는 것도 그런 맥락일 뿐이었다.

끼익.

버스에서 내려 부지런히 걸었다. 시장 초입에 있는 과일 가게를 지나치는데 붉은 소쿠리에 담긴 샛노란 참외가 눈길을 잡아끌었다. 색깔을 보는 것만으로 코끝에서 단내가 나는 것 같다. 예강은 잠시 망설이다 성큼 한 발짝 다가서며 목소리를 높였다.

"사장님, 참외 어떻게 해요?"

"떨이라 세 개 만원. 옮기다 상처 나서 그렇지 맛은 끝내줘요."

"떨이니까 한 개 더 주시면 안 돼요?"

싱글, 습관적인 웃음을 얼굴에 올리며 묻자 나이가 지긋한 과일 가게 여주인이 비닐봉지를 뜯으며 피식 웃었다.

"하이고. 그래요. 젊은 사람이 흥정을 다 하네."

"감사합니다, 많이 파세요!"

예강은 꾸벅 인사를 하고 기쁘게 돌아섰다. 냉장고에 뒀다가 입맛 없는 지은에게 깎아 주면 잘 먹을 것 같았다. 묵직한 검은 봉지를 들고 언덕을 걸어 올라오자 뜨거운 숨이 턱까지 찼다.

예강은 모자를 벗고 팔등으로 이마에 고인 땀을 훔친 후, 시장 옆길 가파른 언덕 위를 걸었다. 유난히 더웠던 여름. 흙바닥을 데굴데굴 굴러다니던 샛노란 참외가 생각이 났다. 햇살에 눈이 부셔 눈가가 간질거렸다.

리어카에 폐지를 잔뜩 싣고 언덕을 올라가는 할머니를 발견하고는 얼른 뛰어가 뒤에서 밀어 드렸다. 집 앞까지 간 이후에는 고마워서 어쩔 줄 모르는 할머니에게 꾸벅 인사한 후 과일을 나눠 드렸다.

삐걱.

철문을 열고 들어가 반지하 옆방인 지은의 집 문을 두드렸다. 이름을 불러도 대답이 없기에 얼른 가방 안에서 키를 꺼내 돌렸다.

"지은아. 나야."

지은이 데려다 키우는 길고양이가 문지방을 넘어오며 냐아, 하고 날카로운 소리를 냈다.

"어, 순심아. 잠깐만, 잠깐만……."

예강은 바닥에 늘어진 핸드백과 옷가지를 밀어 내며 매트리스 위에 누워 있는 지은에게로 다가갔다. 이마를 짚어 보자 지은이 스르륵, 눈을 떴다.

"언니, 순심이 밥 좀 주라."

"어, 몸은 좀 어때?"

딱 봐도 눈이 쑥 들어간 지은의 상태는 안 좋았다. 며칠 전부터 몸이 안 좋다는 소릴 하던 그녀는 밤마다 꾸역꾸역 일을 나가더니 결국 어젯밤 열이 펄펄 끓어 앓아누웠다.

"몰라. 여름에 무슨 감기가 걸리고 난린지……."

예강은 그녀의 다리에 머리를 가열차게 박치기하는 순심이의 사료 그릇에 사료를 부어 주고, 어제 자신이 끓여서 냉장고에 넣어 놓은 시원한 보리차를 지은에게 한 잔 따라 주었다.

"여름 감기가 원래 더 지독해. 오늘은 일 나가지 말고 그냥 쉬어. 응?"

"어제도 쨌는데 오늘도 안 가면 나 짤려. 안 그래도 실장이 지랄인데."

지은이 완전히 갈라진 쉰 목소리를 내뱉다 목이 아픈지 인상을 찌푸렸다.

"그래도 밤새 에어컨 바람 쐬면 더 안 좋아지니까."

"됐네요. 언니가 돈 빌려줄 거 아니면 오지랖 그만 부려."

지은의 일갈에 예강이 입을 딱 다물었다. 오지랖을 부리는 거라는 지은의 말은 사실이었다. 생활비가 최소한으로 제한되어 있는 이 상황에서, 자신이 지은에게 빌려줄 수 있는 여윳돈은 아무리 쥐어 짜내 봐도 없었다. 가지고 있는 것은 그동안 고된 노동에 익숙해진 몸뚱이 하나뿐이었다. 참외를 사러 만 원짜리 한 장을 내밀면서도 머릿속으로 계산을 해야 했던 걸 생각하니 더욱 할 말이 없었다. 지은이 침대 옆에 굴러다니는 휴대폰을 열더니 길게 한숨을 내쉬었다.

"동생?"

"응. 학원비 부치라네. 여름 방학 특강."

부모가 없는 지은은 동생 둘의 생활비를 책임지는 가장이었다. 반지하 월세방. 바로 옆집에 이사 오는 아가씨는 집에서 잠만 자니 조용할 거라고 말하며 주인집 아주머니는 떨떠름한 표정을 지었다.

"바로 아래 남동생이 공부 잘한다고 했지?"

"덕분에 앞으로 걔 밑으로 돈 엄청 깨질 예정이지 뭐."

말은 그렇게 해도 지은의 얼굴에는 동생에 대한 자랑스러움을 숨길 수 없는 게 표시가 났다. 예강은 그녀를 보며 소리 없이 웃었다. 아침에 퇴근하는 지은이 열쇠를 잃어버려서 예강의 집 문을 두드린 것이 그들 인연의 시작이었다.

"혹시 주인집 아줌마 전화번호 알아요?"

짙은 화장과 두꺼운 아이라인이 덮고 있어도 그녀가 어리다는 사실은 알 수 있었다. 지은에게서는 동이 트기 직전 도시의 밤처럼 외롭고 지친 냄새가 났다.

"아주머니 지금 에어로빅 가셔서 전화해도 안 받으실 거예요. 괜찮으면 들어와서 밥 먹으면서 기다려요."

그날, 예강은 지은에게 밥을 차려 주었고 육개장에 뜨거운 밥을 한술 푸다 말고 그녀는 갑자기 화장실로 들어갔다. 한참 있다가 나온 그녀의 눈과 코는 붉었지만 예강은 모른 척했다. 아침밥을 먹은 지가 너무 오래되어서 속이 안 좋다고 말하면서도 지은은 한 그릇을 깨끗이 싹싹 비웠다.

일하는 시간대가 비슷한 까닭에 그들은 자연스레 가까워졌다. 지은은 팁을 받은 날이면 예강을 대패삼겹살집에 데려갔고 소주 한 병을 비우며 자신의 이야기를 털어놓곤 했다. 그럴 때면 항상 돈은 지은이 냈다. 손아랫사람에게 얻어먹는 게 불편하다고 말하자, 그녀의 가게에 오는 사람들은 이야기 들어 주는 값으로 돈을 낸다고 했다. 자신의 이야기를 들어 주는 사람은 예강뿐이니 이건 그 값이라고 말하며 지은은 웃었다.

딱 제가 데려와 기르는 길고양이 같은 아이였다. 겁이 많은 만큼 경계심이 많지만 조금만 잘해 줘도 손에 머리를 비비는, 까칠해 보이지만 사실은 순둥이.

"밥 좀 먹어야지."

"출근해서 떡볶이 먹으면 돼."

쿨럭, 기침을 하며 지은이 인상을 더욱 찌푸렸다. 허옇게 말라붙은 그녀의 입술을 보고 있다가 예강이 자리에서 일어났다. 자신의 방에서 쌀을 가져다가 흰죽을 끓이고 김치를 작게 잘라서 밥을 먹였다. 지은은 몇 숟갈 뜨는 둥 마는 둥 하다 약을 털어 넣고 다시 자리에 누웠다.

"언니, 나 혹시 못 일어날 수도 있으니까 이따가 8시에 깨워 주라. 미용실 가려면 그 시간에는 일어나야 돼."

"너 오늘 일 나가지 마."

"내가 안 가면 누가 가."

"내가 가면 되지."

"뭐?"

지은의 목소리가 갈라졌다.

"마침 나 쉬는 날이거든."

예강이 아무렇지도 않게 입을 떼자 지은이 누운 채로 미간을 찌푸렸다.

"무슨 말도 안 되는 소릴 하는 거야?"

"왜 말이 안 돼, 내가 일을 얼마나 잘하는데……."

"헛소리 하지 마. 내가 일하는 가게가 뭐 어떤 곳인지 알고나 그런 소리 하는 거야? 무슨 칵테일 바 같은 데인지 아냐고."

예강의 말을 날카롭게 자르는 지은의 목소리 끝이 조금 떨렸다. 예강은 잠시 말을 멈추었다가 눈을 깜빡이며 동요하지 않는 말투로 입을 뗐다.

"술 팔고 손님이랑 대화하는 데가 다 비슷비슷하지 뭐."

"언니!"

버럭 소리를 높이던 지은이 인상을 구기며 입술을 깨물었다. 바에서 일한다고 말했지만 사실은 룸살롱이라는 걸 예강이 눈치채지 못했을 리가 없었다. 아무렇지 않게 말을 꺼내는 건, 지은의 기분을 염려해서 그러는 게 분명하다는 사실을 알고 있는데도 말이 곱게 나오지 않았다.

"짜증 나게 하지 마."

"나 안 해 본 일 없어, 지은아. 그리고 나 정도면, 너만큼은 아니더라도 꽤 괜찮지 않아?"

예강은 지은의 사나운 일갈에도 아랑곳하지 않았다. 엄지와 검지를 펴서 턱 밑에 가져다 대며 능청스레 덧붙였다.

"내가 안 꾸며서 그렇지, 화장하고 치마 입으면 이 동네 평정한다."

지은은 생긋 웃는 예강의 화장기 없는 얼굴을 바라보다 입술을 조금 깨물었다.

"뭐라는 거야, 진짜. 그 꼴을 해서는……."

가늘고 긴 지은의 눈가에 붉은 열기가 들어찼다. 눈물을 감추며 그녀가 숨을 짤막하게 들이쉬더니 마른침을 삼켰다.

"아파 죽겠는데 언니 때문에 열 냈더니 힘 빠져. 잘 거니까 빨리 집에 가."

"지은아. 너 진짜 오늘 일 나가면 안 돼."

"아, 알겠으니까 좀 가라고!"

예강은 결국 손에 얼굴을 묻어 버리는 지은의 머리를 부드럽게 쓰다듬어 주었다. 아무 말도 잇지 못하는 지은의 마른 어깨가 소리 없이 떨렸다.

"알았어, 갈게. 좀 자. 걱정 말고. 응? 언니가 있잖아. 언니가 돈은 없지만 체력 하나는 끝내주거든."

결국 뒤집어쓴 이불 아래로 삐이, 하고 억눌린 울음소리가 터져 나오는 걸 뒤로하고 예강은 조용히 지은의 방을 나섰다. 강한 척해도 아직 스물두 살이다. 기댈 곳 없이 악바리처럼 살아야 하는데 몸이 아픈 게 얼마나 서러운지는 그녀가 가장 잘 알았다. 어쩌면, 악착같이 없는 체하고 살았던 자존심이 이럴 때 제 존재를 드러내는 게 더욱 견디기 힘든 걸지도.

달칵.

예강은 옆방으로 돌아와 냉장고를 열고 아껴 뒀던 맥주 한 캔을 꺼냈다. 벽에 등을 기대고 앉아 맥주 한 캔을 마신 후, 어느새 스르륵 쓰러져 잠이 들었다. 휴대폰의 진동 소리에 잠을 깼을 때는 어느새 사위가 어둑어둑해져 있었다.

"응, 지은아."

—언니.

"어, 말해."

지은의 빨간 눈가가 눈앞에 어른거렸다. 직접 얼굴을 보고 이야기하기 싫은 것도 바로 그 때문일 테다. 우는 모습을 보여 주기가 싫은 거다. 지옥 같은 이 세상에서 약함을 드러내는 건 결코 제 보호 수단이 되지 않는다는 걸, 미리 깨달았을 아이니까.

—내가 나가려고 했는데, 손님 중에 예민한 사람 있으면 기침 소리만 들어도 발작한다고 지랄병을 떨어서.

중간중간 가래 끓는 기침을 내뱉는 지은의 목소리는 엉망으로 쉬어 있었다.

—실장이 오늘 짼 애들이 너무 많다고 일단 누구든 보내서 머릿수는 채우래. 아가씨들 그만두는 게 내 탓이야? 개새끼.

"그럼 됐네. 문제없어. 내가 가면 돼."

—언니…….

"지은아."

예강은 지은의 말을 잘랐다. 엉망으로 갈라진 그녀의 목소리에서 희미한 울음이 느껴진 까닭이었다. 울음을 삼키고 있는 지은이 어떤 마음인지 그대로 전해져 온다. 미안하다는 말도, 고맙다는 말도 차마 할 수 없는 것이다.

"냉장고에 참외 깎아 놨어. 이따 배고프면 먹어."

전화를 끊은 후, 예강은 부엌에 붙은 욕실로 향했다. 땀에 전 몸을 씻어 내며 애써 담담하려고 노력했다. 24시간 운영하는 생선구이 식당에서 일할 때도 혼자, 또는 여럿이 와서 대낮부터 술을 마시는 아저씨들은 많았다. 질낮은 농담부터 젊은 아가씨가 이런 데서 왜 고생하고 있냐는 동정 어린 시선까지 모두 경험했다.

똑같이 몸을 써서 돈을 버는 그녀와 지은 사이에 다른 점은 없었다. 누군가 말하지 않았던가. 동정을 할 거면 차라리 돈을 달라고. 엄마가 병으로 5년을 앓다가 죽은 이후, 예강은 그 말을 뼈저리게 실감했다.

그러니까, 이건 아픈 지은을 위한 일당 15만 원짜리 친절일 뿐이었다. 지금 예강이 할 수 있는 건 겨우 이 정도밖에 없으니까.

* * *

"어, 제하. 왔어?"

포커를 치고 있던 남자 셋이 그를 보며 알은체를 했다. 널찍한 사각 룸 안에 들척지근한 향을 풍기는 시가 연기가 가득했다. 테이블에서 카드를 뒤집고 있던 그의 대학 동기 최훈정이 능글거리며 입을 열었다.

"그래도 빨리 왔네?"

"생일 축하한다."

"대표님 축하받으니 영광이네."

훈정은 제하와 함께 투자 회사를 세운 이였다. 오피스텔 원룸에서 책상 두 개, 컴퓨터 두 대만 놓고 시작했을 때가 10년 전이었고, 자회사로 독립해 나간 그를 사적인 자리에서 보는 것도 거의 1년 만이었다. 제하는 능청을 떠는 훈정을 무시하며 8인용 소파에 몸을 묻듯 기댄 후, 담배를 한 대 피워 물었다.

"오랜만에 크게 판 한번 벌려 보자. 계속 너만 기다리고 있었다."

남자 셋이 앉아 있는 테이블에 떨어진 핀 조명은 수북하게 쌓인 칩들을 비추고 있었다. 마치 카지노의 VIP 룸을 방불케 하는 인테리어는 오늘의 모임을 위한 특별한 세팅으로 보였다.

"피곤해. 오늘은 패스할게."

제하가 술잔을 뒤집어 얼음을 가득 채운 후, 스카치를 넘치게 부었다.

"이러시면 섭섭한데. 훈정이 생일 선물로 돈 한번 크게 잃어 주려고 온 거 아니셨습니까?"

제하의 동기이자 변호사인 임유현이었다. 현재 제하의 재산 규모를 가장 정확히 알고 있는 이이기도 했다. 그가 최근에 유언장을 작성했기 때문이다. 제하 정도의 자산가가 유언장을 미리 작성하는 건 이상한 일도 아니었다. 그가 언제 죽어도 상관없는 듯한 눈을 가지고 있는 건 또 다른 문제지만.

"희망 사항은 잘 들었는데, 오늘은 그럴 기분 아냐."

"왜."

"더워서."

"오자마자 왜 저렇게 까칠해? 누가 성격 더러운 거 모를까 봐 성질은."

이제껏 딱히 말이 없던 원경이 제하를 힐끗 보며 눈썹을 치켜올렸다. 날렵하게 빠진 금테 안경 안에서 조금 작은 눈이 날카로운 빛을 띠었다. 게임 회사에서 일하던 원경은 최근 포털 사이트의 전략기획팀으로 자리를 옮겼다. 엄청난 연봉 협상을 거친 성공적인 이직이었다.

"안 놀고 폼 잡고 있을 거면 굳이 여기까지 온 이유가 없잖아."

"아이고, 그만해라."

훈정이 목소리를 높이자 원경이 중얼댔다.

"분위기 깨는 것도 한두 번이지, 씨발."

"분위기 깨서 미안하다, 원경아."

원경이 건조하게 입을 떼는 제하를 흘깃 보았다. 평소에는 어떤 말을 들어도 모르쇠로 무시하던 제하였는데, 오늘은 확실히 평소보다 더욱 재수가 없었다.

"근데 이딴 데선 도저히 플레이할 맛이 안 나. 무슨 모텔도 아니고."

제하가 전혀 미안하지 않은 얼굴로 덧붙이자 원경의 피부색이 시뻘겋게 달아올랐다. 장소 섭외를 한 원경의 안색이 확 굳어지자 훈정이 분위기를 풀었다.

"야, 여기 나름 VIP 룸이야. 하긴…… 펜트하우스 사는 놈한텐 이런 아기자기함이 안 보이지?"

"별로."

훈정이 손을 내저으며 원경을 달랬다.

"우리 이 대표님이 많이 피곤한가 보네. 원경아. 제하 성격이 어디 하루 이틀이야? 우린 우리대로 놀자. 저 미친놈은 술 처먹게 놔두고."

"까다로운 새끼. 여기서 안 피곤한 사람이 어디 있다고 저 혼자 유난을 떨어."

제하는 말없이 슈트 안주머니에 넣었던 담배 케이스를 도로 꺼냈다. 그의 속을 들끓게 하던 폭력적인 기운은 하루 종일 가실 줄을 몰랐다. 악몽을 꾼 것도, 수행 비서 장효원의 갑작스러운 질문도 그의 신경을 온통 날카롭게 하는 데 큰 몫을 하고 있었다. 이런 날 혼자 있으면 정말 사고를 칠 것 같아 누군가를 만나러 억지로 나온 자리였는데, 신경도 쓰지 않았던 상대가 그를 짜증 나게 만든다. 그러니까, 원경은 운이 나쁜 것이다.

"원경아, 너 우리 회사 들어올래?"

제하를 흘긋 보는 원경의 눈매가 차가웠다.

"갑자기 뭔 뜬금없는 소리야."

"네가 받는 월급 세 배 줄게. 내가 지금 수행 비서를 자를까 생각 중이거든."

달칵. 철제 담배 케이스를 열며 제하가 느릿하게 말을 잇자 원경의 얼굴이 소리 없이 구겨졌다. 그의 자존심에 지지직 금이 가는 소리가 들리는 듯했다. 원경이 제하에게 이유 없는 열등감을 가지고 있다는 사실을 모르는 사람은 이 자리에 아무도 없었다.

제하의 성공은 또래의 그들이 따라잡을 수 없을 정도로 까마득한 꼭대기에 있었지만 중요한 건 그들이 못하는 게 아니란 거였다. 그저, 이제하란 놈이 특출나게 잘한 거였다.

들고 태어난 수저 같은 건 그에게 의미가 없어 보였다. 넷 중 유일하게 군대를 다녀온 것도 모자라 군 생활을 하고 있을 때도 돈으로 돈을 불린 놈인데 오죽할까.

그 사실을 인정할 수 없는 원경의 마음도 이해를 못 하는 건 아니었기에 훈정과 유현이 눈을 마주치며 관자놀이를 긁적였다. 제하가 플레이를 시작하고 있었다. 도박판의 카드가 아닌 사람을 가지고.

“뭐 인마?”

“네 실력이면 그 정도는 받아야 하잖아. 너야 워낙 머리가 좋으니까 숫자도 금방 읽을 테고 공돌이치곤 영업력도 좋지. 사람들 만나는 자리에 나 대신 내보내도 제 몫은 할 게 분명하니까 나한테도 나쁜 장사는 아니거든.”

언뜻 들어서는 칭찬 같지만, 지금 제하가 칭찬을 가장해 상대를 짓밟고 있다는 사실을 모르는 사람은 아무도 없었다. 원경은 특히나 남의 평가를 못 견뎌 하는 스타일이었고, 더욱이나 지금 그들은 ‘대학 동기’라는 동등한 입장에서 만난 상황이었다.

“네가 지껄이는 농담, 재미 하나도 없는 거 알지?”

원경의 기분이 급속도로 가라앉고 있는 것은 당연했다. 제하는 상대의 자존심을 긁는 방법을 정확하게 알고 있는 놈이었다. 인상 쓴 얼굴로 낮게 되묻는 원경을 향해 제하가 담배를 꺼내며 조금 웃었다.

“아아, 미안. 다섯 배로 할게. 친구 사정 모르는 것도 아닌데 내가 좀 쩨쩨하게 굴었다. 농담이라고 생각한 것도 당연해.”

“이제하.”

“제수씨 임신했다며. 기저귀값 정도는 충분히 내 줘야지.”

어차피 제하에겐 그 정도의 돈밖에 안 된다는 소리. 카운터펀치다.

“저 새끼가 진짜!”

원경이 모욕을 참지 못하고 벌떡 일어나자 훈정이 목소리를 높였다.
"야, 야, 그만들 해라. 남의 생일날 니들이 왜 난리야? 지금 이 시간부터 너희 둘 다 그냥 입 닥쳐. 제하 넌 게임 안 할 거면 술값을 내는 걸로. 오케이?"
"그래. 스카우트 제의 거절당했으니 그 정돈 충분히 해야지."
마지막까지 자존심을 긁는 제하를 보며 원경이 작게 중얼거린 것은 술김이었을 것이다.
"……깡패 돈으로 사업하더니 뭔 양아치도 아니고."
제하가 대학을 자퇴하기 전, 조폭에게 투자금을 받은 것은 당시 그와 함께 일했던 훈정만이 아는 사실이었다. 제하가 위스키병을 들고 자리에서 천천히 일어나는 걸 보며 훈정이 난감한 표정으로 작게 욕설을 씹었다.
"제하야, 그게 아니라……."
"왜. 원경이가 맞는 말 했지."
핀 조명이 떨어진 중앙의 테이블에 기다란 그림자가 걸렸다. 제하가 원경의 빈 술잔에 술을 가득 채웠다. 흐르기 직전 찰랑거리며 멈춘 잔 옆에 술병을 거칠게 내려놓자 쌓여 있던 칩이 와르르 무너졌다.
"근데. 깡패 뒤에서 칼 꽂고도 살아남은 양아치는 대체 얼마나 양아치일까?"
그의 말에는 뼈가 확실히 느껴졌다. 제하에게 돈을 댔던 거물급 조폭은 누군가에게 배신을 당해 칼을 맞고 교도소에 수감 중이었다. 그 누군가가 이제하의 수행 비서 장효원이 분명하다는 건, 제하를 제외한 3인이 술이 만취했을 때나 아주 가끔 등장하는 안주거리였다.
"아. 여기서 말을 잘못하면 우리 원경이가 포털에 내 뉴스를 아주 화려하게 내 주려나? 나 조금 기대되는데."
제하가 슬쩍 웃었다. 웃는 것은 그 혼자뿐이었다. 핀 조명이 내리쬐는 테이블 위에서 침묵과 함께 시선이 빠르게 교환되었다. 멈춰진 포커에 관심이 있는 이들은 이제 아무도 없었다. 이제하는 게임에 참여하지 않고도 판도를 바꿀 수 있는 이였다. 그는 원경이 상대하기에 이미 너무 거물이었다. 그리고, 원경은 지금 제하가 그의 숨통을 틀어쥐려 한다는 사실을 깨달았다.

"내가 실언했다. 한잔하자."

원경이 잔을 완전히 비운 후, 그에게 내밀었다. 제하는 그의 술을 거절하지 않고 받았다. 원경은 깍듯한 두 손이었고 제하는 한 손이었다. 원경의 손이 가늘게 떨리는 것은 친절하게 모른 척해 주었다.

"제하, 술 마시러 왔으면 실컷 마셔. 쓰러져도 호텔 방까지는 데려다주고 갈 테니까."

눈치 빠른 훈정이 긴장이 흐르는 공기를 깨고 상황을 정리하자 유현 역시 어색함을 떨치듯 과장되게 목소리를 높였다.

"이거 마시면 이제 우린 게임 시작하는 거다."

벽에 붙은 실내 온도를 조절하는 제하에게서 시선을 돌리는 이들의 눈빛이 썼다. 최저로 낮추어진 룸 안의 공기가 한층 더 차가워졌다. 방은 이제 시원하다 못해 추워 몸에 소름이 돋을 정도였지만 아무도 불평하는 이는 없었다.

* * *

주차장 램프로 진입하자 커다란 봉고 차가 앞으로 쏠렸다. 손잡이를 잡는 예강을 보며 맞은편에 앉은 여자가 툭 말을 걸었다.

"뭐 해요? 이제 다 왔는데. 립스틱 다 지워진 거 알아요?"

"아, 네."

예강이 그저 고개를 까딱할 뿐 특별한 조치를 취하지 않자 여자가 손거울을 내밀었다. 예강은 거울을 받아 들고 그 안에 비치는 자신의 모습을 보며 립스틱이 다 지워진 입술을 또다시 잘근, 씹었다.

"같이 간 사람까지 욕 먹일라 그러나……."

한심하다는 표정으로 그녀에게 중얼거리는 여자를 향해 예강은 말없이 거울을 돌려주었다. 머릿속이 복잡해 손에 땀이 잡혔다. 뒤집어쓴 긴 머리 가발도, 속옷이 다 보일 듯 짤막한 지은의 슬리브리스 원피스도 불편하고 어색했다.

"까다로운 고객들이니까 확실히 해야 된다. 오케이?"

룸살롱에 시간 맞춰 나갔더니 실장이라는 사람은 다짜고짜 그녀에게 손짓을 하며 다른 여자들과 함께 8인승 봉고 차를 타게 만들었다. 그녀와 비슷한 차림을 하고 줄지어 앉은 호스티스들에게 눈을 맞추며 변 실장이라 불린 이가 몇 번이나 했던 말을 또다시 반복했다.

"특히 너, 대타라고 어영부영하면 안 돼."

광대뼈가 툭 튀어나오고 눈이 옆으로 길게 찢어진 변 실장이 예강을 콕 집어 불렀다.

"너, 나이가 몇이라고?"

"서른인데요."

"아오, 진짜. 차라리 애가 있다고 하지, 왜."

말없이 예강이 입술을 씹자 변 실장이 인상을 썼다. 얼굴만 최상급이 아니었다면 데려오지도 않을 만큼 뻣뻣했지만 손님들 가운데는 오히려 이런 애들이 신선하다며 좋아하는 이들이 많았다.

"장사 한두 번 하냐고. 넌 스물둘 개띠. 여대 휴학생. 오늘 일한 첫날. 오케이?"

열변을 토하고 있는데 변 실장의 휴대폰이 강하게 진동했다. 그는 욕설을 지껄인 후, 얼른 전화를 받았다.

"네, 전화 바꿨습니다. 변 실장입니다. 네, 지금 도착했습니다. 아, 예예. 바로 올라가겠습니다."

변 실장이 능수능란한 목소리로 짧은 통화를 끝낸 후, 기사에게 잠깐 기다리라고 말하곤 로비로 향했다.

"저기. 죄송한데 여기는 그냥 호텔 아닌가요?"

단순히 다른 가게로 이동한다고 생각했던 예강이 맞은편 여자를 보며 작게 물었다. 지하 주차장 맨 아래층은 한적해 보였다.

"출장 온 거예요. 진짜 VIP들은 원래 숨어서 노니까."

"아아."

가끔 돈 많은 사람들이 개인적인 장소로 아가씨들을 부른다는 소리는 술에 취한 지은을 통해 몇 번 들은 적이 있었다. 그런데 하필이면 그게 오늘인 모양이었다. 짙은 화장에도 앳되어 보이는 여자 하나가 얼굴 점검을 끝내고 가방에 거울을 집어넣었다. 그리고 예강을 위아래로 평가하듯 훑어보며 작게 내뱉었다.

"뻥치는 게 아니라 진짜 오늘이 처음이에요?"

그런 일에 왜 거짓말을 해야 하는지 이유를 알 수가 없었다. 예강이 네, 하고 고개를 끄덕이자 지은의 또래로 보이는 여자가 작게 내뱉었다.

"조심해요. 돈 많은 것들이 성격은 더 거지 같거든요."

예강은 그저 희미하게 웃어 보였다. 돈이 없다고 해서 딱히 성격이 좋을까요, 하고 되묻고 싶은 충동은 잡아 눌렀다. 안 그래도 이상한 시선을 받고 있는데 거기에 굳이 보태기를 할 필요는 없을 것 같았다.

돌아온 변 실장이 봉고 차의 문을 열고 그들을 향해 손짓했다.

"저쪽 직원용 엘리베이터로. 다들 조용히 빠릿빠릿 움직이라고."

예강은 죽 늘어선 호스티스들의 맨 끄트머리에서 피곤한 눈자위를 꾹꾹 눌렀다. 고된 노동과 수면 부족으로 머리가 멍했다. 얼른 이 밤이 지나가고 아침이 밝았으면, 하는 마음이 들 뿐이었다.

* * *

"제하, 자는 거 맞겠지?"

구석 소파에서 등을 기대고 눈을 감고 있는 제하를 힐끗 쳐다본 후, 유현이 목소리를 낮추어 확인하듯 물었다. 원경은 카드를 하는 내내 집중하지 못하고 술을 홀짝이다 결국 만취했고, 발코니에서 어딘가에 전화를 걸어 여자를 불렀다.

"술을 저렇게 먹었는데 쓰러지지 않으면 인간 아니지."

훈정이 그의 앞에 놓인 빈 술병을 바라보며 고개를 끄덕였다. 유현이 담배를 잇새에 끼우며 내키지 않는 듯 인상을 슬쩍 찌푸렸다.

"그래도 워낙 저 자식이 좀 유별나잖아."

유현의 염려에는 이유가 있었다. 제하는 캠퍼스 시절부터 여자에는 관심이 없었다. 아니, 정확하게 말하자면 그저 관심이 없는 정도가 아니라 혐오하는 것으로 보일 정도였다.

수년 전 겨울, 눈 내리던 날이었나. 원경이 사귀던 여자와 함께 그녀의 친구들을 데리고 나왔을 때도 제하는 그저 말없이 술만 들이켜고 있었다. 그의 호텔 방으로 찾아간 건, 제하에게 은근한 관심을 보이던 여자였다. 그리고 제하는 그의 요구에 따라 샤워까지 하고 나온 여자를 안 꼴린다는 이유로 내쫓았다. 목욕 가운 차림 그대로.

그녀가 스스로 벗은 하이힐과 속옷, 원피스는 차례로 복도에 내던져졌다고 했다.

"개자식. 일부러 저런 거야. 저 새끼 나 엿 먹이려고 일부러 들여보낸 거라고!"

여자가 경찰에 신고하겠다고 길길이 날뛰는데도 제하는 그러라는 태도를 보였다. 싫다는 여자와 강제로 잔 게 아니라 오히려 그 반대였는데 신고 접수가 되겠느냐고, 자신도 결과가 궁금하니 잘해 보라고 답한 건 여자의 불같은 분노에 기름을 부었다. 자존심이 완전히 무너진 애인의 친구 때문에 원경이 곤욕을 치른 건 그다음 문제였다.

"뭘 눈치를 보고 있어. 같이 놀자는 것도 아니고 우리끼리 놀겠다는 건데. 니들도 고고한 척하냐? 됐다. 싫으면 나가. 다 꺼지고 이제하 발바닥이나 핥으라고."

훈정이 유현에게 말없이 눈짓하며 어깨를 으쓱했다. 원경의 자존심이 박살 난 걸 어느 정도 풀어 줘야 할 것 같다는 생각이 들었다. 기저귀값 운운하던 제하는 솔직히 그들이 보기에도 조금 심했기 때문이다. 아무리 제하가 그들 중 가장 잘나가는 위치에 있다지만 그들 역시 어느 정도의 배경은 가지고 태어난 이들이었다.

"아무리 그래도 내 생일인데 별말 있겠냐."

"들어와. 들어와!"

원경이 목소리를 높이자 가죽으로 장식된 두꺼운 문이 소리 없이 열렸다. 지배인의 지시에 따라 한 무더기의 여자들이 방 안으로 줄지어 들어왔다.

"난 쟤로 결정. 맨 왼쪽."

"빠르기도 하다. 근데 그분은 나도 맘에 드는데."

소파에 늘어지듯 기대 있던 제하가 인상을 천천히 찌푸렸다. 결국 일행이 여자까지 부른 모양이었다. 뜨거워지는 날씨부터 시작해서 속을 긁었던 장효원, 그리고, 원경의 일탈 행위까지. 유달리 길게 느껴지는 오늘 하루는 끝까지 피곤함의 연속이었다.

제하는 숨을 느리게 내쉬며 마른침을 삼켰다. 약이건 술이건, 혼자 들이켜고 잠드는 게 오히려 나을 뻔했다. 그가 천천히 눈꺼풀을 들어 올렸다. 취기가 웬만큼 돌긴 한 건지 시야가 흐릿했다.

"아무래도 둘 다 나가리야. 저분은 다른 사람이 맘에 드는 모양이잖아. 어어. 설마 부끄러움 타는 거야? 고개 좀 들어 봐요. 방금 전까지 제하 자는 얼굴 신나게 구경하던 거 아니었어?"

"예쁜 언니가 그래 봤자 소용이 없는데. 여기 있는 이 친구는 여자한테 관심 자체가 없거든."

"흥, 관심이 없는 게 아니라 몸에 어디 문제 있는 거 아니고?"

사람들의 목소리가 물속에서 웅웅거리는 것처럼 희미하게 들렸다. 제하는 비틀거리며 자리에서 일어났다. 그만 퇴장해야 할 시간이었다.

"어, 제하 벌써 일어났어? 우린 너 자는 줄 알고 지루해서……."

"치워."

누군가 그를 만류하는 손길을 쳐 내자 상대가 오히려 반색을 했다.

"가려고? 멀리 안 나간다."

원래부터 그가 낄 자리가 아니었다는 생각이 뒤늦게 들었다. 흐려지는 그의 시야에 죽 늘어선 호스티스들이 보였다.

"비켜."

비슷한 옷을 걸친 비슷한 얼굴의 여자들은 그에게 아무런 성적 흥분을 주지 못했다. 불쾌한 표정으로 중얼거리는 제하의 뒤에서 원경이 주위를 환기시키듯 목소리를 높였다.

"자, 자. 우린 하던 거나 마저 해야지. 떠나는 놈한테는 눈길 주지 말고…… 흣!"

처음부터 눈독을 들이던 여자에게 얼굴을 들이대던 원경이 날카로운 신음을 뱉으며 상대를 거칠게 밀쳐 냈다.

"씨발, 이년이 돌았나."

문을 열던 제하의 등에 세게 부딪친 여자가 퍼뜩 물러나며 고개를 숙였다. 문손잡이를 잡은 제하의 짙은 눈썹이 미간에 모였다.

"지금 뭐 하는 거야?"

제하가 걸음을 멈춘 후, 흐릿한 시선을 원경에게 주었다. 길게 빠진 눈매가 더욱 가느스름하게 변했다. 원경이 입술의 피를 손등으로 훔치며 중얼거렸다.

"저년이 날 깨물었어."

"뭐? 하하. 꼴좋다, 미친 새끼야."

그의 말을 들은 유현이 뒤에서 배를 잡고 박장대소를 했다. 원경은 분노를 참아 내지 못하며 씩씩거렸다. 오늘따라 모든 이들이 그를 비웃는 것 같다는 생각이 들었다. 그가 화를 풀 수 있는 유일한 사람은 눈앞의 건방진 호스티스뿐이었다.

"너 당장 이리 와."

그가 분노에 찬 손길로 머리카락을 잡아채자 여자가 쓰고 있던 새까만 생머리 가발이 휙 벗겨졌다. 짤막하게 잘린 머리카락에 휑뎅그렁하게 드러난 초라한 목덜미를 보며 원경이 코웃음을 쳤다.

"가지가지 하네."

몸을 반쯤 돌리고 선 제하가 인상을 찌푸린 채 시선을 고정했다. 가늘게 떨고 있는 여자의 목덜미와 어깨로 이어지는 선이 가늘었다. 얼굴도 안 보이는데 이상한 기시감이 들었다. 문을 열고 바깥으로 나가면 되는데 몸이 움직이지가 않았다. 심장이 쿵, 쿵, 격렬하게 박동하며 피가 빨리 돌았다. 술을 너무 많이 마신 부작용이라기엔 정신이 빠른 속도로 말짱해지고 있었다.

"적당히 해, 신원경."

"갈 거면 그냥 가던 길 조용히 가지?"

술이 웬만큼 취한 원경은 단단히 화가 난 듯 보였다. 그가 고개를 푹 숙인 여자의 짤막한 머리카락을 움켜쥐자 여자의 목이 위로 확 꺾였다.

"흣……!"

쳐들린 여자의 시선이 제하와 마주치는 순간, 그의 머릿속에서 무언가가 툭, 끊어지는 소리가 났다. 뒤통수를 누군가가 야구 배트로 휘갈긴 느낌이었다. 순간 주위의 모든 소음이 정지하더니 이내 귀에서 날카로운 이명이 들렸다.

제하가 원경의 손목을 강하게 틀어잡으며 얼굴을 일그러뜨렸다. 시커먼 눈동자는 여자에게 고정되어 있었고, 슬쩍 벌어진 입술에 핏기가 완전히 사라졌다. 뒤에서 훈정과 유현이 동시에 놀란 표정을 짓는 건 당연했다. 제하가 여자에게 관심을 보인 건 그들이 알고 지낸 10년 만에 처음이었다.

"야. 일단 순서부터 지키는 게 예의지."

예강의 머리채를 잡은 원경의 팔이 관절 반대 방향으로 거칠게 꺾였다.

"아윽! 이제하! 이 새끼가 미쳤…… 크……."

소리를 지르던 원경은 더 이상 말을 잇지 못했다. 제하가 다른 손으로 그의 목을 움켜쥐듯 턱 잡고 세게 조르며 순식간에 벽으로 밀어붙인 탓이었다. 원경이 반항하듯 버둥거렸지만 그는 남자 중에서도 단신이었다. 제하에게 버티는 것 자체가 불가능했다.

"너…… 진짜, 왜 이래…… 컥!"

기다란 제하의 눈 안에서 검푸르게 보이는 눈동자가 그를 잡아 죽일 듯 이글거렸다. 원래가 포커페이스인 제하의 눈빛. 무감하게 느껴져 사람을 묘하게 깔아 보는 것 같았던 눈빛은 여유가 완전히 날아가고 그 자리에 살기가 스멀거렸다. 그가 목을 조르는 손에 힘을 풀기는커녕 더욱 강하게 누르고 있다는 사실을 깨닫는 순간, 원경의 눈동자에 공포가 차올랐다.

제하는 웬만한 일에서는 눈 하나 까딱하지 않는 괴물이었다. 그와 가장 가까운 훈정이 술에 취해 지나가듯 내뱉은 말로는 미국에 있는 가족들과도 인연을 끊다시피 하고 살고 있다고 했다.

어지간해서는 당황하지도 않고 상대를 깔아뭉개는 침착함은 오간 데 없었다. 평소에는 거들떠보지도 않던 호스티스 하나 때문에 눈이 뒤집힌 제하의 모습에 오히려 당황한 것은 그 자리에 있던 다른 이들이었다.

"제하야, 야!"

눈이 휘둥그레진 일행이 그를 말리려 다가오는 것보다 제하의 주먹이 날아가는 속도가 훨씬 빨랐다. 그가 시뻘게진 원경의 얼굴을 보며 이를 뿌득 갈았다.

금테 안경이 날아가며 원경이 바닥에 쓰러졌다. 제하는 컥, 컥, 숨을 몰아쉬는 그의 멱살을 붙들고 다시금 주먹을 거칠게 날렸다. 벽에 그의 머리가 둔탁한 소리를 내며 부딪쳤다. 제하의 분노는 조금도 수그러들지 않았다.

"칼 어딨어."

정신 나간 사람처럼 중얼거리는 제하의 손에 크리스털 재떨이가 잡혔다. 훈정과 유현이 동시에 달려들었지만 이미 재떨이는 원경의 머리통을 후려친 후였다.

재떨이가 박살 나는 소리와 함께 원경의 이마에서 시뻘건 피가 주르륵, 흘러내렸다. 그는 이제 두려움에 질려 덜덜 떨기만 할 뿐이었다.

"이제하. 왜 이래. 미쳤어?"

훈정과 유현이 그의 팔을 한 짝씩 붙들고 소리를 질렀다. 숨을 몰아쉬던 제하의 표정이 굳었다. 강예강이 또다시 사라졌다. 꿈이라고 하기엔 젖은 눈을 크게 뜨고 그를 바라보았던 예강의 얼굴이 지나치게 선명했다. 하지만 현실이라기엔 지나치게 악몽 같은 상황이 아닌가? 머리가 어지러웠다.

"놔."

제하는 팔을 우악스레 뿌리치고 비틀거리며 자리에서 일어났다. 훈정과 유현은 처음 보는 그의 기에 눌려 제하를 감히 잡지도 못했다. 피투성이가 되어 바닥에 늘어져 있는 원경의 상태를 간신히 살필 뿐이었다.

"……비켜."

제하는 눈앞의 소동에 놀라 웅성거리는 여자들 사이를 비틀거리며 지나 문을 활짝 열어젖혔다. 연기처럼 사라졌을지도 모른다는 불안과는 달리 예강은 그의 시야에 쉽게 잡혔다. 그녀는 기다란 복도 끝, 엘리베이터 앞에서 누군가에게 붙잡혀 오지도 가지도 못하는 상태였다.

제하는 목을 조르는 넥타이를 느슨하게 풀며 앞으로 나아갔다. 온통 뿌연 필터 처리를 한 것처럼 희미해진 배경에 단 한 여자만이 선명하게 보였다.

"대표님, 무슨 일이십니까!"

그를 향해 고개를 숙이는 남자를 손으로 거칠게 밀쳐 낸 후, 제하가 그녀의 가느다란 팔을 꽉 붙잡았다.

"얘가 오늘 처음 와서 뭘 잘 몰랐던 모양입니다. 다시는 이런 일이 없도록……."

누군가가 내뱉는 말이 그의 귓가에 닿지 못한 채 의미 없이 흩어졌다. 오로지 뚜렷한 것은 그녀의 목소리뿐이었다.

"미안해, 제하야. 나 용서하지 마."

열차 안내음이 울려 퍼지는 혼잡한 역사의 소음을 배경으로 수화기에서 들려오던 울음 가득한 음성 메시지. 강예강이 그에게 남긴 마지막 말이었다.

"닥쳐."

제하가 제 입술을 깨물며 낮게 중얼거리자 변 실장이 당황을 감추지 못했다. 이래서 초짜를 데려오는 게 아니었는데. 반반한 얼굴에 혹해서 뭐에 홀린 듯 그녀를 차에 태운 게 돌이킬 수 없는 실수였다는 생각이 들었다.

"이 정신 나간 물건이 주제도 모르고!"

변 실장은 상황도 파악하지 못한 채 일단 예강을 윽박지르고 보았다. 어쩔 줄 몰라 시선을 피하는 예강의 가녀린 어깨를 확 잡아채며 목소리를 높였다.

"야, 너 빨리 죄송하다고 못 해?"

"죽여 버리기 전에 입 닥치고 꺼져."

꽉 잠겨 엉망으로 갈라진 목소리에 실장이 멈칫하며 입을 다물었다. 본능적인 반응이었다. 제하가 길게 숨을 내쉬었다. 한숨이 아닌 신음 소리 같은 불분명한 음성이 그의 입술을 타고 흘렀다.

"……넌, 고개 들고."

"안녕."

천천히 고개를 들고서 그녀가 웃었다.

"오랜만이다, 제하야."

이건 악몽이다.

짤막하게 잘린 머리카락. 립스틱이 엉망으로 번진 얼굴을 하고서 그를 향해 웃고 있는 예강이 현실일 리가 없지 않은가.

예강을 뚫어져라 바라보는 제하의 일그러진 눈동자가 시커멓게 어두워졌다. 반듯한 눈썹이 모이며 미간에 주름이 팼다. 와이셔츠가 팽팽히 당겨진 가슴이 거칠게 부풀었다가 제자리를 찾기가 무섭게 다시 부피를 늘렸다. 꿈에서 깰 시간이었다.

"그동안 잘 지냈어……?"

그녀의 짤막한 머리카락에 제하의 손이 틀어박혔다. 그녀의 체온이 손에 느껴지는 순간 왼쪽 가슴에서 심장이 욱신거리며 요동을 쳤다. 엉망으로 찌푸려진 그의 얼굴에 괴로움이 짙었다. 예강의 뺨을 움켜쥔 그의 커다란 손등에 핏줄이 돋았다. 일그러진 먹색 동공 주위에 핏발이 섰다.

"더 멋있어졌네, 넌."

예강이 그에게 시선을 붙들린 채 애써 떨리는 입술을 끌어 올렸다.

"사실 아까 방에서 너 처음 봤을 때 깜짝 놀랐어. 텔레비전에서 봤을 때도 그랬는데…… 실제로 보니까 정말 다른 사람 같더라."

제하의 관자놀이에 핏대가 꿈틀거렸다. 예강은 멋대로 높아지려는 목소리를 애써 가라앉히며 말을 이었다. 제하가 무슨 말이라도 했으면 싶었다. 그녀를 뚫어져라 노려보고만 있는 그의 눈빛을 감당하는 것만으로 심장이 터질 것 같았다.

"만약 길에서 우연히 스쳐 지나갔으면 못 알아봤을지도 모르겠다."

제하의 눈동자에 시커먼 불이 튀었다. 비틀린 입술에서 한숨을 닮은 조소가 새더니 마침내 마른 웃음으로 바뀌었다.

"하…… 하하……."

턱을 치켜들고 웃던 그가 마침내 웃음을 갈무리하며 느리게 입을 열었다.

"그러게."

예강이 몸을 흠칫 굳히며 약하게 떨었다. 제하의 커다란 손이 천천히 그녀의 뺨을 매만지며 아래로 내려간 까닭이었다. 엄지가 그녀의 입술에 툭, 걸리더니 속살을 천천히 훑은 채 아래로 향했다. 그의 손이 가녀린 목을 감싸자 예강의 차분한 눈동자가 흔들렸다.

"잘못 본 줄 알았네, 나도."

여린 목을 문지르는 손가락은 뜨거웠다.

"이런 일을 하고 있을 줄은 상상해 본 적이 없어서."

제하의 목소리는 태연자약했지만 시커멓게 일렁이는 눈빛은 아니었다. 예강은 여전히 그녀의 목을 매만지는 그의 손길을 느끼며 마른침을 삼켰다.

"인생이 다 계획대로만 되는 건 아니잖아. 어쩌다 보니 이렇게 됐어……!"

뜨거운 손이 얇은 크림색 실크 원피스를 우악스레 움켜쥐었다. 예강은 닫힌 엘리베이터 문에 쿵, 하고 기대설 수밖에 없었다.

예강은 소리 없이 입을 벌릴 뿐 놀라서 아무 말도 하지 못했다. 제하가 그녀의 앞에 버티고 서 있었으므로 그녀는 앞으로 가지도, 뒤로 도망칠 수도 없는 상황이었다.

"계획에서 이탈했던 인생 이야기는 바깥에서 하자."

조소마저 사라진 기다란 입술을 잔인한 목소리가 또렷하게 갈랐다.

"2차도 가능하지?"

예강의 동공이 확대되었다. 길게 뻗은 속눈썹이 조금 떨렸다. 제하가 쓴 약을 씹어뱉듯 말을 이었다.

"아, 얼마인지를 안 물어봤네."

그와 대면한 이후 줄곧 태연한 태도를 가장하려 안간힘을 쓰던 예강은 처음으로 말을 잇지 못했다. 흔들리는 커다란 눈동자에 차오르는 충격을 그대로 직시하며 제하가 눈썹을 치켜올렸다.

"대표님, 걘 그냥 데리고 나가십시오. 아무것도 모르는 걸 집어넣은 저희 측 실수니까……!"

변 실장은 뒷말을 잇지 못했다. 몸을 돌린 제하의 주먹이 날아온 탓이었다. 이런 일에 잔뼈가 굵은 변 실장이 그의 주먹을 간신히 피하자 복도에 세워진 설치물에 제하의 주먹이 대신 꽂혔다.

섬세하게 세공되어 할로겐 조명에 빛나는 유리 조형물이 와장창 소리를 내며 바닥에 떨어졌다. 산산조각 난 유리 조각이 제하의 손등을 베고 지나갔지만 그는 상관도 하지 않았다.

띵, 소리가 나더니 반대편 엘리베이터 문이 열렸다. 양복을 입은 매니저가 복도에서 황급히 달려와 물었다.

"괜찮으십니까?"

매니저가 당황하는 것은 당연했다. 이런 곳을 찾는 고객들이 가장 바라는 것은 조용하게 노는 것이었다. 일이 커져서 소문이라도 나면 호텔 측이 곤란해지는 건 당연지사였다. 방 안에서 무슨 일이 일어나든 상관하지 않는 것이 그들의 철칙이었지만 여기서 이러면 곤란했다.

"고객님, 일단 방으로 가셔서……."

"말해. 얼만지."

제하가 예강을 보며 중얼거렸다. 그의 손에서 뚝, 하고 떨어지는 피를 본 예강의 심장이 철렁 내려앉았다.

"……제하야."

예강이 그에게 다가와 피 묻은 그의 손을 덥석 잡았다. 옅은 크림색 슬리브리스 원피스에 붉은 핏방울이 엉망으로 묻었다.

"다쳤잖아."

커다란 다갈색 눈에 순식간에 눈물이 들어찼다. 애써 태연을 가장하던 태도는 단번에 날아갔다. 얼굴이 희게 질린 채 예강이 짧게 숨을 몰아쉬었다.

"병원 가자, 제하야. 너 많이 다쳤어. 저기요, 여기 붕대 없어요? 구급상자요!"

예강이 주변을 돌아보며 목소리를 높이자 제하가 그녀의 얼굴을 다시 붙들었다. 덜덜 떨리는 자그마한 얼굴을 감싸 자신을 똑바로 보게 한 후, 그가 갈라진 목소리를 내뱉었다.

"말 돌리지 말고 묻는 말에 똑바로 대답이나 해."

예강은 입술을 깨물며 울음을 간신히 참았다. 어쩌면 우연히 만날 수도 있다고 생각했었다. 이 큰 도시에서, 그와 그녀가 길에서 마주치는 기적 같은 우연이 발생했을 때를 남몰래 상상해 본 적도 있었다. 하지만, 이런 상황은 절대 아니었다.

"데리고 나가려면 얼마를 줘야 하는지, 네 몸값을 직접 말하라고."

목이 콱 막혀서, 예강이 마른침을 한 번 삼켰다. 제하의 손등과 손마디에서 흘러내린 붉은 피가 얼룩 한 점 없는 바닥에 뚝뚝 흘러 시커먼 자국을 남기고 있었다.

"왜 망설여? 얼마를 불러야 할지 감이 안 와서?"

성대를 엉망으로 긁힌 사람처럼 제하가 갈라진 목소리로 말을 이었다. 거칠게 숨을 내뱉는 그의 흉곽이 거칠게 크기를 늘렸다가 줄이기를 반복했다. 예강은 차라리 그가 자신의 목을 조르는 것이 덜 괴로울 것 같다고 생각했다.

"뭐든 생각했던 거에 두 배를 불러. 아니. 열 배를 불러도 좋아. 돈으로 여자 사는 건 숨 쉬는 것만큼이나 익숙하니까."

제하가 그녀를 보며 얼굴을 괴롭게 일그러뜨리는 순간, 예강의 눈에서 기다란 눈물이 주르륵, 흘러내렸다.

"너한텐 돈 못 받지, 제하야."

제하의 머릿속에서 퓨즈가 탁, 하고 끊기는 소리가 들렸다. 예강이 눈에 눈물을 매달고 웃었다.

"공짜야."

그리고, 마지막으로 붙들고 있던 그의 이성이 완벽하게 사라졌다.

07

띵.

엘리베이터 문이 열리자마자 그녀의 등이 벽에 텅, 소리를 내며 부딪쳤다. 입술을 뜯어 발기는 것 같은 지독한 키스였다.

"제하야, 너 병원 가야 하잖아……."

립스틱이 완전히 번진 예강의 입술 새로 미약한 신음이 샜다.

"걱정하는 척하면서 사람 기만하는 버릇, 아직 못 버린 모양인데."

그의 목울대가 일렁이며 쉰 목소리를 뱉어 냈다. 가늘게 떠는 예강을 보는 제하의 눈에 붉은 핏발이 섰다. 그녀의 체온은 녹아 버릴 듯 뜨거웠다.

띵. 지하 주차장에서 문이 열렸지만 탄 사람도, 내린 사람도 없었다. 서로의 호흡이 뒤섞이는 거리. 그녀를 삼켜 버릴 것 같은 눈으로 바라보며 제하가 뜨거운 숨을 내뱉었다. 예강은 울음이 터질 것 같아 간신히 목소리를 가다듬었다.

"병원부터 가자. 너 손 많이 다쳤어."

입술이 닿을 듯 가까운 거리에서 제하가 낮게 속삭였다.

"네가 날 걱정해? 무슨 자격으로?"

주르륵. 예강의 뺨을 타고 눈물이 흘러내렸다. 제하가 그녀의 젖은 뺨을 핥으며 잔인하게 내뱉었다.

"넌 내 앞에서 울 자격도 없지."

예강의 몸이 뒤로 휙 돌아갔다. 가쁘게 숨을 몰아쉬는 예강의 귓가에 엉망으로 이지러진 그의 목소리가 사무쳤다.

"내가 손가락이 잘리건 손목이 떨어지건, 넌 지금 이 순간 네 일만 하면 되니까."

절망이 그녀의 몸을 휘감았다. 예강은 먼지까지 미끄러질 정도로 반짝거리며 닦인 문에 비친 제하의 얼굴을 바라보았다.

"한 가지 물어볼 게 있는데."

엉망이 된 그녀의 눈에서 눈물이 주룩, 주룩, 흘러내리는 순간 제하가 뒤에서 그녀의 어깨를 감싸듯 끌어안고 잔인하게 속삭였다.

"내 아이, 죽이고 나서 몇 명이나 더 죽였어?"

헐떡이던 예강의 숨이 멈추었다. 제하의 눈동자는 마치 새까만 겨울 바다 같았다. 그 시린 눈동자를 차마 마주할 수가 없어 예강은 그만, 떨리는 눈을 감아 버리고 말았다.

* * *

아무런 징조도, 증후도 없었다. 엄마의 병을 알게 된 직후였고 수술비와 병원비를 구하기 위해 사방으로 뛰어다니던 때였다. 전공 서적을 끼고 캠퍼스를 걷는 대신 구인 구직 신문을 끼고 골목골목을 누벼야 했던 4월 초. 계속되는 하혈은 극도로 바뀐 상황에 의한 생리 불순이라고 생각했다. 배가 찢어질 것 같고 허리가 끊어질 듯 아파서 숨을 쉬지도 못하고 길거리에 주저앉고 말았던 날.

예강은 자신이 임신을 했었다는 사실을, 자신이 유산한 날 알게 되었다.

"12주인데 임신 호르몬 수치가 너무 낮으시네요. 자연 유산 진행 중입니다. 보호자는 없으신가요?"

병원에서 나오던 날 예강은 벤치에 앉아 서럽게 울었다. 봄날의 햇빛이 너무 찬란해서 견딜 수가 없었다. 품었음에도 품은 줄도 몰랐던, 그녀와 제하가 사랑했던 설익은 기억의 잔재가 강제로 그녀의 배 속에서 끄집어진 날이었다.

찰칵.

예강의 뒤에서 두꺼운 문이 크기에 어울리지 않는 작은 소음을 내며 닫혔다. 그녀의 안에 두 번째 파정을 끝낸 이후, 제하는 예강을 데리고 장소를 이동했다. 얼마 떨어지지 않은 타워형 아파트의 로비는 호텔 로비보다 더, 경비가 삼엄해 보였다.

제하가 살고 있는 곳에서는 다른 고층 아파트가 꼬마처럼 작게 보였다. 흐릿한 기억에 그가 카드를 대고 55층 버튼을 눌렀던 것이 생각이 났다.

지금 그녀에게 일어나고 있는 일이 꿈인지 현실인지도 분간이 가지 않았다. 예강은 복잡한 머릿속을 최대한 단순화하려 노력했다. 이렇게 높은 아파트에서는 세상이 참 작게 보이는구나. 이 집은 천장이 굉장히 높구나. 그리고, 여기가…… 제하의 집이구나.

새삼 그와 우연히 마주치기를 바랐던 자신이 우습게만 느껴졌다. 아니, 어쩌면 오늘 같은 상황이 아니었더라면 평생 그와 만날 수 없었을 거라는 확신마저 들었다.

그녀와 제하는 사는 세계가 완전히 달라진 것이다.

"술?"

예강은 그저 너른 거실 한쪽에 우두커니 선 채, 제하가 거실을 가로질러 바로 향하는 것을 바라보았다. 오래전 제하의 방을 기억한다. 마치 이 집은 제하의 침대에 덮여 있던 이불 같았다. 흑과 백으로 이뤄져 있던 체크무늬 이불처럼 이 공간은 온통 희거나 까만 색뿐이었다. 바닥과 천장, 벽은 매끄러운 흰색이었고 몇 되지도 않는 가구는 무기질적인 분위기를 최대로 끌어올린 것 같은 검정이었다.

그때 제하의 이불은 푹신하고 포근했지만 이 공간에는 날카롭고 차가운 공기만이 가득하다. 그때의 너와 지금의 너는 다르겠지.

"고마워."

그때의 나와 지금의 내가 다르듯이.

예강이 고개를 끄덕이자 제하가 반쯤 남은 위스키병과 유리잔을 꺼냈다. 아일랜드 테이블에 차례로 내려놓는 손길이 익숙했다. 그는 얼음도 없이 온더록 잔을 꽉 채우게 술을 따라 그녀에게 내밀었다. 그리고, 제 몫의 잔을 꺼내는 대신 널찍한 라운지를 가로질러 담배를 찾았다. 지포 라이터에 불을 붙여 담배를 피워 무는 모습을 보며 예강이 어색한 침묵을 갈랐다.

"담배…… 아직 피우는구나."

"한 대 줄까?"

제하가 담배 연기를 길게 내뱉으며 물었다. 회색빛 연기 너머에서 그가 어떤 표정을 하고 있는지 잘 보이지 않아 다행이었다. 제하의 집은 그녀의 목소리가 공명음을 낼 정도로 넓었다.

"아니. 괜찮아."

"네가 도망간 날부터 다시 피웠어. 하루에 한 갑씩. 장기가 아마 다 썩었을 거야."

순식간에 입이 마르는 느낌이었다. 엘리베이터에서 그가 한 말을 떠올리는 순간, 심장이 조여드는 느낌에 숨을 쉬기가 힘이 들었다. 예강은 차가운 대리석 식탁 위에 놓인 술잔을 집어 들어 꿀꺽꿀꺽 삼켰다. 스카치가 식도를 태우며 내려가자 배 속이 뜨끈했다. 제하는 어디까지 알고 있는 걸까. 사실……
그가 그녀가 임신했던 일을 알고 있다면 다른 것은 별 상관이 없었다.

예강이 제하에게 마지막까지 숨기고 싶었던 것은, 바로 그것뿐이었으니까. 그의 아이를 가졌음에도 결국 지키지 못하고 떠나보낸 것.

"술, 내가 따라 마셔도 될까."

"마음대로."

제하의 말이 떨어지기가 무섭게 예강이 술잔을 꽉 채웠다. 손이 떨려서 하마터면 술병을 놓칠 뻔했다. 그런 그녀를 멀찍이서 바라보며 제하가 입을 열었다.

"옛날이야기 듣는 거 별로인가 보네. 사실 나도 그래."

그의 길쭉한 손에서 담배가 깊숙이 타들어 갔다. 검은 슈트 위에 길어진 회색 재가 툭, 떨어졌지만 그는 상관도 하지 않았다. 어두운 시선은 그녀를 향해 꽉 박힌 채였다.

"그래도 근황은 물어봐야지. 10년 만에 만났는데. 우리."

예강이 떨리는 손으로 술잔을 꽉 쥐고 다시 마셨다. 그러지 않고는 견딜 수가 없었다. 제하를 처음 봤을 때부터 잔뜩 긴장한 온몸이 진정되지가 않았다.

"어머니는 아직 무당 해?"

"돌아가셨어."

"안됐네."

제하의 차가운 목소리가 공간에 낮게 깔렸다. 그의 목소리에 애도, 혹은 안타까움은 느껴지지 않았다.

"뭐. 딸이 이러고 사는 걸 보지 않아도 되는 게 차라리 다행인가?"

상처를 주기 위해 내뱉은 말이란 걸 아는데도 가슴이 아팠다. 예강은 아프게 뛰는 심장을 애써 억누르며 남은 술을 모조리 비웠다.

"엄마한테 부끄러운 짓 하면서 산 적 없어."

제하의 표정이 일그러지더니 마침내 그가 웃었다. 어이가 없다는 듯 어깨까지 들썩이며 웃은 그가 그녀에게 되물었다.

"그럼 자랑스러워? 이따위로 사는 게?"

"하루하루 열심히 살았어. 자랑스럽다고까지는 말 못 해도 부끄럽진 않아."

제하의 검푸른 눈동자에서 무언가 터지는 느낌이 들었다. 그가 욕설을 내뱉었다.

이렇게 멀리 떨어진 거리에서도 그것이 분노라는 건 사무치도록 생생히 느껴졌다. 하지만 예강은 그의 오해를 바로잡고 싶지도, 그렇다고 자신의 삶을 부정하고 싶지도 않았다. 제하를 떠난 자신의 선택이 옳은 결정이었다는 걸 확신하며 이제껏 버텨 왔기 때문이다.

"넌…… 어때?"

"뭘."

제하가 뚫어져라 그녀를 바라보며 담배 연기를 빨았다. 예강은 속으로 주문을 외듯 되뇌었다. 그와의 만남은 예상치 못한 사건이었지만 한 가지만은 확실했다. 그녀 때문에 이미 충분한 불행을 겪은 제하의 남은 인생을 다시 엉망으로 만드는 일은 절대로 없어야 했다.

"부모님은 잘 지내시지?"

그래서 웃었다. 입술을 끌어 올리며, 아무렇지도 않은 듯.

"아직 죽었다는 소식은 못 들었어."

"그게 무슨 말이야?"

"집이랑 인연 끊은 지 꽤 됐거든. 그런데 내 부모님 안부는 왜 물어?"

"그거야……."

"또 연락해서 돈이라도 달라고 하려고?"

예강의 얼굴에서 미소가 씻은 듯 사라지고 심장이 쿵, 소리를 내며 바닥으로 추락했다. 길거리에서 발가벗겨진다 한들 지금 같은 기분일까.

제하의 표정은 태연했다. 엉망으로 흔들리는 것은 그녀뿐이었다. 예강은 심호흡을 하며 정신을 차리려 애를 썼다. 이제 와서 제하가 어디까지 알고 있든 상관없는 일이라고 바로 조금 전에 생각하지 않았던가.

"아니…… 그냥. 내가 너희 부모님이라면 네가 자랑스러울 거라고. 정말 너무…… 너무 자랑스러울 거라고 그렇게 생각해서…… 궁금해서 물어봤던 것뿐이야."

목소리가 격앙되어 떨렸다. 제하가 그런 그녀를 보며 차갑게 조소했다.

"그래?"

"분명해."

예강이 고개를 세게 끄덕였다. 제하는 아주 오래전, 그가 말한 대로의 성공한 인생을 살고 있었다. 어디 출신, 누구의 아들이라는 수식어를 떼어 낸 그는 지금 자신이 살고 있는 이곳만큼이나 높이 올라왔으니까. 그런데 왜. 너는 왜 그리도 망가진 눈동자를 하고 있니, 제하야.

예강은 제하를 보며 목 끝까지 치미는 열기를 집어삼켰다. 그를 맨 처음 만났을 때. 소파에서 구겨져 있다가 자리에서 비틀거리며 일어나던 제하의 눈빛은, 마치 살아 있는 사람의 그것이 아닌 것처럼 보였었다.

"그럼 확인해 볼까."

담배를 비벼 끈 제하가 그녀에게로 다가왔다. 둘 사이에 가로막힌 아일랜드 테이블에 손을 짚은 채 그가 그녀에게로 상체를 기울였다. 검은 눈이 길게 가늘어져 날카로운 빛을 띠었다.

"오래간만에 안부 인사로 너와 함께 있는 사진을 보내는 거야. 동생 죽인 살인자 딸이랑 붙어먹는 걸 봐도 과연 자식인 날 자랑스러워할지 궁금해."

말이 턱 막힌 예강을 보며 제하가 그녀의 입술 바로 앞에서 속삭였다.

"아님, 직접 보여 드리는 게 나을까. 지금 당장 이 집으로 초청해서."

예강은 그 자리에서 얼어붙었다. 누군가 목을 조르는 것같이 숨을 쉴 수가 없었다. 제하의 눈빛에서 위험한 진심이 느껴진 까닭이었다.

"부모님 미국에 계시는 거 알고 있어."

"나한테 관심이 그렇게 많은지 몰랐는데. 혹시 내 뒷조사했어?"

"……기사에서 봤을 뿐이야."

제하가 천천히 테이블을 돌아 그녀에게 다가왔다.

"시간 많네, 강예강. 내 기사 찾아 읽을 시간도 있고."

귓가가 달아오르는 건 의지와는 상관없는 일이었다. 몸이 닿지 않아도 그가 그녀의 뒤에 있다는 사실이 확실히 느껴졌다. 차마 뒤를 돌아보지 못하는 그녀의 시야에 제하의 손이 보였다. 그가 그녀의 뒤에서 팔을 뻗어 테이블 위의 위스키병을 집어 들었다.

"오늘 첫날이라며? 앞으로 자주 봐."

조르륵. 빈 잔에 다시 술을 따라 채우며 그가 고개를 숙이고 낮게 속삭였다.

"내가 단골이거든."

제하의 숨결이 귀 뒤, 여린 살갗에 내뿜어지자 그녀는 눈을 질끈 감았다 떴다. 입술을 열면 이상한 소리가 나올 것 같아 호흡조차 어려웠다.

테이블 위를 비추는 우아한 조명의 빛이 산란하며 눈앞에서 흩어졌다. 긴장에 미친 듯이 심장이 뛰었다. 태연해야 하는데 그럴 수 없을 것만 같았다. 그의 옷에서 담배 향과 섞여 흐릿하게 술 냄새가 번졌다. 오래전 제하에게서 나던 청량한 소년의 향기는 이미 사라지고 없었다.

그 언젠가 그는 그녀를 안고 숨을 크게 들이쉬며 말했었다.

"강예강. 너한테서는 맛있고 달콤한 향이 나."

그 말을 했던 순간, 옥상에서 반짝이던 별빛과 차가운 가을밤 공기까지 아직도 머릿속에 생생하다. 하지만 아마, 지금의 그녀에게서 그 향은 찾아볼 수가 없을 것이다.

이 세상 모든 사람들은 한때 소년, 소녀였다. 과거와 현재가 다름은 당연한 건데도, 너무도 달라진 현실을 자각하는 순간 이곳에 있는 것 자체가 불편해졌다. 이제 예강은 사람들이 왜 첫사랑은 추억 속에서만 아름답다고 하는지 알 것 같았다. 물론, 제하의 기억 속의 그녀는 전혀 아름답지 않을 테지만.

"오늘만 하고 그만둘 생각이었어. 담에 보긴 힘들 것 같아."

도망가고 싶다. 예강은 지금 당장 저 창문을 열고 뛰어내리는 상상을 했다. 떨어지면 죽을 테지만 그건 제하에게 또 다른 비극이다. 죽어도 혼자 죽는 게 맞았다.

"왜? 설마 나 때문에?"

제하가 팔을 뻗어 그녀가 마시던 술잔을 집어 올리며 힐끗 눈을 내리깔았다. 옆얼굴에 그저 그의 시선이 머물렀을 뿐임에도 심장이 엉망으로 떨렸다. 제하의 얼굴이 닿을 듯 가까웠다. 그가 내뿜는 호흡이 이마에 느껴질 정도였다. 10년 전의 제하와 지금의 제하가 같은 점이 있다면 바로 이것일까.

"묻잖아. 강예강."

나지막하게 내뱉는 목소리. 뚫어져라 바라보는 그의 시선이 숨 막혔다. 마치 바다에 빠진 것처럼. 암초에 부딪친 것처럼 그녀를 떨리게 하는 건 예나 지금이나 변함이 없었다. 아니. 오히려 더 잔혹해진 것만 같은 착각이 들 정도다.

"응, 너 때문 맞아."

그녀는 뚫어져라 앞을 바라보며 입술을 억지로 열었다. 제하는 이제 마치 그녀를 뒤에서 끌어안은 듯한 자세로 서 있었다. 예강은 조금도 뒤로 움직일 수가 없었다. 그와 몸이 닿는 것만은 피하고 싶었다. 30분 전, 엘리베이터 안 좁은 공간에서 그와 무슨 일을 벌였는지가 자동으로 머릿속에 떠오르자 입 안이 바짝 말랐다. 다리 사이에서 무언가가 천천히 흐르는 느낌에 이를 악물며 예강이 말을 이었다.

"아무래도 지금 남자 친구가 알면 별로 안 좋아할 것 같아서. 그 사람도 알거든. 너랑 내 이야기, 대충은."

술잔을 입에 가져가던 제하가 잠시 멈칫했다. 기다란 입술이 느릿하게 열렸다.

"남자 친구?"

술잔을 입에서 떼지 않고 짤막하게 되묻는 제하의 목소리는 쩍쩍 말라 갈라진 논바닥처럼 건조했다. 크리스털로 섬세하게 세공된 유리잔에 뿌옇게 수증기가 어렸다.

"응. 같이 일하다가 만난 사람인데 되게 성실해."

예강은 심장이 뻐근해지는 것을 참으며 아무렇게나 대답했다.

"그래?"

제하가 천천히 술잔을 기울였다. 찰랑이던 황금빛 액체가 그의 입 안으로 모조리 사라지는 것도 모르고 예강은 머릿속에 떠오르는 대로 마구 뱉어 냈다.

"너도 애인 있지? 하긴. 없을 리가 없지. 옛날부터 너 인기 되게 많았잖아. 전교생들이 다 부러워할 정도로 많았어. 지금도 기억난다. 전학 갔는데…… 하하, 첫날부터 다들 네 이야기밖에 안 해서……."

제하의 커다란 손이 위스키병을 집어 빈 잔을 다시 꽉 채웠다. 예강은 그의 핏줄 선 손에 시선을 두지 않으려 애를 썼다. 오래된 손목의 상처에서 눈을 떼며 스스로조차 무슨 말을 하는지 인지하지도 못한 채 입을 뗐다.

"근데 지금은 이렇게 더 대단해졌잖아. 누가 그러더라. 끼리끼리라고. 아마 네 애인도 엄청 대단한 사람일 거야, 그렇지?"

아무렇게나 말을 잇던 예강의 몸이 휙 돌아갔다. 침묵과 긴장이 내려 깔린 공간에 시선이 뒤섞였다.

"궁금해?"

그의 목소리는 크지 않았지만 그녀의 심장을 뒤흔들기에 충분했다. 바 테이블과 제 몸 사이에 그녀를 가둔 채, 제하가 그녀에게 나직하게 속삭였다.

"애인 없어. 애인이 있다면 돈 주고 여잘 왜 사겠어."

강렬한 위스키 향보다 그의 눈빛이 더욱 지독했다. 각도를 기울이며 비웃듯 속삭이는 그의 목소리까지도.

"아, 넌 공짜라 그랬나."

"……보내 줘. 제발."

예강이 그를 보며 애원하듯 속삭였다. 어설픈 연극이 통하지 않는다는 걸 직감한 탓이었다.

"그건 질문에 대한 답이 아니잖아."

제하는 뜨거웠다. 그가 뿜어내는 뜨거운 호흡이 그녀를 어지럽히고 있었다.

"남자 친구는 직업이 뭐야? 설마 네가 벌어 온 돈으로 성실히 먹고사는 건가?"

"그런 거 아니야."

예강이 눈을 가늘게 뜨자 헝클어진 머리칼 사이로 거친 숨을 몰아쉬는 제하가 보였다. 그녀의 아랫입술을 이로 물어 지그시 잡아당기는 그의 눈동자를 보자 온몸의 솜털이 곤두섰다.

"줄게, 돈. 네가 달라는 대로 다 줄게."

예강이 그의 팔뚝을 밀어 내려 했지만 허사였다.

"이러려고 열심히 돈 벌었거든. 얼마를 원해? 너 돈 좋아하잖아. 돈이면 뭐든 다 하잖아. 아냐?"

예강은 입술을 꽉 깨물며 신음을 참았다.

"돈 이야기 나오니까 반응이 아주…… 생생하네."

제하가 그녀를 비웃듯 중얼거렸다.

"애인이 아주 배려심이 남다른가 봐. 다른 남자랑 뒹구는 걸 이해해 준다니 말이야."

"몰라야지, 당연히."

"어째서?"

짧게 되묻는 제하를 보며 예강이 말을 더듬었다.

"보, 보통 이런 걸 사귀는 사람한테 이야기할 수 있을 리가 없잖아. 상처 주고 싶지 않아."

"상처 주고 싶지 않다고?"

제하가 그녀의 말을 곱씹으며 소리 내어 조소했다. 아득한 검은 눈동자에 불이 튀는 것은 그다음이었다. 예강은 뜨거운 호흡을 가다듬는 그를 보며 입술을 꽉 깨물었다. 자신이 해선 안 될 말을 내뱉었다는 걸 깨달았지만 이미 늦었다.

"그럼 이것보다 더한 것도 멋대로 해도 된다는 소리네. 어차피 말 못 할 거니까."

제하의 손에 의해 널찍한 테이블 위에 있던 술병과 술잔이 모조리 바닥으로 날아가 와장창 소리를 내며 굴렀다. 제하의 갈라진 목소리에 거친 흥분이 뒤섞였다.

"이거 대체 뭔데, 강예강."

바 테이블의 조명이 환하게 몸에 떨어지는 곳에서 예강이 몸을 뒤틀며 신음했다.

"너한텐 양심이란 게 없나?"

아무리 지독한 말을 지껄여도, 그녀를 잔인하게 괴롭힌다 해도 상대는 제하였다. 그녀의 어린 심장을 떨리게 만들었던 유일한 사람.

그가 상처 입은 짐승이 발톱을 세우듯 그녀를 몰아붙였다. 제하가 거친 숨을 내뿜으며 갈라진 목소리로 내뱉었다.

"싫으면 싫다고 말해 봐. 관둬 달라고 애원하면 내가 널 보내 줄지도 모르잖아?"

예강은 그를 바라보며 떨리는 목소리로 간신히 내뱉었다.

"……안 싫어, 제하야."

제하가 이를 꽉 깨물며 몸을 떨었다. 몸에 맞게 딱 떨어진 셔츠 아래에서 딱딱한 어깨와 단단한 가슴이 터질 듯 부풀어 오르며 경직되는 것이 눈으로도 보일 정도다.

"좋아. 너랑 하는 거."

예강은 울음을 삼키며 다시 내뱉었다. 눈자위가 뜨끈해져 억지로 입술을 끌어당겼다. 혹시라도 들어찬 눈물이 떨어지지 못하게 눈꼬리를 접으며 웃었다. 제하의 말이 맞았다. 그녀는 제하의 앞에서 울 자격조차 없었다.

"아무리 돈 받고 하는 일이라도 죽도록 싫으면 할 수가 없지."

"……뭐?"

차갑게 조각된 것 같은 제하의 얼굴이 엉망으로 일그러졌다. 비틀린 그의 입술을 보자 심장이 저릿했다. 예강의 자그마한 목소리가 파들거리며 떨렸다.

"나 옛날부터 싫은 일은 안 했잖아. 재수 없을 정도로 고집 센 거 네가 제일 잘 알잖아."

아니. 제하야. 나 이제 바뀌었어. 싫은 일도 웃으면서 하고 더 이상 쓸데없는 일로 고집부리지도 않아.

"닥쳐."

제하의 입술에서 갈라진 목소리가 터져 흘렀다. 예강이 눈을 감고 들릴 듯 말 듯 작은 목소리로 속삭였다.

"안아 줘, 제하야."

양팔을 그의 목에 감고 끌어안듯 매달렸다. 눈물이 터지려는 것을 죽을힘을 다해 참았다.

"이러려고 데려온 거잖아."

속삭이는 순간, 제하의 성대에서 괴로운 신음이 샜다.

"좋아. 제하야……."

예강이 흐릿한 눈으로 그를 보며 말하자 제하의 아래턱이 뿌득 갈리는 소리를 냈다.

"닥치라고 했지."

제하는 몰라야 했다. 예강이 오늘 그에게 무수히 내뱉었던 거짓말 중 적어도 한 가지는 사실이라는 사실을.

예강은 고통스레 신음하는 그의 목을 끌어안고 몸부림치며 생각했다. 왜 제하와의 마지막은 항상 이렇게 세상 끝나기 직전처럼 필사적일 수밖에 없는 걸까, 하고.

* * *

달칵.

현관문이 닫히자마자 제하가 벽에 걸린 전화기를 들었다. 신호음이 두 번이 가기 전, 상대가 전화를 받았다.

—네, 대표님.

금방 잠에서 깬 듯 목소리가 조금 가라앉아 있을 뿐, 새벽 4시를 가리키는 시각이 무색하게 빠른 응대였다.

"지금 1층 현관으로 내려가는 여자가 하나 있을 거야. 머리는 짧고, 남자 양복 재킷 걸치고 있어. 내 거."

같은 건물에 입주해 살고 있는 효원이 망설인 것은 찰나의 순간에 불과했다.

—예, 지금 나갑니다. 말씀 계속하십시오.

그의 목소리가 순식간에 또렷해졌다. 제하는 닫힌 현관을 붉은 눈으로 응시했다. 당장이라도 튀어 나가고 싶은 충동을 간신히 억누르며 선반을 열어 약을 찾았다. 안이 텅 빈 약통이 대리석 바닥에 날카로운 소리를 내며 굴렀다.

—대표님?

제하가 제 머리칼을 아프게 움켜쥐며 갈라진 목소리로 내뱉었다.

"최대한 빠른 시간 내에 그 여자에 대해 모조리 알아내. 자세하면 자세할수록 좋아. 과거 행적, 채무 관계, 그리고…… 지금까지 상대했던 남자들과 현재 만나는 남자까지 모두 다."

문이 열리는 소리가 들렸다. 같은 건물 3층에 거주 중인 그는 엘리베이터를 이용하지 않고 비상계단을 이용하는 듯했다. 빠르게 계단을 내려가는 발걸음 소리가 점점 빨라졌다.

—발견했습니다.

"절대 놓치지 마. 무슨 수를 다 써도 괜찮으니까."

제하가 길게 한숨을 내쉬며 라이터를 찰칵였다. 매캐한 연기가 아직도 격렬히 심장이 뛰는 가슴속을 메웠다.

—강예강 씨 주변 사람은 다치게 해도 상관없습니까, 대표님?

효원은 여자가 누군지 묻지도 않고 알았다. 제하에게도 효원에게도 그리 놀라운 일은 아니었다. 그저, 그녀가 제하의 눈앞에 진짜 모습을 드러냈다는 사실만이 놀라울 뿐이다. 제하가 깊게 담배를 빨아들이자 회색 재가 버석 타들어 가며 바닥에 툭 떨어졌다.

“다 죽여도 상관없어.”

—다시 보고드리겠습니다.

효원이 급하게 전화를 끊었다. 제하는 난장판이 된 거실을 천천히 가로질렀다. 엎어진 술병에서 흘러내린 술, 뒹구는 술잔, 허물처럼 벗겨진 옷들이 방금 전까지 있었던 일이 그저 악몽이 아니라는 사실을 증명했다.

증거는 또 있었다.

소파 앞, 대리석 바닥에 희미한 얼룩이 묻어 번들거렸다. 서늘한 바닥에 그의 무릎과 양 팔꿈치가 차례로 닿았다. 붉은 눈에 핏발이 서고 숨결이 거칠어졌다. 남자는 눈을 꽉 감은 채 딱딱한 바닥에 제 몸을 짓눌렀다.

강예강이 나타났다. 그의 심장을 송두리째 가져갔다가 산산조각으로 깨뜨린 여자가, 그의 지옥으로 또다시. 이것이 운명의 장난인지 신이 선사한 기회인지는 중요치 않았다. 여자는 더 이상 그에게서 탈출하지 못한다. 제하는 그녀를 두 번 다시 놓칠 생각이 없었다.

거짓말처럼 정신이 또렷해졌다.

* * *

건물 관리인이라는 사람이 택시를 불러 준 게 다행이었다. 그러지 않았더라면 익숙하지도 않은 거리를 헐벗은 옷차림으로 헤매야 했을 테니까.

예강은 푸르스름한 새벽 거리를 달리는 차 안에서 멍한 머리로 입술을 씹었다. 제하가 던지듯 건네주었던 슈트 재킷에서 아마도 그의 것일 향수 냄새가 났다. 조금은 독하고 묵직한 향. 10년 전의 제하를 떠올릴 수 없을 만큼 남성적인 향이었다.

조금 전, 제하는 일이 끝남과 동시에 그녀를 밀어 냈다.

"미안한데 혹시 버릴 옷…… 같은 게 있으면 좀 받을 수 있을까?"

그리고, 스툴에 걸쳐 두었던 자신의 재킷을 그녀에게 던지듯 건네고는 머뭇거림도 없이 욕실을 향해 걸었다.

"제하야, 이런 거 말고. 이건 너무 좋은 옷이잖아."

호텔을 나올 때 이미 한 번 걸친 적 있는 그의 양복은 한눈에 봐도 고급 원단이었다. 당황해서 목소리를 높이는 그녀를 보며 제하가 낮게 내뱉었다.

"화대라고 생각하든가."

예강은 그가 지금 이 순간을 최대한 빨리 끝내고 싶어 한다는 사실을 직감했다. 직전까지 농밀하고 탁했던 공기는 연기처럼 사라져 있었다. 시선을 마주치지도 않는 제하는 얼음처럼 차갑게만 느껴졌고 그 사실에 실망하는 자신이 더더욱 비참했다.

부어오른 목으로 마른침을 삼킨 후, 현관을 나서려던 예강은 문 앞에서 또 한 번 멈칫했다. 제하가 던지듯 건넨 재킷 안쪽에 묵직한 무언가가 느껴진 탓이었다. 그녀는 옷 안에 그의 지갑이 들어 있다는 사실을 깨닫고 다시 뒤를 돌았다. 현관에 설치된 장식장 위에 조심스레 그의 지갑을 내려놓으려는 순간, 그녀는 거울을 통해 제하와 눈이 마주쳤다. 욕실로 들어간 줄 알았던 제하가 저 멀리 벽에 기대선 채 자신을 뚫어져라 바라보고 있다는 사실에 예강은 당황할 수밖에 없었다.

마치 그의 지갑에 손을 대다 들킨 것 같은 현장이었다. 순식간에 뭐라 형용할 수 없는 수치감이 그녀의 얼굴을 새빨갛게 물들였다. 제하에게 안겨 달뜬 목소리를 높이며 신음했던 것보다 그 순간이 더욱 견디기 힘이 들었다. 제하는 얼어붙은 그녀에게로 말없이 걸어오더니 지갑을 낚아채곤, 그 안에서 지폐와 수표 다발을 꺼내 들었다.

"부족했네."

양복 주머니에 거칠게 찔러 넣으며 잘 가, 하고 귀찮은 듯 내뱉던 그의 마지막 인사가 아직도 생생했다. 예강은 아무런 변명도 하지 않았다. 대신 그가 직접 열어 준 문을 통과해 제하의 세계에서 서둘러 떠나 주는 것을 택했다.

고마워, 하고 그의 마지막 인사에 화답하면서.

예강은 뜨거워지는 눈시울을 애써 말리려 눈을 크게 떴다. 택시는 다리를 지나가고 있었다. 시커먼 강물 너머 도시의 불빛이 반짝였다.

스물세 살 겨울. 뿌연 담배 연기가 가득한 PC방에서 야간 알바를 하고 있던 때였다. 포털 경제란 뉴스에서 '이제하' 이름 세 글자를 보았던 날. 컵라면을 주문하는 콜이 계속 울리는 것도 잊은 채 예강은 쉽게 자리를 뜰 수가 없었다. 푸른 불빛이 비치는 모니터 안의 그는 예전보다 날카로워진 눈빛으로 무표정하게 정면을 응시하고 있었다.

"뭘 넋 놓고 있어? 이야. 너 경제 관련 뉴스도 보냐? 우리 강 실장 대단하네. 역시, 돈의 흐름은 이렇게 다각적으로다가 읽는 거야. 너희들도 좀 보고 배워라. 엉?"

이후, 시간이 지날수록 점점 더 대단해지는 제하의 소식을 몰래 찾아보며 예강은 생각했었다. 죽기 직전에 딱 한 번만, 멀리서라도 제하를 직접 볼 수 있는 기회가 있었으면 좋겠다고.

이런 방식은 꿈에도 아니었지만, 설사 다른 방식으로 마주쳤다면 뭐가 어떻게 달라졌을까.

그녀를 바라보았던 그의 눈동자가 떠올랐다. 무감하게만 보였던 사진에서와는 달리 분노와 경멸이 점철된 새까만 시선이었다. 예강은 이걸로 자신이 제하의 인생에서 완전히 도려내질 수 있을 거라는 확신이 들었다.

제하는 그녀와 잠자리를 하고 돈을 지불했다. 예강은 그의 호의를 거절하지 않고 받았다.

엄마는 나쁜 일을 하면 그게 어떤 방식으로든 돌아온다고 말했었다. 이미 조각 난 인연의 끈을 주제도 모르고 혼자 붙들고 있던 벌은 바로 이거였다. 주머니에 꽂힌 지폐에서 그녀가 잃어 가고 있던 알팍한 죄악감의 무게가 느껴졌다.

예강은 팔등으로 이마를 가린 채 눈을 감았다. 체력만은 자신 있다고 생각했는데. 지은에게 감기가 옮기라도 한 건지, 팔에 닿는 이마가 뜨끈했다. 이마뿐만이 아니라 온몸 전체가 불이 붙은 듯 화끈거렸다. 이 와중에도 제하에게 감기를 옮기지나 않았을까, 염려가 되었다. 제하가 기침할 때마다 그녀를 떠올리며 인상을 찌푸리는 상상을 하다 말고 고개를 세차게 흔들었다.

난 도대체 뭘 걱정하고 있는 건가.

다 끝난 마당에 그따위를 염려하는 자신이 더욱 싫었다. 아마도 그녀는, 뭔가 대단히 착각을 하고 있었던 모양이다. 언감생심, 무의식적으로는 바라고 있었던 것이다. 제하에게 자신이 뭐 대단한 의미로 남아 있을 거라는 착각. 현실은 그의 동생을 죽인 살인자의 딸이며, 끝까지 그녀의 편에 서려 했던 그를 저버리고 떠난 나쁜 년이다.

제하가 그녀에게 분노하는 것도 당연했다. 까맣게 잊고 살았던 불행의 숙주가 눈앞에 나타난다면 그 누구라도 그와 똑같이 반응할 것이다. 그러니까, 오늘 제하에게 그녀를 만난 건 갑작스레 벌어진 사고 같은 일이었다. 원하지도, 기대하지도 않았던 기분 나쁜 사고.

"저기, 시장통 입구에서 언덕 위로 올라가 주시면 돼요."

전신주의 전선이 얼기설기 얽힌 익숙한 풍경이 눈에 들어왔다. 자신이 있어야 할 곳은 바로, 여기였다. 누가 발로 찬 쓰레기 더미에서 쓰레기가 굴러다녔다.

"더 이상 못 들어가겠는데."

"네, 여기서 세워 주세요."

택시가 멈추었다. 그녀가 지금 가진 돈은 제하에게 마지막으로 받은 돈뭉치가 다였다. 소지품이 들어 있던 클러치는 제하를 처음 발견하고 얼어붙었던 호텔에서 미처 챙겨 나오지도 못했다. 주머니에서 현금을 꺼내려던 예강이 멈칫했다.

빳빳한 지폐들 사이에서 무언가 차갑고 매끄러운 기기의 감각이 느껴진 까닭이었다. 주머니 안에서 얇은 금속 재질의 휴대폰을 꺼내 든 예강의 손이 가늘게 떨렸다. 그녀는 숨을 몰아쉬었다. 그녀의 휴대폰이 그곳에 들어 있을 리가 없었다. 낯선 물건의 주인은 이제하였다.

"뭐 문제 있어요?"

택시 기사가 의심스러운 눈으로 난처한 표정의 그녀를 재촉했다. 예강은 휴대폰을 쥔 채 고민했다. 지금이라도 다시 가져다줘야 하나, 하는 생각은 곧 사라졌다. 싸늘한 눈으로 손수 문을 열어 그녀를 내쫓듯 보내던 제하의 얼굴이 떠오른 까닭이었다.

"아, 아뇨."

그녀가 택시 요금을 지불하자 택시 기사가 잔돈이 없냐고 짜증을 냈다. 현금을 세는 기사의 뒤에서 예강은 입술을 잘근잘근 씹었다. 그럴 리가 없는데, 심장이 자꾸만 불안한 속도로 뛰었다. 뭔가 이상하다. 처음 그가 그녀에게 옷을 건넸을 때, 그 안에 들어 있던 건 분명 지갑뿐이었다. 다른 물건이 들어 있었다면 그녀가 과연 알아채지 못했을까……?

"여기요, 거스름돈."

택시 기사에게 잔돈 뭉치를 받아 들고 주머니 안에 넣으면서 예강은 멍한 얼굴로 제하의 현관에서 있었던 일을 되짚었다. 거울에 비치던 제하가 뭘 하고 있었지? 그가 무언가를 손에 쥐고 있었던 게 그제야 떠올랐다.

휴대폰이었다. 제하는 어딘가에 전화를 걸려고 하고 있었다.

"아저씨, 잠깐만요."

"예?"

심장이 철렁 내려앉는 것 같았다. 제하는 예강에게 돈을 찔러 넣으며 자신의 휴대폰을 함께 집어넣었던 것이다. 그녀가 알아채지 못했던 건 당연했다. 그의 지갑에 손을 댔다는 오해를 받고 수치심을 견디지 못해 그 자리에서 떠나기에 급급했기 때문에.

"아, 내릴 거요, 말 거요?"

잠깐. 처음부터 지갑이 든 옷을 그녀에게 건넨 건…… 과연 실수였을까? 현관에서 마지막 인사를 내뱉던 제하의 서늘한 눈동자가 떠오르자 예강은 숨을 몰아쉬었다.

"아저씨, 죄송한데요. 행선지 바꿀게요."

"갈 데 확실히 있는 거 맞아요?"

기사가 콜이 들어오는 전화를 받으려다 말고 의심스러운 눈으로 그녀를 보았다.

"죄송합니다. 부탁드릴게요."

예강은 휴대폰을 열어 보지도 못한 채 도로 집어넣은 후, 주먹을 꽉 쥐었다. 분명 그녀가 잘못 짚은 것일 수도 있었다. 휴대폰도, 지갑도, 모두 실수였고 지금 그녀의 머릿속에 떠오르는 가정은 말 그대로 그녀가 착각하는 것일 수도 있었다.

"어디로 가요? 왔던 곳으로 다시 가 줘?"

"아뇨."

예강이 빠르게 부정하며 마른침을 삼켰다. 그녀는 제하가 변했다고 생각했다. 완벽한 남자가 된 모습으로 카메라 렌즈를 응시하던 그의 눈동자는 상처도, 어두움도 없이 그저 무감했고 그래서 남몰래 안심했었다. 그녀는 제하가 더 이상 과거에 종속되지 않는 삶을 살고 있다고 믿었기 때문이다. 그가 말했듯이, 그를 속박하고 있던 수식어를 모두 벗어던지고, 훨씬 멋지고 잘난 인간으로서.

그녀와 재회한 후 불같은 분노를 뿜어냈던 건, 당연한 일이라고 생각했다. 그에게는 그 무엇보다도 불쾌할 만남이었을 테니까.

하지만…….

"잘 가."

침잠한 제하의 눈빛에 스치던 빛이 그제야 떠올랐다. 도망치기에 급급해 잊고 있었다. 오래전, 그녀가 분명 그런 눈동자를 본 적이 있었다는 걸. 전학 온 첫날. 바닥에 떨어진 그의 교과서를 주워 들었던 그녀와 눈을 마주치던 열아홉 이제하의 눈동자였다.

"이상한 애네."

그것은 선전 포고의 눈빛. 끝이 아니라 시작을 알리는 눈동자였다. 제하는 아직도 그 작은 항구 도시에서 벗어나지 못하고 있는 거였다. 마치 그녀처럼.

"고속버스 터미널로 가 주세요."

어렸던 그녀는 착각했었다. 제하가 그녀의 인생을 뒤바꾼 존재였다고. 하지만 이제는 안다. 제하 인생의 암초는 바로 강예강, 그녀였다.

제하가 그녀에게 그의 성격만큼이나 계획적이고 치밀한 덫을 치기 전에 그녀가 먼저 떠나야 했다. 결국 한쪽이 산산이 부서지는 결말은 이미 겪어 봤으니까. 똑같은 실수를 반복하는 건 너무 어리석은 일이다.

* * *

터미널 앞에는 여행객들을 위해 마련된 걸로 보이는 오래된 모텔이 있었다. 예강은 신분증을 요구하는 직원에게 날이 밝으면 곧 떠날 거라고 말한 후, 현금을 내밀었다. 못 미더운 표정으로 그녀의 위아래를 훑어본 직원은 난감한 표정으로 머리를 긁다가 키를 건네주었다. 바로 앞이 파출소이니 시끄러운 일 생기지 않게 특별히 조심해 달라는 당부와 함께였다.

방에 들어가 욕실에서 자신의 모습을 제대로 마주한 후에야 예강은 직원이 무엇을 염려했는지 어렴풋이 짐작할 수 있었다.

번진 립스틱, 엉망으로 부은 눈가, 재킷 사이로 보이는 원피스에는 언뜻 언뜻 핏자국까지 보였다. 예강은 뜨거운 물을 튼 후, 길게 숨을 내쉬었다. 내일 떠나기 전에 가장 먼저 갈아입을 옷부터 사야겠다는 생각이 들었다.

뜨거운 물로 샤워를 한 후, 손가락 두 마디만 한 비누로 옷을 빨았다. 얇은 옷이라 만일 해가 뜬 후까지 마르지 않는다면 드라이기를 이용해 말리기라도 할 요량이었다. 화장대를 겸한 테이블 구석에서 성냥갑 모양으로 먼지 쌓인 반짇고리 세트를 찾아냈을 땐, 상황에 어울리지 않게 기쁨의 한숨까지 나왔다. 예강은 물기가 남아 있는 옷의 어깨끈을 꿰맨 후, 의자 위에 걸쳐 널고 침대로 돌아와 누웠다.

두꺼운 커튼이 쳐진 작은 방에 사이드 등을 켜고 눈을 깜빡였다. 작은 책상 위에 조심스레 놓아둔 제하의 휴대폰에 시선이 가는 것은 어쩔 수가 없었다.

파출소가 바로 앞이라는 직원의 말을 떠올렸다. 휴대폰은 내일 이곳을 나가며 파출소에 맡길 참이었다. 택시 안에 놓고 내리는 것은 위험하다고 생각이 되었고, 모텔에 두고 떠나는 건 더욱 찝찝했다.

예강은 날이 밝자마자 일어나서 걸칠 옷을 산 후, 파출소에 들렀다가 서울과 최대한 멀리 떨어진 지방으로 가는 버스를 일단 탈 계획이었다. 기사식당에서 알게 된 이모가 남해에서 장사를 한다는 말이 떠오른 건 다행이었다. 그곳에서 잠시나마 숨을 돌리고 이제부터의 삶을 고민하면 되겠지. 언제든지 오라고 했었던 친절한 이를 떠올리며 예강은 길게 한숨을 쉬었다.

10년 전. 뺨을 얼릴 정도로 추운 날 새벽, 짐 가방 두 개를 들고 엄마와 무작정 떠났던 그때보다는 지금 상황이 더 나은 걸까. 적어도 갈 곳은 있으니까.

예강은 감은 눈 위에 손등을 얹고서, 꽤 오랫동안 부르지 않고 살았던 말을 입 밖으로 내뱉었다.

"……엄마."

아빠의 사건 이후 엄마는 더 이상 손님을 받지 못했다. 굿을 하다 쓰러졌기 때문이다. 원인 모르고 죽어 가던 신병과는 달리 이번에는 의학적 병명을 확실히 들을 수 있었다.

유방암 3기.

수술과 항암. 재발. 입원. 총 4년의 투병 기간을 거치며 모녀는 말 그대로 빈털터리가 되었다. 자신의 이름을 딴 약국을 가지고 싶었던 예강의 희망은 이제 입 밖으로 꺼내 놓기 부끄러운 옛 기억이었다. 대통령이 되고 싶어요, 변호사가 되고 싶어요, 되는대로 떠들었던 철부지 어린 시절의 꿈처럼.

대학은 꿈도 꾸지 못했다. 예강은 아픈 엄마 대신 당장 나가서 생활비와 병원비를 벌어야 했다. 고졸 사무직으로 취업했지만 벌이는 마땅찮았다. 커피를 타는 그녀에게 번들거리는 눈빛을 보이던 사장은 새벽마다 술에 취해 외로움을 빙자한 음란 문자 공세를 퍼부었다.

견디다 못한 그녀는 둘이 식사라도 한번 하자고 사정사정하는 사장을 딱 한 번 바깥에서 만났다. 불편하니 더 이상 개인적인 연락을 하지 말아 달라고, 큰맘 먹고 부탁하러 나간 날이었다. 그날, 예강은 남편의 뒤를 밟은 그의 아내에게 머리채를 잡혔다. 간통죄로 처넣어 버리겠다는 협박을 당한 후 직장을 그만두었다.

새로 찾은 직장에서도, 그다음 직장에서도 비슷한 일은 계속 일어났다. 중간에 그만둬도 월급을 떼먹힐 일이 없는 일용직으로 눈을 돌린 것은 어쩔 수 없는 선택이었다. 낮에는 식당에서 음식을 나르고 밤에는 새벽까지 아르바이트를 했다. 노래방이나 PC방의 카운터였다.

잠을 줄이며 몸이 부서져라 일을 해도 엄마에게 들어가는 병원비를 다 감당하기엔 모자랐다. 주사 한 대 값이 수십만 원을 웃돌았지만 살날을 연장할 수 있는 사람을 죽으라고 할 순 없었다. 계절이 지나가는 것도 모른 채, 추운 겨울 토사물로 꽉 막힌 변기를 뚫다 지쳐 울었다.

화장실 문에 붙은 스티커를 보고 자포자기의 심정으로 전화를 건 것은 그날이었다. 은행에서는 아무리 사정사정해도 절대 불가능하다는 기계적인 답변만 들었던 대출. 전화 한 통으로 통장에 바로 돈이 들어오는 순간, 안도보다 더 크게 밀려드는 불안을 애써 잡아 눌렀다.

그 돈으로 엄마는 한 달간 더 병원에 있을 수 있었으니까.

기간 내에 돈을 갚는 것은 처음부터 불가능한 일이었다. 버는 것보다 나가는 것이 더 많았다. 사채업자는 다시 돈을 빌려줄 테니 그 돈으로 자신에게 진 빚을 갚으면 된다고 간단히 말했다. 수수료가 조금 더 올라간다는 부연 설명과 함께였다.

예강은 바보가 아니었다. 그게 남자가 말한 것처럼 간단한 일이 아니며 빚의 구렁텅이로 빠지는 지름길이라는 걸 알고 있었지만 그녀에게는 다른 선택지가 없었다. 사채업자에게 손을 빌리는 대부분의 사람들도 그러했을 거라는 사실을 그때야 깨달았다.

갚아야 할 돈은 점점 늘어나는데 손에 쥐는 돈의 액수는 점점 줄어들었다. 엄마의 장례식이 끝난 후, 그녀에게 남겨진 건 이자를 포함해 2억이 넘는 빚이었다.

엄마의 유골은 서울 변두리에 위치한 납골당에 모셨다. 알아본 곳 중 가격이 제일 낮았다. 그곳에 엄마가 마지막까지 팔지 못했던 결혼반지를 넣어 주었다.

예강은 동네 미용실에서 머리를 빡빡 밀었다. 후둑. 후둑. 어깨 아래로 떨어지는 머리카락을 보았지만 눈물도 나지 않았다. 미용실 주인이 혹시 어디가 아프세요, 하고 조심스레 물었을 때 그녀는 고개를 저었다. 그녀는 아파서도 안 되는 사람이었다.

사채업자는 이자를 입금하지 않자 득달같이 나타났다. 돈을 빌리고 난 후, 처음 보는 얼굴이었다. 손가락 두 개가 잘린 뭉툭한 손으로 명함을 내밀지 않아도, 그녀는 그가 누구인지 직감했다. 돈은 무슨 일이 있어도 갚겠으니 조금만 기다려 달라고 피를 토해 내는 심정으로 말했다.

난생처음 타인에게 아빠 이야기도 했다. 내 아버지가 살인자라고. 사람 죽이고 자살한 나의 아비처럼 나도 그렇게 할 수 있다고, 장기를 팔아서라도 갚을 거라고 고래고래 소리를 질렀다. 누군가에게 그렇게 처절하게 절규해 본 적도 처음이었다.

피골이 상접한 얼굴로 소리치는 예강을 물끄러미 바라보던 사채업자는 담배 한 대를 딱 다 피울 때까지만 머물다가 자리에서 일어났다. 그리고, 다음 이자까지 한 달간의 여유를 주었다.

만일 그가 그녀를 두 번째 찾아오는 일이 벌어질 시에는 외딴섬에서 남자들에게 몸을 내주며 평생을 살게 될 거라고 했다. 콩팥이 없건 팔이 한 짝 없건, 그들에게는 상관없다고, 자살하고 싶으면 바다에 뛰어들면 되니 얼마나 쉬운 일이겠느냐고 말하며 그녀에게 손으로 만 잎담배를 하나 남겨 주고 떠났다. 남자가 떠난 자리에서는 축축하고 어둡고, 위험한 냄새가 한참을 감돌았다.

사채업자가 떠나고도 한참을 얼어붙은 채 움직일 수 없었던 예강은 그날 오후, 납골당을 다시 찾았다. 엄마의 금반지를 팔아 쌀과 라면을 샀다. 일을 하려면 먹어야 했다.

"할아버지, 우리 예강이 좀 도와주소……. 한 남자 사랑 죽도록 받으면서 산다고 하지 않으셨소……. 할아버지……."

정신이 오락가락한 상황에서 신음처럼 기도하던 엄마의 소원은 말 그대로 소원일 뿐이었다. 마치 어렸던 그녀가 자신의 이름을 내건 약국을 가지고 싶었던 것과 같이, 이루어지지 못할 희망 사항에 불과했다는 뜻이다. 예강은 가진 거라고는 빚더미밖에 없는 자신을 진심으로 사랑해 줄 남자 따윈 만날 기회조차 없다는 걸 알 주제는 되었고 그런 상황을 바라지도 않았다.
다만, 철로 옆을 달리며 그녀의 이름을 목이 터져라 외치던 한 남자가 문득 머릿속에 떠오를 때면, 예강은 듣는 사람도 없는 골방에서 이불을 뒤집어쓰고 울다 지쳐 잠이 들었다. 그런 날이면 늘 붉은 피의 악몽을 꾸었다. 상실하고 나서야 존재를 알게 된, 그들이 했던 아프고 미숙한 사랑의 흔적이 그녀의 몸에 달라붙어 영원히 떨어지지 않는 꿈이었다.

"내 아이, 죽이고 나서 몇 명이나 더 죽였어?"

예강은 눈을 번쩍 떴다. 귓가에서 고막을 찌르듯 울리는 전화벨 소리가 들렸다.
ㅡ퇴실 두 시간 전입니다.
"네. 금방 나갈게요."
예강은 목을 가다듬으며 수화기를 내려놓았다. 탁상 옆에 있는 시계는 오전 10시가 조금 안 되었다. 두꺼운 암막 커튼 탓에 빛이 들어오지 않아 방 안은 아직도 어둑했다. 늦은 새벽까지 뒤척이다 어느새 쓰러지듯 잠에 빠진 모양이었다.
씻은 지 몇 시간도 되지 않은 몸으로 다시 샤워기 앞에 선 후, 나와서 새벽에 빨아 놓은 옷을 걸쳤다. 덜 마른 얇은 원피스와 속옷이 조금 눅눅했지만 상관없었다. 이곳을 나가자마자 병원부터 먼저 가야겠다는 생각이 들었다.

* * *

산부인과에서 나온 후, 예강은 양복 재킷으로 벌어진 가슴을 여미며 고속터미널 근처 지하상가로 향했다. 그녀가 지나다닐 때마다 잊고 지냈다고 생각했던 흘끔거림이 노골적으로 따라붙었다.

반바지와 티셔츠, 편한 샌들을 산 후 화장실에서 옷을 갈아입었다. 하부를 간신히 가리는 짧은 원피스에서 벗어나자 그제야 편하게 움직일 수가 있었다. 예강은 지은에게 빌린 옷과 제하의 재킷을 잘 개어 종이봉투에 넣었다. 근처 지구대 앞에 제하의 휴대폰도 떨어뜨려 놓았다. 자판기에서 음료수를 뽑던 경찰 하나가 휴대폰을 발견하고 집어 드는 모습을 보며 서둘러 뒤를 돌아 걸었다.

버스 터미널 앞, 리어카에 모자를 죽 늘어놓고 파는 상인에게서 검은색 무지 모자도 하나 샀다.

"얼마예요?"

"7천 원이요."

"5천 원에 주세요."

"이거 5천 원에 팔면 내가 손해지."

"3천 원에 팔아도 남으시잖아요."

결국 5천 원에 모자를 사서 썼다. 이 상황에서도 가격을 흥정하는 스스로가 새삼 놀랍지도 않았다.

인생은 그런 거였다. 부모가 죽어도 장례식 비용을 계산해야 했고, 빚쟁이가 집 안을 들어 엎은 날에도 밥 먹고 일을 나가야 했다.

그러니까, 갑작스러운 사고 같은 제하와의 만남도 그녀가 알아서 정리하는 게 맞았다. 이미 한 번 해 본 일이니까 어렵지는 않을 거다. 예강은 모자챙을 푹 눌러써 햇살 아래 얼굴을 가리며 스스로를 설득시켰다. 어디선가 때 이른 매미 한 마리가 요란스레 우는 소리가 들렸다. 올여름은 유난히 더울 것 같은 예감이 들었다. 기억 속에 묻어 두었던 그때, 그 여름처럼.

남해까지 가는 고속버스는 시간마다 한 대씩 있었다. 예강은 운전기사가 마지막으로 차에 탄 후, 버스가 움직이고 나서야 긴장이 조금 풀려 차창에 머리를 기댔다. 그동안 이사는 수도 없이 했어도 아예 연고지를 옮기는 것은 오랜만이었다.

"내 따라 시골 가서 식당 하나 차려 놓고 편히 살자. 예강아. 버는 돈은 적어도 나갈 돈이 많이 없어서 빚 갚기는 거가 더 나을지도 모린다. 혹시 아나. 순진한 시골 촌놈 하나가 니한테 정신 나가서 간이고 쓸개고 다 빼 줄지."

"그 시골 총각은 무슨 죄로 절 만나요."

"니가 뭐 어디가 어때서. 젊은 사람들 중에 니만큼 열심히 사는 사람 있음 나와 보라 해라. 대체 니는 가족도 없다면서 왜 악착같이 이 정떨어지는 곳에서 살라 하노. 와, 누구 기다리는 사람이라도 있나?"

"없어요. 그냥……."

"그냥 뭐."

"서울 살면 길 가다가 연예인 볼 수 있을지도 모르잖아요."

후후 웃던 그녀를 보며 실없다고 등짝을 때리던 맘씨 좋은 아주머니를 진작 따라갔다면 이런 일은 벌어지지 않았을 텐데. 후회해 봤자 이미 늦은 일이었다. 각박하기 짝이 없는 회색 도시를 떠나지 않고 바퀴벌레처럼 살아남았던 스스로의 내면을 들여다보기가 부끄러워 생각을 접고 눈을 감았다.

두 시간 후, 버스는 휴게소에 멈추었다. 화장실에 들렀다가 나오는데 공중전화가 눈에 띄었다. 예강은 잠시 망설이다 공중전화 박스로 들어갔다.

지금 상황에서 마음속에 걸리는 사람은 지은과 용호, 딱 둘이었다. 오늘은 시장이 쉬는 날이니 용호에게는 내일 전화를 해도 되지만 떠날 때까지 몸이 아팠던 지은이 계속 마음에 걸렸다.

'간단하게 자초지종이라도 설명하자.'

자신의 집 열쇠를 가지고 있는 건 지은 역시 마찬가지였다. 나중에 짐을 뺄 때 그녀의 도움을 받으려면 지금 귀띔이라도 해 주는 게 낫다는 결심이 섰다.

신호가 조금 길어지나 싶더니 다행히 지은이 전화를 받았다. 모르는 번호는 일단 의심부터 하고 보는 지은의 습관을 알기에 예강은 서둘러 목소리를 높였다.

"지은아. 나야!"

—응, 알아.

전화에서 들려오는 목소리는 지은이 아니었다. 예강은 수화기를 붙든 채 그대로 굳었다.

"당신이 그 전화를 왜 받아요……?"

입 안이 바싹 말라붙었다. 푸르렀던 녹색 풍경이 회색빛으로 바뀌고, 부드러운 여름 공기가 순식간에 습해지며 목을 조였다.

—네가 갚을 돈을 안 갚으니까 그런 거 아냐.

빚쟁이가 왜, 지은의 휴대폰을 가지고 있는 걸까.

"휴대폰 주인 어디 있어?"

—내 옆에 있지. 아주 잘. 동생이 참 몸이 착하네. 응?

소름 끼치는 남자의 목소리에 이어 지은의 겁먹은 목소리가 들려왔다.

—언니. 이 사람 누구야?

예강은 눈을 질끈 감았다 뜬 후 이를 갈 듯 작게 내뱉었다.

"그 남자 바꿔, 지은아."

—예에. 전화 바꿨습니다.

"이자 날짜 아직 멀었잖아요. 당신 지금 거기서 뭐 하는 거예요?"

손에 진땀이 잡혔다. 담배를 다 피운 운전기사가 고속버스에 다시 올라타는 것이 보였다.

—우리 고객이 잔금 안 치르고 토낄까 봐 찾아왔지. 근데 여기 보니까 우리 고객님은 없고 웬 발랑 까진 애기가 하나 있네?

"걔는 저랑 아무 상관 없어요! 모르는 애라고요!"

예강은 그의 입에서 뒷말이 나오기도 전에 목소리를 높여 말을 끊었다.

사채업자가 그런 그녀를 비웃듯 지껄였다.

—모르는 애가 집도 함부로 드나들고 냉장고 뒤져서 밥도 해 먹나 보지? 너, 우리 처음 봤을 때 내가 했던 말 기억하지? 갚을 돈을 안 갚으면 어떻게 되는지.

예강의 눈이 커다랗게 뜨이고 몸이 부들부들 떨렸다. 잔인한 목소리가 그녀의 귓가에 꽂혀 들었다.

—너 대신 네 동생이 섬에 처박혀서 평생 노예처럼 사는 꼴 보기 싫으면 당장 튀어 와.

"동생 아니라고 하잖아, 미친 새끼야!"

예강이 목에 핏대를 세우며 소리를 쳤다. 주변 사람들이 인상을 찌푸리며 그녀를 흘긋거렸지만 예강의 눈에는 보이지도 않았다. 지금 그녀에게 가장 중요한 건 지은의 안위뿐이었다.

"나랑 관계없다고……! 제발!"

그녀 때문에 지은이 이런 상황에 빠져야 할 이유가 없었다. 꼬박꼬박 이자와 원금을 회수하던 사채업자가 갑자기 뭣 때문에 눈이 돌았는지도 이해할 수 없는 건 마찬가지였다. 예강은 수화기를 쥐고 뜨거운 눈을 부릅떴다.

"당신, 걔한테 손 하나 까딱해 봐. 내가 정말 가만 안 둬. 알았어?"

—그럼 빨리 와서 잔금이나 째깍 청산해. 너랑 인연은 내가 끊고 싶다.

"여보세요? 여보세요……?"

말도 없이 전화가 끊겼다. 떨리는 손으로 동전을 마구 집어넣고 다시 전화를 해 보았지만 전원이 꺼져 있다는 자동음만 들렸다.

예강은 공중전화 박스에 등을 기댄 채 손톱을 잘근잘근 씹었다.

"개새끼……."

그동안 한 번도 안 빠지고 꾸준히 원금과 이자를 갚아 나가는 그녀를 보고 사채업자는 지독한 년이라고 말했다. 하루라도 날짜를 늦지 않으려 밤낮으로 지독하게 일한 건 사실이었다. 빚쟁이 입장에서도 그녀를 헐값에 매음굴에 넘기는 것보다, 돈을 받아 내는 게 더 이익일 거라 생각한 장사였을 것이다.

그런데, 갑자기 왜 이러는 걸까. 예강이 계산한 대로라면 앞으로 1년만 더 버티면 빚잔치를 끝낼 수가 있었다. 갑자기 나타나서 시비를 거는 이유는 또 빚을 연장하라고 협박할 속셈인 걸까?

거스러미가 뜯겨 손톱 옆에 핏방울이 맺혔다. 아무 관련도 없는 지은이 떨고 있을 걸 생각하자 심장이 바위를 매단 듯 한없이 바닥으로 추락했다.

이래서 아무도 가까이해서는 안 되는 거였는데. 저주받은 그녀의 운명을 함부로 망각하고 사람을 곁에 둔 죄의 결과는 바로 이거였다.

예강은 흙빛이 된 얼굴로 공중전화 부스를 나와 주위를 둘러보았다. 그녀가 타고 왔던 버스는 이미 가고 없었지만 중요한 건 그게 아니다. 서울까지 돌아가는 버스를 찾아야 했다.

"혹시 서울 가슈?"

초조하게 두리번거리는 그녀에게 다가온 건, 휴게소에서 나온 택시 기사였다. 예강은 현금이 들어 있는 싸구려 힙 색을 꽉 쥐고 고개를 끄덕였다. 방금 전까지 이 도시를 떠나며 감상에 잠겼던 그녀를 비웃듯 현실이 그녀의 숨통을 조였다. 눅눅한 습기가 차가운 빗방울로 변해 툭, 하고 그녀의 뺨을 스쳤다.

* * *

집은 난장판이었다. 예강은 속옷 차림으로 바닥에 누워 있는 지은을 보고 눈을 질끈 감았다 떴다. 온몸의 피가 싸늘하게 식는 기분이 들었다.

"언니……."

울먹이는 지은은 손발이 청 테이프로 묶인 끔찍한 꼴이었다. 화장실 문을 열고 사채업자가 바지를 추스르며 나왔다. 보증금 500에 월세 20만 원짜리 집이라도 어제까지는 예강의 집이었다. 예강은 그녀의 집에서 빚쟁이를 보는 순간 더 이상 이곳에서 편히 잠들 수 있는 날은 없겠구나, 하고 생각했다.

"왜 이래요, 갑자기?"

이를 악물고 눈을 부릅뜬 채 그를 노려보았다. 덜덜 떨리는 손을 들키지 않으려 주먹을 꽉 쥐었다.

"잔금 갚아. 지금 당장."

"여태까지 내가 납기일 늦은 적 있었어요?"

매달 1일은 빚 갚는 날이었다. 달력을 찢을 때마다, 빚으로 시작하는 나날들이 언제쯤 끝날 수 있을지를 떠올리며 견뎌 왔다. 사채업자가 신경질적인 눈으로 버럭, 소리를 질렀다.

"갚으라면 갚아! 원금이랑 이자, 지금 당장 일시불로 상환 못 하면 이년 데려간다."

"당장 손 떼!"

예강이 부들부들 떨며 소리를 버럭 지르자 사채업자가 인상을 찡그리며 잘린 손가락으로 지은의 가슴을 주물럭거렸다.

"경찰에 신고할 거야, 씹새끼야."

지은이 눈물이 그렁그렁한 눈으로 덜덜 떨며 그를 노려보자 사채업자가 고개를 끄덕였다.

"그래. 신고해. 직접 전화 걸어 줄 테니까, 신고하라고. 누군 이러고 싶어서 이러는 줄 아나. 나도 먹고는 살아야 될 거 아냐! 지금 다 망하게 생겼는데. 야, 너 일어나. 일어나!"

예강은 지은을 억지로 일으키는 그의 팔을 허겁지겁 붙들었다. 그녀의 눈동자에 분노는 사라지고 절박함이 들어찼다. 이건 말도 안 된다.

"돈 갚을게요, 아저씨."

"언제."

사채업자가 찢어진 뱀 같은 눈으로 그녀를 힐끗 보았다. 예강이 그의 팔뚝에 매달리며 목소리를 높였다.

"이 집 보증금 빼서 500만 원 갚고…… 남은 돈은 어떻게든 빌려서 갚을게요. 아저씨. 왜 이래요, 정말……. 저 이제껏 약속 안 지킨 적 없잖아요. 아저씨도 독한 년이라고 인정했잖아요. 그러니까 한 번만요. 아니…… 아저씨가 저한테 돈 빌려주세요. 지금 당장 차용증 쓸게요. 수수료 얼마든지 떼도 상관없으니까 제발……!"

다시 한번 빚의 수렁에 발을 들여 놓는 건 죽기보다 싫었지만 눈앞에서 지은이 끌려가는 걸 보는 것만은 막아야 했다.

"야, 내가 지금 너한테 빌려줄 돈이 있으면 이러겠냐?"

사채업자가 지은의 몸을 밀치고 예강의 얼굴을 손으로 틀어쥔 건 그다음이었다. 그녀가 쓰고 있던 모자가 툭, 아래로 떨어졌다.

"이렇게 보니까 너도 꽤 쓸 만하잖아. 예전엔 딱 귀신같아서 이건 어디 팔아먹지도 못하겠다 싶었는데."

예강의 온몸에 소름이 돋았다. 한동안 잊어버리고 살았던, 악의에 찬 탐욕스러운 시선이 그녀를 샅샅이 훑자 정수리가 쭈뼛거렸다.

"놔."

예강이 그를 뿌리치려 했지만 그의 손아귀 힘은 억셌다.

"잔금 갚아. 그럼."

"갚아! 돈 갚는다잖아. 갚을 테니까 이거 놓으라고!"

사채업자의 손을 물어뜯자 그가 그녀의 뺨을 날렸다. 예강의 몸이 바닥에 거칠게 내쳐진 순간이었다.

"대체 이건 무슨 상황이야?"

뒤에서 들려오는 목소리에 예강의 얼굴이 소리 없이 일그러졌다. 바닥에 엎어진 채, 뜨거운 눈으로 고개를 돌리자 그곳엔 그녀가 이 순간 가장 보고 싶지 않은 얼굴이 있었다.

"내 물건 돌려받으러 왔는데."

제하의 모습을 보며 예강은 마른침을 삼켰다. 그가 그녀를 찾아올지도 모른다고 생각했다. 그래서 도망쳤는데. 결국 그러지 않느니만 못하게 되어 버렸다.

왜 하필 지금일까. 제하는 왜 항상, 그녀 인생 최악의 순간에 나타나는 걸까.

난장판이 된 집 안, 속옷 차림으로 도와 달라고 외치는 지은, 못마땅한 눈으로 그를 보는 사채업자와 그에게 얻어맞고 쓰러져 있는 자신. 호스티스 차림으로 마주쳤던 지난밤은 지금에 비하면 양반이었다.

"지금은 그것보다 다른 게 좀 더 급해 보이네."

예강은 손자국이 선연한 얼굴로 천천히 자리에서 일어났다. 눈시울이 뜨거워져 입 안의 살을 아프도록 꽉 씹어야 했다.

"갚을 돈이 얼마야?"

제하가 그녀를 보며 묻자 사채업자가 그의 위아래를 평가하듯 훑으며 입을 열었다.

"이 여자 지인이요? 원금 이자 합해서……."

"당신한테 안 물었어."

제하는 그를 쳐다보지도 않고 말을 자른 후, 예강에게 시선을 고정한 채 다시 물었다.

"갚을 돈이 얼마냐고. 정확히."

"댁이 보내 주시게? 이야…… 이제 봤더니 얘가 물주를 하나 물었네, 이유 있는 도망이었네. 어? 씨발, 뭐 하는 거야?"

뒷면에 계좌 번호가 찍힌 명함을 내밀다 말고 사채업자가 욕설을 내뱉었다. 뒤에서 나타난 효원이 그의 명함을 낚아챈 탓이었다.

"조용히 좀 합시다."

사채업자가 놀라서 입을 다물었다. 그의 사무실로 찾아와 난장판을 쳐 놓은 이를 보고 당황하지 않을 수가 없었다.

침묵이 흐르는 공간 속에서 예강은 자신을 빤히 바라보는 제하의 시선을 느꼈다. 몽땅 까발려진 현실을 제하에게 내보이는 건 이게 처음이 아니었다.

"……언니."

지은이 옆에서 불안한 목소리로 작게 그녀를 부르자 예강은 그제야 정신을 차렸다. 떨리는 손으로 서랍을 열고 그동안의 상환 내역이 빼곡한 통장을 꺼냈다.

"삼천사백팔십오만 이천삼백육십 원."

제하의 입에서 확인받는 그녀의 현실이었다.

"이 돈을 못 갚아서, 방금 얻어맞은 거야?"

제하가 어이가 없다는 표정으로 그녀에게 물었다. 예강이 떨리는 입술을 꽉 깨물었다. 손이 차가워지고 심장이 아프게 죄어들었다. 제하의 이마에 사라졌던 주름이 깊게 패는 것이 눈에 생생했다. 그녀는 숨을 짤막하게 들이마시곤 마침내 그를 향해 입을 열었다.

"1년 밤낮으로 죽도록 일해도 그 돈 벌 수 있을까 말까 해."

"그래서?"

"너한텐 실감이 안 나겠지만 나한텐 그만큼 큰돈이란 뜻이야."

"몸까지 팔아 가며 열심히 산 네 노력이 폄하당해서 기분이 더럽단 뜻인가?"

제하가 그녀를 향해 입술을 비틀었다. 그는 이제 일그러진 표정을 숨기지 않으려는 것처럼 보였다. 기분이 더러운 건 그녀보다 그가 더한 것 같았다. 예강은 그의 기분이 엉망인 것도 당연하다고 생각했다. 그러니까, 제하는 처음부터 그녀와 엮이지 말았어야 했다.

"바쁜 와중에 잘못 온 것 같네."

망설임 없이 뒤를 도는 제하를 보는 예강의 눈이 마구 떨렸다. 사채업자의 일그러진 시선, 지은의 겁먹은 시선을 번갈아 보며 그녀가 입을 연 것은 어쩔 수 없는 선택이었다.

"제하야."

문지방을 넘으려던 그가 자리에 멈춰 섰다. 너른 등. 너무도 커 보이는 제하를 보며 예강은 작게 속삭였다. 가슴속에서 비죽 고개를 쳐드는 양심을 짓밟았다.

세상에 아름다운 이별 따위는 없다.

절대로.

"미안한데, 나 돈 좀 빌려줄 수 있니?"

제하가 구태여 그녀에게 덫을 칠 필요도 없었다. 이미 예강의 삶 자체가 진득거리는 늪이었으니까. 아무리 발버둥 치고 벗어나려고 해도 점점 더 깊이 빠져들기만 한다.

"돈 좀…… 빌려줘, 제하야. 꼭 갚을게."

제하가 고개를 돌려 그녀를 보며 입술을 비틀었다.

"내 어머니한테 돈 달라고 전화해 보지, 왜. 날 들먹이면서."

절벽에서 추락하는 기분이었다. 쉽지 않은 세월을 견디며 단단해졌다고 생각한 그녀의 내부에서 어린 소녀가 바닥에 무릎을 꿇은 채 눈물을 뚝뚝 흘렸다.

"그거 너 잘하는 거잖아."

눈을 질끈 감았지만 몸이 산산조각으로 부서지는 고통은 참을 수가 없었다. 예강은 그제야 제하가 그녀에게 뭘 하고 싶은 건지 깨달았다.

"사람 하나 병신 만드는 거, 네 주특기잖아."

제하는 그녀에게 복수하기 위해 찾아온 거였다.

* * *

커피숍에 나타난 정혜가 외투도 벗지 않은 채 자리에 앉았다. 주문하고 손도 대지 않은 커피는 점점 식어 가고 있었다. 춘삼월이라 해도 아직 바람이 차가운 날이었다.

"얼굴이 왜 그러니."

예강의 얼굴은 한 달 새 밥도 못 먹은 사람처럼 완전히 까칠해져 있었다. 예강이 푸석해진 머리카락을 귀 뒤로 넘기며 어렵게 입을 뗐다.

"엄마가⋯⋯ 많이 아프셔서요."

예강의 손끝이 빨갛게 쩍쩍 갈라져 있는 걸 정혜가 물끄러미 바라보았다. 아르바이트를 마치고 왔다는 예강의 몸에서는 음식 냄새가 심하게 났다.

"그래? 어디가?"

"유방⋯⋯ 유방암이래요."

"힘들겠구나."

정혜의 목소리는 단조로웠지만 그 한마디에 예강은 눈물이 차올랐다. 예강이 서둘러 눈을 훔쳤다. 그 모습을 무감하게 바라보던 정혜가 차갑게 입을 뗐다.

"돈 같은 거 필요 없다면서. 예강 학생이 나한테 직접 한 말이야. 잊었어?"

정혜의 말에 예강이 놀라서 눈을 크게 떴다.

"아니에요. 돈 때문에 연락드린 거⋯⋯ 그런 거 아니에요. 제가 어떻게⋯⋯."

예강은 마치 불안 장애가 있는 사람처럼 제 손을 비틀고 있었다. 정혜가 인상을 찌푸리며 되물었다.

"그럼 뭐야?"

"제⋯⋯ 제하를⋯⋯."

"뭐?"

정혜의 목소리가 사납게 갈라졌다. 예강은 바들바들 떨며 눈을 질끈 감았다 뜬 후, 떨리는 목소리로 간신히 말을 이었다.

"제하를 한 번만⋯⋯ 만나게⋯⋯ 허락해 주시면⋯⋯."

대답 대신 날아온 식은 커피가 예강의 얼굴을 적시며 아래로 뚝뚝 흘렀다. 달칵. 빈 잔을 찻잔에 거칠게 내려놓으며 정혜가 핸드백을 챙겼다.

"할 말 끝났으면 일어나자. 어머니 일은 역시 애도는 못 해 주겠네. 도저히."

싸늘하게 일어나는 정혜의 앞에 예강이 무릎을 꿇었다. 역 앞, 2층 커피숍 안에 있던 사람들의 시선이 그들에게로 모조리 꽂혔지만 예강의 눈에는 보이지 않았다. 정혜를 보며 예강이 애원하는 표정을 지었다.

"제…… 제하가 자꾸만…… 음성 메시지를 남겨요. 흐윽…… 매일…… 흐으으…… 매일, 매일……. 기다리겠다고. 흑, 돌아올 때까지 기다린다고……."

정혜가 그녀를 보며 화장기 없는 얼굴을 찌푸렸다. 떨리는 목소리가 파리하게 일그러진 입술을 타고 흘렀다.

"그래서 뭐 어쩌라고? 너 지금 제하 핑계로 나 협박하니? 그래?"

"아, 아니요. 절대 아니에요, 전 그냥…… 흐윽…… 제하가 너무…… 보고 싶어서……."

예강이 흐느끼며 그녀를 보았다. 엄마가 갑자기 쓰러진 게 보름 전이었다. 감당할 수 없는 일은 너무나 많이 닥쳐오는데 주변에는 아무도 없었다. 두려웠다. 엄마가 죽어 버리기라도 하면, 차갑고 싸늘한 이 도시에 혼자 남아 버리는 게 너무 무서웠다.

"제하…… 그냥 한 번 만나기만 하면 안…… 될까요……? 아무것도 안 바라요. 그냥…… 딱 한 번만 얼굴 보고 싶어요."

뭘 딱히 원하는 건 아니었다. 그저, 제하가 괜찮다고 한 마디만 해 주면 모든 게 다 괜찮을 것 같았다. 아니, 그냥 그 애의 얼굴 한 번만 봐도 숨은 쉴 수 있을 것 같았다. 정혜가 예강을 보며 질린다는 표정으로 고개를 저었다.

"네가 사람이야? 어떻게…… 어떻게 나한테 이러니. 너 정말 대단한 애구나. 그 아비에 그 딸이네. 무섭다. 소름 끼치고 질려, 아주."

"죄송합니다……. 정말 죄송합니다."

얼굴에 살이 빠져 더욱 커다란 눈동자에서 눈물이 툭, 흘러 해진 잠바를 적셨다. 예강이 터진 양손을 맞잡아 제 미간을 짓눌렀다.

"제가 그래선 안 된다는 거 알아요……. 너무 잘 아는데…… 제가 안 그래야 되는 거 아는데…… 흐윽……. 자꾸만 제하 목소리 들으면 마음이 흔들려요……. 죄송합니다……. 흐윽……!"

정혜는 결국 예강의 멱살을 잡고 말았다.

"너희 엄마 수술해야 되지? 전이는 벌써 한참 진행됐고 수술 불가피하잖아. 아냐?"

예강의 젖은 눈동자가 마구 흔들렸다. 자신이 말도 하지 않은 엄마의 상태를 정혜의 입에서 확인받는 순간, 다시금 묵직한 현실이 그녀의 어깨를 내리눌렀다. 정혜가 그녀를 뚫어져라 바라보며 비수를 꽂듯 말을 씹어뱉었다.

"여기서 선택해. 네 욕심 때문에 너희 엄마를 수술대에 올려 보지도 못하고 죽이든지, 제하 인생에서 완전히 사라지든지."

예강의 마음을 움직이게 만들었던 건, 괴롭게 일그러진 정혜의 입술에서 흘러나온 그다음 말이었다.

"그 애 인생 불행하게 만드는 거, 제 부모 하나로 족하지 않겠니?"

* * *

모두가 떠난 방에는 정적만이 흘렀다. 제하는 결국 사채업자에게 돈을 입금했다. 그녀가 처음 돈을 빌릴 때와 마찬가지로, 모든 게 너무나 속전속결로 이루어졌다.

사채업자는 어딘가로 전화를 걸어 무언가를 확인했고, 제하의 부하 직원으로 보이는 누군가가 내미는 서류에 잘리지 않은 손가락으로 지장을 찍었다. 예강의 채무를 변제한다는 내용의 보증서였다. 사채업자가 떠나자마자 지은은 바깥으로 뛰쳐나가 제 방으로 달려갔다. 쾅! 하는 문소리와 울음소리가 이어지자 가슴이 아팠다.

숨통을 조이던 빚이 사라졌지만 숨쉬기가 더욱 불편했다. 제하가 우뚝 서 있는 것을 보는 것만으로도 숨이 막혔다. 둘만 남겨진 방 안이 방금 전 사람들이 득시글거리던 때보다 더 좁게 느껴지는 것 같았다.

"계좌 번호 주면 매월 1일에 입금할게. 말일이 월급날이야."

"방금 전까지 도망치려고 했던 사람 입에서 나온 말을, 내가 어떻게 믿지?"

예강이 눈을 빠르게 깜빡였다. 불을 켜지 않은 반지하 사글셋방에 어둠이 빠르게 밀려들었다. 불투명한 창문 너머로 누군가 이리저리 움직이는 모습이 보였다.

"너 빚 갚기 싫어서 도망간 거잖아. 그래서 사채업자가 널 여기까지 찾아온 거고."

그의 눈에는 그렇게밖에 비치지 않았겠구나, 하는 생각이 들었다. 부정하는 것조차 의미가 없어 입을 다문 그녀를 향해 제하가 다시 물었다.

"사채는 왜 썼어?"

"엄마가 많이 아프셨어."

"내 친모한테 연락하지 왜."

예강은 심장을 누군가 할퀴는 것 같은 기분을 느꼈다.

"……내가 어떻게 그래."

"꼭 안 했던 사람처럼 이야길 하면 내가 화가 나는데. 돈 받았잖아, 너."

망설인 것도 잠시였다. 그녀가 수긍하며 고개를 끄덕였다. 그의 말에 틀린 건 없었다.

"맞아. 돈 받는 대신 그 후로 다시는 너를 포함해 네 주변 그 누구에게도 연락 안 하기로 약속했었으니까. 거기엔 너희 어머니도 포함이었어."

제하가 입술을 비틀었다.

"정말 대단해. 내 어머니란 사람은 아들을 죽인 사람의 딸에게 돈을 주고,

넌 그 대가로 내 인생에서 영원히 사라지겠다는 각서를 쓰고 애까지 지우고. 누가 더 대단한지 우열을 가릴 수가 없다, 솔직히."

싸늘하게 조소하는 제하의 목소리는 날 선 칼날처럼 날카로웠다. 눈도 깜빡이지 못하고 침묵하는 예강을 향해 그가 말을 이었다.

"참 우습지. 내가 매일 답 없는 전화통에 대고 네게 잘못했다고, 돌아오라고 머저리같이 애원하고 있을 때, 넌 내 친모와 참 바쁘게 연락을 하고 있었다는 게."

예강은 그제야 자신이 제하의 분노를 절반도 이해하지 못하고 있었음을 깨달았다. 제하가 그 사실을 어떻게 알았는지는 중요하지도 않았다. 인과관계를 떠난 그녀의 객관적인 행동은 인면수심, 그 자체였다. 저절로 툭, 떨어지는 눈물을 손바닥으로 훔치자 그가 한 발짝 가까이 다가왔다.

"울어?"

"아니."

"그럼 대체 뭐가 억울해서 그런 얼굴이야."

예강이 그를 보며 빨간 눈을 하고 웃었다.

"안 억울해. 네 말이 다 맞아서. 나 참 대단하다 싶어서……. 그래서 웃었어."

"그러니까 전부 다 사실이란 거지?"

되묻는 제하의 눈빛에 희미하게 어른거리는 무언가를 애써 외면하며 예강이 속삭이듯 내뱉었다.

"어차피 처음부터 알고 있었잖아."

그가 그녀를 뚫어져라 보는 채로 잠시 호흡을 가다듬었다. 흔들리는 눈동자가 서서히 가라앉았다. 짧은 침묵이 끝나고 그가 입술을 뗐다.

"솔직하게 나오니까 이야기가 훨씬 쉬워지네. 난 너한테 돈으로 빚 받을 생각이 없어. 나한테 차고 넘치는 게 그거라."

예강이 마른침을 삼켰다. 시선을 피하고 싶었지만 그럴 수가 없었다. 제하의 눈에서 어른거렸던 희미한 한 줄기 기대감이 완전히 사라지고, 그 자리에 새카만 얼룩이 들어찼다. 예강은 그런 그의 눈빛을 잘 알고 있었다. 제하가 차갑게 분노하고 있다.

"넌 다른 걸로 나한테 빚을 갚아야 할 거야."

예강은 대놓고 그녀를 상처 주려는 그의 분노를 이해하면서도, 동시에 심장에서 뜨거운 것이 일렁이는 것을 참기가 힘이 들었다. 괴롭히는 이에게 목을 내주기보다 차라리 주먹을 날리라며 웃었던 다정한 이가 바로 눈앞에서 있기 때문일지도 몰랐다.

"그게 뭘 것 같아?"

창을 때리는 빗소리가 점점 커져 갔다. 제하가 그녀의 침묵을 비웃듯 말을 이었다. 그의 목소리가 점점 격양되고 있었다.

"아무리 눈치 없고 멍청한 사람도 가진 게 아무것도 없는 여자한테 남자가 돈 주는 이유 정도는 예상해. 머리 좋은 너라면 더더욱 잘 알 거라 생각하는데."

눅눅하고 습한 기운이 맴도는 방 안이 점점 더 어두워졌다. 그녀를 뚫어져라 바라보는 제하의 시선 역시 그러했다.

"이제 와서 내숭이야? 우리 그럴 나이 아니잖아."

예강은 의미심장한 표정을 짓는 그를 바라보며 마침내 입 안의 살을 꽉 깨물었다. 검고 헐렁한 티셔츠가 그녀의 손에서 툭, 아래로 떨어졌다. 제하가 낮은 목소리로 그녀에게 물었다.

"뭐 해? 지금."

"이딴 거…… 말하는 거 아니었니?"

"이딴 게 뭔데."

제하가 검지를 구부려 그녀의 가슴 끄트머리를 툭, 건드렸다. 예강이 고개를 돌리려 했지만 제하가 더 빨랐다. 그가 손으로 그녀의 자그마한 턱을 쥔 채, 낮게 속삭였다.

"이깟 게, 대체, 뭐냐고."

인생에서 쓸모라고는 전혀 없어 이미 진작 내다 버린 줄 알았던 자존심이 그녀의 내부에서 고개를 치켜들었다. 왜 제하의 앞에만 서면 잊고 살았던 감정들이 솟아오르는 걸까. 마치 그때 그 시절, 제하를 처음 만났던 그 여름으로 돌아간 것처럼.

"네가 말한 대로…… 가진 거라고는 몸뚱이뿐인 내가 너한테 줄 수 있는 건 겨우 이깟 거밖에 없잖아. 아니, 이거라도 있어서 다행이다."

예강이 새빨간 눈으로 그를 보며 간신히 내뱉자 제하가 낮게 조소했다.

"너 지금 나한테 시위해?"

그가 꽉 깨문 그녀의 아랫입술을 엄지로 천천히 잡아 내렸다. 입술 안쪽이 그의 손끝에 이리저리 매만져지자 저절로 숨이 멎었다. 그의 시선을 마주할 수 없어 떨리는 눈을 회피하는 그녀를 향해 그가 고개를 기울이며 눈을 맞추었다.

"네 눈엔 내가 아직도, 네가 뻔대면 봐주는 열아홉 살 등신으로 보이나 본데."

열아홉 살 때도 예강이 그를 쉽게 본 적은 단 한 번도 없었다.

"걘 네가 죽였잖아."

차가운 말이 심장에 날아와 꽂히는 순간, 어둠이 밀려드는 반지하 방에서 제하가 그녀의 입술을 집어삼켰다. 좁은 공간을 꽉 채우고 있던 긴장이 마침내 터져 나갔다.

심장이 쿵쿵, 격렬하게 뛰며 온몸으로 뜨거운 피를 내보냈다. 제하의 체온이 닿는 모든 피부에 불꽃이 지펴지는 느낌이었다.

그가 한 손으로 재킷을 벗어 던졌다. 고급스럽게 재단된 와이셔츠가 감싸고 있는 제하의 탄탄한 상박이 거칠게 오르락내리락했다. 그의 눈동자가 욕망으로 깊었다.

"계산은 오늘부터 시작할까."

예강이 붉어진 눈으로 숨을 헐떡였다.

"그 전에 한 가지 확실히 해 둘 게 있어."

물기에 젖은 다갈색 눈동자에 흥분과 두려움, 의문이 동시에 서렸다. 제하는 떨리는 눈으로 그를 바라보는 예강에게 이마를 맞추었다. 두 사람의 심장 소리가 들릴 정도로 무거운 침묵. 입술이 닿을 듯 가까운 거리에서 제하가 나직하게 속삭였다.

"네가 나한테 빚 갚는 방법. 그거, 출산이야. 강예강."

예강의 눈동자가 얼어붙었다. 귀를 의심하는 그녀에게 제하가 말을 똑똑히 이었다.

"네가 10년 전에 멋대로 없앤 내 애를 이번에는 제대로 낳는 거야."

제하가 지금 대체 무슨 말을 하는 걸까. 하늘에서 무너지는 천둥소리와 함께 빗줄기가 마구 퍼부었다.

"쓸데없는 착각 할까 봐 미리 말해 줄게. 내가 원하는 건 내 유전자를 받은 아이뿐이야. 넌 네가 낳은 아이에 대해 아무런 권리도 행사하지 못할 거고."

"아이를 원하는 이유가 뭔데?"

간신히 입을 연 그녀를 향해 제하가 기다렸다는 듯 답을 주었다.

"처음엔 죽이려고 생각했는데 마음이 바뀌었어. 난 그 앨 키울 거야. 그리고 너와 내가 낳은 아이를 세상에서 가장 불행한 괴물로 만들 거야."

"제하야."

"그래, 알아. 그러기엔 내가 갚은 네 빚이 너무 푼돈이지."

누군가 방문을 두 번 노크하듯 두드렸기에 예강은 흠칫 놀라 고개를 돌렸다. 문 뒤에서 제하의 부하 직원의 목소리가 들렸다.

"준비 다 끝났습니다."

"나가."

제하가 낮게 명령하자 현관이 열리고 닫히는 소리가 났다. 예강은 그제야 좁은 주방을 꽉 채우며 차곡차곡 쌓여 있는 사과 박스의 존재를 확인할 수 있었다.

"저 안에 들어 있는 게 뭘 것 같아?"

순간 그녀의 머릿속에 떠오른 건 불안한 예감이었다. 설마…… 아닐 것이다. 인상을 찌푸리면서도 예강은 입술을 꽉 씹었다. 제하가 그런 그녀에게 확인 사살을 하듯 또렷하게 내뱉었다.

"한 상자에 1억 5천. 총 열 박스."

지금 내가 뭘 들은 걸까.

"……뭐?"

"왜, 부족해?"

할 말을 잃은 그녀를 마주한 제하의 얼굴은 농담하는 표정과는 거리가 멀었다. 뚫어져라 바라보는 눈 안에 시커먼 분노가 소리 없이 너울거렸다. 그들에게 일어났던 모든 불행의 근원을 일찍이 없애지 못했던 회한으로 꽉 찬 눈동자로 그가 토해 내듯 덧붙였다.

"네가 제일 좋아하는 돈, 얼마든지 더 퍼부어 줄 수 있으니까 부족하면 말하라고. 그러려고 이제껏 미친 듯이 돈 벌었거든."

오래전 여름. 단내 나는 과일 바구니를 들고 그녀의 슬레이트집 대문을 넘었던 단정한 얼굴의 소년이 예강의 눈앞에서 괴로운 숨을 몰아쉬고 있었다. 소리 없이 떨리던 그녀의 입술에서 마침내 신음 같은 목소리가 흘렀다.

"돈 필요 없어. 거절이야. 그런 거 나 못 해."

"못 해?"

"할 수 있을 리가 없잖아. 이러지 마. 제발."

눈에 눈물을 달고 미간을 구긴 채 고개를 젓는 그녀를 보며 제하가 길게 숨을 내쉬었다. 그녀의 숨통을 틀어쥐는 방법 따위, 그는 충분히 알고 있었다. 지금까지 이 말을 하지 않았던 건, 그녀에 대한 그의 마지막 호의였다.

"그럼 네 아비가 죽인 내 동생 살려 내든지."

예강의 젖은 속눈썹이 파르르 떨렸다.

"넌 나한테 평생 안 된다고 말할 자격 없어. 그건 너 자신이 제일 잘 알아."

제하의 체향이 코끝에 휘감겼다. 예강은 눈물이 차오르는 눈을 질끈, 감아 버렸다.

* * *

한동안은 멈추지 않을 것 같은 비였다. 굵직한 빗방울이 반지하 창문을 깨트릴 기세로 강하게 두드렸다. 제하가 스스로 벗어 던진 옷과 그녀에게서 벗겨 낸 옷이 어두컴컴한 방바닥에 허물처럼 흩어져 한데 뒹굴었다.

제하는 이대로 시간이 멈추었으면 좋겠다고 생각했다.

"룸살롱은 어제 하루, 대타로 나갔던 모양입니다. 그쪽 일 하는 게 아니라 본업은 동대문에서 물건 나르는 일이라고 하고요."

참을 수가 없었다. 끝까지 그를 기만한 그녀의 심리는 이해할 수도, 이해하고 싶지도 않았다. 제하는 그녀의 서툰 거짓말에 속아 넘어간 스스로가 우스울 지경이었다. 지독한 양가감정이 그의 몸을 휩쌌다. 분노하는 동시에 정신 나갈 만큼 강렬한 욕구에 숨조차 제대로 쉴 수 없었다.

"다른 생각 하지 말고, 지금 이 순간 나한테만 집중해."

새빨개진 얼굴로 예강이 바들바들 떨었지만, 제하는 그녀를 봐줄 생각이 없었다.

"하나부터 열까지 설명해야 해?"

고개를 치켜든 채 숨을 색색 몰아쉬는 예강을 보며 제하가 짤막하게 욕설을 씹었다. 이게 꿈이 아님을 확인해야 했다. 그의 움직임이 절제를 잃은 듯 급박했다.

"좋다고 말해."

제하의 얼굴이 거칠게 일그러졌다. 그의 숨소리도 점점 뜨거워지고 있었다.

"좋아 죽겠다고, 어젯밤처럼 애원하라고. 그럼 끝내 줄 테니까."

예강은 자신의 죄의식이 산산조각으로 박살 나는 소리를 들었다. 더 이상 아무것도 생각할 수가 없었다.

머릿속이 완전히 암전이었다. 토해 내듯 내뱉는 제하의 축축한 목소리만이 그녀의 귓가를 어지럽혔다. 제하가 그녀의 몸을 완전히 부숴 버리고 새로 태어나게 만드는 것 같았다.

"대답해. 너도 원한다고 말해, 강예강."

예강의 눈에서 서러움과 욕망, 두려움이 혼합된 눈물이 줄줄 흘러내렸다.

"어차피 거짓말인 거 알고, 믿지도 않으니까……."

초점이 희미해지는 예강의 눈이 그녀를 몰아붙이는 그의 눈과 마주쳤다. 제하가 얼굴을 일그러뜨리며 속삭이듯 내뱉었다.

"사랑한다고, 한 번만 지껄여 보라고."

"너도, 내가 좋잖아."

10년 세월이 무색했다. 굳게 닫으려 했던 마음의 빗장을 벗어던지게 만들었던, 세찬 가을비에 젖은 채 마치 애원하듯 자신을 바라보았던 소년의 눈동자가 바로 앞에 있었다.

예강은 제 입술을 피가 나도록 깨물었다. 그가 바라는 답을 입 밖으로 내는 건 불가능한 일이었다. 말을 하는 순간 스스로를 주체할 수 없을 것만 같았다. 그녀의 초라한 세상에 다시금 그를 끌고 들어오고 싶은 충동을 견딜 수 없을 게 분명했다.

"미안해. 제하야."

그와 같은 속도로 뛰는 심장에서 뜨거운 피가 온몸으로 내달렸다. 예강이 그의 목을 끌어안고 흐느끼는 순간, 제하의 몸이 바위처럼 딱딱하게 경직했다.

"나는. 널 영원히 만나지 않기를 바랐어."

"다시는 안 나타날게. 평생 숨어 살게."

그것은 예강의 다짐이었다. 그녀가 젖은 목소리로 속삭이자 그의 등이 위험하게 부풀었다가 제자리를 찾았다. 제하가 천천히 얼굴을 들었다. 불도 켜지 않은 방에서 그의 훌륭한 이목구비에 음영이 선명했다.

"아니. 이미 늦었어."

방금 전까지 뜨거웠던 흔적은 찾을 수 없는 무감한 목소리였다. 제하가 마침내 몸을 일으켰다.

"사흘 줄 테니까 다 정리하고 연락해."

슈트 재킷과 조끼, 바지까지 완벽하게 스리피스를 갖춰 입은 제하가 문을 나서기 전 그녀를 향해 고개를 돌렸다.

"도망갈 생각은 하지 않는 게 좋아. 네가 착각할까 봐 얘기해 주는 건데 이제껏 난 널 못 찾은 게 아니라 안 찾은 거니까."

"……."

"고속버스 휴게소에 서울 가는 택시가 몇 대나 될지도 한번 생각해 보고."

얼어붙은 예강을 뒤로하고 제하가 방을 나섰다. 쿵. 닫힌 방 안에서 예강은 책상 위에 놓인 원리금 영수증을 바라보았다. 뜨거웠던 체온이 순식간에 식어 가는 기분이 들었다. 설마.

제하가 얼마만큼 인내심이 있고 계획적인 성격인지는 그녀도 이미 알고 있었다. 아무도 찾지 않는 성 같았던 제하의 방을 기억한다. 아슬아슬하게 쌓아 올린 성냥개비 탑은 한 치의 오차라도 생긴다면 와르르 무너질 게 분명한, 구불구불하고 기하학적인 형태를 띠고 있었다.

벽에 커다랗게 걸려 있던 미켈란젤로의 〈천지 창조〉. 만 피스가 넘는 퍼즐은 시작했으면 끝을 보는 그의 성격을 단적으로 보여 주는 예였다. 제하는 그 퍼즐을 맞추는 데 5년이 걸렸다고 지나가듯 말했었다.

대체 어디까지가 그의 계산이고 계획일까. 그녀가 그를 만나자마자 도망칠 거라는 것도, 사채업자의 갑작스러운 출현도 제하는 다 알았던 걸까?

문 앞에 쌓여 있는 사과 박스는 더더욱 현실감이 없었지만 안을 들여다보기가 무서웠다. 세월의 기간만큼이나 공들여 부피를 늘렸을 제하의 감정을 확인하는 것이 두렵다.

제하야.

바보야. 너는 설마, 나를 기다렸니.

예강은 막혔던 숨을 토해 내듯 내뱉으며 무릎에 뜨거운 얼굴을 처박아 버렸다. 그녀의 어깨가 가늘게 떨렸다. 더 이상 아무것도 생각하고 싶지 않았다. 생각하면 할수록, 점점 더 불안한 결말로 생각이 귀결되는 것 같아 두려웠다. 제하의 앞에서 사라져야 하는데, 사라질 방법이 도무지 떠오르지가 않았다.

나는 정말 사라질 마음이 있기는 한 걸까.

병원에 들어갔다가 이름이 불리기도 전에 도로 나온 주제에. 그와의 마지막을 말하면서도 그를 닮은 아이를 상상했던 주제에. 벼랑 끝에 내몰린 것 같은 초라한 현실에 갑자기 나타난 제하를 보며 비참했던 동시에 안도감을 느꼈던 모순덩어리 주제에.

예강은 허벅지를 모은 채, 섧게 울었다.

08

제하가 좁은 골목을 걸어 나오자 큰길에 주차된 차에서 효원이 나와서 얼른 문을 열었다. 굵은 빗줄기가 떨어져 제하의 얼굴선을 타고 매끄럽게 흘러내렸다. 평소라면 질색할 상황이었지만 지금은 오히려 열을 식힐 수 있어 좋았다.

문이 닫히자마자 제하가 넥타이를 풀며 숨을 길게 내쉬었다. 심장이 미칠 듯 격렬하게 박동했다. 당장이라도 그녀의 손을 잡아끌고 나오고 싶은 충동을 삼키느라 모든 인내력을 다 소진한 기분이었다.

"보고는 가는 길에 듣지. 빨리 출발해."

"네, 대표님."

효원이 액셀을 밟아 속력을 내며 입을 열었다.

"사채업자는?"

"인대가 끊겼습니다. 앞으로 평생 제대로 못 걸을 겁니다."

"부족해."

제하가 감정이 없는 것 같은 눈동자로 짤막하게 중얼거렸다. 효원은 그가 지금 극도의 분노를 간신히 참고 있다는 사실을 파악했다. 눈앞에서 제 여자가 얻어맞는 모습을 봤으니 당연한 소리였다. 효원은 그 자리에서 사채업자를 찌르고 싶은 충동을 가까스로 참아 내던 제하의 눈빛을 떠올렸다.

"알겠습니다."

효원이 깔끔하게 대답했지만 제하는 끝까지 확인을 원하는 듯했다.

"그대로 사느니 차라리 목숨 끊고 싶을 정도로 만들어."

오늘 새벽부터 지금 이 시간까지, 만 하루도 되지 않은 짧은 시간 동안 제하가 여자에 대해 보인 집착은 도를 넘은 수준이었다. 여태껏 어떻게 참고 있었는지가 더 대단할 정도였다. 하긴. 그래서 미친 걸까.

"염려 마십시오."

"옆집 여자는?"

제하가 질문을 이었고 효원이 곧 대답을 이었다.

"좀 놀란 것 빼고는 괜찮을 것 같습니다. 어린데 깡이 세더라고요. 강예강 씨 옆집으로 이사 온 지는 6개월 정도 되었고요."

"둘이 꽤나 친한 사이였나 보지?"

"본인 입으로는 아니라고 하는데 대표님에 대해서 꼬치꼬치 캐묻는 게 강예강 씨 걱정하는 것처럼 들렸습니다. 대표님과 강예강 씨, 예전부터 아는 지인이라고 설명하니까 처음엔 안 믿었지만 나중엔…… 얼추 이해를 했고요."

말을 흐리는 효원을 보지도 않고 제하가 헤드레스트에 머리를 기댄 채 낮게 물었다.

"방음 엉망이지, 거기?"

"좋진 않았습니다."

지은의 방에서 있었던 일을 떠올리며 효원은 약하게 헛기침을 했다. 서러운지 엉엉 울던 여자는 갑자기 벌떡 일어나 예강에게 가 보겠다고 했다. 사채업자에 이어 연달아 들이닥친 남자를 믿을 수가 없다는 이유에서였다. 하지만, 옆집에서 벽을 타고 들려오는 소음이 점점 커지고 마침내 그들이 방에서 뭘 하고 있는지 부정할 수 없는 상황에까지 다다르자 목덜미를 붉히며 입을 딱 다물었다.

“여자는 깔끔하게 정리해서 강예강한테 들러붙는 일, 없도록 해. 연락은 계속 유지하고. 강예강이 한달음에 달려올 정도면 분명 중요하게 생각하는 사람일 테니까.”

“네, 대표님. 집 앞에 사람 붙여 놨고요, 기회 되는 대로 강예강 씨 집 안에 CCTV도 설치해서 24시간 지켜보겠습니다.”

“내가 거기까지 지시한 적 있나?”

제하가 백미러를 통해 효원에게 서늘한 눈을 마주쳤다. 이 정도면 중증이군. 효원은 못마땅한 표정의 그를 향해 서둘러 부연했다.

“보안도 안 되는 집에 현금이 솔직히 너무 많아서 위험합니다.”

코딱지만 한 주방을 사과 박스로 꽉 채운 것은 효원이었다. 효원은 그의 상사가 여자에게 뭐든 퍼붓고 싶어 미칠 지경이라는 사실은 알았지만 설마 그렇게 무식한 방법을 쓸 거라곤 예상치 못했다. 뭐, 상대에게 충격을 줘서 집 안에 꽁꽁 묶어 두기 위함이라면 성공이다.

“알아서 해.”

제하가 그제야 다시 고개를 돌렸다. 역시, 효원의 짐작대로 그는 그녀와의 일 때문에 흥분해 돈을 들고 갔다는 사실조차 잊은 거였다. 옆방에 자신이 있는 걸 뻔히 알면서 다 들릴 정도로 크게 잠자리를 한 게 어쩌면 의도적이었을지도 모른다는 생각이 들었다. 그러니까, 간단하게 예를 들자면 영역 표시 같은 것. 효원은 대체 저 무심한 사내의 어디에 그런 시커멓고 날것의 욕망이 숨겨져 있었던 건지 순수하게 놀라는 중이었다.

“남자 쪽은?”

제하가 낮게 물었다. 효원은 아마, 제하가 처음부터 그 질문을 가장 먼저 하고 싶었을 거라고 생각했다. 변 실장이란 놈으로부터 강예강의 휴대폰을 압수했을 때, 그가 제일 먼저 확인한 것은 그녀의 통화 목록이었다. 예강이 가장 빈번하게 통화를 한 사람은 '서용호 사장님'으로 저장되어 있는 남자였다.

"본명 서용호 맞고, 나이는 마흔. 홀어머니 모시고 살고 동대문에서 꽤 잔뼈가 굵은 놈이랍니다. 이것저것 닥치는 대로 일하다가 그 바닥에서 자리 잡은 건 7년쯤 된 듯하고요. 파면 뭐 나올 것 같아서 지금 확실히 알아보고 있는 중입니다."

"그게 다야?"

제하가 알고 싶어 하는 부분을 확실히 아는 효원이 서둘러 말을 보탰다.

"강예강 씨와는 전혀 그런 쪽 관계가 아니랍니다. 측근들 말로는 서용호의 일방적인 감정이라고 하고요."

"남들에게 알리지 않고 만났을 수도 있겠지."

마른침을 삼키고 입을 여는 제하의 목소리가 조금 높아진 듯 들리는 건 그의 착각이 아니었다. 이제하가 긴장하고 있다. 찔러도 피 한 방울 안 나올 것처럼 굴던 차가운 남자가, 강예강의 곁에 아무도 없다는 사실 하나에 동요하고 있는 것이다.

"서용호, 강예강 씨 집 주소도 모릅니다, 대표님."

"같이 일한 지가 5년째라고 하지 않았나?"

"그게……."

"서용호가 강예강을 좋아한다며. 근데, 짝사랑하는 상대가 어디 사는지도 모른다는 게 말이 돼?"

제하가 담배를 꺼내며 도무지 이해가 안 된다는 표정으로 이마에 주름을 잡았다. 대부분의 사업가들이 그럴 테지만 그는 가끔 사고가 다분히 자기중심적일 때가 많았다. 효원은 세상 모든 남자들이 그와 같이 치밀하게 여자를 좋아하는 게 아니라는 사실을 직접 설명해 주어야 하나 망설이다가, 마침내 표현을 우회하는 쪽을 택했다.

"강예강 씨, 주변에 자신의 이야기를 전혀 안 하기로 유명했다고 합니다.

우스갯소리로 어디 형 살고 온 거 아니냐는 말도 있었고, 사람 하나 묻고 도망쳤다는 말도 있었는데…… 그럴 때마다 그냥 웃고 부정도 안 할 정도로요. 하도 주변에 자신을 잘 안 드러내니까 서용호 나름대로는 강예강 씨를 존중해 준 것 같습니다."

"참 대단한 순정이네. 사채업자에게 매일 월수입의 90프로를 떼이면서 거지같이 사는 걸 옆에서 가만 지켜보고 있는 거 말이야."

제하가 냉소적으로 내뱉은 후, 가스가 떨어진 라이터를 결국 바닥에 집어 던지고 말았다. 효원은 제하의 일그러진 표정을 보며 그의 마음을 짐작했다. 여자가 나타난 순간부터 제하는 완전히 정신이 나간 사람처럼 굴고 있었다. 각성제를 과다 복용 한 사람처럼 눈빛이 돌아 있다는 뜻이었다.

강예강이 유흥업소 종사자가 아니라는 보고를 들었을 때는 뒤통수를 야구 배트로 한 대 얻어맞은 사람 같은 표정을 지었고, 사채업자에게 돈을 갚느라 문자 그대로 뼈 빠지게 일한다는 소리를 들었을 때는 담뱃재 터는 걸 잊었다.

종이 두 장에 빼곡한 이체 내역이 의미하는 그녀의 고단한 인생을 효원 역시도 쉽게 짐작할 수 있었는데 숫자 보는 걸 업으로 삼는 제하는 오죽할까 싶었다. 담뱃재가 손등을 타고 떨어지는 것도 모른 채, 서류를 뚫어져라 바라보며 관자놀이를 짚고 있던 눈앞의 남자가 처음으로 불쌍하다고까지 여겨졌다.

"그따위로 살면 살았지 내 앞에 나타나 무릎 꿇기는 싫었던 강예강이 더 대단한 건가?"

제하가 시뻘게진 눈으로 혼잣말을 내뱉었다. 용서가 안 된다. 도저히 용서할 수가 없었다. 자신을 버리고 떠났으면 적어도 그보다는 잘난 남자의 곁에 있어야 말이 되었다. 강예강은 충분히 그럴 수가 있는 여자였다.

인간이 남에게 절대로 보여 주고 싶지 않은 상처를 멋대로 헤집어 보듬고, 그 말간 눈동자로 눈물을 뚝뚝 흘리며 사람을 홀리고, 햇살같이 따스하게 웃고, 온몸을 새빨갛게 물들이며 품에 안긴 채 사랑한다고 울먹이는 그녀의 앞에서 무릎 꿇고 개가 되지 않을 사람은 없을 테니까.

그래서 그는 지금껏 미친놈처럼 돈과 성공만을 보며 달려왔다. 그의 삶은 강예강을 우연으로라도 마주쳤을 때, 그녀 옆에 있는 남자를 개박살 내고 그녀의 삶까지 불행으로 처넣는 시나리오로 꽉 채워져 있었다.

이렇게 손으로 쥐기만 해도 파스스 부서져 버릴 것 같은 개 같은 상황에서 아등바등 살고 있을 거라는 건, 그의 예상과 완전히 벗어나는 전개였다는 뜻이다.

머릿속이 혼란스러웠다. 그녀를 마주한 두 번의 상황에서 제하는 제대로 된 생각이란 걸 할 수가 없는 등신이 된 기분이었다. 오로지 눈앞의 그녀를 통째로 집어삼키고 싶다는 폭력적인 성욕만이 치밀어 올랐다.

"홍콩 출장은 그대로 진행할까요."

효원의 확인에 제하가 핏발 선 눈으로 그를 보았다.

"일까지 내팽개칠 정도로 정신 나가지 않았어."

여기 있다간 정신이 아예 나가 버릴 것 같아 스스로가 무슨 짓을 할지 두렵다고 솔직히 말할 수는 없었다.

"그럼 저는……."

"넌 여기 남아서 네 일 하고."

여자를 감시함과 동시에 조사를 계속하란 뜻이었다. 효원 역시 시간이 필요한 건 마찬가지였기에 그는 제하의 명령에 별말 없이 수긍했다. 한 여자의 인생을 모조리 알아내기에 하루는 부족했다. 강예강에 대해 파면 팔수록 굴곡진 삶만 모습을 드러냈기에 제삼자인 그조차 입 안이 썼다.

"강예강 씨는 진짜 저기 저렇게 계속 두실 생각이십니까?"

효원이 그를 또다시 긁었다. 제하가 인상을 찌푸린 채 넥타이를 풀었다. 눅눅한 반지하 방에 쓰러져서 둥그런 눈으로 그를 바라보던 예강을 떠올리자 또다시 미칠 것 같았다. 관자놀이가 욱신거리고 속에서 뜨거운 것이 치밀어 오른다.

"이미 내 생각은 말했어."

"뭘 말씀하셨단 겁니까? 혹시 그때 저한테 말씀하셨던 그대로 말하셨단 뜻은 아니죠?"

창백하게 보일 만큼 하얀 제하의 손등에 시퍼런 핏줄이 툭, 툭, 일어났다.

"그럼 안 돼?"

효원이 미간을 찌푸리며 마른 입술을 혀로 축였다. 감금해서 애를 낳게 한다는 말을 설마 했을까, 싶다가도 그라면 충분히 그럴 수도 있겠다는 생각이 들었다. 여자에게 집 한 채 값을 가져다 바치면서 한다는 말이 고작 그거라니. 자신의 상사가 정말 제정신인지 의심스럽다. 하긴, 제정신이었다면 처음부터 그렇게 무식하게 굴지도 않았을 것이다.

"그러니까 강예강 씨가 뭐라고 반응하셨습니까?"

제하가 대답 없이 숨을 크게 쉬었다. 효원은 제하의 미간에 깊게 팬 주름을 바라보며 조심스레 입을 뗐다.

"대표님. 저는 확실하지 않은 사실은 보고드리지 않겠다고 마음을 먹었는데요."

"하고 싶은 말이 있으면 빙빙 돌리지 말고 그냥 해."

"예. 거기 옆 좌석에 종이봉투 열어 보십시오. 룸살롱 여자 하나가 지갑만 들고 사라져서 거기 간 여자들 다 뒤지느라 시간 좀 걸렸습니다."

제하는 하얀색 종이봉투에서 낡고 때 탄 가죽 지갑을 꺼내 들었다. 원래는 붉은색이었을 법한, 지금은 다 닳아서 무슨 색인지도 모를 색깔이었다. 제하는 인상을 찌푸리며 안을 열었다.

열아홉, 교복을 입은 강예강의 사진을 보는 순간 저절로 입 안이 말라붙었다. 제하는 때가 낀 불투명한 비닐 안에 꽂힌 예강의 신분증을 뚫어져라 바라보았다. 효원이 그에게 따로 말을 할 필요도 없었다. 제하는 홀린 듯이 그녀의 신분증부터 잡아 뺐으니까.

제하가 인상을 조금 찌푸렸다. 신분증 뒤에 마치 숨겨 놓은 것같이 사각으로 접힌 종이가 있었던 것이다. 그는 망설이지 않고 여러 번 접었다 편 듯 귀퉁이가 닳아 있는 종이를 펼쳤다. 그의 손이 조금 떨렸다.

예강이 숨겨 놓은 것은 잡지의 한 페이지를 통째로 자른 걸로 보이는 인쇄물이었다. 그 위에는 자그마한 그의 사진, 그리고 대학생 투자자 이제하, 세 글자가 선명했다. 입 안이 말라붙었다.

"제가 여자 심리 잘은 모르지만 대표님 예전 사진을 지금까지 가지고 다니면서 다른 남자를 맘에 두지는 않을 것 같습니다."

"그래서 결론이 뭔데."

제하가 숨을 훅, 하고 들이쉬었다. 맥박이 점점 빨라지며 관자놀이가 펄떡거렸다.

"그 여자가 날 지금까지 사랑하기라도 한단 말을 하고 싶은 거야?"

"아니라고 생각하십니까?"

"……."

"강예강 씨 가족 관계 조사하다가 대표님 동생분 사건 알게 되었습니다. 죄송합니다."

"그래서."

"그 상황에서 여자분이 대표님 곁에 남아 있는 거, 힘든 일이었을 거라고 생각합니다."

조심스레 말을 잇는 그를 향해 제하가 되물었다.

"설사 그렇다고 해도 뭐가 달라지지?"

"예?"

효원이 당황한 기색을 감추지 못하고 되물었다. 거울을 보며 뇌까리듯 내뱉는 제하의 눈동자에 검은 얼룩이 일렁였다.

"날 사랑해서, 사랑했기 때문에 떠났다는 신파 같은 이유? 나한테는 말이 안 돼. 만약 그 좆같은 변명이 사실이라고 해도, 그게 그 여자가 날 떠난 이유가 되었다면 그런 사랑 따위 내 쪽에서 사양이거든."

제하의 손에서 오래된 종이가 완전히 구겨져 차 바닥에 굴렀다.

"그럴 거면 차라리 서로를 증오하며 사는 게 훨씬 낫겠어. 적어도 사는 동안, 살아 있다는 느낌은 가질 수 있을 테니까."

"……이해할 것 같습니다."

"아니. 넌 이해 못 해. 절대로."

중얼거리는 제하의 눈동자에 핏발이 섰다. 심장이 터질 듯 격렬히 박동했다. 지금이라도 달려가 그녀에게 따져 묻고 싶었다. 이딴 오래된 사진을 구질구질하게 지갑 안에 넣고 다니는 이유가 뭐냐고. 떠나 버린 남자에 대한 알량한 죄의식이냐고.

그렇다면 왜 단 한 번도 그를 찾지 않았느냐고. 나는 네가 혹시라도 날 못 찾을까 봐, 안간힘을 쓰며 여기까지 올라왔는데.

"서용호 먼지, 있는 대로 다 털어. 없으면 만들어도 좋아."

"네, 알겠습니다."

제하는 그녀의 신분증을 두 손가락으로 집어 든 채 뚫어져라 바라보다가, 결국 네모난 플라스틱에 입술을 처박았다. 격하게 들이쉬는 호흡이 뜨거웠다. 작은 사진 속에서, 그에게 사랑한다 속삭였던 강예강이 미소를 짓고 있었다. 아무것도 모르고 웃고 있는 그녀를, 그가 만들어 놓은 감옥 안에 집어 처넣을 것이다.

분노. 두려움. 실망. 증오. 뭐든 좋다. 아무 데도 갈 수 없게, 아무것도 보지 못하게, 그래서 그녀의 머릿속에 오로지 자신에 대한 감정으로 꽉 차게 만들 것이다.

아버지. 당신도 이런 기분이었습니까? 그래서 인간이길 포기하고 짐승이길 선택했습니까? 그는 죽기 전, 어머니에게 미안하다고 사과를 했다고 했다. 하지만, 제하는 예강에게 사과할 생각이 전혀 없었다. 손에 쥐여 주었던 그의 목줄을 잡아당겨 숨통을 끊어 놓은 건, 다름 아닌 그녀이기 때문이다.

나는 네게 잘하려고 했다. 그 누구보다 다정하고 뜨겁게 사랑해 줄 자신이 있었다.
비대해진 심장이 경부를 압박해 숨이 막혀 죽을 것 같았다. 기찻길에서 이미 죽어 버린 줄 알았던 자신이 고개를 치켜들며 한 여자의 이름을 목이 터져라 외치고 있었다.
강예강. 넌 날, 아마 또다시 죽이겠구나.

* * *

"열심히 살고 싶을 땐, 새벽에 동대문 도매 시장에 가 보면 돼."

예강이 24시간 식당에서 일을 할 때 손님으로 온 누군가가 일행과 하던 대화였다.

"도떼기시장같이 붐비는 곳에서 커다란 짐 양손에 들고 이동하는 사입 삼촌들 있거든. 지나갑니다! 죄송합니다! 입에 달고 다니면서 그 좁은 곳을 움직이는데 인상 찌푸리는 사람 한 명도 없어. 얼굴은 조폭같이 생긴 사람도 다들 웃는 상이다? 거기 있으면 그 사람들 에너지에 오히려 내가 기를 받는다니까."

정신없이 몸을 움직일 때만큼은 생각할 시간이 없어서 좋았다. 예강이 이 일을 선택한 이유 역시 그것이었다. 하지만 바쁜 일과도 고된 노동도 그녀의 혼란스러운 마음을 진정시키기에는 불가능했다.
"정신 어따 팔고 있어? 무단결근한 것도 모자라서 물건을 다른 데다 가져다줘?"
연락도 없이 일을 빠진 그녀를 보고도 아무것도 묻지 않았던 용호가 결국 소리를 버럭 질렀다.

"죄송합니다, 사장님."

예강은 면목이 없어 고개를 푹 숙였다. 커다란 봇짐 같은 옷 꾸러미를 들고 이동해야 하는 육체적 노동이었기 때문에 사입을 하는 사람들은 전부 남자였다. 처음에는 몇 번이나 거절을 당했다. 그런 와중에 그녀에게 기회를 준 용호가 예강은 지금도 고마웠다. 그래서, 정말 열심히 하고 싶었다.

"어디 몸이 안 좋으면 그냥 집엘 가라, 좀. 그리고, 사람한테 미리 연락 한번 해 주면 어디가 덧나냐?"

투박한 용호의 목소리에 깃든 친절과 염려를 모를 수가 없었다. 그래서 예강은 그에게 더 미안했다.

"정말 죄송해요."

"이제 봤더니 얼굴이 완전 해골이네."

용호가 중얼거리더니 툭 치면 쓰러질 것 같은 그녀의 어깨를 슬며시 밀었다.

"너 그냥 들어가라. 남은 건 애들 시키고. 그리고 저기 내가 아는 내과 있어. 내일 병원 문 열자마자 수액 하나 맞아. 돈 줄 테니까."

"아니에요, 사장님. 저 괜찮아요. 이제 피크 타임이라 한창 바쁜데……."

그래도 예강이 물러나는 기색을 보이지 않자 용호가 숯덩이처럼 짙은 눈썹을 부라리며 목소리를 조금 낮추었다.

"너 이 바닥에서 제일 중요한 밑천이 뭐라고 내가 그랬냐?"

"……몸이요."

"알면 남의 사업장에서 폐 끼치지 말고 빨리 들어가라."

더 이상 말할 것도 없다는 듯 용호가 고개를 돌린 후, 오더를 적은 표에 눈길을 박았다.

"안 가?"

그녀를 보지도 않고 내뱉는 그를 향해 예강이 어렵게 입을 뗐다.

"사장님. 저 사실 드릴 말씀이 있는데요."

용호가 고개를 들어 그녀를 바라보았다. 떨리는 그녀의 눈동자가 의미심장했다. 그는 입을 열려는 예강을 저지한 채 거친 목소리로 명선을 불렀다.

"야! 서명선 너 당장 이리 튀어 와."

"아, 왜?"

"나 강 실장이랑 좀 나갔다 올 테니까 일 똑바로 해라."

"뭐? 바빠 죽겠는데 둘 다 가면 어쩌라고!"

당황해 펄펄 뛰는 명선에게 주문서를 떠넘긴 후, 그가 예강에게 눈짓했다.

"뭐 해, 나가서 밥이나 먹자."

앞장서는 용호를 보며 예강은 무거운 발길로 그를 따라나섰다. 그는 아마도, 그녀가 무슨 말을 할지 어렴풋이 짐작하고 있는 것으로 보였다. 일할 때는 밥 먹는 시간도 아까워하는 용호가 일터를 떠난다는 것 자체가 어떤 의미인지는 예강이 가장 잘 알았다.

용호는 좋은 사람이었다. 그녀의 어려운 사정을 어렴풋이 눈치채고도, 이 바닥에서 사연 없는 사람 없다며 지나가듯 그녀를 격려할 때면 가끔 가슴 속이 울컥거릴 때도 있었다.

가끔씩 그녀를 보는 시선에서 느껴지는 희미한 열기가 부담스럽다기보다 미안한 것은 바로 그 때문이었다. 용호는 좋은 사람이었지만 그녀의 마음에는 애초부터 누군가가 들어올 자리가 없었다.

밤거리를 걸으며 예강은 잠시 제하를 떠올렸다. 그녀를 안으면서 표정을 일그러뜨리던 그의 얼굴을 떠올렸다. 그녀는 그가 원하는 게 그녀를 괴롭히는 건지, 아니면 자기 자신을 괴롭히는 건지 알 수가 없다고 생각했다. 아마 둘 다일지도.

* * *

"이틀 무단결근 뒤에는 퇴사 선언이야?"

치익. 숯불에서 연기가 피어올랐다. 용호가 거친 손길로 고기를 뒤집으며 퉁명스레 입을 열었다.

"죄송해요, 사장님. 미리 연락을 드렸어야 했는데 정신이 없어서……."

"소는 바짝 태우면 맛없다."

용호가 그녀의 말을 자르더니 앞접시에 굵직하게 썰린 고기를 세 장이나 겹쳐 놓았다. 예강이 작은 목소리로 "네." 하고 답하자 그가 불쑥 물었다.

"너 로또 됐냐?"

"네?"

"명선이 새끼가 그러더라. 예강이 누나 아마 어디서 사고 났거나 로또 된 모양이라고. 안 그러면 이런 일이 있을 수가 없다고."

"……죄송합니다."

"너, 장염 걸려서 얼굴 반쪽 됐을 때도 그 몸 이끌고 일 나온 애야. 남들 자는 시간에 전단지 알바까지 하는 거 모르는 애들 없고. 그렇게 악바리처럼 죽자 사자 돈 벌었는데 연락 두절 된 걸 보면 큰일 생겼거나 로또 돼서 잠적했거나 둘 중 하나라는데…… 아무도 부정하는 새끼들이 없더라. 야, 먹어. 고사 지내지 말고."

용호의 말에 예강이 젓가락을 들었다. 정작 용호는 한 점도 입에 넣지 않고 고기를 구우며 입이 타는지 간간이 냉수만 홀짝이고 있었다.

"로또 된 거 아니면 그냥 잔말 말고 나와. 안 그래도 월급 올려 주려고 했었어, 인마. 그렇다고 파업 선언을 해? 콱 그냥."

예강은 목이 막혀 맥주를 들이켰다. 용호가 채워 준 맥주잔을 한 번에 비운 후, 그를 보며 애써 웃었다. 용호는 좋은 사람이었다. 그와의 인연은 여기서 끝내는 게 맞는다는 생각이 들었다.

"됐어요, 로또."

"뭐?"

"로또 됐다고요, 사장님."

용호가 인상을 찌푸렸다. 눈에 뻔히 보이는 거짓말을 하고 있는 그녀를 보니 속에서 뜨끈한 게 치밀었다. 그가 알고 있는 예강은 로또 사는 돈이 아까워 양손을 내저으며 뒤로 빠지던 녀석이었다.

"그런 의미에서 오늘 고기는 제가 삽니다. 원래 이런 건 아무한테도 이야기하면 안 된다던데. 사장님이니까 말씀드리는 거예요."

예강이 부러 목소리를 낮추며 눈짓을 했다.

"비밀 지켜 주실 거죠?"

예강이 그의 손에서 집게를 빼앗았다. 비실비실한 몸으로 악바리같이 살았던 그녀의 5년을 낱낱이 옆에서 지켜보았던 용호는 도대체 어떻게 그녀를 설득해야 할지 알 수가 없었다. 고기는 수북이 쌓여 가는데 입맛이 하나도 없었다.

"그동안 감사했습니다, 사장님."

기어코 제가 계산을 하고 나온 예강이 용호를 향해 고개를 꾸벅 숙였다. 용호는 기가 찬 얼굴로 그녀에게 물었다.

"너 진심이야? 이걸로 정말, 땡 하고 안녕이야? 이제 볼 일은 없는 거냐?"

"사장님 건물주 되시면 축하 파티에 불러 주셔야죠."

마지막까지 예강은 그에게 아무런 말도 해 주지 않을 작정으로 보였다. 용호는 담배를 눌러 끈 후, 착잡함을 감추고 주차장에 세워 두었던 차 문을 열었다.

"타라. 데려다줄게."

"아뇨, 사장님. 저 혼자 갈 수 있어요. 택시 타면 돼요."

"강 실장아."

용호가 그녀를 보며 길게 한숨을 쉬었다. 덥수룩하게 자라나 뺨을 뒤덮은 수염을 벅벅 긁으며 그가 짙은 눈썹을 찌푸렸다.

"마지막인데 좀. 고맙습니다, 하고 타라."

망설이던 예강이 그를 따라 걸음을 옮겼다.

"고맙습니다."

탁.

용호의 차에 타는 것은 처음이었다. 박스와 옷들이 너저분하게 널려 있는 뒷좌석에는 앉을 자리도 없었거니와, 예의도 아니라는 생각이 들어 조수석에 올라탔다. 운전석으로 온 용호가 예강의 동네 이름을 확인하곤 차를 출발시켰다.

"강 실장."

"네, 사장님."

나지막하게 대답하는 예강을 향해 용호가 피식 웃었다.

"이제 일 그만뒀는데 사장은 무슨."

"사장님도 강 실장이라고 부르시잖아요."

신호를 받은 차가 움직이기 시작했다. 도로를 빠져나가며 용호가 잠시 제 턱을 문질렀다. 구슬려도 안 되고 그렇다고 화를 낼 수도 없는 녀석을 어떻게 해야 도와줄 수 있는 건지, 나쁜 머리로 아무리 생각해도 뾰족한 수가 나오지 않았다.

"……예강아."

"네."

"나 로또 1등은 못 돼도 꽝은 아닐 정도로 벌었다. 그동안 노력 많이 해서 여기까지 올라왔고, 내 식구들 챙길 수 있을 정도로는 능력 있어."

"당연한 말씀을 하세요. 저 사장님 진심으로 존경하는데."

"지금 내가 아부 받겠다고 꺼낸 말이 아니고, 이 자식아."

민망해진 용호가 흠, 하고 목을 거칠게 가다듬었다. 그의 굵직한 목에 서서히 열이 올랐다.

"무튼 너 인마. 송충이는 솔잎을 먹고 살아야 한단 말이야, 인마. 사람이 안 하던 짓 하면 탈이 나도 크게 나는 법이라고. 뭔 말인지 알지? 어?"

예강이 조용히 그를 바라보며 눈을 깜빡였다. 그녀는 용호가 말을 빙빙 돌리면서 망설이는 이유를 정확히 알 수가 없었다.

"솔직히 우리 일하는 거 힘든 거 알지. 몸이 생명이라는 것도 알고. 근데 너 지금까지 그거 잘해 왔잖아. 이건 그냥 내가 기우에…… 네가 혹시나 그 뭐냐, 어울리지도 않는 위험한 일이라도 할까 싶어서 말하는 건데……."

"무슨 위험한 일이요?"

순진한 표정으로 묻는 예강을 보니 용호의 입에서는 말이 시원하게 나오지가 않았다. 그가 헛기침을 하며 백미러를 힐끗 보고는 차선을 바꾸었다. 아까부터 뒤에 붙은 세단의 간격이 지나치게 가까웠다. 게다가 얼마 전에 본 적이 있는 외제 차라 배알이 꼴렸다. 대한민국에 돈 많은 사람 참 많다 싶었지만 지금 중요한 건 그게 아니었다.

부웅, 속력을 내며 용호가 곁에 있는 예강을 향해 말을 이었다.

"고민도 나누면 반으로 준다. 네가 뭣 때문에 힘들어하는지 나도 얼추 알고 있으니까 그냥 속 시원히 털어놔 봐. 내가 하는 데까지는 해 볼게."

"사장님 말씀은 고마운데요, 저는 정말 괜찮……."

"내가 안 괜찮으니까 그렇지, 이 자식아!"

벌컥, 소리를 높인 용호가 이마에 땀을 삘삘 흘렸다. 그의 얼굴은 이제 티셔츠 위에 드러난 목덜미까지 완전히 시뻘겋게 달아올라 있었다. 얼마나 당황을 했는지 길도 잘못 들었다. 그 와중에 배알 꼴리는 세단은 차선을 변경해 그의 옆 라인에서 달리고 있었다.

"넌 둔한 거냐, 아님 끝까지 모른 척을 하는 거냐? 내가 그동안 너를…… 어이씨, 어어!"

옆에서 달리던 문제의 외제 차가 핸들을 꺾어 그의 차를 정면으로 막았다. 용호는 간신히 브레이크를 밟아 간신히 충돌을 면했다. 하마터면 좆 될 뻔했다는 생각에 간담이 서늘했다. 그의 차는 차체가 높은 SUV라 사람이 다치지는 않았을 테지만, 만일 제대로 박았다면 상대 차는 운전자가 위험할 수도 있는 상황이었다.

"이봐요! 지금 뒈지고 싶어서 환장했어? 술 취했어?"

용호가 버럭 소리를 지르며 운전석에서 내렸다. 상대 역시 운전석 문을 열고 나왔다. 웬 미친놈인가 싶었는데 양복 차림의 멀끔한 사내였다.

"이, 이봐요."

제하는 그를 거들떠보지도 않고 용호의 차 조수석 문을 열었다.

"내려."

예강이 놀란 눈으로 그를 보았다. 제하가 왜 여기 있는 거지?

"도망칠 생각 하지 말라고 분명히 경고했을 텐데."

"이봐. 너 뭐 하는 새끼야?"

용호가 삿대질을 하며 다가오자 예강이 얼른 차에서 내렸다. 용 꼬리 문신이 길게 감긴 용호의 굵은 팔뚝에 핏줄이 불뚝불뚝 섰다.

"사장님. 죄송해요. 제가 아는 사람이에요."

"뭐?"

용호의 얼굴이 시뻘겋게 달아올랐다. 예강은 그에게 꾸벅 고개를 숙였다. 뒤에서는 차들이 차선을 바꿔 욕을 하고 지나가고 경적을 울리며 난리였다.

"이 새끼 누구야. 하마터면 사고 낼 뻔해 놓고는 지금 어딜 간다는 거야!"

갓길에 간신히 세운 차의 타이어에서 흰색 연기가 피어올랐다. 사람을 간 떨어지게 만든 주인공의 얼굴은 무표정했다.

"나 강예강 채권잡니다."

"……뭐?"

용호의 얼굴이 순간 당황스러운 빛을 내며 굳었다.

"이 여자한테 받을 빚 있다고."

상대가 태연한 태도로 설명을 더한 후, 몸을 휙 돌렸다. 놀라고 당황한 표정의 예강은 남자가 그녀에게 힐끗 시선을 던지자 떨리는 발걸음으로 그의 뒤를 좇기 시작했다. 숯덩이처럼 시커먼 용호의 눈썹이 잠시 꿈틀거리나 싶더니 마침내 그가 크게 소리를 높였다.

"야 이 새끼야! 빚이 얼마야! 얘가 진 빚이 도대체 얼마냐고!"

차를 향해 걷던 제하의 구둣발이 멈추었다. 비스듬히 몸을 돌려 용호를 바라보는 눈동자에 소리 없는 불티가 팟, 튀었다. 용호가 그에게 성큼성큼 다가갔다. 씩씩거리는 용호의 목덜미와 얼굴이 온통 붉었다.

"얼만지 말하쇼."

"왜. 대신 갚아 주기라도 하려고?"

그가 입술을 비틀었다. 핏기 없는 허연 얼굴에 노려보는 두 눈은 특히나 검었다. 따뜻함과는 거리가 먼, 푸르스름하게 보이기까지 하는 차가운 눈깔을 가진 사내는 당장이라도 용호를 찔러도 이상하지 않을 것처럼 보였다.

"못 할 것도 없어."

서용호는 예강이 지독한 놈에게 걸렸다고 생각했다. 평소에는 웃는 얼굴로 대거리를 잘도 하던 예강이 마치 죄인 같은 태도를 보이는 것도 마음에 들지 않았다.

"사장님. 아니에요. 제하야, 우리 이야기 좀……."

번드르르한 양복을 입고 최고급 외제 차를 끌고 나온 사채업자가 예강의 말을 중간에서 잘라먹었다.

"질문에 대한 답은 해 줘야지. '사장님'한테."

말꼬리가 경멸조로 끝났다. 제하가 어쩔 줄 몰라 하는 예강에게 힐끗 시선을 주었다.

"네 입으로 직접 말할래, 아니면 내가 말해 줄까."

제하의 목소리는 끔찍하게 다정했지만 시선은 그렇지 않았다.

"제하야."

예강의 목소리가 가늘게 떨리는 걸 보며 용호가 목에 핏대를 세웠다.

"얼만데 말을 못 해!"

"목숨값으론 얼마를 불러야 할지 감이 안 와서 지금 계산 중이야."

제하가 용호를 응시하며 또렷하게 중얼거렸다.

"뭐…… 뭐라고?"

"사람 인생 하나 조진 대가가 대체 얼만지 모르겠다고."

용호가 말을 더듬었다. 예강을 보자 그녀의 얼굴은 새하얗게 질려 있었다.

"이…… 이 새끼가 지금 무슨 헛소리를 하는 거야!"

"이 여자는 평생 노력해도 나한테 진 빚 다 못 갚아. 죽은 사람이 살아 돌아오는 건 불가능하니까. 근데 빚을 대신 갚는다고?"

제하가 잔인하게 말을 이었다.

"당신 이 여자 대신 죽을 수 있어? 그럼 지금 당장 달려드는 차 앞에 뛰어들어 봐. 그럼 이 여자가 진 빚, 다 까 줄 테니까."

용호는 아무 말도 하지 못했다. 제하는 그런 그를 마치 압살하는 듯한 표정으로 똑똑히 내뱉고 있었다.

"왜, 못 하겠어? 빚 갚아 주겠다고 큰소리칠 땐 언제고, 네 진심이 겨우 그건가?"

예강은 뜨거워지는 눈을 꽉 감았다가 떴다. 그리고 마르는 입술을 깨문 후, 용호를 향해 서둘러 입을 열었다.

"사장님, 그동안 감사했습니다. 안녕히 계세요."

"강 실장."

얼빠진 표정으로 그녀를 바라보는 용호에게서 애써 시선을 돌려 제하를 보았다.

"가자."

제하는 우뚝 선 채 움직일 줄을 몰랐다. 용호를 바라보는 그의 시선에 살기가 이는 것이 똑똑히 보였다.

"제발. 가자, 제하야."

예강이 무언가를 한 대 치려는 것처럼 꽉 움켜쥔 그의 손을 잡으려는 순간, 그가 몸을 휙 돌렸다. 성큼성큼 차로 향하는 제하를 따라붙으며 그녀는 용호에게 다시 한번 고개를 숙여 보였다.

조수석의 문을 열고 오만하게 우뚝 선 제하는 예강이 차에 탔음에도 문을 닫지 않았다. 대신 허리를 숙여 그녀가 앉은 좌석으로 몸을 집어넣었다. 용호는 그 자리에 얼어붙은 듯 멈추어 선 채 움직일 수가 없었다. 남자의 하체밖에는 보이지 않았지만 그가 지금 차 안에서 뭘 하고 있는지는 충분히 상상이 가능한 탓이었다.

가느다란 하얀 손이 모습을 드러내더니 그의 슈트 재킷을 움켜쥐며 가늘게 떨렸다. 그가 조금 더 몸을 안으로 집어넣자 예강의 손이 이제는 그의 허리를 휘감았다. 마치 끌어안듯이. 그녀의 하얀 손가락이 간헐적으로 움찔움찔 떨리는 모습을 보며 용호는 아무런 짓도 할 수가 없었다.

남자가 천천히 상체를 다시 바깥으로 끄집어냈다. 용호의 시야가 닿지 못한 그곳에서 무슨 일이 벌어졌는지를 증명하듯 남자의 기다란 입술이 번들거렸다. 그가 멍하니 서 있는 용호를 향해 한쪽 눈썹을 들어 올리며 마치 확인 사살을 하듯 젖은 입술을 엄지로 느리게 훔쳤다. 용해되지 않은 욕망이 득시글거리는 남자의 검푸른 눈빛에 여러 가지 감정이 한꺼번에 떠올랐다. 그 와중에 가장 뚜렷하고 강렬하게 느껴지는 메시지는 하나였다.

용호는 죽었다 깨나도 그녀를 자신의 여자로 만들 수 없을 거라는 것.

끼익!

운전석에 탄 남자가 능숙하게 차를 뒤로 빼더니 핸들을 완전히 꺾었다. 거친 엔진 소리를 내며 그를 지나치는 차 창문은 보란 듯이 열려 있었다. 눈가가 발갛게 달아올라 제 입술을 만지며 숨을 몰아쉬고 있는 예강은 그에게 눈길조차 주지 못했다. 아니, 용호가 그 자리에 있다는 사실조차 잊은 것처럼 멍해 보였다. 그녀의 뺨이 붉었다.

그녀가 완전히 다른 사람처럼 느껴지는 건 당연했다. 용호가 그렇게도 보고 싶었던, 여자 강예강이 거기에 있었다. 그는 다리에 힘이 풀려 비틀거렸다. 허탈함과 안도감이 동시에 밀려들자 자괴감이 치밀었다.

"씨팔……."

그가 욕설을 내뱉으며 마른세수를 했다. 오늘 이후, 예강을 영원히 만날 수 없을 거라는 직감이 들었지만 시커먼 눈깔을 하고 있던 남자를 따라갈 용기는 나지 않았다. 40년 인생에서 축적된 감이 말해 주고 있었다. 기품 있고 오만한 태도로 감추고 있었지만, 그런 놈들이 더 무서웠다. 수가 틀리면 사람 하나 짓밟는 건 일도 아닌 잔인한 새끼라고, 그의 직감이 경고하고 있었다.

* * *

제하는 싸늘한 얼굴로 말없이 차만 몰았다.

"나, 여기 있는 건 어떻게 알고 온 거야?"

숨 막히는 침묵 속에서 예강이 억지로 입술을 뗐다. 거친 키스의 여운이 아직도 사라지지 않은 듯 입술이 아릿했다.

"사채업자가 하는 일이 이런 거 아닌가? 채무자 감시."

"감시라고?"

미간을 찡그리며 중얼거리는 그녀의 곁에서 제하가 차갑게 조소했다.

"이틀 동안 두문불출하며 고작 생각해 낸 게 애인과 야반도주라니. 좀 너무 진부해서 실망스럽네."

떠나야겠다는 생각을 하지 않은 건 아니지만 제하의 말에는 어폐가 있었다. 예강은 아프게 뛰기 시작한 심장을 느끼며 마른침을 삼켰다.

"사장님한테 일 그만두겠다고 말하러 간 것뿐이야."

"아. 여길 뜨긴 할 작정이었나 보지? 일까지 때려치우고."

이번엔 예강의 말문이 막혔다. 침묵하는 그녀의 곁에서 제하가 낮게 코웃음을 쳤다.

"서용호가 눈이 돈 것도 이해 못 할 건 아니네."

예강은 아무런 말도 할 수 없어 그저 주먹만 꽉 쥐었다. 화가 난 그의 앞에서 지금 그녀가 입을 열어 도움이 될 일은 아무것도 없을 것 같았다. 방금 전 문이 열린 차 안에서 그녀의 아랫입술을 지그시 깨물던 제하의 눈은 위험하게 빛나고 있었다.

"너한테 눈깔 돈 저 새끼 죽여 버리기 전에 똑똑히 보여 줘. 네가 어떤 여자인지."

그가 당장이라도 용호에게 달려들 것 같아 두려웠다. 그녀의 입술을 거칠게 탐하는 그의 옷깃을 꽉 붙든 건 그 이유에서였다. 하지만…… 뒤에 가서는 아무런 생각을 할 수가 없었다. 그녀는 자신이 길가 한복판에 세워진 차 안에 있다는 사실도 잊고 제하와 입을 맞추었다. 그의 양복 재킷을 붙든 그녀의 손은 아마, 엉망으로 떨리고 있었을 것이다.

"내려."

번쩍거리는 주차장, 지정 차량이라고 쓰인 곳에 차가 멈춰 섰다. 예강은 입술을 매만지던 손을 떼고 당황한 목소리를 감추었다.

"여기가 어디야?"

제하가 대답 대신 차체를 빙 돌아 조수석 문을 직접 열었다.

"업고 갈까."

똑바로 직시하는 시선에 숨이 막히는 기분. 예강이 어쩔 수 없이 스스로 차에서 내리자마자 그에게 손이 잡혔다. 그녀는 성큼성큼 걸어가는 제하의 곁을 따르며 손을 빼내려는 시도는 하지도 않았다. 제하의 기다란 손가락이 깍지를 껴서 꽉 누르고 있는 그녀의 손등에 거칠게 맥이 뛰었다.

"아이구, 대표님. 웬일이십니까."

새벽의 고층 빌딩은 사람이 적었다. 손전등을 켜고 다가오던 경비가 그를 보고 얼른 공손히 고개를 숙였다. 제하는 말없이 보안 검색대를 통과한 후, 예강을 데리고 엘리베이터에 올랐다. 어둠이 내리깔린 공간의 문을 몇 개나 통과하자, 마침내 가장 안쪽에 있는 방이 보였다.

"뭐 하고 서 있어? 문 닫아."

제하가 들어선 곳은 그의 사무실이었다. 올려다보기가 까마득한 증권가 빌딩 숲 한가운데에 위치한 그의 자리, 책상 위 명패에 조각된 '대표 이사'라는 글자가 다시금 그가 지금 어떤 위치에 있는 사람인지를 실감케 만들었다.

달칵.

예강은 문을 닫고 그 자리에 어색하게 섰다. 오늘도 그는 흐트러짐 없이 완벽한 양복 차림이었고, 예강은 일할 때나 입는 후줄근한 작업복 차림이었다. 그녀는 지금 이 공간과 자신이 지독하게 어울리지 않는다는 생각을 했다. 주눅 들고 싶은 마음은 없었지만 저절로 작아지는 기분이다. 제하가 그녀를 자신의 사무실로 데려온 이유는, 아마 그 때문일까.

"시간 없으니까 빨리 하자."

예강은 커다란 의자에 몸을 묻는 그의 앞에 우두커니 서 있었다가 흠칫 놀라 고개를 들었다. 자동으로 한 발짝 뒤로 물러나는 그녀를 보며 제하가 코웃음을 쳤다.

"설마 내가 지금 여기서 널 어떻게 하고 싶어서 데려왔다고 생각하는 건가? 지금 그 꼴로?"

제하가 담배 케이스를 꺼내다 안이 빈 것을 깨닫고 거칠게 닫았다.

"자의식이 너무 비대하네."

그의 눈동자에 검은 얼룩이 일렁인다.

"그럼 여긴 왜 온 건데?"

예강이 가까스로 입을 떼자 제하가 건조하게 갈라진 목소리를 냈다.

"네가 뭐라고 변명할지 이야기를 들으러 온 거야. 아까 그 남자 차 타고 어디 가는 길이었어?"

"그만둔다고 말씀드리니까 마지막이라고…… 사장님이 집까지 데려다주신다고 해서 호의 거절하지 않았던 것뿐이야."

"집으로 가는 방향이 전혀 아니던데. 외곽으로 빠지고 있었잖아. 너희."

예강은 말문이 막혔다. 제하가 빈 담배 케이스 모서리를 책상에 탁, 탁,

두드리며 날카롭게 말을 이었다.

"그 '사장님'에게 너도 마지막 호의를 베풀기라도 할 참이었어? 그렇다면 좀 미안하네. 너랑 할 생각에 아랫도리가 터지게 부풀어 있던 그 남자가 얼마나 실망을 했겠어."

"그런 거 아니야!"

말도 안 되는 소리에 당황한 예강이 미간을 모으며 목소리를 높였다. 제하가 자리에서 벌떡 일어나자 거친 반동에 밀려난 의자가 벽에 부딪쳤다. 그가 그녀에게 성큼성큼 다가오며 코웃음을 쳤다.

"서용호한테 전화해서 물어볼까? 눈앞에서 제 여자가 다른 남자랑 키스하는 걸 보고도 손 하나 까딱 못 한 머저리 새끼 기분이 지금 어떤지."

"……함부로 말하지 마."

예강의 목소리가 떨리자 제하의 입술에서 조소가 흘렀다.

"꿈틀하는 재주도 없는 등신이잖아, 네 남자."

짝!

저도 모르게 제하의 뺨을 때린 예강의 손이 부들부들 떨렸다. 예강은 뜨거워지는 눈에 힘을 주며 작지만 또렷한 목소리로 내뱉었다.

"말조심해, 이제하. 사장님, 너한테 그런 모욕 받아야 할 분 아니야."

"그럼 어떤 분이신데."

제하가 이를 갈듯 내뱉었다. 예강은 그에게서 느껴지는 강렬한 악의를 모른 척할 수가 없었다. 그녀 때문에 용호가 피해를 보는 일은 없어야 했다.

"친절하고…… 따뜻하고 좋은 분이셔. 나 그분 없었으면 그쪽에서 일하기 정말 힘들었을 거야. 그러니까 괜한 오해 하지 말아 줬으면 해. 부탁이야."

젖은 눈으로 열심히 그를 변호하는 예강을 응시하며 제하가 눈을 가늘게 떴다. 그의 속에서 부글부글 무언가가 폭발할 듯 들끓었다. 과거에는 자신을 감싸던 그녀가 이제는 같은 얼굴로 다른 남자를 입에 담고 있었다. 친절하고 따뜻하고 좋은 사람. 그녀가 수식하는 모든 것들은 한때 전부 자신을 향하던 말이었다. 졸렬하고도 유치한 질투에 몸이 새하얗게 타 버리는 기분이다.

제하는 더 이상 참을 여유가 없었다. 휴대폰을 꺼내 어딘가로 전화를 건 후, 스피커폰으로 돌려진 기계를 테이블 위에 툭 던지듯 놓았다. 상대는 즉시 전화를 받았다.

—예, 대표님. 지금 출발하시겠습니까?

“아니. 아직.”

—지금 출발하지 않으시면…….

“서용호에 대해서 조사한 거 다 말해 봐. 지금 당장.”

예강의 눈동자가 소리 없이 흔들렸다. 침착하고 사무적인 남자의 목소리가 자그마한 기계를 통해 또렷하게 들렸다.

—일단 폭력 전과가 눈에 띄었습니다. 10대 때는 사람 패서 소년원 갔던 이력이 있고 성인 된 직후에는 나이트클럽 웨이터로 일하다가 취객이랑 붙었는데 상대편이 합의를 안 해 줘서 실형 살고 나왔고요. 그 뒤엔 전자 상가에서 폰팔이 하면서 불법 체류자들한테 대포폰 내주는 일 주로 한 것 같고요. 그즈음에 술집에서 일하던 여자 만나 동거했는데 여자가 폭행으로 걸어서 한 번 더 들어갔다고 합니다. 친척 말로는 서용호가 모아 둔 돈을 여자가 도박으로 몽땅 다 날렸다고 하는데, 뭐 진실은 모르죠.

“과거가 아주 화려하네.”

제하가 그녀를 뚫어져라 바라보며 천천히 손을 들어 올렸다.

“우리만큼이나.”

살짝 벌어진 그녀의 입술이 엄지로 꾹 눌렸다. 차 안에서 진하게 빨려 살짝 부어오른 입술이 이리저리 만져지자 예강의 의지와는 상관없이 몸이 떨렸다. 예강은 입술을 꽉 닫고 한 발짝 뒤로 물러서려 했지만 뒤는 커다란 소파였다.

“계속해.”

제하가 숨을 몰아쉬며 그녀의 앞에 바싹 다가가 섰다. 집요하게 입술을 만지는 손은 여전했다. 고약한 취미가 있는 사람처럼, 그녀의 타액을 손가락에 일부러 묻히며 치아 안쪽의 혀까지 건드린다. 휴대폰 안에서는 보고하는 남자의 목소리가 계속 이어지는 중이었다.

―한 7년 전쯤에는 불법 유통을 크게 했던 전적도 있더라고요. 중국에서 수입하는 짝퉁 명품 백 있잖습니까? 그걸 부산에서 일본으로 역수출하다 걸렸다는데…… 당시 어찌어찌 간신히 줄 잡고 돈 써서 빠져나온 것 같았습니다.

예강은 결국 소파에 주저앉고 말았다. 고개를 돌려 그의 시선과 손길에서 벗어나려 했지만 그럴 수가 없었다. 한 발짝 더 가까이 다가온 제하의 커다란 손이 그녀의 얼굴 전체를 감싸듯 붙든 까닭이었다. 관자놀이까지 닿은 그의 손가락 끝에서 힘이 느껴졌다. 예강이 입술을 꽉 깨물었다.

빠져나갈 틈도 주지 않는 손길을 몸소 느끼는 순간, 그의 변화가 다시금 체감되었다. 그는 마치 10년의 세월을 거쳐 날이 설 대로 선 새파란 칼 같았다.

"예전 일이라 지금 신고해도 벌금 먹고 끝날 가능성이 크지 않나?"

예강은 그저 제하의 얼굴을 올려다볼 뿐, 시선을 내릴 수가 없었다. 그녀의 턱 바로 아래에서 빳빳이 고개를 치켜들고 융기한 게 무엇 때문인지 모를 정도로 그녀는 순진하지 않았다. 아니, 제하는 자신의 흥분을 숨길 생각도 없어 보였다. 뺨을 쥔 손을 제게로 지그시 누르는 손길에 명백한 욕망이 넘쳐흘렀다.

냉방이 켜진 사무실이었지만 순식간에 뺨에 열이 올랐다. 예강이 눈을 질끈 감아 버리자 제하가 이번엔 그녀의 속눈썹을 좌우로 스치듯 어루만졌다. 그의 엄지에 닿는 눈꺼풀이 간질거리고 속눈썹이 파르르 떨렸다.

"난 더 확실한 걸 원해."

노골적으로 자신의 흥분을 드러내는 남자는 명령에서도 기품이 드러났다.

―예. 그 밑에서 일하는 서명선이라고 있는데요. 그 자식은 지금도 몰래 그 짓을 하고 있는 모양입니다. 브로커 하나 잡아서 찌르면 서용호가 가지고 있는 사업체 터는 건 어렵지 않을 것 같습니다. 보니까 계산서도 이중으로 작성해서 소매상들한테 뒷돈도 많이 받았더라고요. 세금 쪽 건드리면

뭐, 대표님 실망하실 일은 없을 것 같습니다.
예강의 눈동자가 엉망으로 흔들렸다.
"어떡할까."
제하가 낮게 속삭였다. 스피커폰을 통해 비서가 '예?' 하고 물었지만 그의 질문 대상은 눈앞에 있는 여자였다.
"네가 말해 봐. 넌 내가 어떻게 하길 원해?"
"그러지 마."
예강이 고개를 저었다.
"뭘 그러지 마."
"사장님…… 나쁜 사람 아니야."
가짜 명품은 오래전에 용호와 동업했던 이가 주도했던 사업이었고 지금은 각자 갈라선 후 연을 끊었다. 용호 몰래 소매상에게 장부를 조작하는 건 그의 조카인 명선이의 짓이었다.
"아픈 홀어머니 모시고 고생 많이 하신 분이야. 그러면서 형제들 다 챙기는 분이라고."
"인류애가 아주 넘치네."
낮게 덧붙이는 욕설이 널찍한 빈 공간에 확실히 울려 퍼졌다. 아직 연결되어 있는 휴대폰에서 헛기침 소리와 함께 낮은 말소리가 이어졌다.
―대표님, 지금 출발하지 않으시면…….
제하가 손을 뻗어 통화를 종료한 후, 검지를 구부려 그녀의 턱을 들어 올렸다.
"대답해. 어떻게 할까?"
시커먼 어둠이 일렁이는 먹색 눈동자를 보며 예강은 마침내 백기를 들었다. 지금 제하는 덫을 치고 있다. 잘못도 없는 용호에게 피해를 주는 일만은 피하고 싶었다.
"그러지 마. 제하야. 그 사람, 내 애인도 뭣도 아냐. 아니…… 첨부터 애인 있다고 한 것도 거짓말이야."

드디어 예강의 입에서 제하가 바라던 말이 튀어나왔지만 그는 만족할 수 없었다. 그는 항복한 이를 기어이 절벽까지 몰아붙였다.

"그런 쓸데없는 거짓말을 한 이유가 도대체 뭐야."

시선을 떨구는 예강의 속눈썹이 가늘게 떨렸다.

"그러면 네가 날 그냥 보내 줄 거라고 생각했어."

제하가 입술에서 마른 웃음이 터져나갔다.

"기분이 너무 더러워서 못 참겠는데. 아무래도 화풀이는 해야겠어. 앞으로 시장 바닥에서 그 새끼 이름 들리는 일 없게……."

툭. 예강이 떨리는 손을 움직인 순간 제하가 말끝을 흐렸다. 소파에 주저앉은 예강은 벨트를 풀고는 어쩔 줄 모르는 눈동자로 그를 올려다보고 있었다.

"뭐 하는 짓이야?"

제하의 목소리가 순식간에 낮아졌다. 예강은 덜덜 떨리는 손으로 그의 바지 버클을 풀려고 했지만 긴장한 탓인지 자꾸만 손이 어긋났다.

정수리 위에서 제하가 가늘게 조소하는 웃음소리가 들렸다. 이딴 어설픈 유혹으로 그의 폭주를 막을 수 있을지 없을지도 모르는데, 바보처럼 구는 자신이 한심했다. 가슴이 울컥거리고 눈물이 차올랐다.

"내가 그 새끼 어떻게 할까 봐 두려워서 이래?"

세차게 고개를 젓는 예강을 보며 제하가 눈을 기묘하게 찌푸렸다. 덜덜 떠는 그녀에게서 흥분의 기색은 없었다. 다만 그를 진정시켜 이 상황을 벗어나려는 필사적인 감정이 엿보일 뿐이었다. 분노가 치밀어 오름과 동시에 피 끓는 욕구가 함께 일었다.

예강이 그를 떠날까 봐 눈이 돈 건 진작부터였다. 이곳까지 운전하는 동안 사고를 내지 않은 게 기적일 정도였다. 핸들을 잡은 내내, 그는 머릿속으로 그녀를 가지고 또 가졌다.

"유혹을 할 거면 제대로 해."

그가 갈라진 목소리로 내뱉자, 예강이 떨리는 눈으로 말없이 그를 보았다.
커다란 눈. 그러지 마, 제하야. 속삭이는 것 같은 물기 어린 눈. 네가 그런 눈으로 날 바라보면 어쩔 건데.
예강은 열 오른 눈을 잠시 감았다가 떴다. 온몸을 새빨갛게 물들인 그녀를 보며 제하가 마른침을 삼켰다. 넥타이를 잡아당기는 남자의 뒤로 도시의 야경이 반짝였다.
예강은 차라리 제하가 어서 자신을 안기를 바랐다. 말도 안 되는 오해를 풀고 그의 머릿속에서 용호에 대한 악감정이 사라지기를 바랐다는 뜻이다. 마치 눈으로 취하는 것 같은 그의 시선에 온몸이 타들어 가듯 부끄러워지는 것은 또 다른 문제였다.
그녀는 이 시간이 어서 빨리 끝나기를 소망했다. 새빨간 얼굴을 모로 돌리며 시선을 내리깔자 제하가 그런 그녀를 뚫어져라 보며 길게 숨을 내쉬었다. 헐렁하게 끄른 넥타이를 완전히 풀어 내리고 팽팽하게 당겨진 와이셔츠의 단추, 그리고 손목의 커프스를 차례로 풀었다.
"그래. 넘어가 줄게."
예강은 터지는 신음을 감당하지 못하고 손등으로 입술을 가렸다.
용호의 차를 들이받을 듯 나타났던 제하. 사채업자를 입에 올리며 살기 어린 표정을 지었던 그와, 지금 그녀를 안고 있는 이는 같은 사람이었다.
명찰을 내밀며 싱그럽게 웃던 그도, 샛노란 과일을 흙바닥에 떨어뜨리고 인상 쓴 얼굴로 그녀를 바라보았던 소년도 다 똑같은 남자였다.
그녀의 모든 처음을 가져갔던 사람이었다. 설익었던 소녀의 몸을 처음으로 향기 나게 만들었던 소년이었다. 폭풍이 휩쓸고 지나간 자리처럼 여운이 잔인했다.
"원래 이렇게 반응이 빨라?"
제하의 이마에서 땀방울이 흘러내렸다. 뚫어져라 바라보는 제하의 시선에서 괴로움이 느껴졌다.

"글쎄, 잘 모르겠어."

"어려운 질문은 아닌 것 같은데."

예강이 그를 향해 속삭인 이유는 그 때문이었을지도 모른다.

"나랑 잔 남자가 세상에 단 한 명뿐이니까 비교 대상이 없거든."

그림처럼 짙게 빠진 제하의 눈썹이 험악하게 일그러졌다. 대칭이 완벽한 입술이 떨리는 것이 그녀의 눈에도 보였다.

"전부 다…… 너랑 처음이자 마지막이었으니까."

툭 튀어나와 남성적인 목울대가 거칠게 일렁였다. 제하가 그녀를 노려보았다.

"이제 와서 그런 소릴 지껄이면 내가 기분 좋을 거라고 생각해?"

"글쎄, 어떤데, 제하야?"

예강이 눈물을 단 채 떨리는 목소리로 그에게 오히려 되물었다. 이제 코너에 몰린 건 그였다. 제하가 흔들리는 눈동자로 거친 숨을 내뿜었다. 예강이 붉어진 눈으로 그를 보며 바스러질 것처럼 웃었다.

"내 일생에 남자가 너 하나라는 소리 들으니까…… 이제 기분 좀 나아졌어?"

제하의 입술에서 탁한 한숨이 터졌다. 어둡고 시커먼 자신의 진심이 그녀의 앞에 까발려진 것 같은 기분이었다. 미칠 것 같았다. 그녀의 말을 부정할 수가 없어서. 그녀의 한마디에 천당과 지옥을 오가는 스스로의 상태가 너무 등신 같아서.

그가 예강의 입술에 이를 박고 진하게 삼켰다. 예강이 눈을 꽉 감고 있는 것을 보며 제하가 숨을 거칠게 몰아쉬었다.

"기분 좋으냐고 물었어? 그래, 아주 좋아서 돌아 버리겠어. 강예강."

예강의 눈가에 매달려 있던 눈물이 주르륵 흘러내렸다.

"이제껏 헛소리 지껄인 이유가 뭐야."

그의 눈빛이 정염으로 젖어 흥건했다.

"그럼 내가 널 보내 줄 것 같아서? 그래서 그딴 말도 안 되는 거짓말을 지껄였어?"

예강의 물기 어린 눈에 제하의 책상 위에 놓인 명패가 어른거렸다. 키 낮은 테이블 위에 그녀의 싸구려 옷과 섞여 아무렇게나 나뒹구는 제하의 옷과 넥타이를 보며 그녀는 왠지 모르게 눈물이 치밀어 견딜 수가 없었다.

아무리 차갑고 잔인하게 굴어도 그는 제하였다. 예강의 심장은 늘 그의 진심과 똑같이 반응했다. 심장이 그를 향해 빨리 뛸수록 몸이 더욱 달아오르는 건 필연적인 결과였다.

"지금 너, 너무 뜨거워."

네 몸도 그래, 제하야. 그녀는 입 밖으로 내뱉는 대신 온몸을 붉게 물들이며 신음했다. 그녀의 어깨 너머로 숨을 헐떡이는 제하의 눈에 소유욕이 잉크처럼 끈적끈적하게 흘러넘쳤다.

"눈 떠. 강예강."

인간과 짐승이 다른 점이 있다면 죄악감을 느낀다는 사실이었다. 예강은 제하에게 끌어안겨 있는 스스로가 인간이 아닌 것 같았다.

"눈 떠서 지금 너랑 내가 뭐 하는지 똑똑히 보라고."

제하가 그녀의 목덜미에 이를 세웠다.

"너 지금 이제하랑 뒹굴고 있는 거야. 네가 버리고 도망쳤던 그 이제하랑."

예강의 머릿속이 열락으로 녹아들었다. 이러면 안 되는데. 제하를 밀어내야 하는데 이성은 본능 뒤로 서서히 자취를 감추고 있었다.

"네 일생에 하나뿐인 남자 앞에 거지꼴로 나타나서, 결국 이따위로 싸구려 취급받는 기분이 어때. 난 아주 좆같고 좋은 것 같아, 예강아."

제하는 그녀를 상처 입히며 동시에 스스로를 상처 내는 방법을 너무도 잘 알고 있는 이였다. 예강은 그녀를 괴로울 정도로 몰아붙이는 잔인한 그에게 안겨 흐느꼈다.

"네가 했던 모든 짓들이 날 미치게 만들었지만, 지금 이 순간 내가 가장 열받는 게 뭔지 알아? 네가 말도 안 되는 거짓말로 날 또다시 기만했다는 거. 그거야.”

예강이 그의 팔뚝을 꽉 쥐었다. 핏줄이 도드라진 제하의 피부에 짤막한 손톱이 박혔다.

“너한테 남자가 있다고 하면 내가 널 놔줄 거라 생각했어? 설사 애가 줄줄이 딸렸대도 변하는 건 없었어.”

제하의 목소리에 괴로움이 짙었다.

“네가 옷을 팔든 술을 팔든 아님 다른 뭘 팔든지…… 어차피 결과는 똑같았다고.”

벼랑 끝에 밀어붙여진 그녀의 몸에서 뜨끈하게 열이 났다.

“네가 날 버렸다는 사실이 변하는 건 아니니까.”

제하가 젖은 목소리로 중얼거렸다.

“넌 처음부터 내 눈앞에 띄면 안 됐어.”

죽을 것 같다. 지난 10년간 제하가 겪었을 고통을 고스란히 느끼는 지금 이 순간이 예강은 가장 참기가 힘들었다.

“이왕 확인하는 김에 한 가지만 더 묻겠는데…….”

제하가 억눌린 목소리로 속삭였다.

“지갑 속에 내 사진 숨겨 놓은 이유가 대체 뭐야?”

예강의 젖은 눈동자가 둥그렇게 뜨였다. 그녀의 지갑. 잃어버렸다고 생각했지만 그게 제하의 손에 들어갔을 거라고는 미처 생각지도 못했다. 그 안에 숨겨 놓았던 비밀스러운 진심까지 모두 들켜 버렸다는 사실에 도망가고 싶었지만 그럴 수가 없었다.

제하가 그녀의 얼굴을 돌려 자신을 마주 보게 했다. 예강은 헉헉 숨을 토해 내는 제하의 떨리는 눈을 보는 순간 알았다. 그의 머릿속은 지금, 눈송이가 휘날리던 겨울의 허름한 모텔로 돌아가 있다는 사실을. 지금 그의 눈에 비친 자신은 그때 그 시절의 그녀와 같을까.

* * *

제하의 호출을 받은 그의 비서가 사무실의 문을 두드린 건 예강이 간신히 추스르고 옷을 입은 후였다. 제하가 문을 열자 효원이 멈칫했다. 설마, 했었지만 사무실 안의 공기가 심각하게 뜨겁다. 그의 상사는 중요한 출장 일정을 연기하면서까지 여자를 안은 것이다.

"바로 출발하셔야 합니다. 가시죠, 대표님."

"공항은 나 혼자 가."

"그럼……."

효원이 시선을 어디에 둘 줄 몰라 고개를 떨군 예강을 슬쩍 바라보았다. 제하가 마른 입술을 뗐다.

"내 집으로 데려다 놔. 지금 당장."

예강이 그제야 고개를 들고 당황한 표정을 드러냈다.

"오늘 밤부터 일주일간 출장이야. 복잡한 머리 혼자서 정리할 시간은 충분하겠지."

사무실 한구석에 놓인 작은 슈트 케이스가 뒤늦게 예강의 눈에 들어왔다. 그가 기다란 손가락으로 흐트러진 머리칼을 쓸어 넘기며 말을 이었다.

"필요한 게 있으면 여기, 장 비서 통해서 전달해. 어차피 그 집에서 들고 나올 건 아무것도 없겠지만."

"아, 아니…… 잠깐만."

그가 더듬거리는 예강의 말을 딱 잘랐다.

"할 말 많을 거 알아. 근데 내가 지금 좀 바쁘니까 이야기는 돌아와서 하자. 집에서 책이나 보면서 기다려."

"뭐?"

"아, 태교엔 독서보다 클래식 음악이 더 좋던가?"

제하가 장 비서에게 의견을 물었지만 경험이 없는 효원이 대답을 할 수 있을 리가 없었다. 당황한 건 예강도 마찬가지였다.
"제하야, 나는 아직……."
고개 돌려 그녀에게 눈을 맞추며 제하가 또렷하게 내뱉었다. 주변인은 상관없다는 듯, 오히려 강조하는 말투였다.
"네 배에 내 아이가 있을지도 모르니까, 아무것도 하지 말고 집에 얌전히 있으란 말이야."
이거였다. 결국 제하는 그의 집에 그녀를 들어앉힐 작정이었던 것이다. 갑작스럽게 돌아가는 상황 속에서도 이럴 수는 없다는 생각이 제일 처음 머릿속을 비집었다. 예강이 그에게 한 발짝 다가가며 작지만 또렷한 목소리로 속삭였다.
"제하야. 너랑 나 이러면 안 돼."
"왜?"
몰라서 묻는 걸까. 죽을 때까지 그들을 따라다닐 꼬리표를, 제하가 알지 못할 리가 없었다.
"알잖아. 우리 이러면 진짜…… 벌받아."
간신히 내뱉은 말이었지만 제하에게는 닿지 못했다. 그가 손으로 제 아랫입술을 가볍게 훔치며 흐리게 조소했다. 잠시 내리깔렸던 시선이 다시 그녀에게 박혔다.
"우리가 뭘 잘못했는데."
심장을 누가 꽉 움켜쥔 듯 아팠다. 제하는 대답 없는 그녀를 향해 다시 말을 이었다.
"이보다 얼마만큼 벌을 더 받아야 되는지 말해 봐."
예강은 깊은 심해 같은 그의 눈동자를 보며 아무런 말도 할 수 없었다. 초조한 얼굴로 침묵을 깬 건 효원이었다.
"대표님, 강예강 씨는 제가 잘 모셔다드리겠습니다. 지금 공항으로 출발하지 않으시면 시간 못 맞추십니다."

"간다잖아. 시끄러워."

예강은 재킷을 걸친 제하가 바깥으로 나서는 뒷모습을 멍하니 바라보며 눈을 깜빡였다. 제하가 방금 전 낮게 내뱉은 말이 머릿속에서 떠나지 않았다.

스무 살 그녀에게 세상은 황량한 지옥 같았다. 기댈 곳이라고는 아무 데도 없는 광야에 혼자 떨어진 것만 같았다. 기댈 곳만 없었다 뿐일까. 숨을 곳도 없었다. 그래서 악바리처럼 살았다. 억울하지 않았던 것은 아니다. 하지만 이 괴로움은 멋대로 제하를 사랑한 죄로 그녀가 감당해야 할 벌이라고 생각했다.

제하의 말이 그녀의 가슴을 찌른 건 예강이 이미 알고 있는 사실을 그가 되짚었기 때문만은 아니었다. 그의 얼굴에 떠오른 괴로움 때문이었다. 제하의 지난 10년 역시, 그에게는 형벌 같은 시간이었다는 뜻일까.

"모셔다드리겠습니다. 나가시죠."

반쯤 닫혀 있던 문이 다시 벌컥, 열리고 제하가 나타났던 것은 그때였다. 놀란 눈을 깜빡이는 예강을 향해 그가 성큼성큼 다가왔다. 커다란 양손으로 그녀의 얼굴을 붙들고 제하가 속삭였다. 이마가 닿을 듯 가까웠다.

"정확히 일주일 뒤에 올 거야. 너랑 나, 할 말 많은 거 그 누구보다 네가 더 잘 알 거라고 생각해."

핏발 선 눈동자로 빠르게 중얼거리는 제하의 눈빛을 보며 예강이 천천히 고개를 끄덕였다. 온통 복잡한 머릿속에서 딱 한 가지 욕구만이 강렬히 치밀어 올랐다.

"응. 기다릴게."

참지 못하고 거칠게 한숨을 토해 내는 그의 눈동자에 일렁이는 검은 열기를 잠재워 주고 싶었다. 예강은 제하가 괴로워하는 모습을 보는 것이 싫었다. 예전에도. 그리고 지금도 여전히. 그녀가 뺨을 감싼 제하의 손등에 자신의 손을 가만히 겹치고 속삭였다.

"이번엔 거짓말 아니야."

그녀를 노려보다 마침내 폭발하듯 키스하는 제하의 목덜미가 시뻘겋게 달아올랐다. 예강이 그를 밀어 내기 직전, 제하가 빠르게 몸을 돌려 사무실 바깥으로 사라졌다. 쾅! 하고 문이 닫힌 후에야 예강은 벽에 기댄 후, 두 눈을 감았다. 거대한 파도가 그녀를 향해 키를 높이고 있는 걸 분명히 아는데 피할 마음이 들지 않았다.

나는 이제 어떻게 해야 할까.

* * *

효원이 운전하는 조용한 차 안에서 먼저 입을 뗀 것은 예강이었다.

"죄송한데요, 제가 집에 꼭 갈 일이 있어서요."

자물쇠를 이중으로 달아 놓았지만 좁은 부엌에 쌓여 있는 사과 박스들이 마음에 걸리는 건 어쩔 수가 없었다. 제하에게 돌려줘야 하는데, 방법을 찾을 수가 없었던 것이다.

"혹시 돈 때문에 염려하시는 거면 걱정 안 하셔도 됩니다. 보안은 철저하게 하고 있으니까요. 원하신다면 안전한 곳에 강예강 씨 이름으로 보관해 드리겠습니다."

"아뇨, 그 돈은 제하에게 돌려줘야 해요. 첨부터 받을 생각도 없었고요."

예강의 얼굴색이 조금 짙어지는 걸 보며 효원이 어깨를 으쓱했다.

"음…… 알고 계실 거라 생각하지만 그분 돈이 매우 많습니다. 그깟 푼돈 돌려받는 건 대표님이 원하시지도 않을 거고요."

돌려줬다가 무슨 사달이 날지 생각하는 것만으로 효원의 머리가 띵한 와중, 예강이 그에게 되물었다.

"아무리 돈이 많은 사람이라도 그 정도를 어떻게 푼돈이라고 말하나요?"

예강이 심각한 눈으로 그를 빤히 바라보았다. 기분이 상한 걸 드러내는 정직한 눈이었다. 효원이 빙긋 웃으며 답을 했다.

"맞습니다. 평소에 돈 버는 거 말고는 삶의 목적이 없는 사람처럼 구는 분인데, 그런 분께서 강예강 씨한테 드리는 건 뭐든 푼돈 취급을 하시더라고요. 꼭 아무리 줘도 모자란 사람처럼 말입니다."

예강은 효원의 말을 들으며 소리 없이 눈을 깜빡였다. 뭐라고 말을 해야 할지 알 수가 없었다. 괜스레 이마가 뜨거워졌다.

"아무튼 그러니까 집 걱정은 마시고 혹시나 필요하신 물건이 있으면 제게 말씀해 주시면 됩니다. 여성용품이나 뭐…… 말하기 곤란한 물건이면 제 여동생도 있으니까 걱정 마시고요."

예강은 뒷좌석에서 불편하게 앉아 있다가 조심스레 물었다.

"비서님 여동생도 같은 회사에서 일을 하나 봐요?"

"아뇨. 걔는 돌대가리라 그러질 못하고요. 대신 대표님한테 어마어마한 빚을 졌거든요."

"빚이요?"

"말 그대로 조폭 마누라로 살 뻔했는데 대표님 덕분에 살았죠."

예강이 말없이 눈을 조금 크게 떴다. 조폭이라니. 대체 무슨 말일까.

"말이 조폭이고, 대한민국에 조폭 같은 기업들이 한두 개가 아니거든요. 저도 그 밑에서 더러운 일이란 일은 다 하면서 살았었는데……. 아, 놀라지는 마십시오. 지금은 선량한 소시민으로 세금 내고 잘 살고 있으니까요."

어색한 화제를 돌리기 위해 여동생의 이야기를 한 건데, 괜히 난처한 이야기를 하게 만든 것 같아 예강은 괜히 미안해졌다.

"불편하신 이야기면 굳이 말씀 안 하셔도 돼요."

"아, 그렇습니까? 아무래도 예강 씨가 불편하신 것 같으니 그럼 전 입을 딱 다물고 이제부터 한 마디도 하지 않겠습니다."

"아, 아뇨. 제가 불편한 게 아니라요."

대화의 양상이 조금 이상하게 진행되고 있었다. 당황해 말을 흐리며 예강이 눈을 깜빡였다. 운전대를 잡은 제하의 비서는 조금 강렬한 인상이긴 했지만 악하고 불쾌한 분위기를 풍기지는 않았다.

"안 불편해요. 말씀하세요."

이때다 싶은 얼굴로 효원이 다시 입을 열었다.

"그래서 제가 어떤 회장님을 위해서 감옥까지 갔었는데 말입니다. 나와 봤더니 글쎄…… 제 여동생을 어디 오피스텔 하나에 들어앉혔더란 말입니다. 제 여동생은 이제 갓 스물이었고, 회장은 팔순을 앞둔 노인네였는데요."

효원이 힐끗 룸 미러를 보았다. 예강은 그의 말에 어떤 반응도 보이지 않고 가만히 경청을 할 뿐이었다. 아까 그의 과거에 관한 이야기를 슬쩍 꺼낼 때도 눈을 조금 크게 떴을 뿐이다. 두려움도, 동정도 함부로 내색하지 않는다.

깡이 좋다면 좋은 거고, 신중하다면 신중한 성격일 것이다. 지금쯤 공항을 향해 전속력으로 밟고 있을 제하가 사무실 안에서 그녀를 끌어안던 마지막 모습을 떠올렸다. 여동생인 효주에게는 미안한 말이지만 제하의 마음속에 다른 사람이 들어올 자리는 없었다.

"여동생은 세상천지 분간도 못 하는 애라 무서워서 벌벌 떨기만 하고요, 노인네가 과자값이라고 던져 주는 돈은 어디…… 뭐, 아무튼 입에 담는 것조차 지금도 열이 뻗치는 상황인데, 그때 대표님이 절 도와주셨어요."

효원이 핸들을 돌리며 말을 이었다.

"대표님 머리 좋은 건 아시리라 생각하는데, 전 그때만 해도 이 어린 대학생이 뭘 할 수 있을까, 생각했었거든요. 아. 혹시나 해서 말씀드리는데 대표님이 저보다 두 살이 적습니다."

이제까지 본 것 중 가장 반응이 오는 예강의 표정을 보고 효원이 씨익 웃었다.

"제가 좀 동안이죠?"

사실, 예강은 그가 훨씬 나이가 많다고 생각하고 있었기 때문에 뭐라고 할 말이 없었다.

"농담입니다."

긴장된 공기가 조금 풀어졌다. 생김새도, 말투도, 성격도 완전히 다르지만 제하가 그를 신뢰하는 이유를 어쩐지 알 것도 같았다.

"대표님이 의심 많은 조폭 노인네한테 투자금을 받고, 회사를 불리는 척 하면서 숨통을 틀어쥐는 과정을 옆에서 보면서 느꼈습니다. 아, 이 사람한테 불가능한 건 없겠구나, 하고요. 그래서 믿고 붙었습니다. 대표님한테. 가방끈이 짧다 못해 없는 제가 더러운 일 다 해 드리겠다고 하고 죽자 사자 매달렸죠."

예강은 효원의 눈을 바라보았다. 솔직하게 말하는 그의 얼굴에서 악의는 느껴지지 않았다. 그녀를 바라보는 시선 역시도 마찬가지다.

"그리고 제 여동생은요, 하하. 지금 대학 다닙니다. 머리 나빠서 3수 해서 전문대 겨우 갔어도 대학에 붙은 건 붙은 거니까요. 미팅이며 소개팅이며 신나게 하고 다니느라 얼굴 볼 시간도 없습니다."

"잘 지내는 것 같아서 정말 다행이네요."

마침내 조심스레 내뱉는 예강을 보며 효원이 작은 눈을 더욱 작게 뜨며 웃었다.

"다 대표님 덕분이죠. 저는 고아로 자라서 제 동생이 유일한 가족입니다. 근데 제가 왜 처음 뵌 분께 이런 말씀까지 굳이 드리는지 혹시 눈치채셨습니까?"

예강이 조금 머뭇거리다 입을 열었다.

"제하 나쁜 사람 아니란 거 알아요."

"아뇨. 대표님 나쁜 분이십니다. 아휴…… 남의 회사를 아주 날로 먹는 걸 옆에서 보면 좋은 사람이라는 말은 절대로 안 나오는걸요. 지금 출장도 그러려고 간 건데요. 아마 대표님 등 뒤에서 칼 갈고 있는 사람들 정말 많을 겁니다. 그래서 그나마 제가 직장 안 잘리고 있는 거기도 하고요."

농담에 진담을 섞어 말하는 효원의 뒤에서 예강이 가만히 눈을 깜빡거렸다. 신호를 받고 멈춰 선 효원이 조금 진지해진 목소리로 입을 열었다.

"대표님 상태, 옆에서 계속 지켜본 제가 진심으로 드리는 말씀인데요."

무슨 말을 하려고 자신의 과거까지 말하며 뜸을 들이는 걸까. 핸들을 붙든 효원이 숨을 길게 내쉰 후, 말을 이었다.

"현재 대표님, 그리 좋은 건강 상태가 아닙니다."

"그게 무슨 말씀이세요? 제하가 어디 아픈가요?"

예강의 눈동자가 순식간에 가늘어지며 염려의 빛을 띠었다. 손에 땀이 나고 불안에 가슴이 조여들었다.

"약에 취해서, 혹은 술에 취해서 위험한 선택 하는 사람들 많죠? 부족한 게 없어 보이는 사람들이 그럴 땐 이해가 잘 안 갔는데, 대표님 모시고부터는 남의 일이라고 생각해 본 적이 없습니다."

"잠깐만요. 약이라뇨?"

"미리 알고 계셔야 할 것 같아 말씀드립니다. 정신과 처방 약 장기 복용하고 계십니다."

예강의 얼굴이 하얗게 질렸다. 심장을 누가 아프게 움켜쥐는 느낌과 함께 손에 진땀이 났다. 제하가 아프다. 그 사실 하나로 눈앞에 시퍼런 칼날이 스치는 것 같은 기분이었다.

"생각해 본 적이 있습니다. 악몽을 꾸면서 매번 똑같은 사람의 이름을 부르는데, 대표님처럼 맘먹으면 다 할 수 있는 사람이 지난 10년간 왜 그분을 찾지 않았는지를요."

효원이 룸 미러로 예강을 보았다. 예강은 무릎 위에 올린 주먹을 꽉 쥔 채, 그를 바라보았다.

"두려웠던 것 같습니다."

"……뭐가요?"

"아까 제가 고아라고 말씀드렸죠?"

효원은 그녀의 질문에 답하는 대신 다른 이야기를 꺼냈다.

"저는 어릴 적, 절 버리고 도망간 생모가 어디서 뭘 하는지를 몇 년 전에 찾았습니다. 그런데 이제껏 단 한 번도 연락을 한 적이 없습니다."

혼잣말처럼 중얼거리는 효원의 얼굴에 해묵은 감정이 스쳤다.

“같은 사람에게 다시 버려지는 느낌은 정말로 싫을 것 같아서 말입니다.”

“…….”

“이 나이가 되어도, 어떤 부분에서는 전혀 자라지 않은 제 모습이 거기에 있더라고요.”

예강은 밤거리를 스치는 차창에 이마를 기대며 눈을 감았다. 단 한 순간도 잊을 수 없었던 제하의 얼굴. 무릎을 꿇은 채 절규하듯 그녀의 이름을 외치던 제하의 표정이 오늘따라 더욱 선명했다.

* * *

효원은 그녀를 제하의 집으로 안내한 후, 현관에서 깍듯이 고개를 숙였다.

“오늘 밤은 불편해도 그냥 지내시고, 날이 밝으면 필요한 물품을 사다 드리겠습니다.”

그가 미리 준비한 듯 보이는 새 휴대폰을 내밀었다. 예강은 거절하려고 했지만 그랬다가 혹시 효원을 난처하게 만드는 것은 아닐까 싶어 조심스레 휴대폰을 받아 들었다.

“거기, 대표님 번호 저장되어 있으니까 혹시 필요하시면 전화하셔도 되고요. 홍콩과 한국 시차는 한 시간이지만 어차피 그런 건 전혀 신경 안 쓰셔도 될 것 같습니다.”

예강은 왠지 민망함을 느끼며 고개를 꾸벅 숙였다.

“밤길 운전 조심하세요.”

“저, 이 건물에 삽니다. 운전할 필요 없어요.”

안 그래도 작은 눈이 안 보일 정도로 싱긋 웃는 효원을 보며, 예강은 그제야 그가 누구였는지를 상기할 수 있었다.

“그때 저한테 택시 불러 주셨던 분 맞죠.”

"예. 무슨 일이든 안심하고 막 부리셔도 된다는 소립니다."

제하의 집에서 마치 쫓겨나듯 허겁지겁 나왔던 새벽, 아파트 관리인이라며 택시를 불러 주었던 사람이었다. 그땐 너무 정신이 없어서 얼굴을 제대로 보지도 못했는데. 그 또한 제하의 명령이었을 거란 생각에 심장이 또다시 제 속도를 배반하고 빨리 뛰었다.

"그리고 오늘 제가 드렸던 이야기는 대표님한테 비밀로 해 주십시오. 안 그래도 지금 저 간당간당합니다."

"제하를 위해서 저한테 어려운 말씀 해 주신 거 알아요."

예강이 효원을 바라보며 작지만 또렷한 말을 이었다.

"제하 곁에 좋은 사람이 적어도 한 분은 있었던 것 같아서 마음이 놓이기도 하고요."

효원이 관자놀이를 긁으며 헛기침을 했다. 보통 이런 말은 하는 사람보다 듣는 사람이 더 쑥스러운 법이었다.

"제하에게는 아무 말 하지 않을게요. 그리고…… 그때 택시 잡아 주셔서 감사했습니다."

고개를 숙여 인사하는 예강의 가느다란 목덜미를 보며, 효원은 그녀의 앞에서 비정상적으로 초조해하던 상사의 마음을 어쩐지 조금 이해할 수 있을 것 같은 마음이 들었다.

"더 하실 말씀 있으세요?"

사람의 눈을 피하지 않고 정직하게 바라보는 다갈색 눈동자를 보며 기분이 더 이상해지기 전에 그는 깍듯이 고개를 숙였다.

"아닙니다. 안녕히 주무십시오."

묵직한 문이 소리 없이 닫혔다. 현관에 멍하니 서 있던 예강은 마침내 천천히 안으로 들어왔다. 적어도 제하가 출장에서 돌아올 때까지는 이곳에서 그를 기다리겠다고, 차 안에서 이미 결심을 끝낸 후였지만 막상 그가 없는 공간에 발을 들이는 것에는 많은 용기가 필요했다.

핀 조명이 내리쬐는 아일랜드 테이블은 말끔했고, 소파 역시 새것처럼 깨끗했다. 며칠 전, 이곳에서 일어났던 제하와의 일은 마치 없었던 것처럼 완벽하게 정돈된 공간. 하지만 그 기억을 떠올리지 않을 수가 없었다.

예강은 달아오른 뺨을 손등으로 눌렀다. 목이 말라서 물을 마시고 싶었다. 아무도 없는 집에 덩그러니 남겨졌지만 주인도 없는 집을 마음껏 휘젓고 다니는 것은 역시나 꺼려졌다. 지금이라도 바깥에 나가서 뭘 사 올까 싶다가도 이 집의 비밀번호를 모른다는 사실을 깨닫자 그럴 수도 없었다.

결국 예강은 갈증에 졌다. 거대한 냉장고를 열어 본 그녀는 소리 없이 눈만 깜빡였다. 반질거리는 커다란 냉장고 안에는 물과 술뿐이었다. 그녀는 생수 대신 대담하게 맥주 캔을 들어 땄다. 어차피 뭘 마신다 한들 바뀌는 건 없었다. 꿀꺽, 꿀꺽, 알싸한 탄산이 식도를 타고 내려가니 오히려 정신이 조금 드는 것 같았다.

이제 어떻게 해야 할까. 예강은 장 비서가 건네주었던 휴대폰을 손에 들었다. 제하에게 전화를 할 용기는 나지 않았다. 공항으로 간다고 했으니 지금쯤 비행기 안에 있을지도 모를 일이었다. 전화가 연결된다고 한들, 무슨 말을 어디서부터 어떻게 시작해야 할지도 알 수 없다. 냉장고 안이 왜 그런 거냐고, 집에서 대체 식사는 하고 다니는 거냐고 운을 떼야 하나? 정신과 약을 먹는 게 사실이냐고 말을 꺼내야 할까?

예강은 착잡한 표정으로 휴대폰을 탁자 위에 도로 놓아둔 후, 거실을 가로질렀다. 화려하지만 생활감이 없는 방들이 이어졌다. 복도를 지나자 침실이 보였고, 서재가 보였고, 드레스 룸이 보였고, 사무실로 보이는 방이 보였다. 방이 총 몇 개인지는 가늠이 되지 않았다. 거실을 중앙에 두고 양쪽으로 새로운 방과 새로운 공간이 끊임없이 나왔다.

바닥에 작은 할로겐 조명만이 켜진 집은 넓다고 말하는 것조차 새삼스러울 만큼 광활했지만, 오히려 그렇기 때문에 더더욱 그녀가 있을 곳을 찾기가 힘들었다. 차라리 소파에서 잠을 청하려고 거실로 돌아가려 했을 때였다. 복도 끝에 문이 살짝 열린 방이 보였다. 홀리듯이 그 방으로 이끌린 이유는 그곳만 안에 불이 켜져 있었기 때문이다. 마치 그녀에게 네가 올 곳은 바로 여기라고 말하는 것처럼.

예강은 따스한 조명이 내리쬐는 공간 안에 천천히 발을 들였다. 자그마한 싱글 침대에 깔린 푹신한 이불과 베개는 모든 가구가 무채색인 이 집에서 유일한 파스텔 톤이었다. 따뜻한 노란 색감의 리넨 커튼을 보며 예강은 숨을 크게 들이쉬었다.

어울리지 않는 공간처럼 숨겨진 이 방이 제하의 공간이 아니라는 사실은 확실했다. 마치 소녀들이 좋아할 것 같은 큼지막한 곰 인형이 침대 머리맡에 놓여 있기 때문만은 아니었다.

예강은 홀린 듯이 침대 옆 책상으로 다가갔다. 주르륵 꽂힌 오래된 참고서와 비닐에 싸인 교과서를 보자 심장 어딘가가 푹, 쑤시는 느낌이 들었다. 이제는 골동품 상가 구석에서나 처박혀 있을 법한 건전지 라디오는 반짝반짝 잘 닦여 먼지가 없어서 오히려 어색해 보였다.

예강은 숨을 크게 들이쉬었다 내쉬었다. 그저 우연이라고는 생각할 수 없었다. 이 방의 주인이 누구인지를 모를 수가 없었다는 뜻이다. 책상 중앙에 놓인 유리병. 백조의 날개가 유치하게 조각된 장식품을 보는 순간 예강의 눈시울이 붉어졌다.

그 안을 반쯤 채우고 있는 시커먼 것이 무엇인지는 보자마자 알았다. 그 언젠가, 제하가 준 장미꽃잎을 하나하나 떼어 낸 후 말려서 예강 자신이 직접 채워 넣은 것이었다.

그녀는 떨리는 손으로 서랍을 열었다. 서랍 안에 나란히 놓인 자그마한 남색 아크릴 명찰을 보는 순간, 예강은 더 이상 참지 못하고 그 자리에서 무너지듯 주저앉고 말았다. 강예강과 이제하는 서랍 속에 함께 있었다.

"강예강. 넌 소원이 뭐야?"

그들은 교복을 입은 채 도서관 앞을 걷고 있었다. 늦가을의 파란 하늘엔 구름이 기다랗게 늘어져 있고, 바람이 불 때마다 은행잎이 금가루처럼 우수수 떨어졌다.

"내 소원? 음…… 온전한 내 방을 가지는 거?"
"소원이 뭐 그렇게 시시해."

여자애들에게 방이 얼마나 중요한지도 모르고 시시하다 치부하는 남자애가 얄미워졌다. 책가방을 두 개나 메고, 그녀를 마주 본 상태에서도 잘도 뒤로 걷고 있는 제하를 보며 예강이 눈을 흘겼다. 대체 저는 얼마나 대단한 소원을 가지고 있길래 저러는 거람.

"치. 네 소원은 세계 정복이라도 되나 보지?"
"음. 비슷해."
"뭔데?"
"네 방에 들어갈 수 있는 유일한 사람이 되는 거."

달콤하게 속삭이며 키득거리던 제하의 얼굴이 눈앞에 떠오르는 것 같았다.

"그리고 그 안에서 별짓 다 할 거야."
"뭐?"
"나 완전 욕구 불만이거든!"
"진짜 그만 안 할래!"

예강이 얼굴을 빨갛게 물들이며 주먹을 휘두르자 제하가 크게 웃으며 달리기 시작했다. 바다를 옆에 끼고 달려가는 소년과 소녀의 모습이 떠올랐다. 빛이 바래지도 않은 사진같이 생생한 기억에 예강은 양손으로 달아오른 얼굴을 덮어 버리고 말았다.

참을 수 없는 그리움이 흘러넘쳐 눈물이 되었다. 기억을 붙들고 살아온 건 그녀 혼자만이 아니었다. 예강이 도망치듯 모든 것을 뒤로하고 떠난 후, 제하는 혼자서 그녀의 물건들을 수습해 지금껏 간직하고 살았다.

이런 건 반칙이잖아. 이제하.

흐느끼는 그녀의 어깨가 가늘게 떨렸다. 예강은 아무도 없는 집에서 오랫동안 울었다. 그리고, 뽀득뽀득 소리가 날 정도로 얼굴과 몸을 깨끗이 씻고 난 후 침대 안으로 들어가 부드러운 이불을 코끝까지 끌어 올렸다.

그녀는 더 이상 제하의 집이 두렵거나 낯설지 않았다. 이 공간의 주인은 분명 그녀였다. 그녀는 제하가 만들고 지킨 이 방에 있을 자격이 있었다. 예강은 자신의 방에서, 이 도시에 온 이후 처음으로 가장 달고 긴 잠을 잤다.

* * *

장 비서의 여동생이 그녀를 찾아온 것은 다음 날 정오를 조금 앞둔 시각이었다. 예강이 바깥에 나갈 채비를 하고 막 떠나려던 차였다.

"안녕하세요. 장효주라고 해요. 저희 오빠가 장효원이구요. 만나 보셨죠? 제하 오빠 비서."

예강은 현관에 멍하니 서 있다가 이윽고 고개를 조금 숙였다.

"안녕하세요."

"오빠한테 이야기 들었어요. 갑자기 이사 오셔서 정신없을 거라고 그래서 이것저것 챙겨 봤어요."

효주는 양손에 뭘 한가득 들고 있었다. 이사를 온 게 아니라는 말을 꺼낼 상황도 아니었다. 주인 없는 집에 사람을 마음대로 들이는 것은 조금 걸렸지만 호의를 베푼 사람을 문전에서 돌려보내는 것도 예의가 아니라는 생각이 들었다.

"……잠깐, 들어오실래요?"

"그래도 될까요?"

효주가 기다렸다는 듯 테이블 위에 짐을 내려놓으며 후, 하고 한숨을 쉬었다. 그녀에게서는 좋은 향기가 났다. 이제 20대 중반쯤 되었을까. 효주는 허리까지 내려오는 검은 생머리에 흰 피부를 가진 미인이었다. 청바지에 흰 티만 걸친 차림이었는데도 한눈에 봐도 시선을 끄는 모델 같은 외모에 새치름한 눈이 효원을 연상시킬 듯 말 듯 했다.

"여기 속옷이랑 칫솔이랑, 또 여성용품도 있고요. 간단한 기초 화장품도 샀어요. 덕분에 아침부터 마트를 싹 돌았네요."

"죄송하고 고마워요. 번거롭게 해 드렸네요."

"아뇨. 제가 하고 싶어서 한 건데요, 뭘. 사실 그쪽 얼굴 보고 싶다고 오빠한테 되게 졸랐거든요."

"차라도 좀 대접해 드리고 싶은데 여기가 제집이 아니라서."

예강이 조금 어색한 미소를 짓자 효주가 고개를 저었다.

"아뇨. 차는 괜찮아요. 그것보다 물어볼 게 있는데요."

가만히 눈을 깜빡이는 예강에게 효주가 당돌한 표정으로 대뜸 물었다.

"제하 오빠, 사랑하세요?"

갑작스러운 질문이었다. 가슴 어딘가가 푹, 찔리는 질문이기도 했다. 효주가 말 없는 예강을 똑바로 바라보며 말을 이었다.

"제하 오빠, 저희 가족한테는 은인이나 마찬가지인 사람이에요. 오빠도 덕분에 깡패 짓 그만두고 번듯한 직장 가지고 살게 됐고, 저는 제하 오빠 덕분에……."

효주가 잠시 말을 끊었다가 이었다.

"지옥에서 탈출할 수 있었어요."

효주가 어리게만 보이지 않는 까닭은 그녀의 눈동자에서 느껴지는 어둑함 때문이었다. 효주에게는 상처를 겪었던 사람만이 느낄 수 있는 어둠이 있었다. 예강은 그녀를 물끄러미 응시하다 희미하게 웃었다.

"잘됐네요. 정말."

"네?"

"과거의 일로 말할 수 있다는 것 자체가요. 지금 효주 씨는 되게 예쁘고 반짝거리거든요."

효주가 당황한 표정으로 그녀를 바라보다가 긴 머리칼을 손으로 쓸었다. 착잡한 목소리가 예쁜 입술에서 흘러나왔다.

"솔직히 말하면 저는 그쪽이 별로 마음에 안 들어요."

처음 눈을 마주쳤을 때부터 알 수 있었다. 예강은 대답하는 대신 그저 조용히 고개를 끄덕였다. 효주가 말을 이었다.

"오해는 마세요. 처음 본 사람한테 악감정 느낄 만한 이유는 없으니까요. 그저…… 제하 오빠한테 어울리는 여자는 그쪽이 아닌 것 같다는 느낌이 들 뿐이에요. 인연이 오래됐다고 들었는데, 제하 오빠 정신병자 만들어 놓고 모른 척하다가 이제 와서 이러는 건 좀 웃기잖아요."

"효주 씨, 제하를 많이 생각하네요. 진심으로."

"무슨 뜻으로 그런 말을 하는 거예요?"

예강이 작게 입을 떼자 효주의 얼굴이 붉게 달아올랐다. 예강은 그녀가 최대한 오해하지 않을 만한 말투로 말을 이었다.

"제하의 곁에 좋은 사람이 있어서 다행이라는 생각했어요. 어제 효주 씨 오빠 보고도 그랬고, 지금 효주 씨 보고도 그랬고요."

"원래 그렇게 가식적이에요? 차라리 제가 틀렸다고 변명이라도 하는 게 더 낫지 않나요?"

"나 아직 할 말 안 끝났는데."

예강이 부드럽게 입을 떼자 효주가 눈을 모으며 입술을 잘근 깨물었다.

예강은 효주를 향해 차분하게 덧붙였다.

"제하를 걱정하는 효주 씨 마음은 이해하지만 그렇다고 해서 내가 효주 씨에게 이런 말을 들어야 할 이유는 없다고 생각해요. 왜냐하면……."

효주는 이번에는 그녀의 말을 끊지 않았다. 예강은 가라앉는 목을 가다듬으며 말을 이었다.

"내가 제하와 어울리지 않는다는 사실은, 나 스스로가 가장 잘 알거든요."

초인종이 요란한 소리를 내며 울었다.

"장효주! 너 거기 어디라고 들어가 있어! 빨리 안 나와!"

장 비서의 당황하는 목소리가 문밖에서 들렸다. 못마땅한 표정으로 그녀를 바라보던 효주가 어쩔 수 없이 자리에서 일어났다.

"근데요. 그럼 대체 여기 왜 계시는 거예요?"

효주가 떠나기 전 물은 마지막 질문에 예강은 아무런 대답도 할 수가 없었다.

예강은 외출할 기력이 떨어졌다. 소파에 조심스레 앉은 후, 눈을 감았다. 그녀가 제하에게 어울리지 않는다던 효주의 말에는 틀린 게 없었다.

효주는 아마 저 자신도 그렇다고 생각하고 있는 게 분명했다. 제하의 이름을 입에 올리며 얼굴을 붉히면서도, 마음을 들키지 않으려 노력하던 표정을 보면 알 수 있었다.

휴대폰 벨 소리가 넓은 거실에 울려 퍼졌다. 전화를 건 사람은 장 비서였다. 그는 동생의 무례함에 대해 몇 번이나 사과를 했다. 예강은 그런 일 없으니 염려 말라고 그를 안심시켰지만 효원은 믿지 않는 눈치였다.

—다시는 막무가내로 쳐들어가는 일 없을 겁니다. 평소엔 대표님 댁 앞에 얼씬도 못 하는 녀석인데 대체 무슨 바람이 든 건지. 정말 죄송합니다.

"동생분 실수하지 않았어요. 설사 그렇다고 해도, 비서님이 왜 사과를 하세요."

죽을죄를 지은 것처럼 구는 장 비서의 전화를 끊고 나서도 씁쓸함은 가시지 않았다. 이 기분의 실체를 알 수가 없어서 손톱만 튀기고 있는데 전화벨이 다시 울렸다. 예강은 전화를 열어 귀에 댄 후, 목소리를 애써 밝게 조금 높였다.

"전 정말 괜찮다니까요."

—뭐가?

휴대폰을 든 채로 예강이 조금 굳었다. 귓가에서 들려오는 건 제하의 목소리였다. 감이 조금 멀었지만 그의 목소리를 알아듣지 못할 수는 없었다. 한낮의 햇살이 비치는 커다란 거실, 그의 소파에 무릎을 모으고 앉은 채, 예강이 숨을 죽였다.

—내 말 안 들려?

제하가 낮은 목소리로 재차 물었다. 예강은 애써 입을 뗐다.

"아니야. 아무것도."

—효주가 뭐라고 이야기했어?

심장이 쿵, 쿵, 빠르게 뛰었다. 홍콩에 있는 제하가 그 사실을 어떻게 알고 있는 걸까?

"장 비서님이랑 벌써 통화했니?"

—아니.

"그럼 어떻게 알았어?"

—고개 들어 봐.

예강은 저도 몰래 주위를 두리번거렸다. 제하의 목소리가 다시 들렸다.

—오른쪽. 천장 위.

그제야 천장 한구석에 달린 길쭉한 카메라가 눈에 띄었다. 심장이 두근, 뛰는 느낌에 예강이 렌즈를 보자 제하가 건조하게 말을 이었다.

—보안 때문에 설치한 거야. 다른 의돈 없어.

그가 지금 자신을 바라보고 있다고 생각하니 이쪽에선 그가 보이지도 않는데 행동에 제약이 걸린다. 아침에 일어나 거실에서 멍하니 창밖을 바라보고 있었던 것도 보았을까. 나가려다 말고 신발장에 있는 제하의 구두를 정리해 놓았던 것까지 본 건 아닐까.

예강이 숨을 들이쉬며 입을 뗐다.

"봤으면 알겠네. 그냥, 이것저것 사 들고 왔더라고. 고맙게. 장 비서님 남매한테 신세 지는 느낌이라서 되게 미안하다."

—미안해할 거 없어. 신경 쓰지 마.

"……응?"

—넌 나한테만 미안해하면 되니까. 누가 뭐라고 지껄이든 내 말만 들으라고.

제하가 이렇게 나올 때면 할 말이 없어진다. 분명 그녀의 잘못을 꼬집는 말인데도, 방금 전 효주가 한 말을 곱씹던 그녀에게는 이상한 위로가 되는 말이었다. 어떡하지. 달갑지 않아야 할 그의 말에 심장이 자꾸만 빨리 뛰었다. 예강이 마른침을 삼키자 제하가 짤막하게 입을 뗐다.

—그럼 끊는다.

"제하야."

제하는 말이 없었다. 하지만 전화를 끊은 건 아니었다. 예강은 천장에 달린 카메라를 마치 제하를 보듯 바라보며 떨리는 입술을 애써 열었다.

"혹시 너 음식 뭐 좋아해? 먹고 싶은 거 있으면 내가 해 줄게."

찰칵. 라이터를 켜는 소리가 들렸다.

—갑자기 그건 왜.

길게 숨을 내뿜으며 말하는 제하의 젖은 호흡이 귓가에 감기는 것 같은 느낌이다. 예강은 떨리는 목소리로 말을 이었다.

"냉장고에 음식이 하나도 없더라고. 이런 말 내 입으로 직접 하긴 그런데, 나 요리 꽤 잘하거든. 기사 식당에서 오래 일해서 웬만한 반찬은 어설프게라도 따라 할 수 있으니까 말해 줘."

—아. 기사 식당.

그녀의 말을 되뇌는 그의 목소리가 갈라지는 걸 듣자마자 예강은 바로 후회했다. 사실 그가 먹고 싶은 거라면 얼마든지 좋은 음식을 사서 먹을 수 있을 것이다. 그런 그의 앞에서 기사 식당 운운이라니. 이 집에서 지낸 하루 사이 머리가 어떻게 된 게 틀림없었다. 괜한 말을 했다는 생각에 얼굴이 뜨겁게 달아올랐다.

"미안. 그냥 집에서 아무것도 안 하고 있으려니까 너무 이상하고, 좀 그래서 그랬어. 신경 쓰지 마. 생각해 보니까 요즘 밖에서 안 파는 음식이 없는데."

—부침개.

"……어?"

두서없이 내뱉던 그녀가 바보처럼 되물었다. 제하가 조금의 간격을 두고 말을 이었다.

—오징어 썰어 넣고 기름 듬뿍 넣어서 귀퉁이는 약간 태우듯 부친 거. 나 그거 좋아한다고.

심장이 빠르게 뛰기 시작했다. 제하는 전부 다 기억한다. 예강은 왠지 뜨거워지는 휴대폰을 다른 손으로 바꿔 들며 작게 내뱉었다.

"해 줄게. 그거."

목소리가 떨리는 것은 어쩔 수가 없었다.

—일정이 좀 빨리 끝날 것 같아. 늦어도 주말까진 도착해.

그가 뜻하는 주말이 토요일이라면 앞으로 닷새. 일요일이라면 엿새가 남았다. 예강은 마치 제하가 앞에 있기라도 하듯 고개를 끄덕였다.

"응. 재료 다 사 놓을게."

휴대폰으로 다시금 긴 숨소리가 이어졌다. 휴대폰 너머로 낯선 언어의 소음이 들렸다. 제하는 아마 차에서 내린 것 같았다.

"제하야."

그녀가 용기를 낼 수 있었던 것은, 그가 바다를 건너야 하는 먼 곳에 있기 때문이었다.

"끼니 거르지 말고, 담배 너무 많이 피우지 마."

제하는 잠시 말이 없었다. 예강은 마른침을 삼키곤 속삭이듯 한마디를 덧붙였다.

"아프지 마. 제하야."

기다란 숨소리가 다시 들려왔다.

—이제 와서?

침묵 끝에 힐난하는 그의 차가운 목소리 끝이 떨리는 것을 놓칠 수 없었다. 눈에 보이지 않으니 오히려 작은 숨소리 하나까지 더 잘 들렸다. 예강은 아프게 뛰는 심장을 느끼며 가슴께를 꽉 쥐었다.

"이제부터라도."

—너 진짜, 사람 미치게 하는 데 뭐 있다. 강예강.

꽉 잠겨 갈라진 목소리로 빠르게 내뱉은 그가 아무런 예고 없이 전화를 뚝 끊었다. 예강은 새카만 카메라 렌즈를 바라보며 제하의 눈빛을 떠올렸다. 그의 눈에 비친 나는 어떤 모습이었을까. 싱그러운 에너지를 풍기던 효주의 곁에서 마른 풀처럼 초라하게 보이지는 않았을까.

거기까지 생각한 후, 예강은 자리에서 벌떡 일어나 방으로 도망치듯 들어왔다. 제하에게 지금의 감정을 다 들킬까 봐 두려웠다. 효주가 떠난 후, 왜 그녀가 씁쓸했는지 이유를 확인하는 순간 참을 수 없는 부끄러움이 그녀의 몸을 감쌌다.

그녀가 장 비서의 여동생에게 느끼는 감정은 치졸한 질투였다. 제하를 친근한 호칭으로 부르는 반짝거리는 여자에 대한 본능적인 거리감. 자신이 모르고 살았던 제하의 모습을 알고 있는 상대에 대한 부끄러운 열등감. 제하와 효주의 사이에 어쩌면 있었을지도 모르는 일을 상상하며 드는 자괴감.

배가 찌릿, 하더니 익숙한 통증이 느껴졌다. 화장실로 들어가 붉은 생리혈을 확인한 후, 예강은 저도 모르게 탄식하듯 쓰게 웃고 말았다.

09

제하에게서 온 연락은 그게 마지막이었지만 예강은 더 이상 혼자 있는 느낌이 들지 않았다. 그가 불안해할까 봐 거실에서 바삐 움직이는 시간을 일부러 많이 가졌다.

먼지도 없는 곳을 부지런히 쓸고 닦았다. 아파트 근처 식품점에서 장을 봐 온 후, 반찬도 만들었다. 레시피도 필요 없이 손이 먼저 움직였다. 식당에서 일한 게 이럴 때 편하구나 싶었다.

만들어 놓고 나니 양이 너무 많아서 혼자 있는 지은 생각이 났다. 집에 있을 땐 주식이 라면이고 가끔 김밥 한 줄로 끼니를 때우는 애였다. 그녀는 찬장을 열어 한 번도 사용되지 않은 반찬 용기들을 거품 내어 뽀득뽀득 씻었다. 반찬을 담으니 종이봉투 하나가 꽉 채워져 묵직했다.

지은은 전화를 받지 않다가 30분쯤 지난 후 다시 그녀에게 전화를 걸어왔다. 살던 집을 나와서 오피스텔로 이사를 했다고 했다. 밤일도 그만두고 프랜차이즈 카페에 취직도 했다고, 할 말이 많다고 했다.

반찬을 가져다준다고 하니 지은은 반색하며 주소를 찍어 주었다. 여름이라 음식이 상하기라도 하면 안 되겠다 싶어 택시를 탔다. 용호는 마지막 월급에서 보너스까지 더해 그녀의 통장에 입금해 왔다. 사채업자에게 돈을 갚지 않아도 되니 생활비가 남아돌았다. 택시 탈 때 이전처럼 고민하지 않아도 된다는 작은 사실이 새삼 신기한 동시에 씁쓸했다.

지은의 오피스텔은 작았지만 현대식이었고 있을 건 다 있었다. 방 좋다, 한마디 했을 때 지은의 눈동자에 고마움과 미안함이 동시에 스쳤다. 오피스텔의 보증금을 대 준 사람은 그때 집에 함께 있었던 커다란 남자, 장 비서라고 했다.

"언니 빚 갚아 준 애인이 나까지 챙겨 줄 이유가 없는데…… 자기는 상사 지시에 따르는 것뿐이라면서 무조건 받으라잖아. 그때 그 사채업자 새끼만 생각하면 집 대문 넘는 것도 너무 소름 끼쳐서 그냥 군소리 없이 받았어. 미안해, 언니. 사실 나 직장도 그쪽 소개로 잡은 거고."

지은은 언니 남자한테 도움받은 게 부끄럽고 죄지은 것 같다고 했다. 미안해서 앞으로 연락 안 하고 살려고 했는데 먼저 전화해 줘서 고맙다고 고개를 숙였다. 순심이가 잡채 그릇을 노리며 냐아, 하고 울었다.

"아냐, 지은아. 애인 같은…… 그런 거 아냐."

식탁 위에 벌렁 뒤집어져 그르릉거리는 고양이 배를 긁어 주며 예강이 부정하자 지은이 눈물을 대롱대롱 단 얼굴로 작게 웃었다.

"강예강이 애인도 아닌 남자랑 퍽도 만리장성 쌓을 수 있는 사람이겠다. 거시기를 발로 걷어찼으면 찼지. 무튼 고마워, 언니. 나는 복이라곤 지지리도 없는 사람인 줄 알았는데 이제 봤더니 언니가 내 귀인이었나 봐."

예강은 할 말이 없어 붉어진 목덜미만 괜히 쓸었다.

"못 본 며칠 새 언니 완전 분위기 달라진 거 알아? 언니 애인, 눈 겁나 높은 거 인정이야. 왜 이렇게 예뻐? 거지같이 우중충한 티셔츠 벗으니까 속이 다 시원하네."

"그게, 그렇게 거지 같았어?"

"말이라고 하세요?"

예전 집에서는 아무것도 들고 나오지 못했다. 식료품을 사는 김에 상가에 위치한 옷 가게에서 옷을 몇 벌 집었는데 지은의 눈에 그게 보이는 모양이었다. 눈을 흘기던 지은이 그녀의 얼굴을 이리저리 살폈다.

"옷도 옷인데 무슨 피부가 물오른 복숭아같이 혈색이 달라. 역시, 이래서 연애를 해야 되나 봐."

"무슨 소리야."

"손님들이 이딴 말 지껄일 때는 떡 치자고 달라붙는 것 같아서 졸라 짜증 났는데 언니 보니까 인정하겠어. 요즘 한창 깨 쏟아지는 거 맞지? 눈만 맞으면, 둘이 그냥. 응?"

부끄럽고 민망해진 예강이 시선을 피했지만 지은은 물 만난 고기처럼 신나게 말을 이었다.

"돈 많은 인간들 중 언니 애인이 제일 잘생겼더라. 내가 자랑은 아니지만 룸 관상은 좀 보거든? 룸살롱 뻔질나게 드나드는 인간들은 눈빛부터가 아주 뭐랄까, 썩은 동태눈깔을 기름에 푹 담갔다 뺀 것 같단 말이야."

지은이 탁, 하고 식탁을 치자 순심이가 놀라서 훌쩍 바닥으로 뛰어내렸다.

"그런데 언니 애인은 그 과는 아닌 거 확실해. 어떻게 알게 된 인연인지 모르겠지만 꽉 잡아, 언니. 물론 언니도 하나 빠지는 데 없이 예쁘니까 무조건 튕기고. 알았지?"

늘 어딘가 지쳐 있는 것처럼 보였던 지은은 이제, 눈동자가 활기차게 반짝거렸다.

"꽉 잡으면서 튕기는 건 어떻게 하는 건데?"

그 모습이 보기 좋아 예강이 웃으며 되묻자 지은이 답답하다는 표정을 지었다.

"아유. 이 언니가 진짜. 멋모르고 다 퍼 주면 싫증 내는 게 남자란 족속들이에요. 남자들이 퍼 주고 싶게 만들어야 된다니까?"

일장 연설을 시작한 지은은 연인 사이에도 밀고 당기는 게 중요하다고 했다. 네가 아니어도 날 좋아하는 다른 남자가 줄을 섰다는 걸 어필하고, 남자 쪽에서 안달이 나게 가끔 잠수도 타 주어야 한다는 조언은 별로 도움이 되지 않았다. 그녀가 처한 지금 상황을 전혀 모르는 지은이기 때문에 할 수 있는 말이었지만 진심으로 그녀의 행복을 바라는 것 같은 눈동자에 그저 웃고 말 수밖에 없었다.

지은의 배웅을 받으며 오피스텔을 나서자 하늘이 어슴푸레했다. 여름이라 점점 날이 길어져 8시가 다 되어 가는데도 초저녁 같았다. 올 때는 택시를 탔지만 갈 때는 버스를 타도 될 듯했다. 예강은 정류장을 찾아 낯선 거리를 천천히 걸었다. 하루하루 숨이 턱에 닿도록 바쁘게 사는 일상이 익숙해져서 이렇게 느릿하게 움직인 적이 언제였던가 싶었다.

사람들이 바글바글한 생선 가게 앞에서 예강은 문득 걸음을 멈추었다.

"뭐 드릴까요?"

앞치마와 장화를 신은 젊은 남자 하나가 경쾌하게 웃으며 그녀를 맞이했다. 예강은 싱싱해 보이는 오징어를 샀다. 남자는 문 닫기 직전이라며 그녀에게 한 마리를 서비스로 더 넣어 주었다.

얼음이 두둑하게 담긴 비닐봉지를 들고 버스 맨 앞자리에 앉았다. 싱싱한 생물이라 비린내가 나지 않아 다행이었다. 예전 연탄불에 굽는 생선구이집에서 일했을 때는 버스에 타기만 해도 사람들이 인상을 찌푸리며 그녀를 쳐다보았었다. 그게 싫어서 녹초가 된 몸을 이끌고 집까지 걸어간 적도 많았다.

예강은 차창에 비스듬히 머리를 기댄 채, 점점 더 어둠이 짙게 깔리는 창밖을 바라보았다. 외로운 도시의 밤. 전조등을 환하게 밝힌 차들이 저마다 어딘가를 향해 달렸다.

저들의 목적지는 어디일까. 좋은 사람들을 만나는 장소일까. 아니면 피곤한 몸을 누일 아늑한 집일까.

아주 오랫동안, 어딘가로 향할 때 즐거운 마음인 적은 없었다. 눈을 뜨면 고단한 하루를 시작해야 했고, 하루의 끝은 집이라고 부르기도 구슬픈 장소였다. 차라리 일터가 더 나을 정도로.

하지만…… 지금은 달랐다. 무기질적인 공간 안에 누군가 숨겨 놓은 따스하고 포근한 방. 제하가 만들어 준 그녀의 공간으로 어서 돌아가고 싶다는 생각이 들었다. 그리고, 예강은 그곳에 누군가가 있었으면 좋겠다고 생각했다. 폭염. 갑작스레 내리는 찬 소나기. 그 모든 것들이 참 잘 어울리는, 여름을 닮은 아름다운 사람이.

—비가 촉촉하게 내리는 밤입니다. 연일 비 소식이 이어지고 있는데요. 비 오는 날에 얽힌 추억 하나쯤은 누구나, 가지고 있을 거란 생각이 들어요.

버스에서 라디오 DJ가 따스한 코코아 같은 목소리로 다정하게 속삭였다. 예강은 차창에 머리를 기댄 채, 무릎을 모으고 비닐봉지 손잡이를 꽉 쥐었다.

—그때 내렸던 비는 아픔으로 기억되고 있나요, 아니면 설렘으로 기억되고 있을까요. 중요한 건, 아픔마저도 때로는 간절한 그리움과 맞닿아 있다는 사실이겠죠. 노래 한 곡 듣고 가겠습니다. 〈유 콜 잇 러브〉. 당신은 그걸 사랑이라 부릅니다.

태풍에 테이프질을 해 놓은 창문이 덜컹거리던 밤. 촛불을 하나 켜 놓은 골방에서 제하와 함께 들었던 노래가 울려 퍼졌다. 첫사랑의 두근거림을 닮은 멜로디를 들으며 예강은 눈을 살며시 감았다.

배고픈 줄도 모르고 있었는데 허기가 졌다. 그때 제하와 함께 먹었던 고소한 부침개가 그리웠다. 지직거리던 라디오를 들으며 설레게 미소 짓던 그와, 왠지 부끄러워 발가락만 꼼지락거리던 자신의 모습도 아련했다.

음식이 그리운 건지, 그 시절이 그리운 건지. 아니면 그때의 자신이 그리운 건지 예강은 확실히 알 수가 없었다.

* * *

눈을 뜬 후 시각을 확인하자 오전 6시를 30분이나 남겨 두고 있었다. 제하는 알람을 해제한 후, 커튼을 열었다. 밤사이 내린 비 때문인지 호텔 창 너머로 보이는 마천루에 아침 안개가 자욱했다. 잦은 출장으로 인해 홍콩의 흐린 날씨는 익숙해질 법도 했지만 구름과 안개 속에 파묻힌 센트럴의 빽빽한 시가지는 오늘따라 더욱 답답해 보였다.

밤사이 휴대폰에 들어온 메시지는 없었다. 장효원은 주로 제하의 기상 시간 이후에 연락을 했다. 딱히 그러라고 한 적도 없는데 그러는 이유가 그의 불면 때문이라는 점은 짐작이 가능했다. 새벽 2시가 조금 넘은 후 잠이 들었는데 네 시간도 되지 않아 눈이 떠진 건 조금 다른 이유 때문이었지만.

제하는 불필요한 메시지가 모조리 삭제되어 텅 빈 휴대폰을 잠시 응시하다 욕실로 향했다. 예강이 그의 번호를 모를 확률은 영에 수렴했다. 오래전 그녀에게 전화번호를 알려 준 후 돌아와, 방 안에서 전화기 앞을 떠나지 못했던 때가 생각났다. 지난 나흘간의 출장 기간 동안 그의 상태도 별반 다르지가 않았다. 세월이 지나도 어떤 것들은 지독하게 그대로다.

제하는 샤워기의 수압을 최대로 올렸다. 몸을 때리는 물줄기 속에 서서 이번 일정이 끝나려면 앞으로 얼마만큼의 시간이 남았는지를 계산했다.

"기다릴게, 제하야."

누군가 문제가 있는 거 아니냐고 비웃었던 신체의 중심은 아침인 걸 차치하고 나서라도 꼴사나울 만큼 우뚝 선 채였다.

"내 인생에 남자가 너 하나뿐이라는 말을 들으니까, 이제 기분 좀 나아졌어?"

핏발 선 눈동자가 천천히 뜨인 후, 속눈썹을 타고 물줄기가 뚝뚝 흘러내렸다. 대체 네가 뭘 잘했길래 그런 눈빛으로 날 바라보는 건데.

제하의 너른 등이 거칠게 오르락내리락거렸다. 눈꼬리에 눈물을 달고 그를 바라보며 웃던 예강의 눈빛에 혼재되어 있던 감정이 뭔지는 정확하게 모르겠다. 확실한 건, 마치 체념하는 것 같았던, 마치 그를 안타까워하는 것 같았던, 감히 그를 원망하는 것 같았던 그녀의 표정을 보자마자 모든 걸 다 집어던지고 그녀에게 매달리고 싶은 충동이 들었다는 사실이었다.

미칠 것 같아.

장효원은 24시간 그녀를 감시하고 있다. 그녀가 어디 있는지를 뻔히 아는데도, 손 뻗을 곳에 지금 당장 그녀가 없다는 사실에 돌아 버릴 것 같아 지난 며칠간 잠도 오지 않았다.

"아프지 마, 제하야."

그를 이따위 미친놈으로 만든 게 누구인지는 그녀 자신이 가장 잘 알고 있음이 분명했다. 그럼에도 불구하고 그런 말을 하는 이유가 뭔지 묻고 싶었다. 그녀를 아프게 하고 싶었다. 하지만 현실은, 서울로 돌아가는 시간이 얼마나 가까워졌는지를 매 순간 확인하는 등신 같은 스스로와 조우할 뿐이다.

제기랄. 출장 따위 오는 게 아니었다. 기대하게 하지 마. 나를, 제발. 더 이상 무너지게 만들지 마.

* * *

긴 샤워를 마치고 나온 후, 제하는 진한 커피 한 잔을 룸으로 주문했다. 배스 가운을 걸친 채 쑥 들어간 눈으로 노트북을 열자 장 비서 이름으로 발신된, 이제 막 들어온 메일 한 통이 보였다. 그는 커피 잔을 내려놓은 후,

제목 없는 이메일을 열었다.

달칵.

첨부 파일을 클릭하자 생소한 의학 용어들이 가장 먼저 눈에 띄었다. 제하는 미간을 모은 채 자리에 앉아 몇 개의 창을 동시에 띄웠다. 그의 눈썹이 일그러지더니 이윽고 꿈틀거리기 시작했다. 커피는 마시지도 않았는데 마치 카페인을 한꺼번에 퍼부은 사람처럼 맥이 빨리 뛰며 손에 식은땀이 났다. 젖은 머리카락에서 물방울이 뚝, 뚝, 떨어져 목덜미를 적셨다.

지잉- 지잉-.

제하는 휴대폰이 테이블 아래로 툭, 떨어진 후에야 전화가 오고 있다는 사실을 인지했다. 허리를 굽혀 휴대폰을 집어 드는 손이 눈에 띄게 떨렸다. 상대는 예상대로 장 비서였다.

"여보세요."

―이른 시간에 죄송합니다, 대표님. 지금 제가 자료를 하나 전송했는데요.

"확인했어. 정보 출처가 어디야."

제하가 꽉 잠겨 갈라진 목소리로 겨우 입을 뗐다.

―강예강 씨 수술 집도했던 의사를 직접 만났습니다. 의료 기록 누설은 불법이라 예민해서 시간이 좀 걸렸고요. 하도 오래전 일이라 기억 못 할 거라 생각했는데, 사진 보여 주니까 정확히 기억을 하고 있더라고요.

"말이 돼?"

10년 전의 일이다. 제하가 미간에 주름을 잡으며 짤막하게 일갈하자 효원이 잠시 망설이다 답했다.

―당시에 환자가 굉장히 많이 울어서 탈수로 링거 맞을 정도였다고 합니다. 임신인 것도 모르고 있었다고요. 나이도 어린데 보호자도 없이 혼자 온 게 딱해서 바로 수술 진행했다고 말하더군요. 당시에 병원 개업한 지 얼마 안 됐었고. 자신도 비슷한 경험이 있어서 확실히 기억한답니다.

제하는 핏발 선 눈으로 효원이 보내온 진료 차트를 노려보았다. 심장이 갈빗대 안쪽을 구타하듯 내려치고 머릿속은 빙빙 도는 것만 같았다. Missed abortion*. D&C**.

익숙하지 않은 용어들이 의미하는 바는 하나였다. 예강이 아이를 지운 게 아니라 잃은 거였다는 사실을 왜, 지금에서야 알아야 하는 걸까.

그들이 사랑했던 기억은 임의로 삭제된 게 아니라 유실된 거였다. 숨이 막혔다. 누군가 죽어라 목을 조르는 것 같은 기분에 제하는 목욕 가운을 거칠게 잡아당겼다 놓았다. 마른침을 삼키는 목구멍 안이 가시가 박힌 듯 따가웠다.

—그리고 대표님, 이건 직접 말씀드려야 할 것 같아서 전화를 드렸는데요.

또 뭐가 더 있단 말인가. 불안과 긴장에 목덜미가 뻣뻣해지며 관자놀이 한쪽이 깨질 듯 아파 왔다.

"뭐든 빨리 말해."

초조함을 감추지도 않고 중얼거리는 제하의 목소리가 차갑게 갈라졌다. 주먹을 쥐었다 펴기를 반복하는 그의 손은 이제 온통 축축했다.

—대표님 어머님, 그러니까 이정혜 씨께서 강예강 씨를 따로 만나셨던 건 알고 계시죠?

"알아."

모친이 내밀었던 각서에 적힌 글씨는 분명 예강의 친필이었다. 이제하를 다시는 만나지 않겠습니다. 하지만 과연, 그건 진심이었을까? 이제는 모든 게 불확실해진 채 그의 머릿속에서 빙빙 돌기 시작했다.

—예강 씨가 서울로 떠나기 전날이었던 것도 아십니까?

처음 듣는 이야기에 제하의 눈 밑이 파들거렸다.

—대표님 동생분 장례식 날, 이정혜 씨께서 시내에 있는 여관으로 만나러 가셨다고 합니다. 예강 씨를요.

비가 억수같이 쏟아졌던 날이었다. 예강이 기차를 타고 떠나기 하루 전

* 계류 유산. 자궁 경부가 닫힌 상태에서 태아가 사망한 후 남아 있는 경우.

** 소파 수술.

날. 폐허 같던 골방에서 제하가 내면의 짐승을 꺼내 놓으며 그녀를 억압했던 날이었다.

제하는 열이 들뜨는 눈을 질끈 감았다가 떴다. 요한의 죽음으로 정신이 나가 있던 그의 어미가 예강을 찾아가서 과연 뭘 했을까. 생각하고 싶지 않아도 머릿속이 저절로 결론을 내뱉었다. 모친은 역시나 불안정한 상태의 그녀를 벼랑 끝까지 몰아붙였을 것이다. 죄책감을 견딜 수 없어 넋 나간 얼굴로 눈물을 뚝뚝 흘리던 예강의 등을 마지막까지 확실히 떠밀어 주었을 것이다.

"돈 봉투를 내민 건 그때였다는 뜻인가? 각서를 쓰라고 그 앨 협박하면서?"

제하의 목소리가 쩍쩍 갈라졌다. 모친에 대한 분노와 실망보다 그 사실을 이제야 알게 된 스스로에 대한 경멸이 그를 더욱 괴롭게 만들었다.

—아뇨. 그건, 약 한 달쯤 후에 서울에서 강예강 씨를 다시 만났을 때였습니다. 강예강 씨 쪽에서 먼저 전화가 왔다고 합니다.

"왜."

휴대폰 속에서 효원이 잠시 말을 망설이다 착잡한 목소리로 입을 뗐다.

—대표님 한 번만 만나게 해 달라고요. 강예강 씨가 커피숍에서 무릎 꿇고 빌었다고 합니다. 얼마나 애처롭게 매달렸는지, 커피숍 주인이 와서 무슨 일이냐고 물어볼 정도로요.

휴대폰을 귀에 꽉 붙인 제하의 손에 시퍼런 핏줄이 불거져 부들부들 떨렸다.

—각서를 쓰라고 요구한 건 이정혜 씨가 먼저였고요. 강예강 씨 어머니가 아프다는 거 미리 알았던 이정혜 씨가 예강 씨에게 돈을 주는 대신, 다시는 연락하지 말라고 했다고 합니다.

"장효원. 지금 네가 말한 거, 다 확실한 사실이야?"

사실이기를 바라는 건지 아니면 사실이 아니기를 바라는 건지, 그 스스로도 혼란스러웠다. 머리가 뒤죽박죽으로 얽히며 심장이 고통스레 뛰었다.

—좀 더 빨리 알아내지 못해서 죄송합니다. 당시 대표님 댁에 고용되어 있던 운전기사를 제주도에서 겨우 찾았습니다. 이정혜 씨가 강예강 씨 만날 때마다 동행했다고 하던데요. 눈 한쪽이 의안이라 항상 선글라스 끼고 다니시는 분, 맞죠?

제하는 젖은 머리칼을 손으로 꽉 움켜쥐고 숨을 거칠게 들이쉬었다.

—대표님. 괜찮으십니까?

괜찮지 않았다. 괜찮을 리가 없었다. 제하는 열 오른 눈을 일그러뜨리며 입술을 피가 나도록 짓씹었다. 머릿속에서 10년 전 자신의 모습이 고스란히 떠올랐다.

"미국엔 안 갈 겁니다."

"왜. 여기서 혼자, 평생 그 아이를 기다리기라도 할 셈이니?"

예강이 자필로 쓴 각서를 보고서도, 돈 받고 그를 버렸다는 말을 듣고도 한국을 떠날 수가 없었다. 그녀가 미운 만큼 스스로가 더 미웠다. 스무 살의 그가 가졌던 건 알량한 패기뿐이었다. 예강이 그를 믿지 못한 건 당연했다. 그녀에게 뭐든 필요한 걸 퍼부어 줄 능력이 없었던 자신이 더욱 초라하게만 느껴졌다.

"사모님. 예강 학생이 아무래도 소파 수술을 한 것 같습니다. 산부인과에서 나오는 걸 제가……."

"지금 김 기사님이 뭐라고 한 겁니까?"

"제하야."

"지금 둘이 무슨 말 하는 겁니까. 지금 뭐라는 거냐고!"

예강이 그들의 아이를 지웠다는 소리를 들었을 때는 집 안의 물건을 모두 다 부수었다. 그의 어미는 미친놈을 보는 사람처럼 그를 바라본 후, 더 이상 그에게 미국행을 요구하지 않았다.

그때 한 번만 더 자세히 알아봤다면. 너희들이 한 사랑은 고작 이런 거였다는 표정으로 힐난하듯 바라보는 모친에게 인연을 끊고 살겠다고 발악하는 대신 다른 일을 했었다면, 당시 엉망으로 상처받았던 그녀를 구할 수 있지 않았을까.

책상 위에 있던 노트북이 과격한 소리를 내며 닫혔다. 은색 패널 위에 내리꽂힌 제하의 주먹이 뼈가 도드라진 채 떨렸다. 호텔 창문에 비치는 제 모습을 보며, 제하는 진심으로 스스로를 죽여 버리고 싶다고 생각했다.

생각해 보면 하나부터 열까지 말이 안 되는 소리였다. 예강이 그럴 수 있는 성격이 아니란 것은 그 누구보다 자신이 제일 잘 알고 있었다. 아니, 지금에 와서는 그런 단정조차 우스웠다. 이제하는 강예강이 무슨 생각을 하고 있는지 그 옛날도 지금도, 털끝만큼도 알지 못했다.

결국 스무 살의 그는 두려움에 진 것이나 다름없었다. 버려졌다는 사실 단 하나에 급급해 스스로 무너졌다. 그가 한 사랑이 실패했다는 걸 인정하지 못했으므로 그녀의 감정을 거짓으로 만들었다. 너는 나를 진짜로 사랑한 게 아니었다고. 바보 같은 예강이 그를 상처 주지 않기 위해 모든 것을 다 덮고 자신을 희생하는 동안, 그는 눈을 질끈 감고 귀를 틀어막은 채 악을 쓰며 진실을 외면한 것과 같았다.

—대표님.

효원이 그를 불렀지만 제하는 대답할 수 없었다.

—강예강 씨가 어제 저한테 전화를 하셨습니다.

"……."

—한참 머뭇거리시다가 대표님께는 주말이 토요일을 말하는 건지, 아니면 일요일을 말하는 건지 묻더라고요. 처음엔 무슨 뜻인지 몰랐는데 혹시…… 대표님 주말에 돌아오시겠다고 하셨습니까?

"기다릴게, 제하야."

"아프지 마."

시뻘게진 눈으로 탁상 위의 아날로그식 달력을 노려보며 제하가 마른침을 삼켰다. 툭 불거진 목울대가 깊이 일렁였다. 그녀가 그를 기다리고 있다. 도망치지 않고, 그의 공간에서, 하루하루 날짜를 세어 가며.

잃어버렸던 퍼즐의 마지막 피스는 그녀, 강예강이란 여자 그 자체였다. 그는 그 무엇보다도 그녀를 가장 먼저 찾았어야 했다.

"차현욱 홍콩으로 보내. 지금 서울로 출발한다."

제하는 더 이상 그녀를 기다리게 할 수 없었다. 아니, 그 스스로가 기다릴 수 없었다. 이제는 그가 용서를 구할 차례였다.

* * *

다음 날 예정된 미팅은 서울에서 급파된 임원이 참석하는 걸로 바뀌었다. 자욱한 안개 때문에 항공편은 족족 캔슬과 지연을 반복했다. 홍콩 국제공항에서 새벽부터 네 시간을 기다린 제하가 한국에 도착했을 때는 저녁 7시가 가까웠다.

제하는 공항에 주차되어 있는 차 이사의 승용차를 직접 운전해 이동했다. 효원은 아직 제주도였다.

도로에 달리는 차들을 몽땅 추월하고 싶은 폭력적인 충동을 간신히 참아냈다. 효원의 보고를 받았던 오늘 새벽부터 지금까지, 그는 머릿속으로 생각에 생각을 거듭했다. 상공 위에서도 끊임없이 생각을 이었다.

—대표님, 근데 부침개 좋아하셨습니까?

—강예강 씨가 대표님 그거 말고 뭐 좋아하냐고도 물으시길래요.

앞에 있는 차가 미적거리는 바람에 아슬아슬하게 신호가 걸렸다. 제하는 브레이크를 꽉 밟은 후, 핸들을 거세게 내려치며 욕설을 씹었다.

미칠 것 같았다. 그녀에게 닿을 수 없는 물리적 거리감을 참을 수가 없었다. 지금 당장 그녀를 끌어안고 싶었다. 보드라운 뺨을 손에 가두고 속에 뭘 담고 있는지 모를 눈동자를 바라보며 소리치고 싶었다. 왜 아무 말도 하지 않았냐고. 왜 모든 걸 숨겨서 사람을 이따위로 비참하게 만드는 거냐고 절규하고 싶었다.

사실은 두렵게 협박하고 싶었다. 너는 나를 사랑하니까, 너는, 너 자신을 포기할 정도로 나를 사랑하니까, 이번에도 한 번만 너를 포기하라고, 끝까지 이기적인 나를 사랑하라고 억압하고 아무 데도 못 가게 만들고 싶었다.

사실은…… 간절히 애원하고 싶었다. 제발 나를 좀 봐 달라고. 두 눈을 스스로 가리고 어둠 속에 처박혔던 멍청한 나를 한 번만 봐 주면 안 되겠냐고 엎드려 빌고 싶었다.

신호가 바뀌었는데도 출발하지 않는 그의 뒤에서 차들이 가볍게 경적을 울리며 지나갔다. 제하는 핸들에 처박고 있던 고개를 천천히 들었다. 거친 숨을 고르며 열기 오른 눈동자를 깜빡인 후, 차를 움직이며 예강에게 전화를 걸었다.

—여보세요.

부드러운 그녀의 목소리를 듣는 순간 속에서 뜨거운 것이 치밀어 올랐다. 예강이 말이 없는 그를 조심스레 불렀다.

—제하야?

“저녁, 같이 먹자.”

중얼거리듯 간신히 내뱉자 예강이 ‘응?’ 하며 조금 놀란 목소리를 냈다. 당황하는 그녀의 반응을 보자 또다시 마음에 거센 폭풍이 일었다.

—어…… 너 주말에 온다고 하지 않았어? 장 비서님이 직장인들 주말은

금요일 밤부터라고 했는데. 오늘 목요일인데…….

제하는 속에서 터질 것같이 박동하는 심장을 느끼며 마른침을 삼켰다. 억눌린 목소리가 입술을 타고 낮게 흘렀다.

"내가 그냥 직장인은 아니잖아."

잠시 침묵하던 그녀에게서 아주 희미하게 바람이 부는 것 같은 소리가 들렸다. 예강이 혼잣말처럼 작게 속삭였다.

—아. 맞다. 그렇지.

예쁜 입술을 살짝 벌리며 웃는 예강의 얼굴이 그의 눈앞에 그려지는 것 같았다. 그녀가 웃는다. 그의 심정 따위는 아무것도 모르고, 자신의 공간에서 무해하게 웃고 있는 그녀를 생각하니 숨이 저절로 가빠졌다.

"집에서 보자."

—근데 제하야.

도저히 참을 수 없어 전화를 끊으려는 그를 예강이 조심스레 불렀다.

—혹시 내가 집에서 저녁 만들어도 돼?

머뭇거리며 조심스레 말하는 그녀의 목소리를 더 듣고 있다간 정말로 무슨 짓을 저지를지도 몰랐다. 아무 말 하지 못하는 그의 반응을 부정이라 생각했는지, 예강이 이내 덧붙였다.

—나가서 먹고 싶은 거면 그냥…….

"해 준다며. 내가 좋아하는 거."

이번에는 예강이 침묵을 지켰다.

"밖에 안 나갈 거야. 앞으로 한 일주일간."

전화를 끊고 가속기 페달을 밟는 발에 힘이 들어갔다. 해가 뉘엿뉘엿 넘어가는 도로에서 매연이 섞인 도시의 후덥지근한 공기 바람이 열린 차창으로 밀려들었다.

한바탕 소나기가 쏟아질 것 같은 날씨였다. 그러고 나면 화창하게 갤, 내일이 올까. 너와 나의 찬란한 여름이 한 번 더 올까.

그럴 수 있을까. 예강아.

* * *

예강은 아일랜드 식탁에 놓인 자그마한 식물을 보며 옅은 한숨을 쉬었다. 상가 슈퍼에서 파는 모종 화분을 물끄러미 바라보고 있던 게 시작이었다. 초록색 앞치마를 입은 직원이 방울토마토는 키우기가 쉽다며 불쑥 말을 붙였던 것이다.

그녀가 "정말 여기서 토마토가 열리나요?" 하고 조심스레 묻자 "그럼요. 얼마나 귀여운데요. 따서 먹는 재미도 있고요." 하며 직원이 웃었다.

하나 달라는 말을 충동적으로 내뱉었지만 그 뒤가 문제였다. 키우기 쉽다고 말했을 때는 언제고, 직원은 주의 사항을 빠르게 덧붙였다. 모종이 자랄수록 지지대를 해 주고 곁순을 잘라 주어야 한다고 했다. 물을 너무 많이 주면 썩으니 조심하라고 하면서도 그렇다고 너무 덜 주면 안 된단다. 모호한 소리같이 들려 화분을 안고 물끄러미 바라보니 뭐든 꾸준히 관심을 주면 잘 자란다는 소리를 하며 싱긋 웃었다.

"하루 이틀 보고 화분 키우는 사람은 없잖아요."

그녀의 말이 맞았다. 대체 무슨 생각으로 화분 같은 걸 덜컥 사 버린 걸까.

제하가 출장에서 돌아와서 이걸 발견했을 때 과연 무슨 생각을 할지를 떠올리자 예강은 기분이 더 이상해졌다. 무엇 하나 확실하게 정리되지도 않은 상황에서 태평하게 토마토 모종이나 사고 있다니. 혼자만 앞서간 것 같은 마음이 들어 이마가 뜨거웠다.

제하와 통화한 것은, 며칠 전 효주가 무작정 집을 찾아왔을 때가 처음이자 마지막이었다. 건조한 목소리 끝에 희미하게 다정함이 느껴진 것 같았지만, 그것 또한 그녀의 착각일지도 몰랐다.

"……혼자서 너무 깊게 생각하지 말자."

예강은 작게 되뇌며 다짐한 후, 화분을 볕이 잘 드는 베란다에 내놓았다. 냉장고에 음식을 정리하고 빨래를 걷어 개고 있을 때 휴대폰이 울렸다. 제하였다.

빨라도 내일이나 출장지에서 돌아올 거라고 생각했는데 그는 지금 집으로 오는 길이라고, 저녁을 같이 먹자고 했다. 갑작스러운 소식에 정신이 멍했던 건 처음 5분 동안이었다.

예강은 얼른 식사를 준비했다. 그동안 냉장고에 재료를 채워 놔서 다행이었다. 장 비서의 말에 따르면 제하는 집에서 만든 가정식을 제일 잘 먹는다고 했다. 냉장고에 음식이 하나도 없는데 가정식을 어디서 먹었냐고 묻자, 파는 음식을 하도 많이 먹으면 원래 그렇게 된다는 동문서답이 돌아왔다. 제하가 시키는 일이 너무 많아서 정신이 없다는 효원의 말은 사실인 것 같았다.

파전을 부칠 속 재료의 준비는 금방 끝났다. 미리 부쳐 놓는 것보다 금방 한 게 맛있을 테니 제하가 오면 부치기 시작할 요량이었다. 깻잎장아찌나 오이소박이 같은 밑반찬은 미리 만들어 놓아 다행이었다.

예강은 달걀을 풀어 체로 걸러 낸 후 뚝배기에 올려 보드라운 계란찜을 만들고, 멸치와 다시마로 진하게 육수를 내어 된장찌개를 끓였다. 해마다 여자 친구와 동남아로 여행을 다녀오는 명선이가 외국 갔다 들어오면 무조건 매운 게 제일 당긴다고 했던 말이 떠올랐다. 두부와 애호박을 넣은 후 조금 칼칼하게 끓이고 나서, 그래도 피곤할 텐데 위에 부담이 되지 않는 종류가 나았을까 후회도 들었다.

내가 긴장하고 있구나, 생각이 들어 예강이 한숨처럼 웃었다. 그녀는 반짝거리는 새 휴대폰을 습관처럼 만지작거렸다. 제하가 언제쯤 돌아올지, 지금은 어디쯤인지 궁금했지만 전화를 걸 용기는 없었다. 대신 지난 며칠 동안 그랬던 것처럼, 닫힌 휴대폰에 대고 마치 제하에게 말하듯 중얼거렸다.
"조심히 와. 제하야."

* * *

차에서 내린 후, 공간을 급하게 가로지르던 제하가 인상을 조금 찌푸렸다. 주차장에서 마주친 건 의외의 인물이었다.
"이게 누구야."
안경을 바꾸고 머리를 내린 원경은 마치 대학교 때의 이미지를 떠올리게 만들었다. 자신의 차로 향하던 원경이 방향을 바꿔 그에게 다가왔다.
"네가 여기 살았지? 이야. 여전히 잘나가시네. 볼 때마다 차가 바뀌어."
원경이 제하가 타고 온 고급 스포츠카를 보며 빈정거림을 숨기지 않았다. 제하는 별다른 대꾸 없이 그를 지나치려 했지만 원경이 앞을 가로막았다.
"뭐 하는 거야?"
원경이 무심하게 바라보는 제하를 보며 이를 갈았다.
"너, 내 변호사한테 연락 못 받았냐?"
제하는 얼마 전에 있었던 그와의 마지막을 떠올렸다. 제하에게 무참히 폭행당한 원경은 그를 고소하겠다고 날뛰었다. 그날 일을 생각하는 것조차 열이 받아 변호사더러 알아서 처리하라고 했는데, 일 처리가 깔끔하지 못했던 모양이다. 제하는 손목시계를 확인했다. 젠장. 미친 듯이 밟았는데 벌써 시간이 이렇게나 됐다.
"고소 건이라면 합의하겠다고 했을 텐데."
"그게 합의하려는 사람의 태도냐? 야 이 새끼야. 안경 쓴 사람 재떨이로 갈기는 건 살인 미수야. 너 내가 합의 안 해 주면 들어가서 살아야 된다고, 어?"
예강에게 강제로 입을 맞추려던 원경의 모습이 머릿속에 떠오르자 다시금 살인 충동이 치밀어 올랐다. 제하는 몇 번이고 똑같은 일을 반복할 수 있었지만 지금은 아니었다.

"얼마를 원해?"

제하가 간단하게 원경의 말을 잘랐다. 초조함을 감추고 있는 그는 사실 폭발하기 일보 직전이었다. 지금 한 건물에 있는 예강이 어디로 증발하기라도 할까 봐, 입 안이 바싹 말랐다.

"뭐?"

"정확히 얼마를 원하는지 변호사 통해서 전달해."

이를 뿌득 가는 원경을 지나치며 제하가 엘리베이터를 향해 빠르게 걸었다. 뒤에서 따라붙은 원경이 그의 어깨를 사납게 잡아챘다. 넓은 공간에 원경의 목소리가 공명음을 내며 울려 퍼졌다.

"내 말 안 끝났는데 어디 가, 이 새끼야!"

원경이 그를 노려보는 제하를 향해 씩씩대며 말을 이었다.

"넌 항상 그따위로 재수가 없었어. 학교 다닐 때도, 네가 제일 잘난 것처럼 굴었지. 사실 잘난 거라곤 하나 없는 개털이었던 주제에."

제하는 그에게서 풍기는 술 냄새를 확실히 인지했다. 원경이 술 마시고 운전대를 잡든 말든 상관없었지만, 예강이 그를 기다리고 있는 이 순간에 이렇게 시간을 지체하고 있다는 것 자체를 견딜 수가 없었다. 그러니까 원경은 운이 없는 것이다.

"이 건물은 외부인 출입 금지야. 끌려 나가기 전에 제 발로 꺼져."

"너만 여기 사는지 알아? 내 친형도 여기 주민이야."

원경이 건들거리며 바닥에 침을 뱉었다.

"그럼 네 형 불러서 같이 끌어내는 게 낫겠군."

"야. 말이면 단 줄 알지, 이 깡패 새끼야."

제하가 그의 말을 무시하며 재킷 안에서 휴대폰을 찾았지만 나오는 건 없었다. 차 안에 두고 내린 것 같았다.

원경이 모욕감에 주먹을 꽉 쥐었다. 제하는 마치 그를 무생물 취급하고 있었다.

"사람 대가리를 박살 내 놓고 뭐? 꺼져? 두고 봐라. 네가 얼마를 준다고 해도 절대 합의 안 해 줄 거야, 씹새끼야. 뉴스에 제보할 거야. 거기 있었던 자식들이 다 내 증인이니까."

"마음대로 해."

"뭐?"

제하가 그를 지나치며 싸늘하게 중얼거렸다.

"경찰에 제보하든 방송국에 제보하든 네 멋대로 하라고."

"그래. 기대해라. 고작 술집 년한테 눈 돌아가서 사람 팬 네 이야기, 아주 흥미진진하게 들을 사람 많을 테니까."

빠르게 걷던 제하가 갑자기 걸음을 우뚝 멈추고 돌아섰다. 순식간에 원경의 멱살이 잡혔다.

"지금 뭐라고 했어? 다시 말해 봐."

여유를 걷어치운 그의 눈에 시커먼 살기가 번뜩였다. 원경은 그의 기에 순간적으로 짓눌려 아무런 말도 하지 못했다.

"딱 한 번만 경고하겠는데, 그따위로 지저분하게 아가리 놀리면 넌 정말 나한테 죽어."

얼마 전에 있었던 일이 그대로 원경의 머릿속에 재생되자 안경 뒤 눈동자에 공포가 어렸다. 그의 머리를 갈기던 제하의 눈빛은 진심으로 살의가 가득했다.

"비켜."

거칠게 밀쳐진 원경이 비틀거리면서 제 차로 달아나듯 향했다. 제하는 그에게 시선도 주지 않고 빠르게 엘리베이터로 향한 후, 버튼을 툭 눌렀다. 반들거리는 엘리베이터 문에 비친 그의 얼굴이 초조하게 바뀌었다.

집에 돌아갈 때 단 한 번도 서둘러 본 적이 없었지만 오늘만은 달랐다.

그녀가 기다리고 있는 공간으로 빨리 돌아가야 하는데. 하필이면 꼭대기 층에 걸려 있는 엘리베이터를 노려보았을 때였다.

"넌 너만 잘난 줄 알지? 너 세상에 무서운 거 없지?"

제하의 눈썹이 날카롭게 일그러졌다. 뒤에서 다시 나타난 원경이 나이프를 들고 있는 것은 그때 깨달았다. 운전 실력은 뭣 같은데 겁은 더럽게 많은 놈이라 차 안에 쓰지도 않는 골프채와 흉기를 위협용으로 가지고 다닌다는 훈정의 말이 그때야 생각이 났다.

"죽어 봐, 이 새끼야!"

배로 쑤시러 온 칼날을 붙잡은 제하의 손에서 피가 뚝뚝 떨어졌다.

"씨발……!"

원경이 칼자루를 쥔 손에 힘을 주었다. 슥. 날카로운 칼날이 밀리는 감각에 손바닥이 뜨끔했다. 제하는 마른침을 한 번 삼킨 후, 부들부들 떠는 원경의 눈동자를 향해 작게 내뱉었다.

"후회하지 않을 자신 있어?"

원경이 욕설을 짓씹으며 숨을 몰아쉬었다. 제하의 말 한마디에 현실로 잡아끌려 내려오는 느낌이었다. 찔린 상대가 아니라 찌른 사람의 얼굴에 핏기가 천천히 가셨다. 한발 늦은 후회가 원경을 뒤덮었다. 무슨 수를 써도 이 제하를 이길 수가 없다는 사실에 분노보다 허탈감, 그리고 두려움이 파도처럼 몰려들었다.

뒤에서 누군가가 목소리를 높였다.

"무슨 일입니까?"

원경이 손을 놓았다. 챙그랑, 소리를 내며 바닥에 떨어지는 칼. 얼굴이 비칠 정도로 깔끔하게 닦인 바닥에 주르륵 떨어지는 핏방울을 보며 경비원이 놀라 경악한 목소리를 냈다.

"당신 뭐야! 강도야?"

달아나는 원경을 보며 외치는 경비원의 목소리가 넓은 주차장에 공명음을 냈다. 그를 쫓아가려 했지만 눈앞에 보이는 상태가 더욱 심각했다. 고급 아파트에서 칼부림이라니, 있을 수 없는 일이었다. 경비원은 동료에게 무전을 친 후, 제하의 상태를 살폈다.

"괜찮으십니까? 경찰은 제가 부를 테니 일단 병원부터 가시죠. CCTV 확보되어 있으니 범인은 멀리 못 갈 겁니다."

"상대방 신상을 제가 압니다. 신경 쓰지 마십시오."

"예?"

엘리베이터 문이 때마침 열렸다. 제하는 붉은 피가 뚝뚝 흐르는 손을 움켜쥐고 엘리베이터에 올랐다. 눈앞에 펼쳐지는 상황에 놀란 경비원이 경악한 얼굴로 목소리를 높였다.

"아니, 저기 지금 손이……!"

"제가 지금 좀 바쁩니다."

아무리 바빠도 이건 아니었다. 경찰과 구급차가 한 번에 출동해야 할 상황이라는 건 눈으로 보기만 해도 알았다. 꽉 쥔 주먹에서 쉴 새 없이 피가 줄줄 흘러내렸지만, 창백하리만큼 희게 질린 제하의 표정을 본 경비원은 감히 그에게 다가갈 수가 없었다.

"날 기다리고 있는 사람이 있어서 그럽니다."

* * *

현관에서 문이 열리는 소리에 예강이 고개를 들었다. 아까부터 계속 빠르게 뛰던 심장이 이제는 달음박질을 쳤다. 제하를 어떻게 맞이해야 어색하지 않을까. 현관까지 마중을 나가 마치 제집처럼 그를 맞이하는 건 너무 우스운 모양새이진 않을까. 복잡한 생각을 하며 그녀는 자리에서 일어났다.

"다녀왔어."

먼저 입을 뗀 건 제하였다. 넓은 공간에 따뜻하고 맛있는 냄새가 온통 가득했다. 이 공간이 지난 몇 년간 그가 살아온 곳이 맞나 싶은 의문이 들었다. 앞치마를 벗으며 그를 맞이하는 예강을 보며 그는 뒤늦게 지독한 허기를 느꼈다.

"응, 배 많이 고프겠다. 일단 식사부터……."

제하를 보는 예강의 표정이 조금 굳었다. 그의 안색만 보고도 위험을 기가 막히게 알아차린 그녀가 거실을 가로질러 그에게 다가왔다.

"제하야."

제하는 손으로 재킷을 꽉 잡고 있었지만 소용없는 일이었다. 천천히 깜빡거리던 그녀의 눈동자가 확 커졌다. 아래로 무언가 주르륵, 흐르는 걸 보자 그녀가 경악하며 소리를 높였다.

"다쳤어? 이거 뭐야? 너 피 나잖아!"

"별거 아니야."

"어디 좀 봐."

어디서 그런 힘이 나왔는지 예강이 그의 팔을 억세게 붙들었다가 흠칫 굳었다. 팔뚝까지 길게 찢긴 제하의 상처를 본 그녀가 얼어붙어 있던 시간은 찰나였다. 예강이 숨을 몰아쉬며 입고 있던 티셔츠를 다급하게 벗었다. 그의 옷소매를 걷어붙이고 피가 철철 흘러나오는 상처를 꽉 묶어 지혈하는 힘이 강했다.

"병원 가자."

예강은 그가 어쩌다 다쳤는지 과정 따위를 묻지 않았다. 대신 눈물 젖은 눈을 부릅뜨고 휴대폰을 찾았다.

"119…… 아, 아니야. 내가 직접 운전하는 게 빠르겠어. 제하야. 차 키 있지. 그거 나 줘."

예강은 지금 그녀가 속옷 차림이라는 것도, 신발을 짝짝이로 신었다는 것도 상관하지 않았다. 그의 양복 재킷 안을 뒤져 키를 찾아낸 후, 현관을 거칠게 열며 제하의 등을 밀었다.

"제하야. 조금만 참아. 알았지?"

상처에서 화끈거리며 뜨거운 피가 계속 흘러나왔지만 제하는 말없이 고개를 끄덕였다. 붕대를 대신해 감은 예강의 티셔츠가 순식간에 붉은색으로 물들었다.

"장 비서님? 저예요. 제하가 다쳤어요. 지금, 제가 운전해서 가까운 대학 병원으로 갈 거예요. 네. 길 알아요. 대리 운전 할 때 몇 번이나 지나쳤어요."

빠르고 명확한 말투로 설명하는 목소리와는 달리, 휴대폰을 귀에 댄 예강의 손은 엉망으로 덜덜 떨리고 있었다. 그녀를 뚫어져라 바라보던 제하는 성한 손으로 그녀에게서 휴대폰을 집어 들었다.

"왜 그래. 많이 아파?"

"응."

예강이 빨간 눈으로 그를 보며 입술을 꽉 씹었다. 제하는 휴대폰을 바지 주머니에 넣은 후, 예강의 자그마한 몸에 제 재킷을 걸쳐 주고 그녀를 끌어안았다.

"잠시만 이러고 있어 줘."

예강은 잠시 움찔했지만 그를 밀어 내지는 않았다. 엘리베이터가 지하에 도달할 때까지의 짧은 시간이었지만 제하에게는 심장이 터져 버릴 듯 벅찬 시간이었다. 영원히 이렇게 붙어 있을 수만 있다면, 팔 한쪽이 다 날아가도 상관이 없을 것 같았다.

* * *

뼈가 보일 정도의 자상이었다. 의사는 봉합 수술 후 당분간 손을 쥐었다 펴는 것도 어려울지도 모른다고, 혹시 그가 손을 세밀하게 쓰는 직업에 종사하는지를 물었다.

제하는 괜찮다고 대답했지만 예강의 태도는 달랐다. 재활을 하면 일상생활에 전혀 지장이 없는 거냐고 몇 번이나 되묻는 그녀는 조금 과장해 말하자면 의사의 멱살을 잡을 수도 있을 것처럼 보였다.

수술은 두 시간 정도였다. 뒤늦게 달려온 효원은 제하가 설명하지 않아도 이미 어떻게 된 일인지를 알고 있었다. 건물의 경비에게 자초지종을 확인한 까닭이었다.

효원은 언젠가 제하에게 이런 비슷한 일이 일어날지도 모른다고 예상은 했었다. 하지만 하필이면 자신이 없는 사이 사건이 일어났다는 게 착잡해 고개를 푹 숙였다.

"경찰 조사는 일단 미루고 신원경부터 만나 보겠습니다. 대표님은 하루 정도 입원하시는 게 어떻겠습니까."

"겨우 이 정도로 무슨 입원을 해."

"아뇨, 그러는 게 좋을 것 같아요."

예강이 나서서 고개를 끄덕이자 제하는 입을 다물었다. 그는 그녀가 지금 당장 창문을 열고 뛰어내리라고 해도 그럴 용의가 얼마든지 있었다.

"예강 씨께서 대표님 곁에 좀 있어 주시겠습니까?"

"네. 걱정 마시고 비서님 바쁘실 텐데 얼른 가 보세요."

"정말 예강 씨 덕분에 살았습니다. 이따 밤에 다시 올 테니 필요한 게 있으시면 문자 주십시오."

"괜찮아요. 병원 근처에는 웬만한 건 다 있더라고요. 제가 나가서 사면 돼요."

효원과 스스럼없이 대화를 나누는 예강을 보며 제하가 조용히 숨을 몰아쉬었다. 이 상황에서도 그가 없는 사이 친근해진 것 같은 두 사람의 사이가 더욱 신경이 쓰이는 걸 보면 아직 자신은 정신을 차리지 못한 게 분명했다. 그가 그녀의 앞에서 냉철해질 수 있는 시간이, 과연 오기는 할까.

"그럼, 쉬십시오."

수속을 마친 효원이 문을 닫고 나가자 널찍한 특실에 잠시 정적이 흘렀다. 예강은 침대에 가만히 걸터앉아 자신을 응시하는 제하를 보며 길게 한숨을 쉬었다. 손에 두껍게 감긴 붕대는 하필이면 오른쪽이었다.

"어떻게 된 건지 말해 줄래?"

"별거 아니었어."

"그게 어떻게 별게 아니야? 칼에 손을 몽땅 베어 가지고 와서는 그게 어떻게……."

긴장이 풀렸는지 뒤늦게 속에서 뜨거운 것이 치밀어 올랐다. 목소리를 높이던 예강은 제하가 환자라는 사실을 뒤늦게 인지하곤 젖은 한숨으로 말끝을 흐렸다.

"미안. 잠깐 바람도 쐴 겸 바깥에 다녀올게. 내 꼴도 지금 말이 아니네."

한풀 꺾이고 제정신을 차리자 그제야 벽에 달린 거울에 비친 자신의 모습이 보였다. 예강은 의사와 간호사, 병원 접수처의 직원까지 자신을 똑바로 바라보지 못하던 이유를 지금에야 알았다. 속옷 차림에 제하의 재킷 하나만 걸친 데다 손은 온통 피투성이다. 엉망인 모습을 제하에게 보여 준 게 한두 번이 아닌데, 매번 인지할 때마다 부끄러웠다. 그럴 때마다 제하가 아무렇지도 않게 그녀를 대하는 건 더더욱.

"티셔츠로 그렇게 지혈을 잘할 거라곤 상상 못 했어. 의사도 칭찬하더라."

제하가 나직하게 내뱉었다.

"예전에 내가 너, 교련 못할 거라고 했던 거 취소할게."

예강은 뜨거워지는 눈시울을 애써 참으며 탁한 한숨을 내쉬었다.

"지금 이 상황에서 농담이 나와?"

"그러게. 하고 싶은 말이 너무 많은데 어디서부터 어떻게 시작해야 할지 모르겠어."

그녀는 그제야 제하의 눈빛이 홍콩으로 떠나기 전과는 다르다는 사실을 알아챘다. 검은 눈동자에 드리웠던 증오가 흐리게 사라지고 그 자리를 다른 것이 채우고 있었다.

"겨우 제정신으로 널 앞에 뒀으니 이 기회를 놓치면 안 된다는 거, 어쩌면 이게 마지막일지도 모른다는 거 알고 있는데도."

짙은 밤바다 같은 그의 눈동자가 더욱 짙어져 그녀를 머금었다. 두근. 예강의 심장이 뛰기 시작했다. 이전과는 다른 속도와 세기로.

"장효원이 날더러 이렇게 살다가 언젠가 뒤에서 칼 맞을지도 모르니 작작하라고 했을 땐 귓등으로도 안 들었어. 차라리 그러길 바란 적도 있었는데…… 오늘은 아니었어. 1초라도 빨리 집으로 가야 되는데, 일이 터지니까 처음으로 막 살았던 게 후회가 됐어. 죽고 싶지 않더라. 절대."

제하가 마른침을 삼키며 말을 이었다.

"지금은 오히려 나한테 칼 휘두른 그 자식한테 고마울 지경이야. 네가 나 걱정해 주는 얼굴, 새파랗게 질려서 나 태우고 운전대 잡는 모습, 이 꼴이 되지 않았다면 보지 못했을 테니까."

예강은 그를 조수석에 앉힌 후, 제하가 그동안 있는지도 모르고 살았던 샛길을 이용해 정확히 8분 만에 병원 입구 주차장에 들어섰다. 제하는 새하얗게 질린 얼굴로 거침없이 가속 페달을 밟는 예강을 바라보며, 손을 뻗어 그녀를 끌어안고 싶은 충동과 내내 싸워야 했다.

"이제하 씨 보호자 되십니까?"

"네! 제가 보호자예요."

수술실로 들어가는 그를 향해 "괜찮아, 제하야. 기다릴 테니까." 하고 몇 번이나 중얼거리며 미소 짓던 그녀를 보면서도 마찬가지였다. 사실, 그는 손의 상처 따위는 문제도 되지 않았다. 한시라도 빨리 방해받지 않는 곳에서 그녀와 단둘이 있고 싶었다. 자신이 다친 걸 보고 어쩔 줄을 몰라 하는 그녀를 원해서…… 미칠 것 같았다.

"손이 아니라 차라리 칼이 배를 쑤시게 됐다면 네가 날 더 걱정했을까? 어차피 죽는 게 아니면 그 정도는 괜찮잖아."

"이제하."

예강이 가지런한 눈썹을 일그러뜨렸다. 파들거리는 입술에서 작지만 또렷한 목소리가 흘렀다.

"할 소리가 있고 못 할 소리가 있어."

"내가 걱정돼?"

나직하게 묻는 제하의 눈빛에 예강의 가슴속에서 또다시 뜨거운 것이 울컥 치밀어 올랐다. 제하는 그녀의 눈동자를 뚫어져라 바라보고 있었다. 예강이 원망스러운 시선을 돌려보내며 탄식하듯 속삭였다.

"네가 자꾸만 내 앞에서 맞고, 다치고, 그러니까 그렇잖아."

"그래. 넌 항상 내가 다치는 걸 목격했지."

그럴 때마다 예강은 그를 보호하기 위해 안간힘을 써 주었다. 그를 위해 울어 주었고, 싸우려 나서 주었고, 위로해 주었다. 이 자그마한 여자가.

"근데, 난 왜 그러지 못했을까."

제하가 그녀에게 한 발짝, 가까이 다가섰다.

"여기까지 오는 내내 그 생각뿐이었어. 왜 나는 그렇게 멍청했을까. 왜 너는 쓰레기같이 구는 내게 아무런 말도 하지 않고 그걸 감당했을까."

예강은 마른침을 삼켰다. 쿵. 쿵. 심장이 빠른 속도로 뛰었다. 제하가 그녀를 뚫어져라 바라보며 말을 이었다.

"아이…… 지운 게 아니라 잃은 거였다고, 돈 요구한 게 아니라 내 어머니가 들이민 거였다고, 왜 변명하지 않았을까."

제하가 다 알아 버렸다. 그의 눈에 차오르는 감정이 짙은 후회라는 사실을 예강은 뒤늦게 깨달았다. 거친 숨을 애써 가라앉히는 그의 가슴 저편에서 격동하는 심장 소리까지 느껴지는 것 같다. 아. 아닌가. 이건 내 심장 소리인가.

"미친 자식이라고 욕을 하고, 개새끼라고 소리를 지르고 따귀를 때리지 않은 이유가 뭘까. 왜 넌 내 미친 짓을 고스란히 참아 냈을까. 날 기만하기 위해서?"

예강은 떨리는 눈동자로 그를 보며 입을 꾹 다물었다.

"아니."

제하가 천천히 고개를 저으며 그녀에게 답을 주었다.

"너는, 단 한 번도 날 사랑하지 않은 적이 없었기 때문이야."

예강이 입 안의 살을 피가 나도록 꽉 물었다.

"내가 상처받는 게 싫어서, 날 아프게 하고 싶지 않았던 거야."

그가 그녀를 볼 때마다 죽은 동생을 떠올리며 죄책감을 느끼게 하고 싶지 않았기 때문에. 그녀 때문에 그가, 그의 어머니께 다시 외면당하는 걸 원하지 않았기 때문에.

"넌, 최선을 다해 날 지키려 했던 거였어. 강예강한테는 이제하가 너무 불쌍했으니까."

제하가 괴롭게 중얼거렸다. 그녀의 앞에서 자신을 불쌍하게 만들었던 건 그 스스로였다. 모든 것이 그의 의도였지만 단 하나를 간과했다.

"생각해 보면 너무나 쉬운 문제였어. 내가 사랑한 강예강이 날 상처 입히는 건 도저히 불가능한 일이잖아."

남의 상처를 헤집기보다 모르는 척해 주는 여자애. 그래 놓고는 정작, 그의 상처에 본인보다 더 아파하며 눈물을 뚝뚝 흘리던, 바보 같은 여자애.

강예강은 그런 사람이었다. 그가 그녀와 주체할 수 없는 사랑에 빠졌던 이유였고 그녀에게서 도저히 벗어날 수 없었던 이유이기도 했다. 그의 먹색 눈동자가 아득하게 깊었다.

"그걸 이제야 깨달은 내 스스로를 죽이고 싶어."

예강이 마침내 그에게 속삭였다. 빨개진 눈으로 그를 보며 고개를 저었다.

"죄책감 가질 필요 없어, 제하야."

너는, 이런 순간에도 나를 먼저 생각한다.

"……불가능해."

"가능해. 난 너 덕분에 살았으니까."

예강이 발갛게 달아오른 눈가를 접으며 웃었다. 너무 연약해서 바스러질 것 같은 미소였다.

"그게 무슨 뜻이야?"

"난 이 도시 어딘가에 네가 있다는 사실만으로도 하루하루를 감당할 수 있었거든."

취한 밤. 황량한 도시. 더 이상 별이 보이지 않는 밤하늘 아래 있는 사람이 그녀뿐만이 아니라는 사실은 예강에게 위로를 주었다. 뺨을 적시며 툭 하고 떨어지는 빗방울이 소나기가 되어 쏟아질 때, 제하 역시도 어딘가에서 사나운 비를 바라보며 생각에 잠겨 있을지 모른다고 생각하면 눈물이 나면서도 한편으로는 또 하루를 버틸 수 있었다.

"근데 왜 나한테 안 왔어."

제하가 그녀의 얼굴을 다치지 않은 손으로 감싼 채 떨리는 숨을 내쉬었다.

"그렇게 힘들게 매일을 견디면서, 왜 나한테 연락할 생각은 못 했어. 난 등신이지만 넌 아니었잖아. 네가 무슨 이야기를 하건 난 결국 너한테 모든 걸 다 줬을 텐데. 근데 대체…… 왜 안 왔어."

"내가 어떻게 그래."

"왜 못 해. 넌 나한테 뭐든 다 해도 되는 사람인데, 왜."

"……그러기엔 내 자신이 너무 초라했으니까."

눈물을 참으며 들릴 듯 말 듯 한 목소리로 예강이 속삭였다. 그녀를 마주한 제하의 눈동자가 엉망으로 흔들렸다.

"너는 점점 대단해지는데 나는 점점 밑바닥으로 가라앉고 있었으니까. 이 꼴로 네 앞에 도와 달라고 나타나긴 죽어도 싫더라."

그녀가 젖은 숨을 들이쉬며 가늘게 떨리는 목소리로 자조했다. 새빨개진 눈동자에 투명한 눈물이 고였다.

"웃기지. 하루 벌어 하루 먹고사는 주제에 내가 자존심을 찾았다는 게."

천 원짜리 몇 장에 죽고 살듯 목소리를 높이고 고개를 숙였으면서, 너에게만은 궁상맞은 모습을 보여 주고 싶지 않았다는 게.

"네 앞에서만은 여자이고 싶었다는 게 너무 우습잖아."

"아니. 하나도 안 우스워."

제하가 그녀에게 붙어 서며 검은 눈으로 중얼거렸다. 상처 때문인지 그의 몸이 열기로 뜨거웠다. 일단 그를 쉬게 하는 게 우선이었다. 예강은 그를 침대에 앉히려 팔을 잡았다.

"제하야, 너 많이 아파, 지금."

"어. 아파서 미치겠어. 죽겠어. 나만 멍청한 줄 알았는데 미련한 건 강예강도 매한가지야."

그가 뜨거운 숨을 몰아쉬며 그녀에게 속삭였다. 손을 다쳤다고 해서 심장까지 병자가 된 것은 아니었다. 너무 오랫동안 해갈되지 못한 욕망의 실체가 눈앞에 있었다. 이제는 절대 놓치지 않을 것이다. 제하의 온몸이 뜨겁게 달았다.

"안고 싶어. 지금 당장."

"너 환자야."

예강은 힘주어 그를 진정시키려 했지만 불가능했다. 제하는 전혀 밀리지 않으며 오히려 콧날이 스칠 정도로 가까이 고개를 기울였다. 그의 혈관에서 피가 들끓었다.

"너랑 처음 했을 때, 내 몸 상태 기억해?"

잊을 수 있을 리가 없었다. 칼에 찔린 제하의 등에는 붕대가 칭칭 감겨져 있었고 이마는 찢어져 꿰맨 채였다.

"지금도, 그때도 똑같아. 아픈 거 생각도 안 날 만큼 널 안고 싶어서 미치겠어. 너랑 처음 하기 직전처럼, 애송이처럼 긴장되고 온몸이 떨려."

예강의 얼굴이 붉게 달아올랐다. 제하와 처음으로 하나가 되었던 순간을 떠올리자 저절로 숨이 가빠 왔다.

"안고 싶어. 네 온몸 전체에 입 맞추고 싶어. 네가 지난 시간들 다 잊을 정도로 부드럽고 다정하게 사랑해 주고 싶어서 미치겠어. 나 그렇게 할 수 있어, 예강아."

고백 같은 애원을 밀어낼 도리가 없었다. 진심을 마구 토해 내는 그의 눈동자에 또다시 마음이 엉망으로 설레었다. 떨리는 입술이 마주 포개지려는 순간이었다. 병실 문이 벌컥, 열렸다.

"제하 오빠, 어떻게 된 거예요? 갑자기 병원이라고 그래서……."

효주가 병실에 들어오자마자 빠르게 목소리를 높이다 말고 말을 흐렸다. 제하의 재킷을 입은 채 그에게 안겨 있는 예강과 눈이 마주치자 효주의 얼굴 표정이 확연히 굳었다. 예강은 떨어지려 했지만 제하가 그녀의 몸을 꽉 눌러 붙였으므로 옴짝달싹할 수가 없었다.

"들어오라고 한 적 없어."

제하가 낮게 내뱉었다. 방금 전 그녀에게 속삭이던 것과는 판이하게 다른 건조한 목소리. 그에게 안겨 있는 예강조차 당황할 정도였다. 그녀가 제하야, 하고 그를 저지하듯 작게 불렀지만 소용이 없었다. 효주를 바라보는 제하의 눈동자는 얼음처럼 차가웠다.

"선 넘지 마."

효주의 눈동자가 소리 없이 깜빡이며 떨렸다. 원래도 딱딱한 사람이었지만 지금은 느낌이 달랐다. 시퍼렇게 날을 세우는 그에게서는 이전에는 찾아볼 수 없었던 열기 같은 것이 어렴풋이 느껴졌다.

"오빠, 그냥 저는 오빠 다쳤다는 소리 듣고 걱정돼서 온 거예요."

"그렇게 부르지도 마. 네 오빤 내가 아니라 장효원이야."

효주가 억울함과 실망이 뒤섞인 표정으로 작게 내뱉었다.

"여태까진 그냥 놔뒀잖아요."

"오빠건 아저씨건 아무렇게나 불러도 상관없었지. 딱히 신경 쓰이는 여자가 내 앞에 없었으니까."

찔러도 피 한 방울 안 나올 것처럼 딱딱한 나무토막 같았던 사람은 오간데 없었다. 효주는 며칠 전 효원의 말을 떠올렸다. 그는 요즘 보는 제하가 마치 그들이 이제까지 알던 사람과 180도 다른 사람 같다고 했다.

"뭐, 그게 대표님 원래 모습일 수도 있는 거고. 그러니까 효주 너도 처신 똑바로 해. 까불지 말고."

"문 닫고 나가, 장효주. 네 오빠 불러 끌어내기 전에."

효주에게 낮게 명령하는 제하의 눈빛은 진심이었다. 효주의 팔뚝에 소름이 돋았다.

"제하야. 너 걱정돼서 일부러 찾아온 사람한테……."

보다 못한 예강이 입을 열었지만 말을 끝낼 수가 없었다. 고개를 기울인 제하가 입술을 뜨끈하게 머금고 떨어진 탓이었다. 짧지만 진한 입맞춤에 예강의 얼굴이 새빨갛게 달아올랐다.

"다른 사람 걱정 따위, 필요 없고 바란 적도 없어."

제하의 시선이 예강에게 꽉 박혔다. 효주를 보던 차갑고 무감한 시선과는 정반대였다. 열기가 차오르다 못해 부글부글 끓어 넘치는 것 같았다. 효주가 다급히 몸을 돌리자 쾅, 하고 문이 닫히는 소리가 이어졌다.

"그렇게까지 할 필요는 없었잖아."

"내가, 널 함부로 대하는 걸 그냥 두고 볼 만큼 성격이 좋다고 생각해? 아니. 그 애뿐만이 아닌 그 누구도 허락 못 해."

"하지만……."

차마 뒷말을 잇지 못하는 예강의 가슴이 뻐근하게 죄어들었다. 만일 그와 효주 사이에 그 어떤 개인적인 일이 있었더라면, 이야기는 달라지지 않을까.

"어린애 장난 같은 도발에 흔들리지 마."

마치 그런 그녀의 마음을 꿰뚫어 보듯 제하가 입을 열었다.

"내 인생에도 여자는 단 한 사람뿐이었으니까."

예강은 맹세컨대 그의 과거를 캐묻고 싶은 마음은 없었다. 그녀에게 그럴 자격이 없다고 생각했기 때문이다. 하지만 그녀의 소극적인 의심에 종지부를 찍는 그의 말을 듣고 나서야 깨달을 수 있었다.

"나한테도 네가 처음이자 마지막이었다고. 강예강."

그녀에게서 같은 말을 들었을 때, 과연 제하가 어떤 마음이었는지를. 제하의 손에서 상처가 터져 붕대가 붉게 물드는 것을 바라보며 그녀는 애써 눈물을 참았다. 스스로에게조차 부끄러워 숨겨 두었던 비밀스러운 마음이 툭, 툭, 꽃망울이 터지듯 터져 나가는 느낌이었다.

"선생님 다시 불러야겠다."

어떤 얼굴로 그를 봐야 할지 알 수가 없었다. 뒤돌아 콜을 누르려는 예강의 몸이 그에게 끌어안겼다.

"나 버리지 마."

결정적인 순간에 그녀를 완전히 무너지게 만드는 건, 제하를 따라갈 사람이 없을 것이다. 제하가 그녀의 목덜미에 얼굴을 박고 크게 숨을 들이쉬었다. 불길에서 뛰쳐나와 처음 공기를 들이마신 사람처럼 그가 격하게 심호흡을 했다.

"늦게 와서 미안해."

툭. 참고 또 참았던 눈물이 툭 떨어져 제하의 어깨를 적셨다. 병원 창문 바깥으로 불 켜진 교회의 붉은 십자가가 보였다.

"오래 기다리게 해서 미안하다, 예강아."

예강은 그의 품에 안겨 뜨거운 눈을 감았다. 지금 이 순간만은 그 누구에게라도 용서받을 수 있을 것 같았다. 막연히, 그럴 것 같았다.

* * *

새파란 하늘에 오색 천이 휘날렸다. 화려한 한복을 입은 채 음식이 산더미처럼 쌓인 제단 앞에서 무당이 춤을 추었다. 요란한 꽹과리 소리와 북소리가 쉬지 않고 들렸다.

제하의 엄마가 준 돈으로 엄마의 수술비를 대는 대신 예강은 다른 선택을 했다. 수술을 할 돈은 그녀의 사정을 봐준 식당 사장님께 가불을 했다. 수술비 외에 병원비가 더 많이 들어갈 거라는 말을 들었지만 제하 엄마가 준 돈을 쓸 염치는 없었다.

"미안해, 엄마."

"우리 딸. 꽃처럼 예쁘고, 참 착한 우리 딸."

엄마는 예강의 결정에 서운해하지 않았다. 오히려 희미하게 웃으며 그녀의 등을 두드려 주었을 뿐이다.

진오귀굿. 죽은 사람의 명복을 빌고 저승에 편히 가도록 하는 의례. 요한을 위해 벌인 굿판은 엄마의 마지막 굿이 되었다.

기차역에 도착하고 버스를 두 번 갈아탔다. 광역버스에서부터 사람이 줄더니 시외버스는 텅텅 비어 있었다.

하나밖에 없는 승객을 내려 준 버스가 부웅, 소리를 내며 떠났다. 예강은 기억을 더듬어 발을 옮겼다. 정류장에서 저수지까지는 30분은 걸어야 하는 거리였다. 길게 자라난 수풀이 강바람에 흔들렸다.

얼마 만일까.

몇 년 만에 왔지만 아무것도 변하지 않은 것 같은 느낌이 들었다. 예강의 엄마는 죽기 전, 마지막 외출에서 남편의 유골을 뿌린 곳을 찾았다. 얼굴에 죽음의 색이 완연하던 엄마는 남편이 즐겨 찾던 낚시터를 바라보며 아무런 말도 하지 않았다.

그저 햇살에 반짝이는 물비늘을 하염없이 바라보다 "이제 가야겠다, 예강아." 하고 한마디를 했을 뿐이었다.

찰랑.

예강은 강둑에 서서 마치 그때의 엄마처럼, 늦은 오후의 햇살에 부서지는 물결을 바라보았다. 엄마는 그때 무슨 생각을 했을까. 아마 지금의 그녀와 같은 생각을 했을 것이다.

예강은 사람을 죽일 수 있을 거라고는 도저히 생각되지 않았던 한 남자를 떠올렸다. 엄마가 무당이 되기도 전, 아주 오래전 기억 속의 아빠는 웃음이 많고 목소리가 커다란 사람이었다. 돈은 없지만 사람을 좋아하고, 낚시를 좋아하고, 술을 좋아하던 그녀의 아버지를 생각했다. 술에 취한 날이면 엄마가 좋아하는 간식을 꼭 사 들고 들어오던 애처가 아빠. 엄마에게 혼이 난다면서도 어린 딸을 항상 낚시터에 데려오던 딸 바보 아빠.

그리고 그로 인해 세상을 떠난 죄 없는 어린 영혼을 떠올렸다.

예강은 메고 있던 가방에서 챙겨 온 소주를 꺼내 들었다. 뚜껑을 따고 반은 물가에 뿌린 후, 꿀꺽꿀꺽, 남은 술을 숨이 찰 때까지 들이켜고 나서야 간신히 입술이 열렸다.

"잘 있었어, 아빠?"

그가 죽은 뒤 처음으로 불러 보는 이름이었다. 순간 눈물이 왈칵 치밀어 올랐다. 꾹꾹 눌러 참았던 말이 입술 새로 흘러나왔다.

"나는 잘 못 지냈어. 그동안 너무 힘들었어."

예강의 하얀 얼굴에 벌겋게 열이 올랐다. 강바람이 수풀을 흔들고, 그녀의 머리칼을 매만졌다. 꽉 쥔 예강의 양 주먹이 소리 없이 떨렸다.

"아빠 때문에 내 인생 엉망 됐어. 사람들이 우리 집에 똥물을 퍼붓고 엄마한테 욕을 했어. 살인자의 딸이라고 나한테 손가락질해서 숨어 살아야 했어. 잘못한 건 아빤데…… 책임은 엄마랑 내가 다 졌어."

수면은 잔잔했다. 마치 아무 일도 없었다는 듯 평화로운 풍경에 화가 났다.

"아빤 죽었으니까 모르지? 아빤 원래 그랬어. 아무런 책임도 안 지고 비겁하게 혼자 도망가는 거 옛날부터 주특기잖아. 엄마가 신 받을 때도 그랬고, 빚쟁이 때문에 우리 집 다 날아갔을 때도 그랬어. 그러니까…… 남겨진 사람의 삶이 얼마만큼 지옥 같은지는 절대 알 수가 없을 거야. 맨날 피하기만 했으니까. 일평생이 회피하는 인생이었으니까!"

그녀는 입술을 아프게 꽉 깨문 후, 일그러진 얼굴로 말을 이었다.

"어떻게 그럴 수가 있어?"

그녀의 몸이 가늘게 떨렸다. 예강은 미지근한 소주를 다시금 벌컥벌컥 들이켰다. 눈가와 코에 열이 오르고 목구멍이 타는 듯했다.

"죗값 다 치르고 죽었어야지. 어떻게 혼자 그렇게 가? 나랑 엄마 생각은 하나도 안 했으니까 그럴 수 있었지?"

그녀는 빈 병을 떨어뜨리고 물가로 더 가까이 다가갔다.

"나 이제 아빠 딸 안 할 거야."

한적한 낚시터는 고요했다. 예강은 아빠의 뼛가루가 뿌려진 저수지 바닥에까지 울리도록 악을 쓰며 목소리를 높였다.

"내 말 들었어? 나 이제 아빠 딸 안 할 거라고! 나는 이제 당신 딸로 안 살 거라고, 안 살고 싶다고!"

고래고래 소리를 쳐 봤지만 돌아오는 대답은 아무것도 없었다. 깃털을 정리하던 물새가 천천히 날아올랐을 뿐이다. 운동화에 차가운 물이 철벅거리며 스며들었다. 청바지가 고스란히 젖었다.

"내가 강선웅 딸이면…… 그러면 안 되는 거잖아."

그녀의 입에서 발작 같은 거친 한숨이 토해졌다. 울 자격도 없는 그녀는 울지 않으려 안간힘을 썼지만 소용없는 일이었다.

예강은 푹, 푹, 진득한 모래에 발이 빠지는 물속을 비틀거리며 걸었다. 순식간에 물이 허리까지 깊어졌다. 그녀는 아빠가 앞에 있기라도 한 것처럼 물살을 헤치고 손으로 내리쳤다.

"내가 아빠 딸이면……! 제하 곁에 있으면 안 되잖아! 감히 그러고 싶은 마음을 가져서도 안 되는 게 맞잖아!"

결국 울음이 터져 나갔다. 존재를 부정해서라도 그의 곁에 남고 싶은 자신의 욕심이 무서웠다. 자신만큼이나 아팠을 남자를 안아 주고, 그녀 역시 위로받고 싶은 충동을 더 이상 참을 수가 없었다. 그녀는 지금껏 참을 만큼 참았다. 이제는 한계였다.

"으흐으…… 흐으윽…… 으흐으윽……!"

이대로 죽어 다른 사람으로 태어날 수 있을까 하는 생각을 안 해 본 건 아니었다. 엄마는 이승에 한이 많으면 귀신이 된다고 했다. 귀신이 되면 다른 사람 눈에 보이지 않으니, 제하 곁에 살아도 되지 않을까 생각했었다.

아파트 옥상에까지 올라간 적도 있었지만 결국 마지막 순간에 뒤를 돌았다. 죽어서까지 그를 괴롭게 만들 수가 없었기 때문이다.

"간절히 기도하면 신령님이 들어주신다, 예강아."

의식이 흐릿하던 순간에도 그녀는 분명 행복해질 거라고 마치 주문처럼 되뇌었던 엄마를 기억한다. 생의 마지막까지 딸의 안녕을 빌었던 엄마의 목소리를 떠올리며 그녀는 그 자리에서 손바닥에 얼굴을 묻고 뜨겁게 오열했다.

"엄마, 나 어떡해. 나…… 흐으…… 나 진짜 어떡해……. 흐윽……."

답을 찾으러 온 건데 머릿속이 캄캄했다. 아빠와 인연을 끊고 감히 제하의 곁에 있겠다고 선언하러 온 건데 가슴이 아파서 터질 것 같았다. 누군가 그녀를 뒤에서 끌어안은 것은 그때였다. 예강의 몸이 휘청, 물 안에서 흔들렸지만 지탱하는 힘은 굳건했다. 목덜미에서 느껴지는 온기와 함께 귓가에서 제하의 목소리가 들려왔다.

"강예강."

거친 숨을 헐떡이는 그의 목소리가 엉망으로 떨렸다. 예강은 자신을 압박하듯 세게 끌어안은 그의 품 안에서 눈물을 흘렸다.

"왜 이러고 있어."

그가 예강의 몸을 돌리고 그녀를 뚫어져라 바라보았다. 파리해진 그녀의 뺨을 붙드는 손이 부들부들 떨렸다.

"이게 네 답이야? 날 용서할 수 없어서 차라리 나한테서 도망치는 거? 내가 찾을 수 없는 곳으로 영원히 가 버리는 거?"

쉬어야 한다는 예강의 말에 따라 진정제를 맞고 쓰러지듯 잠들었다. 병실에서 눈을 뜨고 그녀가 없는 걸 발견했을 때, 제하는 절벽에서 추락하는 기분이었다. 두려움과 불안에 엉망으로 흔들리는 그의 눈동자를 보며 예강이 고개를 저었다.

"도망간 거 아니야."

"그럼 뭐야."

아빠한테 작별 인사 하러 온 거라고, 너와 함께 있고 싶어서 지금 이 순간부터는 강선웅 딸로 안 살 거라고 말해야 하는데. 입을 여는 순간 울음밖에 나오지 않았다. 붕대로 감긴 제하의 손에 뜨거운 눈물이 후드득, 떨어졌다. 제하가 바늘을 삼킨 것 같은 고통스러운 얼굴로 간신히 말을 토해 냈다.

"너 못 죽어. 내가 그렇게 안 놔둘 테니까."

눈이 쑥 들어간 그의 얼굴은 창백했다. 서늘한 빛과 뜨거운 빛이 산란하듯 공존하는 눈은 핏발이 서서 시뻘겠다.

"내 앞에 나타난 이상, 넌 나한테서 못 벗어나. 미안한데 예강아, 그것만은 안 돼."

예강의 성대에서 작은 새가 우는 것 같은 희미한 목소리가 샜다. 바람이 불어 강둑의 풀을 흔들었다.

"이기적이라고 욕해도 좋아. 마음껏 날 미워해도 상관없어. 다만 내 곁에서 해."

지금껏 혼자 견뎌 왔던 세월이 너무 서러워서. 너무 힘들어서. 힘들다고 말할 사람이 생긴 지금, 온갖 감정이 터져 나갔다.

"……죽으러 온 거 아니야."

그녀가 흐느끼며 속삭이자 제하가 거친 숨을 토해 냈다.

"그럼 뭐야. 나 미치게 하려고 이런 거야?"

예강이 더듬더듬 말을 이었다.

"아빠한테 안녕하러 여기 왔어. 나 이제 아빠 딸 안 하겠다고."

"왜."

"내가 강선웅 딸이면 네 곁에 있으면 안 되니까."

"상관없어!"

제하가 눈썹을 일그러뜨린 채 목에 핏대를 세웠다. 예강은 떨리는 눈으로 피를 토해 내듯 내뱉는 제하를 멍하니 바라보았다.

"상관없다고 말했잖아. 말했었잖아. 그때도…… 10년 전에도 나한텐 아무 상관 없다고, 이미 너한테 이야기했었어. 진심이었어."

제하가 그녀에게 뜨끈한 이마를 붙였다. 괴로움이 가득한 목소리가 일그러진 입술을 비집었다. 하늘에서 먹구름이 밀려오고 있었다.

"여기까지 오면서 별 희한한 생각들을 다 했어. 미안하다고 빌면서 용서를 구해야 하나, 아니면 정말로 널 어디 가둬 버려야 할까. 어떻게 해야지 네가 다시는……! 다시는 내 눈앞에서 사라지게 하지 않을 수 있을까, 생각하면서 미친놈처럼 눈이 뒤집혀서 달려왔어."

예강의 얼굴이 눈물로 엉망이 되었다. 제하가 그런 그녀를 보며 괴롭게 중얼거렸다.

"근데 너 보니까 그냥 아무 생각도 안 나더라. 네가 물속에 뛰어들기라도 할까 봐. 내 앞에서 영영 사라지기라도 할까 봐."

"제하야."

숨죽이듯 서러운 울음이 그녀의 입술 새를 비집었다. 두려운 눈동자로 그를 보며 속삭이듯 내뱉었다.

"나 요한이한테 미안해서 어떡해?"

그 애한테 미안해서 어떻게 하면 좋을까. 제하의 곁에 있고 싶은 마음을 가져도 되는 걸까. 하늘이 우리에게 천벌을 내리지는 않을까. 제하에게 나쁜 일이 일어나지는 않을까.

순식간에 어둡게 변한 하늘에서 무너지는 듯한 천둥소리가 들렸다. 흠칫 놀라 몸을 떠는 그녀의 시선을 붙들고 제하가 뚫어져라 바라보았다. 그의 얼굴에 빗줄기가 후둑, 후둑 떨어지기 시작했다. 굳게 닫혀 있던 제하의 입술이 마침내 천천히 열렸다.

"우리가 먼저였잖아."

제하의 눈에서 기다란 것이 흘러내려 마른 뺨에 궤적을 남겼다. 바싹 마른 그의 입술이 엉망으로 떨리고 애증으로 점철되었던 눈동자에는 짙은 슬픔이 가득했다.

"우리가 사랑한 게, 먼저였다고."

누구에게도 할 수 없었던 말이었다. 그들이 사랑한 게 먼저였다고. 그 모든 잔인하고 불행하고 추악한 일들이 일어나기 전에 이미 서로가 서로의 전부가 되었다고.

"우리도 피해자야. 나는 널 잃었고, 너는 날 잃었으니까."

그런 말 하면 안 된다고, 천벌받는다고 말해야 하는데, 어루만지는 듯한 그의 말투에 예강은 그저 소리 없이 흐느낄 수밖에 없었다. 하얀 뺨에 빗물과 서러운 눈물이 뒤섞여 흘러내렸다.

"그날 기차역에서부터 10년 동안 벌받았어. 그거면 됐잖아."

허겁지겁 달려오던 그의 마지막 모습이 떠올랐다. 검은 코트. 새하얀 얼굴이 일그러져 기차와 함께 달리던 모습. 이름을 부르짖던 그의 목소리. 절규하듯 호소하던 제하의 눈빛.

순식간에 그녀는 10년 전, 그 기차역으로 돌아간 것 같았다. 그녀는 젖어 들어가는 그의 얼굴을 더듬더듬 붙들었다. 그의 얼굴을 적시는 것은 빗줄기가 아니다. 빗방울은 이렇게 뜨거울 리가 없으니까.

제하가 운다. 그는 절규하는 대신 소리 없이 슬픔을 죽여 제 눈물에 녹여내고 있었다.

가슴이 아프다는 건 이런 뜻이다. 심장이 저미는 느낌은 바로 이런 걸 말하는 게 틀림없다.

"기다려도 안 되고 협박해도 안 되면 어떡해야 하는지 말 좀 해 줘."

괴롭게 속삭이는 젖은 목소리를 들으며 예강은 그에게 뛰어들듯 꽉 끌어안았다. 병원복 차림으로 달려온 제하가 그녀를 안고 애원하듯, 혹은 기도하듯 말을 이었다.

"세상 사람들이 손가락질하면 내가 그 욕 다 들을게. 안 보이게 눈을 가려 줄게. 들리지 않게 귀 막아 줄게. 그리고 나중에…… 나중에 시간 지나서 요한이 만나게 되면…… 내가 그 아이 앞에 무릎 꿇고 용서 빌게. 그러니까 우리…… 사는 동안에는 함께 있자. 제발…… 제발. 예강아."

예강은 그의 품 안에서 눈을 꽉 감았다. 이제 그만 인정해야 할 것 같았다. 나는 이 남자와 함께 있고 싶다는 걸. 영원히 헤어질 수 없다는 것을.

* * *

효원이 운전하는 차를 타고 집으로 돌아올 때까지 그와 그녀는 한 마디도 하지 않았다. 예강은 그의 어깨에 고개를 묻고 깊이 잠이 들었다. 깨어났을 때는 제하에게 안겨 주차장을 가로지르는 중이었다.

집은 떠날 때와는 달리 깔끔하게 정리되어 있었다. 현관에 떨어졌던 핏자국은 흔적도 찾을 수 없었다. 깨끗하게 치워진 주방을 보자 조금 목이 메었다. 제하에게 맛있는 저녁을 차려 주고 싶었는데, 그들에게는 뭐 하나 쉬운 일이 없었다.

제하는 그녀와 함께 욕실로 향했다. 예강은 붕대에 손이 젖는 것도 아랑곳하지 않는 제하를 세워 두곤, 그를 조심스레 씻겨 주었다. 머리를 샴푸하고, 충분히 거품 낸 샤워 볼로 부드럽게 몸을 문질러 준 후 따끈할 정도로 더운물로 거품을 말끔히 헹궈 냈다. 욕망을 그대로 드러내는 남성을 볼 때는 귓불까지 뜨거워졌지만 애써 모른 체했다. 제하는 타는 눈동자로 바라보면서도 예강을 안지는 않았다.

머리를 말리는 건 제하가 해 주었다. 그는 따뜻한 바람이 나오는 드라이어로 머리를 바싹 말려 준 후, 예강에게 배가 고프냐고 물었다. 배달된 전복죽을 한 입씩 사이좋게 먹었다. 그녀가 먹지 않으면 제하도 안 먹을 것 같아서 주는 대로 먹으니 속이 뜨끈했다.

식탁에서 침실까지는 다시 제하가 그녀를 안아서 이동시켰다. 걸을 수 있다고 말하자 응, 하고 대답할 뿐 그녀를 내려놓지는 않았다. 발이 없는 사람이 된 것 같아 기분이 이상하면서도 눈가가 간질거렸다.

제하는 자신의 침실로 그녀를 데려왔다. 침대 맞은편 벽에 걸린 액자를 보니 속에서 무언가가 울컥거렸다. 연필 소묘로 그린 초상화 속의 얼굴은 예강의 얼굴과 많이도 닮아 있었다. 함께 찍은 사진 한 장 없다는 사실에 서러웠던 건, 그녀 혼자만이 아니었던 것 같았다.

"3년 전쯤인가. 학생 기록부 사진 보여 주고, 돈은 얼마든지 줄 테니까 지금쯤 네가 어떤 모습일지 상상해서 그리라고 했어."

제하가 그녀와 마주 누운 채 중얼거리듯 내뱉었다.

"그림 처음 받고 죽여 버리려다가 참았어."

초상화 속 그녀는 커다란 눈에 눈물을 가득 담고 있었다. 울음을 간신히 참아 내는 얼굴이었다. 꼭, 제하를 만나기 전 자신의 모습을 실제로 보고 그리기라도 한 것 같아서 더욱 묘한 기분이 들었다.

"근데 계속 생각이 나는 거야. 머릿속에 딱 달라붙어서 떨어지지가 않는 바람에 결국 다시 내놓으라고 전화를 걸었는데…… 이번엔 화가가 열이 받아서 안 팔겠다는 걸 겨우 설득해서 데려왔어."

"그림, 잘 그렸다."

"실재에 비교할 순 없어. 헛짓거리 하는 대신 널 찾았어야 했는데."

낮게 속삭이는 제하의 말에 예강의 속눈썹이 가늘게 떨렸다. 그가 그녀의 목덜미에 뜨거운 입술을 묻었다. 귀 아래 여린 살에 부드럽게 입 맞추며 올라온 제하가 그녀와 시선을 마주했다.

"홍콩에서 전화로 네 목소리를 들었을 때부터 이러고 싶었어."

"손, 안 아파?"

"아파. 많이."

남자가 그녀에게 높다란 콧날을 부딪치며 입술 바로 앞에서 속삭였다. 실내 온도가 서늘하게 맞춰진 방 안에서 제하의 몸은 기분 좋게 뜨거웠다.

"그러니까 안아 줘."

예강이 마침내 양팔로 그의 너른 등을 끌어안았다. 그가 울어서 부어오른 그녀의 눈가를 쓸며 낮게 물었다.

"나 많이 미워했어?"

쿵, 쿵, 빠르게 뛰는 예강의 심장 박동 소리가 고스란히 느껴졌다. 제하가 아니, 하고 고개를 젓는 그녀를 향해 어둑한 눈으로 중얼거렸다.

"난 너 미웠는데. 많이."

"그래도 내가 좋았잖아."

예강이 그를 보며 눈물을 단 채로 속삭였다. 그 언젠가 제하가 했던 것처럼 그의 진심을 대신 말해 주는 방법을 택했다.

"내가 미워서 견딜 수 없을 때조차도…… 내가 좋았잖아. 제하야."

"타들어 가는 내 속을 알면서도 끝까지 나한테 아무 말도 안 했어, 너."
"네가 이럴까 봐 말 못 한 거야."
"무슨 뜻이야?"
"너 자책하고 괴로워하는 거 보기 싫어서. 네가 아픈 거 보면 내가 더 아프니까."
"……."
"이제 나 때문에 아프지 마."
제하는 더 이상 참지 못했다. 예강의 목덜미에 진득하게 입술을 박으며 쉰 목소리로 속삭였다.
"나는 널 사랑해."
제하가 젖은 키스를 흩뿌리며 중얼댔다.
"처음부터 지금까지 쭉 그랬어."
그녀의 달아오른 피부를 마찰하는 그의 손이 뜨거웠다. 그의 숨결도, 그의 젖은 목소리도 온통 뜨거웠다. 예강은 지난 몇 년간, 이렇게 뜨거운 기분을 느껴 본 적이 없었다. 그래서 좋았다. 밀어 내고 싶지 않았다.
"나도…… 나도 그래, 제하야."
짤막한 그녀의 머리칼을 손으로 비집으며 제하가 그녀의 몸을 손으로 쓸었다.
"제대로 말해 줘."
제하의 깊은 시선은 너무나 달았다. 예강은 그제야 제하가 이런 방식으로 그녀를 바라볼 줄 아는 남자였다는 사실을 깨달았다.
"사랑한다고, 네 입으로 말해 줘."
"사랑해, 제하야."
제하가 더욱 뜨겁게 그녀를 비집었다. 아무리 가져도 부족했다. 그녀의 눈동자에 저만 보이게 만드는 방법이 있다면 영혼을 팔아서라도 사고 싶었다.

"떠나지 않을 거지."

예강이 흥분에 눈을 찌푸리며 고개를 저었다.

"나랑 영원히 함께 있을 거지."

그녀는 고개를 끄덕였다. 제하는 점점 더 뜨겁게 그녀를 몰아붙였다. 그의 이마에서 땀이 뚝뚝 흘러내렸다.

"네가 날 또다시 떠난다면, 난 그냥 요한이를 만나러 갈 생각이야."

예강이 놀라서 눈을 크게 떴다. 제하는 화를 내는 얼굴도 아니었고, 조소하는 얼굴은 더더욱 아니었다. 그저 다정한 얼굴로 그녀를 바라보며 나직하게 말을 이을 뿐이었다.

"여기까지도 간신히 버텼으니까."

그런 소리는 제발 입에도 담지 말아 달라고 말하는 것은 불가능했다. 예강은 아무런 말도 뱉지 못하고, 그저 눈가를 발갛게 물들인 채 흐느낄 수밖에 없었다.

"난 이제 한계야. 예강아."

예강은 그가 죽는 걸 두려워하지 않는다는 걸 누구보다 잘 알고 있다. 이미 열두 살 때 세상을 등질 생각이었던 그의 아픔을 듣고 제 일처럼 가슴 아파하던 그녀였다.

예강이 그의 목에 팔을 감고 입술을 붙였으므로 제하는 다음 말을 이을 수가 없었다. 그는 고개를 세차게 저으며 입을 막아 오는 예강의 키스를 기다렸다는 듯 받았다.

제하는 쉬지 않고 그녀를 밀어붙였다. 예강의 가느다란 팔이 그를 꽉 조이며 감쌌다. 그가 저 자신을 해하기라도 할까 봐 두렵다는 듯. 마치 어디에도 가지 말라는 듯이.

"그러지 마……. 그런 말…… 흐으…… 그런 말 제발 하지 마, 제하야……."

제하는 그녀를 품에 가두고 뺨 아래로 흘러내리는 눈물을 길게 핥았다.

붕대로 감긴 손안의 상처가 터질 만큼 힘을 주며 제하는 생각했다.

이번 생에서 이 여자를 가질 수만 있다면, 그는 얼마든지 비겁해져도 좋다고. 너와 나의 사랑을 지킬 수만 있다면 무엇이든 할 수 있다고.

* * *

몸이 으슬으슬 떨렸다. 소나기를 맞고 몸을 제대로 말리지 않은 채 차를 탄 게 원인인 듯했다. 그동안 맘 놓고 아프지도 못했던 예강의 몸에 축적되어 왔던 긴장이 한꺼번에 풀려서일 수도 있었다. 제하는 주말 내내 그녀의 곁을 지켰다.

그를 위해 채워 놓았던 냉장고의 반찬이 그릇에 보기 좋게 담겼다. 제하는 밥을 그녀에게 먹여 주며 자신도 함께 먹었다. 감기 옮는다고, 그러지 말라고 해도 소용없었다. 그는 옮으려면 벌써 옮고도 남았어야 했다며 그녀가 남긴 밥을 싹싹 다 비웠다.

사이좋게 병원엘 가서 제하의 상처를 보고, 그녀의 감기약을 처방받았다. 다친 상태는 제하가 훨씬 더했지만 환자 역할은 그녀의 몫이었다.

제하는 마치 이 시간을 간절히 기다려 왔던 사람처럼 열과 성을 다해 그녀를 간호했다. 부지런히 밥을 먹이고 약을 먹여 주었다. 급격한 체온 변화는 좋지 않다고 물에 적신 수건으로 그녀의 몸을 구석구석 직접 닦아 주기까지 했다. 왜인지 그게 더 부끄러워서, 그가 발가락을 훑어 줄 때는 눈을 뜰 수가 없었다.

"나 오늘은 내 방에서 잘 거야."

"그럴까?"

그는 그녀를 번쩍 들어 안아 예강의 방 안으로 들어온 후, 침대에 뉘였다. 그에게는 조금 작아 보이는 책상에 앉아서 그녀를 물끄러미 바라보며 물었다.

“나 없는 동안 이 방에서 뭐 했어?”

혹시라도 도망갈 게 두려워 카메라를 현관이 보이는 거실에만 설치한 걸 얼마나 후회했는지 모른다. 그의 마음도 모르고 예강이 모로 누운 채 작게 내뱉었다.

“당연히 네 생각 했지. 얘는 도대체 뭔데 이렇게 늘 날 울리나, 하고. 잠잠한 휴대폰도 괜히 한 번 보고. 네 명찰도 한 번 만져 보고.”

제하가 입술을 지그시 깨물며 신음처럼 중얼댔다. 그 모든 모습을 떠올리는 것만으로 피가 한곳으로 쏠린다.

“미치겠다. 진짜.”

제하의 뜨거운 시선에 괜히 부끄러워진 예강이 이불을 턱까지 끌어 올렸다. 제하는 그녀가 환자라는 걸 상기하며 한숨을 크게 쉬었다.

“내일 뭐 먹고 싶은 거 없어? 감기 나으려면 잘 먹어야 된다던데.”

“밀가루 음식 먹고 싶어. 매운 거. 라면 같은 거.”

“아픈데 자극적인 음식 안 좋아.”

“그래도 먹고 싶어.”

제하가 그녀를 바라보며 조금 웃었다.

“강예강, 아프니까 떼쓸 줄도 아네.”

예강이 열 오른 눈을 깜빡였다. 아프면 어리광을 부린다는 말은 그녀의 엄마가 자주 하던 말이었다. 오래간만에 듣는 말이기도 했다.

“떼쓰니까 보기 좋아.”

“그런 말이 어디 있어.”

“이제 뭐 해 줄까. 마음대로 요구 좀 해 봐.”

양복 안에 입는 셔츠가 아니라 편안한 검은 티셔츠 하나만 걸친 제하의 모습은 마치, 10년 전을 떠올리게 만들었다. 그와 그녀가 아직 서로에게 어떤 일이 일어날지, 아무것도 몰랐던 시절. 문제라고는 상대의 마음을 알지 못해 전전긍긍했던 것밖에 없었던 그 시절을 떠올리며 예강이 작게 속삭였다.

"재워 줘."

"그 침대는 좀 좁은데."

"그럼 불 끄고 나가. 잘래."

"떨어지지 않게 꽉 안고 자지 뭐."

스르륵, 눈을 감자 의자가 부드럽게 밀리는 소리와 함께 이불이 들춰졌다. 제하가 좁은 침대에 몸을 들이밀었다. 예강은 모로 누운 채, 팔베개를 해 주는 그의 품에 안겼다.

"이제 뭐 해 줄까."

약 기운이 퍼지는지 몸이 천천히 늘어졌다. 이대로 잠이 들어도 아무것도 걱정할 게 없다는 사실에 예강은 괜히 미간이 시큰했다. 이제껏 아등바등 사느라 맘 놓고 아프지도 못했다. 코를 작게 들이마시자 제하의 목소리가 정수리에서 낮게 울렸다.

"옛날이야기 해 줄까."

"응. 해 줘."

예강이 그의 가슴에 뜨거운 눈을 박고 속삭였다. 제하의 목소리를 들으며 잠에 빠지고 싶었다. 고작 감기 바이러스 하나가 사람을 무력하게 만드는 게 우스우면서도, 그 핑계로 그에게 맘 놓고 기댈 수 있다는 사실이…… 사실은 좋았다. 제하가 얼마만큼 다정할 수 있는 남자인지 누구보다 잘 아는 그녀였지만, 그와 다시 한번 이런 시간을 함께할 수 있을 거라고는 꿈에도 상상 못 했다.

"옛날, 항구 도시에 세상이 재미없었던 한 남자애가 살았어."

아래로 내리깔리던 예강의 속눈썹이 떨리며 위를 향했다. 제하는 그녀를 품에 안은 채 나직하게 이야기를 시작했다.

"왜 태어났는지를 의문하지만 정작 죽을 자신은 없었던 남자애의 눈앞에 어느 날 되게 예쁜 여자애가 하나 나타났어."

제하의 목소리는 평온했다.

"초콜릿색 머리카락이 앞으로 쏟아지는 모습이 달아 보였어. 그래서 뚫어져라 바라보는데 여자애는 그에게 눈길조차 주지 않아서 화가 났어."

예강은 고개를 들 수조차 없어 그저 그의 품에 안긴 채 귀를 기울일 수밖에 없었다.

"알고 보니 세상 사람들은 그걸 첫눈에 반했다고 한다더라."

두근. 예강의 심장이 아프게 뛰었다.

"눈 한번 마주치겠다고 수작을 걸었어. 그런데 여자애는 남자애가 얼마만큼 모자란 인간인지 1분도 안 돼서 간파해 버렸고. 이대로 가다간 안 되겠다 싶어서 정말, 초조했어."

예강은 가만히 숨죽여 그의 이야기를 들었다. 제하가 그녀의 머리카락을 부드럽게 손가락에 휘감았다.

"그래서 차근차근 계획을 세웠어. 여자애의 마음을 사로잡으려 의도적으로 접근했고 결국 원하는 걸 얻었어. 여자애는 정이 아주 많아서 그가 지닌 상처를 그냥 지나칠 수 없는 성격이었거든."

멍청한 남자애는 사실, 여자애의 불행까지 달가워했다. 자신만이 그 애를 구해 줄 수 있을 거라 착각하고 오만에 빠졌다. 그 불행이 몸집을 불려 그들을 집어삼킬 거라는 걸 꿈에도 생각하지 못했기에 가능한 일이었다.

이야기가 잠시 멈추었다. 예강은 그의 심장이 그녀와 같은 속도로 뛰는 것에 귀를 기울였다. 침묵 끝에 제하가 다시금 입을 뗐다.

"결국 여자가 떠났어. 벌받은 거지."

예강은 결국 천천히 고개를 들었다. 희미한 사이드 조명만이 켜진 방 안. 이야기 속 남자는 이제 그녀의 눈앞에 있었다.

"널 다시 만나기 직전에 내가 가장 두려웠던 건."

제하가 잠시 말을 끊었다.

"네 인생에서 나라는 사람이 완전히 없어져 버렸을지도 모른다는 거였어."

잊혀지는 것만은 도저히 참을 수 없을 것 같았다. 그럴 때마다 그는 악몽에 시달렸다. 시간이 지날수록 선명해지는 그녀의 잔상을 붙들고 살았다.

"그리고 네가 내 앞에 나타났어. 기적처럼."

예강은 천천히 손을 들어 그의 얼굴을 감쌌다. 그 우연을 기적이라 말해 주는 사람이 있어 고마웠다.

"넌 항상 그랬어. 내가 모든 것을 다 놔 버리고 싶을 때 나타났어."

완벽한 모범생을 연기했던 그가 아버지의 교회에서 복수하듯 목을 맨다면 어떨까 생각했을 때, 이대로라면 그녀가 그의 죽음을 뉴스로 확인하는 게 낫다고 생각했을 때.

"사막의 오아시스처럼, 신기루처럼 그렇게 나타나 주는 거야."

제하의 얼굴을 어루만지는 예강의 손이 가늘게 떨렸다. 제하는 그녀의 손 위에 자신의 손을 겹쳤다.

"바보."

예강이 가라앉은 목소리로 간신히 입을 떼자 제하가 그녀의 손바닥에 천천히 입을 맞추었다.

"지구의 나이를 하루로 봤을 때, 인간이 존재한 시간은 1분 남짓. 그중에 너와 내가 이 세상에 존재하는 시간은 그보다 더 짧겠지."

그녀의 손에 얼굴을 박은 채, 제하가 숨을 크게 들이쉬었다.

"만일 신이 이 세계를 창조했다면, 그 짧은 시간에 너와 내가 함께 있었다는 것쯤은 눈감아 주지 않을까."

그의 말이 그녀를 울렸다.

"지옥에 가야 한다면 내가 갈게."

예강은 그를 떠나 주려 했고, 그런 그녀를 기어이 붙잡아 둔 건 그였다.

"온몸이 갈기갈기 찢겨 죽어도 좋아. 유황불에 떨어져 평생 뜨거움에 고통받아도, 나는 좋아. 예강아."

예강이 고개를 흔들었다. 제하가 지금 당장 벌을 받고 유황불에 떨어진다는 것도 아닌데 겁이 나서 눈에 눈물이 차올랐다.

"기도 같은 거 해 본 적은 단 한 번도 없는데 지금 이 순간만은 그러고 싶다."

제하가 마른침을 삼킨 후, 속삭였다.

"너와 함께하는 이 시간. 지구의 나이에서 1분을 다시 수만 분의 일로 쪼개야 하는 이 찰나의 시간 동안만, 너와 함께하는 신기루를 허락해 달라고 기도하고 싶어."

그리고 제하는 눈을 감았다. 예강은 움푹 들어간 그의 눈우물을 바라보며 천천히 그에게 얼굴을 붙였다.

"제하야."

길게 빠져 아름다운 눈이 천천히 들려 그녀를 보았다. 처음 봤을 때부터 예강의 시선을 잡아끌었던 검은 눈동자를 보며 그녀가 속삭였다.

"간절히 바라면 이루어진다는 말, 예전엔 안 믿었거든."

예강은 그에게 말해 주고 싶었다. 너와 함께 있는 나는 신기루가 아니라고. 신에게 버림받았다고 생각한 그에게 증명해 주고 싶었다.

"근데 지금은 믿을래."

네 존재의 의미는 바로 날 위한 거라고.

"나랑 같이 살자, 제하야."

누가 먼저라고 할 것도 없이 입술이 포개졌다. 원래, 이렇게 되었어야 할 이야기였다.

10

땡. 땡. 땡.

철로에 안전 바가 내려왔다. 걸음을 멈추고 서자 덜컹덜컹, 땅을 강하게 울리며 달려오는 기차 소리가 들렸다. 바람이 얼굴을 스치자 곁에 있던 제하가 그녀의 어깨를 감싸 안았다.

9월. 열대야도 한풀 가셨는지, 해가 진 밤에는 이제 그리 덥지 않았다. 예강이 지금 생각해도 아찔하게 제하와 재회한 지도 어느덧 두 달째였다. 그를 처음 만났던 열아홉 살 이후, 예강의 인생에서 가장 큰 일이 일어난 두 번째 여름이었다.

"가자."

"응."

예강은 그의 허리에 팔을 두른 채, 안전해진 철로를 건넜다. 누가 봐도 연인임을 의심할 수 없는 친밀한 자세. 처음에는 조금 서먹했지만 날이 갈수록 자연스러워졌다. 제하는 정확히 오전 8시에 집을 떠나 사무실로 출근했고 늦어도 오후 5시 반까지는 집으로 돌아왔다.

정말로 신혼부부처럼 출퇴근을 하는 남편과 함께 사는 아내가 된 기분이었다. 예강은 오전에 그를 위해 과일 주스를 만들고 현관 앞에서 샌드위치나 도시락을 든 그를 배웅했다. 늘 제하와 함께 다니는 장 비서의 것도 준비해 내밀었던 건 처음 며칠뿐으로, 효원에게 단 한 번도 전해지지 않았다는 사실을 알게 된 후 그만두었다.

어릴 때에는 감추기나 했었는데. 지금은 독점욕을 감출 필요도 여유도 없는 제하는 그의 몫과 효원의 몫까지 다 먹고는 그 에너지를 퇴근하자마자 모두 예강에게 쏟아부었다.

그렇다고 저녁을 건너뛰는 것도 아니었다. 식당에서 일했던 실력이 아직 녹슬지 않았는지, 그녀가 처음 요리를 한 날 제하는 밥을 세 공기나 먹고 결국 소화제를 삼켰다. 염려하는 눈빛을 보내는 예강을 끌어안으며 가장 좋은 소화법은 운동이라고, 그릇이 채 정리되지도 않은 식탁 테이블 의자에서 사랑을 나누었다.

제하는 성적인 말도 서슴지 않고 했다. 과학실에서 키스하자고 농담하던 고등학생은 그나마 귀여운 편이었다. 가끔 그가 '회의고 뭐고 집어치우고 지금 너 안고 싶다'라는 노골적인 메시지를 보내올 때면, 예강은 누가 보지도 않는데 괜히 두리번거리며 얼굴을 붉히곤 했다. 실제로 제하가 출근한 지 몇 시간도 되지 않아 집에 불쑥 다시 돌아온 적도 몇 번이나 있었다.

주말에는 여느 평범한 커플처럼 바깥에 나가 외식을 했다. 지난주에는 고즈넉한 횟집에서 이제 막 제철에 접어들었다는 전어를 먹었고 2차로는 복작거리는 호프집에서 먹태 안주로 맥주도 마셨다.

"어. 벌써 대기 인원수가 이렇게 되나?"

허름해 보이지만 소문난 맛집이라는 장 비서의 정보가 틀리지는 않은 것 같았다. 제하는 요즘 주말마다 예강과 함께 데이트를 하느라 자칭 미식가인 효원의 덕을 톡톡히 보고 있는 중이었다.

"그냥 다른 데 갈까?"

예강이 그를 올려다보며 조심스레 물었다. 말은 그렇게 하지만 사람들이 문 앞에서 길게 줄까지 서서 먹는 식당이 어떤지 꼭 가 보고 싶은 눈치였다. 그녀는 오늘 뭘 했는지 입술이 반짝거렸다. 얇은 크림색 캐시미어 니트는 손등까지 내려와 여린 몸매를 돋보이게 만들었고 그 와중에 가슴은 커서 윤곽이 그대로 드러났다. 조금 길어져 미용실에서 단발로 다듬은 머리는 뺨 근처에서 살랑거리며 보는 사람의 기분을 묘하게 만들었다.

"제하야. 다른 데 가?"

제하는 일단 오물거리는 그녀의 입술에 발린 립스틱이라도 핥아 지워 주고 싶다고 생각하며 그녀의 어깨에 팔을 둘러 제게로 딱 붙였다.

"아니. 맥주나 한잔하면서 기다리지 뭐."

제하가 옆집을 눈짓했다. 맥주를 판다는 간판이 보였다.

"맥주만 마시기에 좀 미안한데……."

"담엔 저기 가서 많이 시켜 먹으면 되잖아."

제하가 그녀의 손을 잡아끌었다. 친절해 보이는 여주인은 시원한 생맥주를 빠르게 가져다주었다. 예강은 그와 잔을 부딪치며 꿀꺽, 꿀꺽, 시원한 맥주를 들이켰다. 제하가 그런 그녀를 부드럽게 바라보며 손을 맞잡았다.

"맛있어?"

"응. 오늘 날씨가 좋아서 아파트 뒤쪽에 한참 산책했거든. 은근히 갈증 났었나 봐."

"다리 안 아파?"

"괜찮아."

"집에 가서 주물러 줄게."

제하가 자연스레 맥주를 들이켰다. 예강은 저도 모르게 얼굴이 붉어져 서둘러 맥주잔을 들었다. 며칠 전, 다리를 주물러 준다는 핑계로 시작해 엄한 데까지 손을 뻗치던 그의 모습이 떠올라 버린 까닭이었다.

"여기 봐 봐."

맥주 거품이 묻은 모양이었다. 제하가 티슈를 슥 뽑더니 그녀의 입술을 꼼꼼히 지웠다.

"됐다."

그가 그녀를 보며 씩 웃는 모습에 가슴이 두근거렸다. 그러는 사이, 옆 가게에 자리가 났다.

"닭갈비 2인분이랑…… 어, 쫄면 사리도 맛있겠는데."

"그것도 먹자. 이따가 볶음밥도 먹고."

예강이 그와 함께 메뉴를 고르며 눈을 반짝였다. 별것 아닌 평범한 일상이었지만 제하와 함께하면 더 이상 평범하지 않은 게 되는 기분이었다.

"그래. 그럼 여기 닭갈비 2인분하고, 쫄면 사리 일단 하나만 주세요."

"그것도 두 개 하지 왜."

물을 따르며 묻는 제하의 말에 예강이 어깨를 으쓱했다.

"이따 밥도 시킬 건데 일찍 배부르면 아깝잖아."

"그래. 이쁜 애인 말 들어요. 잘생긴 총각."

"애인이 아니고 와이픕니다."

제하가 자연스레 되받자 예강의 얼굴이 새빨갛게 달아올랐다. 지난주에도 제하는 누군가에게 그녀를 아내라 소개했다. 상대가 "신혼이구만?" 하며 그녀를 향해 웃음을 지었다. 예강은 아까 맥주를 괜히 마셨다 생각하며 제하가 건네준 차가운 물을 마셨다.

"예. 소주 한 병이랑 콜라도 한 병 주십시오."

주문한 음료가 먼저 나오고 얼마 지나지 않아 음식이 나왔다. 제하는 아주머니의 말에 따라 열심히 나무 주걱으로 타지 않게 고기를 뒤적거렸다.

"제하야. 내가 할게, 좀 먹어."

"아까 아주머니 말 못 들었어? 이런 건 남자가 하는 거라잖아."

제하가 씩 웃으며 아, 하고 입을 벌렸다. 예강은 그의 입에 고기를 쏙 넣어 주었다.
"한 세 개 더."
"한꺼번에 그렇게 많이 먹어도 돼?"
"요즘 운동 많이 하니까."
태연한 말투였지만 눈썹을 슬쩍 들어 올리는 모습이 조금 능청스럽게 느껴지는 건 그녀의 착각일까.
"넌 술 이제 그만 마셔."
"왜……?"
"술 취하면 혼자 일찍 자 버리니까 야한 운동 못 하잖아."
이럴 줄 알았다. 예강이 고구마를 씹다 말고 눈을 크게 떴다. 목소리는 크지 않았지만 혹시 누가 들었을까 싶어 고개도 돌릴 수 없었다. 그녀는 화제를 이어 가는 대신 바꾸기로 했다. 어차피 여기서 이야기를 길게 이어 나가 봤자 더욱 민망한 상황만 벌어질 게 틀림없었다.
"너 왜 사람들 앞에서 자꾸 나 유부녀 만들어?"
그녀를 아내라고 말하는 그에 대한 소심한 반항이었다. 얼굴을 붉히며 말을 돌려 하는 예강을 보며 제하가 소주잔을 꺾었다.
"동거녀라고 소개하긴 싫으니까."
"여자 친구라는 말도 있거든."
"난 너랑 친구였던 적 단 한 번도 없어."
그가 빈 잔을 내려놓으며 싱긋 웃었다. 예강은 손등으로 열 오른 뺨을 지그시 눌러야 했다.
"처음 봤을 때부터 내 거였지."
비식 웃는 제하를 보니 어이없게도 가슴이 두근, 뛰었다. 그 와중에 음식은 완벽했다. 제하는 음식이 없어지는 속도와 정확하게 맞추어 소주 한 병을 다 마시고는 자리에서 일어났다.
"와, 진짜 맛있었다."

“응. 잘 먹었어.”
제하가 자연스레 그녀의 손을 잡았다.
“그럼 우리 걸어갈까?”
“집까진 좀 멀 텐데.”
“걷다가 힘들면 버스 타자.”
“그래.”
예강은 순순히 답하는 제하의 손을 잡고 캄캄해진 동네를 걸었다. 오래된 동네 사이로 보이는 마천루가 신기했다.
땡. 땡.
아까 지났던 철로에서 다시 종소리가 울렸다. 시간이 흘렀어도 변하지 않는 것이 있듯이 기찻길은 여전히 예강을 감상에 빠지게 하는 장소였다. 제하가 가만히 눈을 깜빡이며 서 있는 그녀를 보더니 문득 손을 놓고 뒤로 물러섰다.
“예강아, 잠깐만.”
“응?”
“거기 서 있어 봐.”
제하가 그녀를 세워 놓고 휴대폰을 꺼내 들었다. 그가 뭘 하려는지 알아챈 예강이 서둘러 손을 내저었다.
“찍지 마. 나 이상해.”
“처음 찍는 네 사진이야. 잠깐이면 돼.”
땡. 땡. 땡.
종소리가 빨라지며 차단기가 내려왔다. 철길 건널목이 막혔으므로 예강은 어쩔 수 없이 자리에 서서 그를 바라볼 수밖에 없었다. 기차가 땅을 울리며 다가오더니 그녀를 지나쳤다. 세찬 바람이 훅 불어 그녀의 짤막한 머리칼을 마구 헝클였다. 손을 들어 이마를 쓸어 넘기는 순간 제하가 셔터를 눌렀다.
“어디 봐 봐.”

"자."

제하가 건네준 휴대폰에 찍힌 사진은 의외였다. 뒤에 지나가는 기차를 배경으로 한 그녀는 제하를 향해 활짝 웃고 있었다. 나는…… 제하에게 이런 모습으로 보이는구나. 사랑에 빠진 여자의 얼굴이 붉었다.

"근데 왜 하필 기차 지나갈 때 찍었어?"

"그럼 안 돼?"

"바람에 머리 다 날렸잖아. 처음이면 좀 더 괜찮게 찍고 싶었는데."

"네가 기차 안이 아니라 바깥에…… 내가 손 뻗으면 닿을 수 있는 거리에 있는 게 좋아서."

예강은 그제야 어떤 사물이나 장소가 사람에 따라 다르게 기억될 수 있다는 당연한 사실을 깨달았다. 그리고, 제하에게 가장 강력하게 남아 있는 이미지가 무엇일지도.

"담엔 같이 기차 여행이라도 갈까?"

"음. 기차 안 탄 지 10년은 넘은 것 같아서 좀 무서운데."

옅게 웃으며 농담처럼 중얼거리는 제하를 보자 예강은 괜히 눈물이 날 것 같았다. 그가 그녀의 손에서 휴대폰을 가져가더니 고개를 숙여 그녀의 입술에 쪽, 하고 입을 맞추었다.

"네가 손잡아 주면 괜찮을 것 같다."

그녀는 제하의 팔짱을 끼고 안전 바가 올라간 철로를 천천히 걸었다. 멀리서 기차가 멀어지는 소리가 들렸지만 이전처럼 무작정 올라타고 싶다는 생각은 들지 않았다. 그녀는 다만, 제하와 함께하는 집으로 돌아가고 싶었다.

* * *

저녁을 먹고 사이좋게 설거지를 했다. 예강이 샤워를 마치고 그녀를 안으려는 제하의 손을 잡고 데려온 곳은 아파트 단지 안, 테니스 코트 옆에 있는 농구 코트였다. 칠이 벗겨진 농구 골대에는 그물이 없었다. 늦은 밤, 농구 코트를 찾는 이도 없었다.

"지금도 농구 잘해?"

누군가 버려두었는지 벤치 구석에서 굴러다니는 농구공을 집어 들며 예강이 제하를 향해 물었다.

"글쎄. 하도 오래돼서."

탕. 탕.

예강은 빛바랜 오렌지색 농구공을 바닥에 튕기며 그에게로 다가와 앞에 섰다. 턱을 치켜드는 그녀의 얼굴이 사뭇 도전적이었다.

"우리 내기할래?"

"난 웬만한 내기에선 잘 안 지는데."

"져 달라고 한 적도 없거든요?"

예강이 눈을 흘기자 제하가 작게 소리 내어 웃었다. 미소를 띤 얼굴이 그녀에게 가까이 다가왔다. 단지 안에 켜진 파란 가로등 불빛에 비친 얼굴이 근사했다. 샤워를 한 직후라 머리카락이 자연스레 이마를 가리고 있는 그는 마치 소년처럼 보였다.

"좋아. 내기라고 했지? 뭘 걸 거야?"

"음. 지금은 가진 게 없어서 딱히 걸 건 없고."

"서재에서 한 번 더 할래?"

예강이 눈을 흘기며 농구공으로 그의 가슴을 툭 치자 제하가 낮게 소리 내어 웃었다.

며칠 전, 그들은 꽤나 목소리를 높여 말다툼을 했다. 예강이 서재에 있는 제하의 컴퓨터로 아르바이트 자리를 찾아본 게 화근이었다. 그녀가 구직 활동을 한 건 제하가 회사에 있을 시간이었는데, 그가 도대체 그 사실을 어떻게 알았는지 컴맹인 예강이 알 수 있을 리가 없었다.

제하는 그녀가 일을 하는 게 싫다고 딱 잘라 말했다. 예강이 평생 몸을 움직이고 살아서 집에 있는 게 익숙하지 않다고 설명을 했을 땐, 잠시 아무 말도 하지 않고 눈썹을 일그러뜨린 채 그녀를 뚫어져라 바라보았다. 그때 제하의 얼굴은 정말이지 무서울 정도였다.

"그럼 이제부터 평생 놀고먹어. 아무것도 하지 마."

"제하야, 나는 그냥 아무것도 안 하고 있는 게 좀 불편해. 솔직히 말하면 불안하기도 하고."

"사람을 왜 이렇게 비참하게 만들어? 왜 이 세상에 너 혼자만 있는 것처럼 구냔 말야. 뭘 원하든 내가 다 해 준다고 했잖아. 내가 그러고 싶어서 미치겠는 거, 네 눈엔 안 보여?"

예강은 그제야 제하가 화를 내는 게 아니라 자책하고 있다는 사실을 알았다. 그는 예강이 고생 고생 하면서 살아온 10년을 되돌릴 수 없다는 사실이 가끔 견딜 수 없이 화가 난다고 했다. 돈을 주고 살 수 있다면 모든 걸 다 털어서라도 시간을 돌리고 싶다는 그의 앞에서 예강이 계속 고집을 부리는 건 불가능한 일이었다.

"알았어. 이왕 노는 김에 좀 더 놀지 뭐."

"평생 놀아."

"그럼 우리 화해한 거다."

"난 아직 안 끝났어."

제하의 사무실이나 다름없는 곳에서 주말 대낮부터 벌어졌던 낯 뜨거운 일을 생각하자 예강은 덥지도 않은데 입술이 말랐다.

"내기에서 이기면 뭐 해 줄 거냐고."

여전히 웃음 띤 얼굴의 제하를 보며 예강이 흠, 하고 헛기침을 했다.

“자유투 성공하는 사람 소원 들어주기.”

“뭐든?”

그제야 제하는 흥미가 돋는 듯했다.

“뭐든.”

예강이 공을 안은 채 여린 어깨를 으쓱했다. 제하의 큰 맨투맨 티셔츠는 그녀가 입으니 원피스처럼 길고 헐렁했다. 네크라인에 드러나는 쇄골에 입맞추고 싶다고 생각하며 제하가 확인하듯 되짚었다.

“번복하기 없기다.”

“내가 할 소리야. 대신 나부터.”

제하가 빙긋 웃으며 고개를 끄덕였다.

“그래. 내가 시작하면 넌 도전해 보지도 못하고 게임 끝날 테니까.”

“이제하. 너 가끔씩 진짜 얄미운 거 알아?”

“넌 이렇게 좀 자극해 줘야 잘하더라고. 경험상.”

예강은 마치 그녀를 놀리는 것 같은 제하를 뒤로하고 라인이 흐릿하게 지워진 코트 중앙에 섰다. 한 달 동안 몇 번이나 비밀리에 연습했으니까 잘할 수 있겠지. 오래된 백보드에 머릿속으로 네모 칸을 그리며 드리블을 했다. 긴장해서인지 손에 자꾸만 진땀이 났다.

휙!

백보드에 맞고 아슬아슬하게 튕겨 나오는 공을 보며 제하가 휘파람을 불었다.

“아쉽네. 힘을 조금만 뺐어도 좋았을 건데.”

공 한번 던졌을 뿐인데 기운이 다 빠지는 것 같았다. 예강은 아쉬운 맘에 한숨을 길게 내쉬었고 제하는 싱글거리며 웃었다.

“자, 이제 내 차례지?”

텅텅 굴러오는 농구공을 제하가 집어 올린 후, 가볍게 공중으로 던졌다가 잡았다. 농구공이 빙그르르 공중에서 회전하며 그의 손에 안착했다.

"소원 들어줄 준비 해."

탕. 탕. 바닥에 공을 두 번 튕긴 후, 제하가 공을 잡은 채 골대를 응시했다. 집중하는 그의 옆모습을 바라보며 예강이 불쑥 내뱉었다.

"이거 비밀인데, 사실 나 너 농구하는 거 되게 멋있어 보였었어."

안정된 자세로 공을 던지려던 제하가 멈칫했다. 예강은 그런 그를 아랑곳하지 않는 듯 마치 혼잣말처럼 말을 이었다.

"재수 없을 정도로 잘생긴 애가 운동장에서 막 날아다니는데 눈을 못 떼겠더라고. 일부러 나 거기 있는 거 알고 의식해서 더 그랬던 건가?"

탕. 집중이 흐려진 듯 제하가 다시 공을 한 번 더 튕겨 잡았다. 그런 그의 뒤로 예강이 다가오더니 살며시 허리를 끌어안았다.

"대답 좀 해 줘 봐, 제하야."

제하의 몸이 크게 부풀었다가 제자리를 되찾았다.

"너 지금 이러는 거 좀 반칙 같은데."

"형평성 맞추는 거야. 레벨 차이라는 게 있잖아."

예강이 양팔로 그의 허리를 더욱 꽉 끌어안은 채, 중얼거렸다. 제하는 자신의 심장이 점점 더 박동 소음을 키워 나가는 것을 느꼈다. 그녀와 함께 있으면 이러지 않은 적이 없었다.

탕.

탕.

탕.

그가 가지고 있는 농구공이 바닥이 까진 초록색 코트를 두드리는 소리가 멈추었다. 그가 숨을 몰아쉬는 소리. 쿵, 쿵, 하는 심장 소리가 이어지고 마침내 농구공이 골대를 향해 포물선을 그리며 휙 날아갔다. 제하는 몸을 돌려 예강의 얼굴을 붙잡고 그대로 고개를 묻었다. 뜨겁게 키스한 후, 제하가 서서히 입술을 뗐다.

"맞아."

"뭐가?"

"일부러 그랬어. 네가 다른 남자애랑 앉아 있는 거 보고, 몸에 열이 뻗쳐서 견딜 수가 없더라고. 네 발치에 공 날린 것도 계획적이었고."

"창민이는 무슨 죄니?"

"다른 남자 이름 입에 막 올리면 지금이라도 찾아가서 혼내 준다."

예강은 주먹으로 그의 가슴을 아프지 않게 툭, 쳤다. 제하가 아아, 하며 엄살을 피우듯 인상을 찌푸렸다. 그녀의 긴장을 풀어 주려는 속셈이지만 농담 속에 진담이 분명히 자리하고 있음을 안다. 예강은 이제, 그가 자존심만큼이나 소유욕과 집착이 강한 남자라는 사실을 잘 알고 있었다.

이렇게 된 책임의 반은 자신에게 있는 것 같아서 조금, 미안한 마음까지 들었다. 그녀는 이제 제하가 그녀의 곁에서 불안한 대신 편안하고 안락한 느낌을 받길 원했다. 그의 곁에 있는 그녀가 그러하듯이.

"공은 들어갔어?"

"혹시 져 주길 바랐던 건가 싶어서 솔직히 마지막까지 고민했어."

이미 골대를 통과해 바닥에 가볍게 튕기고 있는 농구공을 바라보며 예강이 후후 웃었다.

"근데 소원권을 도저히 포기 못 하겠더라."

"알았어. 소원이 뭔데."

모든 것을 다 가질 수 있는 남자의 소원이라고 해 봤자, 고작해야 오늘 밤 그녀를 어떻게 뜨겁게 가질지에 대한 것일 거라고 생각했다. 제하가 고개를 기울이며 그녀에게 말했다.

"결혼하자."

알싸한 가을 공기에 제하와 함께 쓰는 샤워 코롱 냄새가 뒤섞였다. 아아. 이러면 계획이 완전히 어긋나 버리는데. 아쉬운 얼굴로 예강이 탄식하자 제하가 마른 입술을 혀로 슬쩍 쓸었다.

"표정이 왜 그래?"

그의 눈동자에 불안이 물들기 전, 예강은 그에게 사실을 말해 주기로 했다. 제하가 초조해하는 모습을 보며 놀려 주고 싶은 마음도 있었지만, 그랬다가는 침대에서 나오지 못하는 일이 벌어질지도 몰랐다.

"그거 내 소원이었거든."

"……뭐라고?"

"자유투 보란 듯이 성공하고, 너한테 내가 먼저 청혼하려고 했다고. 근데 이런 것까지 이겨 먹어? 진짜 치사하다……."

제하가 다시 키스했으므로 그녀는 말을 이을 수가 없었다. 알고 있었다. 제하가 그녀에게 이 말을 하고 싶어서 전전긍긍했었다는 사실은. 그의 서재 서랍 깊숙한 곳에 눈을 뗄 수 없을 만큼 화려한 반지가 든 케이스가 있다는 것도.

"청혼해 줘."

제하가 그녀에게 숨을 몰아쉬며 속삭였다. 예강은 뭔가 잘못 알고 있는 게 틀림없다. 아마 그는 평생 강예강을 이길 수 없을 것이다.

"소원이 그건 줄 알았다면 골 안 넣었을 거야. 해 줘. 빨리."

예강은 눈물 맺힌 눈으로 그를 보며 웃었다.

"결혼하자, 제하야. 우리 진짜 행복하게 살자. 넌 나한테 잘할 거잖아. 그거 내가 알거든. 눈물 나게 잘해 줄 거 내가 확신하거든."

"그걸 어떻게 확신하는데?"

"네 얼굴에 다 쓰여 있어서."

제하가 그녀의 입술에 다시 자잘한 입맞춤을 퍼부으며 속삭였다.

"오늘 혹시 무슨 날이야?"

오늘은 10월의 마지막 날.

지키지 못한 약속이 떠올라 매년 어김없이 피하고 싶었던 날이었지만 올해만큼은 달랐다. 해묵은 세월만큼 밀렸던 선물을 한꺼번에 주고 싶어서, 예강은 달력을 보며 하루하루를 손꼽아 기다렸다.

밤거리를 달려 네게 닿고 싶었던, 그 마음 그대로 나는 여기 있어. 예강은 대답 대신 그에게 더 가까이 닿으려 발뒤꿈치를 잔뜩 들었다.

* * *

눈이 부셨다. 만추는 찬란했다. 예강은 잠시 그 자리에 서서 고개를 들어 하늘을 보았다. 노랗게 물든 은행잎은 마치 타오르고 있는 것처럼 보였다. 은근하지만 뜨겁게. 태양 빛을 한껏 머금고 제 존재를 마음껏 드러내는 금물결이 우수수, 떨어져 날렸다. 멍하니 풍경에 눈을 빼앗기고 있는데 휴대폰이 울렸다.

"응, 제하야."

—뭐 해?

그가 부드러운 목소리로 물었다.

"장 보고, 날씨가 좋아서 산책 좀 하려고."

—누가 전화번호 물어보면 어떻게 하라고 했지?

진지하게 묻는 물음에 웃음이 났다.

"네 전화번호 대신 가르쳐 주라며. 근데 회사 대표가 그렇게 한가해?"

짐짓 장난스레 되묻자 제하가 능숙하게 받아쳤다.

—너 귀찮게 하는 남자들 상대할 시간은 항상 있지.

"쓸데없는 걱정 안 해도 돼, 바보야."

예강이 후후 웃으며 속삭였다.

"나 모자 쓰고 다니면 아직도 고등학생인 줄 알걸?"

—그런 말 함부로 하면 안 되는데. 나 잡혀가. 강예강.

제하는 그녀의 말을 잘못 알아들은 듯했다. 누가 봐도 평범한 차림의 그녀를 귀찮게 할 남자가 없다는 뜻이었는데. 눈치 빠른 그가 둔할 때는 바로 이럴 때였다. 아마 제하는 예강이 누더기를 걸치고 있다 해도 똑같이 흥분할 게 틀림없다.

—하긴, 교복 입으면 그때랑 똑같을 것 같긴 한데. 하나 사 오라고 할까?

작게 덧붙이는 제하의 목소리에 짓궂은 기대감이 묻어났다.

—대신 내 앞에서만 입어라. 명찰도 있으니까 잘됐네. 그건 내가 직접 달아 줄게.

예강의 두 뺨이 자동으로 달아올랐다.

“무, 무슨 소리야? 싫어. 민망해.”

제하가 옅게 웃더니 숨을 크게 들이쉬었다. 수화기를 얼마나 입가에 가까이 가져다 댄 건지, 그의 숨소리까지 다 들렸다. 그럼에도 그게 싫지 않아, 예강은 휴대폰을 귓가에 꼬옥 붙였다.

—민망할 것도 많다. 벗으란 것도 아니고 입으란 건데. 대체 무슨 생각을 한 거야?

“제하야. 너 일 안 해?”

—지금 일하고 있는데. 너한테 끊임없이 삽질하고 있잖아.

멀리서 울리는 사무실의 전화벨 소리가 구세주처럼 느껴졌다. 예강이 서둘러 통화를 마무리 지었다.

“삽질은 그쯤하고 얼른 일하세요, 대표님.”

—음. 너 우리 회사 취직할래?

“뭐?”

—일하고 싶다며. 직책으로 불리는 거 반가웠던 적 단 한 번도 없는데, 네가 그러니까 좀…….

변태가 되는 기분이야, 제하가 은근한 목소리로 속삭이는 순간 다시 내선이 울렸다.

“나 이제 장 봐야 돼. 끊는다.”

—나 진짜 지금 가면 안 돼?

“안 돼.”

제하가 약하게 한숨을 내쉬었다. 학교 가기 싫은 아이 같은 투정이 묻어나는 것 같아 살짝 웃음이 났다. 예강이 그에게 속삭였다.

"교복은 너도 입겠다면 한 번쯤 생각만 해 볼게."

* * *

예강은 살이 통통하게 오른 갈치를 골랐다. 아파트에서 가장 가까운 마트는 최상품의 식료품을 판매하는 대신 가격이 비쌌다. 예전이라면 엄두도 못 냈을 가격이었지만 망설이지 않고 지갑을 열었다.

제하는 조용하고 신속하게 밥을 먹었는데 게걸스레 먹는 것 같지도 않으면서 정신을 차려 보면 밥공기가 싹 비워져 있었다. 집에서 뭘 먹은 지가 언제인지 생각이 나지 않는다고 스쳐 가듯 말한 이후, 저녁 식사만큼은 꼭 정성을 들여 만들어 주고 싶었다. 점점 선선해지는 계절이니 푹 익힌 무와 고구마 순을 곁들인 칼칼한 갈치조림을 내면 좋을 것 같았다.

"저기요. 혹시 우리 어디서 만난 적 있나요?"

화장실에서 손을 씻던 예강이 고개를 들어 거울을 보았다. 트렌치코트를 입고 세련되게 화장을 한 여자가 자신을 보며 눈을 가늘게 뜬 채 미간을 모으고 있었다.

"제가 원래 함부로 말 걸고 이런 사람은 아닌데요, 이상할 정도로 너무 낯이 익어서요."

"아…… 오랜만이다."

예강은 그녀를 보며 어색하게 웃었다.

"상미야."

상미는 헤어스타일만 바뀌었을 뿐, 예전과 그대로였다. 눈이 마주치자마자 그녀를 알아본 예강과는 달리, 상미는 그제야 눈을 커다랗게 떴다.

"강예강? 어머, 웬일이야. 입 여니까 알겠다. 옛날이랑은 완전 딴판이네.

다른 사람인 줄 알았어."

예강은 드러난 목덜미를 괜히 손으로 쓸었다.

"잘…… 지냈어?"

"화장실에서 이러고 있지 말고, 바쁜 거 아니면 커피 한잔하자."

예강이 대답을 하지 못하고 망설이자 상미가 어색한 표정으로 웃었다.

"혹시 옛날 일 때문에 아직 나한테 섭섭하니?"

그 나이 또래 여고생들의 기 싸움이었다. 상미가 자신에게 못되게 구는 것이 미워서 그녀 역시 마지막에는 저주를 퍼부었다. 상미의 집안이 망한 게 제 탓인가 싶었을 때도 있었다. 하지만 상미의 표정에는 해묵은 미움도, 사건 이후 쏟아졌던 동네 사람들의 차가운 눈초리도 보이지 않았다.

"나도 미안해서 그래. 커피 한잔 살 기회는 줘."

생각해 보면 상미는 겨울이 되기 전 전학을 갔다. 지역 신문을 떠들썩하게 만들었던 요한의 납치 사건을 설마 모르는 걸까. 잠시 머뭇거리던 예강이 상미를 바라보며 입을 뗐다.

"커피는 내가 살게."

"기집애. 새침한 건 여전하다."

예강은 깔깔 웃는 상미의 곁에서 흐리게 미소 지었다.

* * *

달칵. 커피 잔을 내려놓는 상미의 손이 고왔다. 그녀와의 마지막은 화장실에서 머리채를 붙잡고 싸웠던 거였는데, 재회 장소가 또다시 화장실이라는 사실을 그제야 깨닫자 조금 민망했다.

"난 대학교 1학년 겨울에 남편이랑 소개팅으로 만나서 운 좋게 결혼했어. 아니었다면 지금쯤 어떻게 됐을지 상상도 안 가네. 알지? 우리 집안 완전히 쫄딱 망한 거. 부자는 망해도 3대 간다고 누가 그래? 정말 이렇게까지 바닥으로 떨어질 수 있을까, 싶었어. 집안 가구에 딱지 붙는 건 드라마에서나 있는 일인 줄 알았거든. 우린 빨간색이 아니라 하얀색이긴 했지만."

"미국 친척 집에 간 거 아니었어?"

"미국은 무슨. 그때 우린 비행기 표 살 돈도 없었는데."

도망치듯 고향을 떠난 이후, 상미는 전액 장학 조건으로 항공과를 가서 스튜어디스가 될 생각이었다고 했다. 학교를 최대한 빨리 졸업하고 취업 전선에 뛰어들려고 했는데 취업이 아니라 취집이 되었다고 웃는 그녀에게서 아쉬움은 전혀 느껴지지 않았다.

예강은 그녀의 남편이 건축 사무소를 운영한다는 사실, 그리고 그녀가 아무것도 없는 상태에서 결혼해 까다로운 시집의 비위를 맞추느라 무던히 애를 썼고 남편의 내조를 완벽하게 해내면서도 뒤에서는 몰래 친정을 건사했다는 이야기를 들으며 "많이 힘들었겠구나." 하고 작게 내뱉었다.

"애 아빠가 여자 문제로 골치 아프게 했을 때가 제일 힘들었지. 그걸 알고서도 친정 엄마가 참고 살라고 말했을 땐 더더욱."

예강이 뭐라고 답해야 할지 몰라 애매하게 미소 짓자 상미가 피식 웃으며 화제를 바꾸었다.

"창민이랑도 아예 연락 안 하는 모양이더라? 너희 둘이 꽤 친했잖아."

"아…… 아니."

그녀의 입에서 공통적으로 아는 사람의 이름이 나오자 심장이 조금 빨리 뛰었다. 창민과의 마지막. 옥상에서 일어났던 일은 그녀에게도 그리 유쾌한 경험이 아니었지만 문제는 그것만이 아니었다.

"걔 고등학교 때 잠깐 방황하다가 정신 차리고 재수해서 미대 갔잖아. 걔네 엄마 결국엔 이혼했는데 그 뒤에 손대는 장사마다 대박 나서 아들한테 완전 올인했지 뭐. 유학 갔다 와서 지금은 나름 전시회도 여는 작가야. 와이프는 사진 하는데 둘 다 좀 이상한 게 잘 어울리고. 난 우리 엄마가 걔네 엄마랑 친해서 소식은 끊기지 않고 들었거든."

상미 역시 과거 사람들과 단절하고 살았던 게 아니라면 과연 그녀와 제하의 일을 모를 수가 있을까. 불가능하다는 답에 이르기까지는 찰나의 시간도 걸리지 않았다.

"그래도 우리 중에 제하가 제일 유명하지. 동창회 때는 코빼기도 안 비추는데도 술만 마시면 걔 얘기가 젤 많이 나오는 것도 당연해. 예나 지금이나, 하여튼 대단하다니까."

상미가 처음으로 씁쓸한 표정을 지었다. 아이스커피를 한 모금 크게 빨아들이곤 이전과는 달리 조심스러운 말투로 입을 뗐다.

"너도 그동안 고생 많이 했을 것 같은데."

동정과 연민을 드러내는 상미의 표정에 예강은 마음이 불편해졌다. 상미의 눈빛에 악의는 느껴지지 않았지만 왠지 그 자리가 가시방석이 된 것 같았다.

"이런 말 어떻게 들릴지 모르겠어. 근데, 난 부모가 잘못했는데 왜 책임은 자식이 져야 되는지 정말 이해할 수 없거든. 솔직히 자식이야말로 제일 큰 피해자잖아?"

예강은 그제야 상미의 태도가 왜 과거와 사뭇 다른지를 깨달았다. 부모의 사업 실패로 일찍 결혼해 고생을 한 상미는 그녀에게 동질감을 느끼고 있었던 것이다.

"어, 잠깐만."

상미가 금장 로고가 박힌 까만 핸드백에서 울리고 있는 휴대폰을 꺼냈다.

"어, 엄마. 아니, 지금 시아버지가 아파서 내일모레 하는데 아빠 생일 챙긴다고 친정 가면 내가 어떻게 보이겠어? 돈 부칠 테니 호텔에서 식사하세요."

매정하게 전화를 끊고 관자놀이를 짚는 상미의 얼굴에 피로감이 내리깔렸다. 전화로 쏘아붙일 때와는 또 다른, 복합적인 감정이 서린 그녀의 얼굴을 보며 예강은 조심스레 입을 열었다.

"이만 일어날까?"

"응, 그래. 너도 바쁠 텐데."

상념에 빠져 있던 상미가 고개를 들더니 머뭇거리지 않고 자리에서 일어났다.

"혹시 내가 도울 일 있으면 연락해. 휴대폰 줘 봐."

"아, 나는……."

"가끔 네 생각 했었어. 어렸을 때 내가 철이 많이 없었다는 거 인정해. 네 자존심에 내 도움 받으려고도 안 할 거 아는데, 그래도. 사람 일은 모르잖아."

예강은 망설이다 휴대폰을 내밀었다. 번호를 꾹꾹 입력한 후, 통화 버튼을 눌러 제 휴대전화가 울리는 것까지 확인한 후에야 상미가 조금 웃었다.

인간에게는 두 가지 타입이 있다. 나이가 들어서 자신의 예전 실수를 속죄하고 싶어 하는 부류가 있는가 하면, 자신의 실수를 아예 없던 일로 만들어 버리는 이들도 있다. 누군가는 인정함으로써 편안해지고, 또 다른 누군가는 부정함으로써 편해진다.

상미는 아마도 첫 번째 부류에 속하는 듯했다. 오래된 숙제를 해결한 듯 한결 가벼워진 것 같은 그녀의 얼굴을 보며 예강이 마주 웃었다.

"응. 나도 그때 딱히 그렇게 잘한 건 없어서."

그때였다. 상미의 손에 들려 있던 예강의 핸드폰에서 진동이 울렸다. 반짝 켜진 액정 화면에서는 '제하'라고 저장된 이름이 선명하게 떠올랐다.

그녀에게 휴대폰을 돌려주려던 상미의 눈썹이 소리 없이 미간에 모였다. 표정이 굳어진 건 예강 역시 마찬가지였다. 왜 하필 이때, 제하에게서 연락이 온 걸까. 예강은 상미에게서 휴대폰을 얼른 받아 들고 호주머니에 집어넣었다.

"너 설마…… 제하랑 아직까지 연락하고 지내니?"

상미가 믿을 수 없다는 얼굴로 그녀를 보았다. 바짝 올라간 속눈썹이 빠르게 깜빡였다. 예강은 차가워진 손끝을 주무르며 진정하려고 애를 썼다.

"어머. 어떻게 그럴 수가 있어? 넌 그럼 안 되는 거 아냐? 이제 봤더니 제하가 본가랑 의절하고 사는 것도 이것 때문인 모양이네."

방금 전까지 상미에게 느껴졌던 연민의 감정은 씻은 듯이 사라졌다. 기가 찬 듯 하, 하고 내뱉는 한숨 끝에 경악함이 그대로 들렸다. 부모의 잘못에 자식은 책임이 없다고 단언하듯 말했던 상미에게도 이 상황은 이해하기가 힘든 거였다.

지잉- 지잉-.

호주머니에서는 계속 진동음이 울려 퍼지고 있었다.

"너 그러다 벌받아, 진짜. 내가 이 나이 먹고 깨달은 건데 나쁜 짓 하고 살면, 결국 세월 흘러서 나나 주변 사람한테 다 돌아오더라."

상미가 핸드백을 탁, 하고 거칠게 낚아채며 겉옷을 입었다. 먼지를 탁, 털어 내는 손놀림이 매서웠다.

"상미야."

예강이 그냥 보낼 수도 있었던 상미를 불러 세운 건 더 이상 침묵하고 싶지 않았기 때문이다. 피한다고 문제가 해결되지 않는다는 건, 그간의 경험을 통해서 익히 알았다. 매번 과거의 기억이 어디서 출몰할지를 두려워하며 가슴 졸이고 살 수는 없는 일이었다. 이제, 그녀에게는 그래야만 할 이유가 있었다. 예강은 약국에서 산 봉투가 들어 있는 장바구니를 쥔 채, 입을 열었다.

"사람 일은 당사자가 아니면 아무도 모르는 거잖아. 네 인생을 평가할 수 있는 사람은 아무도 없듯이."

상미가 착잡함과 경멸이 반반씩 섞인 복잡한 얼굴로 예강을 바라보았다. 예강이 작지만 또렷한 목소리로 입을 열었다.

"넌 항상 네 자리에서 최선을 다해서 살았을 테니까. 그렇게 만들어진 결과가, 지금의 너잖아."

상미가 말없이 그녀를 바라보았다. 상미는 이제야 왜 자신이 예강을 한 번에 알아볼 수 없었는지를 깨달았다. 예강은 여전히 그녀보다 한 뼘은 작았지만 훨씬 더, 커다란 사람으로 보였다. 상미를 향해 흐리게 웃는 예강의 얼굴은 비굴하지 않았다.

"나도 마찬가지야."

다만, 아름답게 느껴질 정도로 강하게 보일 뿐이었다.

"살고 싶어서 죽어라 발버둥 친 결과야. 이게."

* * *

벌컥. 욕실 문이 열렸다. 예강은 자신의 얼굴을 보자마자 맥이 탁 풀린 얼굴로 벽에 기대 숨을 몰아쉬는 제하를 보며 눈을 깜빡였다.

"……제하야. 일은?"

"전화."

제하가 넥타이를 헐렁하게 풀며 짤막하게 내뱉었다.

"휴대폰이 꺼져 있어서."

예강은 그제야 자신이 휴대폰을 전혀 신경 쓰지 않고 있었다는 사실을 깨달았다. 상미와의 만남은 의도치 않은 것이었지만 그것 때문에 충격을 받거나 상처를 받은 것은 아니었다. 제하와 함께하기로 결심한 후, 언젠가는 맞닥뜨려야 할 일이라고 생각하기도 했다. 그녀가 멍하게 있었던 건 상미 때문이 아니었다.

"무슨 일, 있었어?"

제하가 다가와 그녀에게 물었다.

"아니. 배터리가 없는 걸 깜빡했어."

"집에도 계속 전화했는데."

집이 워낙 큰 탓에 욕실에 있으면 바깥의 소음은 들리지도 않았다. 예강은 변명하는 대신 작게 속삭였다.

"미안."

"아무 일 없는 거면 됐어."

제하가 그녀의 이마에 입을 맞추었다. 얼마나 급하게 온 건지, 쌀쌀해지는 날씨가 무색하게 그에게서 흐릿한 땀 냄새가 났다.

"옷 젖잖아."

"무슨 상관이야."

물끄러미 바라보는 시선이 짙어진다 싶은 순간, 제하가 그녀에게 입을 맞추었다. 가슴속에서 무언가가 툭, 풀리는 것 같았다. 예강의 입술 새로 작은 한숨이 샜다.

"너 무슨 일 있는 거 맞는 거지."

입술 사이로 길게 늘어진 타액을 끊으며 제하가 중얼거렸다. 그녀의 반응을 알아채는 제하의 감은 귀신같았다.

"아니야. 그냥 네가 보고 싶었을 뿐인데 갑자기 나타나 주니까 반가워서 그래."

웃으며 속삭이는 그녀를 응시하며 제하는 잠시 아무 말도 하지 않았다. 그러다가 재킷을 벗어 세면대 위에 던지듯 걸쳤다. 그에게 무언가를 숨기고 있는 게 분명한 예강을 보니 불안한 마음이 점점 커져 갔다.

투두둑. 와이셔츠 단추가 사방에 날아 타닥거리며 튀었다.

"제하야."

예강이 그녀를 끌어안는 제하의 먹색 눈동자를 보며 속삭이듯 물었다.

"나한테 몇 번 전화했어?"

"모르겠어. 열 번…… 아니, 스무 번쯤인가."

"내가 전화 안 받아서, 어디 도망간 줄 알고 놀라서 달려온 거야?"

시답잖은 농담을 하며 전화를 했던 건 겨우 몇 시간 전이었다. 평소에 그녀를 향해 가장하고 있는 여유가 말 그대로 그의 노력일 뿐이었다고 생각하니 복잡 미묘한 감정이 들었다.

"도망가면 못 찾을 것 같아?"

제하의 목소리가 떨리는 것은 기분 탓이 아닐 것이다.

"바보. 내가 왜 도망가니. 나 너랑 평생 같이 살 건데."

예강은 젖은 코끝이 간질거려 미간을 찌푸렸다. 빠르게 뛰는 제하의 심장 박동이 몸을 타고 그대로 전달되는 것 같았다.

"그럼 왜 전화를 안 받아. 내가…… 내가 얼마나……."

뒷말을 차마 잇지 못하는 그의 호흡에 여전히 불안감이 맴돌았다. 예강은 눈을 감고 가만히 그의 머리카락을 부드럽게 어루만졌다.

"내가 너한테 얼마나 미쳐 있는지 확인하고 싶어서 그런 거면 성공이야."

"그냥 정신이 없었을 뿐이야."

제하가 그녀에게 뜨거운 입술을 문지르며 속삭였다.

"사랑해."

"나도, 제하야."

"오늘 이상해, 너."

예강은 세면대 위에 올려 둔 자그마한 것을 보며 눈물 젖은 얼굴로 작게 웃었다. 제하가 거칠게 벗어 던진 재킷이 그 아래에 걸려 있었다. 어떻게 저걸 모를 수가 있을까. 정말이지, 그의 눈에는 그녀밖에 안 보이는 게 틀림없었다.

* * *

"이상한 생각 하는 거 아니지."

침대에 마주 보고 나란히 누운 채 제하가 물었다.

"무슨 생각?"

"나한테서 도망갈 거 아니지."

"너 죽는 거 뉴스로 확인하고 싶지 않아."

제하가 흐리게 웃는 그녀를 껴안고 정수리에 연달아 입을 맞추었다. 그와 같은 샴푸 향이 나는 머리카락에 코를 묻고 그가 중얼거렸다.

"너 때문에 심장 하나는 계속 튼튼해질 것 같다. 네가 하도 날 쥐었다 놔서."

욕실에서 나온 후, 제하가 가장 먼저 한 일은 앞으로 사흘간의 일정을 취소하는 것이었다. 예강이 괜찮다고 했는데도, 그가 그렇게 하길 원한다고 하기에 말릴 수도 없었다.

자기가 굳이 사무실에 나가지 않아도 문제 될 것 없다며 제하는 그녀를 안심시켰다. 예강은 더 이상 그를 불안하게 만들고 싶지 않았다. 제하의 어깨를 살포시 짚은 후, 그의 눈을 보며 입을 뗐다.

"제하야."

"응."

"나, 어머니 만나고 싶어."

제하의 미간에 주름이 팼다. 그녀 역시도 예상하지 못한 반응은 아니었다. 솔직히 말하자면 딱 잘라 말문을 막지 않는 것만으로도 고마울 지경이다. 아무 말 없이 물끄러미 바라보는 그와 눈을 맞추며 예강이 덧붙였다.

"결혼하기 전에 네 어머니 꼭 한번 만나고 싶어."

"만나도, 만나지 않아도 변하는 건 없는 거 알잖아."

"알아."

예강은 제하의 마음을 모르지 않았다. 그가 뭘 걱정하는지도 다 안다. 제하가 인상을 찌푸린 얼굴로 낮게 내뱉었다.

"난 네가 상처받는 거 싫어."

"상처 안 받아."

제하가 길게 한숨을 쉬었다. 상처를 안 받는 게 아니라 최선을 다해 숨기겠지. 말하지 않아도 서로에게 보이는 진심이 마주 보는 시선 속에 얽혔다.

"네가 잘도 그러겠다."

"그럴 수 있어. 나…… 그럴 수 있어, 제하야. 이유 생겼거든."

"……."

"나, 임신한 것 같아, 제하야."

제하가 아무 말도 하지 않았으므로 예강은 다시 한번, 떨리는 목소리를 내뱉었다.

"너랑 내 아이. 우리…… 아이 생긴 것 같다고."

잘 빚어 놓은 작품 같은 제하의 얼굴이 기묘하게 일그러졌다. 예강이 가녀린 손으로 그의 뺨을 스치듯 더듬었다. 그녀의 온기를 느끼려는 듯 허겁지겁 제하가 그녀의 손에 자신을 겹쳤다.

"언제."

"모르겠어. 언제 찾아왔을까. 우리 아기."

숨을 크게 들이쉬고 내쉬는 제하의 호흡이 빨랐다. 젖은 눈으로 자신을 바라보는 제하의 눈동자가 마구 흔들렸다.

예강은 그가 얼마나 아이를 원했는지 안다. 뾰족하게 날을 세웠던 아픈 재회에서 자신이 함부로 뱉어 놓은 말 때문에 그녀에게 아이 이야기를 하지도 못했던 사실도. 사랑을 나눈 후에도 그가 그녀의 안에서 최대한 오래 머물렀던 이유도, 그녀는 다 알고 있었다.

"아까 집에 와서 테스트기 해 봤거든. 혹시 몰라서 두 개나 해 봤는데 다 두 줄이었어."

기뻤다. 울 정도로 좋았다. 그리고, 잠시 그녀가 이 행복을 누릴 자격이 있는지에 대해 생각했고, 두려워졌고, 제하가 보고 싶어졌었다.

"세면대 위에 나란히 있었는데 너 그거 보지도 못했지. 바보."

제하가 마침내 몸을 일으켜 그녀를 끌어안았다. 격하게 들이쉬는 숨소리, 쿵쿵대는 심장 소리가 그녀에게 고스란히 느껴졌다. 젖은 숨소리가 그녀의 정수리에 떨어졌다. 예강이 그의 가슴에 뺨을 대며 작게 물었다.

"제하야. 나, 아이 낳아도 되는 거지?"

"정말 사람 어디까지 미치게 할래. 내가 얼마나 원했는지 몰라서 이래?"

제하는 예강이 어딘가 정신이 빠진 사람처럼 묘하게 군 이유를 그제야 깨달았다. 그녀를 으스러지게 안지도 못하고 격한 호흡만 내쉬었다.

"다행이다. 우리 아이, 적어도 너랑 나 두 사람 축복은 받으면서 태어날 수 있으니까."

예강이 눈물방울이 맺힌 눈꼬리를 접으며 웃는 모습을 보는데, 제하는 심장을 누가 움켜쥐는 기분을 느꼈다.

"예강아."

"제하야. 나 기뻐. 너무, 너무 기쁜데, 나…… 그래도 되는 거지? 행복해도 되는 거지?"

온통 붉어진 눈으로, 온통 일그러진 얼굴로 제하가 그녀에게 시선을 마주쳤다. 제하는 대답도 하지 못한 채 딱딱하게 경직된 손으로 그녀의 온몸을 부드럽게 어루만졌다. 그녀의 얼굴, 머리칼에 입맞춤이 쏟아졌다. 어떤 입맞춤은 길었고 어떤 입맞춤은 축축했다. 제하가 마침내 그녀를 품에 안고 목덜미에 얼굴을 묻었다.

"우리 아이한테 부끄럽지 않은 엄마가 될 거야."

쿵. 쿵. 격동하는 그의 심장 소리가 그녀의 몸에 울려 퍼졌다. 아무런 말도 할 수 없는 그의 등을 쓰다듬으며 예강이 그의 마음을 대신했다.

"너도, 그럴 거지? 우리 아이한테 부끄럽지 않은 아빠, 돼 줄 거지?"

"노력할게."

젖은 목소리로 내뱉는 제하의 말에 담긴 무게가 오롯이 느껴졌다. 그가 얼마만큼 노력할지는 보지 않아도 짐작할 수 있었다. 제하는 아마 세상에서 제일 좋은 아빠가 될 것이다.

예강은 얼굴을 떼고 그와 눈을 마주쳤다. 홀린 듯한 얼굴로 자신을 바라보는 그에게 입을 맞추자 제하가 그제야 숨을 크게 몰아쉬었다. 마치 숨 쉬는 법을 잊었던 사람처럼.

"고맙다, 예강아."

"고맙다는 말 대신 사랑한다고 해 줘."

"사랑해."

제하는 그녀의 눈을 보고 말했다. 처음 보는 순간부터 사랑했다고. 널 사랑하는 게 내 인생의 의미인 것 같다고. 사실, 그의 삶은 그녀를 빼고는 설명이 안 된다고 먹먹한 목소리로 고백했다. 그러니까 세상 사람들이 뭐라고 하건 우리 둘의 결실은 사랑, 그 자체라고.

예강이 그를 끌어안으며 눈물 젖은 얼굴로 웃었다. 그들은 이 넓은 세상에서 먼 길을 돌아 간신히 만났다. 그녀는 이제 두려워하지 않기로 했다.

* * *

언덕을 올라온 택시가 호텔 앞에 내렸다. 예강은 코트 깃을 여미며 심호흡을 했다. 긴장되고 떨리는 마음은 여전했지만 혼자가 아니라는 사실이 조금 위안이 됐다. 그녀는 천천히, 그러나 망설이지 않는 걸음걸이로 로비를 가로질렀다.

"오래간만이네요."

호텔 룸이 열리자 10년 만에 보는 얼굴이 나타났다. 제하를 닮은 얼굴은 여전히 우아하고 아름다웠다. 반백발인 머리가 그때와 조금 다른 점이랄까.

"안녕하세요."

제하의 모친, 정혜가 창 옆에 놓인 테이블 의자로 천천히 걸었다.

"날이 참 좋네. 겨울 안 같게."

햇살이 비치는 창문 너머로 남산 타워가 우뚝 솟아 있었다. 난방이 잘되는 호텔 룸 안에서 보는 겨울 하늘은 구름 한 점 없이 청명했다.

"방까지 올라와 줘서 고마워요."

"아닙니다. 아직 식사 전이시면 제가 대접을 하고 싶은데요."

"됐어요. 밥이 넘어갈 것 같지도 않고."

"……."

"사람들 모두 지켜보는 앞에서 추한 꼴 보이는 거, 나나 예강 씨나 둘 다한테 그리 즐거운 경험 아니잖아요?"

고상한 말투에 가시가 툭, 튀어 올랐다. 예강은 마른침을 삼키며 심호흡을 크게 했다. 세월이 지났다고 해서 상처가 사라질 수는 없다. 자식을 잃은 부모의 심정은 이제, 그녀도 충분히 이해한다. 정혜의 증오와 미움까지 이해한다는 뜻이다. 예강은 습관처럼 코트를 여미며 부르지도 않은 배를 감쌌다.

"그러고 있지 말고 앉아요. 커피?"

작은 소음을 내며 끓던 커피포트가 자동으로 멈추었다. 정혜는 예강의 대답은 처음부터 들을 생각도 없었다는 듯, 호텔에 어메니티로 구비된 드립백 커피를 잔에 걸고 뜨거운 물을 부었다. 자그마한 공간에 고소한 냄새가 퍼졌다.

이제 막 체크인을 한 것 같은 공간은 사용감이 없었다. 풀지도 않은 작은 여행용 캐리어가 그녀의 이번 외출이 그리 길지 않을 거라는 걸 말해 주고 있었다.

"캘리포니아, 가 본 적 있어요?"

빨갛게 저무는 석양. 파인애플을 연상케 하는 야자수. 서핑 보드를 들고 해변을 걷는 사람들. 눈이 부시는 쨍한 햇살 같은 것은 텔레비전에서나 보았다. 예강은 굳은살이 박인 손을 맞잡으며 고개를 저었다.

"아니요."

예강이 작게 고개를 젓자 정혜가 한숨같이 희미하게 웃으며 창문 너머를 바라보았다.

"1년 내내 따뜻한 곳이에요. 현지인들은 걱정이 없는 것처럼 살아. 이전에 어떤 일이 있었든, 축축한 곰팡이 같은 기억은 햇살에 싹, 살균 소독 되는 것처럼. '잇츠 오케이, 돈 워리'가 입버릇이고."

"……."

"착각하면서 살기 딱 좋은 데지. 우리 같은 사람들한텐."

정혜가 컵 받침에 내려놓은 커피 잔이 유달리 크게 달그락거렸다.

"우리 평생 안 보기로 한 거 아니었나?"

"죄송합니다."

"날 왜 만나자고 한 거니?"

예강은 마치 오래된 여관방에서 그녀를 마주하고 꿇어앉은 스무 살 여자애가 된 듯한 기분이었다.

"다시는 내 가족 앞에 나타나지 마."

요한이를 묻은 날 밤이었다. 상복을 벗지도 않은 채 찾아온 정혜의 눈동자는 형형하고 무서운 빛으로 꽉 차 있었다.

"나는 너희 절대 용서 못 해. 죽어도 용서 못 하니까 네가 인간이면…… 너희가 인간이면 내 눈에 띄지 않게 살아. 평생. 알았니?"

담배로 그을린 자국이 가득한 여관방 장판에 묵직한 봉투가 떨어졌다.

"제하. 내 손으로 직접 죽이는 꼴 보고 싶지 않으면, 너 내가 한 말 똑똑히 기억해야 할 거야."

그녀가 무슨 심정으로 돈을 던졌는지, 어린 마음에도 알았다. 제 속으로 낳은 아들이지만 마음 놓고 사랑할 수 없었던 제하에 대해 정혜가 가질 수밖에 없는 양가감정 역시 어렴풋이 짐작은 할 수 있었다. 그러나, 상처받는 것까지 피할 수는 없었다.

후두둑. 굵은 눈물이 돈 봉투 주위에 뚝뚝 떨어졌다.

"저 돈 필요 없어요. 내일 떠날 거예요. 약속드립니다."

두 달도 채 지나지 않아 예강은 그녀를 다시 만났고, 결국 돈을 받았다.

엄마가 유방암 선고를 받고, 제하를 잊을 수 없어 괴로웠던 때의 일이었다. 차라리 돈을 받으면 잊을 수 있을 거라 생각했었다. 그걸로, 제하의 앞에 다시는 나타나지 못할 이유를 만들었다.

"돈이 모자랐니?"

탁. 고운 손이 호텔의 탁자를 한 번 두드렸다. 예강은 고개를 들어 간신히 정혜를 바라보았다.

"아니요."

목이 메어 와 예강이 마른침을 삼켰다. 그 돈은 요한의 굿을 위한 비용으로 고스란히 썼다. 그래야 할 것 같았기 때문이다.

"그런데 왜, 날 또 찾았냐고 물었다."

"죄송합니다. 제하와 함께 있고 싶어서…… 그거 말씀드리고 싶어서 연락드렸어요."

또다시 같은 상황. 누군가 그녀를 바보라고 해도, 미련하다고 욕을 들어도 상관없다. 예강은 정혜를 바라보며 젖은 목소리로 작게 속삭였다.

"허락해 주세요."

"……네가 인간이니?"

인간, 안 하겠다고 다짐했지만 정혜의 앞에서는 모래성처럼 부서졌다.

"제가 잘못했습니다."

예강이 그녀의 앞에 무릎을 꿇었다. 정혜의 손이 소리 없이 떨렸다. 10년 전과 똑같은 상황을 견뎌야 하는 건 그녀 역시 마찬가지였다. 아픈 손가락이던 요한이의 눈물이 억수 같은 비가 되어 하늘에서 퍼부어 대던 그날과 같았다.

"저 염치없다는 거 알아요. 어머니가 저 평생 용서 못 하실 것도 알 수 있어요."

"네가 어떻게 알아!"

정혜가 가슴을 쥐어뜯으며 목소리를 높였다.

"자식 먼저 보낸 부모 마음을 네가 어떻게 알아…… 네가! 어떻게!"

립스틱이 곱게 발린 입술이 일그러졌다. 가슴에 묻었다고 생각한 자식. 이제는 시간이 흘러 옅어졌을 거라고 생각했던 흉터는 전혀 치유되지 않은 그대로였다. 심장을 도려내어 소금을 뿌린다 한들 이 정도로 괴롭지는 않을 것 같았다.

"그리고 이제는 제하를! 네가 사람이야? 네가 인간이야!"

아무리 악을 써도 죽은 요한이가 살아 돌아오지 않는다는 것쯤은 정혜도 알았다.

하지만…… 제하에게 연락을 받은 순간 손이 떨려서 잠을 이룰 수가 없었다. 제하가 가족과 의절한 후, 그녀에게 연락을 한 건 난생처음이었다. 10년 만에 전화를 해 온 그의 아들은 예강과 결혼을 할 거라고 통보했다. 그리고, 예강이 그녀를 만나고 싶어 한다는 말과 함께 티켓을 보내왔다.

정혜는 며칠을 고민하다 비행기에 몸을 실었다. 아들의 얼굴은 기사를 통해 늘 확인하고 있었다. 갈수록 친부보다는 자신을 더욱 닮아 가는 제하의 얼굴엔 그가 거둔 성공과 어울리지 않는 패색이 만연했다. 정혜는 이 모든 게 다 제하의 잔인한 첫정 때문이라는 생각을 떨칠 수가 없었다. 그리고 이제, 아들은 그녀와 결혼을 하겠다고 한다.

"도대체 왜 이러니. 왜……!"

예강의 멱살을 잡으려던 정혜의 손길이 멈춘 것은 그때였다. 몸을 웅크린 예강의 두 손이 필사적으로 감싸고 있는 곳을 본 정혜의 눈이 가늘어졌다.

"너…… 설마 제하 아이 가졌니?"

"네."

후두둑, 뜨거운 눈물이 예강의 얼굴을 감싸며 흘러내렸다. 정혜가 소리 없이 눈을 깜빡였다. 치마 옆으로 떨어진 손이 가늘게 떨렸다. 두 눈에서 길게 눈물을 떨어뜨리면서도 예강은 그녀의 눈을 피하지 않았다. 예강은 정혜에게 죄송하다고 말할 수 없기에 죄송했다. 그녀에게 찾아와 준 아이에게 자신의 존재를 불행으로 인식시키는 것만은 죽어도 할 수 없었다.

“이것 때문에 날 보자고 했니? 나한테 복수하고 싶어서? 결국 내가 아무리 반대해도 여기까지 왔다는 거 두 눈으로 확인시키려고?”

“아니에요. 아닙니다.”

예강이 고개를 세차게 저었다.

“그럼 뭐야.”

“저, 제하 행복하게 해 주고 싶어요. 이 말씀을 꼭 드리고 싶어서…… 만나 뵙고 싶었습니다.”

정혜의 입술에서 탁, 하고 한숨 같은 탄식이 흘렀다. 찬물에 몸을 맞은 것 같은 느낌이었다.

“어머니도 그걸 원하신다고 생각해요. 그래서 주제넘지만 꼭 뵙고 싶었어요. 만나 뵙고 이 말씀만은 꼭 드리고 싶었어요. 걱정하지 마시라고요. 제하 행복 위해서 제가 노력하겠다고요.”

이 아이는 지금 진심이다. 정혜는 그녀의 눈을 보고 알았다. 제하를 사랑한다고 온몸으로 외치고 있는 예강을 보니 말문이 막혔다.

“제가 정말 잘하겠습니다.”

예강이 떨리는 목소리로 말을 이었다. 그녀는 정혜가 제하를 증오하지 않았다고 확신했다. 그랬다면 처음부터 아이를 낳을 수가 없는 거였다. 열 달을 품고 내 배 아파서 낳은 자식을 사랑하지 않을 수는 없는 거라고 확신했고, 그렇기 때문에 그녀를 만나서 말해 주고 싶었다. 예강은 마른침을 삼킨 후, 애써 입을 뗐다.

“사실…… 저, 제하 아이 오래전에 잃은 적이 있었어요.”

정혜의 눈썹이 소리 없이 일그러졌다.

“요한이 잃은 어머니 아픔에는 발끝에도 못 미치겠지만 저도…… 상실하는 게 어떤 의미인지 아주 조금은 알아요. 어머니께 용서받을 생각 추호도 없습니다. 그저…… 제하, 걱정 마시라고…… 저는 그 말씀을 드리려고…….”

"하나만 묻자."

정혜는 결국 떨리는 그녀의 말을 중간에서 잘랐다.

"너, 그거…… 스무 살 때 그거, 낙태가 아니라 유산이었어?"

예강의 눈에서 기다란 눈물이 주르륵, 흘러내렸다. 흐느끼지 않으려 꽉 다물린 입술이 파르르 흔들렸다. 숨겨 왔던 아픔이 그제야 드러나는 예강의 눈동자를 보자 정혜에게서 희미한 신음이 샜다. 예강이 속삭이듯 말을 내뱉었다.

"잃고 나서야 가졌었단 걸 알았습니다."

때로, 인간의 작은 실수는 걷잡을 수 없는 상황을 만든다. 정혜가 소파를 짚으며 눈을 질끈 감았다 떴다.

"왜 말하지 않았니."

그때는 미처 몰랐던 것들이 지금은 보였다. 그 겨울, 초라한 여관방에서 무릎 꿇고 고개를 푹 숙인 채 어깨를 떨던 조그마한 여자아이는 그런 일을 스스로 저지르지 못할 성정이었다. 어쩌면 그녀는, 그렇게 믿고 싶었던 건 아닐까. 자신이 아들의 그릇된 사랑을 바로잡아 주었다고 생각하며 위안 삼으려 했던 건 아닐까.

"제하를 닮은 아이였으면 좋겠다고 감히 생각했던 제 스스로를 용서할 수가 없었습니다. 요한이를 생각하면 죄책감에 가슴이 찢어지는 것 같으면서도…… 한편으로는 생각했어요. 시간이 많이 지나면…… 나도 용서받을 수 있지 않을까, 하고요. 언젠가 아기를 핑계로…… 제하 얼굴을 한 번쯤 볼 기회는 생기지 않을까, 하고 바랐던 이기적인 스스로를 견딜 수 없었습니다."

정혜는 붉은 눈으로 자신을 바라보며 말을 잇는 예강을 보며 입술을 아프게 깨물었다.

"미련한 것."

"제가 떠나면 모두가 행복할 줄 알았는데 아니었어요. 적어도…… 제하는 아니었다는 걸 확실히 알았어요."

그녀의 아들은 외사랑을 한 게 아니었다. 제하가 사랑한 여자 역시 그를 진심으로 사랑하고 있었다. 제하를 위해 무릎 꿇는 것도, 상처 입는 것도 두려워하지 않는 이 아이 역시 누군가의 예쁘고 귀한 딸이었다. 아들의 사랑은 실패가 아니었다.

"물론, 불행했던 건 저도 마찬가지였고요."

정혜는 그녀의 말에 아무런 대꾸도 할 수 없었다. 자신은 아니었다고 말할 수가 없었다는 뜻이다. 자신이 선택한 길은 결국 모두가 불행한 결말이었다.

"제하 옆에 있게 해 주세요, 어머니. 어머니가 저, 허락해 주세요."

쾅쾅쾅!

호텔 문이 부서져라 소음을 낸 것은 그때였다. 제하의 거친 목소리가 문 뒤에서 울려 퍼졌다.

"강예강!"

"고객님, 이러시면 저희가……."

"강예강! 나와!"

정혜는 숨을 간신히 고르며 공간을 가로질러 호텔 문을 열었다. 제하는 그녀를 보지도 않고 바닥에서 일어나는 예강에게 한달음에 달려갔다.

"지금 뭐 하시는 겁니까."

"제하야."

바닥에 뒹구는 커피 잔을 본 제하가 일그러진 얼굴로 소리를 질렀다.

"지금 여기서 뭐 하는 겁니까!"

"제하야, 어머니한테 그러지 마. 응?"

"때렸습니까?"

제하의 몸이 부들부들 떨렸다.

"때릴 데가 어디 있습니까. 이 작은 여자 때릴 데가 대체 어디 있어! 내 아이 가진 여잡니다. 이 여자 눈에 눈물 나면 내 심장이 찢어진다고요……!"

제하가 미친 사람처럼 소리를 높였다. 단정한 그의 목에 핏줄이 섰다. 일그러진 제하의 눈동자에 보이는 것은 분노와 좌절, 안타까움과 죄책감. 그리고…… 남자로서 폭발하는 연심이었다. 아들이었지만 늘 어렵고 멀었던 자식을 보는 정혜의 눈에 눈물이 고였다.

그녀의 아들은 잔인한 괴물이 아니었다. 한 사람을 위해 이토록 뜨거워질 수 있는 인간이었다. 또한, 누군가의 사랑을 받을 만한 자격이 있는 사람이기도 했다.

"어머니 자식은 여전히 요한이 하나뿐입니까?"

난생처음으로 말을 내뱉는 사람처럼, 제하의 목소리가 엉망으로 갈라지며 떨렸다. 흰자위에 핏발이 불거졌다. 제하가 주먹으로 자신의 가슴을 쿵, 쿵 거세게 내려치며 이를 갈듯 말을 이었다.

"어머니한테는 죽은 자식만 자식이고, 산 자식은 어떻게 되든 아무런 상관없습니까?"

"제하야."

입을 여는 정혜의 목소리가 가라앉아 낮았다.

"그랬겠죠. 요한이 대신 제가 죽기를 바라던 분이니까. 그럼 그때 제 열두 살 생일날, 그날! 그냥 죽게 내버려 두지 그러셨어요."

피투성이가 된 채, 쿵, 하고 쓰러지던 제하가 떠올랐다. 정혜는 핏기가 완전히 사라진 얼굴로 중얼거리던 아이의 눈빛을 지금도 잊을 수가 없었다.

"죄송해요. 엄마. 태어나서…… 정말 죄송합니다."

정혜가 시선을 떨구었다. 단 한 번도 그때 일에 대해서 말하지 않았으므로 괜찮은 줄 알았다. 아니, 괜찮은 건 아니라도 상처는 희미해졌을 거라고 생각했었다. 그렇게 믿고 싶었다.

"그러지 마, 제하야. 응?"

예강이 고개를 세차게 저으며 제하의 옷깃을 그러쥐고 매달렸다.

"제발 그러지 마. 어머니한테 그러지 마. 제하야."

부들부들 떨리는 손으로 그녀의 몸을 꽉 감싸 안은 채, 그가 정혜를 노려보았다.

"저 이제 못 죽습니다. 지켜야 할 게 생겨 버려서, 절대 못 죽습니다."

정혜가 떨리는 눈을 애써 들어 제하를 보았다.

"너 비난하는 거 나 하나뿐만이 아닐 거야. 앞으로 살면서 몇 번이나 예전 일이 발목을 잡을 거야. 태어난 아이가 너희에게 물을지도 모르겠어. 그런데도 후회 안 할 자신 있니?"

제하가 그녀에게 고개를 돌려 눈을 마주쳤다. 낮게 억눌린 목소리가 그의 입술을 비집었다.

"아이가 묻는다면 이렇게 말하겠습니다. 네 엄마는 네 아빠가 이 세상에 태어난 게 잘못이 아니었다고, 일생에서 처음 알려 준 여자라고요."

눈앞의 제하를 보자 정혜의 가슴속에 무언가가 서서히 녹아 흘러내리는 것 같은 느낌이 들었다.

"나는 범죄자 같은 거 아니라고. 내 피에 그런 건 없다고. 나는 불행의 씨앗이 아니라고."

제하의 눈에 핏발이 섰다.

"내 부모도 안 해 준 말을 하며 날 품어 준 여자를…… 어떻게 사랑하지 않을 수 있었겠냐고. 네 엄마 덕분에 내가 살 수 있었다고. 나는 네가 그런 사랑을 하기를 바란다고, 무슨 일이 있어도 네 편이 되어 줄 거라고 그렇게 말해 줄 겁니다."

정혜가 숨을 크게 쉬며 시선을 돌렸다. 답은 충분했다.

"가자."

제하는 더 이상 예강을 이 자리에 두고 싶지 않다는 듯 그녀의 허리를 붙잡고 룸을 가로질렀다.

"연락드릴게요, 어머니."

그 와중에 그녀에게 꾸벅, 인사하는 예강을 보며 정혜는 아무 말도 하지 않았다.

달칵.

문이 열렸다가 다시 닫힌 후에야 정혜는 길게 숨을 내쉬었다. 허리를 곧게 펴고 천천히 걸어가 의자에 앉았다.

"제하 아빠. 나예요."

창으로 들어오는 볕이 참 좋았다.

"제하 만났어요. 응. 놀러 온대. 일 좀 많이 안 바빠지면. 나중에요. 아주…… 나중에."

정혜가 수화기에 대고 희미하게 웃으며 고개를 끄덕였다.

"언제 오든 그건 무슨 상관이 있겠어요. 거긴 늘 따뜻하잖아. 언제 와도 좋아할 거야."

따스한 햇살을 받으며 그녀가 눈을 살짝 감았다. 그녀의 눈에서 길게 눈물이 흘러내렸다. 반짝거리는 아름다운 바다를 언젠가는 그들에게 보여 주고 싶었다.

* * *

현관문이 달칵, 소리를 내며 닫혔다. 제하는 그녀를 소파에 앉힌 후, 물을 따라 들고 돌아왔다. 예강은 목을 축인 후, 자신을 물끄러미 바라보는 제하를 향해 조심스레 입을 열었다.

"화 많이 났지?"

"대체 네 몸 어디에서 그런 깡이 나오는지 모르겠다."

예강이 그를 보며 말없이 손을 잡았다. 제하는 그녀에게 화내지 않았다. 그녀를 위해 속상한 걸 참고 있다는 사실을 알기 때문에 예강은 그가 더 소중하게 느껴졌다.

"나 깡 빼면 시체야. 이참에 이름도 깡예강으로 바꿀까?"

썰렁하기 짝이 없는 농담에도 제하가 피식 웃었다. 긴장되었던 공기가 조금 누그러진 틈을 타서 예강이 작게 사과했다.

"어머니 만난다고 미리 말 못 해서 미안해."

예강이 제하를 통해 만나고 싶다는 의사를 비친 후, 정혜로부터는 일주일간 아무 연락이 없었다. 그리고 오늘, 정혜는 예강에게 직접 연락을 취해 왔다. 입국했다는 말과 함께였다.

"네 성격에 그걸 말할 리가 없지."

예강은 그에게 다시금 조심스레 물었다.

"근데 나 거기 있는 건 어떻게 알고 온 거야?"

"어머니한테 갑자기 좀 보자고 연락이 왔었어. 아마 널 만나기 직전에 전화했을 거야."

왜 그랬을까. 예강의 눈동자에 실린 의문을 읽은 제하가 그녀의 손을 부드럽게 만지며 나직하게 내뱉었다.

"본인도 두려웠겠지. 너와 둘만 남겨지는 상황이."

아무리 시간이 흘렀다 해도, 그녀를 쉽게 용서할 수 없을 거라는 걸 정혜도 알았다는 뜻이 된다. 그 자리에 제하를 부른 것이 의미하는 바는 그래서 더욱 컸다. 예강이 소리 없이 눈을 깜빡이며 혼잣말처럼 중얼거렸다.

"어머니…… 네 곁에 있는 날 인정해 주실 작정이었나 봐."

제하는 그녀를 바라보며 마른침을 삼켰다. 부모의 인정 따위 필요 없다고 말하고 싶었지만 행복하게 젖어 드는 예강의 눈빛을 보니 아무런 말이 나오지 않았다. 대신, 낮게 잠긴 목소리로 토해 내듯 고백했다.

"난 도저히 내 어머니를 용서할 자신이 없다, 예강아."

예강이 그의 손을 붙잡고 자신의 배로 가져갔다. 제하가 숨을 몰아쉬며 그녀를 보았다. 요즘 들어 예강은 그의 말문을 이런 식으로 막았다. 그는 여전히 그녀를 이기는 방법을 알지 못했다.

"좋아하는 건 바라지 않을게. 그런데 미워하진 말자."

"넌 어떻게 그게 가능해?"

"글쎄. 엄마가 되고 보니까 엄마 마음을 조금, 알 것 같아서 그런가?"

예강이 배시시 웃었다. 정혜와 제하가 서로 너무 닮아서 도저히 미워하는 게 불가능하다는 사실은 입 밖으로 내는 대신 마음속에 접어 두었다. 제하가 그녀를 끌어안고 부드럽게 속삭였다.

"뭐든 좋으니까 내 곁에서 행복하기만 해."

낮아진 목소리가 그녀의 귓가를 묵직하게 울렸다. 제하가 그녀를 안은 손에 힘을 주었다. 몇 번이나 모래알처럼 손가락 새를 빠져나갔던 행복을 놓치지 않으려는 듯, 예강 역시 그를 힘주어 끌어안았다.

"제하야. 내가 어디서 봤거든. 행복해서 웃는 게 아니라, 웃어서 행복한 거라고."

"……."

"응. 그러니까 우리, 웃자. 제하야."

"그래."

들릴 듯 말 듯 속삭이는 제하의 목소리가 낮게 떨렸다. 예강은 그에게 눈을 마주치며 웃었다. 젖은 입술이 그녀의 입술에 부드럽게 포개졌다. 예강의 눈물 자국을 지우고, 또 다른 눈물 자국을 만들며 제하가 웃었다. 겨울 햇살이 얼굴에 닿는 느낌이 몹시도 부드러운 날이었다.

에필로그

흰 눈이 소복소복 내려 적막한 주변을 한층 더 고요하게 만들었다. 고즈넉한 사찰에서 이어지는 울창한 동백나무 숲길, 주위에는 아무도 없었다. 오직 손을 마주잡은 채 서로를 바라보는 여자와 남자, 그리고 그들 사이에서 움튼 생명의 씨앗뿐이었다.

"신부 강예강은 신랑 이제하를 평생의 배우자로 맞이하여 영원히 사랑할 것을 맹세합니까?"

하얗게 쌓인 눈 속에서 붉게 빛나는 동백꽃에 둘러싸인 채 여자가 고개를 끄덕였다.

"네. 맹세합니다."

"이제 신부 차례입니다."

남자가 미소 지으며 여자의 하얀 손을 꼭 잡았다.

"신랑 이제하는 신부 강예강을……."

목이 메어 눈을 붉게 물들인 채, 차마 뒷말을 잇지 못하는 여자의 말을 남자가 이어받았다.

“신랑 이제하는 신부 강예강을 배우자로 맞이하여 영원히 사랑할 것을 맹세합니다. 당신과 영원히 함께하고, 당신을 영원히 지키고, 이 세상 끝나고 다시 태어난다 해도 당신을 반드시 찾아 또다시 사랑할 것을, 우리들의 아이의 앞에서 맹세합니다.”

매서운 찬 바람을 맞으며 끝끝내 아름답게 피는 붉은 꽃처럼 예강이 환하게 웃었다.

* * *

운명이 내게 출사표를 던진 때가 있었다. 절대 이길 수 없을 거라고, 비웃고 몸집을 부풀려 두렵게 할 때가 있었다.

아무도 오지 않는 외로운 링에 홀로 선 나는 두렵고 또 두려워서 맞설 생각을 하지도 못하고 웅크려 있었다. 네가 링으로 성큼, 들어와 내 손을 잡았을 때. 나는 마침내 이 외로운 싸움의 동행을 만났다는 사실을 깨달았다.

앞으로 인생이란 링에서 몇 번이고 마주할 고난이 나를 혹독하게 몰아친다 해도 이제는 상관이 없다.

얽힌 손에서 전해지는 온기에 두려움이 녹아내린다. 창백했던 온몸에 따스한 피가 돌며, 내가 살아 있음을 실감케 한다. 나는 이제 몇 번이고, 네 손을 잡고 일어날 수 있다.

〈완결〉

외 전

1. 봄, 봄

탐스러운 목련이 아쉽게 떨어지나 싶더니 이내 벚꽃이 만발해 흩날렸다. 봄바람이 살랑, 불자 우수수 떨어지는 가로수의 꽃잎을 보며 예강이 걸음을 멈추었다. 날이 좋아 운동도 할 겸 한 정거장을 일찍 내려 걸어왔더니 목덜미에 땀이 슬그머니 배어났다. 예강은 가방에서 손수건을 꺼내 송골송골 맺힌 땀을 훔쳐 냈다.

이번 여름은 아마도 조금 빨리 시작될 모양이었지만 더위에 대한 걱정보다 기대가 앞섰다. 올해 여름이 아무리 뜨겁다 하더라도 그녀에게는 평생 잊을 수 없는 특별한 계절이 될 테니까.

예강은 동그랗게 부푼 제 배를 한 번 내려다본 후, 살짝 웃으며 다시 걸었다. 그녀와 제하의 아이는 녹음이 짙푸른 한여름에 태어날 예정이었다.

횡단보도를 건너자 최근에 새로 생긴 자그마한 카페가 보였다. 단지 앞을 지나다니며 가끔 눈에 띈 곳이었다. 활짝 문이 열린 카페를 보며 잠시 망설이던 예강은 짤막한 고민을 끝내고 성큼, 안으로 향했다. 급할 것도 없으니 조금 쉬었다 가도 괜찮을 것 같았다.

"생딸기 스무디 한 잔 주세요."

"네. 시원하게 만들어 드릴게요."

주문을 받은 여자는 알바라기엔 나이가 지긋했다.

"커피 냄새가 참 좋아요."

예강이 한마디를 하자 그녀가 싱긋 웃으며 예강을 보았다.

"커피도 맛있긴 한데 스무디도 꽤 괜찮아요. 저희 가게라서 그냥 하는 말이 아니라 유기농 꿀이랑 요거트 써서 건강에도 좋고요."

임산부인 예강을 신경 써 주는 배려 있는 말이었다. 예강은 카페 주인이 센스가 있는 사람이라고 생각했다. 다음에는 제하와도 함께 와야겠다.

"앉아 계시면 가져다드릴게요."

푸근해 보이는 인상의 주인이 친절한 얼굴로 창가 자리를 손짓해 보였다. 예강은 가방을 들고 천천히 걸어가 푹신한 의자에 앉았다. 유리창을 투과해 얼굴을 어루만지는 봄볕이 눈부셨다.

한가한 평일 오후. 달콤한 음악 소리와 딸기가 갈리는 소리를 듣는 일상이 마치 꿈처럼 느껴졌다. 햇볕을 받으며 나른하게 눈을 깜빡, 깜빡거리고 있으니 마치 꾸벅꾸벅 조는 뚱뚱한 고양이가 된 것 같은 느낌도 들었다.

"찰떡아, 날씨 진짜 좋다. 그치?"

예강은 부른 배에 손을 얹고 작게 중얼거렸다. 그러자 마치 그녀에게 대답하듯 약하게 차는 태동이 느껴졌다. 제하와 그녀가 서로의 마음을 확인하자마자 찰떡같이 찾아와 준, 그들 사랑의 결실이었다.

"어어."

처음 태동을 느꼈을 때 긴장하며 놀라던 제하의 눈동자가 떠오르자, 예강의 얼굴에 자동으로 미소가 번졌다. 짙은 눈썹을 미간에 모으며 낮은 목소리로 내뱉던 제하의 말투는 마치 세상을 정복한 듯 의기양양했다.

"애가…… 태아 때부터 천재인 것 같아. 지금 날 알아보는 거 맞지."

게다가 어마어마한 팔불출.

예강은 진지하게 입을 여는 그의 얼굴에 대고 너털웃음을 터뜨릴 수밖에 없었다. 하지만 제하의 얼굴은 농담을 하는 걸로는 보이지 않았다.

"이것 봐. 내 손을 따라다니면서 발로 차잖아, 예강아. 지금도."

아이가 아빠를 따라다니는 게 아니라 사실 그 반대인 것 같다는 의견은 굳이 입 밖으로 내뱉지 않는 게 좋을 것 같았다. 예강은 대신 웃으며 그의 말에 맞장구를 쳐 주었다.

"그러게. 우리 찰떡이 진짜 천재인가?"

"수억 대 일 경쟁을 뚫었다는 것 자체로 대단한 거야. 성질이 좀 고약하긴 하지만."

덧붙이는 제하의 말은 임신 초기에 입덧으로 예강을 고생시킨 아이에 대한 은근한 서운함을 담고 있었다. 힘들어하던 예강이 거의 누워서 지내다시피 해야 했던 탓에 그들은 식장까지 예약했던 결혼식도 뒤로 미루었다.

더 이상 기다릴 수 없었던 제하는 지난겨울, 그녀를 데리고 고요한 산사에서 둘만의 언약식을 가졌다. 예강과 함께 세상에 보란 듯이 가장 화려한 결혼식을 치르고 싶어 했던 제하가 얼마만큼 아쉬워했는지.

"네 아빠 머리 좋다는 건, 아무래도 공부랑 회사 일 한정인가 보다."

작게 웃으며 중얼거리는 예강의 손가락에서 웨딩 밴드가 햇살에 반짝, 빛을 냈다. 그녀는 눈을 가느다랗게 뜬 채 창밖을 바라보았다. 가로수에서 흩날리는 꽃송이를 보자 산속에 묻힌 작은 절에 펄펄 날리던 눈송이가 겹쳐졌다.

그의 품에 꽉 안겨서 보던 달이 얼마나 커다랗고 아름다웠는지를 생각하면 지금도 가슴이 떨리는데, 제하는 대체 뭐가 부족하다고 그러는 걸까.

"넌 아빠를 닮으면 좋겠는데."

예강이 비밀 이야기를 하듯 작게 속삭였다. 초음파를 본 의사가 넌지시 귀띔해 준 아이의 성별은 아들이었다. 예강은 아이가 제하를 닮기를 막연히 바랐다. 그러면 적어도 한번 마음먹은 일은 끝까지 해낼 것 같았기 때문이다. 그 대상이 일이든, 사랑하는 사람이든 좀 심하게 몰두한다는 면은 부정할 수 없었지만.

"음…… 근데 아빠가 입덧까지 한 건 좀 심하긴 했어. 그치?"

예강은 동의하듯 툭, 차는 아이의 움직임을 느끼며 후후 웃었다. 입덧으로 아무것도 먹지 못해 임신 20주가 다 되도록 마른 몸이었던 예강의 곁에서, 제하는 생각보다 스트레스가 컸던 걸로 보였다. 음식을 가리는 법이 없던 그가 메스꺼움을 참지 못해 저녁 식탁에서 일어난 게 발단이었다.

"내가…… 왜 이러지?"

그때만 해도 제하가 입덧을 하는 거라고는 그 누구도 상상하지 못했었다.

"저기, 대표님. 효주 친구 중에 빨리 결혼해서 애를 셋 낳은 애가 있어서 물어봤는데…… 가끔 남편이 부인 대신 입덧을 하는 경우도 있다고 합니다."

"말이 돼?"

장 비서가 조심스레 입을 열었을 때 어이없다는 표정을 지었던 제하는 증상이 예강과 똑같이 이어지자 마침내 그의 말을 인정할 수밖에 없었다.

과학적으로 설명할 수 없는 그 사건은 제하 본인에게도 놀라움과 동시에 약간의 충격을 선사한 듯했다.

그의 서재 책꽂이에는 임신과 출산에 관련된 서적이 빼곡하게 늘어 갔다. 처음엔 예비 부모를 위한 입문서들이었다. 비슷비슷한 내용의 책을 약 열 권 정도 독파한 후, 제하는 아예 의학 서적을 찾기 시작했다. 누가 보면 산부인과 전문의를 본격적으로 공부하는 걸로 착각을 할 정도였다.

그뿐일까. 제하는 비단 생물학적 지식만 공부하는 게 아니었다. 예강은 깊은 밤, 서재에서 잠이 들었던 제하의 모습을 떠올렸다. 등받이에 머리를 기대고 그림처럼 잠든 제하의 무릎에서 두꺼운 영서가 툭, 떨어졌다. 책을 주워 올리다 말고 예강은 잠시 눈을 빠르게 깜빡였다.

〈좋은 부모라는 환상과 실재〉.

새벽 2시까지 그가 읽고 있던 책 제목을 보자 코끝이 간질간질하며 가슴이 뜨거워졌다.

"왜 그래. 무슨 일 있어?"

인기척에 바로 잠을 깬 제하는 눈이 빨개진 예강의 상태부터 걱정했다. "왜 여기서 자고 있어?" 하며 그의 품에 안기자 제하는 그녀의 등을 부드럽게 두드렸다. 그리고, 영문도 모른 채 부드러운 목소리로 그녀를 달래 주었다.

"괜찮아, 예강아. 아무것도 걱정 안 해도 돼."

입덧이 심하던 임신 초기, 예강은 의연한 척했지만 사실 두려운 마음을 감출 수가 없었다. 그녀의 불안은 딱 하나. 아이의 건강이었다. 아이가 찾아온 줄도 모르고 잃었던 과거의 상처는 예강의 생각보다 더 큰 트라우마로 남았다. 움직이지도 못하고 거의 누워서 지냈던 것은 입덧이 심한 원인도 있었지만 아이를 잃을까 두려웠던 탓이었다.

"걱정할 거 없어. 엄마 이렇게 고생시키면서 저만 혼자 쑥쑥 잘 크고 있는 걸 보면 몰라? 두고 봐. 우리 아이는 어디 하나 부족한 곳 없이 완벽하고 건강한 상태로 태어날 거니까."

그녀를 끌어안고 확신에 찬 말투로 속삭이는 제하 역시 불안한 마음은 있는 게 틀림없었다. 단지 예강의 걱정이 태어날 아이에 대한 염려라면, 제하의 불안은 본인 스스로에 대한 것이라는 점이 달랐다. 부모의 사랑을 받지 못하고 외로운 유년기를 보낸 자신이 과연 좋은 부모가 될 수 있을까, 하는 걱정.

[제하]

휴대폰이 제하의 이름을 띄우며 경쾌한 벨 소리로 그녀의 상념을 깨웠다. 출장을 갔던 제하가 벌써 도착한 모양이었다. 예강은 활짝 웃으며 전화를 받았다.

"응, 제하야."

—어디야?

귓가에서 들리는 낮은 목소리에 새삼 가슴이 두근거린다. 예강은 휴대폰을 조금 더 바싹 귀에 붙였다.

"병원 갔다가 집 앞에 카페 왔어. 일은 잘 끝났어?"

—보고 싶어 죽을 것 같았어.

질문에 대한 대답 대신 제하가 딴소리를 하자 예강의 귓가가 조금 붉어졌다.

—병원에선 뭐래?

"응. 다 좋대. 찰떡이도 건강하고. 오늘 사진 찍은 거 이따 집에 오면 보여 줄게. 심장 박동 소리도 엄청 크더라. 들을 때마다 깜짝깜짝 놀라."

태아의 심장 박동과 움직임이 모두 정상이라는 의사의 말 한마디에도 기쁨과 안도를 감출 수가 없는 건, 엄마라면 당연한 일일 것이다.

—너는.

"응?"

—내 아들 말고 내 와이프는 어떠냐고.

예강이 예쁜 눈썹을 미간에 모으며 조금 웃었다. 뚫어져라 바라보며 미소 짓는 제하의 근사한 표정이 눈앞에 보이는 것만 같다.

"엄마도 컨디션 최상. 일주일 전보다 확실히 배가 더 커진 것 같긴 하지만. 거울 보면 진짜 남극에 사는 펭귄이 따로 없어."

—예쁘겠다.

"놀리는 거지?"

짐짓 뾰로통하게 쏘아붙였지만 예강의 얼굴에는 미소가 떠나지 않았다. 몸은 말랐는데 배만 점점 볼록해지는 스스로의 체형 변화가 낯설면서도 웃음이 나는 게 사실이었다.

—놀리는 게 아니라 진심. 네 몸 중에 지금 배가 제일 예뻐.

한 톤 낮아진 제하의 목소리가 더없이 진지했다.

"음…… 난 그냥 네 눈에 와이프 콩깍지가 단단히 씌었다는 말로 들리는데?"

—뭐든 좋으니까 나 없을 때 혼자 외출은 좀 안 했으면 좋겠다.

"병원 가는 날을 어떻게 빼먹어."

—수행 비서는 그럴 때 이용하라고 두고 간 거야.

"다른 데도 아니고 산부인과에 효원 씨랑 둘이 가는 거도 좀 이상하지 않았을까?"

—흠.

예강이 정곡을 찔렀는지 제하는 짤막하게 숨을 내쉴 뿐, 아무 대답이 없었다. 차 안인지 빵, 하고 짤막한 경적 소리가 들렸다.

"뭐야? 차 안이야?"

—응. 엄청 밟는 중.

"얼른 끊어. 뭐 하는 거야, 바보야."

—운전 내가 안 해. 괜찮아. 그래서 지금 어디라고?

예강은 웃음을 감추며 통화를 정리할 준비를 했다. 여기서 이야기를 끊지 않으면 이 화창한 봄날에 운전기사와 그녀 둘 다 제하의 말도 안 되는 설교를 듣고 있어야 할 게 뻔했다.

그의 말에 따르면 누군가의 아이를 가지고 있는 명백한 사실을 생물학적으로 드러내고 있는(간단히 말하자면 임산부) 예강은 '어떤 종류의 남자들'에게 말도 안 될 정도로 위험한 욕망을 심어 줄 수 있다고 했다.

그런 말도 안 되는 종류의 남자가 그녀 주변에 있을 것 같지는 않다고 예강이 대꾸해 보았지만 소용없었다. 제하는 못마땅한 표정으로 그녀를 뚫어져라 바라보더니 마침내 길게 한숨을 쉬며 "기뻐해야 할지 실망을 해야 할지 모르겠다." 하고 뜻 모를 소리를 중얼댈 뿐이었다. 예나 지금이나 궤변을 말하는 데는 따라올 데가 없는 남자다.

"어, 나 음료 나왔다. 끊는다?"

카운터에서 누군가 다가오는 모습을 보며 예강이 서둘러 전화를 끊었다.

"맛있게 드세요."

"감사합니다."

보기만 해도 달콤해 보이는 딸기 스무디를 쭉, 빨아들이자 새콤달콤한 맛이 입 안에 가득 퍼졌다. 예강은 기분 좋은 표정으로 목이 긴 유리잔을 반쯤 비운 후, 휴대폰을 다시 들었다. 화제가 자꾸 이상한 쪽으로 빠져서 정작 해야 할 말을 못 한 것 같았다. 출장 가기 직전까지 육아 관련된 책을 읽던 제하에게 이 말은 꼭 해 주고 싶었다. 얼굴 보고 말하기엔 아직 민망하니까 문자가 낫겠다.

[이제하는 진짜 엄청 좋은 아빠가 될 거야. 아니, 이미 좋은 아빠.]

제하에게선 답이 없었다. 맥락도 없이 갑작스럽게 던진 말이 뜬금없이 느껴진 걸까. 서둘러 다시 메시지를 보내려는데 제하에게서 답장이 도착했다.

[그 말도 좋긴 한데 지금은 다른 이야기 듣고 싶어]

예강은 눈을 깜빡거리며 잠시 망설이다 그에게 되물었다.

[무슨 말?]

말투를 직접 느낄 수 있는 전화 통화와는 달리, 문자는 가끔 상대의 의도를 파악할 수 없다는 단점이 있었다. 예강은 자신이 충동적으로 한 말에 혹시 제하가 부담을 느끼는 건 아닌지 살짝 염려가 되기 시작했다. 그녀는 진심으로 한 말인데, 설마 제하에게는 압박처럼 느껴진 걸까. 딩동, 딩동, 하며 문자가 연달아 들어온 건 그때였다.

[보고 싶다거나]
[사랑한다거나]
[키스하고 싶다거나]
[난 누군가의 아빠이기 이전에 한 여자의 남자란 걸 잊지 마]
[그것도 아주 뜨거운]

예강은 얼굴을 붉혔다. 제하가 일부러 더 그녀를 당황시키고 있다는 걸 뻔히 아는데도 뺨이 달아오르는 건 어쩔 수가 없었다. 그녀가 쥐고 있는 유리잔에서 차가운 물방울이 또르륵 굴러떨어졌다. 한가하고 평화로운 카페에 드문드문 앉아 담소에 열중하고 있는 이들이 그녀만 바라보는 것 같은 착각마저 들었다.

제하에게서 다시 전화가 왔다.

—보고 있으면서 왜 답장 안 해?

"휴…… 휴대폰 안 보고 있었거든?"

—찰떡아. 네 엄마 거짓말한다.

"야, 이제하."

—하하. 너 얼굴 빨개진 거 왜 이렇게 예쁘지.

입을 딱 다문 예강의 커다란 눈이 소리 없이 깜빡였다. 묘한 예감에 휴대폰을 귀에 붙인 채 고개를 휙 돌리자 창밖에 새까만 차를 배경으로 서 있는 키 큰 남자가 그제야 보였다. 벚나무에서 하얀 눈송이 같은 자그마한 꽃잎이 하늘하늘 떨어져 날렸다.

—날씨 너무 좋다, 예강아.

액자 같은 창 하나를 사이에 두고 그가 그림처럼 웃으며 속삭였다.

—이제 진짜 봄이네.

예강은 이 계절이 그들이 함께하는 최초의 봄이라는 사실을 처음으로 자각했다. 뜨거웠던 여름에 처음 만나서 살을 에는 듯 추웠던 겨울에 제하와 헤어졌다. 그녀가 제하와 꿈꾸었던 봄이 마침내 그녀의 눈앞에 있었다.

딸랑.

지금 이 순간이 꿈이 아님을 일깨우듯 작은 종소리가 공간에 울려 퍼졌다. 불투명한 유리문이 열리자 궤적을 넓히며 쏟아져 들어오는 햇살에 눈이 부셨다. 예강은 눈을 가늘게 뜬 채 그가 그녀의 현실로 걸어 들어오는 순간을 지켜보았다.

"가실까요."

부드럽게 손을 내민 제하에게서 예강과 똑같은 디자인의 반지가 햇빛을 반사하며 빛났다. 예강의 눈에 눈물방울이 반짝였다.

예고 없이 불쑥 나타난 그의 등장이 새삼 가슴 떨리게 반가운 까닭은, 지금이 봄이기 때문이다. 또한 그녀가 그를 하루 종일 기다리고 있었던 까닭이다. 새로 찍은 아기 초음파 사진을 제하에게 보여 주고 싶었고, 햇살에 반짝거리는 꽃비를 맞으며 제하와 함께 나란히 걷고 싶었다.

"너는 가끔씩 믿을 수 없는 타이밍에 불쑥불쑥 나타나."

예강이 제하의 손을 잡고 걸으며 속삭이자 제하가 눈썹을 들어 올리며 놀리듯 물었다.

"그래서 운 거야?"

"나 안 울었거든?"

예강이 그녀와 발을 맞추어 천천히 걷는 제하를 보며 밉지 않게 눈을 흘겼다. 똑같은 길이라도 역시 그와 함께 걷는 편이 훨씬 좋았다.

"난 또. 내가 너무 좋아서 눈물 나는 줄 알았지."

"음…… 네가 너무 좋은 건 맞아."

햇살이 환하게 비치는 한적한 아파트 초입에서 제하가 문득 걸음을 멈추었다. 후후 웃는 그녀를 제 쪽으로 돌려세운 후, 그가 요구했다.

"다시 말해 봐."

"사랑해, 제하야."

얼마든지 말해 줄 수 있었다. 예강은 망설이지 않고 그에게 진심을 전했다. 숨길 필요도 없고, 그래야 할 이유도 없었으니까.

"나도 진짜 내 남편 보고 싶어서 죽는 줄 알았네……."

제하가 그녀의 얼굴을 양손에 가둔 채, 고개를 숙여 입을 맞추었다. 태권도복을 입은 꼬마 아이 두엇이 손을 잡고 걸어오다 그들을 발견하더니 마주 보고 헤헤 웃었다. 강아지를 데리고 산책하던 운동복 차림의 젊은 여자는 강아지와 함께 뛰기 시작했다. 나이가 지긋한 경비원 아저씨는 얼굴을 조금 붉힌 채 헛기침을 하며 그들을 못 본 체 지나가 주었다.

"제하야, 우리 이러면 안 되는 거 아닐까?"

예강이 눈을 크게 뜬 채 작게 속삭이자 제하가 웃으며 다시 고개를 기울였다.

"되는지 안 되는지 확인해 보자."

아이를 가진 아내에게 달콤하게 입 맞추는 남편을 보고 손가락질을 할 수 있는 사람은 없었다. 구름 한 점 없는 화창한 봄날이었다.

* * *

초음파를 찍을 때 아들이라 넌지시 귀띔해 주었던 산부인과 담당의는 씩씩한 여자아이의 탄생에 당황했지만, 제하와 예강에게는 그저 감동적이고 놀라운 이벤트일 뿐이었다.

"어떻게 이렇게 예쁘게 생긴 아이가 존재하지?"

제하는 그의 딸에게서 눈을 떼지 못했다. 이미 배 속에서 머리카락이 새까맣게 난 상태로 태어난 아이가 자그마한 입으로 하품하는 것도, 숨을 쉬는 것도, 엄마 젖을 먹는 것도 신비하게만 느껴졌다.

예강은 작은 침대에서 버둥거리고 있는 딸을 익숙하게 안고 다가오는 제하에게서 아이를 받아 들었다. 벽에 기대어 기다란 손으로 턱을 감싼 채, 조금 긴장한 얼굴로 그녀와 아이를 바라보는 제하의 모습을 보는 건 또 다른 재미를 선사했다.

예강이 젖을 물리자마자 아기가 작은 입술을 연신 오물거렸다. 좀 전까지 배고프다고 칭얼대던 아이는 포식한 후 기분 좋게 잠이 들었다.

"제하야, 아기 이름 생각해 봤어?"

"응."

예강이 고개를 돌려 조금 놀란 눈동자로 그를 마주했다. 말은 꺼냈었지만 그가 정말로 생각해 놨을 줄은 몰랐다.

"봄."

그녀의 목덜미에 입 맞추고 떨어지며 속삭이는 그의 목소리가 부드러웠다.

"너와, 나의 봄."

강예강과 이제하의 봄.

"잘 어울린다."

예강이 눈을 접으며 환하게 웃었다. 한여름에 태어난 그들의 아기는 그렇게, 봄이라는 이름을 가지게 되었다. 그녀의 품 안에서 봄이 기분 좋게 꿈틀거리고 있었다.

2. 두근대는 날들

“대, 대표님. 축하드립니다.”

선물을 잔뜩 사 들고 방문한 효원은 능숙하게 아이를 안고 있는 제하를 보며 떡 벌어진 입을 다물지 못했다. 효원의 곁에서 불편한 듯 쭈뼛거리고 서 있던 효주는 아이와 눈이 마주치자마자 사랑에 빠졌다.

“그래, 그래. 내가 효주 이모야. 오빠! 지금 얘가 이무무 한 거 봤지? 아유, 우리 봄이 천재네. 응? 아주 천재야.”

“장효주. 정신 사납게 할 거야?”

아무리 봐도 하품을 한 걸로밖에는 보이지 않는데 요란하게 방정을 떠는 효주의 곁에서 효원은 어쩔 줄을 몰라 직장 상사의 눈치를 보았다. 하지만 제하의 표정은 그의 불안과는 달리 의기양양했다.

“발달 상황이 같은 주수 아이들과 비교해 좀 빠른 건 맞아. 보고는 서재에서 하지.”

평소와 다름없는 차가운 얼굴로 건조하게 말했기 때문에 그냥 넘어갈 수도 있었지만, 효원은 제하가 엄청난 딸 바보가 될 것이라는 사실을 직감했다. 서재에서 이어진 보고를 곰곰이 듣던 그가 불쑥, 아이가 누굴 닮은 것 같느냐고 뜬금없는 질문을 했을 때는 난감해서 한참이나 대답을 머뭇거릴 수밖에 없었다.

"첫딸은 아버지를 많이 닮는다는 소릴 들었습니다만."

"봄이가 날 닮았어?"

새까만 머리카락과 눈동자가 제하를 닮은 것도 같았지만 효원의 작은 눈에 신생아의 얼굴은 그저 모두 비슷비슷하게만 보일 뿐이었다.

"혹시, 엄마를 안 닮아서 섭섭하십니까?"

"무슨 그런 말도 안 되는 소릴 해."

제하가 피식 웃으며 그를 보았다. 아무래도 조금 실례되는 질문을 한 건가, 싶어서 사과하려는 효원에게 제하가 말을 이었다.

"내 와이프가 누구 딸을 낳은 건지, 세상 사람 모두가 다 알아야지. 그러니까 걘 날 꼭 닮아야 해."

"대표님 지금 말씀 좀 이상한 건 스스로도 아시죠?"

"이제 나가야겠어. 네 동생이 내 딸한테 무슨 짓을 할지 불안하니까."

제하의 염려와는 달리, 효주는 봄이를 제 친조카라도 되는 양 진심으로 예뻐했다. 그런 효주를 묵인하는 건 제하 역시 마찬가지였다. 자신의 딸을 귀하게 여기는 이를 알아보고 흐뭇해하는 건 아무리 냉혈한이라도 다르지 않은 모양이었다.

여름이 저물어 가는 주말. 정오가 지나자마자 여느 때와 같이 효주가 선물을 산더미처럼 싸 들고 제하의 집으로 그를 이끌었다. 아직 작아서 입힐 수도 없는 아이 옷과 신발을 잔뜩 사 들고 올라가는 것은 이제 효원 남매의 일과나 마찬가지였다.

"제하 오빠! 오빤 언니 데리고 좀 나가세요. 바람도 쐬고 데이트도 하고 해요. 봄이는 나랑 효원 오빠가 볼 테니까요."

효주가 선물해 준 하늘색 우주복을 입고서 봄이가 팔다리를 버둥거리며 옹알댔다. 아기를 보는 효주의 말투도 덩달아 짤막하게 바뀌었다.

"아구구, 그랬어? 우리 봄이도 이모랑 같이 있고 싶었져요?"

"이 녀석 오지랖 신경 안 쓰셔도 됩니다."

효원이 발 빠르게 나서며 손을 내저었다. 아무리 효주가 봄이를 예뻐한들 딸 바보도 모자라 딸 귀신이라는 말이 어울리는 그의 상사가 자신의 아이를 남에게 맡길 리가 있을까. 게다가 그의 여동생은 혈육인 그가 아무리 좋게 봐 주려 해도 아이를 맡기기에 믿음직한 인상은 아니었다.

"전문 베이비시터도 계시니 두 분 어련히 알아서 하실 텐데, 얘가 잘 알지도 못하면서 왜 이렇게 설레발을 치는지 모르겠습니다. 하하."

"오빠, 나 원래 유아교육과 가려다가 면접 떨어져서 못 간 거거든?"

그걸 자랑이라고 제 입으로 말하고 있는 효주의 입을 틀어막아 버릴까, 찰나의 시간 동안 고민하고 있는데 듣고만 있던 예강이 조심스레 입을 열었다.

"그럼 부탁 좀 해도 될까요?"

그녀를 제외한 다른 이들의 눈이 동시에 커졌다. 태연한 건 갓난쟁이 엄마인 예강뿐이었다.

"효주 씨랑 효원 씨라면 믿을 수 있으니까요."

예강이 제하를 보며 산뜻하게 웃었다.

"나갔다가 저녁 먹고 들어오자. 나도 너랑 오랜만에 둘이 놀고 싶어. 봄이 낳고 나선 한 번도 그런 적 없잖아."

예강의 말에 제하는 바로 차 키를 들었다. 그로서는 거절할 이유가 전혀 없는 제안이었다. 그동안 육아에 지친 그녀를 쉬게 해 주고 싶은 마음은 굴뚝같았지만 차마 예강에게 말을 꺼내지 못했던 것이다.

"가자."

"응? 그래도 준비를 좀 하고 나가야지."

"아무것도 준비할 필요 없어. 내가 다 알아서 해."

예강은 나갈 준비를 할 시간도 주지 않고 제 손을 잡아끄는 제하를 따라 나서며 크게 숨을 들이쉬었다. 모든 엄마들이 그럴 테지만 사실, 예강 역시도 아기와 떨어지는 것은 불안했다.

하지만 그렇기 때문에 더더욱 제하와 함께 숨을 돌릴 시간이 필요하다는 판단이 섰다. 예강은 부모로서의 삶뿐만 아니라 아내로서의 삶도 포기하고 싶지 않았다. 역설적이지만 봄이를 위해서라면 더더욱, 제하와의 관계를 소원하게 만들어서는 안 된다는 느낌이었다.

"효주 씨, 효원 씨. 저녁까지 부탁 좀 할게요."

그녀의 마음을 안다는 듯 효주가 막 잠든 봄이의 곁에서 고개를 끄덕였다. 효주와의 불편함은 봄이 덕분에 많이 사라졌다. 게다가 그들 부부의 역사를 누구보다 잘 알고 도와준 효원까지 옆에 지키고 있는 한, 걱정할 일은 일어나지 않을 것이다.

"제하야, 우리 어디 가?"

제하는 그녀가 조수석에 앉자마자 차를 출발시켰다. 거침없이 핸들을 돌리는 그의 표정이 약간 상기된 것처럼 보이기까지 했다.

"차로 30분도 안 걸려. 먼 곳으론 납치 안 할 테니 걱정 마."

혹시 어디 분위기 좋은 레스토랑에라도 데려가려는 걸까. 그렇다면 준비할 시간은 좀 주었다면 좋았을 텐데. 그녀가 입고 있는 원피스는 외출복으로 욕먹을 정도는 아니었지만 특별한 날에 입기에는 많이 수수한 옷이었다.

예강이 가방 안에서 립밤을 꺼내 살며시 입술에 바르는 걸 아는지 모르는지 제하는 무척이나 기분이 좋은 표정으로 차를 몰았다. 꽉 막혔던 도로의 분위기가 어느새 서서히 바뀌더니 인적이 드물어졌다. 예강은 지나치듯 이름만 들어 보았던 고급 호텔로 들어서는 차 안에서 당황한 표정을 지었다.

"제하야, 호텔 레스토랑은 지금 좀 그렇지 않아?"

"응. 아마 예약하지 않으면 못 들어갈 가능성이 높지."

"그럼 여기는 왜……."

제하가 로비 앞에 차를 멈추더니 마침내 그녀와 눈을 마주쳤다.

"바깥에서 보니까 왜 이렇게 더 예쁘지?"

예강의 얼굴이 조금 붉어졌다. 질끈 묶었던 머리를 풀어 내린 걸 알고 일부러 그런 말을 해 주는 걸까.

"예약 안 했으면서 여긴 왜 왔어?"

괜히 민망해 말을 돌리자 제하가 어깨를 으쓱했다.

"레스토랑이 아니라 방을 예약했거든."

"언제?"

"매주 주말에 예약해 놨었어. 너랑 같이 올 기회만 노리고 있었지."

"……너 그럴 때마다 나 가끔 무서워지는 거 알아?"

"내가 원래 매사가 좀 계획적이잖아. 그럼 가실까요?"

예강은 제하의 팔짱을 끼고 호텔에 체크인을 했다. 2층 창문 너머로 보이는 산은 어느덧 가을로 접어들어 아름다운 색을 보이고 있었다.

"와. 너무 예쁘다, 제하야."

방에 들어서자마자 예강에게서 솔직한 감탄이 터져 나갔다. 그녀는 저도 모르게 아이처럼 창에 바짝 다가가 섰다. 그런 그녀의 뒤로 제하가 다가와 살며시 그녀를 끌어안았다. 예강은 미소를 지으며 그의 상체에 머리를 기댔다.

"내 삶에서 유일한 우연은 너였어."

예강은 그가 무슨 말을 하고 있는지 짐작했다. 고개를 살며시 돌려 눈을 맞추자 제하가 말을 이었다.

"내 운은 전부 널 만난 데 쓴 거라고. 나머진 전부 다 계획적이었고."

예강이 그의 뺨을 쓰다듬으며 장난스레 쿡쿡 웃었다.

"그렇게 말하면 봄이가 섭섭하지. 운은 봄이 만나는 데도 썼잖아."

고개를 숙이며 제하가 그녀에게 입을 맞추었다. 예강이 그를 보며 작게 속삭였다.

"담엔 봄이도 같이 오자."

"응. 얼마든지."

제하는 다시금 그녀의 몸을 부드럽고 끌어안고 그의 딸을 생각했다. 말 그대로 눈에 넣어도 아프지 않을 천사 같은 아이. 하지만 딸을 사랑하는 것과 아내를 사랑하는 건 제하에게 별개의 카테고리였다. 봄이가 만약 그를 닮았다면, 그의 딸은 그를 충분히 이해할 것이다.

"예강아."

"응?"

제하가 그녀의 원피스 등 뒤의 지퍼를 살짝 내리곤, 목덜미에 입을 맞추었다. 닿았다가 천천히 떨어지는 촉감에 예강은 조금 긴장한 듯 마른침을 삼켰다. 제하의 입술이 그녀의 귓가에 다가오는가 싶더니 몸이 그를 향해 돌아갔다. 원피스의 지퍼가 완전히 내려가고 옷이 발치에 툭, 떨어졌다. 제하는 통창으로 비치는 가을의 풍경을 배경으로 선 아름다운 그의 아내를 바라보며 낮은 목소리로 속삭였다.

"늘 말하는 거지만, 난 너한테 봄이 아빠인 걸로만은 만족 못 해."

말갛게 얼굴을 붉히며 예강이 후후 웃었다.

* * *

"이제하."

열 오른 예강의 손바닥에 입이 막힌 채 제하가 응, 했다. 샤워를 한 게 무색하게도 그의 이마에 땀이 흘렀다. 열정적이고 비밀스러운 시간의 흔적은 그녀의 몸 여기저기에도 남겨져 있었다. 제하의 입술이 훑고 지나갔던 곳이 전부 뜨겁다.

"넌 나한테 부끄러운 거 하나도 없지?"

가만히 눈만 깜빡이는 제하의 입술에서 손을 가만히 떼어 주었는데도 그는 대답 대신 그림처럼 웃기만 할 뿐이었다.

"생각해 보면 고등학교 때도 그랬어."

"언제."

"바닷가에서."

"너랑 나랑 진하게 딥 키스 했을 때?"

그것보다 더한 것도 수없이 한 사이인데 아직도 첫 키스 이야기가 나오면 예강의 눈동자가 떨렸다. 그걸 지켜보는 건 제하의 은밀한 기쁨이었다.

"매번 나만 부끄럽고, 나만 당황하고. 어릴 때도 넌 항상 여유 있었어."

"그렇게 기억해 주니 다행이네."

난 그때 몸에 열이 밤새 가시지 않아서 차가운 물로 샤워를 몇 번이나 했는지 모르는데.

"왠지 얄미워."

예강이 툭, 하고 그의 가슴을 아프지 않게 때렸다.

"얼른 집에 가자. 효주 씨랑 효원 씨한테 미안해서 안 되겠어."

"그만큼 충분히 대가를 주고 있는데 뭐가 미안해. 나온 김에 자고 가자."

"봄이 보고 싶어서 그건 무리야."

제하는 더 이상 그녀를 붙드는 걸 포기하고 순순히 객실을 나섰다. 사실, 잠깐의 외출이었더라도 그의 계획은 성공이었으니까.

"근데 제하야."

"응."

일은 어렵지 않았다. 예강이 효원보다 효주의 부탁을 거절하지 못할 거란 건 예상하고 있었던 까닭이다. 효주에게 이 일을 지시한 건 그녀는 몰라도 되는 일이었다. 부끄러운 일은 아니지만 딱히, 드러내 자랑할 일도 아니었기 때문이다.

"어제 테라스에서 혹시 효주 씨랑 통화했던 거, 무슨 일이었는지 물어봐도 될까?"

젠장.

"이상한 오해 하는 거 아니니까, 기분 나쁘게 듣지 말고. 그냥 내 착각이었는지는 모르겠는데 왠지 네가 엄청 심각한 얼굴로 통화를 하길래……."

그뿐만이 아니었다. 제하는 예강이 가까이 오는 걸 보고 전화를 급하게 종료하기까지 했었다. 대답을 생각하는 그의 침묵을 예강은 다른 쪽으로 오해한 모양이었다.

"아, 미안. 나 지금 되게 바가지 긁는 와이프 같았다. 그냥 못 들은 걸로 해 줘."

띵-.

예강이 민망해하는 사이 타이밍 좋게 엘리베이터 문이 열렸다.

"차 좀 부탁합니다."

프런트에서 발렛을 부탁한 후, 제하는 예강의 어깨를 감싸고 나란히 걸었다. 차가 나오길 기다리며 그가 그녀에게 입을 열었다.

"예강아, 너 혹시 질투한 거야?"

"그게 무슨 소리야?"

예강의 예쁜 눈썹이 미간에 모였다. 놀리는 거나 도발이 아니라 기뻐서 물은 질문이었는데, 또 의도가 엇나간 모양이었다. 제하는 자신의 만족감을 순수하게 표현하기로 마음먹으며 덧붙였다.

"괜찮아. 그 반대 상황이었으면 난 너처럼 순진하게 물어보진 못했을 테니까."

예강이 알지 못하도록 상대 남자에게 조치를 취했을 것이다. 하지만 한숨 소리와 함께 이어지는 예강의 말은 그의 예상과는 달랐다.

"난 혹시 네가 효주 씨한테 우리 집에 너무 자주 오지 말라고 경고했나 싶어서 물어본 거야."

또다. 예강이 가끔씩 그의 뒤통수를 치는 발언으로 제하를 당황하게 만드는 건 이럴 때였다. 고등학교 때는 일부러 이러나 싶을 정도였는데, 이제는 진심이라는 걸 알아서 화도 낼 수가 없었다.

"또 엄청 무섭고 차가운 말투로 선 긋기 했나 싶어서 물어본 거라고. 우리 봄이 진심으로 예뻐해 주는 사람인데 그러지 말라고."

예강이 후, 한숨을 쉬며 말간 눈동자로 그를 보았다.

"솔직하게 말하는 김에 더 솔직하게 말하자면, 효주 씨 나 봄이 낳고 나서 얼마 안 있다가 조리원으로 찾아와서 사과했었거든. 일전에 무례하게 굴었던 거 미안하다고."

"장효원은 처세를 잘하니까. 동생이 좀 모자란 거 알고 알아서 챙겼겠지."

예강이 두 손으로 제하의 판판한 양 볼을 살짝 꼬집었다. 일부러 더 못된 말을 골라서 하는 것 같은 남자지만 밉지가 않았다. 그녀가 아닌 다른 여자를 그저 성염색체가 XX인 무생물 취급을 하는 남자 옆에서는 질투를 할 기회조차 생기지 않는다는 걸, 제하는 정말 몰라서 이러는 걸까?

"네 눈엔 내가 맹탕으로 보이지? 근데 아냐. 나 장사를 오래 해서 사람 눈 보면 그게 거짓말인지 아닌지 정도는 어렴풋이 보인단 말이야. 그러니까 효주 씨한테 잘해 줘, 제하야. 우리 봄이 진심으로 예뻐하는 사람인데 제발 심술궂게 대하지 말구."

제하에게 "알았지?" 하고 되묻자 제하가 양 볼이 잡힌 채 고개를 끄덕였다. 마지못한 표정이 역력한데도 고개를 끄덕이는 모습에 웃음이 나서 가볍게 뽀뽀를 쪽, 해 주고 떨어지려 했지만 그럴 수가 없었다. 순식간에 그에게 와락 안긴 채 예강이 미소 지었다.

"예강아."

"응?"

제하가 그녀를 품에 꼭 안았다. 아직 물기가 남아 있는 머리카락에 코를 묻고, 가녀린 등을 손으로 몇 번이나 쓸었다.

"잠시만 이러고 있자."

"갑자기 왜 그래. 어, 차 왔다."

예강이 그의 품에서 쿡쿡 웃으며 벗어나려 했다. 제하는 안은 손에 힘을 더 꽉 주며 그녀에게 고백했다.

"장효주한테 어제 전화해서, 오늘 너 바깥으로 나오게 만드는 데 성공하면 이 호텔 스파 회원권 준다고 했어."

"……."

"지금쯤 봄이랑 같이 바닥에서 환호성 지르며 뒹굴고 있을 거야. 너무 좋아서."

"이제하."

"나도 믿을 만한 사람한테 부탁한 거니까 너무 그러지 말고."

예강이 한숨을 포옥 쉬는 것이 그대로 느껴졌다.

"효주 씨가 그런 꿍꿍이가 있는 줄은 진짜 몰랐는데."

"넌 여우인 척하는 곰이라서 내 곁에 딱 달라붙어 있어야 돼."

"난 대체 언제 인간 돼?"

"호랑이랑 같이 백 일 동안 동굴에서 별짓 다 하면?"

누가 들을까 겁난다며 질색하는 그녀가 어디로 사라지기라도 할까 봐, 제하는 그녀를 더욱 꽉 안았다. 강예강은 여전히 어떤 면에서는 바보같이 느껴질 만큼 둔하고 착했다. 그녀를 거쳤던 모든 불행들은 예강의 성품에 영향을 주지 못했다. 그래서 그녀가 그의 것이 될 수 있었을 것이다.

"널 보면 내 안에서 없었던 인류애가 솟아나는 기분이야."

그사이 발렛을 맡긴 차가 그들 앞에 멈추었다. 예강은 그가 문을 열어 주는 차에 올라타며 잠시 망설이다 문득 내뱉었다.

"넘어져서 무릎 까진 여자애한테 손수건 감아 주던 남자애도 충분히 인간적이었어."

"혹시 나한테 그때 반했어?"

"으음. 당시엔 재수 없다고만 생각했는데."

"아아. 그만 들을래."

핸들을 돌리며 제하가 높다란 코끝을 보기 좋게 찡그렸다. 호텔을 빠져나가는 차창 밖을 바라보고 있던 예강이 작게 미소 지으며 한마디를 덧붙였다.

"근데 지금 와서 생각해 보면 솔직히 좀 두근거리긴 했던 것 같아."

옆자리를 슬쩍 바라보는 제하의 입술이 보일 듯 말 듯 한 호선을 그리며 위를 향했다. 제하는 그때 자신이 그 손수건으로 무얼 했는지는 관에 들어갈 때까지 말하지 않기로 결정했다. 그녀의 머릿속에 남아 있는 아름다운 첫사랑의 이미지를 퇴색시키고 싶지는 않았다.

3. 크리스마스 선물

"함무…… 함무……!"

딸랑이가 식탁을 탁, 탁, 두들길 때마다 안에서 자잘한 구슬들이 요란하게 부딪쳐 울렸다.

—아유, 내 새끼. 그래그래, 할미 여기 있다. 우리 강아지.

16인치 노트북 스크린 안에서 정혜가 어쩔 줄 모르는 표정을 지었다. 유아용 체어에 앉은 봄이가 더욱 열띠게 옹알이를 이어 나가자 이제 정혜는 손뼉까지 치며 손녀에게 장단을 맞추었다.

—아이구. 아이구. 잘하네, 우리 봄이.

태평양 너머에 있는 할머니에게 손짓하는 두 살배기 손녀가 안타깝고 사랑스러워 죽겠다는 정혜의 얼굴은 예강의 오래된 기억 속에는 찾아볼 수 없는 표정이었다. 그런 그녀의 반응을 처음 보았을 때 제하 역시 적잖이 당황한 기색을 감추지 못한 걸 보면 놀란 것은 예강뿐만이 아닌 모양이었다.

"어머니, 피곤하지 않으세요?"

—비행기에서 밥 먹고 자는 것밖에 안 했는데 뭐가 피곤하겠니. 봄이 좀 안아서 이리 가까이 보여 다오.

"네."

예강이 웃으며 봄이를 안아 들었다. 그러고는 노트북 중앙에 달린 자그마한 카메라에 최대한 봄이의 얼굴이 잘 보이게 각도를 맞추었다.

"봄이야, 할머니한테 잘 도착하셨어요, 해야지."

"하무…… 빤……! 빤!"

자신이 사 준 딸랑이를 신나게 흔드는 봄이를 보던 정혜가 뒤를 돌아보더니 다시금 활짝 웃었다. 정혜의 뒤편에는 크리스마스트리의 알전구가 반짝반짝 빛나고 있었다.

—그래그래. 우리 봄이 할머니랑 트리 반짝반짝 만들었지요? 우리 강아지. 기특한 내 새끼.

손녀의 눈빛만 봐도 무슨 말을 하는지 다 알아듣는 건, 설명이 불가한 어떤 영역일 테다. 그런 정혜의 옆에서 살짝 고개를 들이밀었다가 이내 사라지는 남자의 모습을 바라보며 예강이 서둘러 입을 열었다.

"아버님! 아버님도 우리 봄이 좀 봐 주세요!"

헛기침 소리와 함께 화면에 이주민 목사의 얼굴도 함께 비쳤다.

"봄이야, 잘 봐. 누구시지?"

이번에도 봄이는 엄마의 기대를 배신하지 않았다. 딸랑이를 손에서 툭 떨어뜨리더니 고사리 같은 검지를 구부리며 스르륵 말을 내뱉었다.

"하라보지."

비록 새는 발음이었지만 랜선 너머의 조부모를 감동시키기엔 충분하고도 남았다. 눈을 깜빡이는 이주민 목사의 눈매가 이전보다 훨씬 부드러워졌다.

—손주가 당신 부르잖아요. 얼른 이야기 좀 해요.

—아직 말 알아들을 나이 아닌데 뭘…….

남편이 헛기침을 하며 말을 흐리자 정혜가 살짝 한숨을 쉰 것도 잠깐이었다. 이내 화면으로 다시 얼굴을 돌려 토끼 같은 손녀를 찾았다. 얼굴을 손으로 감추었다가 까꿍 하는 장난을 치자 봄이가 좋다고 웃음을 터뜨렸다.

—봄이, 담에는 비행기 슈웅, 타고 할머니 집에서 보자. 응?

반년 전, 예강이 조심스레 미국으로 봄이의 돌 사진을 보냈을 때를 비교하면 너무나 큰 변화였다. 예강은 꾸준히 봄이의 성장 과정을 담은 사진을 보내 주었지만 정혜는 꽤 오랫동안 아무런 반응이 없었다.

예강이 국제 전화 한 통을 받은 건 추석 즈음이었다. 정혜는 예강에게 이메일 주소를 알려 주며 앞으로는 이곳으로 봄이의 사진을 보내라는 말을 돌려 했다. 답장은 여전히 일절 없었지만 메일 확인은 늘 빨랐다. 예강은 자신의 선택이 틀리지 않았다는 것을 확신하고 더욱 자주 그녀에게 봄이의 소식을 알렸다.

그러던 정혜가 얼마 전, 한국에 일이 있어 가는 김에 얼굴을 한번 보자고 운을 띄웠던 것이다. 그녀의 한국 방문 목적이 손주를 보기 위해서라는 걸 직감할 수 있었던 건 당연한 이야기였다. 제하는 그녀의 방문을 달갑지 않아 했지만 예강은 못마땅한 기색의 제하를 강하게 설득해 결국 그들과 저녁 식사를 했다.

"어머니, 괜찮으시면 여기서 지내세요. 저희 집, 복층이라 생각보다 그렇게 불편하시진 않을 거예요."

그들이 호텔에 머무는 것은 제하도 원하고 정혜 부부도 원한 선택이었다. 하지만 방긋방긋 웃는 봄이를 본 첫날부터 정혜의 마음은 완전히 허물어졌다. 생판 남이었던 효주를 무너지게 만들었던 봄이가 할머니를 함락시키지 못하는 게 더 이상한 일이었다.

"……그래도 되겠니?"

제하를 한 번 슬쩍 보며 입을 떼는 정혜의 앞에서 제하의 대답은 단 하나였다.

"저한테 물어보실 필요 없습니다. 예강이 원하는 대로 해 주세요."

예강이라고 정혜 부부와 함께 있는 것이 편할 리 만무했다. 그들은 그냥 시댁 식구가 아니라 이름을 떠올리는 것만으로 가슴 한구석이 저려 오는 요한의 부모이기도 했던 것이다.

그러나 예강은 피하고 싶지 않았다. 그들의 얼굴에 감히, 자그마한 미소라도 찾아 주고 싶었다. 긴 세월 얼어붙은 제하의 마음을 녹일 수 있는 자그마한 불씨라도 던져 주고 싶었다. 남들이 들으면 욕할지도 모르는 이야기였으나, 그녀는 역으로 자신이 아니면 그럴 수 있는 사람이 아무도 없다고 생각했다.

그녀의 판단은 보기 좋게 빗나갔다. 아프고 시린 이 관계의 판을 완전히 새로 짤 수 있는 이는 예강이 아니라 아무것도 모르는 자그마한 새 생명이었다.

"우리 봄이는 누굴 닮아서 이렇게 예쁘니. 응?"

"제하 닮았잖아요. 어머니."

부정할 수 없는 사실이었지만 정혜를 사로잡은 건 제 아빠를 빼닮은 외모만이 아니었다.

"아가, 넘어져!"

"함무니……!"

봄이가 소시지처럼 통통한 양팔을 벌리고 할머니에게 다다다 걸어오다 넘어지기 직전, 정혜가 그녀를 번쩍 안아 들었을 때 이미 게임은 끝난 거였다. 과즙이 뚝뚝 흘러 본연의 형체를 알 수 없는 무언가가 된 과일을 슬며시 손에 쥐여 주는 아이를 거절할 수 있는 어른은 아무도 없었다. 이주민 목사 역시 마찬가지였다.

노부부와 어린 손녀는 함께 트리를 장식하며 시간을 보냈다. 불과 1년 전만 해도 상상도 할 수 없는 이야기였다. 예강은 한 생명의 탄생이 얼마나 많은 것들을 바꿀 수 있는지를 새삼 깨달았다. 새싹이 움트고 나서야 겨울이 끝난 걸 뒤늦게 깨닫는 어른처럼.

—우리 봄이, 아빠는 어디 갔니.

정혜가 묻는 아빠 소리에 봄이가 반응을 했다. 제하는 식탁 맞은편에 앉아 있어 노트북 화면에는 잡히지 않는 위치였다. 봄이가 제하를 보며 열심히 딸랑이를 흔들었다.

—예강아, 제하더러 봄이 좀 보라고 하고 나랑 이야기 좀 하자.

"아. 네, 어머니."

딸이 가열차게 흔들다가 바닥에 떨어뜨린 딸랑이를 주우며 제하가 조용히 고개를 들었다. 제하는 이전보다는 훨씬 부드러워진 상태였지만 여전히 자신의 모친과 아주 편한 사이는 아니었다. 예강이 그를 보며 염려 말라는 듯 싱긋 웃었다.

"봄이 좀 잠깐 봐줄래?"

말없이 일어난 그가 읏차, 하며 봄이를 안아 목마를 태웠다. 봄이는 겁도 없어서 높은 곳을 그렇게 좋아했다. 꺅꺅거리며 웃음을 터뜨리는 딸과 함께 제하가 놀이방으로 사라지자 예강이 자세를 바르게 하고 화면 속의 정혜를 보았다.

"무슨 하실 말씀 있으세요?"

—제하한테는 대학 이야기 해 봤니?

"아……."

정혜가 단도직입적으로 묻자 예강이 말끝을 흐렸다. 정혜는 미국으로 떠나기 전날, 약국에 들러서 여러 가지 상비약을 구입했다. 외국에 있으면 이런 것들이 생각난다는 말에 예강은 기꺼이 그녀를 따라나섰다.

두 손 가득 필요한 약을 사 들고 돌아오는 길, 정혜는 예강에게 무심하게 말을 꺼냈다. 지금이라도 안 늦었으니 하고 싶은 거 다 하고 살라고. 대학 이야기가 나온 건 그때였다.

"어머니, 제가 지금 혼자도 아니고요. 제하랑 봄이도 있고 그래서……."

정혜는 아직도 제 욕심이라고는 차릴 줄 모르는 며느리를 향해 차분한 얼굴로 입을 열었다.

—늙으면 사람 표정이 눈에 보인다. 지금이라도 못 할 게 뭐가 있니.

예강은 입술에 힘을 꽉 줄 뿐, 쉽게 답을 하지 못했다. 정혜의 말투가 조금 더 부드러워졌다.

—남편은 남편이고 자식은 자식이야.

"어머니는 제가 대학 졸업장 따기를 바라세요?"

예강의 조심스러운 물음에 정혜가 인상을 찌푸렸다. 설마, 예강이 오해를 하고 있나 싶었다.

—남의 눈 의식해서 내 며느리 학위 자랑해야 할 만큼 수준 처참한 사람은 아니다.

"아뇨. 그렇게 생각한 적 없어요. 전 다만……."

—다만?

"어머니께서 아직도 예전 일을 마음에 두고 계시나 해서요."

—무슨 말이니.

"고등학교 때, 저희 집 사정 아시고 저 대학 보내 주겠다 하셨잖아요. 학비는 걱정 말고 원하는 곳 원서 쓰라고 하시면서요."

제하의 과외 선생과 함께 공부하게 해 주었고 예강의 몫까지 도시락을 준비해 준 것도 그녀였다. 옥상에서 위험한 일을 당할 뻔했을 때, 감수성이라고는 전혀 없는 경찰들 앞에 나서서 그녀를 보호해 주었던 일도 나중에 지나서야 생각이 났다. 요한이 사건이 일어나기 전, 정혜는 예강에게 살갑게 굴진 않았어도 충분히 친절했었다.

"고맙습니다, 어머니."

정혜는 눈시울을 붉히면서도 끝끝내 환하게 웃는 예강을 보며 숨을 크게 들이쉬었다. 저 바보 같은 것. 속도 없는 천치 같은 것.

—내가 너한테 해 준 게 없는데 뭐가 고맙니. 제하나 봄이 생각해서 너하고 싶은 일 포기하진 말거라. 결국 제하가 원하는 것도 네가 최고로 행복하게 사는 거일 테니까.

"근데요, 어머니. 왠지 제하가 절 팍팍 밀어 줄 것 같지는 않은 예감이 들어요. 이거 제가 괜히 겁내는 걸까요?"

예강이 솔직하게 입을 열었다.

—네 말도 맞긴 하다만, 네가 원한다면 끝까지 반대할 성정도 못 된다.

"정말 그럴까요?"

—당연하잖니. 제하는 너 때문에 사는 게 눈에 보이니까. 시어머니 입으로 이런 말 하게 하는 너도 참 너구나.

"죄송합니다."

정혜는 얼굴을 붉히며 얼른 고개를 숙이는 예강을 보며 말을 마무리 지었다.

—거긴 늦은 시간이겠구나. 그럼 들어가자.

통화를 끊으려는 정혜를 향해 예강이 떨리는 목소리로 말을 덧붙였다.

"어머니. 내년쯤엔 봄이랑 비행기 타도 문제없을 것 같아요. 그땐 저희가 뵈러 갈게요."

—……무리할 것 없다.

"아뇨. 무리해서라도 가고 싶어요. 봄이가 지금도 할머니 보고 싶어 하는데. 본격적으로 말문 터지면 더할 게 분명하니까요."

—예강아.

"네, 어머니."

—고맙다.

정혜는 아무 말도 하지 못하는 예강을 보며 옅은 미소를 지어 보였다.

깜빡. 깜빡. 모니터 안에서 정혜와 봄이가 같이 꾸민 크리스마스트리의 알전구가 예쁘게 깜빡였다. 그곳에는 생전에 요한이가 좋아하던 바다 친구들이 선물처럼 잔뜩 걸려 있었다.

거북이. 고래. 불가사리. 상어. 예강이 미리 사 둔 인형들이었다. 한국에 다녀왔던 짧은 시간, 봄이와 함께하며 정혜는 남몰래 울고 웃었다.

정혜가 마음이 아파 잊고 살려 했던 기억들. 요한이와 함께하며 즐거웠던 추억들이 떠올랐기 때문이다. 예강이 그것을 몰랐을 리 없었다. 예강은 아마 그녀의 아픈 기억을 꺼내어 치유해 주고 싶었으리라. 제하에게도 아마 똑같이 했을 테고, 본능적으로 그 사실을 직감한 제하는 아마 그녀를 평생 놓치고 싶지 않았을 것이다.

—우리 제하, 앞으로도 잘 부탁해.

바다 건너 정혜의 집에서도 트리의 전구가 따뜻하게 불을 밝혔다. 모니터에 보이지 않는 트리 위쪽에는 봄이와 제하, 그리고 예강이 함께 찍은 돌 사진이 걸려 있었다. 예강이 가장 처음 보내 준 그들의 가족사진이었다.

* * *

조용히 방문을 닫고 나온 제하가 그녀에게 다가와 어깨를 감쌌다. 정수리에 입을 축, 맞추며 열린 노트북을 닫는 손길이 부드럽지만 단호했다.

"늦었다. 이제 잘 시간이야."

"응. 어머니랑 무슨 대화 했는지 안 궁금해?"

"궁금하지."

"근데 왜 안 물어봐?"

"취조하듯이 캐묻는 건 싫어서."

제하의 대답이 왠지, 묻기 전에 알아서 말해 달라는 뜻으로 들리는 건 과민 반응일까? 예강은 혼자 생각하며 결심한 표정으로 그의 팔을 붙들었다.

"제하야, 우리 차 한잔할래?"

"와인으로 하자."

달칵.

와인 잔을 내려놓으며 제하가 그녀를 물끄러미 바라보았다. 예강은 긴장하면 잔에 들어 있는 모든 걸 단박에 비워 버리는 습관이 있었다. 그녀 몫의 와인 잔은 깨끗하게 빈 후였다.

"네가 싫다면 나도 고집 안 부려."

"왜?"

그는 정말로 궁금해서 물었다. 그렇다면 굳이 술을 두 잔이나 마시고 대학 이야기를 꺼낸 그녀의 의도가 뭘까. 이해할 수 없다는 표정으로 바라보는 제하를 향해 예강이 진지하게 답을 했다.

"너랑 싸워 가면서까지 내 욕심 부리고 싶지 않으니까. 그리고 나한텐 너랑 봄이보다 중요한 거 없어."

그녀가 이렇게 나오면 그가 싫다고 말하기가 더욱 어려워진다. 의도했다면 고단수이고 아니라면 타고난 게 분명했다. 제하는 확실한 대답 대신 말을 틀었다.

"전공은 정했어?"

"약대나 한의대."

찰나의 망설임도 없이 답하는 예강을 보며 제하는 마른침을 삼켰다. 저 정도면 혼자 생각을 많이 했다는 뜻이었다.

"그럼 나도 대학 다시 갈까?"

"진짜? 너도 하고 싶은 공부가 있었어?"

그런 것 따위 물론 제하에게 있을 리가 없었다. 그가 다시 대학을 간다면 그것은 물론 예강과 함께 있는 시간을 조금이라도 늘리고픈 의도뿐이었다.

조심스레 묻는 예강의 얼굴을 보며 제하는 어떻게 이 상황을 끝내야 할지를 고민했다.

"배워야 할 건 늘 많지."

예강에게는 미안한 일이지만 그는 그녀가 자신이 모르는 세계에 발을 들여놓는 걸 원하지 않았다. 이기적이라고 해도 어쩔 수가 없다.

"그럼 난 괜찮으니까 네가 하고 싶은 걸 먼저 해."

그를 멈칫하게 만든 것은 진지하게 생각하다 마침내 고개를 끄덕이는 예강의 한마디였다.

"아무래도 둘 다 학생인 것보다는 한 사람씩 돌아가면서 공부하는 게 우리 봄이한테도 나을 것 같아."

급하게 마신 와인에 약간 취기가 오른 건지 그녀의 말이 빨라졌다. 예강은 여전히 그의 의도를 전혀 파악하지 못하고 있는 게 분명했다. 제하는 와인잔을 다시 기울였다. 그녀에게 더 이상 거짓말을 하는 건 죄책감이 들었다.

"그럼 나한텐 의미가 없는데. 내가 대학 가려는 유일한 이유는 너 미팅 못 나가게 방해하려는 것뿐이거든."

"뭐라고?"

심각한 표정을 하고 있던 예강이 그제야 어이없다는 듯 웃음을 터뜨렸다.

"진짜 못살겠다."

아직도 웃음기를 갈무리하지 않은 얼굴로 되묻는 그녀를 향해 제하가 손을 뻗었다.

"너 하고 싶은 거 다 해도 돼."

"……."

"공부하고 싶으면 해. 내 곁에만 있어 주면 상관없어."

"고마워."

감동한 표정을 숨기지도 않고 드러내는 예강은 바보였다. 만약 예강이 끝까지 고집을 부린다면 그가 그녀를 이길 수 있을 리 없기 때문이다. 제하는 자신의 아내에게 새삼 미칠 듯한 소유욕이 일었다. 지금이라도 생각을 바꿔 달라고 설득할까. 아직 어린 봄이를 들먹거리며 저열하게 나가 볼까.

"나 결혼 진짜 잘한 것 같아."

환하게 웃으며 내뱉는 예강의 한마디에 제하는 입술을 질끈 깨물며 마른 침을 삼켰다. 마음속에 있는 시커먼 불길을 간신히 잡아 눌렀다.

"봄이랑 내 걱정은 하지 말고 열심히 공부해. 이왕 하기로 했으면 본때를 보여 주라고."

"응. 그래야지."

예강의 눈동자가 꿈 많은 소녀처럼 반짝거렸다. 제하는 결국 참지 못하고 한마디를 덧붙였다.

"대신 대학 가서 수업이랑 과제가 아무리 많아도 부부 생활에는 충실해 줘."

"당연하지. 나 바쁘게 사는 건 자신 있거든."

고개를 끄덕이는 그녀를 뚫어져라 바라보며 그가 마른 입술을 혀로 핥았다. 예강이 또 잘못 짚기 전에 확실히 해 두고 싶었다.

"난 우리 둘 사이의 관계를 말하는 거야. 너도 알다시피 난 욕구가 강해. 그러니까……."

제하가 부연 설명을 할 필요는 없었다. 벌떡 일어난 예강이 식탁을 돌아 그에게 다가온 후, 입을 맞추었기 때문이다. 제하는 자리에서 일어나 그녀의 허리를 더욱 꽈악 끌어안았다. 커다란 품 안에 예강을 가두고 달콤한 와인 향기가 나는 그녀의 혀에 제 것을 진득하게 뒤섞었다.

도톰한 연보라색 카디건과 얇은 네글리제가 식탁 아래에 연이어 떨어졌다. 반짝거리는 크리스마스트리 옆으로 제하가 벗어 던진 옷들이 차례로 날아갔다.

제하는 숨을 깊게 들이쉬며 생각했다. 하고 싶은 걸 맘대로 하라고 호기롭게 내뱉었지만 예강이 다른 것에 관심을 쏟는 건 여전히 싫다. 새로운 사람을 만나는 것도, 그가 모르는 새로운 환경에 속해지는 것도 참을 수 없기는 마찬가지였다. 하지만 그 모든 부정적인 감정을 상쇄시키는 건, 지금 이 순간 자신을 향해 얼굴을 붉게 물들이며 속삭이는 예강의 시선이었다.

"제하야, 사랑해."

"대학 보내 줘서?"

"응."

상기된 뺨을 이로 깨물어 버리자 예강이 숨을 가쁘게 몰아쉬면서 예쁘게 웃었다.

"그리고, 너보다 날 더 사랑해 줘서."

"여우."

예강은 기분이 너무 좋아 가슴이 벅찰 정도였다. 사실, 제하에게 이야기를 꺼내기 전까지만 해도 그녀는 확신이 없었다. 정혜는 제하가 그녀의 말이라면 뭐든 들을 거라고 말했지만 그건 제하의 고집을 모르기에 하는 말이었다.

제하라면 그녀에게 육아와 공부를 병행하는 건 현실적으로 불가능하다고 말하며 반대할 가능성이 높다고 생각했다. 혹시 지금의 일상이 행복하지 않아서 다른 삶을 원하는 거냐고 오해하기라도 할까 봐 두렵기도 했었다. 하지만, 제하는 너무도 당연하다는 듯 그녀의 결정을 지지해 주었다.

"날 사랑해?"

제하의 눈에 욕망이 진득하게 흘러내렸다. 반짝거리는 트리를 배경으로 온몸을 발갛게 물들인 채 그와 하나가 된 여자는 너무나 아름다웠다. 이대로 몸이 떨어지면 모든 게 꿈으로 끝나 버리는 건 아닐까. 제하는 이제까지의 모든 대화를 없던 것으로 하고 싶은 충동에 사로잡혔다.

"사랑해, 제하야."

"너 혼자 대학 가는 게 그렇게 좋아? 그래서 나한테 이렇게 안겨 오는 거야? 적선하는 심정으로?"

"그런 말이 어디 있어, 바보야."

예강이 쾌감에 몸을 떨면서도 붉어진 눈을 흘겼다.

"넌 내 거야. 매 순간 잊지 마."

제하의 쑥 들어간 등골로 겨울임이 무색하게 진한 땀방울이 맺혔다. 예강은 양손으로 입을 틀어막으며 아득한 절정에 신음했다.

"이런 모습은 평생 나만 볼 수 있어."

제하는 그녀와 마주 누운 채, 그녀를 품에 꼭 안고 등을 부드럽게 매만졌다. 젠장. 날아갔던 이성이 천천히 돌아오자 그가 대체 무슨 일에 동의했는지가 점점 또렷해졌다. 앞으로 그가 전전긍긍할 나날이 눈앞에 훤히 보이는 것만 같았다.

"너무 행복하다."

예강이 그에게 안겨 속삭였다. 제하는 그녀를 더욱 꼭 안으며 쓴웃음을 지었다. 결혼하고 아이까지 낳았는데 안심이 되기는커녕 그 반대였다. 아마도 강예강은 앞으로도 한참 더, 그를 안달 나게 만들어야 직성이 풀릴 모양이었다.

* * *

계절이 한 바퀴를 돈 그다음 해 겨울. 나이 먹고 공부하니 바보가 된 것 같다고 초조한 얼굴로 말하던 예강은 대학 합격자 명단에 당당히 이름을 올렸다. 정혜는 제 일처럼 기뻐하며 미국행 비행기 티켓과 대학 등록금을 함께 보내왔다.

사실 제하로서는 내심 다른 결과를 기대한 것도 솔직한 마음이었다. 하지만 "너 없었으면 불가능했을 거야." 하며 그를 끌어안고 기뻐하는 예강의 앞에서 속내를 말할 수는 없었다. 그저 축하한다는 말과 함께 호텔에서 샴페인을 부딪치며 완벽한 남편을 연기했을 뿐이다.

예강은 바쁘게 사는 게 천직인 사람처럼 활기차게 움직였다. 공부와 육아를 병행하는 게 얼마만큼 어려운 일인지 두 눈으로 보이는데도 불평 하나 없이 모든 일을 해냈다. 크레파스로 그림을 그리는 봄이의 옆에서 두꺼운 강의 노트를 보았으며, 주말 저녁 외식을 하고 돌아와서도 새벽까지 과제를 해냈다. 힘이 들 것 같아 그가 걱정이라도 할라치면 "응? 하하. 이게 뭐가 힘든데?" 하며 아무렇지도 않게 웃었다.

예강이 대학에 들어간 지 2년째가 되었을 때, 제하는 뒤늦게 머리를 짚고 인정해야 했다. 그가 제 무덤을 파는 결정을 했다는 사실이었다.

4. 질투 본능

“오늘은 여기까지 하죠.”

분기마다 한 번씩 이뤄지는 중요한 회의였다. 널찍한 회의실에 주르륵 앉아 있던 임원들이 저마다 일어나 바삐 자리를 떴다. 대표의 곁에서 보고 사항을 정리한 효원 역시 나가려 하는데 갑자기 제하가 그를 불러 세웠다.

“장 비서는 나랑 이야기 좀 합시다.”

사무적인 말투에 효원이 다시 자리에 앉았다. 회의실의 문이 닫힌 후에도 제하는 입을 열지 않았다. 고급 만년필의 뚜껑이 테이블을 탁, 탁, 두드리는 소리가 이어지는 걸 듣다 못한 효원이 조심스레 입을 뗐다.

“무슨 일이십니까, 대표님.”

효원의 성격상 심각한 사항이라면 빨리 듣고 해결하는 편이 마음이 편했다. 이렇게 뜸을 들이면 오히려 긴장감이 배가 되기 때문이다. 진지한 표정으로 제하의 말을 기다리는 효원에게 제하가 문득 물었다.

“남자가 여자를 누나라고 부르는 데 특별한 의미가 있나?”

효원의 작은 눈이 잠시 움직임을 멈추었다가 두어 번 깜빡였다.
"혈연관계일 경우는 그게 당연할 테고……."
"아닐 경우."
제하가 그의 말을 중간에 잘랐다. 효원은 손으로 관자놀이를 조금 긁적이며 대답을 골랐다. 뭔가 예감이 안 좋은데.
"남자가 여자보다 연하일 경우, 그런 호칭을 사용하기도 하겠죠. 물론 친한 사이라는 가정하에 말입니다."
"친한 사이?"
혼잣말처럼 되뇌는 제하의 미간에 주름이 조금 깊게 패는 걸 보며, 효원은 자신의 대답이 그의 맘에 들지 않았다는 사실을 즉각 깨달았다. 이 대화에서 드러나지 않은 주체가 누구인지도 확실해졌다. 여기서 잘 대처하지 않으면 얼굴도 모르는 누군가가 몹시 곤란한 상황에 처할지도 몰랐다.
"아무래도 회사나 사회 같은 공식적인 상황이라면 당연히 누구누구 씨, 라고 부를 테지만 학교에선 좀 낯이 간지럽지 않겠습니까? 특히 젊은 친구들이라면 더할 테고요."
그의 말을 곰곰이 듣고 있던 제하가 색이 밝은 넥타이를 조금 잡아당기며 헐렁하게 만들었다. 장례식장에 가면 딱 어울릴 듯한 무채색이 주를 이루었던 제하의 옷차림은 작년부터 묘하게 밝고 캐주얼한 톤으로 바뀌었다. 변화의 시작이 예강이 대학에 입학한 시기와 겹친다고 느끼는 건 억지일 뿐일까?
"장 비서."
"예, 대표님."
"20대 초반 남자의 가장 큰 강점이 뭘까?"
"예?"
"나이가 한참 어린 남자가 연상에게 들이댈 수 있는 무기가 뭐겠냐고."
이럴 수가. 효원은 자신의 예상이 맞아떨어졌다는 것보다 대표의 입에서 저런 말이 나오는 것이 더욱 놀라웠다. 그러니까, 제하는 지금 자신의 아내를 '누나'라고 부르는 20대 초반의 젊은 남자에게 질투를 느끼고 있는 게 틀림없었다. 효원은 얼굴이 더욱 근질근질해지는 기분을 느끼며 뺨을 벅벅 긁고 싶은 것을 겨우 참았다.

"그야 뭐…… 패기나 열정…… 이런 것들 아니겠습니까? 아, 체력도 있을 테고요."

"식상하네."

그럼 대체 왜 물어봤단 말인가. 효원은 부글부글 끓는 마음을 잡아 눌렀다. 제하의 직설적인 화법이 하루 이틀은 아니지만 가끔 그를 욱하게 만들 때가 많았다.

"그럼 그들이 가지지 못한 건?"

질문은 점입가경으로 들어섰다. 솔직히 말해 효원은 이런 종류의 추상적인 질문에 익숙하지 않았다. 그래서 머리에 떠오르는 즉답을 그대로 말하기로 했다.

"돈 아닐까요? 아님 대표 이사 명함이든지요."

"내가 지금 농담하는 것 같아?"

"전 나름 진지했습니다."

30대 남자가 20대 남자를 이길 수 있는 게 금전적, 심리적 여유 말고 대체 뭐가 있을까. 돈이라면 사는 동안 다 쓰고 죽을 수나 있을까, 하는 생각이 들었지만 평생 자신의 아내를 짝사랑하며 사는 것 같은 제하에게 후자를 기대할 수는 없었다. 아주 가끔, 식사라도 같이할 때면 예강을 향한 제하의 발라 먹을 것 같은 시선을 똑똑히 볼 수 있어 살벌할 지경이었으니까.

"먼저 퇴근해."

효원은 제하의 말이 떨어지자마자 기다렸다는 듯 고개를 숙인 후 뒤도 돌아보지 않고 쌩하니 회의실을 빠져나갔다. 제하는 휴대폰을 눌러 예강의 메시지를 확인하고 길게 한숨을 쉬었다.

[종강 파티 하러 가는 중이야. 늦어도 9시까지는 집에 가려고.]

예강이 학과 행사에 참여하는 건 손에 꼽는 일이었다. 봄이가 어린이집에 다니기 시작하고, 제하가 재택근무를 늘렸어도 마찬가지였다.

"너도 직원 회식 안 하는데 나만 어떻게 밤에 놀아. 죄책감 들어."

이상한 곳에서 평등성을 들이미는 예강의 태도는 그를 못내 즐겁게 만들었다. 제하는 원래도 즐기지 않았던 회식에 일절 참석하지 않았다. 대표와 동석해 봤자 좋을 것이 없는 직원들은 환호했고 제하의 만족감도 최상이었다.

강의가 늦게 끝나는 요일이면 그는 늘 효원에게 봄이를 맡기고 예강의 학교까지 그녀를 데리러 갔다. 푸릇푸릇한 에너지가 둥둥 떠다니는 것 같은 캠퍼스 안. 깔깔 웃으면서 나란히 걷는 청춘들을 볼 때면 불안한 마음이 들었다. 손을 크게 흔들며 주차장으로 달려오는 아내를 차에 태우고 진하게 키스하는 것도 모자라, 눈 내리는 작년 겨울에는 인적이 드문 도서관 옆 주차장에서 야한 짓까지 했다. 그녀가 차에 타자마자 누군가와 메시지를 주고받으며 즐겁게 키득거렸을 때였다.

그 결과, 예강은 제하에게 학교 출입 금지라는 명령을 내렸지만 시간을 다시 돌린다 해도 제하는 똑같이 했을 것이다. 그녀는 이제 그 장소를 지날 때면 매번 그날을 떠올릴 테니까.

하지만 오늘 같은 날은 그 역시도 어찌할 도리가 없는 것이다.

[걱정하지 말고 재밌게 놀다 와.]

키패드를 누르는 그의 미간에 문자의 내용과는 어울리지 않는 깊은 주름이 팼다. 그때, 그의 표정을 읽기라도 한 것처럼 예강에게서 전화가 왔다.

"여보세요."

—제하야, 아직 회사지?

생략된 뒷말이 뭔지는 쉽게 예상이 가능했다. 자나 깨나 봄이 걱정. 예강과 함께 있으면 꼭 그가 나쁜 아빠가 되는 것만 같은 기분이 든다. 제하는 저열해지는 자신을 느끼며 마른침을 삼켰다.

"이제 가려고. 어머니랑 통화했어. 봄이랑 같이 저녁 준비 하신대."

—응. 나도 통화했어. 봄이, 할머니랑 같이 김밥 말 거라고 신났더라, 아주.

주변이 시끄러워 휴대폰을 손으로 가린 모양인지 예강의 목소리가 마치 귓가에서 속삭이는 것처럼 들렸다.

—예강이 누나! 안주 나왔어요! 빨리 와요!

휴대폰 너머로 일행의 커다란 목소리가 들려오자 제하가 짙은 눈썹을 찌푸렸다. 예강이 그의 표정을 볼 수 없는 게 다행이었다.

—어, 제하야. 그럼 이따 집에서 보자!

"응. 재밌게 잘 놀다 와."

후후, 웃으며 예강이 전화를 끊었다. 어딘가 모르게 들뜬 것도 같고, 즐거운 것도 같은 그녀의 목소리를 듣자 제하의 기분이 묘해졌다.

"사람 유치해지게 만들지, 넌."

꼭 고등학생 때로 돌아간 것 같은 느낌에 제하가 관자놀이를 짚으며 중얼거렸다. 자신은 변한 게 아무것도 없는 것 같은데 예강은 달랐다. 늦깎이 대학생이 된 예강의 교우 관계는 그의 예상과는 전혀 달랐다.

사실, 이제하가 기억하는 강예강은 사람들에게 먼저 벽을 치는 타입이었다. 하지만 그와 떨어져 지낸 시간 동안 그녀는 어디서 대인 관계 수업이라도 받고 온 사람처럼 변했던 것이다.

첫 강의가 있던 날 "제하야, 나 어떡하지. 떨려 죽겠다."라고 말한 게 무색할 정도로 예강은 대학 생활을 잘하고 있었다. 학과 행사는 거의 참석을 하지 못하는데도 휴대폰은 끊임없는 메시지로 징징 울렸다.

팀 과제로 시작한 통화가 한 시간 동안이나 길어졌을 때, 제하는 인내심의 한계를 느끼고 그녀에게 통화 내용을 넌지시 물었다. 예강에게서 돌아온 대답은 '동기의 연애 상담'. 아무리 들어도 짝사랑의 상대가 그의 아내 같다는 의심을 지울 수가 없었다.

"도덕적으로 지탄받을 상대라고 하길래…… 왠지 동질감이 들어서 말해 줬어. 그 사람을 위해서 전부 포기할 각오 되어 있는 게 아니면 시작 안 하는 게 좋을 것 같다고."

"그러니까 뭐래?"

"나더러 의외로 현실적이라던데? 그래서 엄마들은 원래 그래야 된다고 말해 줬지."

사랑스럽게 웃는 예강을 보며 제하가 심각한 위기감을 느꼈던 건 그때였다. 예강의 학교에 그와 같은 미친놈이 있을지도 모른다는 생각이 들었던 것이다. 남편이 있든 아이가 있든 상관없이 그녀에게 직진으로 고백한다면…….

딩동.

휴대폰이 다시 울리며 그의 상념을 깨웠다. 제하는 미간을 찌푸린 채 휴대폰을 들여다보았다. 전송된 것은 한 장의 사진이었다. 브이를 하고 있는 예강과 그녀의 곁에 우르르 모여든 20대 초반의 대학생들이 보였다.

[우리 동기들. 너무 귀엽지?]

[남편한테 인증 샷 보낸다고 하니까 이렇게 우르르 몰려들어서 찍어 줬어.]

사진 속에서 환하게 웃고 있는 예강은 행복해 보였다. 어린애들에게 둘러

싸여 있는데도 위화감은커녕 보호 본능을 일으킬 정도다.
"하아……."
제하는 헛웃음을 지으며 일어나 재킷을 손에 들었다. 앞으로 2년이나 더 가슴을 졸이며 살아야 할 걸 생각하니 머리가 아픈 것도 당연했다.

* * *

"누나, 그럼 진짜 집에 가면 남편도 있고 아이도 있는 거예요?"
"응. 사진 볼래?"
까마득하게 어린 동기들이 고개를 연달아 끄덕거렸다.
"으악! 애기 완전 이뻐! 눈에 별 박았어!"
"이거 예강 언니 남편이죠? 진짜 잘생겼다……!"
예강의 휴대폰 앨범을 꽉 채운 사진을 돌려 보느라 자리가 왁자지껄해졌을 때, 때마침 예강의 휴대폰이 울렸다. '제하'라는 이름이 뜨자 까마득하게 어린 예강의 여자 동기들 몇몇이 눈을 반짝거렸다.
"응, 제하야."
예강은 휴대폰을 보고서야 10시를 한참 넘겼다는 걸 깨달았다. 9시까지 간다고 말해 놓고 정신없이 웃고 떠드느라 시간 가는 줄을 몰랐다.
"미안. 봄이 울어? 할머니 있는데도?"
마침 정혜가 한국에 와 있는 시기였다. 예강이 마음 놓고 술자리에 나온 이유도 손녀딸이라면 자다가도 일어나는 정혜가 함께 있기 때문이었다.
―아니, 자고 있어.
"무슨 일 있는 건 아니지?"
안도의 한숨을 쉬는 그녀의 귓가에 나지막한 제하의 목소리가 들려왔다.
―응. 그냥 목소리 듣고 싶어서 전화했어.
예강의 콧잔등이 소녀처럼 붉어졌다. 매일 보는 얼굴, 매일 대화하는 상대인데도 이런 말을 전화로 들으면 가슴이 떨렸다. 통화하는 일이 드물기 때문일지도 몰랐다.

"헐. 예강이 누나 남편인가 봐. 다들 조용!"

건너편에 앉은 누군가가 쩌렁쩌렁하게 목소리를 높이며 손뼉을 두어 번 쳤다. 그 목소리가 오히려 너무 컸는지 제하가 잠시 말을 멈추었다가 이었다.

—데리러 갈까?

"아냐, 제하야! 그럴 필요 없어. 안 그래도 가려고 했거든. 내가 좀 이따 택시 타고 전화할게."

예강은 허둥지둥한 얼굴로 전화를 끊었다. 이 상황에서 제하가 나타난다면 호기심이 넘치는 대학생들에게 둘러싸여 동물원의 원숭이가 될 게 분명했기 때문이다. 기분 좋게 들이켠 맥주에 뺨이 보기 좋게 달아오른 예강은 동기들에게 서둘러 입을 열었다.

"유부녀는 이제 그만 집에 들어가야 할 시간이야. 다들 여름 방학 잘 보내. 알았지?"

호프집에서 한참 어린 동기들의 몫을 계산하고 먼저 나오며 예강이 후후 웃었다. 사고 싶은 것도, 하고 싶은 것도 많을 나이의 청춘들. 그들의 빈약한 지갑 사정을 그녀가 모를 리 없었다.

"이만하면…… 늦깎이 대학생으로 완전 빵점은 아니겠지?"

예강은 기분 좋게 밤거리를 걸었다. 계절은 이제 완연한 여름이었다. 가로등은 환했고 밤공기는 미지근했으며 사람들의 옷차림은 몹시도 가벼웠다. 이 시간에 바깥을 혼자 걸어 본 적이 언제였는지 까마득했다. 한때는 한밤중에 입 안에 단내가 나도록 뛰어다니는 게 일상이었는데. 대학가를 지날 때면 그녀가 누리지 못했던 시간을 외면이라도 하듯 일부러 그쪽은 쳐다보지도 않고 지나쳤었다.

누군가의 아내, 아이의 엄마, 그리고 학생이라는 세 가지 신분으로 사는 건 예상보다도 몹시 바쁜 일이었지만 그녀에게는 지금이 인생을 통틀어 가장 행복한 시간이었다.

행복은 마치 그녀에게 빚을 한꺼번에 갚아 주는 이처럼 성큼, 찾아왔다. 그 와중에도 상황을 빚과 결부시키는 스스로에게 흐릿한 웃음이 나왔다. 상처로 가득했던 20대를 잊는 건 역시 불가능한 일인 것이다. 의지와는 상관없이 조금 외로워지려는 순간, 가방 안에서 휴대폰이 다시 울렸다.

"여보세요."

—택시 타지 마. 내가 데리러 갈게.

"이미 나왔는데?"

—흠.

제하의 짤막한 목소리를 듣는데 마음이 따스해졌다. 깊은 상처는 없어지지 않아도 옅어지고 있었다. 느리지만, 분명하게.

"택시 타자마자 번호 찍어서 보내고 다시 전화할 테니까 걱정 말고……."

문득 물방울이 툭, 떨어져 예강의 뺨을 적셨다. 후텁지근한 날씨를 식혀 줄 소나기였다. 사람들이 저마다 발길을 빨리하는 가운데, 예강 혼자만이 길 한가운데 우뚝 멈춰 섰다.

—걱정을 어떻게 안 해. 길에서 그렇게 멍하니 서 있는데.

반대편에서 휴대폰을 귀에 붙인 채 걸어오고 있는 제하를 보는데 마치 꿈을 꾸는 것 같은 기분이 들었다. 집에서 매일 보는 남자인데도 새삼 가슴이 두근거린다. 마주 선 제하의 얼굴에서 빗방울이 도르르 흘러내렸다. 그가 눈썹을 근사하게 찌푸리며 웃는 얼굴로 물었다.

"남편 버려두고 일탈은 잘했어?"

"재밌게 놀라면서 카드까지 쥐여 준 사람은 누구시더라?"

"일단 가자. 비 온다."

제하가 남색 카디건을 벗어 예강의 어깨를 감쌌다. 그러고는 그녀의 손을 꽉 붙들고 주차된 차를 향해 뛰기 시작했다. 아무리 빨리 달려 봐야 소용없다는 듯, 빗줄기는 1초 만에 굵어졌다. 가쁜 숨을 토해 내며 달리는 그들의 얼굴에 아이들 같은 미소가 번졌다.

*   *   *

비 오는 고수부지 편의점에는 손님이 없었다. 예강은 빗방울이 요란한 소리를 내며 떨어지는 파라솔 안에서 컵라면을 훅훅 불어 먹는 잘생긴 남자를 보며 쿡쿡 웃었다.

"누가 보면 집에서 내가 너 밥 안 주는 줄 알겠다. 배고프다고 집에 가다 말고 차 돌릴 일이야?"

제하가 기다란 면발을 세 입 만에 끝장내며 어깨를 으쓱했다.

"라면 이야기 들으니까 갑자기 허기져서."

"덕분에 이런 것도 다 해 보네. 바깥에서 먹는 라면은 오래간만인데 진짜 맛있다."

세월이 지나도 디자인의 변화가 거의 없는 것 같은 네모난 컵라면 용기에서 면발을 들어 올리며 예강이 웃었다.

"앞으로 이런 데 자주 나오자."

"응?"

"돗자리 깔아 놓고 피크닉도 하고 음식도 시켜 먹고 하자고. 해수욕장도 놀러 가고."

아무렇지도 않은 듯 내뱉는 제하의 의도를 예강은 그제야 눈치챘다. 차 안에서 종강을 앞두고 동기들이 내뱉었던 여름 방학 계획을 읊어 주었는데, 아마도 그는 자신이 그걸 부러워한다고 생각한 모양이었다. 제하는 가끔 그녀가 전혀 예상치 못한 곳을 신경 쓰곤 했다. 건조한 얼굴로 이야기를 들으며 속으론 저런 생각을 하고 있었다니. 차가운 얼굴과 어울리지 않는 다정함에 예강은 그저 웃음만 나왔다.

"비가 많이 오네. 우리 이러다 집에 못 가겠다. 얼른 가자, 제하야."

그들은 편의점에서 우산을 하나 사 들고 차로 향했다. 바로 출발하려다가 빗줄기가 너무 굵어져 잦아들 때까지 기다리기로 하고 커피를 나누어 마셨다.

"잠깐만."

제하가 그녀를 물끄러미 바라보다 글러브 박스를 열었다. 티슈를 꺼내어 머리카락을 적신 빗방울을 닦아 주는 손길이 부드러웠다.

"오늘, 나 애들이랑 거의 처음 이렇게 길게 술자리 한 거였잖아."

"응."

양심의 가책을 느끼며 슬쩍 아랫입술을 씹는 제하를 향해 예강이 웃으며 말을 이었다.

"인생에서 들을 칭찬은 오늘 한꺼번에 다 들은 것 같았어. 나더러 애도 키우고 공부도 한다면서, 사기 캐릭터라고 얼마나 띄워 주던지. 애들이 봐도 아줌마가 열심히 사는 게 눈에 보이니까 응원해 주고 싶었나 봐."

후후 웃는 그녀의 얼굴에 꽂히는 제하의 시선이 점점 더 깊어졌다.

"사람의 호의라는 거 새삼 되게 따뜻한 거더라."

익숙하지 않은 인터넷 강의에 헤매고, 수강 신청에 쩔쩔매는 그녀를 도와주는 조카뻘 동기들에게 이런 기분을 느끼게 될 줄은 몰랐다. 사람에게는 다 때가 있는 건데 너무 늦게 공부하러 온 거 아니냐는 눈총을 받을 거라고 예상했었는데. 응원과 위로를 동시에 받는 느낌은 부끄럽지만 가슴 한구석이 따스해지는 감각이었다.

"너를 다시 만나지 않았더라면, 내 인생에 이런 행복은 없었을 게 분명하잖아."

제하의 목울대가 조용히 일렁였다. 빗소리는 잦아들 기미를 보이기는커녕 차창 밖이 안 보일 정도로 점점 더 굵어지고 있었다. 라디오는 국지성 폭우를 예보했지만 그와 함께 있는 한 예강은 아무것도 두렵지 않았다.

"아주 오랫동안 난 내 삶이 막장일 거라고 생각했었는데."

예강이 그에게 눈을 맞추며 덧붙였다.

"이래서 인생은 한번 살아 볼 만한가 봐."

스피커에서 감성적인 음악이 흘러나왔다. 빗소리와 몽글몽글하게 섞이는 여가수의 노랫소리. 언젠가 제하와 함께 비좁은 방에서 촛불 하나만 켜 놓고 이야기를 했던 시간이 떠오르는 건 필연적이었다.

"타이밍이 어쩜 이래. 옛날 생각 난다, 제하야."

"그러게."

선을 넘지 않기 위해 필사적으로 노력했던 시간. 그러면서도 서로를 의식해 어쩔 줄 몰랐던, 모든 것이 서툴렀던 시간이 그들에게도 있었다.

"강예강."

제하가 그녀를 보며 마침내 입을 뗐다.

"지금 이제하는 그때 이제하보다 훨씬 괜찮은 인간이야?"

"당연하지."

예강이 망설임 없이 고개를 끄덕이며 그를 향해 예쁘게 웃었다.

"그때 이제하는 아기 기저귀를 그렇게 완벽하게 갈 수 없었을 테니까. 아기 목욕도 어떻게 시키는지 몰랐을걸."

예강의 웃는 모습을 보면 제하는 늘 손에 땀이 잡혔다. 분명 커다란 눈이 사라질 정도로 환하게 웃고 있는데도 위태롭고 아슬아슬하게 보이는 건, 그의 눈에만 그럴까.

결국 제하의 절제심이 더 이상 한계를 버티지 못하고 툭, 끊어졌다. 그는 조수석에 앉은 그녀에게 몸을 기울여 입을 맞추었다. 마침내 제하가 얼굴을 천천히 떼어 냈을 때, 예강의 입술은 강하게 빨려 온통 붉었다.

"우리 안 가?"

"가야지."

짧게 대답하는 제하의 목소리가 낮았다. 말과는 달리 움직이지 않고 가만히 그녀를 응시하는 제하를 마주 보자 조금 더웠다. 예강은 귓가가 점점 달아오르는 걸 느끼며 고개를 차창으로 돌렸다. 묵직해지는 공기의 흐름을 바꾸기 위해 애써 입술을 열었다.

"비, 점점 더 많이 와."

빗방울이 선루프를 때려 대는 소리가 점점 크게 울렸다.

"그러네."

제하가 마침내 시선을 정면으로 돌리며 꽉 잠긴 목소리로 중얼거렸다. 예강은 집에 가면 오늘 밤이 왠지 길 것 같다는 예감에 사로잡혀 입술을 어루만졌다.

"……."

차를 출발시키는 대신 시동을 꺼 버리는 제하의 곁에서 예강이 눈을 빠르게 깜빡였다. 제하는 이제 물티슈를 꺼내 기다란 손가락을 꼼꼼히 닦는 중이었다.

제하가 지금 뭐 하는 거지?

머릿속이 정리되기도 전에 예강의 안전벨트가 딸깍, 소리를 내며 풀렸다.

"나 지금 이 상태로 운전 못 해."

그녀의 머리카락 안을 파고들어 제게 당기며 제하가 그녀의 입술을 물었다. 굶주린 짐승이 달려드는 것 같은, 거친 몸놀림이었다.

히터를 켜지 않아도 이미 차 안은 두 사람이 내뿜는 호흡의 열기로 가득했다. 떨어진 기온 탓에 차창에 김이 서렸다.

차체를 요란하게 때리며 퍼붓던 빗소리는 이제 희미하게만 들렸다.

"예쁘다, 예강아."

제하가 쉰 목소리로 속삭였다. 그가 걸친 검은색 반팔 티셔츠 위로 쭉 빠진 남성적인 목울대가 연신 일렁였다. 지잉, 하며 뒤로 조수석 좌석이 끝까지 뒤로 밀리더니 제하의 그림자가 천천히 그녀를 뒤덮었다.

제하의 눈동자에 고삐 풀린 욕망이 어지러이 일렁였다. 말을 하지 않아도 그의 생각이 그대로 읽혔다.

너는 내 거야. 절대로, 무슨 일이 있어도 난 널 내 곁에 둘 거야, 예강아.

욕망을 숨기지 않고 내보이는 제하의 저런 표정을 보면 예강은 가끔 어디론가 도망치고 싶다는 원인 모를 충동을 느끼곤 했다. 제하를 떠나고 싶은 마음은 추호도 없으니, 이건 아마 동물적인 본능임이 틀림없었다. 이제하를 처음 만났을 때, 그녀가 직감했던 두려운 떨림.

“바깥에서 사람들이 보면, 우리가 차 안에서 뭐 하고 있는지 다 알겠지?”

억수같이 쏟아지는 비에 주차장에는 그들뿐이라는 사실을 알면서도, 예강은 그의 말에 흠칫 놀라 눈물에 축축해진 눈을 반짝 떴다.

“그런 소리 하지 마.”

“기분 좋아.”

제하가 그녀의 뺨에 입 맞추며 중얼댔다.

“대학은 내가 다시 갔나 보다. 자꾸만 인간이 유치해져.”

오늘따라 제하가 평소와는 조금 다르다는 느낌이 들었는데, 그건 단지 그녀의 착각이 아닌 모양이었다. 평소에 잘 끌고 나오지 않는 화려한 차로 그녀를 데리러 나온 것도, 신나게 동기들의 이야기를 하는 그녀의 목소리를 가만히 듣고 있다가 갑자기 이곳으로 차를 돌린 것도 그랬다.

“제하야. 혹시 너 무슨 일, 있어?”

예강이 여린 손으로 그의 얼굴을 감싸며 물었지만, 제하는 너무 검어서 푸르게 보이는 것 같은 눈동자를 빛내며 숨을 몰아쉴 뿐이었다.

“네가 내 거라는 걸 확인하고 싶어.”

제하가 중얼거리자 예강이 실없는 소릴 다 듣겠다는 듯 눈을 가늘게 떴다. 그녀가 갑자기 눈앞에서 사라져 버리기라도 할 것 같은 불안감에 제하는 그녀를 더욱 꽉 힘주어 안았다. 예강은 그가 얼마만큼 유치한지 상상할 수 없을 것이다. 나이 차이를 세는 것조차 까마득한 이들이 가득한 자리에, 봄이를 데리고 나타나고 싶은 충동을 몇 번이나 억눌렀다는 사실은 아마 죽을 때까지 그녀에게 고백하지 못할 테니까.

"날 사랑해?"

제하가 그녀와 하나가 된 채 움직임을 멈추고 물었다. 예강이 양다리로 그의 허리를 끌어안은 채, 미간을 예쁘게 찡그리며 웃었다.

"이제하."

"응."

"넌 내가 그렇게 좋아?"

말이라고 할까. 좋다는 말로 표현이 될까.

"가끔 내 자신이 미친 것처럼 느껴질 정도로."

"네 눈에는 진짜 나밖에 안 보이나 보다."

맞아. 그리고 난, 네 눈에도 오직 나뿐이길.

그의 티셔츠를 손자국이 나도록 잡아당기는 예강의 모습에 정신이 나갈 것 같았다. 제하는 끓어오르는 고백을 간신히 눌러 삼키며 다시 물었다.

"날 사랑해?"

"응, 제하야."

제하가 예강의 여린 귓가를 잘근잘근 씹었다. 빗줄기가 퍼붓는 탁, 트인 공간. 더운 호흡으로 차창이 뿌옇게 흐려진 최고급 세단 안이 두 사람의 신음으로 가득 찼다.

"사랑한다고 제대로 말해."

"……하아, 사랑해, 제하야……."

"넌 내 거라고 네 입으로 말해 줘."

"열아홉 살 때부터 그랬잖아."

예강이 세상에서 가장 달콤한 목소리로 그에게 속삭였다.

"나한테는 너뿐이야, 제하야."

제하는 더 이상 여유를 가장할 수가 없었다. 마침내 잔뜩 뭉친 쾌감이 온몸으로 폭발하는 순간 예강이 그를 꽉 끌어안았다.

"내가, 이러는 거 싫지 않아?"

제하가 그녀의 안에 몸을 묻은 채 낮게 속삭였다. 어느덧 비가 완전히 그친 자리에 숨어 있던 달이 얼굴을 드러내고 있었다. 불장난을 제대로 치른 것 같은 현장이 그제야 현실로 다가왔다.

"차로 여기 지날 때마다 되게 부끄러워질 것 같긴 해. 앞으로 너, 여기도 출입 금지야."

"결혼하고 아이까지 낳게 했는데 이러니까. 나도 참 답이 없지. 병인가?"

자조 섞인 말투로 중얼거리자 예강이 그의 얼굴을 보며 고개를 저었다.

"나는 당연한 것 같은데."

"……진심이야?"

내가 안달하고, 너에게 전전긍긍하고, 질투하고, 유치한 감정에 어쩔 줄 모르는 게 당연하다고. 나도 가끔은 내 자신이 이해가 안 될 정도인데.

미간을 모으고 바라보는 그의 마음을 읽은 것처럼 예강이 후후 웃었다.

"응. 우리 속도위반해서 결혼했잖아."

제하가 마른침을 삼키자 그의 목울대가 일렁였다. 위험한 말을 아무렇지도 않게 꺼내는 예강이 위험할 정도로 사랑스럽게 느껴진다.

"그래서, 아이 낳은 뒤에 연애하고 있는 거잖아. 남들은 아마 아이 낳기 전에 이런 거 저런 거, 어디 가서 말도 못 하는 야한 짓 이미 다 했을지도 몰라."

"……."

"그동안 떨어져 있으면서 못 했던 거, 실컷 하고 있는 거니까……."

제하가 그녀의 입술을 제 입술로 틀어막는 바람에 예강은 말을 잇지 못했다. 둘이 아니면 안 될 것처럼, 지금이 아니면 안 될 사람들처럼 그들은 다시금 사랑을 나누었다.

그해 여름. 그들의 휴가는 가을로 미뤄졌다. 여름 내내 비가 내리기도 했고, 제하의 일도 덩달아 바빠졌기 때문이다. 하지만 예강은 실망하지 않았다. 여름 방학 내내 봄이와 함께 집에서 신나게 시간을 보냈고, 제하와 함께 밤늦게까지 도란도란 이야기를 나누었다. 물론 이야기만 나눈 것은 아니었다. 제하는 작정이라도 한 사람처럼 그녀를 매일같이 안았다.

예강이 두 번째 임신을 확인한 계절이었다.

5. 부부싸움

필연처럼 마주하는 우연이 있다면 그건 인연이라 불러야 함이 맞는 걸까. 예강은 예상하지 못한 상황에서 불시에 마주하게 된 옛 인연에 잠시 눈을 깜빡였다.

"……강예강. 맞지?"

오래간만에 시내에서 지은을 만나고 헤어지는 길이었다. 잠시 들른 서점에서 창민을 마주칠 줄은 꿈에도 생각 못 했다.

"오랜만이야. 잘 지냈어?"

창민은 예강이 그를 마지막에 보았던 모습을 떠올릴 수 없을 정도로 건강해 보였다. 창민은 까만 뿔테 안경에 여기저기 찢어진 청바지를 입고 싱긋 웃었다. 덧니가 드러나는 환한 웃음에 고등학교 때의 얼굴이 희미하게 겹쳐졌다.

"안 그래도 너한테 연락하고 싶었는데. 진짜 반갑다. 유정아, 여기 내가 말했던 강예강이야. 고등학교 친구."

창민이 곁에 있는 여자에게 예강을 소개하자 그녀가 반갑게 손을 내밀었다.

"우리 남편 살려 주신 분이네요. 한번 꼭 뵙고 싶었어요."

얼떨결에 창민의 아내까지 만나게 된 예강은 사람이 분주하게 지나다니는 서점에서 어색하게 그녀와 악수를 했다.

"초면에 이런 말 하는 거 좀 실례일 것 같긴 한데요."

"그럼 하지 않는 게 좋지 않겠어?"

창민이 끼어들었지만 유정은 거침이 없었다.

"제 남편 여자 보는 눈이 좀 특이하긴 하네요."

"……네?"

짤막한 검은 머리에 손목 타투가 눈에 띄는 매력적인 여자는 창민과 비슷한 자유로운 옷차림이었다. 그녀가 예강을 보며 한 발짝 더 가까이 다가오더니 눈을 가늘게 떴다.

"저라면 김상미 씨 말고 강예강 씨 좋아했을 것 같거든요."

창민이 예강에게 한 번만 봐 달라는 듯 두 손을 모아 보였다. 언젠가 상미와 마주쳤을 때 창민이 와이프가 좀 이상하다, 라고 흘린 말을 알 것도 같다고 생각하며 예강이 어색하게 웃었다.

"귀에 딱지 앉게 들으셨겠지만 인물 하는 애들이 환장하게 좋아할 얼굴이에요. 특히 사진 쪽이요. 미학적으로도 좋은데 눈빛이 분위기가 있네요. 약간 우는 얼굴이 궁금해진다고 해야 하나? 아, 울리고 싶단 이야긴 아니니까 오해 마세요. 하하."

"유정아, 나 동창이랑 잠깐 이야기 좀 해도 돼? 너 찾을 책 있다며."

"아, 미안. 그럼 예강 씨, 둘이 비밀 이야기 끝나면 같이 밥 먹으러 가요. 이 근처에 오리 백숙 끝내주게 하는 데가 있거든요. 제가 살게요. 어마어마한 갑부라고 이야긴 들었지만 그래도 왠지 제가 꼭 사고 싶어서요."

창민의 얼굴이 더욱 시뻘게진 것은 상관도 안 한다는 듯, 조잘조잘 떠들던 유정이 총총걸음으로 자리를 먼저 떴다. 예강은 정신이 멍했다. 어딘가 모르게 마이페이스지만 악해 보이지 않는다는 점에서 유정과 창민은 왠지 결이 비슷한 사람처럼 보였다.

“미안. 이해해 줘. 유정이가 나쁜 애는 아니고 좀 많이 솔직해서 그래. 아, 눈치도 좀 없는데 일부러 그러는 건 아니야. 쟨 모든 사람들이 저처럼 낯을 안 가릴 거라고 생각한다니까.”

쑥스럽게 변명하는 창민의 얼굴에는 말과 달리 유정에 대한 깊은 애정이 엿보였다.

“이해하고 말 게 어디 있어. 근데 너랑 진짜 잘 어울린다. 늦었지만 결혼 축하해.”

예강은 진심으로 그를 축하했다. 마침내 진정한 짝을 만난 창민은 편안하고 행복해 보였다.

“응. 너도. 좋아 보여서 안심이다. 제하가 많이 잘해 주지?”

“아…….”

유정의 정신없는 대화에서 언뜻 눈치를 챘지만 역시 창민은 그녀와 제하의 일을 알고 있는 것으로 보였다. 예강은 이미 그들의 이야기가 완전히 비밀일 수는 없다고 생각했던 참이었다. 잠시 망설이던 예강은 창민을 보며 천천히 고개를 끄덕였다.

“응. 잘해 줘, 많이.”

사실 창민은 착하고 좋은 애였다. 상미를 좋아하면서도 상미가 싫어하던 그녀에게는 친절하게 대해 주고, 제하가 무례하게 굴었음에도 그의 욕을 한 적이 없었다. 그에게는 거짓말을 할 필요가 없다는 생각이 들었다.

“그럴 줄 알았어.”

창민은 그녀의 예상대로 환하게 웃었다.

“제하가 동창회 갑자기 나타나서 뒤집어엎었을 때, 솔직히 내가 다 속이 시원하더라.”

“……동창회?”

금시초문인 창민의 말에 예강이 눈을 깜빡였다. 창민은 멍한 표정의 그녀를 보고 나서야 예강이 아무것도 모르고 있다는 사실을 눈치챈 듯했다.

"아, 혹시 모르고 있었어? 내가 실수한 건가?"

창민이 난감한 표정을 지으며 손으로 관자놀이를 긁었다. 뿔테 안경 뒤에 있는 눈동자에 당황한 표정이 스쳐 지나갔다. 예강은 알 수 없는 예감에 긴장하는 자신을 느끼며 그에게 입을 뗐다.

"창민아, 유정 씨랑 같이 식사하면서 나랑 이야기 좀 하자."

* * *

집으로 돌아온 예강의 일과는 평소와 같았다. 유치원과 학교에서 차례로 돌아온 아이들을 챙긴 후, 퇴근 시간에 맞춰 들어온 제하와 함께 저녁을 먹었다.

제하는 아이들과 놀아 주고 목욕을 도와준 후 서재로 향했다. 그는 최근 예강의 약국 자리를 꼼꼼히 알아보고 있었다. 건물을 통째로 매입하길 원했기 때문에 시간이 걸렸지만, 앞으로 있을 예강의 수고를 덜고 싶어 하는 그에게는 가장 중요한 일이기도 했다.

"똑똑."

예강이 서재로 들어서자 팔짱을 낀 채 컴퓨터를 뚫어져라 바라보고 있던 제하가 고개를 들었다. 그녀의 인기척을 알아채지 못할 정도로 집중하고 있던 무표정한 얼굴에 이내 미소가 걸렸다.

"예강아."

평소와 같은 얼굴. 부드러운 말투. 예강은 그의 남편에게 다가가 넓은 마호가니 책상 위에 따뜻한 차가 담긴 머그컵을 내려놓았다. 제하가 그녀를 잡아당겨 끌어안으며 제 위에 앉히고 물었다.

"애들은?"

"예준이는 내일 유치원에서 놀이공원 가는데 늦잠 자면 안 된다고 목욕하자마자 잠들었어. 봄이도 생일 초대장 다 쓰고 이제 자고."

제하가 그녀의 목덜미에 얼굴을 파묻고 체취를 들이마시듯 크게 숨을 들이쉬었다.

"아까 나랑 열 장까지 만들어서 뽑았는데, 그 뒤로 더 했나 보지?"

"다 끝내기 전까지는 잘 수가 없대. 집념 하나는 정말 너 닮았나 봐."

"그러기엔 숙제는 어떻게든 안 하려고 머릴 쓰던데, 우리 딸."

제하가 약하게 웃는 숨결이 목덜미에 그대로 번졌다. 애정이 흘러넘치는 그의 말투를 들으며 예강은 눈앞에 띄워진 화면을 바라보았다. 약국 자리에 알맞은 건물 리스트 중 하나로, 주변의 대학 병원과 개인 병원의 정보는 물론 상권과 대략적인 유동 인구까지 조사되어 있었다.

"지금 이 시간까지 계속 이거 보고 있었던 거야?"

"응. 너무 바쁜 것도 싫고, 그렇다고 네 이름 걸고 내는 첫 약국인데 파리 날리는 꼴은 내가 못 보겠고. 신경 쓸 게 자꾸 생겨."

제하가 그녀를 끌어안은 채, 어깨에 턱을 기대고 속삭였다. 예강은 제하의 손을 가만히 잡으며 자연스레 입을 뗐다.

"제하야, 나 그냥 처음에는 근무 약사로 다른 데서 일 배우는 게 좋을 것 같아."

예강은 이제 막 약사 고시를 패스하고 졸업을 앞둔 상태였다. 차근차근 일을 시작하려는 예강과는 달리 제하는 마음이 급한 듯 보였다.

"어차피 해야 할 거 미리 시작하는 게 여러모로 나아. 나 때문에 졸업도 늦어졌잖아."

대학을 다니면서 예준을 낳느라 휴학이 길어진 걸 말하는 거였다. 사실, 예강에게는 그리 문제되는 일이 아니었다. 예상치 못하게 찾아온 아이였지만 덕분에 행복도 더 컸으니까.

"처음부터 이 정도 규모는 내가 부담스러워서 그래. 약국도 경영이니까.

예준이도 아직 너무 어리고."

"내가 다 알아서 해. 걱정 마."

제하가 그녀를 뒤에서 끌어안으며 중얼거렸다. 대기 화면으로 바뀐 커다란 모니터에 두 사람의 인영이 어른거렸다. 예강은 널찍한 제하의 품 안에서 그의 머릿속을 떠올렸다. 늘 생각에 생각을 거듭하는 그의 머릿속을 가득 채우고 있는 주제는 아마 '강예강'일 거라는 결론에 이르기까지는 그리 오랜 시간이 걸리지 않았다.

"제하야, 나 어린애 아니야."

그녀의 목덜미에 고개를 푹, 박고 있던 제하가 피식 웃으며 대수롭지 않게 대답했다.

"내가 널 애 취급 하는 것 같아? 설마."

그의 손길에 명백한 욕망이 흘러내렸다. 예강이 그의 손을 힘 있게 잡아 천천히 아래로 내렸다. 조용하지만 단호한 거부 반응에 제하의 짙은 눈썹이 조금 꿈틀, 했다.

"왜?"

스르륵, 일어난 예강이 컴퓨터 책상에 기댄 자세로 그를 마주 보았다. 제하가 영문 모를 얼굴로 그녀를 바라보자 예강이 길게 심호흡을 한 후 입을 열었다.

"내 일, 네가 발 벗고 도와주는 거 정말 너무 고맙게 생각해. 진심이야."

제하는 표정의 변화가 없는 얼굴을 유지하며 그녀를 바라보았다. 예강이 뭔가 심각한 이야기를 꺼내려 한다는 직감이 들었다. 그녀가 오늘 저녁 식사 내내 조용했던 것도 아마 그 때문일까.

"부부니까, 당연하잖아."

제하는 얼굴에 미소를 띠며 분위기를 반전시키려 노력했다. 예강은 그녀의 손을 잡으려는 그의 손길을 슬쩍 피하며 흘러내리는 머리카락을 귀 뒤로 넘겼다. 애매한 타이밍이었다. 제하는 입술을 조금 씹었다.

"근데 나는, 정말 네 도움이 필요할 때만 네가 날 도와줬으면 좋겠어."

"그게 무슨 말이야."

제하는 여전히 얼굴에 미소를 머금고 있었지만 어둡게 변하는 눈빛을 예강이 알아채지 못할 리가 없었다. 그녀는 어떻게 하면 자신의 진심이 왜곡되지 않고 그에게 전달될 수 있을지를 고민하다 입을 열었다.

"되게 배부른 소리인 거 알아. 말하기도 전에 네가 다 알아서 신경 써 주는데, 남들이 들으면 그런 남편이 어디 있냐고, 대체 뭐가 문제냐고 욕할지도 모르겠다."

예강의 심정은 조금 복잡했다. 동네 사람들이 편하게 드나들 수 있는 자그마한 약국을 가지는 건, 그녀가 어린 시절부터 품어 온 오랜 소망이었다. 그때는 그것이 그녀가 꿈꿀 수 있는 가장 커다란 행복이었기 때문이다.

"근데 있잖아, 제하야."

"말해. 듣고 있어."

제하의 목소리 온도가 조금 낮아졌다. 예강은 잠시 숨을 고르며 그를 바라보았다. 지금도 어린 시절 꿈을 이루고 싶다는 마음에는 변함이 없었지만, 지금 예강에게는 그 무엇보다 가족이 가장 중요했다. 그런데 제하를 보면 마치 주객이 전도된 것 같은 느낌을 받을 때가 많았다. 제하는 무슨 일이 있어도 도심 한복판에 그녀의 이름을 단 번쩍거리는 약국 건물을 가져야 직성이 풀릴 것 같은 사람처럼 굴었던 것이다.

"가끔은 네가 아직도 나를 네가 구해 줘야만 하는 불쌍한 여자애로 보는 건가, 하는 생각이 들기도 해."

마침내 예강이 입을 떼자 제하가 이해할 수 없다는 얼굴로 그녀를 직시하며 물었다.

"대체 뭣 때문에 화가 난 거야?"

"화내는 거 아냐. 너한테 내가 어떻게 화를 내. 너 아니었으면 내가 아이 둘 데리고 어떻게 대학을 졸업했겠어."

제하가 마른침을 삼켰다. 예강은 화를 내는 게 아니라고 말하고 있었지만 그 말을 믿는다면 자신의 지능을 의심해야 할 것이다. 그녀의 눈빛과 태도가 말해 주고 있었다. 지금, 뭔가가 잘못 돌아가고 있다고.

그는 그녀를 뚫어져라 바라보며 대체 문제가 뭐일지를 생각했다. 건물을 사서 안긴다는 게 그녀에게 부담스럽게 느껴졌던 걸까. 숨기고 싶지 않아서 사실대로 말했는데 역시 비밀리에 진행하는 편이 나았다.

“네 일인데 내가 더 흥분했지. 미안해.”

결론을 내린 제하는 바로 한 발짝 물러나는 방법을 택했다.

“네 결정 100퍼센트 존중해. 도움이 필요한 일 있으면 말해 줘. 이제부터 이 문제에 있어선 완전히 손 뗄게.”

그가 손을 뻗어 컴퓨터를 끄며 그녀를 제 몸 안에 가두었다. 다정한 남편의 얼굴로 돌아와 그녀의 뺨을 만지며 입 맞추려는 순간, 예강이 커다란 눈을 깜빡이며 잽을 날렸다.

“창민이 연락처는 나한테 왜 안 줬어?”

이런. 젠장.

제하는 마음속에서 치밀어 오르는 열기를 간신히 짓누르며 태연을 가장했다.

“잊고 있었어.”

동창회에서 그의 연락처를 받긴 했었다. 명함은 그날 당장 버렸지만 번호 역시 그의 휴대폰에 저장되어 있었다. 지금 중요한 건 예강이 그 사실을 알고 있다는 거였다. 도대체 어떻게 된 일일까. 행동반경이 넓지 않은 그녀가 창민과 우연히 마주칠 확률은 과연 얼마나 될까.

“지은이 만나고 돌아오는 길에 우연히 창민이를 만났어.”

말도 안 되는 일은 결국 일어난 모양이었다.

“되게 반갑더라. 너도 기억하겠지만 나…… 창민이랑 마지막이 너무 안 좋아서, 내내 마음에 걸렸거든.”

예강의 성격이라면 그를 보고 눈물을 글썽이기라도 했을 것 같았다. 창민이 옥상에서 깡패들에게 굴욕을 당한 건 사실이었지만 그 자리엔 자신도 있었다. 제하는 입 밖으로 내뱉을 수 없는 치졸한 질투가 불씨를 키우기 전에 심호흡을 했다. 지금은 강예강이 화가 났고, 그녀를 자극해서 그에게 좋을 게 없었으니까.

"일이 너무 바빠서 깜빡했다. 미안해."

최대한 자연스럽게 대화를 끝내려는 그의 희망은 이루어지지 못했다. 그녀가 창민과 재회했다는 말을 들었을 때부터 그가 가장 우려하던 화제가 그녀의 입에서 나왔다.

"너, 동창회 가서 애들 협박했다며."

침묵을 지키는 제하의 눈빛에는 타격감이 없었다. 예강은 창민이 어쩌면 상황을 굉장히 간단하게 축약해서 말했을지도 모른다고 생각하며 긴가민가한 심정으로 입을 뗐다.

"너 혹시 거기서 무슨 사고라도……."

"난 건드리지도 않았는데 본인이 뒷걸음질 치다 넘어져서 다친 거야. 경찰서에서도 이미 무혐의로 끝난 사항이고."

맙소사. 제하의 부연설명에 예강의 얼굴에 핏기가 싹 가셨다. 일주일 전, 제하가 유달리 피곤한 얼굴로 늦게 들어왔던 날이 아마 그날인 모양이었다. 예강의 동그란 이마에 주름이 꽉 잡혔다.

"뒷걸음질 쳤다면 몰아붙였다는 뜻이겠네."

부정하지 않는 침묵.

"왜 그랬어? 누가 내 욕이라도 했어?"

"그랬다면 멱살로는 안 끝났겠지."

예강이 눈을 한 번 질끈 감았다 떴다.

"무슨 일이 있었는지 네 입으로 말해 줘."

"어떤 놈이 술에 취해서 널 부르라고 하길래 할 말 있으면 남편인 나한테

하라고 했을 뿐이야."

그렇게 떳떳하면 둘이 같이 오지 그랬느냐고, 지금이라도 전화해서 부르라고 하는 말에 담긴 비아냥을 모른 척할 수 없었을 뿐이다.

"그리고 넌, 나한테 전화하는 대신 멱살 잡은 거네?"

"네가 그런 꼴을 볼 필요가 없으니까."

예강은 그녀에게 다가오려는 제하에게서 한 발 뒤로 물러나며 눈을 빛냈다.

"왜 나한테 말 안 했어?"

"말할 생각이었어."

"언제?"

"이번 주말에."

"거짓말이지?"

예강이 씁쓸한 웃음을 지으며 혼잣말처럼 되물었다.

"대화가 안 되겠다. 먼저 잘게."

그녀가 믿지 않는다. 이건, 가장 좋지 않은 상황이었다. 제하의 얼굴이 서늘한 빛을 띠었다.

"예강아."

돌아서려는 예강의 어깨가 그의 양손에 잡혔다.

"놔줄래?"

"그래, 거짓말이야. 말 안 할 생각이었어. 절대로."

제하는 길게 한숨을 쉬며 말을 이었다.

"지금도 너한테 다른 자식 연락처 따위 안 주고 싶은데, 넌 이미 받았겠지."

예강은 그의 말을 잠자코 듣고 있다가 조용히 입을 뗐다.

"나한테 거짓말 왜 해, 제하야?"

제하는 말이 없었다. 예강은 그의 진심을 어렴풋이 짐작하려고 노력해 보았다. 제하가 가지고 있는 마음이 무엇일지 생각해 본 결론은 부채감, 그리고 두려움이었다.

“혹시 나한테 아직까지 미안해?”

제하는 그녀가 고생하며 살아야 했던 과거에 대해 아직도 미안해했다. 아마 그의 바람은 그녀가 문자 그대로 손에 물 한 방울 묻히지 않고 사는 것이겠지.

“근데 그만큼 넌 다 줬잖아.”

사랑스러운 아이들과 함께하는 행복한 삶, 가족이란 이름으로 느낄 수 있는 따뜻한 온기, 든든하게 그녀의 곁을 지켜 주는 지원군 남편. 그녀는 지난 수년간 그와 함께 있으면서 일생에서 누리지 못했던 행복을 모조리 받았다. 예강은 여전히 말이 없는 제하를 향해 다시 물었다.

“아니면 두려워?”

그의 눈빛이 조금 꿈틀, 했다. 이번에는 정답을 찾은 걸까. 예강은 만일 그렇다면 그의 오해를 확실히 풀어 줘야겠다고 생각했다. 그녀는 제하가 염려하는 만큼 약하지 않았다. 어린애도 아니었다. 그녀는 한 사람의 아내임과 동시에 두 아이의 엄마였다.

“동창회 같은 거, 백 번이고 천 번이고 나갈 수 있어. 제하야, 나 안 무서워. 다른 사람들이 나한테 뭐라고 하면 내가 목소리 낼 수 있다고. 나한텐 너랑 봄이랑 예준이가 제일 중요하니까. 내 남편이랑 내 아이들도 지키지 못할 만큼 약하지 않아.”

“그런 게 아니야.”

제하가 마침내 입을 열었다. 까끌거리는 목소리를 들으며 예강이 인상을 찌푸렸다.

“그럼 뭔데?”

“미안해. 사과할게.”

“미안하다는 소리 들으려고 그러는 거 아니잖아. 왜 내가 네 이야기를 다른 사람 통해서 들어야 하는 건데?”

제하는 입술을 지그시 씹을 뿐 아무런 대답을 하지 않았다. 예강은 결혼

이후 처음으로 그에게 심각하게 화가 났다.

"대화할 준비 되면 전화해. 잠깐 나가서 바람 좀 쐴게."

"이 시간에 어딜 간다는 거야."

인상을 찌푸리며 앞을 막아서는 제하를 노려보며 예강이 숨을 몰아쉬었다. 솔직히 앞이 막막했지만 여기서 숙이고 싶지는 않았다.

"나 네가 준 돈 많잖아. 그 돈이면 호텔 정도는 쉽게 찾을 수 있겠지."

오기를 부린 건 그 때문이었다. 제하의 눈에 소리 없이 불꽃이 튀었다. 짤막하게 숨을 내쉰 그가 목소리를 낮추었다.

"하지 마, 강예강."

"너야말로 나한테 명령하지 마!"

제하가 박차고 나가려는 그녀의 허리를 강하게 휘어 감았다.

"내가 너한테, 지금 명령하는 걸로 보여?"

사람을 꼼짝 못 하게 만드는 검은 눈동자에 얼룩이 일렁였다.

"말로 하는 명령만 명령이야? 결국 너는 너 하고 싶은 대로 다 해야 하잖아."

"내가, 나 하고 싶은 대로만 다 한다고."

그녀의 말을 곱씹듯 되풀이하는 제하의 눈빛을 보며 예강은 자신이 한 말을 후회했지만, 주워 담기엔 이미 늦은 후였다.

"내가 너한테 더 이상 얼마만큼 더 바짝 기어야 하는지 말해 봐."

제하의 목소리가 낮게 갈라졌다. 뒤이어 입술이 거칠게 부딪쳤으므로 예강은 아무런 답을 할 수 없었다. 예강이 빨간 눈으로 그를 보며 입술을 깨물었다.

"이러지 마."

"내 맘이야."

그녀의 아랫입술을 잡아 내리는 제하의 손가락을 아프게 깨물고 싶었지만 차마 그럴 수가 없었다. 제하의 목에 핏대가 서며 그의 목에서 허스키한 신음이 번졌다.

“왜 너한테 비밀을 만들었는지 이유를 말하라고 했지. 이게 내 이유야.”

제하의 손길에 넓은 책상 위에 있던 책들이 아래로 떨어져 굴렀다.

“넌 나 거부 못 해. 적어도 네 몸은 그래.”

예강은 목덜미까지 붉게 물들인 채 눈꼬리에 눈물을 달고 그를 보았다. 그의 말을 부정할 수가 없어서 더욱 열이 났다.

“최악이야, 이제하.”

“맞아, 나 최악이야.”

제하가 정신 나간 사람처럼 그녀에게 씹어 뱉었다. 이제까지 잘 참아 왔던 그의 절제심이 완벽하게 무너지고 있었다.

“거짓말한 이유가 궁금하다고 했지? 난 네가 나 외에 다른 데 신경 쓰는 게 싫어. 그래서 너한테 전해 주라는 명함도 찢어 버렸고.”

제하가 그녀의 목덜미에 이를 세워 박았다. 입술을 떼자 여린 피부에 새빨간 울혈이 남았다.

“너한테 들러붙는 과거 잔재 따위 없었으면 좋겠고, 나한테만 집중했으면 좋겠어.”

“그러면 거긴 왜 나간 건데.”

“그 누구도 너에 대해서 함부로 떠드는 건 용서 못 하니까.”

동창회를 주최한다는 녀석에게서 몇 년 만에 연락을 받았다. 부부 동반이니 강예강과 함께 오라고, 보고 싶어 할 사람 참 많을 거라고 말하는 그의 목소리는 전화 너머로도 은근한 경멸을 깔고 있었다. 그가 참석을 결정한 것은 그 때문이었다. 그녀를 가십거리 삼아 뒤에서 떠드는 걸 도저히 참을 수 없었으므로.

“더 솔직히 말해?”

제하가 그녀에게 이마를 마주했다. 거친 호흡이 뒤섞이는 거리에서 그가 속삭였다.

“난 가끔 네가 기억을 완전히 잃었으면 좋겠다고 상상해. 그러면 난, 너한테 완벽한 남편이 될 수 있을 테니까. 잊을 만 하면 불쑥불쑥 튀어나오는 거지 같은 과거도 너한테 아무런 영향을 끼칠 수 없겠지.”

예강의 눈동자가 축축하게 젖은 채 그를 바라보았다.

“난 너한테 다 해 주고 싶어. 아무도 널 함부로 할 수 없게, 내가 그렇게 만들고 싶어.”

“네 부채감은 대체 언제 사라져?”

제하의 어둑한 시선에 위험한 불꽃이 튀었다.

“넌 평생 나한테 빚 갚는 기분으로 사는 거잖아.”

예강이 그의 상체를 거칠게 밀어 내려 했지만 제하는 밀리지 않았다.

“넌 하나만 알고 둘은 몰라.”

“저리 가.”

“부채감으로 끝날 일이었으면 너한테 다 퍼부어 주고 떠났을 거야.”

온몸에 힘이 쭉 빠져나가는 예강을 그가 번쩍 들어 안았다.

“똑똑한 척은 혼자 다 하면서, 네가 날 떠나기라도 할까 봐 내가 안간힘을 쓰고 있다는 생각은 절대 못 하지.”

예강이 그의 어깨를 아프게 깨물며 신음을 토해 냈다. 떨어진 책들로 엉망이 된 바닥에서 제하는 그녀를 제 것으로 만들었다. 예강의 입술에서 아찔한 숨이 터지게 만들고 나서야 그가 움직임을 멈추었다.

“너는 내가 너한테 얼마나 미쳐 있는지 모르는 게 문제야.”

제하가 여전히 그녀와 하나인 채로 중얼거렸다.

“너한테 이런 엉망진창인 모습, 다시 보여 주고 싶지 않았어.”

예강이 젖은 눈으로 입을 뗐다. 가쁘게 신음한 탓에 목이 다 쉬어 있었다.

“아니. 거짓말하는 거보다 차라리 이게 나아.”

“……그러다 널 잃으면?”

제하의 표정에서 그게 얼마나 무거운 말이었는지 고스란히 느껴졌다.

"내가 너랑 함께 이뤄 놓은 모든 것들…… 그렇게 쉽게 놓을 수 있을 거라고 생각해?"

예강은 대답하지 않는 제하에게 다시 물었다.

"날 놔줄 자신은 있고?"

"아니."

이번에는 망설이지 않았다. 그 문제에 있어서만은 거짓을 말할 수 없는 이였다. 예강은 땀에 끈적끈적해진 그의 등을 손으로 더듬으며 흐려진 눈으로 속삭였다.

"엉망인 모습을 보여 줘도 돼. 불안해하고 집착해도 돼. 네가 뭘 걱정하고 염려하는지 말해 줘도 되니까 비밀만 가지지 마. 이렇게 싸워도…… 결국 우린 못 헤어지잖아. 그걸 네가 알잖아."

제하는 커다란 불이었다. 남들을 삼켜 버릴 정도로 새파랗고 강한 불. 그 불을 끌어안을 수 있는 사람은 오직 그녀뿐이라는 사실을 예강은 이제 잘 알았다. 제하가 고개를 들어 그녀를 바라보았다.

"사랑해, 제하야."

불같은 첫사랑. 불치병 같았던 첫사랑 그 이후.

행복한 나날이 아무리 이어져도 제하는 아마 평생 안정하지 못할지도 모른다. 하지만 예강은 지치지 않을 자신이 있었다.

"내가 널 사랑했던 건 네가 완벽한 인간이어서가 아니라…… 부족한 인간이었기 때문이었어."

"……."

"네가 완벽했다면 네 곁에 내 자린 없었을 테니까."

제하가 거친 숨을 내쉬었다. 그들이 침실로 돌아간 것은 한참 후의 일이었다.

"네가 예전에 말한 적 있었어. 네 삶이 막장 같았는데 이제야 겨우 일상을 찾은 것 같다고."

분명 그에게 그런 말을 한 적이 있었다. 그게 언제였더라.

"너한테 격랑을 불어 일으키는 사람이 되고 싶진 않았어."

예강이 돌아누워 그를 보았다. 어둠 속에서 깎아지른 듯한 제하의 옆모습을 보며 그녀가 속삭였다.

"그래서 좋은 아빠, 좋은 남편 콤플렉스에 빠져 있었던 거야?"

제하가 고개를 살짝 돌리며 그녀를 마주 보았다.

"결국 너한테 들켰으니 실패지."

"약국은 내 맘대로 할 거야."

"응."

제하는 더 이상 고집부리지 않을 만큼 현명했다.

"창민이하고도 연락하고 지낼 거야. 연락할 일은 많이 없겠지만 그래도 경조사는 챙기고 싶어."

"그래."

짤막하게 대답하는 그의 목소리는 건조했다. 예강이 말을 이었다.

"창민이 아이, 다음 달에 돌잔치 한대. 거기 네 손잡고 같이 가고 싶어."

제하가 그녀를 마주 보았다.

"창민이 엄마, 발이 엄청 넓어서 옛날 동네 사람들 총출동할 거래. 창민이가 너랑 꼭 같이 오라고 초대했어. 술 먹고 깽판 쳐도 상관없대. 창민이 와이프는 좋은 아이디어라고 웃더라. 그 장면 사진 찍어 놓으면 그 자체가 예술일 거라고. 근데 기분 하나도 안 나쁘고 그냥 재밌기만 한 거 있지."

제하는 후후 웃는 예강을 품에 안았다. 너를 어쩌면 좋을까. 누군가 이렇게 사랑스럽게 빚어 놓았으면 인생을 괴롭게 만들지는 말지. 하긴, 그래서 내가 너를 얻었다, 예강아.

"넌 어떤데."

예강이 순진한 얼굴로 그에게 눈을 깜빡였다.

"응? 뭐가?"

"내가 거기서 다 뒤집어엎어도 괜찮아?"

"손 꽉 잡고 말리는 척은 해야지. 부부가 나란히 경찰서 들어갈 순 없잖아."

제하가 마침내 옅게 웃었다. 예강은 그를 보며 생각했다. 그녀의 인생이라는 드라마가 얼마만큼 막장이건 그가 있어 주는 한, 장르는 영원히 변하지 않을 거라고.

"사랑해."

10대의 그들도, 20대의 그들도, 30대의 그들도 열애 중인 건 변함이 없었다.

"엄마아……."

예강이 눈을 깜빡이며 자리에서 얼른 일어났다. 침실 문이 열리며 예준이의 손을 잡고 들어오는 봄이가 보였다. 어릴 때부터 부부 침실과 아이들의 공간이 분리되어 있었지만 가끔씩 네 식구가 같이 자는 경우가 있었다.

"우리 봄이 왜. 또 꿈꿨어?"

봄이가 고개를 끄덕거렸다. 깨워서 데려온 게 분명한 예준이는 잠에 취해 눈도 제대로 뜨지 못하고 있었다. 누나의 손에 이끌려 온 게 한두 번이 아닌 탓에, 예준의 표정에는 나이에 걸맞지 않은 귀찮음까지 보였다. 제하와 예강은 침대에서 내려와 아이들을 각자 품에 안고 도로 돌아와 누웠다.

"우리 딸, 무슨 꿈을 꿨는데?"

제하가 다정한 아빠로 돌아와 딸아이에게 눈을 맞추었다.

"미국 할머니 보러 가려고 비행기를 탔는데요, 갑자기 비행기가 하이잭을 당한 거예요."

최근에 같이 본 할리우드 액션 영화의 영향인 듯했다.

"그래서 비상 낙하를 해야 할 상황이 됐는데……."

"됐는데?"

"낙하산이 모자라서 내가 이예준을 안고 뛰었어요. 진짜 무서웠어요."

"엄마 아빠는 뭐 하고."

"아빠는 엄마 끌어안고 이미 뛰었어요."

꽤나 디테일한 꿈 이야기를 들으며 제하는 봄이를 진정시켰다.

"우리 딸이 또 키가 크려나 보다. 아빠도 어렸을 때 절벽에서 떨어지는 꿈을 자주 꿨거든."

"아빠, 그거 과학적 증거가 있는 말이에요?"

"내일 한번 아빠랑 같이 연구해 보자."

진지하게 속삭이는 부녀의 이야기를 들으며 예강이 예준의 이마를 쓸어 주었다. 예준이가 졸린 눈을 깜빡, 깜빡, 하더니 문득 손을 뻗어 예강의 부은 눈가를 만져 주었다. 혹시 눈물 자국이 남은 건가. 예강이 조금 당황했지만 예준은 아무런 말도 하지 않고 이내 그녀의 품 안으로 쏙 들어와 안겼다.

"엄마, 사랑해요."

아무리 어린아이라도 직감이란 게 있는 걸까. 예강은 갑자기 평소에는 먼저 하지 않는 말을 불쑥 꺼낸 예준의 등을 가만히 토닥였다.

"나도, 예준아."

작은 말소리를 들었는지 봄이가 옆에서 목소리를 높였다.

"나도! 나도 엄마 사랑해요! 아빠는요?"

"아빠도 엄마를 사랑하지."

"얼마만큼요?"

잠시 망설이던 제하가 대답 대신 봄이의 귓속에 뭐라고 속삭였다. 어린 딸이 미간을 모으며 단호하게 고개를 저었다.

"아니! 봄이 동생은 더 필요 없어!"

씨근덕거리던 봄이가 침대 발치를 향해 거꾸로 곯아떨어지고 예준의 숨소리 역시 깊어졌다. 잠든 줄 알았던 제하가 어둠 속에서 예강의 손을 부드럽지만 강하게 붙잡았다. 서로의 진심이 고스란히 전달되는 순간, 말은 필요하지 않았다. 함께일 수 있는 것만으로도 행복한 하루가 무사히, 지나고 있었다.

6. 그 후로 오랫동안

“어머, 눈 와요. 약사님.”

처방전 모음을 확인하던 예강이 뒤에서 고개를 들었다. 아침부터 하늘이 희끗희끗하더니 과연 회색 하늘에 눈송이가 펄펄 날리고 있었다. 새내기 근무 약사인 민정이 가운 안에서 휴대폰을 꺼내 들고 연신 사진을 찰칵찰칵 찍었다.

“지하철 한창 바쁘겠다. 길 많이 막히기 전에 민정 씨 먼저 퇴근해요. 문단속은 내가 할게.”

“정말요?”

강아지같이 바깥을 기웃거리던 민정이 놀란 표정을 지었다. 아직 퇴근하려면 한 시간이나 남았는데. 그런 그녀의 마음을 안다는 듯 예강이 그녀에게 마주 웃어 보였다.

“응. 첫눈 오는 날이잖아.”

키가 모델같이 껑충한 딸이 있다고는 믿겨지지 않는 소녀 같은 미소였다.

민정은 이 약국에 오는 단골 어르신들의 대부분이 아마도 약국장의 저 얼굴에 반한 게 틀림없다고 생각했다. 이 근방에만 해도 약국이 대여섯 개는 되는데 항상 이곳만 문전성시를 이루는 걸 보면 말이다.

소녀 같은 약국장은 눈귀가 어둡고 나이 많은 어르신들에게만 딸처럼 굴며 복약 지도를 잘하는 게 아니었다. 쭈뼛쭈뼛한 표정으로 들어오는 청소년들의 얼굴 표정만 봐도 그들의 말 못 할 사정을 훤히 꿰뚫고 있는 것처럼 보였다.

임신 테스트기와 산부인과 관련 질병 약들을 눈에 잘 띄는 곳에 배치하고 민정을 시켜서 예쁜 손 글씨 사인을 만든 것 또한 그녀의 세심함이 돋보이는 일면이었다. 어쩐지 면접을 볼 때 대뜸, "약사님, 글씨 한번 써 주실래요?" 하더라니.

"그…… 그래도……."

아무리 그래도 신참이 제일 먼저 퇴근하기엔 무리가 있었다. 민정이 쭈뼛거리자, 때마침 화장실에서 돌아온 장 약사가 그녀에게 되물었다.

"응? 왜 그렇게 똥 마려운 강아지 같은 표정을 하구 있어?"

"아, 약국장님이 저희 먼저 퇴근하라고 하셔서……."

약국의 오픈 멤버로 근속이 민정보다 훨씬 오래된 장 약사가 눈치를 채곤 후후 웃었다. 그녀의 시선이 한 곳으로 향했다.

"아아, 민정 씨는 모르겠구나. 오늘이 무슨 날인지."

바쁜 와중에 예강이 직접 꽂아 놓은 장미는 꽃송이가 터질 듯 말 듯 수줍었다. 오전에 약국으로 배달되어 온 꽃다발. 동봉된 카드에는 대표 약사인 예강의 이름 석 자뿐이었다.

"혹시 오늘 약국장님 생일이세요?"

"아니, 결혼기념일. 강 약사님 결혼한 지 올해로 몇 년째라고 했죠?"

예강이 작게 웃으며 대답했다.

"17주년이요."

민정은 눈을 빠르게 깜빡거렸다. 얼마 전에 봤던 딸이 분명 고등학교 2학녀이라고 했으니 설마 속도위반을 했다는 뜻인 걸까. 정석대로만 살아왔을 것 같은 약국장은 알고 보면 양파처럼 의외성이 가득한 사람이었다.

"근데 어떻게 저리 금슬이 좋지? 민정 씨도 이제껏 거지 같은 놈만 만난 게 아니라 제대로 된 사람을 못 만난 거라니깐."

민정이 얼굴을 붉히며 양 주먹을 불끈 쥐었다. 요즘 솔로들이 얼마나 힘든지 안다면 저런 소리를 못 할 텐데.

"요즘 세상에 괜찮은 남자가 눈 씻고 찾아볼래야 없어요."

"맞아요, 인정. 제 친구들도 다 그래요."

딸랑. 약국 문이 경쾌한 종소리를 내며 열리더니 까만 코트를 입은 여고생이 발랄하게 들어와 얼굴을 들이밀었다.

"어, 봄이 왔네?"

"김 약사님은 능력 있고 예뻐서 그저 그런 남자랑 사귀느니 혼자 사는 게 나을 것 같아요."

"아, 하하. 고, 고맙다."

근무 약사 민정이 애매한 표정으로 웃었다. 지금 그녀에게 얼굴을 바짝 들이대며 칭찬인지 저주인지 모를 말을 하고 있는 여자애는 분명 일전에 딱 한 번 본 적 있는 예강의 딸, 봄이였다. 그때도 생각했지만 어마어마하게 예쁜 것뿐만이 아니라 친화력이 대단한 성격임이 틀림없었다.

"아니면 한 열 살 연하를 사귀세요. 지금부터 잘 키우면 되니까."

하얀 얼굴 안에서 쏟아질 것같이 커다란 눈을 깜빡이는 봄이의 옆에서 누군가가 자양 강장제를 내밀었다.

"저 이거 하나 주세요."

새하얀 파카가 잘 어울리는 남자애로, 이제 중학생쯤 되어 보이는 나이였다.

"넌 쪼그만 게 벌써부터 카페인 중독이야?"

"엄마 드릴 건데."

봄이와 나란히 선 남자애를 번갈아 보는 민정의 눈이 조금 더 커졌다. 그들은 고속 열차를 타고 가며 봐도 남매였다. 복사와 붙여 넣기를 반복한 것 같은 유전자는 성별을 뛰어넘어 신기할 지경이었다.

"안녕하세요, 장 약사님."

꾸벅, 인사하는 예준을 보며 장 약사가 환히 웃었다.

"예준이도 왔네? 오늘 가족 총출동이야, 아주."

딸랑, 마지막으로 문이 열리고 들어오는 키 큰 남자를 보는 순간 민정은 더욱 얼떨떨해졌다. 약국장님께는 죄송하지만 남매는 정말 지독한 친탁이었다. 남자애는 그나마 희미하게 웃는 입매가 얼핏 예강과 비슷해 보였으나 그 외의 이목구비는 완벽하게 그의 아빠를 빼다 박았던 것이다.

"아빠! 저도 음료수 하나 먹으면 안 돼요?"

봄이가 냉장고를 열어 음료수를 꺼낸 후 쪼르르 남자에게 달려가 히이, 하고 웃었다. 까만 생머리에 하얀 피부, 생긴 건 칼바람이 쌩쌩 날리게 생긴 딸의 애교는 자연스럽기 그지없다.

"미안. 봄이가 예준이까지 데리고 회사 앞으로 찾아오는 바람에. 이거 하나 주시죠."

제하가 지갑을 꺼내며 예강에게 말을 걸자 봄이가 옆에서 끼어들었다.

"당연하죠! 맨날 나만 빼먹고 둘만 데이트하고."

"아, 진짜. 철 좀 들어, 누나."

민정은 정말이지 너무도 닮은 남매와, 내가 그들에게 이 강력한 유전자를 주었다고 자기주장을 하고 있는 키 큰 남자를 계속 번갈아 쳐다보았다.

"어…… 벌써 시간이 이렇게 됐네. 죄송해요. 얼른 먼저 가 보세요."

약국은 이미 뒷정리가 끝난 후였다. 근무 약사들이 모두 퇴근한 후, 예강은 그제야 가운을 벗고 카운터를 걸어 나섰다.

"엄마, 이예준이 자꾸 기어올라요. 흑흑…… 쟤 요즘 사춘기인가 봐."

우는소리를 하며 안기려는 봄이를 보며 예강이 살풋 웃었다. 봄이가 그녀에게 닿기 전, 제하가 그녀에게 더 먼저 다가와 어깨를 감싸 안았다. 봄이가 질세라 아빠의 팔짱을 끼자 예준이 예강을 보며 눈짓했다.

"불은 제가 끌게요."

탁. 탁. 예준이 익숙하게 스위치를 눌렀다. 온 종일 환하게 불을 밝히고 있던 '우리 동네 약국'의 간판이 마침내 탁 꺼졌다. 대표 약사 예강이 가족의 품으로 돌아갈 시간이었다.

* * *

저녁 식사의 분위기는 장소만 다를 뿐 평소와 같았다. 봄이는 연신 휴대폰 카메라로 엄마 아빠를 찍어 댔고, 예준은 묵묵히 접시를 열심히 비우며 가끔 누나의 장단에 맞춰 주었다.

"이예준, 여기 봐."

"안 하면 안 돼?"

"오늘이 보통 날이야? 까불지 말고 얼른."

어렸을 때부터 넉살이 좋았던 봄이는 유치원에 들어가면서부터 유명해졌다. 선생님이건 친구 부모님이건 가리지 않고 다가가는 엄청난 친화력 덕분이었는데 그렇다고 해서 성격이 무른 것은 아니었고, 정확히 말하자면 그 반대라고 할 수 있었다.

초등학교 때, 그녀를 좋아해서 괴롭히던 남자애의 멱살을 잡고 "좋아하는 사람한테는 때리는 게 아니라 잘해 주는 거야."라고 말한 후 차마 입에 담을 수 없는 욕설을 내뱉어 남자애를 엉엉 울게 만든 것은 유명했다. 그 사건으로 예강은 학교에 불려 가야 했지만, 제하는 봄이에게 욕설이 난무하는 청소년 관람 불가 영화는 나중에 보라는 한마디를 했을 뿐이었다.

기선을 제압하는 데는 그게 최고라고 반박하는 봄이를 데리고 제하는 오랜 시간 대화를 나누었다. 아빠와 딸이 무슨 이야기를 그렇게 길게 나누었는지는 모르겠지만 봄이는 결국 문제의 남자아이에게 사과 편지인지 러브레터인지 아리송한 내용의 편지를 받았고, 고등학생이 된 지금까지 친하게 지내고 있는 중이었다.

언제 어디서나 주목을 받는 햇살 같은 성격의 봄이와는 달리, 둘째인 예준의 성격은 조용하고 침착했다. 언뜻 보면 봄이에 비해 잘 드러나지 않는다고 여겨질 수 있었으나 실상은 그렇지도 않았다.

봄이가 반장이 되고 싶다고 자진해서 손을 번쩍 들지만 문제가 생겼을 땐 대책 없이 실실 웃는 타입이라면, 예준은 반 아이들에게 등을 떠밀려 할 수 없이 반장을 맡게 되지만 모든 문제를 착실히 해결하는 성격이었다. 아이들의 눈에도 예준의 믿음직함은 보이는 모양인지 그에게는 유독 고민을 털어놓는 친구들이 많았다. 때문에 원래부터 조숙했던 아이는 나날이 더 성숙해져 가는 중이었다.

"하나, 둘 , 셋. 웃어라, 이예준."

봄이가 동생의 얼굴을 끌어당기며 잔뜩 장난스러운 표정을 지어 보였다. 그러다 예준의 표정이 마음에 안 드는지 훈수를 두기 시작했다.

"심드렁한 건 좋은데 좀 힙한 이미지로. 아니, 넌 카메라를 정면으로 보지 말고."

"이렇게?"

"아니, 아니. 바보야, 아예 보지 말라는 소리가 아니라 턱을 좀 들고 얼굴을 측면으로 돌린 다음에 눈만 이렇게, 딱. 느낌 알겠지?"

"모르겠는데."

"확 그냥."

누나의 요구에 따라 사진을 열 장 정도 찍은 예준이 지친 표정을 숨기며 물었다.

"근데 엄마 아빠하고는 안 찍을 거야?"

"아, 맞다."

봄이를 능숙하게 떼어 내는 예준을 보며 예강이 소리 없이 웃었다. 찰칵. 봄이의 휴대폰 안에 가족사진이 또 늘었다.

"결혼기념일⋯⋯ 내 삶의 이유. 가족."

봄이가 해시태그 문구를 소리 내어 중얼거리며 사진을 올린 후, 제하의 곁에 찰싹 붙었다.

"아빠, 이거 우리 네 명 다 잘 나왔죠. 히히."

"그러네."

봄이가 신이 나서 조잘조잘 입을 열었다.

"가족사진 올리면 반응이 폭발적이거든요. 이게 다 내 부모님 비주얼이 좋아서 그렇지 뭐. 아빠 아빠. 말 나온 김에 나중에 엄마랑 아빠 고등학생 때 사진 올려도 돼요? 할머니 댁에서 찾은 졸업앨범 사진이요."

"안 돼."

제하가 짧게 일갈하자 휴대폰 사진첩을 뒤적거리던 봄이가 예쁜 눈썹을 미간에 확 모았다.

"왜요? 엄마 아빠 명찰이랑 나란히 올리고 싶단 말이에요. 그럼 아마 난리 날걸요? 첫사랑이랑 결혼한 스토리로 사람들 영화 한 편 뚝딱 만들 게 분명한데⋯⋯!"

"안 된다면 안 되는 거야. 고집 부리지 마라, 이봄."

이제는 오래전 이야기지만 또 다른 의미로 사람들 사이에 회자가 될지도 모른다. 아직 부모의 지나간 역사를 알지 못하는 봄이는 이해를 할 수 없다는 표정이었다. 봄이가 실망한 얼굴로 입술을 쭈욱 내밀자 예강이 마침내 한마디를 거들었다.

"여보, 나는 괜찮아."

아이들에게는 성인이 되면 말해 주기로 했지만 예강은 설사 그게 좀 빨라져도 괜찮았다. 봄이와 예준이라면 방황하지 않고 그들 나름의 판단을 내릴 거라는 확신이 있었기 때문이다. 그를 안심시키려 미소를 지어 보였지만 제하는 의견을 굽힐 생각이 없는 걸로 보였다.
"아니. 내가 안 괜찮아."
"왜?"
"불특정 다수가 네 얼굴 보는 거 싫어, 난."
예강은 어이가 없다는 듯 웃고 말았고 봄이는 으으, 하고 기겁하며 예쁜 얼굴을 조금 찡그렸다. 아빠의 사랑꾼 기질은 도가 지나친 때가 많았다. 요즘 세상에 저러면 과연 결혼이나 할 수 있을까 싶을 정도지만 아빠의 과한 집착을 받아 주고, 때로는 살짝 방향을 바꿔 역으로 이용하기까지 하는 엄마의 모습을 보면 과연 천생연분이란 생각이 들었다.
"잘 알겠습니다, 아버님."
마침내 포기한 봄이가 휴대폰을 들고 자리로 돌아가려는데 제하가 갑자기 입을 열었다.
"그런데 여기 이 크리스라는 친구는 누구지?"
봄이가 업로드를 하자마자 누군가 득달같이 사진에 반응을 한 모양이었다. 얼핏 들으면 지나치듯 묻는 걸로 착각할 수 있었지만 마치 먹이를 발견한 매처럼 날카로운 아빠의 눈빛은 숨길 수가 없었다.
"아, 누구더라……?"
우물쭈물하는 봄이의 맞은편에서 예준이 스테이크를 썰며 대신 답을 해주었다.
"크리스티안 비아니? 할머니네 옆집 아냐?"
"조용히 해라."
이를 꽉 깨문 봄이가 눈을 부릅뜨며 복화술처럼 작게 속삭인 후에야 예준은 그의 누나가 기억을 못 한 게 아니라는 사실을 깨달았다. 아, 집에 들어가서 피곤하게 생겼네.
"그게 누군데, 예준아?"
제하가 예준을 보며 되물었다. 예준은 찰나의 시간 동안 망설였지만 결국 가장 덜 피곤한 선택을 했다. 어설프게 머리를 쓰는 것보다 있는 그대로 사실을 말하는 게 현명한 일이기도 했다.

"테니스 선수요. 누나랑 동갑인데 최근에 윔블던 8강까지 올라서 유명해졌어요."

"그렇게 유명한 선수가 내 딸이랑 무슨 관계가 있을까?"

제하의 얼굴은 이제 다시 딸인 봄이를 향해 있었다. 봄이는 머리에 땀이 나는 걸 느끼며 애써 생글거렸다.

"저번에 할머니 댁 놀러 갔을 때 있잖아요. 예준이랑 롤러스케이트 타고 놀다가…… 제가 걔 차에 박을 뻔했거든요. 아, 진짜 박은 건 아니고요, 아빠. 저 완전 멀쩡해요."

양손을 동그란 어깨 옆으로 펼쳐 보이는 봄이의 맞은편에서 제하가 물잔으로 입술을 축였다. 그리고 대수롭지 않은 말투로 다시 물었다.

"그 친구가 일부러 널 치려고 했던 건 아니고?"

"아이, 아빠. 무슨 그런 무서운 말씀을 하세요."

아이스크림을 먹으면서 롤러스케이트를 타는 상큼한 하이틴의 사진을 연출하고 싶었던 게 화근이었다. 클래식한 파란색 빈티지 카에서 내린 운전자가 사색이 된 얼굴로 길바닥에 넘어진 그녀를 번쩍 들어 안고 병원에 데려갔던 소동은 굳이 아빠가 알 필요 없는 일이었다.

"첫 만남이 좋지 않았던 것치고는 꽤 친해 보여서. 의도적인 수작질인가 싶었지."

"여보."

"봄이가 사진을 올리자마자 댓글을 달았길래 해 본 말이야."

아빠는 그 짧은 시간에 사진 아래에 달린 댓글까지 읽은 모양이었다. 댓글은 Lovely, 딱 한 줄이었다. 왜 하필 내가 지금 휴대폰을 꺼냈던 걸까.

아빠가 그를 직접 만난다면 절대 저런 소리는 나오지 않을 텐데. 봄이는 마치 아이비리그를 목표로 하는 것 같은, 엄친아의 정석 같던 크리스티안 비아니를 떠올리며 고개를 저었다. 더 이상 피곤한 일이 생기기 전에 미리 끊는 게 낫다는 느낌이다.

"캘리포니아 애들이 원래 감정 과잉이잖아요. 미국에선 사랑한단 말도 인사치레래요."

"누가 그런 말도 안 되는 소릴 했을까?"

"할머니가요."

봄이는 자신의 속을 꿰뚫을 것 같은 아빠의 시선을 피하지도 않고 받아치며 막힘없이 대답했다. 사실 봄이의 강력한 철판 유전자는 엄마가 아닌 아빠로부터 받은 거였으니 당연했다.

"감히 내 딸한테 사랑한다는 말을 인사치레로 하는 남자가 있다면 내가 꼭 한번 만나 봐야지. 네 친구 연락처, 네가 줄 것 같진 않으니 아빠가 알아볼게."

"으악! 내가 이럴 줄 알았어. 아빠, 제발 그러지 마세요. 그럼 얘는 진짜 막 진지하게 오해할지도 모른단 말이에요. 얘 성격이 꽉 막혀 가지고 얼마나 이상한데요!"

접촉 사고 이후 봄이는 크리스에게 저녁 초대를 받았다. 옆집에 사는 이웃이라는 걸 알고 매우 가벼운 마음으로 참석했던 봄이에게 문을 열어 주었던 건 교양이 철철 넘쳐 보이는 크리스의 부모와 거창하게 보타이를 맨 크리스였다.

"우리 집에서는 부모님한테 남자 사람 친구 소개시켜 주는 건 상상도 못 하는데. 역시 외국이 그런 쪽으로는 개방적인가 보다."

"아니. 우리 집은 보수적이야. 매우."

크리스는 변호사인 자신의 부모님이 얼마나 보수적인지에 대해 간략히 설명하고, 그래서 오늘 그녀의 친근하고도 격의 없는 행동에 그들이 놀라는 모습을 보는 게 굉장히 즐거웠다고 덧붙였다. 그가 그러든지 말든지 봄이는 건성으로 고개를 끄덕이며 집 앞에 도착했다.

"나도 즐거웠어. 그럼 안녕!"
"잠깐만. 나 너에게 정식으로 데이트 신청하고 싶어. 이번 주 토요일에 함께 드라이브 가지 않을래? 저녁 먹고 밤 9시 전까지 집으로 데려다줄게."

봄이는 옆집이었음에도 굳이 자신을 바래다주며 그가 했던 말을 상기하자 머릿속이 복잡해졌다. 얼굴은 세계 최고 양아치같이 생겼는데 하는 행동은 어찌나 선비 같은지, 봄이는 푸른 눈인 크리스티안 비아니의 조상을 의심해 본 적이 한두 번이 아니었다.

"나 내일 비행기 타는데."
"신이시여……. 봄, 넌 왜 그 말을 지금 하는 거지?"

믿을 수 없다는 얼굴로 그녀에게 되묻는 그의 면전에 대고 '지금 결정했으니까'라는 말을 솔직히 하는 건 불가능했다.

"다음에 한국 놀러 오면 떡볶이 사 줄게."
"그게 뭔데?"
"궁금하면 한인 타운 가서 미리 먹어 보든지."

세상이 멸망한 것 같은 얼굴을 했던 크리스와 연락처를 교환했던 게 이렇게 엄청난 나비 효과를 일으킬 줄이야.
아, 이래서 사람은 착하게 살아야 하는 건가. 크리스가 현재 가장 핫한 운동선수로 꼽힐 만큼 잘생기긴 했지만 봄이의 취향은 아니었다. 봄이에게

캘리포니아의 햇살을 잔뜩 머금어 몸과 정신에서 밝고 긍정적인 에너지가 넘쳐흐르는 다정한 남자는 조금 부담스러웠던 것이다.

어떻게 알았느냐고? 그녀도 알고 싶지 않았다. 크리스가 SNS 계정을 만들어 처음 올린 게시물이 한인 타운에서 사 온 떡볶이 먹는 영상이었다는 걸 떠올리며 봄이는 한숨을 푹푹 쉬었다.

크리스는 떡볶이 1인분을 먹으면서 우유 2.5리터를 마셨다. 이건 너무 맛있다고 반복해서 말하며 웃는 그의 푸른 눈에는 눈물까지 맺혀 있었다. '비아니 윔블던'과 '비아니 핫바디'에 따라붙는 연관 검색어가 '비아니 떡볶이'라면 말 다 한 거 아닐까.

"엄마, 저 디저트 먼저 먹어도 돼요?"

금단의 이름을 입에 올려 이 사태를 발발시킨 예준은 한가하게 디저트 타령이었다. 봄이는 동생을 한 번 째려본 후, 예강에게 시선을 돌렸다. 호랑이 같은 아빠가 딸 바보 모드를 시전한 이 상황을 종식시킬 수 있는 건 엄마뿐이라는 생각이었다.

'엄마…… 히잉…….'

입술을 쭉 내밀고 SOS 신호를 보내는 봄이를 보며 예강이 살짝 고개를 끄덕였다. 원래 봄이의 나이 때는 말하고 싶지 않은 일이 많은 법이다.

"여보."

제하가 고개를 돌려 예강을 보았다. 예강이 그의 손을 부드럽게 잡자 제하의 입술에 보일 듯 말 듯 미소가 걸렸다.

"오늘 나 기분 되게 좋은데, 술 한잔 시켜 줘."

"뭐 마시고 싶은데."

"제일 맛있는 걸로."

예강의 말이 떨어지자마자 제하가 즉시 웨이터에게 눈짓을 했다. 특별한 주문을 내린 아내를 위해 메뉴를 뚫어져라 보기 시작한 제하의 곁에서 봄이는 그제야 구세주를 만난 것 같은 표정을 지으며 가지런한 눈썹을 팔자로 내렸다. 역시, 세상에서 가장 무서운 남자를 꽉 잡을 수 있는 사람은 단 한 명뿐이었다.

'엄마 최고! 사랑해요!'

예강이 손가락으로 하트를 만들어 입술에 쪽쪽 맞추는 봄이를 보며 소리 없이 후후 웃었다. 깊어 가는 밤, 창 너머로 눈송이가 소복소복 쌓여 가고 있었다.

* * *

봄이와 예준은 집에 돌아와서 비디오 게임을 하며 늦게까지 시간을 보내더니 결국 제하의 한마디를 듣고 나서야 각자의 방으로 향했다.

"엄마 아빠, 결혼기념일 축하드려요."

"좋은 유전자로 저를 이토록 예쁘게 낳아 주셔서 감사드립니다, 부모님!"

넉살이 좋은 봄이가 양손으로 얼굴에 꽃받침을 만들며 히죽 웃었다. 예준이 안녕히 주무세요, 하고 방으로 들어서자 봄이가 후후후 웃으며 속삭이듯 한마디를 덧붙였다.

"아빠, 그럼 방해꾼들은 빠질 테니까 엄마랑 뜨거운 시간 보내세요."

"엄마랑은 항상 뜨거운 시간 보내고 있으니까 딸은 걱정 말고."

제하가 태연한 표정으로 한술을 더 뜨자 봄이가 어깨를 부르르 떨었다.

"아빠는 얼굴만 보면 냉기 철철인데 하는 말은 용광로라서 뭔가 안 어울린다니까."

딸과 아들의 방문이 차례로 닫히는 걸 보고 나서야 예강이 한숨을 쉬며 웃었다. 왁자지껄한 집 안이 드디어 조용해지는 시간이었다.

쪽.

제하의 입술이 그녀에게 기습적으로 닿았다가 떨어졌다. 허리에 닿는 손길에 느껴지는 열기는 그녀의 예상보다 훨씬 더 높았다.

"방에서 기다려. 와인 가져갈게."

작게 속삭이는 그의 시선 역시 뜨겁기는 마찬가지였다. 예강은 부부 침실과 아이들의 방이 완전히 반대 방향에 있는 게 다행이라고 생각했다.

"한 잔 더 할래?"

"응."

"왠지 그렇게 순순히 말하니까 주기 싫어지는데?"

"심술부리지 마."

예강이 살포시 웃으며 눈을 흘겼다. 제하가 커다란 와인 잔에 붉은 와인을 익숙한 손놀림으로 조금 따랐다. 살짝 잔을 부딪친 후, 입 안에 감도는 향을 즐기고 있는데 제하가 문득 입을 열었다.

"봄이가 회사까지 찾아올 줄 몰랐어. 예준이까지 데리고."

매해 결혼기념일에 호텔에서 둘만의 밤을 보내는 것은 그들 부부의 공식적인 이벤트였다. 엄마 아빠의 로맨틱한 시간을 매번 부러워하던 봄이는 이번에 완전히 선수를 쳐 버린 거였다.

"왜. 난 애들이랑 다 같이 있으니까 오히려 특별해서 더 좋던데."

"나랑 둘이 있는 거보다 더 좋단 뜻이야?"

"그걸 어떻게 비교하니?"

예강이 어이가 없어서 푸흣 웃었지만 제하는 쉽사리 물러설 생각이 없는 듯 보였다. 양팔을 교차해 입고 있던 상의를 벗어 던지자 잘 관리된 탄탄한 상체가 모습을 드러냈다.

"비교하게 만들어 줄게."

둘만의 공간에 있는 제하의 얼굴에 소년 같은 장난기가 서렸다.

"징그러, 바보야."

예강이 어깨를 들썩이며 피하려 했지만 소용없었다. 그가 그녀를 번쩍 안아 들고 침대에 누인 탓이었다.

"과음은 건강에 안 좋으니까, 오늘은 그만 마시자."

은은한 스탠드 불빛이 비추는 침대 위에 나란히 누운 채, 예강이 그의 단단한 어깨에 머리를 기댔다.

"갈수록 시간이 너무 빠르다, 제하야."

"그래도 난 우리 처음 만났을 때가 엊그제 같은데."

예강이 눈을 깜빡이며 그에게 물었다.

"봄이가 이제 곧 그 나이가 되는데 아직도?"

"응. 눈 감으면 생생해."

창으로 비치던 여름 햇살. 기름칠이 되지 않은 교실 나무 문이 삐걱거리며 열리던 소리. 그리고, 그를 사랑에 빠지게 만들었던 낯선 교복을 입은 여자애의 동그란 눈동자까지.

"죽을 때까지 못 잊을걸. 그 순간은."

숨소리가 깊어지며 입술이 닿았다. 서로를 바라보는 시선이 한데 엉키고, 움직임이 더욱 짙어졌다. 이불과 베개는 어느새 바닥으로 떨어진 후였다. 제하는 자신의 목을 양팔로 감싼 채 가쁘게 숨을 헐떡이는 예강을 더욱 숨 가쁘게 만들었다.

스르륵 그의 몸 위로 무너지는 예강을 제하가 침대에 도로 반듯하게 뉘었다. 제하는 그녀의 이마에 쪽, 하고 입을 맞춘 후 그녀의 세계를 다시 열었다.

아직 밤은 길었고 그들을 방해할 이는 없었다.

* * *

아침부터 봄이가 집 근처에 새로 생긴 베이커리에 가야 한다며 부산을 떨었다. 산책도 할 겸 네 가족이 총출동해 바깥으로 나섰다. 밤사이 쌓인 눈이 소복했다.

갓 구운 빵 냄새로 가득한 베이커리에서 봄이는 신나게 이것저것 잔뜩 담았다. 커다란 빵 봉투를 든 봄이와 예준이 앞서 걷고, 그 뒤를 예강과 제하가 따라 걸었다.

“짜잔.”

봄이가 코트 주머니에서 오리 모양으로 된 플라스틱 틀을 꺼내더니 눈오리를 만들기 시작했다. 예준은 누나가 하는 모습을 물끄러미 바라보다가 눈을 끌어 모았다.

“아, 이거 뭐야! 닭이야?”

대왕 오리를 만들어 주는 예준의 곁에서 봄이가 깔깔거렸지만 예준은 묵묵히 손을 움직일 뿐이었다.

“애들 손 시릴 텐데…….”

“저러다 말겠지.”

예강은 제하에게 살짝 기대며 속삭였다.

“결혼 축하해, 여보.”

제하는 그녀의 어깨를 어루만지며 낮은 목소리로 화답했다.

“나랑 결혼해 줘서 고마워.”

“자기는 결혼기념일마다 꼭 그러더라. 민망해지게.”

예강이 그를 보며 작게 웃었다.

“뭐가 민망한데.”

“사실 고맙다는 말은 내가 해야지. 너 아니었으면 봄이랑 예준이 저렇게 잘 자랄 수 있었을까, 하는 생각도 들고.”

예강이 고개를 들고 눈을 맞추었다. 학교를 졸업하고 약사 고시를 치를 때까지, 육아를 도와주었던 제하가 없었다면 불가능한 이야기였다.

어릴 때부터 아빠와 함께 있는 시간이 많아서인지 아이들은 제하를 그녀만큼이나 잘 따랐다. 봄이는 물론이고 특히나 예준은, 엄마인 그녀보다도 아빠와 더 깊은 대화를 하곤 했다.

제하에게 이유를 살짝 물어보니 “엄마가 걱정할까 봐서.”라는 대답이 돌아왔다. 아빠는 그럼 걱정이 안 되냐고 물으니 아빠는 걱정과 해결을 분리해서 생각하는 사람이라 괜찮단다. 그런 걸 보면 예준의 성격은 오히려 봄이보다도 제하를 더 닮은 것 같았다.

"비밀 하나 말해 줄까?"

"음. 좀 무섭지만 그래도 말해 줘."

낯선 도시의 교실 문을 열고 들어서던 열아홉 살 앳된 소녀의 얼굴이 아직도 남아 있는 예강을 보며 제하가 낮게 속삭였다.

"난 아직도 누가 너 채 갈까 봐 불안하다."

예강이 눈을 가늘게 뜨며 예쁘게 웃었다.

"중증이지?"

하늘, 하늘. 비밀스러운 색의 하늘에서 눈발이 다시 날리고 있었다. 예강의 입술에서 하아, 하고 입김이 퍼졌다. 제하가 그녀의 양손을 붙들어 자신의 코트 안에 넣고 깍지를 껴서 붙잡았다.

"엄마 말이 사실이었나 봐."

"무슨 말?"

"나 어렸을 때 엄마가 매번 그러셨거든. 나는 한 남자 사랑을 죽도록 받고 살 거라고. 그땐 그 말이 그렇게 듣기 싫더니만."

그것은 모진 운명을 타고난 딸을 향한 무당 어미의 희망, 혹은 마지막 바람일 수도 있었다.

"꽤 괜찮은 인생으로 들리는데."

"와, 이제 본인 입으로 그런 말 하는 거야? 나이 들더니 점점 더 뻔뻔해지는 것 같아."

"그렇게 말해도 안 놔줘. 평생."

남들의 눈이 닿지 않는 둘만의 공간에서 그들은 마음껏 유치한 농담을 주고받으며 웃었다.

때로는 노골적으로 원하고, 때로는 저열하게 질투해도 괜찮았다. 뜨거웠던 청춘을 고스란히 감당해야 했던 그들의 험난한 삶이 선사한 단 한 가지는 서로에 대한 믿음이었다.

"사랑해."

"……나도."

예강이 그의 품에 안긴 채 조용히 속삭였다.

"내가 사랑하는 남자가 너라서. 내 인생은 꽤 괜찮은 정도가 아니라 최고야, 제하야."

오리 가족 수준이 아니라 오리 군대를 만들어 놓은 아이들이 그들을 향해 달려왔다. 봄이가 추워 죽겠다며 빨갛게 얼어붙은 손을 내밀며 엄살을 떨었고, 예준이도 빨갛게 언 손을 입김으로 녹이며 빨리 가자고 그들을 재촉했다.

"아빠, 제가 만약에 위험한 사랑에 폭 빠져서 막 집도 버리고 정신 못 차리고 드라마 찍으면 어떡하실 거예요?"

봄이가 재잘거리자 제하가 드물게 당황한 얼굴을 했다. 웃음을 참는 예강의 곁에서 예준이 대신 답을 했다.

"선택지는 두 개뿐인 거 아냐? 1번, 누나랑 연을 끊는다. 2번, 누나가 상대와 연을 끊게 만든다."

차마 반박하지 못하는 제하의 곁에서 결국 예강이 소리 내 웃음을 터뜨렸다. 제하가 짤막하게 한숨을 쉬더니 아이들을 보며 싱긋 웃었다.

"선택지 하나 더 추가. 그 사랑이 더 이상 위험해지지 않도록 뒤에서 지켜 준다. 그건 이예준의 경우도 마찬가지."

"아이참…… 우리 아빠, 엄마 앞이라고 멋진 척 쩐다니까, 진짜."

봄이는 말은 그렇게 하면서도 제하의 대답이 맘에 쏙 들었는지 아빠에게 찰싹 붙어 히히 웃으며 팔짱을 끼고 매달렸다. 제하가 예강을 보며 눈썹을 슬쩍 들어 올리자 그녀가 미소 지었다.

"근데요, 아빠. 의외로 이예준이 나중에 엄청 속 썩일 것 같아요. 범생인 척하는 애들이 원래 늦게 사고 치잖아요?"

"누난 할 말 없으면 나 걸고넘어지는 습관을 좀 버려."

"예준이 오랜만에 아빠랑 저녁에 목욕하자."

"네…… 네?"

웬만해서는 당황한 표시를 내지 않는 예준의 목덜미가 벌겋게 물들었다. 아무래도 예준은 홀로 조용히 사춘기를 겪고 있는 것 같다는 예강의 짐작이 맞아 들어간 모양이었다.

"그리고 밤에는 해물파전에 막걸리 한잔씩 할까?"

"아빠 대박! 저도 막걸리 완전 땡겨요."

"……이봄."

"술은 원래 어른들이랑 한잔씩 배워야 되는 거거든요? 아빠 진짜 너무 고지식해!"

"엄마가 한잔 줄게, 그럼. 준이도, 봄이도. 엄마가 다 책임져."

그렇게 나란히 줄을 맞춰 걷는 행진하는 오리 떼처럼 네 가족이 재잘거리며 걸었다. 소복하게 쌓인 눈밭에 발자국이 나란했다. 눈송이가 사르륵, 사르륵 녹아내렸다.